风雨人生路

姚福兴 ◎ 著

九州出版社
JIUZHOUPRESS

图书在版编目（CIP）数据

风雨人生路 / 姚福兴著 . -- 北京：九州出版社，
2023.5

ISBN 978-7-5225-1789-6

Ⅰ.①风… Ⅱ.①姚… Ⅲ.①自传体小说—中国—当
代 Ⅳ.①I247.5

中国国家版本馆 CIP 数据核字（2023）第 069154 号

风雨人生路

作　　者	姚福兴　著	
责任编辑	沧　桑	
出版发行	九州出版社	
地　　址	北京市西城区阜外大街甲 35 号（100037）	
发行电话	（010）68992190/3/5/6	
网　　址	www.jiuzhoupress.com	
印　　刷	唐山才智印刷有限公司	
开　　本	710 毫米×1000 毫米　16 开	
印　　张	21.5	
字　　数	375 千字	
版　　次	2023 年 5 月第 1 版	
印　　次	2023 年 5 月第 1 次印刷	
书　　号	ISBN 978-7-5225-1789-6	
定　　价	95.00 元	

我以我手写我心

——姚福兴自传体小说微序

张福勋[*]

姚福兴的这部长达 31 余万字的书稿，他自言是"小说"，但更准确地说是自传体小说。

所谓"自传"，是该书基本叙写的部分是作者的亲身经历，而没有"虚构"；所谓"小说"，是该书所突出描写的人物、事件均有增饰，也有一些夸张和"绘声""绘色"。而这些均为小说这一体裁特有的艺术手段。

鲁迅在讲小说创作的时候，讲过这样的观点："作者写出创作来，对于其中的事情，虽然不必亲历过，最好是经历过。"（《叶紫作〈丰收〉序》）鲁迅认为"所谓经历，是所遇，所见，所闻"（《且介亭杂文三集》全集六卷第175页）。《风雨人生路》的作者在《后记》中说："这本书只是把自己的一些经历和身边发生的所见所闻糅合在一起。"这"糅合"的功夫完全符合鲁迅先生讲得小说创作的基本特征。作者借助这些手段，将书中人物塑造得活灵活现。可以说这部小说是全方位正面描写知青，"老三届"这个中国历史上特殊的社会群体在改革开放年代经历风雨的一部力作。

我浏览了书稿，加上平日对这个"学生"加"朋友"的了解，有三点，值得一提。

一是此人自幼学习努力，成绩优异，再加上一生勤奋，文字功底扎实，故能在一年多的时间内洋洋洒洒撰写了一部 31 万多字的书稿。

在中学时代，他就是全市高中读两年的实验班（均为"尖子生"）的学

---

* 张福勋，原籍河北，1939 年 11 月生于包头，1963 年毕业于内蒙古师范大学。中国作家、诗人、文学评论家。历任中学教员、市政府秘书、大学教授，并兼任中国宋代文学学会理事、中国陆游研究会理事。主要作品有《宋代诗话选读》《萤窗诗词拾翠》《晚风集》《余事集》等十三部。荣获全国优秀教师奖，内蒙古新闻出版界杰出贡献奖，包头市委、市政府文学艺术终身成就奖等。

生。成绩在班中总是名列前茅，老师侧目，学生钦美。走入社会以后，手中这枝"金不换"，笔耕不辍，日磨月砺。加之思维敏捷，才藻过人，故能日就月将，积厚流广，大辂椎轮，果有今日之成就，着实令人叹为观止。

二是骨头硬。此人从学生时代开始便是个"硬骨头"，以致后来因冤假错案吃过牢狱之苦，经历了人生的种种苦难，但从未有过"软骨头"之时。令我惊讶的是平反之后他居然与公检法各级人员友好往来，成了相互帮衬的好朋友，大家还对他的为人处事赞不绝口，称他为心怀"初衷"的好后生。他颧骨突起，颈项耿直，不畏困难，给人印象深刻。敢担当骨头硬是这个人最具代表性的个性特征。

三是成绩显。无论是在什么地方什么岗位工作，他都履职尽责，除弊兴利，有作为，敢担当，受到上级表扬，百姓夸奖。当时在全市（包头市）、全区（东河区）创造的许多叫得响的口号和做法至今流传，成了后人学习工作借鉴的模板。

我经常以古人之"三不朽"，即："立德"（个人的优秀品质，道德修养）、"立功"（无论在哪个地方工作，在哪个行当干事，哪个具体执掌的事情，都要造福百姓，而且传扬下去）、"立言"（将自己的言论或著述整理或出版成一个有形的精神产品等等）激励我的学生，使他们有理想和奋斗的目标，有令后来人回味的东西。现在看来，姚福兴是扎扎实实做到了这"三不朽"了。

他恳请我在他的这部自传体小说前写几句话语，我就欣然应诺了。

2021 年 9 月 16 日草就于耕耘斋

目　录
CONTENTS

引　子

　　2022年3月初的一个清晨。姚一民从床上爬起来，走到窗户旁。时钟已经近八时了。他伸了个懒腰，摸了摸脑袋，头还有点疼。昨天酒喝得太多了。兄妹四个家庭第一次以亲情的名义聚会，实在是太高兴了。席间回忆了儿时和同窗读书时许多的趣事。谈到高兴处，几番碰杯还真喝了不少。

　　姚一民瞅了一眼书桌上的台历。呀！今天是惊蛰。这是个好日子。古人云："春雷响，万物长。"惊蛰是二十四节气中最富生气、传神和灵性的日子。原称启蛰，后在汉代时因犯汉景帝名讳，（汉景帝名刘启）据《说文解字》中，启和惊近意，遂下令将启蛰改为惊蛰。（现日本，韩国等仍称启蛰）过去政务公所，买卖十八行在这一天都要聚会训话，意喻"收心会"。说明年节已过，要收回心来，重打锣鼓重唱戏，新年劳作从这一天开始。从教者如这一天没接到教育主管部门聘书，即意味解雇，另谋高就。

　　唐．韦应物诗曰："微雨众卉新，一雷惊蛰始，田家几日闲，耕种从此起。"据民俗，这一天要吃梨的。梨、"离"音相谐，从惊蛰这天始，农家（一切人）都要离开热炕头，把它视为一年起头。瘟病、害虫将离我们远去。更让人高兴的是惊蛰雷声唤醒了醋睡的春天。"花月正春风"，与春天相遇，令人神往，人的一生有多少个令人神往相遇的春天回忆啊！

　　姚一民坐在桌旁，给自己冲了一杯热茶，陷入了沉思……想这70余年来，春夏秋冬循迥，日月星辰换转，生命的年轮不停地旋转，似水流年的岁月把他带进了古稀之年。七十多年了，姚一民经历得太多了：作为共和国的同龄人，当初谙世事的时候，那时候听大人讲开国大典天安门升起五星红旗的故事，他为此而高兴。第一次听到"解放"二字那种心动和热切至今难忘；当听到抗美援朝黄继光、邱少云的故事，他幼小的心灵第一反应，就是盼望着看到他们的重生；当听农民伯伯他们走合作化道路，要在自己的土地上种出幸福之果的时候，姚一民小手拍得通红；当拿着小铁锤砸矿石时，他感到自己长大了，亲身能投入到大炼钢铁运动中，能成为一位小兵而兴奋骄傲；

当他第一次从北京城郊步行三十里到了天安门广场，望着天安门高大的城楼，他流下了幸福的眼泪，也因为没有亲眼看到毛主席的音容笑貌而失声痛哭；他因邓小平带来改革开放，而且讲出"贫穷不是社会主义"的论断而拍案叫好；也为农村实行"家庭联产承包责任制"带来的金黄色的丰收而高兴；国企改制，工人大批下岗，他曾迷茫；黑恶势力猖狂，腐败随处可见，他也曾感到彷徨；他更为党的十八大以后，在铲除黑恶势力及保护伞、贪腐产生的源头的同时，还吹响两个一百年奋斗的号角，中国人民在中国共产党的领导下，逐步实现中华民族伟大复兴的中国梦而欢欣鼓舞。

他思绪的闸门彻底的放开了。作为一个年逾古稀的过来人，他静静地回忆自己走过的一生。在历史发展的长河中，他听到了什么？他经历了什么？他看到了什么？他领悟到了什么？他又想说些什么？……

有人讲过，小说写的也是人生。最深的滋味在人生经历的叙述中，它会引起你的共鸣，也会勾起你相同经历的回忆，还会引起你的思考，更会讲出你心中所想……

第一章　沧　桑

1

　　1935 年 7 月的一天，北平开往鹿塬的火车，在晚点四个小时后缓缓驶进绥远省（现内蒙古自治区）省会归绥（今呼和浩特市）站。车停稳后，一列车厢内下来八个学生模样的人，其中一人身着蓝布长衫，中等个子，圆润的脸盘嵌着一对有神的大眼，头发自然整齐地梳往两旁，他叫竺平。他下车后环顾了一下四周，双手自然向上抬起伸了个懒腰，口中喃喃自语道："终于到了。"这时一位同行的女学生叫喊说："竺老师，这就是归绥呀？怎么没有看到骆驼？"

　　"小霞，别乱喊，这是车站，不是草原。同学们赶快收拾好物品准备出站吧。你们几个再整理一下器械，看有没有东西落在车上。"

　　"没有。老师，放心吧，我们在车上就已经整理好了。"几个随行的年轻人答道。随即几个人拎起物品向车站出口走去。

　　这伙人原来是北平燕京大学派往北方垦田的考察团，为首就是那位被女学生称为竺老师的竺平先生。他时任北平燕京大学地理系教授，是应绥远省政府邀请专程考察归绥、鹿塬的政治、文化、经济情况及后套（现巴彦淖尔市）地区的屯垦开发情况。

　　一出站口，竺平即看到一人高举木牌，快步向他们走来。此人便是省政府办公厅秘书陈光耀。陈光耀手上高举的木牌上写着"欢迎北平燕京大学考察团竺先生一行"，他看到竺平等八位师生模样的人便迎上前去问道："是北平来的竺先生一行吗？"

　　竺平说："是的，敢问您是？"

陈光耀答道："我是省政府陈光耀，是专程接竺先生一行的。"寒暄一番，几个人分别乘两辆车向归绥城驶去。

车行驶在车站到归绥旧城的道路上，道两旁均是绿油油的田地，不时有骆驼从车旁一闪而过。估计火车站到旧城有十余里路。进了城北门时方看到一条大街横贯南北，店铺林立。首先映入眼帘的是一清真寺月光塔，往北行驶即到下榻寓所。观其相邻街景，各色店铺，买客甚多。但每一商铺门脸儿前总有一木桩或石墩，拴着马匹和骆驼。刚才那个叫小霞的姑娘说："呀，骆驼不是城里也有吗？太多了。"竺平闻此言回头看了她一眼说："这都是农牧民进城来买卖东西的脚力。"随瞥了她一眼，小霞便低下了头，不言语了。陈秘书见状忙说："归绥不比北平，骆驼就是这里的交通工具，大家先洗漱一下，咱们就吃饭吧。"

进饭庄入座后，自有一番迎客客套。饭后因旅途劳累，竺平等人便早早回房休息。

第二天早餐后，陈秘书早已经把车停在饭店门外。按来归绥的日程安排，考察团一行，首先参观归绥毛织厂。这也是当时绥远省最大的毛织厂。

听厂家介绍：该厂为绥远境内较大规模之毛织厂。建于1934年，是省府与天津海京毛织厂合股开办，股本三十余万。

竺平一行，进入毛织车间。机器声音嘈杂，尘土飞扬。细细观看，此车间有近千平方米。几溜机器顺序排列，梭子飞动。职工来回走动，随时接线换梭，生产倒也有序。这时小霞扯了扯竺平衣襟，指了指机器上的铭牌，铭牌上一行字已磨损看不清了，机器本身锈斑可见，油迹旧痕依稀还有，一看就知道，这不是新设备，而是海京更换设备时替换下来的陈旧设备。

参观车间后，一行人进入产品陈列室。这虽说是产品陈列室，但产品品种不见多样、精良，仍是毛毡、毛口袋一类。竺平心想：原料属上品，但产品不算上乘。毛毡还可以推销到平津一带，其余那些哪能与平津此类产品相比，别说与外商抗争了。但这种想法也就是在竺先生心里想想，更不好意思对陈秘书言讲。

从毛织厂出来车行至中途，众人即参观绥远省境内各盟旗地方自治政务委员会（简称蒙政会）。竺先生知道，这个"蒙政会"是从百灵庙地方自治政务委员会分化出来的。

"九·一八"事变后，日本人觊觎地大物博的中国，妄图从长城突破，侵占蒙热，后窜中原。这狼子野心引发了 1933 年的"长城抗战"。"长城抗战"失败后，日本人侵占东蒙后步步紧逼。这时主持"蒙政会"的"德王"助纣为虐，把"蒙政会"作为日本人实现阴谋的工具。对这种卖国求荣的罪恶行径，蒙古族中的优秀青年云继先、苏鲁岱等相继率本部脱离"德王"的绥靖"蒙政会"。重组了"新蒙政会"，以时任伊克昭盟（今鄂尔多斯市）盟长沙克都尔札布任委员长，由国府特派阎锡山为指导长官。沙王因事他往，职务由该会防共训练委员会主席康王代理。

到了"蒙政会"，竺平先生一行才知康王有事去了旧城，暂由"蒙政会"保安处科长云继先代为接见。大家在客厅坐定后，一会儿进来一位年轻的军官，看此人气势昂轩，方正的脸盘上一双大眼炯炯有神，身着一身黄士林布军装，脚蹬马靴，领章表明中校军衔。竺先生忙起身，云继先忙按住竺先生说："不必拘礼，先生远道而来，本应在门外等候，但刚才有事耽搁了一会儿，实在对不起。"坐定后云继先问清了竺先生等人的来意后说道："先生远道而来，应多待几时。我尽可能地给先生把归绥的风土人情和政治文化经济情况给说说。"说罢，云继先从归绥二城建城的演变史谈起，详细地给竺先生等人介绍了归绥市的风土人情、蒙古族习俗以及现在的政治、经济、文化情况。其间，云继先侃侃而谈。特别在谈到当前日本欲西进侵占察蒙的罪恶勾当，以及"德王"之流不作为，甚至卖国求荣的表现时十分愤慨。一席话使竺先生大为感动，认为蒙古族中有这样有血性的青年十分难得，心中不由涌起一种相见恨晚的感觉。

分手时竺先生说道："听得云先生一番介绍，对归绥已有了几分的了解，你的介绍太好啦，不知先生有何需要我们帮助的？"云继先说："先生是搞地理地域研究的，不知能否给搞一些平、津、绥和鹿塬的地图？"

竺先生答道："好啊，这些我们手头都备有一些。本来是准备用在沿途考察时，对一些地形、历史的遗址、地名做些更正标识的，你需要就送你一些。"

云继先回答道："那太好了，我们手头有的还是几年前的，图识、图标也不准确，先生帮我们太大忙啦。"

竺先生答道："不客气。"他回头叫小霞："去车上给云先生拿几份地图。省城和全国的都要。"小霞应了一声就去了，一会儿将这些地图交到云继先手上。大家依依不舍相别而去。

其实竺先生尚不清楚，云继先传闻是一名共产党员。其父云亨是内蒙古地区辛亥革命元老成员，曾积极参加推翻满清帝制活动，他思想进步闻名于世，是内蒙古西部地区颇有影响的旧民主主义革命者。辛亥革命后，袁世凯称帝，云亨回老家办学传播进步思想。云继先从小受父影响就读于归绥城男高，曾和乌兰夫、多松年、奎壁等为同学。1923年，积极参与李裕智、乌兰夫组织的纪念"五四"不忘"国耻"的示威游行，并于1924年加入社会主义青年团。由于他鲜明的革命立场和积极进取的革命精神，于1925年底，李大钊以北方区委的名义，把他送入黄埔四期学习。毕业后参加北伐，先后在国民革命军第六军、第一军，同1923年加入中国共产党的校友、老乡、兄长，又是自己入党引路人的云耀先一起战场杀敌。他勇猛善战，屡立功勋。后于1932年受乌兰夫指派，利用蒙古族上层王公贵族，在"德王"的带领下招兵买马，积极进行蒙政自治活动，进入"德王"蒙政会。由于云继先过硬的军事才能，深得"德王"的赞许。云继先利用训练队伍的机会，将"德王"组建的蒙古族队伍训练成军事上过硬、政治上倾向进步，具有鲜明抗日思想的武装队伍，成为日后"百灵庙暴动"的主要力量。

1936年2月，"德王"投靠日本愈发公开化，成立所谓"蒙古军司令部"，自任司令，设日本顾问部，去"伪满洲国"进行访问，意在步溥仪的后尘，公开与日寇勾结，妄图在内蒙古地区搞分裂。在此非常时刻，云继先以民族大义为重，在乌兰夫的策划下，同傅作义将军派来的联络员取得联系，于1936年2月22日晚8时许，举行了著名的"百灵庙暴动"。1936年2月25日，由云继先领衔通电全国，声明脱离百灵庙蒙政会，这就是抗战史上有名的"圣电"，给了"德王"和日本帝国主义嚣张气焰以沉重打击。后来云继先被"德王"所派的奸细刺杀，时年四十三岁。

竺平和云继先告别后，坐在车上想，多好的青年啊。中国有这样的青年，蒙古族有这样的才俊，是国之大幸，民族之大幸。回北平后一定多给他弄些地图，看来这是他们军人最喜爱、最需要的东西，说不定什么时候派上用场。可谁知，这一别竟是竺平与云继先之永诀，但这一幕却永远映在竺平的脑海里。

新中国成立前夕，许多教授面对混乱的战争局面，纷纷离国出走。竺平教授也收到胡适的亲笔信函，以及自己母校英国利物浦大学的来电，劝其到美国或英国去完成自己地理地域学术研究大业，但竺先生已不是当初只知学术研究的青年了。他亲眼目睹了日寇侵入中华后烧杀抢掠、无恶不作，亲身感到抗战胜利后迎来的不是家园的重建，而是国民党接收大员满天飞，"五子登科"的事情层出不穷。国民党独裁腐败统治非但没有实现他自己为和平建国贡献才华的理想，反而每天饱受饥寒，报国无门……

他再次想起了和云继先的一席交谈，其中有一句话他记忆犹新：你们是文化人，为了建设中国，不远千里来到这儿考察，你们的知识一定会对建设富强的中国有用。他想自己所学过去没有用上，但自己是个中国人，自己的事业在祖国，祖国再穷也是生我养我的地方，所以他毅然留下来为国效力。……当然，竺平的这番举动已是和云继先诀别20年的后话了。

从"蒙政会"出来，已是晌午。饭后竺平一行依次参观了延寿召（又名席力图召）、无量寺（又名大召）、荣福寺（蒙语把圪召，也叫小召）、慈灯寺（也叫新召，蒙语称塔布斯普尔罕召，意即五塔，又叫五塔寺）。看了这么多寺、召，竺先生一行连说："大饱眼福。"竺先生一行在参观大召时，特别对大召前的摊市感兴趣，有卖小吃的、冲茶汤的、也有耍把戏卖艺的、有望西洋镜的（意即拉洋片的），还有搭一土布围子，里面摆有长凳若干，前有一桌一椅，桌上一木（醒木），原来是说书的。说书的间歇有当地一人登台唱二人台小调，均为唱哥想妹的酸曲。竺平一行逛过北平的天桥，对此类演出兴趣不大，草草过场，走马观花，也算对归绥市井文化有了一番认识。此次考察团原计划在归绥一天，参观过后即乘当晚的火车去鹿塬，但在下午游览中，陈秘书告知竺平，省府要设晚宴招待考察团众人，那么原定行程只好推后，游览完归绥市容景观后，即乘车去"绥远饭店"赴宴。

当车辆行驶至旧城南大街时，忽见路人纷纷向两边躲避。"这发生什么事了？"

"大家不必惊慌，是康王的车子过来了。"同行的陈秘书告诉大家，并示意开车司机停车到路旁，他赶忙下车到路中间示意前方来车停住。停车者是位青年，穿一身漂亮深灰西装，看到竺先生几人从车内下来，表情诧异。陈秘书忙说："王爷，这是北平来的客人，上午去会里拜访您，说您有事出去了。在这儿正好碰上您。我给您介绍一下。"

陈秘书遂将竺先生几人逐一介绍给来者。竺先生细细地看了此人，正当壮年，个子修长显瘦弱，穿一身西装等于挂在衣架上，显得空荡。观其面容，虽岁数不大，但脸上似乎显出病态，脸色清灰，双眼浮肿，看人时眼角上扬，给人一种放荡不羁的感觉。见竺先生打招呼，只是把头略点一下，用生硬的汉话说了一句："陈秘书，你好好地招呼一下，我得走了。"说罢跨上摩托车便飞驰而去。

众人上车，陈秘书说："原来也是个好模样的，怎么成这样了，这抽大烟还真不是个好事儿。"竺先生等众人互望了一眼，恍然大悟，怨不得一脸清灰，看似弱不禁风，原来是个大烟鬼。竺平想起上午见到云继先的情形，拿他和康王对照，不由得为"新蒙政会"担了一份心：这样的人当"新蒙政会"的领导，还要抗日？悬！

晚上宴席宾客相喧，推杯换盏，又有蒙古族女子边唱歌边敬酒，热闹非凡。

席间，竺先生知有一专管省内经济的陪客，遂问道："现在'大盛魁'的买卖怎样？"

一模样老成学究者正欲喝杯中酒，一听这话，随放下酒杯，摸了一下下巴上的稀疏的胡子说道："'大盛魁'本是清代山西人开办的，原不是什么富户大商，而是三个小贩……"遂将史大学、张杰、王相柳三人如何帮康熙征噶尔丹战中筹军粮，赚了钱后如何在"杀虎口"开设"吉盛堂"，后再规划设分号创办"大盛魁"的经过讲了一遍。老先生特别讲到"大盛魁"全盛时期有骆驼近两万头，工仆愈七千人，买卖做到各蒙旗、新疆、库伦（今乌兰巴托）、西伯利亚、莫斯科等地。极盛时，几乎垄断了蒙古牧区市场。蒙古的王公贵族及牧民大部分都是他的债务人。

"现在呢？"竺先生问。

"现在的买卖比原先差远了，歇业歇得半关门了。"

"'大盛魁'的买卖主要在蒙古和俄国。它的债务人主要是蒙古贵族和牧民。货物来源主要是在归化城市场上采办，派人到产地上采办的少，供销产这个连接的不好。不像鹿塬城'广恒西'，乔、曹、殷、姚四家联手，产、购、运、销一环扣一环。特别是曹家，在东北尽是其商号，在张家口设总号统领东西小半个中国的商号买卖，'大盛魁'仅皮毛一项，斗不过曹家，大部分业务均让鹿塬'广恒西'收了，现在嘛，半关门，哎……"

竺先生忙劝道："老先生不必揪心，买卖也不是一成不变的，还会回笼倒转，三十年河东三十年河西嘛。"

"先生话是这样讲，'大盛魁'命不济。清末，沙俄侵略骚扰不断扩大，'大盛魁'在牧区营业日渐萧条，后来俄国又闹起了革命，蒙古国独立，更是雪上加霜，'大盛魁'又丧失了这两个地方的商业资本和市场。王公贵族和牧民所欠债务根本收不回钱来，绝大部分'相与'转向鹿塬。加之'大盛魁'

后人用人不当，挥霍浪费，侵吞号款之事层出不穷，买卖不倒才怪呢。"

陈秘书见此状况忙说："不说了，喝酒，喝酒。"

"云先生怎么没来？"竺平环顾桌面问陈秘书。

"云先生说有要紧事，已连夜赶回'百灵庙'。临走时吩咐我，转告竺先生，日后有机会一定去北平拜访竺先生。"

大家遂将话题又转向日本人突进东蒙，步步紧逼，目前局势险恶，对目前的形势无不担忧。席罢，各自拱手告别归寝。

2

第二天早 6 时半，天已大亮，时正微雨。到了绥远车站，陈秘书正在车站候着，见到竺平一行，忙将随身携带的公文包打开，取出几个信封。

陈秘书说："这是给你们去鹿塬和后套考察时，联系地方当局和有关部门的介绍信。带好了，就此告别。望君等一路顺风。"

对陈秘书此番热心细致的安排，竺平心里涌起一股暖流，十分感动，再三致谢。多好的年轻人啊！既忠厚老实，又热情办事利落。不由竺平对陈秘书多增加了几分敬重。但好话不多说，一切谢意均在不言中。

7 时 15 分车辆启动，沿途阴山相伴，观一路风景，众人毫无倦意，谈笑风生。阴山在列车的右侧。山势起伏如障，势极雄伟。再加云雨苍茫，更觉其瑰无比。过磴口站时，从车内往左望，遥见黄河像一条玉带，缓缓流淌。河上船帆随见，雨雾中帆影时隐时现，实像一幅水墨画。转过山峰，土默特平原尽收眼底，一望无际的农田田埂连成一片，或黄或绿，或红或白。黄可能是庄稼，绿为菜田，红白大概是大烟花。偶见河滩草地，沿途牛马群渐渐增多。低矮农舍一闪而过，只见花团锦簇，十分美丽。

11 时半许，车抵鹿塬，这已是平绥路终点。众人下了车排队依次出站，看车站秩序，维持有法。竺平想起自己经常出门考察，较之别处，就算平津也未必有如此好的秩序。

鹿塬，看字面似讲有鹿的地方。黄河水东西畔侧，源于阴山山脉的博托河南北流经此地。这里是原始人类较早活动的地方。在这里蕴藏着大量的古人类文化遗迹。早在古代，由于鹿塬地区水草茂盛，北方游牧民族经常光顾此地，生息繁衍。从战国至唐，鹿塬境内曾几次建筑过一些古城。现存遗址为公元前306年（赵武灵王二十年）筑九原城。修筑赵长城以御北敌。公元前221年秦统一六国后，在此设九原郡。中经汉、唐、宋、元、明等历朝变迁，蒙古族各部落陆续进入河套地区。鹿塬地域成为土默特部落游牧之地。清王朝建立后，公元1741年（乾隆五年）设萨拉齐协理通判，1809年设鹿塬镇。1870年（同治九年）清朝闻传西北革命党有进攻鹿塬之势，遂令大同总兵马升开始筑城。1873年鹿塬城垣建成。城墙高约5米，底部盘6米，城道宽3米。根据金、木、水、火、土五行列位劈东、南、西、东北、西北五门。门高5米。整座城设计为金蛙爬卧地上，取意望财（也是旺财）之谐音。此设计创意源自同治初年，相传在原金龙王庙街水井，忽一日涌出成千上万只青蛙，呱呱叫声不绝。并排列有序，列成方阵，一蹦一跳，向南行至二里半南海小河套处，跃入水中，气势壮观。鹿塬城门设计者，将南门设在金蛙头部，面向黄河，意为头向黄河财如水，财源滚滚永不枯干。东、西门为蛙前两足，西北门、东北门即为蛙后两足。因鹿塬当时归萨拉齐管辖之下，不具县治资格，城门只设门洞，不设城楼。后因东北门、西北门出于防御之考虑，又加盖一层门楼。城墙上有垛口，有瞭望台。至此，鹿塬城形成初廓。

竺先生一行出了车站后，回观鹿塬站。站前广场甚是开阔，左行三十步即为店铺。距车站出口处右手，矗立一二层钟楼，下为候车室。广场右边为通往鹿塬南门的马道（马路）。马道两旁，合抱柳树成荫，树荫下有人在躺椅上喝茶聊天。路面碎石子铺就，并有路灯。车人行路有序，车人道两旁地摊小贩、耍把式的吆喝声此起彼伏。一路观赏，虽谈不上雅致，但看得出鹿塬人的生活还是丰富多彩的。

进城后，竺平即按陈秘书临别前叮嘱找鹿塬垦办王先生，按其地址直奔文明巷三号王宅。不巧家中无人，随又转往西前街"绥西客栈"。一路上看西前街街景，甚是繁华、阔气。行人较多，街铺一个挨一个。车从石板街路上通过，首先映入眼帘的是绥西大药房，向西四十余步看去即河套垦办局，斜对面即竺平一行落脚处——"绥西客栈"。

竺平等人进入客栈，一胖子即迎上来，拱手问道："诸位可是住宿？"

"是的，给分配一下房间吧，共计六男二女。"

经理忙招待上茶，一会儿伙计已将住房安排好。竺平和李一平教授一间。除小霞和阎萍住一间外，其余四位男者各自搭配安顿下来。一会儿胖经理又亲自来问："住的可合适？"竺平说很满意时，胖经理笑得眼睛成了一条缝，连说："好好好。"

竺平说："您这客栈环境可以，而且价廉。但不知附近可有食府？"

胖经理说："出门往东即鹿塬有名的'西北饭庄'，饭菜可口。你们是北平（今北京）来的贵客，也有北京口味的菜蔬。如客官需送来也可以点菜，饭庄自然会派人送上。"

竺平说："我们还是出去吃吧。"说罢，几个人即出客栈到街上向觅"西北饭庄"方向而去。

饭毕，回寓所。众人觉得上午坐车已劳累半天，都想休息一会儿。竺平原本打算吃过午饭以后稍休息，即联系和硕公中屯垦驻鹿塬办事处找赵普先生，接洽赴垦区办法。见大家如此，只好作罢。让众人各自回房休息，下午再议日后行程。

下午4时许，众人已休息过。旅途劳累已一扫而光。李一平教授带张晓拿着陈秘书交付的介绍信即去找和硕公中屯垦驻鹿塬办事处赵先生。

和硕公中屯垦驻鹿塬办事处坐落于鹿塬市大公馆巷。李教授和张晓初次来此，路是不熟的。好在坐了一辆人力车车夫熟路，径直将二人拉到屯垦处门口。将介绍信递给传达室一位工勤人员，烦此人通报赵普先生。不大一会儿，工勤大爷出来将介绍信双手递给李教授说："不巧得很，赵先生前日因公赴省城，估计一周之后才能回来。"李教授一听此言，很是无奈，只好回客栈找竺教授再作商议。

李教授和张晓二人正出办事处大门，忽见过来一辆洋车拉一中年人到办事处门口正欲下车。李教授打量此人甚是面熟。忽一想：这不是杨健君吗？原来此人是李教授北平读书时一位校友——杨健。李教授本人在校时是体育积极分子，篮球、排球、网球都喜好。而杨健是李教授读书时校篮球队的队友，人长得健壮，个头一米八五以上。李教授在校篮球队时是打后卫的，和杨健这个二中锋一传一切配合默契。两人私下又谈得来，是无话不谈的好朋友。李教授考上燕京大学后，杨健仍在校读书，常有往来。后听说杨健父亲受聘到绥远民政厅办差，全家随父到绥远后再未谋面，不想在鹿塬这地儿碰上，太巧了。真是应了一句老话："地之大偏在他乡遇故人。"

"杨健？"

下车之后中年人抬头似有些懵相。"谁叫我？你？啊呀，李一平大哥，太巧了，你怎么来这儿了？"

"果然是你，你怎么在这儿？"

"我在这儿工作。快、快，进来。稀客、稀客。"

二人拉着手走进办事处大门。传达室工勤老大爷一见忙迎出来和杨健招呼道："杨处长，您来了？我已经把茶给您沏好放桌上了。水壶里的水是现开现灌的。"边说边在前面引路，一进院，在后院一间正房前开锁让二人进去。

李一平进门一刹那抬头看了一下门上方挂的标牌"处长室"。哎呀，找到处长了，真是天无绝人之路。事情过于"离奇"，像小说又像梦幻。

李一平进办公室打量一下，办公室即三十平方米左右。东墙上挂着一幅平面图，标写和硕公中屯垦处土地平面图，图上标识明白，下有图例说明。西面墙上乃办事处办公室分布，各办的责任和区域还有各办负责人姓名赫然在目。靠北处一张床，被褥叠放整齐、干净。床前一办公桌上置笔砚、台历，安有手摇黑色电话机一部。

这时，杨健招呼李一平和张晓坐下。工勤一会儿送茶两盏递入二人手中，徐徐退出。

杨健问李一平："你怎么来鹿塬了，有什么公差？"

李一平遂将自己来办事处办何事，找人不巧不在，碰上杨健之事叙讲一遍。"你怎么来到了这里？干上处长了？"

杨健答："这也是个虚名，事儿不大，就是每年把和硕公中收支、作业情况统计上报省农业厅。上传下达、来迎送往。差事轻，操心少，干得也还顺手。"

原来杨健自和李一平分开后，并没有立即来绥，而是在读完农学院毕业后看到北平正处军阀争斗混乱中，又不好找差事，才离北平到父身边。经人推荐，本人又是学农的，所以应了这门差事。杨健本人为人忠厚、正义，颇得下属敬重。现已婚，找了鹿塬当地一大户女子。婚后有一子，已满五岁，小日子过得倒也十分舒心。

杨健问道："那你们准备什么时候到后套？"

李一平说："原准备在鹿塬待一两天，带队的是我们系竺平先生。他来时又附带考察归绥、鹿塬二地政治、经济、文化情况。准备在鹿塬再待几天。"

杨健一听是竺平带队，十分欣喜地说："竺平老师我见过，我在北平农学院读书时，他给我们讲过地理地域方面地质构造专业讲座，我听过几节课，讲得好。竺平老师治学严谨，讲课实际、生动，我至今印象深刻。我们学院的好多学生一到他讲课时，虽然是客座授课，但讲厅走廊都加了座，满满当当的。多年不见，这次是个机会，一定要拜访他，尽尽地主之谊。咱们现在就去接竺平老师，晚上我安排。鹿塬风味小吃种类很多，北方的、南方的大多都有，定要好好地招待你们。"说罢，两个人也不再多叙，即起身回"绥西客栈"。

杨健见到竺平先生，欣喜自不必多说。他和李一平进来时，竺平和几位师生正议鹿塬到后套的考察日程。竺平倒没有多说什么，只是小霞和其他几位就先在鹿塬考察还是先去后套再回鹿塬考察争执不下。还是杨健说了一番话，众人听了拍手叫好，就考察行程问题一致通过。

杨健的计划是：一者，这几天在下雨，通往鹿塬汽车路十分难走。二者，后套现在正是麦收期间，公中各级办事人员都很忙碌。现在过去若接待你们，不会十分周全。等过一周十天左右，麦收大劲儿过去，将指派专人陪你们按考察课题细细走一遍。特别是麦收过后仍要土地平整，对其土地分析、水系配网、空地丈量十分便利。同时也有时间召集农工开会，到会效率高，各方意见收集得较全面，反而对考察有利。这几天在鹿塬专心考研鹿塬政治、经济、文化情况。如果说鹿塬城设计是个金蛙，有头有尾，那么从头开始，再看两前腿，接着再看两后腿，怎么得十天左右。考察完毕，定会对鹿塬各方面情况有所了解。这和去后套的时间也衔接上了，这个方案还是比较周全的。至于在鹿塬的费用，你们既然是考察和硕公中屯垦情况为主，那么和硕公中驻鹿塬办事处理应把你们当成客人接待。游览一下鹿塬还是必要的，费用你们不必担心，办事处出了。何况竺平教授是他的老师，李一平又是他的同窗，这个主杨健便做了。

大家听了杨处长这一番话，拍手雀跃。特别是李一平深知此次来，学校给的经费并不宽裕。在归绥时，若不是省政府请吃饭，自己要掏腰包，经费就显然缺口了。他一听杨健此言，顿觉欣然。看了一下竺平，也正好竺平看自己，似有心照不宣之意。看起来这趟考察似有老天在帮忙，在琢磨不定似无前路的时候，面前忽然就打开了一条大路，处处都有了办法。这和我们初到归绥，人生地不熟，然而遇到了陈秘书，一切就顺利，办事顺当，真是何其相似。

6时出去吃晚饭，天又蒙蒙下起雨来。竺平一行沿着西大街东行，市面热闹多了。观其景和他们看归绥旧城相比，这里显然热闹。两旁店铺货物琳琅满目，而且一些广货店里还摆有多种舶来品。街上行人中，穿着较为开放，时有穿裙装女生迎面而过，还时不时闻到一些舶来品的香水味儿。街上行人中各色人均有，常有三三两两的穿蒙袍的内蒙古人，也有穿着红袍黄袍的喇嘛。

竺平等走马观花看街景，行了约莫半里路，杨健停住，指路南一饭店说：

"大家进吧，我们今晚就在这儿吃饭。"

竺平抬头一看，饭庄门脸儿讲究，上悬一匾额"华北酒楼"。记得在绥远时，陈秘书就嘱咐他们到鹿塬后一定要在"华北酒楼"吃一顿黄河鲜鱼，这家饭店的鲜鱼是由黄河磴口殷家渡口专供，货真价实，味美鲜嫩。

待饭店伙计引大家入一雅间坐定。杨健吩咐伙计安排菜蔬酒品。不一会儿八碟小菜摆上，山西杏花村酒及酒具一应俱全。吃碟摆放整齐后，杨健分别给竺平等人斟满酒，开言道："众位为考察后套屯垦公务而来，顺势观瞻归绥、鹿塬两处政治、经济、文化发展，本人十分荣幸。借此酒望老师和众位客人，不必拘礼，吃好喝好高兴为上。"说罢和众人碰杯后一饮而尽。众人见杨健甚是豪放，不意在拘礼，遂放开自如尽兴。

不一会儿跑堂伙计端一红木大平盘，将鱼盘摆放桌中，说："这是本店招牌菜叫：清蒸黄河鲤鱼，诸位品尝。"

但见盘中此鱼，清腴肥嫩，躺入盘中红鳃黑尾，鲜美漂亮。据说此酒楼老师傅在做鱼时要先修鱼，修剪漂亮。做鱼时刀工技法十分讲究，要用刀把鱼背切出瓦凹状，双背刀工对称定型，锅油热时手提鱼尾入油锅。遇热油鱼背上之肉要炸开。出锅后鱼肉内塞葱、姜、蒜、小红辣椒及调料，装入盘上笼蒸之。约蒸一刻钟后，将鱼盘浇之汤汁儿上桌。做此鱼最好的美味应在春冰初泮时，鱼顺流群趋而下，长约二斤左右者最为鲜美，味颇佳。

众人一时看这鱼都呆了，杨健忙招呼众人"下筷，下筷"。众人方夹一块，果不其然，入口即化，其味又美。好，好，真不负其传名。

随后桌上摆上了山西过油肉、鹿塬扒肉条儿等地方名菜，可谓美酒佳肴，酒足饭饱，尽兴而归。众人再次体验了在他乡遇故人那种热忱和好客。

饭罢，大家出得店来，杨健提议，大家如不累，可在街上漫步逛逛，可以看看鹿塬繁华的商业夜景和市容。这个提议正合众人之意，杨健便带领大家逛一逛鹿塬城的繁华要地——川行店。

川行店位于"华北酒楼"饭庄东南，是鹿塬城田油坊掌柜田清雨开创所建。川行店叫法很多。老鹿塬人叫穿行店，年轻人叫它穿新店（是说这里衣料新潮便宜），也有人叫川行店（意即发财水长，不断流传，长流不息）。

众人来此，真是眼花缭乱。各色店铺从南向北依次开设。有鞋店、成衣铺、糕点房、首饰店、古玩店、绸呢缎庄、日用百货、毡毯巾垫，特别是还有书印局、中西成药……各种货品应有尽有。

杨健问李一平："怎么样？像不像北京大栅栏？"竺平频频点头，"像、像，鹿堰地处塞外能有这样的市场，真是难能可贵。"

杨健说："竺老师，你知道哇，鹿堰是个养穷人的地方。这开办人田掌柜想当年也就是个'走西口'的。祖上在山西活不了，生活所迫来到鹿堰。到二道沙河租田，慢慢砌攒（方言：攒下些钱），自己买了地，种胡麻开油坊，成了鹿堰十大商号之一，不容易呀。"

"那乔家不是鹿堰最大商号嘛，'复盛公'叮当有名，田家比他们怎么样？"

"这不能相比，有人说有了乔家复盛公才有鹿堰，这话不尽其然。明天您再看看晋商十大商在鹿堰的情况。您就知道了。"

竺平听此话若有所思地点了点头。

正行走间，忽见前面人头攒动，喝彩声不绝于耳。众人挤上前去，原来川新店南面有一大空地，正有彩唱剧团演二人台，剧目是《打金钱》。刚才的喝彩声乃是剧目正表演至结尾快板处，也是全剧的高潮精彩之处。见男女演员二人女舞团扇，男舞金钱棒。女者手舞团扇时，时劈八叉，时下软腰，时翻侧手。男舞金钱棒，上下翻滚，金钱棒或前或后或左或右。看得棒要打到女舞者，忽一闪，观众惊诧之中"好"一声齐喝，随即又接一声喝彩"好"！打锣镲、拉丝弦，吹横笛的节奏越快，舞者动作配合鼓点越快，快得让人心速加快，快得让人窒息。忽锣"当"一声响，弦乐即停。方见舞者男女二人气不喘身不晃慢悠悠地唱出一句"哎了哎嗨呦，打得那个钱呀，哎了哎嗨呀……"众人一声叫好，表演太出色了。无怪乎这里人群摩肩接踵，川流不息。真是经营有道啊。别说来这儿买东西，就是逛一逛街，听一会儿戏也是人之一大快事啊！

返回客栈，大家仍为川行店此行喝彩不已。尽管一天自早上 6 点登车出行，11 点多来鹿堰，身体疲乏，感觉劳累，但逛完川行店后，心情大好。来鹿堰第一天就感觉此番考察一定不虚此行。

3

清晨起来，众人洗漱、早餐毕，知道杨健已在客厅等候，纷纷来到前厅。只见杨健将一张白纸铺在桌上。见竺平等人走来说道："竺老师，不知您对今日行程作何安排？"

竺平说："客随主便，尽听杨先生安排。"

杨建说："那好，我意今天这样安排，大家先听曹老太爷给大家讲一下鹿塬城建史，然后循此规迹，大家到实地考察如何？"

随着杨健手指，大家看到沙发上端坐着一位年六十有余的老者。此人清瘦身材，精神抖擞，目光炯炯，下巴长一缕白须，一看便知道是一位有学问的读书先生。

杨健给大家介绍道："此乃我父挚友，曹梦熹先生。前在国立绥中第二中学教书，现退休赋闲在家。老先生对鹿塬城建史及繁衍发展史十分了解。故今天特请老先生来给诸位一为讲解二为向导。曹老先生闻听，诸位是从北平而来，又是负责考察归绥和鹿塬政治、经济、文化之情况，愿先给诸位做一讲述。"

众人听杨健言毕，拍手欢迎。

但见曹老先生略起身言道："不知哪位是竺平先生？"

竺平忙迎上前去握住曹老先生的手说："我便是。十分感谢老先生，年事已高，仍不顾身体，屈尊给我们讲解，太感谢了。"

曹老先生道："竺先生不必客气。1934 年，我还在二中教书，曾迎接竺先生导师顾颉刚先生一行八人组成的旅行团，并陪同他们参观平绥考察旅行。后顾先生回北平，随之发表的旅行游记及考察成果都写成著述，相继发表。他的一些对开发西北的独到见解使我受益匪浅。"

说罢老先生随即铺开面前白纸，用笔在白纸上大大地写了一个"平"字，而后侃侃而谈。

"诸位请看上面第一横，说的是鹿塬城史是从北边儿开始。大家都知道'走西口'一说，是说山西的农民在当地无地可种，由于生活所迫，循着清朝征伐噶尔丹的线路，俗称西征路线，来到鹿塬这块儿地界上。历史上记载为'走西口'。这是一次人口从山西到蒙绥的人口大迁徙。'走西口'形成大气候一般在清乾隆年间。来鹿塬的都是经右玉'杀虎口'，再经 Y 盟草地，从 D 旗过黄河来到鹿塬。'走西口'而来的农民基本上没有事先的规划，还保持农民本色，有地即种，无地再觅他处，像最早发展的田油坊。鹿塬村最早出现的工商行业是梁如月的铁匠铺和杂货铺。山西忻州智姓在鹿塬从租种蒙古族巴氏家族'户口地'，种粮食换皮毛起家。到了嘉庆年间，山西保德人王蕊承租梅力更召特拉亥茅子地，安下伙房，盖起碾坊。人们称之为西碾坊。王家一边种地，一边收甘草，成了甘草大王。到了咸丰年间，山西代县上曲村人梁大汉，随父 16 岁'走西口'来鹿塬，先随父种地，后学蒙语当掮客，攒钱投商。同治年间，山西太谷杨有仁'走西口'来鹿塬，开始也是种地，后靠贩绒毛发家。光绪年间还有代县人李威，种地卖粮，种地贩粮，后来贩粮一直延伸到后套。说到鹿塬发展的佼佼者就有必要提一下乔家的'复盛公'、皮毛行的大亨'广恒西'。"

曹老先生呷了口茶，继续讲道："乔家发自乔贵发，盛在乔志庸等后人。乔贵发从山西祁县乔家'走西口'进蒙疆。先落脚萨拉齐老官营子村，靠卖豆芽豆腐起家。他瞅准昆都仑河故道是驼队蒙商必经之路，就和姓秦的一户人家在此共同开办了草料铺，买卖兴隆。乾隆二十年（1755年），乔贵发手里有了钱，从经营粮食、杂货入手，将买卖移居东街开设广盛公。乔贵发做买卖，商业天赋好，此人有最大的两个特点：一讲诚，二讲狠。'诚'指诚意，'狠'就有说道了。"

当时，在鹿塬的有名商号兴起一股"买树梢"的交易。所谓"买树梢"即春夏之交，地里粮苗刚泛绿。商号去预定，与农民议定一个粮价，确定后农民保证数量，商家保证按数量交现钱。秋收时，无论市场粮价高低，商家都要按当初预定的粮价购粮，农民按数量交货。对于商号来讲，极具风险也极具利润。全以秋收粮食生产是丰是欠，决定商家是从高进低出大赔，还是低进高出大赚。这主要测商家预测能力和魄力。然而，乔贵发有发财命，连两年暴赚，大有斩获。此后，虽也有失算的时候，但总体赚多赔少。于嘉庆六年（1801年），乔家后人将广盛公更名为"复盛公"，取"复兴"之意。此时的"复盛公"不仅经营粮油、杂货，更有乔致庸、乔映霞等杰出后人开办钱庄，涉入官场，事业拓展轰轰烈烈。

"说了乔家再给大家说一下皮毛大亨'广恒西'。这个买卖就特殊啦。这个买卖从光绪年间才做起，到光绪十九年（1893年）山西忻州人邢保恒、张世英、丁锡珍等合资白银五千八百余两，在鹿塬开设'广恒西'。此三人不但很有经营头脑，还有一过人之处，即识人、识路数，深谙合力之道。比如他们用的经理即是出身低微，但极有经商才能的牛邦良。"

牛邦良此人牙纪出身。牙纪就是掮客，买卖双方的中介人。牛邦良是山西定襄人，十三岁时挑着一卖菜担子，"走西口"来到鹿塬。先在皮毛店学徒，后为跑街，几年后出徒，做了皮毛行牙纪。他任"广恒西"经理后，善察商机，经营有方。头三年即给"广恒西"赚利几万两白银，到1902年，"广恒西"有本银六万余两，店员百余人，买下涌泉巷地四十余亩，重修店铺，另设分号。到了1917年，"广恒西"欲东扩，瞅准靠东北经营发家的曹家，两家合资入银资本达五十余万两，由曹家二门上出人任曹家资金代理兼下店二掌柜，专管账务之事。向西发展呢，联合阿拉善地区首届一指的大商号——祥泰隆。靠祥泰隆收购皮毛，再由祥泰隆将鹿塬特产砖茶、生烟、糖类、布匹还有曹家和"广恒西"合股在天津、北平、东北及张家口等地推销各种蒙古族用品和鞋帽之类，各色绸缎、洋货经额济纳旗官道运回，买卖范围外展至甘肃等地。

说到曹家和"广恒西"关系就要说一说曹家的经营史和在鹿塬所处之地位。

曹家买卖发展较乔家早。其发家人曹三喜是曹氏家族第十四代子孙。有兄弟四人，因排行老三而得名。为寻求发财致富的路径，他于明末随人出走，离乡沿路打工来到关外，谋求挖参致富。走到产参源地三塔村时，方知官府将盛产参茸的长白山等地，全部用柳条围圈，形成一个很大的隔离地带，当地老百姓称之为"柳条鞭"，而且派清兵把守。并张贴告示：凡"鞭王"之参，百姓不得入内挖刨。进入鞭王者，一律酷刑。轻者罚苦役，重者杀头示众。面对此等困境，三喜只好在三塔村一带走工串户糊口。后因一户人家当家人看上三喜为人老实，又会磨豆腐手艺，遂将三喜招了上门女婿。由于三喜的豆腐质好味美，且价廉利薄，颇得四乡顾客赞许。豆腐生意因此兴隆。后豆腐生意愈做愈大，小有积累后，三喜遂将作坊改为前店后场的铺面，并兼作百货土产生意。苦心经营几年后，将小店盘大在当地开办名叫"三泰号"的铺面。以经营豆腐为主，兼营杂货。后又增设酿造（此地称烧锅），利用当地优质高粱做原料，生产白酒。因清初社会安定，人口骤增。曹三喜买卖兴旺，相继办起"三隆"皮庄、"三庆成"烧锅、"三隆号"钱庄等。为当地经济发展起了举足轻重的作用。四方买卖商户也趁热纷纷迁入三塔村。清王朝统一全国，重新勘定版图，在康熙四年（1665年）遂将三塔村改为县治，曰"朝阳县"。

此后曹家便以"朝阳县"为依托，开始由关外向关内发展。曹三喜家训甚严，对儿孙管教严格。克勤克俭，踏实肯干是其家风之魂。不到几年工夫，曹家买卖即由赤峰等地展拓，在北平、天津、济南、太原设立分号，形成了辐射北方各地买卖的商业网络。及至乾隆、道光时期，曹氏商号已遍及东北、内蒙古和关内各地，曹氏商业开始进入鼎盛期。据乾隆六十年（1795年）《太谷县志》记载"阳邑于今称繁华，商贾辐辏，通衢为狭。咸善谋生，跋涉千里。率以为常，士俗殷富，实由于此。"这个意思就是对包括曹氏商号在内的太谷各商业巨富，其买卖繁荣的生动描述。

曹三喜后人曹兆远继其父辈事业，其膝下六个儿子各施其能。他们保持着曹家吃苦耐劳、勤俭办事的良好传统，经多年摸索，建立了一整套扩建商号、广聘有识之士、各商界行家里手充当大掌柜及管理人员的管理经营模式。建立健全了一整套完整的商业用人制度和经营管理人员待遇等号规号则。商号总数达六百四十余处，经营或开办票号钱庄、当铺、酒坊、粮栈等一百二十多家，经营百货、皮货、丝绸、食品、杂货、面粉等涉及行业二十多种。买卖做到外国多地，在莫斯科、恰克图与朝鲜、日本、英国都有商号。对外贸易所得银两，又由伦敦、柏林、莫斯科兑成金条汇至张家口总号。有人讲：凡有麻雀飞过的地方，就有曹家的买卖。由此可看出曹家财力之大。

1917 年归绥"大盛魁"遭受俄国革命，蒙古国独立双重挤压。蒙古贵族和牧民欠银无法回收。特别是原本支持"大盛魁"的"相与"纷纷转向鹿塬，向鹿塬投资。加之曹家和鹿塬"广恒西"联合出手，一举将归绥"大盛魁"击垮，取代了蒙疆最大的旅蒙商家"大盛魁"，形成了鹿塬皮毛行业在西北一家独大的垄断地位。

曹老先生讲到这儿问："你们知道鹿塬流传的一首歌谣吗？"众人皆摇头。

曹老先生捋了捋胡子笑道："其实也不是什么歌谣，也就是顺口溜罢了。"

"快，您给说说。"

曹老先生的："这个顺口溜是这么讲的，乔家的钱庄通天下，复盛公盘活个鹿塬城。曹家的算盘打得精，官家商贾两头亲。晌午殷家吃鲜鱼，日落乔家座上宾。殷家渡口船儿勤，水流钱串不消停。归绥姚家驼铃响，十万光洋搬进门。"说罢，看竺先生等众人似乎不懂，哈哈大笑，说："这实际上就是现在鹿塬经济为什么繁华的妙诀所在。"

竺平问道："老先生，此话怎讲？"

曹老先生笑着说："这顺口溜实际上就是四句话，就是曹家的算盘、乔家的钱、姚家的驼帮、殷家的船。这里面有个说道就是曹家财大精于算计，经营有道。但曹家更有别人没有的处事一绝，就是'联姻'。"

"何为联姻？"

"你们也知道，商战也是血战。也讲究个成者为王败者为寇。有多少家买卖人一旦商场失利，血本无归。要无人给拉一把，那只有等死。以乔家为例，也有过失当之处，在乔贵发手上就曾有过。他过世以后，复字号买卖也有大赔之例。记得那是光绪年间，又到'买树梢'时节，乔家店铺掌柜胸有成竹，要为财东和店铺大赚一笔。他将鹿塬全号暂存柜上的银两都押上。谁料想，当年却是一个风调雨顺的年，耕种田虽少，粮食却大获丰收。此时的鹿塬，常年的粮商纷纷从后套等地购粮入境，市场上粮价低迷。而传说中的大粮商放出风来要在秋天大举屯粮。这时根本无购粮举动，偃旗息鼓。只看乔家收回的粮食咋办。乔家面对这种场面，无奈之下，将收回的粮食作低价处理。这还不够支付初春时和粮农议定的价银。只得变卖部分店铺及货物抵债。如果讲当年有人相帮，拉乔家一把，何至如此。所以曹家常年在商场上行走，无疑知道，人倒霉时，小石头也能绊倒的道理。就走一条'和亲'之路，求买卖和气生财，这就是'联姻'。"

众人听着来了兴趣，纷纷问："怎么联法？"曹老先生这时手握指头细讲一番："曹家大门上的女子曹翠芝出落光艳动人，且识书知礼，乔家少爷一见，非要此女不可。于咸丰年末婚娶过去，成了乔家二门媳妇。民国初，曹家大门上的二子曹梦龄，娶了鹿塬黄河殷渡口四爷的叔伯姐姐殷氏。大家可知，过去买卖货物需出鹿塬时，大都经黄河渡口或西到山西风陵渡，转佘店运往关中各地；或在此卸货车运或驼运上张家口转往库仑、恰克图北行，所以鹿塬水码头十分重要。而水码头除官渡外，最大一处私人码头即为殷家人所掌控，称'殷家渡口'。曹家人迎娶殷家之女，其内含商业意图诸位心知肚明了吧。"

"再说姚家。也是当年归绥驼运中一支有竞争力的满人商家。早在归绥'大盛魁'时，姚家祖上即有驼运做蒙商买卖。姚家本是旗人，祖上因有军功在今绥远新城南街有一处住宅。此宅三进，头一进为客厅，配东西廊房后辟为店铺，中为书房，后为卧室。此院坐东迎西，面朝南大街。住房后院按旗人习俗，配有跑马场，占地十余亩。早先拥有驼峰七八领（一领计150余头骆驼），是绥远新城南街上有名的商户。据老人们讲，驼运在当时一般从鹿塬、绥远、张家口启程，最远经多伦，到大圐圙（今乌兰巴托）、恰克图。还有的到俄国伊尔库茨克。以一峰骆驼载360斤计算，每驼峰在乾隆直到民国变化不大，到恰克图是12两白银。如果一家驼户一次出动一百峰骆驼走一趟可得白银1200两余，这个数字就是当时绥远将军一年的俸银。绥远将军什么身份，乃是一省之长，封疆大吏，你说厉害不。"

"可惜呀！"曹老太爷叹息道："姚家驼帮也曾光亮过，常年作为归绥旧城'大盛魁'和鹿塬乔、曹等晋商的客户，生意兴隆，甚是锦衣玉食，让人羡慕。但谁知随着俄国闹革命，蒙古又独立，特别是'大盛魁'买卖日渐歇落后，姚家驼帮也逐渐没落。更不幸的是一说民国十五年或民国十六年姚家姚二爷、姚三爷驼帮出库仑境时，遭当地最大盗匪'草原狼'袭击。全帮包括驼峰、货物和人员都不见踪影。后几番派人寻找，杳无音讯。只可怜姚家大少爷年少丧父，只留下姚赵氏孤灯守寡。原来生计有姚二爷和姚三爷招呼，现二人已杳无音讯，只剩他们孤儿寡母艰难度日。后来姚赵氏在众亲帮衬下处理了驼峰。并将姚家门下归绥什拉门更一百七十余亩水田托其娘亲种植。姚赵氏本是信耶稣的，教友安排将其地产捐入比利时教会。在西跨院由比利时绥远教会盖一'礼拜'场所。姚赵氏本人作为教会常年雇工，由教会按月支付生活费用度日。姚家此辈弟兄三人，二爷常年不归，三爷常年在两地跑帮，也未成家。姚家三门单姚大爷膝下一子，满名曰'怀普'。姚家又领养一女名曰'媛'。怀普十五六岁时由绥远比利时教会送往北平国立艺术专科学校学习，从师中国著名音乐人杨伸予专攻音乐，其学杂、生活食宿费用全由教会支付。媛到学业年龄遂入归绥学堂读书。姚家本是属满旗"镶黄旗"，先人时袭满姓中'姚佳氏'（最早为耀佳氏）之姚为祖姓。怀普至读书起名姚怀普，字玉。待其1932年学成归来后，先父弟姚三爷因与曹梦龄、殷氏二人所生之女订过娃娃亲。曹家遂于1932年将女曹玉兰嫁给姚怀普完婚，同年姚怀普即到绥远省国立绥中教书。"

这时小霞问道："曹老先生，您讲了这么多怎么也听不出先有复盛公后有鹿塬城呀？"

曹老先生抬了抬手说道："大家且不要着急，我讲这一段就是大致介绍一下鹿塬商界复杂的人际关系。小女刚才所说的就在这张图上。"

说罢，曹老先生用手指上面一横说："老鹿塬地势北高南低，所以'走西口'过来的山西人发达后为怕水淹，均在高坡处建院设府。你们看这一横，什么大公馆巷，王再山巷，牛贵人巷等均在此横上，就是曹家也不落俗套在上面这一横。东距巴家家庙为邻建一曹家大院。这一横后即为后水沟，俗称'水泊梁山'，居人杂乱。有丐帮、有杠房，还有……这里专有灾民逃到此地后，要交保拜堂主。身强力壮者入'水火棍'队，鹿塬警力尚小，全靠这帮人日常上街维持秩序，清除垃圾杂物。还有庙会时，这些人又出来打场，维护治安。但商家在上面，买卖均在下面，就形成东街、西街。看这第二横。"

曹老先生接着讲道："有了东街、西街的雏形，鹿塬城真正发展起来还是同治年间马升建城后。"

曹老先生又指着头横上方说："现在北梁有个大仙庙。传说马总兵建城墙，墙总坍塌。马升当时许愿如果建城顺利一定建一座大仙庙。许此言后，果然建城顺利。当时的建城总管就是我上面讲的'复兴义'经理梁大汉。鹿塬城建成以后，四乡八邻不管是油坊、粮行、甘草行，还是城中商号奔走相告。特别是城外有钱之人纷纷在城内买房购地。当年鹿塬城内土地价翻了数倍。大家请看二横上两条斜线就是一条斜线通西北门，一条斜线通东北门。左手这条斜过去空地都做了仓储用地，好多驼帮歇脚卸货全在此地。现在这一带往东官宦人家居多。因为这地方有多眼清泉，形成小湖一片，当地人称水卜洞。四周柳树成荫，孩童嬉水，很有生活情趣。右手这条斜线直指东北门，兵家出入。马升在筑城后，曾为防甘肃、宁夏回民军进犯，先后建西营盘、东营盘。西驻步兵，东驻骑兵，保一方平安。横线下一竖，这就是富三元巷。从马升建城后到民国初，鹿塬可以说是一个发展的全盛时期。你们看，这竖线右边，由东街往西发展月如号、顺字号铺面随处可见。其竖线左即为智家。智家在城垣建成后，其永合成占了南城几乎一半土地。永合成当铺，地产买卖兴隆。后"广恒西"还在此地开设新号，足见其地人气旺盛。王蕊的甘草行入城后使鹿塬成为西北甘草集散地。每年集散数量达千吨。王家世居鹿塬西滩，百姓称之为'西滩王家'。刚才说的梁大汉到民国三十五年，1946年在东门大街一带开有店铺、院房、仓库、牲畜饲养院。他还和蒙古国拓展生意占了鹿塬头一份。你们昨天看过田油坊家人开办的川行店。田家还在富三元巷投资买卖，以川行店一家往西带动了官妓业、戏剧业。现在的定襄巷由平康里公司开办的妓院西北闻名。晋商杨家开设的十大双商铺，仅1915年一年在双盛茶庄投资达四千五百两白银。当年分红，投资者一次分得银圆六千余元。其杨家驼庄双盛、艺兴起先由杨四店经营。主要走甘肃、青海、宁夏、新疆。杨氏家族承担巴家西梁空地建房，圈驼场，从而有'四店樑'地名。且不说旅蒙行的裴家商行等等，这些都为鹿塬经济的兴起，贡献了自己的力气。"

"诸位呀，先有复盛公后有鹿塬城这仅仅说对了一部分。其实按老朽之意，确切地说主要是先有'走西口'，引得晋商来，众人拾柴火焰高闹出个鹿塬城。大家说对不？"

这时曹老先生抖了抖手中拿的白纸，问："你们看这纸上几画像个什么字？"

众人凑上前，眼光都盯在曹老先生手拿的白纸上。呀，似有一个大大的"平"字映在人们的眼帘中。

"对啦，这就是个'平'字，太平的平。老朽刚才给你们念的四句顺口溜，就是说明鹿塬商面就是有乔、曹、殷、姚四家布局的主要经济结构。众晋商各显其能，各自发展，支撑着四边，相帮四边才使鹿塬今天市井繁华，商贸兴隆，不容易呀。早在1914年中国近代地理学先驱者张相文先生游历鹿塬后，曾不禁感慨：鹿塬城内有商店三百余，洋行亦多，行栈及蒙商货仓比比皆是。皮毛、邮电、银行各业完备。其商务殷实，且将驾归化城面上。今日之鹿塬商业已大大超前，你们出去走走看看，就知道啦。"

这时小霞高声说："我记得啦，曹家算盘、乔家的钱、姚家驼帮、殷家的船。对不，你们大家说对不？"

曹老先生对小霞投去赞许的目光，众人闻此言，皆拊掌大笑。

竺平说："老先生，我离北平来鹿塬前，顾先生曾说去鹿塬一定要去看看'河北新村'。您能不能给我们说说这方面的情况？"

曹老先生："要说这个'河北新村'，还得从冯玉祥进鹿塬城讲起。"

"1925年，冯玉祥受北平段祺瑞政府委任作为西北边防督办身份来到鹿塬。他第一刀就开向乔家。要军粮军费合大洋150万两。这是一笔不小的开支呀。乔家当时以复盛公领衔，惮于冯玉祥的军威，无奈之下东拼西凑150万大洋交予冯军手上，此举令乔家元气大伤。冯玉祥办第二件事即开办现代文明之学堂。在金龙王庙南圪洞乔家菜园购地设立国立绥中二中（即鹿塬一中前身）。学校的建立是鹿塬史上一件重大的事件，是继1903年建立马王庙高等学堂以后第一高等学府。从此鹿塬文明风气大开。新学校毕业的鹿塬才俊，有好多北上北平，南下太原求学。特别是主张'移民富边'的段绳武先生来后，从内地大量移民到鹿塬，建立"河北新村"示范村，更是让鹿塬人大开眼界。你们有机会来到鹿塬，一定要去看看。"

曹老先生所说段绳武，竺平知道这个传奇人物。他曾拜读过冰心先生1934年旅鹿后写下的《鹿塬游记几则》，其中就提及了段绳武将军赋闲时和梁英等人发起"移民富边"之壮举。

段绳武先生是河北定州人士。他十五岁时从军，在北洋军王占元部下当兵。其人生性务实，天资聪慧，在作战中谋略甚佳。后靠军功升迁至军阀孙传芳麾下第一军军长。1927年国民革命军北伐，孙传芳兵败后，段部被蒋介石收编，任命段为47师师长。1930年辞官赋闲北平。1931年夏，段绳武开始到鹿塬创办实业，开办了鹿塬第一家机械面粉厂和电灯公司。闻后套地域平坦，沿黄河土地肥沃。经考察，又得当时山西主官阎锡山赞许，购船一艘开始在鹿塬、宁夏之间试办船运，并在黄河石嘴山段至鹿塬试种水稻获得成功。

1933年，黄河溃堤，冀、鲁、豫三省沿河地区灾情严重。段先生闻讯，遂回河北省与一些热心于公益慈善事业的社会名流，发起组织了河北移民协会。他们发起以垦发边荒、救济灾民、建设新村为宗旨的"移民富边"活动。

先后四批上千人移民安置在鹿塬南海子新农村试验农场。

按河北移民协会相关条例规定：移民按户拨田贷款，每户地一百亩，贷款四百元。第一年自由组合，开荒垦殖。从第二年起，可独立经营，直至还清四百元贷款后即可成为自耕农。此举使移民对"耕者有其田"的做法很是欢迎。段绳武在移民基本安顿下来后，自1935年4月起，即开始实施新村建设。1934年时，新村尚在建设之中，已初具规模。此在《冰心旅游记》中有详尽记载。

曹老先生讲罢鹿塬城发展史及街面商业经营情况，转而又说道："今天给诸位讲了半天，不知可否。老朽愿闻大家还有何问题。可提出来，老朽定当知无不言，与各位商讨。"说罢环顾四周。

竺平见状，遂给曹老先生换杯新茶，说："听曹老先生一席赐教，令人感动。真是听君一席话胜读十年书，依老先生之见，怎样考察？"

曹老先生讲："今日已近正午，我意后面我们选择近处看西大街，拐向南顺富三元街往南，便于下午看'河北新村'。明日老朽带大家看东、西门及街面，随走随看。怎样？"

竺平说："这样甚好，一切以老先生安排为瞻。"

杨健见状忙招呼大家起身，出门顺街面而行。

临出客栈门，曹老先生忽拉住竺平说："老朽有一言，不知竺先生听否？"

竺平说："老先生明言，但说无妨。"

曹老先生道："实不相瞒，刚才讲到曹家曹梦龄与姚家婚配之事。讲到曹梦龄，实为老朽之弟，现在陶林县为县治，已连任两届，现二任再过半年即退休。前日来信称近日傅作义将军之部前卫，已到陶林境。弟近日公务十分繁忙。告老朽说，似有和日本人开战之意。前日傅作义在鹿塬城内绥西屯垦办事处，70师驻鹿塬代表王靖国部下逮日奸二人，原本疑为形迹可疑之人，审后方知是日特。随身搜出绥远、鹿塬境内山峦、地形、鹿塬军队驻防等情报。故弟告知，吾等之人随行外出一定小心。王师长赴晋据说是商讨军务要事，近日似有大的军事行动。故老朽告知竺先生，出去参观，尽可看，但涉政治之语不宜多言。"

杨健在一旁，闻此言："老先生安顿即是。今去军垦处借车，靖之兄告诉我说，昨日晚，鹿塬警局和驻城守卫部队，还有北梁棍棒队集合均出动，上街清理日本广告。特别是绘有日本人所销'人丹'之广告，一律撕洗。据说这是日本人张贴的指路标记。一旦日本人打进来，日军只要看图绘'人丹'胡须形状即可知前面路途是否畅通，是否拐道而行。"

竺平说："日本人这家伙心机还不少。老先生安顿之言，学生一定转告大家。注意言行便是。"

说罢一行人出宾馆之门向东而去。

4

众人上的西街正面斜对一高大厅楼，方正气派，青砖砌就。大门两侧院墙是铁栅栏杆围就。门上方砖雕刻四字"礼义廉耻"。门右挂一木牌上书黑体大字"晋军屯垦办事处"。门左一木制岗楼，旁有哨兵肃立。刺刀在阳光之下寒光闪闪。但见门外停着八九辆军车，有士兵在其旁忙碌搬运物品。向东一溜店铺，上书"乔记杂货"。众人随向店铺走去。店铺中一中年男子忙迎上来，拱手招呼道："不知几位有何需要，采买何物，小店自当帮办。"见竺平和李一平看摆放在身前的铁锅，遂开口介绍此铁锅产于太原某记，质地、材料，以及深受客户欢迎等语滔滔不绝向竺平等逐一介绍。后见竺平等欲言似有犹豫，随手拿出一只铁锅让众人手摸，似乎验证刚才之言不虚。还笑着说道："客官不必多心，倘若您买回使用有不适，尽可拿回，本店绝不推辞，必全资退货。"竺平闻此便说："我们是外地的，还要别处逛逛，携带不便，如要回头还来。"

掌柜接此言双手抱拳对竺平说道："好，好，不必多心，一路逛好，欢迎再来。如需要什么货品，只打发人来告知店伙计即可，小店自会派人送上。走好。"

离开店铺，李一平对竺平感慨地说："我在北平经常听人说，做买卖北平人生硬，天津人嘴甜，上海人热情。想不到在鹿塬这边难得遇上此等买卖人。有此诚信作为，买卖怎能不好？"说罢朝众人伸出拇指晃了两晃。

然竺平似乎不在听李一平一番言论，仍在默默沉思。李一平见状："哎？想什么呢？没听见我说话？"

竺平这才说："诚！乔家买卖，诚信为先，不是虚言。"这件事令竺平印象颇深，以致后来竺平返回北平后，特将在鹿塬所遇此件小事录于"游记"中，发表于北平的杂志上，向世人展示了乔家做买卖诚信为本的经商品德。

走上西街，市面十分热闹。来往人群川流不息，簇拥而至。人群中各色人均有，有穿长衫戴瓜皮帽的，也有西装革履偏偏头上戴一礼帽的。人群中也有后草地来的牧民，一手牵马一手持转轮，东张西望，不时碰着路人，弓身道歉。还有三三两两穿红或黄袍的僧众在人群分外显眼。忽一阵浪笑迎面扑来，细看乃二位摩登女郎。身着岔口开至大腿根的艳色旗袍，头戴巴拿马式小草帽，戴着墨镜似无旁人一路走来，经过之处香水味扑鼻。微风吹过，裙角扇起，随即露出白美的大腿，引路人眼热。而随之是女人的蔑视目光，浪笑和男人们的起哄叫喊声……观路边石阶上有衣服褴褛、蓬头垢面的乞丐，赤膊，一边以冷漠的眼光看着街上人流，一边手拿一破碗乞路人施舍。街头小吃摊比比皆是，有"马记茶汤"摊，食客围坐一桌。只见特大铜壶嘴中的开水冲向伙计手中的瓷碗。顿时空中飘来一阵米香味，路人驻足，嘴中"啧、啧"声不绝。

此时，正值前晌午，小贩叫卖的吆喝声、剃头匠的铁钩声、揽活脚夫的揽活声……混杂一起，不绝于耳，让人感到浓厚的市井文化气息和生活的丰富多彩。

行至富三元巷北口，曹老先生指着路北侧一店铺说："这就是誉满西北的'德华兴'鞋帽庄，是河北人邢姓老板开的，里面鞋帽、百货、服装商品齐全，花色品种样样俱全。"

大家顺着曹老先生手指看去，七间房宽的二层售货大楼耸立在路北。门面砖雕各式图案，正面横挂一牌匾，上书写"德华兴"，采办环球洋广杂货品全。右侧一三角铁架挂一布幌，上书"德华兴"三字。富丽堂皇，确实不虚大买卖名号。

曹老先生说："像德华兴这样的买卖，前街上还有著名绸缎庄百货店德铭号、盛魁号、德兴号等。此外鹿塬街上像这样的买卖多啦，有糕点复德和，著名的饭店聚德成，都是京津冀商人开设的。这些商家特别注重店面装饰和广告宣传。等有机会看一下'复德和'亦是如此。广告除了幌子外，还有墙体字、海报、传单，把广告效益发挥到极致。这些店铺都建二层楼以上，矗立在鹿塬街面上，甚是壮观。"

在众人的赞叹声中曹老先生手指身后二层高楼，介绍这是铁路买办局。1934年平绥铁路建成通车后，这是铁路买办在鹿塬办公地址，日常售票也在此。自中德合作，设立飞行航线以来，每隔一日一班鹿塬至北平、鹿塬至宁夏、鹿塬至甘肃兰州的航线。除此之外这里还增设了飞机票预售点。

大家抬头观去，进楼门口人还很多，可见生意还是不错的。

曹老先生说："这往南走即是富三元巷。"

大家随曹老先生向南拐弯走去，见一条南北街面近在眼前，路宽二十米左右，由北街口一直向南延伸。

曹老先生说："要说这富三元巷，实际是因三人得名。同治九年，田油坊的掌柜，鹿塬沙尔沁人郭二挠、王贵三人开了一家经营糕点、干货的商号。富三元取三人买卖发财之意。由此这条街以'富三元'得巷名。这家的糕点出名。现在旅蒙商号每年都要在'富三元'订购大量的糕点长途贩在蒙古国，王公贵族很喜欢这一口。本地人在端午、中秋更是把这儿的糕点、月饼、糖果作为礼品赠送至亲。后有复兴斋竞争，两家旗鼓相当，这也是鹿塬一张名牌，口内外世人皆知。到了民国初，东、西前街繁华起来后，特别是平绥铁路通车后，这条街朝南经南门直通火车站。久而久之，这条巷子就成了店铺黄金之地。鹿塬的电话、电报局，新潮的成衣铺、洋行、盐业、天然碱买办局，名流商家府邸、蒙古旗王爷府的'行宫'都建在这条街上。著名的'移民富边'的倡导人段绳武先生的府邸也在这条街上。大家往前走，看路东遮阳伞下'茹月影照'四个字，这是一家照相馆，与东大街照相馆齐名。这家的伙计姓彭，据说是从北京阜内大街的白塔寺照相馆出徒。手艺精湛，其上色技术超群，很得女性欣赏。对面巷为半露天剧场，常有晋绥蒙地晋剧名伶在此演艺。特别是山西中路梆子、西路梆子很适合山西后裔口味。"

中途经彭贵人巷时，曹老先生特别给众人介绍达旗王府王爷在鹿塬居住。再讲到康王（即达拉旗王爷逊布尔巴图长子，名康达多尔济，1924 年承袭王位）在鹿塬生活糜烂。打麻将耍雀牌，为给戏子梁艳楼、张宝玉捧场，一天之内花销 72 个大元宝（折 3600 两白银）时，面露愠色。

竺平问："此人是否就是现在'蒙政会'公干的康王？"

曹老先生答："是此人，看也不会成就大事，恐怕只会误事。"

众人在往南走时，杨健说："大家走得累不，可到此处小憩？"

大家听杨健问，抬头看巷中段，路西有一座十分显眼的呈绿色罩面的二层砖砌小楼。

杨健说："这是晋绥军王（靖国）督办在鹿塬开办的绥西屯垦银行办事处。我们经常有业务往来。大家可以进去看看，不妨事的。"

正说着，只听路上"让开，让开"喊声不绝。

众人抬头往北一看，一独轮木车正过来。细看推车之人，圆头兴脑（方言，喻人脸胖底格方圆，是福相戏称），嘴角胡须稀疏，短胖身材。肩跨独轮车带，木轮车上似桌布遮盖，看不清什么物品。奇怪的是后面跟一十几岁男子，手提一切刀，上下晃动，随着步伐一颠一颤，一上一下，很有节奏。刀至脖颈处，刚要碰血管处，正好闪过落下。走路似跳"鹅步"又似"弹簧步"。看其走路方式，人又担心又失笑。而其人才不管你咋看他，仍自顾自跟在车后一步一颠向南而行。

曹老先生笑对众人说："这是鹿塬街上一道风景线。拉车人是个卖咸牛肉的，现居后街死马巷，有一手好的卤肉本事。遇庙会赶节在财神庙九江口处设明锅卤卖。日常老婆在九江口卖煮肉，而他推车每日从富三元巷南下一路叫卖，一天只卖三十斤咸牛肉。此人脾性耿直，遇买卖只卖半斤，多了不卖。限量切肉，又切得很准，遇到心顺时还多给你抓把碎肉，遇上不顺气，晦气客人不管三七二十一，肉不卖给你不说，一头撞去，把你撞个底朝天。因此，人们知脾知性，往往顺着捋，不招惹他，给他起了个绰号叫'三枪崩'。后面跟着的是他儿子，儿时得了个怪病，病愈后就落下个忽抽的毛病。不过你放心，刀不会碰到他的，只不过吓人而已。你说也怪，自'三枪崩'的肉车固定停在金龙王庙街南巷口，他的买卖好，还带起一家饭馆。这家饭馆主人姓夏，名友贵。就因为经常有客割上半斤咸牛肉三三两两到夏友贵酒馆喝酒，结果客人多了，酒馆开成饭馆了。现在买卖挺好，夏友贵也是个有心感恩的人。每天关门后专设一席总是叫'三枪崩'过来，炒个菜，来上二两，俩人对饮一番。久而久之，反成挚友。每天'三枪崩'总是在夏家吃碗面后回家。有时没去，夏友贵还觉得这一天空荡荡的，打发人去问'今天三枪崩咋了没见'？你说怪也不怪？"众人听此典故，拊掌大笑。

正值晌午，杨健便邀众人干脆在夏友贵饭庄就餐。餐后再出南门赴"河北新村"参观。

饭毕，出得夏友贵饭庄，众人随曹老先生右手指方向看去，乃一园洞门大院，上写"育婴堂"三字，再往至路北拐弯处，曹老先生指东坡上一院乃说道："此为国立绥中二中教职员工家属院。近年来，鹿塬学子学成或出外闯荡或回归鹿塬，往往都以能在二中教书为荣。更有北平、天津大学堂毕业者纷纷慕名来鹿塬任教。现二中师资雄厚，学科俱全，从初一到高中学籍班级健全，可谓鹿塬发展之人才屯聚之地，实为鹿塬幸事。"

说话间一列驼队约驼峰百只从大家面前走过直向北而行。曹老先生说："这是从口外刚回来的驼队。向北这条街称为金龙王庙街，街两旁均为曹家后人叫'三来份'的开设的车马大店、铁匠铺。每到晌午，马队驼队卧歇其街，驼峰众多，甚是壮观。铁匠师傅和伙计夹一马凳，手拿割铲、铁锤及马掌、钉子之类，修驼脚钉马掌忙得不亦乐乎。此街还有郭家之皮坊资产，甚是做大，规模可观。"

赵晓忽记起一件事问曹老先生说:"历史上传闻,曾在清朝年间从这里一口井上来上万只蛤蟆,结对向城外走去,可有此事?"

曹老先生哈哈大笑说:"此事实为谬传,井倒是有一口,在北边,但井里怎会跑出蛤蟆?此事倒是发生过,但蛤蟆不是从井中出来的。"

"那在哪里呢?"

"金龙王庙街以东原本为水洼地,后人称之南圪洞。有一年这里倒是有成千上万只蛤蟆从此洼地涌出,呈阵势蹦走南面,入南海游遁,所以后人认为此为发财之吉兆。故有乔家一次买下百十余亩土地开发为菜园,倒也殷实,旱涝保收,钱来得快。南圪洞虽人称圪洞,但实为一聚财福地,可见乔家人眼光独到,能抓住一切商机发财致富。"

大家转身向南经过一空地,但此空地处处地摊随即可见。此外还有耍把卖艺的,唱戏说书的。各地风味小吃,熟食饭摊的,一字排开,一家挨一家,把偌大空地占得满满的。繁火景象另呈一番情趣。到中央过道,人挤人,肩摩足碰。又要观景,又要品味小吃,实在无暇顾及。

曹老先生特别讲道:"鹿塬最热闹的红火数春节、正月十五。一到此佳节,鹿塬十八行社在金龙王庙、南龙王庙、财神庙等地布置红火,热闹非凡。每逢正月十五要在这个空地耍龙、斗狮、踩高跷、划旱船等。届时南北对搭两座高台,四周挂满灯笼:什么西瓜灯、茄子灯、猴灯……琳琅满目,应有尽有。到这一天夜晚大人小孩、男女老少,特别是小媳妇、大户小姐、青年女子,都要出门观灯,看红火,人多了去啦,熙熙攘攘,摩肩擦背。时有顽皮后生在小媳妇身后放一炮仗,惊倒一片。社火高潮时,两头高台互射炮仗。有好事者,看着猴灯下聚得人多,朝猴灯屁股处放一炮。霎时猴屁股处喷出火花,俗称'猴放屁',也有地方叫此'猴尿尿'。人们为躲火花东拥西躲,有火花溅脸烧疼叫的,有踩丢鞋的……刚这波平复下来,那边高台又击中钟馗嫁妹灯。但见钟馗眼中黄花四射,口中忽喷出一红火球直奔人群。炸裂后灼热的铁砂散落在空中落,下,溅的人身上或脸上灼热发疼,人们躲避不及,纷纷后撤。后面者想着前面红火,不防备被挤倒。人压人,叫苦者,看笑话哈哈大笑者,尽有之。人们拥拥挤挤,不亦乐乎。真是齐天同乐,其乐融融。老朽这支秃笔真是无墨可描了。"

走到南门但见门洞一大一小,上方均有青砖刻字书写"南门"二字,众人甚是不解。

曹老先生说:"同治年间马升筑城时,南门对着二里半南海子官渡方向。当时鹿塬城池设五门各司其职:东门进蔬菜,主要是东门外多为水地,有

'转龙藏'之水浇地浇菜园；西门进粮食，主要西门出直道通后套粮商聚集之地，从河套贩粮进西门方便；南门进百货，因南门直通南海渡口；西北门进牲畜，从这门出走后草地方便，也是驼峰从丰备仓起货走草地通蒙古必经之路；东北门进炭火，这是通石拐煤矿的捷径道路，后 1929 年平绥铁路修通，从车站下来客商，走亲串友的斜插一条路进南门，有些绕行。冯玉祥那时辖督鹿塬，先将富三元巷街用碎石子铺就，后在富三元巷与正对车站方向的城墙上开一南门，并动用军队修南门直通火车站大道。此路黄土夯实，青灰铺面，称之为'南门外大街'。路两旁军人又种柳杨，即今道路之景象。"

曹老先生讲到此处不禁感慨："鹿塬能有今通衢八方，成北方商业重镇，文化教育事业如此发达，冯先生之功不可磨灭。"

出得南门远远望去，烟囱耸立，似有一水塔。曹老先生讲："那就是鹿塬电灯面粉公司，鹿塬最大文明实业，是段绳武先生招资兴建的发电厂。一会儿去'河北新村'路过，大家细细观看。"

大家一边观看城外沿途风景，一边交流彼此观感，兴致勃勃。路过电灯面粉公司，从外往里观看。一座人字形屋顶的建筑坐西迎东，山墙上开一大门正冲厂门外大道，观其建筑面积约有平方千米，厂里煤炭堆放整齐。面粉机轰轰之声传至厂外，行人都不禁对此处多看一眼。真别小看这座占地不算太大的小厂，它给鹿塬人带来光明，带来文明，加快鹿塬文明进程。竺平在研究中国地理及风土人情时，通过教学资料就了解到，鹿塬电灯面粉公司从 1930 年建厂到 1936 年全市电灯用户达五千余盏，面粉年产五十万袋。特别是面粉厂生产的"双驼峰"面粉除供本地居民使用外，每月从鹿塬运往平津二至三十车皮，每车皮一千四百余袋。产后麸皮主要供给北平做饲料用，一度曾供不应求。这也是整个西北地区唯一榜上有名的民生企业，使人感受到了现代文明生产吹来的徐徐文明之风。

竺平正思忖着，听见杨健招呼大家说："大家上车吧。'河北新村'离这还有十几里路程。大家坐车前往，看一下'河北新村'，或许还能赶上段先生举办的婚礼仪式呢。"

只见路旁停着一辆敞篷卡车，原来是杨健安排众人乘车去"河北新村"的。大家纷纷上车。曹老先生年事已高，自然众人恭让坐在驾驶室副座上。杨健和大家坐在上面。汽车随向"河北新村"驶去。

此时虽处夏暑，但老天有意眷顾，似乎有些发阴。太阳隐藏在云层中，半露半藏，不感觉到燥热，正好出行。不知谁在车上喊："我们唱支歌吧。"

又不知谁起头唱起："打倒列强，打倒列强……"这本是一首风靡全国的现代军歌，曲词简单明快，众人自然都会。竺平心中却在想：现在平静的生活多好呀，可是听曹老先生之言，联想到昨日同杨健交谈，屯垦代办处现受军令筹粮，工作十分紧张。这全在于日本人西进所逼。一旦战火燃起，眼前这繁华景象又是个啥样呢？首先是生灵涂炭，眼前这一番安居乐业之景必毁于战火。想到这里，竺平心中不免生起一股忧虑、惆怅之感。

车上往北眺望大青山，崎岖巍峨，依稀看到墨绿色的山巅松柏簇拥，更显青山之威严。山前农田连绵，有缭绕炊烟升起。古人云：风水宝地一定颇具依山傍水之势。鹿塬正是依大青山而枕，傍黄河水而眠。借古人之吉言，岂有不发之理。

距"河北新村"大概三四里之处，过一小桥，车右前轮陷入泥泞中，刚巧路旁附近有"新村"农工干活。见此状，急赶来帮忙推车。观其面容，红光健康，似和小说描写的农民甚不相同，心中更有一种期待看到"新村"真面目的感觉。车行驶时有一刻钟之多，停在一处院落门前。此院离铁路路基计200余步，门前一东西大路。此院路基之南，方方正正占地十余亩。院四角建有炮楼，估计是御贼盗之用。进了院内一排排民房住宅东西整齐排序。竺平数了一下计有三十余栋。从此门前穿过两旁所建宅房的过道是一广场。道旁两侧栽或柳或杨，隔一段建有一花池，东西对称，甚是整齐。池内菊花、山丹花竞相争艳，实有万紫千红之美感。进得广场内，竺平等人方知，刚才走的是后门。广场方正计有千余平方米。广场正中设一旗杆，杆上旗帜飘扬。广场左侧建有篮球场和单杠、双杠等体育器材。右侧有一深井，旁建水泥洗台，看似作为职工洗漱或洗衣物之用。台下有一明沟，废水即顺沟流向墙外排水沟中。大家转过身来，前排房屋挂有医诊室、活动室、图书室牌。近观之里面活动球台、图书应有尽有，摆放整齐。靠右一排房有一室挂着"场长室"牌子，一进两开，似段场长之卧室和办公场所。左有一大间，足有三间房之大，挂牌名"会议厅"。看"会议厅"披红挂彩，贴满喜字，即想到这是今日举行婚礼场所。大院内干净整洁，无一杂物，想这主人也是喜好整洁之人。

院大墙西边开一门，门外即是新辟菜地。广场升旗台正对南门，此门建的宏伟，有圆形铁制拱架上书"河北新村"四个大字。门前一东西道向东或向西车辆均可转弯向北，至我们来时的大道上。

环看新村四周，均为新垦之田。田埂横竖交错，渠网分明。巧赶今年风调雨顺，地中作物长势喜人。田里种的都是糜米、荞麦、玉米，正待开镰收割。

竺平在院内，早见一中年男子和一女士在院中等待。杨健赶忙上前介绍，这中年男子是段场长之亲段承泽，旁中年妇女是段太太。但见段承泽先生西装革履，穿戴整齐，戴一副金丝眼镜，笑容满面，一看其是诚实之人。段太太身体微胖，穿一领紫色旗袍，虽素颜未妆，但举止大方，一看乃是热心好客之人。竺平和段太太等人见过，寒暄一番。听段承泽介绍，这儿刚举行了"集体婚礼"。是该村第一、二批从河北移民过来的十位青年与北平救济院十位待嫁女子集体结婚。经段太太细解，大家才知缘由。为使移民生活安心安定，段场长特指派段太太去北平，利用她和北平救济院安院长相识的机缘，为十名待婆青年村民选择对象。段太太去北平后，亲自考察安院长推荐的十名女子，与她们彼此交往，暗中考察她们每个人的个性、能力、吃苦、品德，最终决定迎娶。这些女子来"河北新村"后工作表现极好，又略有文化，吃苦方面还成为村中妇孺的表率，今天特为她们办了集体婚礼。

杨健特和竺平讲，别看段太太出身名门，但为了段先生"移民富边"之理想，断然离开北平豪华府第，甘愿随段先生举家来到鹿塬，内外料理，实是段先生一有力助手。

段太太闻此言，直说："过奖，过奖。"

竺平问段太太："咋不见段先生？"

原来段先生因建第二新村赶赴五原。嘱咐该村武训小学的教师李德祥和段承泽先生陪同众人参观，并做导游。由他们给众介绍"河北新村"目前建设概况和今后规划。

竺平等人因听曹老先生说李德祥教师也是鹿塬人，由鹿塬国立绥二中毕业考入北平师大学业期满后来此校任教，也是他的学生，今一见面感到分外亲切，互相介绍一番，相谈甚畅。

从村里出来，李德祥老师特地引他们到村西观看电机水车操作情况，这是新村自己创建的。因为新村新开垦的土地均在黄河以北，地势较高，只能抽黄河水施行灌溉。段先生聘用电灯公司技工把普通水车并联连接，用一架发动机牵引实行运作，用电由电灯公司供给。该机每日抽水可灌溉稻田三百至四百亩，这是在西北地区借电力抽水灌溉田地第一例。

从新村参观出来，天色尚早，因有汽车缘故，大家一致同意到南海码头一看。竺平担心曹老先生年事已高，若劳累一下午，恐身体吃不消，哪想曹老先生兴致更高，遂不拂一众之意愿。大家辞别李德祥老师即乘车赶赴南海码头而去。

5

行车一小时，车已距河岸约半里路程。因车道上车马拥挤，只好停车步行。远观黄河水流浑黄，旋流甚急。自西往东望去，斜阳照射在水面上，水面雾气翻白，一团团白云翻滚，浩大之气，令人震撼而又神往。此时想起王之涣的诗句"黄河远上白云间"，身临其境吟此句再贴切不过了。

近到岸边空地望河道内帆杆如林，舟船如流。官舟商船、牛羊筏子，张帆竞发。船工摇浆撑船叫号声，拉纤者的和号声，此起彼落。岸边空地上各家商号自立标号，商家之货物堆积如山。不时似有管理人员领着一小队一小队人带推车去倒运货物。人车拥挤，川流不息。城内来拉货的车和货物已装上欲往城内走的车，不时因挡道而互相争执。人潮涌动，好一派红火热闹的景象。

众人绕过一堆堆货物才走到看似管理场所的一溜房屋旁。曹老先生急吩咐场务管事："你去营办处找一下叫马四的管办急来见我。"

不大一会儿，一人一路小跑着来到曹老先生面前，拱手道："不知主家亲家翁到来，有失远迎。您老来早知会一声，我好通报主家。"

曹老先生说："这也是走得匆忙。本是北平来的学者几人要参观一下渡口，所以前来，不便讨扰，找个人指引个路行个方便就行了。"

马四说："那哪成呢？我已派人去请四爷，马上就到。诸位先生到营办处办事厅稍事休息一下，等四爷到了，如何参观再做安排。"

杨建说："不必客气，我们来此只是看一下渡口景色，也无甚事要办，只烦您引路就行了。"

曹老先生也说："下午从'河北新村'到此已近半天，天色已不早了，时间也紧，看看就行了。"

马四见此状，也不好勉强，遂领众人从营办处开始，逐一观看。

没走多远已到营办处办事区域。酒楼、旅店人潮拥挤喧嚷。众人在一座大型建筑前停下。马四说："此为县府设官渡管办处。自撤销托县渡口以来，绥远省府只在此设官渡一处，派员督办渡口一应业务和税收。这几天不知何故，驻军70师已派人接管渡口，对来往船只客商严加盘查。这不四爷就是和官渡关主任陪师参谋长吴先生视巡警务，并中午设宴请人。"马四又指左边一溜客栈说："这就是主家承揽用船业务之场所和船工休息之地。"

众人抬头望去，一溜民房约有三十几间。当中一间上挂牌"殷记船务"。从外往里望，高高黑漆柜台后坐满业务人员。首先传入耳中的是不时传来的算盘声。厅内摆一溜长椅，有不少坐着的客商手握单据在等候办理。还有人员进进出出，忙碌的很，业务似十分繁忙。

众人正看，忽听旁有人叫："不知亲家老爷驾到，有失远迎。"竺平等抬头望去，只见一来人身着绸布白长衫，胸前挂一表链，头戴一浅棕色礼帽。此人中等身材，微胖，紫红色长方脸，一双大眼甚似精明，年纪四十上下，算得上一漂亮人才。来人正是当今鹿塬二里半渡口殷家船务掌门人殷四。

说起殷家，祖居山西河曲。祖上几辈居黄河边以搬船、摆渡牛皮筏子为生。传至殷四这一代已四代人搞船务。靠精打细算、积攒资金、刻苦劳作，到殷四这一辈挣下一份偌大家产，有木船三四十艘，牛羊皮筏七十余排。在臭水井东菜园购地十亩建宅院一座，鹿塬人称"殷府"。殷四这一代本弟兄四人，老二、老三夭折，老大也是自小体弱多病，久患痨病不愈，也未成家。单老四婚娶之后膝下有一儿一女。女儿大名"洋环子"，小儿名"栓狮子"。殷四本人粗犷大气，性格豪爽，社会结交甚广，政军商各界均有朋友。二里半码头虽说是官渡，但官船营运没有，只管税牧。其货载船务均是民间老板自揽自运，从西上游得青、甘、宁、内蒙古河套的粮食、甘草、皮毛；东到山西保德、偏关转自张家口进绥旱道出到、恰克图一线，业务量大。殷家因面上交际广，所以业务均被殷家一家独揽独大。二里半码头民间也称"殷渡口"。殷四本人为人豪爽，好喝几盅。闲来无事，好跟船工摆龙门喝酒猜拳。船工家中谁家但凡有事，他比谁都着急，故人缘较好。特别是对船工生活更是经常关照，让船工吃好吃饱，所以船工经常戏说：在殷四爷手下干，就是跌黄河水淹死也是个饱死鬼。为啥殷四称曹老先生亲家老爷呢？原来殷门上同辈殷姓叔伯妹子嫁给曹老先生之弟曹梦龄为妻。曹殷两家本是同辈儿女亲家，故这样尊称。

殷四听马四讲清曹老先生之意乃不勉强，主随客意。遂领竺平一行到渡口各处转悠。

已近8月时分，午后一般还是凉爽的。众人又走在黄河边，但见河道内船桅林立，船岸之地有跳板相接。船工有将货物搬上船的，有将货物卸下船的。有一处大概是卸一大件物品，四人搭杠在前，四人搭杠在后，随着号子声步步挪动。旁有一人举一小旗，发出统一号声，和号声喊声震天，气象甚壮。唯一和此景不和谐的是岸口不时有警务和军队人员结队走过，令人诧异。

竺平问殷四爷："此地怎有警务、军队人员？"

殷四爷笑笑说："警务实际也是摆设，船工哪有闲工夫闹事。主要是河对岸的农民，穷得不行，地少产量不行，那儿的王爷税又重。贫苦农牧民生活无着，农闲时，时常过河抢偷，兵来即散。话是这样说，真要人多过来了，警察跑得比别人还快，还得船工自己招呼。倒是军人们，昨天突说要接管渡口，什么情况，以后才能知道。老师们，我看这也看得差不多了，咱们到南海子有名的'禹王庙'看看。"

南海子码头居住的前辈"走西口"的人挺多，大都以搬船或装卸码头货物为生。出外行船的船户为保平安建立了此座"禹王庙"。

"禹王庙"坐北朝南，面朝黄河。正面看，庙门顶二坡出水，顶横脊两头龙雕，四脚飞檐上各卧一金蛙，造型肥胖，憨态可掬，形象逼真。檐下山门上悬挂金字牌匾"禹王庙"。东、西边庙墙延伸至角均建有挑檐的钟鼓楼。山门前耸立斗旗旗杆。对面坐南迎北，建戏台一座。整个建筑群结构紧凑，虽小巧，但布局十分壮观。

从山门左右拾级而上，一精致小院内正殿约有三间房大。两边各有厢房，供奉水神排位，正殿内塑禹王金像，戴斗笠，握金锨，面赤眼如钟，案前香火旺盛。细观厢房诸水神，有神龟蟹神，或握枪，或举叉，形象各异，色泽鲜明，栩栩如生。

众人参观毕，出得南门，见殷四爷身边站立一女子。女子头梳抓角儿，皮肤白皙，身材匀称，身着白印花旗袍一领，脚穿一双半皮驼色高跟鞋。女子漂亮，端庄大方。殷四爷给大家介绍说："这是小女环子，旁为小儿'栓狮子'。"

殷四爷见大家参观完"禹王庙"着急上车，说："你们不能多住几天？过几天就是（农历）七月十五。我已和城内十八行商会议定请毕克齐的'抬阁''脑阁'来办红火。唱戏三天，你们不看啦？"

竺平对此好意均表遗憾，并感谢殷四爷盛情留客之意。互道珍重后，随乘车按原路进鹿塬西门入城。

汽车进了西城门向东行驶百米，见一建筑矗立路中。曹老先生告诉大家，这就是相传吕奉先铁戟鹿塬存放处——西阁门楼。大家观之，戟长一丈许，估计重有百斤。用铁链将戟头悬在殿中房梁之上，戟柄斜立在地上，四围铁栏。竺平靠前细看，柄口有刻字，隐约可见"XXX巴图鲁"字样。李一平教师告诉大家"巴图鲁"实际是满文，译"勇士"之意。故说："这柄戟相传是三国时代吕布兵器，看来谬传。如写'巴图鲁'字样这名称只在清朝褒奖立大军功者才有的'勇士'封号，看起来估计是清朝兵器用来作为镇城之宝的话才可信。"

这时司机过来对杨健说，几天以后要在后套用此车考察，想提前去保养一下。杨健允诺。众人一听便步行至寓所休息。沿途所见繁华不多叙述。

6

次日清晨早饭后，大家自然又随曹老先生逛了西街、东街、东门大街。综观其东街、西街是鹿塬城最繁华的两条街，是鹿塬经济发展过程中，北平、天津、河北等地相继融入，把东、西部饮食文化、建筑风格、经营理念、综合服务有机结合起来而形成的。和东门大街典型的晋商文化、建筑风格相互烘托，共同创造了鹿塬的经济繁荣。一路走来，除昨日众人看过的"德华兴"等外，"春和玉药房""景新浴池""兴三照相馆""四美元烧卖馆""正大茶庄""亨德利钟表行""北大旅社"等大商铺比比皆是。沿街摆设的摊贩车和此起彼伏的叫卖声不由地令人左顾右盼。街面上人多车多，更凸显路窄，好似过节一般。

在曹老先生指引下看到东门大街"复盛公"当铺钱庄、"广恒茂"粮油作坊，每隔一段一个大院，门口或挂牌或高悬灯笼，上面写明为某人某号碾房、作坊、仓房。东门大街像"德华兴""复德和"那样豪华门脸儿少之又少，更多的是杂货铺、肉铺、理发铺、商铺、大院，小门脸儿一个接一个。而饭馆、肉铺挂"清真"二字幌子较多，清真特色小吃也居多。

正看时，对面来了一队娶亲队伍，前有二人穿红衣戴红缨帽举红牌上书写"迎亲"开道，后有六人同样服饰，鼓乐喧天，是一支鼓匠队；中间一穿红衣儿童牵一马，骑马者可能是新女婿，穿一领红长袍马褂，头戴黑色礼帽，胸前一红十字交叉大红绸花一朵。后跟随一花轿，四穿红衣者抬杠；随后跟马拉轿车三辆，前头大马佩红缨嚼口，赶车的红色着装，手执长杆鞭时不时甩两下响鞭。路旁行人纷纷驻足观看，此景也特有一番情趣。走至东门大街东头，曹老先生指着一高大建筑说："这是清真大寺，也是鹿塬最早的伊斯兰教寺院。往前出东门就是'转龙藏'龙泉寺大家好好观赏一下，也不枉你们来鹿塬这个边城一趟。"

出至东门，见博托河上有石拱桥一座宽丈二，下有桥洞六个。因昨日下了雨，桥下水流湍急，自南顺槽而去。

下桥顺路东行，远远望见前面石壁上大书"转龙藏"三字。置有三个龙头，泉水喷流。龙头下人头攒动，嬉水玩耍……约走七八十步远随转东顺坡而上，迎面见一圆形水池，约深丈许，四围砖砌花墙。手托着花墙向下视之，池水清澈可见，鱼儿游动。曹老先生告诉大家，池内之水是地泉涌出而致。相传就是因有这股泉水，一四方游僧，行到此处，发现此泉，即停居此地，四处集资方建得此寺，名曰"龙泉寺"。泉内之水，经暗修的水道流往西头，经三个龙头出水。池四周有合抱榆柳数颗，树荫遮天。荫下游人也不少，有男有女，或老或少在此游观。又看有数人在此间练拳，吆喝势壮。有摆设套圈之游戏摊位，小孩正欲拿小竹圈往空地上的小玩物套，面容急切眼中直盯一小玩具，着实可爱。有小贩肩扛一扫把，上插满糖葫芦，高声喊叫"无核糖葫芦，二子一串"。更有者高声叫卖"豆面糕，一包糖，不甜不要钱"……此起彼伏，甚是热闹。

往上走即迎面见一寺门，上书"龙泉寺"。旁立石碑细观看，上面碑文年久，但文字依稀可见。方知此寺年代久远，为清雍正年间所建。原为一小庙，后于道光年重建现在的规模。观寺门左右，两砖石塔钟鼓楼耸立。建筑宏伟气派，年长已呈破损，钟鼓楼虽还在，但塔顶檐角原有饰物已参差不齐。从寺门进去，便看到一木架，架上悬挂有古钟一座。观此寺正殿计有五间列正北。东西两旁，另有禅房数间，有客堂、斋堂等。正殿名曰"大雄宝殿"，内释迦牟尼像端坐正中，香火甚旺。旁殿供观音，面容清秀，给人一种亲切之感。案几香火缭绕，像传福音，天下人向善至诚。更有一殿中乃塑西天取经唐僧师徒之像，近前观看，塑像生动活现。唐僧合掌低头默诵经文；悟空手搭凉棚弓腰弯颈，一金箍棒斜跨肩上，火眼金睛似观四方；沙僧肩挑行李担子，脸上汗珠依稀可见；白龙马仰天长啸，似乎向世人诉说西天取经驮载之苦；更惹人发笑的是八戒塑像，袒胸露乳，肩扛钉耙，笑容可掬，似看到西天取经成功，马上要见到朝思暮想的高小姐。游人望见不由一笑，增添几分愉悦之感。

出了寺门，曹老先生指东面对大家说："东面大家可看见那个建筑，叫玉皇阁，大家上去否？"赵晓指着西边突出的岩角上一座凉亭说："那里好，上去正好看看鹿塬城。"

曹老先生说："那叫'望河亭'，因为在那登高望远，不但可以看得鹿塬一城全景，又可看见黄河，去那好。"

大家遂从寺门右出转向后坡走去。顺坡路而上，乃见一石砌之凉亭。六面成形，红柱撑立，亭顶呈六面顺水出檐，挑檐以龙首为吉祥坐兽。整个亭外形似坛敦实，进亭才知道周边向外展延三尺环廊，六面环形外廊均砌石雕花围栏，可供游人凭栏远眺。亭内门窗均为木制雕花木格，技艺精巧，或飞禽或走兽，应有尽有。亭内设坐，可供得游人休憩。亭入口处上方悬挂一匾曰"望河亭"。

竺平在众人入亭内休息之时，踱出亭外手扶石栏远看，黄河山峦，四方景色，尽收眼底。

远望东南：天地间的黄河已不似昨日近观之水流湍急，奔腾东流的景象。此时黄河更像一位出浴美娇女，身裹柔纱，静卧在天边淡橘色的沙床上。水天相连，一望无际。似天上来，又似地下涌。艳阳之下，黄河水波平浪静，泛起粼粼闪光。天空中鹂鸟上下翻飞，时而分，时而聚，翔飞极乐。黄河是母亲河，它斩断大运河，傍随它的大小河流让它卷入腹中，滚滚东流。奶育着黄河边的各个民族，更奶育了鹿塬人。它连接两头的宁、甘和晋、豫，造就了鹿塬水旱码头的历史荣光。

眼望黄河故道，更能体会黄河的自我张扬和狂傲。地处在黄河几次改道中的冀豫，在溃堤肆灾、商不能行、橹断桨裂、饥民哀号遍地的时候，偏给予鹿塬子民一份偏爱，带来的是"移民富边"和活泛的商机。

自黄河岸北，眼见都是葱绿，横竖田埂，渠道纵横。水车轮转水跃，将黄河水引入田间，使城东的大块菜田碧绿油光，长势喜人。菜田中柿子架片片相连。瓜棚边的假人迎风招手。菜香、花香随风吹来，使人不觉一顿，心旷神怡。依稀可见南龙王庙乔家菜园似和城外的菜园争绿斗艳，一片生机盎然。

往北看：大青山伏垣东西，横天际涯。墨色郁绿，真不愧阴山名号。阴山山脉自西往东绵延数千里，连跨甘、宁、内蒙古、晋，北平燕山却是它的余脉，大青山只是集宁至乌拉山一段，也是最为险峻、挺拔、雄伟的一段。阴山山脉、秦岭山脉、武夷山山脉（自横断山起）乃并称为中国三大龙山。而鹿塬恰在北龙阴山山脉怀中，前临黄河，后靠大青山，实为风水宝地。寓天之骄子，岂能不发？

眼见沿东城墙大道上，从大青山煤矿而来的炭车络绎不绝。石拐煤矿坐落于大青山之中，石拐煤火力壮，热卡高，是鹿塬、绥远乃至后套草地主要的生活或工业用煤，蕴量极巨。河北人看中此矿源，遂投资开采，带动了近郊的作坊生产和运输业的发展。忽见鹿塬城东门有军人挥身向下喊什么。城门口因新有军人盘查之故，入城门两旁道路上数百辆牛车、马车、炭车、草车停下等候入城。车队绵延有一二里之余，甚为壮观。

从正西面越东门城墙往城里看：已近晌午，炊烟四起。看城北梁头上一色青砖深宅大院，极具山西建筑风格。成片或上或下，一看便知是山西晋商或王公贵族、政界名人之宅院、店铺。往西直眺，清真寺月牙塔，耶稣堂头顶钟楼依稀可见。从岔路口往西南看，车水马龙，其建筑又是另一番风情。二层以上店铺居多，顶楼上或立旗杆挂旗或挂幌，一看便知是河北、京、津客商所开之买卖。更见高大广告牌在阳光下耸立，更显其鹤立鸡群，彰显出现代文明经商之气息。

从小亭往下看，龙头出水处，有洗地毯的、有洗菜蔬如西红柿黄瓜的。时有娇娃专站在龙头下，让泻下泉水浇个湿透。更有女子赤脚淌入地下的泉水中，嬉耍泼水，浑身湿透，衣服紧贴身体，身材曲线清晰可见。阳光照射在龙头泉水泻下溅起的水雾上，一道道彩虹忽隐忽现。嬉水之人有唱山曲的，有应声回唱的，彼此呼应，一片祥和景象。

竺平看着这一切，不觉精神振奋，几天考察劳累一扫而光。

是啊，鹿塬作为一个边陲小城，能发展成今天这个样子，真是不易。

想古有赵武灵王胡服骑射，励精图治，尚有赵长城千古遗瞻；再有九原郡之英武美少年吕奉先"三英战吕布"，史留之千古笑谈；还有周培公病献"大清一览皇御图"中鹿塬作为储粮御敌之要所赫然在目；更有班禅九世活佛为一睹"有鹿的地方"过境绕道专程来鹿塬小住佳传，以及三娘子为蒙汉和平续写了新的"昭君出塞"之丰州滩传奇。城东的月牙塔、梁头的巴家庙（福徵寺）、五当召的寺院、丰备仓的驼铃更是谱写了鹿塬蒙古、汉、藏、回、满各族人民团结建设鹿塬的颂歌。

观近代史中有实现共和理想，二十九岁英勇赴死的"青霞奇士"王定圻；牛桥河洒热血，扬天啸的同盟会志士郭鸣霖；不屈袁世凯淫威而为护国共和四处奔走呼号的云亨老先生；有为内蒙古民族解放，呼吁民众与"德王"决裂，投身抗日的云继先；有率兵出战，英勇参加"长城抗战"的傅作义先生……

观今日之鹿塬，正是深厚古蕴的传承和现代革命先驱新思想的注入换来的经济发达，人民安居乐业，观此祥和岂不乐乎？

想来也就是在这个边陲城中，通过近十年的努力，在文明带来的信息、人才、技术和新型经商观念的带动下，皮革药材、烟草、饮食、百货舶来品等十八行并举。钱庄、当铺、粮行、百货大楼、高级饭店、饭庄、戏院、教堂、寺院、庙宇、大小店铺遍布大街小巷。城外农田碧绿，码头繁华，道路纵横，铁路、公路、航空通衢四方。各色人等，在鹿塬这个大舞台上登场，演出了一幕幕艰辛万苦、摸索新治、悲欢离合、风生水起的历史大剧。

竺平细细端详着城中商业店铺和城中道路的走向，不禁掌叹曰："这不就是个活脱脱的太平的'平'字吗？"确如曹老先生所说：鹿塬城的发展确是山西晋商和劳苦民众在"走西口"走出的经济基础上，大量周边"走西口"来鹿塬或种地或开荒，或营商创业而掘得"第一桶金"成为有钱人纷纷涌入鹿塬城，使鹿塬焕发了生机。其后为实现孙中山铁路建设方略，詹天佑修建京张铁路后，1921 年，平绥路鹿张段开始动工，1923 年平绥路通车更是为鹿塬的发展添上翅膀，使鹿塬真正有了"水旱码头"之美称。皮毛业的扩张发展和鹿塬十八行业的形成吸引了大量冀、豫、京、津、沪等地商家投资。电厂的建成，飞机场的投入使用，使鹿塬不但初具现代商业经济气息和理念的经济模式，而且奠定鹿塬为大西北工业先驱的地位。

从 1926 年到 1935 年中期，鹿塬大小商铺三千余家。业务不光在北方，而且扩展到京津、上海、广东以致德国、俄国、蒙古及东南亚南洋一带。这里面乔家、曹家、殷家、姚家和那些大大小小的晋商功不可没。还有京津豫的实业家们功不可没。更有冯玉祥将军鹿塬文化教育的开拓者和"移民富边"的实践家段绳武将军功不可没。这十年真可称得上鹿塬史上发展的"黄金十年"。

竺平高兴之余，又有一丝忧虑。他忽然想起，昨日殷四爷和他说，据吴参谋长告知，不出几月恐有大的军事行动。昨日所见军人对旅游之人尤其严加盘查。是闻近言各种传闻及之佐证，确证日本人捧"田中奏折"之要略，踏朝鲜入中国东北，发动"九一八"事变后，掠我东北煤炭、森林、粮油，无恶不作，把东北丰富资源视自家物品进行掠夺，现又觊觎中原。

1933 年"长城抗战"失败后，日本人曾和中国国民政府签订的"塘沽协定"中，划冀东三十二县为非武装区，军队不得进入，而且明确日军退回长城以北。中华民国与"伪满洲国"也由此形成事实上以长城为界。"伪满洲国"在日本人的支持下，气焰嚣张，于长城各地树立"王道乐土"大界碑。但倭寇为实现其奴役中国之大略，妄越过长城，踏进东蒙，意占蒙绥，进图中原。近日听说日本人煽动"德王"搞"自治"，可见其狼子野心。西进也是意料中事。临离绥远前，听说云继先等人已脱"德王"而去"百灵庙"，不知何故，肯定是和这日本人一动作有关，但愿中国有血性的军人能以血肉之躯阻住日本人西进之路该多好啊。

……

这时，杨健招呼大家："时间也不早了，大家想必也饿了，我看咱们就现在返城。走到街上，大家随走随看。在街上随意找一餐馆，咱们随口吃些，回寓所休息，明天大家还要奔赴后套。晚上我设宴招待大家可好？"大家齐声说："好！"随即下山原路返回，尽兴而归。

晚上，杨健以和硕公中屯垦处驻鹿塬小事处之名义设宴招待考察团一行。宴会设在鹿塬有名的饭庄"聚德成"。"聚德成"饭庄其实离考察团驻地"绥西客栈"不远，大家结伴步行而来。

"聚德成"饭庄坐落于鹿塬西街路南一处大院内。拱圆形门洞的朱漆大门外，高悬宫灯，上书写"聚德成"饭庄。门口设立四位"门迎"，穿青色黑长衫，脚着白袜礼服呢布鞋，扮装干净利落。每人手中各拿一沓"引领"纸条，见客人来，遂笑脸相迎，按条所写迎自餐厅。观院内周围为餐厅，坐南朝北一溜二出水大厅，均挑檐飞角，甚是气派。一色朱红色门窗，且为正厅。两旁东西房门窗都是如此，皆为包厢，布置十分精巧。西南角处有一烤鸭炉，伙计们翻动炉内烤鸭，飘来阵阵果木香味。

待竺平等众人进来时，受邀陪席的客人们已早到。有曹老先生自不多介绍，还有殷四爷，70师吴参谋长，段绳武夫妇，杨健夫人等。席设两桌，靠里一桌上首自是曹老先生。段绳武先生，吴参谋长，殷四爷、竺平、李一平，杨健等依主客按序坐定。段太太和杨太太本应坐主席，但段太太生性喜欢热闹，见小霞、殷环儿，赵琪等俊男才女分外喜欢，故坚持要到这一桌坐下。杨太太也随之坐在段太太身边，也好照应。

这"聚德成"饭庄乃河北徐山县人刘子和、刘生贵、高福祥三人合办。但经营理念比较先进，经营有方。特别在饭菜这方面提倡"银值其物，童叟无欺"。其"鱼翅鸭席"是鹿塬久享盛名之菜品。所谓"鱼翅鸭席"即以烧鱼翅和烤鸭为名，配一些精品菜例葱烧海参、鸡茸燕窝、煲甲鱼汤此类名菜和新鲜果品、时新蔬菜组成的一桌酒席，深受来鹿塬做生意的洋行和老板的欢迎。杨健今日在此设席，并以"鱼翅鸭席"招待众人，也看出其做人实在，待客至诚。

待菜蔬酒具摆齐，众客酒杯斟满酒后，杨健站起端起酒杯说："有朋自远方来，不亦乐乎。因今日竺教授一行在鹿塬考察完毕，明日即启程去后套考察屯垦之事，今特设此宴，置菜酒一桌，也是给考察团饯行。各位都是杨健朋友，竺教授一行也是杨健的尊师和校友，大家不必拘礼，自行方便，酒喝足，饭吃好，别辜负杨健待客的一番诚心。"说罢，杨健特指桌中一位青年对大家："我今天特别给大家请到一位客人，他是'复盛公'钱庄乔玉霏之亲叫乔培新。本来请乔老先生出席。但乔老先生偶感风寒，身体不适，派子侄乔培新代为赴席。培新在鹿塬中学，学业优秀，思想进步，实在是同学中甚有威信的才子。今作陪竺先生一行，也好学习交流，让竺先生对鹿塬教育情况有一了解。甚幸。"说中间席桌有一位长相憨诚，身材敦实之青年站起来，点头致谢。其礼仪周全、落落大方，众人心中对此青年颇有好感。

杨健说罢，举起手中杯，环顾二桌众人："干，干。"众人饮罢杯中酒动筷，席间谈笑风生，气氛热烈。

待伙计将烧鱼翅和烤鸭两道菜上来后，酒已过三巡。这时竺平站起，端酒杯致意两桌客人说道："我说几句。首先十分感谢杨先生设此席招待。我等考察团特别对杨先生、曹老先生几天陪我们四处考察，不厌其烦地讲解，再一次表示感谢。今天杨先生在此地招待，竺平感到很贴切，深有寓意。为什么呢，此地叫'聚德成'。看今天我们从北平来，和鹿塬的校友、尊长曹老先生、殷四爷、段先生、吴参谋长众亲坐在一起，实为一次难得聚友。再者诸位虽和竺平不为同行，但都是各行各业中德高望重之人，是不是'德'呢？三者，这次考察承蒙杨健先生精心安排，曹老先生孜孜不倦的教诲，使我们不但了解了鹿塬的风土人情、景致之处，而且对于鹿塬晋商及乔家、曹家、殷家对鹿塬建设的艰辛付出，以及黄金十年中段先生引资、移民、建电厂、建新村所付出的心血均有十分透彻的了解。通过考察我们看到鹿塬已具文明发展和未来。所以说这次考察硕果累累，这不是成吗……"众人听此言，纷纷鼓掌，为竺平的精妙发言拍手叫好。尤其是曹老先生频频点头，十分赞赏。

席间大家敞开心怀，畅所欲言。尤其殷四爷多年来酒友中多为船工或军人，无甚多言，喝好为上。今遇此和文人一席同饮，第一次深刻感受文人学士之所言道理深刻，句句在心。不由酒兴大发，席间几次要打通关，能喝自一口干尽，不能喝者，或唱歌，或哼一小曲，或讲一笑话，引众人大笑，更添酒席欢乐之气氛。

在杯盏交觥中，段太太看同桌小霞直盯乔少爷，目不转睛。故打趣小霞道："是不是看上小乔啦？"说的小霞两面颊绯红，低下头抿嘴再不敢抬头。玉环儿初次和学界学子们坐在一起，心中不免好奇，正端详赵晓、小霞、建中等，忽听段太太这么一说，以为说她，心中小鹿撞击声"咚、咚"作响。慌忙拿起葱饼并往口里塞，真噎得喘不上气来，惹得杨太太"咯咯"地笑，说："小妮子，不是说你，干吗紧张呀。"曹老先生和吴参谋长是第一次见面，但吴参谋长从军之前即为保定学堂高才生，喜文。两人一见如故，甚谈得来。酒席推杯换盏，一敬双饮，十分热闹融洽。

席毕，众人互道珍重，自分别回寓，不叙。只是出门前，吴参谋长紧握曹老先生之手，似相见恨晚，虽年龄有差，已成莫逆之交。分手时吴参谋长对曹老先生说："我本欲日后亲去府上拜会曹老先生，无奈近接军报。日本人意欲西进，王师长已去省城见傅作义将军，欲接新的驻防军务。本人日后将赴集宁平地泉一线，考察地形做以后布防之备。吾想中日之间时间不定，或一年或半载终有一战。军务紧要，不去叨扰。令弟在陶林主县治，老先生不必惦念。一旦战事发生，如有危险，本人定想办法保护令弟平安归来。望先生保重，就此别过。"曹老先生对吴参谋长一席话十分感动，再三致谢，作揖离去。

次日，竺平一行即会同杨健一起乘车去后套和硕公中做屯垦考察。这一去直至年底前方返回北平。

7

待次年，即1936年春节过后，竺平回北平已二月有余。其间除对这次绥远、鹿塬、后套和硕公中之行分别写出《考察报告》外，特将这次鹿塬之行的所见所闻、风土人情、经济文化情况，特别是将所见的鹿塬"黄金十年"这块土地上的巨大变革一一阐述。其间乔家、曹家、殷家、姚家及众多"走西口"的晋商在这变革中的艰辛创业历程，以及冯玉祥将军、段绳武将军为代表的平（京）津冀豫客商在西北边陲小城鹿塬建设中，所带进的文明之风和新型的商业开拓精神和经营理念所产生的巨大成效，写出了一篇脍炙人口的《鹿塬游记》发表在《北平晚报》上。此文一出，鹿塬名声大噪天下。

过去京、津、沪人士只知北平西出有坝上草原，不知西去鹿塬还有这样美景美食的边陲名城。1936年在北平掀起了一股鹿塬旅游热。来者无不为天穹草原所震撼，无不为黄河之水天上来所倾倒。游遍鹿塬山寺古刹，尝遍蒙古、汉、回、藏、满各少数民族特色的美食，亲眼看到各少数民族风情和听到民族融合团结奋斗的颂歌。实地看到了以乔家为代表的晋商"走西口"的艰辛创业史，也看到了"移民富边"有志之士及晋、冀、豫、津、京杰出商界奇才为鹿塬带来的文明经商之风及经商理念而产生的丰硕成果，无不为鹿塬的兴起而欢欣鼓舞……不幸的是，正如李格非《洛阳名园记》书中所言：园圃有兴废，是洛阳盛衰的测候计。竺平在鹿塬龙泉寺"望河亭"上的一丝担忧竟成现实。

先是传来 1936 年鹿塬"百灵庙暴动"的组织者云继先，被"德王"这个投靠日寇的蒙奸所派的刺客杀害的噩耗后，又听闻日寇在"德王"伪蒙古军的配合下，大举东进。傅作义将军浴血奋战，进行了历史著名的绥西抗战。收复"百灵庙"的消息振奋国人。虽获全胜，但在太原保卫战后西撤后套陕坝。接踵而来的是归绥、鹿塬沦陷的消息。噩耗中更多的是血雨腥风，妻离子散，民众生灵涂炭。在日寇的烧杀、掠夺下，鹿塬的发展成果化为灰烬，近现代文明进程戛然止步。但不幸中也有好的消息，杨健来信除了告诉他，和硕公中屯垦处驻鹿塬办事处已安全撤往五原外，曾在鹿塬送竺平一行赴河套考察时，在"聚德成"临别宴席上代表乔家"复盛公"乔老先生出席宴会的乔培新和鹿塬中学十几名同学在鹿塬沦陷前夕，奔赴延安，寻找真理和信仰，为了民族的解放斗争毅然投身革命。

第二章 下 乡

1

1979 年的秋天，一列从兰州开往鹿塬的列车喘着粗气徐徐驶进了鹿塬东站。车上下来两位旅客，各背着一个黄色的军式挎包，满脸倦色，急匆匆地向车站出站口走去。

鹿塬东站是鹿塬兰州之间列车行驶的终点站。出站口十分拥挤：有挑担子的、有胸前胸后横搭行李包的、有抱小孩拎行李的、拖行李箱的，熙熙攘攘。在拥挤的人群中姚一民忽然看到一张十分熟悉的面容。他急忙紧走几步挤过人群追上了那个已出站的人。他特意绕到那个人的前面，回头仔细端详，惊喜地喊了一声："曹自忠。"

这个人听到前面的人的喊叫声，停下脚步盯住面前的这个喊他名字的人。忽然他惊奇地叫了一声："哎呀，怎么是你呀？姚一民。"说罢，曹自忠放下手中的提包，扑上前去和姚一民紧紧地搂抱在一起。

和姚一民同行的小曾，看到眼前的景象呆呆地站在一旁，看着他们紧搂对方，左右晃动。姚一民急忙拉着曹自忠的手向小曾介绍："这是我让你几次查找遣返人员档案中的落实政策人员殷慧桃的儿子。真是踏破铁鞋无觅处，得来全不费功夫。他是我高中同学叫曹自忠。"一说殷慧桃，小曾就知道了。他是"文革"初期，学生上街"破四旧"期间把社会上的所谓"逃亡地主""历史反革命"等等所谓五类分子强制遣返原籍的人员，是这次落实政策的工作对象。

"这是去哪啊？"曹自忠问。

姚一民说："去宁夏吴忠、甘肃武威出差返回鹿塬的。你咋回鹿塬了？"

"我来办些事，挺急。你把地址给我，我找你。老同学十几年没见了，真想呀。"

姚一民昨天坐了一夜车，还是硬坐。一路上只能和小曾互相靠着睡一会儿。这趟车虽然是快车，但沿途站点还真不少。一路上听着列车员喊到某站的喊声和旅客上下车的嘈杂声，几乎一夜没睡。现在碰见老同学，而且是一名中学时代最要好的朋友，十多年未见了，本想和他一起找个地方吃个饭，泡上一澡，好好聊聊。但一听曹自忠说的意思，只好作罢，急忙掏出纸笔把工作和家住地址写给曹自忠，再三叮咛一定来找他，二人才依恋不舍地分别，各自归途。

第二天的上午，姚一民去了单位汇报出差情况。

这是一个深秋凉爽而又阳光灿烂的早晨，办公楼北面依稀可见的大青山，崎峨绵延。青绿色的山巅笼罩着一层轻纱般的薄雾，依稀看到松柏簇拥，时隐时现，更显青山之威。已经是深秋的天气，昨天刚刚下过雨，办公楼前的草坪在太阳光的照映下闪着一片片粼粼闪闪的光。花坛内菊花、山丹花、大出旗花竞相争艳，芳香扑鼻，沁人心扉，实有万紫千红之美感。马上就要到国庆节了，可是身上的工作让姚一民疲惫不堪。有关落实政策的会议大大小小的不知开了多少。为寻找现在需要落实政策的人和旁证材料，什么法子没想过，可是人手又少，经费又短缺……

姚一民所在单位坐落在博托区政府大楼内。在落实政策办公室，他见到了王主任，详细汇报了吴忠、武威之行的情况后，回到了自己的办公室。

姚一民和小凯、小曾，还有一个专门负责收发接待的女同志小郭在一个办公室。办公室摆有四张办公桌，除一张木制的长条椅子外，其余十几个卷柜沿墙摆放，里面除了一节是小郭专用收发文件柜以外，其余的全是落实政策的有关文件、人员明细、个人档案、外调材料及办事处居委会、各公安派出所交来的学生"破四旧"期间的有关原始材料汇总和现时的说明材料。

落实政策这个工作是1978年中开展的一项全国性的工作。姚一民"文革"期间正在鹿塬一中读书，亲眼看到一些冤假错案的形成，也亲身经历了那一段不堪回首的日子。就在68年班里边最要好的同学曹自忠和老母亲被当作"逃亡地主遗属"强制遣返回了玉泉村；而在1968年春自己的另一位知心好友殷斌也参军走了……

根据自治区党委的安排部署，博托区委成立了落实政策办公室。抽调了一批党性原则强、有工作能力的同志参与此项工作。姚一民被抽调到这个办公室每天都从接待来访者开始。认真听取受害者及其家属的意见和要求，对受害者及家属在经济、工作、子女安排方面的要求逐一登记、收录、调查、取证形成解决问题的意见。特别是在 1979 年 6 月份自治区党委为推动全区三大冤假错案的平反工作，提出了："既要解决问题又要稳定大局的工作方针。"对于落实政策工作作出了力度大、问题解决彻底的详尽规定。对在运动中受迫害的干部、群众在政治上一律平反昭雪，强加的罪名和诬陷不实之词统统推倒恢复名誉；对于因冤假错案受到刑事、行政、党籍、团籍处分的一律平反纠正，发给文字证明，妥善安排工作，补发工资，解决户口转移问题；对受迫害致残、丧失劳动能力者一律按因公负伤待遇；农民、牧民、城市居民，因冤假错案致死或严重伤残者，社队企业招工时可优先安排一名子女；大中专毕业生或学徒工因冤假错案延续了分配、转正、定级者，按原定日期纠正。这样一来落实办的工作量大大增加。但姚一民等同志们都知道这关系到民族团结稳定的大局，所以全办公室的工作人员从领导到一般干部都不计时间，不计报酬，任劳任怨、夜以继日地忙碌。

2

姚一民正思忖着门开了，进来一个身材消瘦二十多岁的男人。这个人穿的衣服皱巴巴的，里面的衬衣看不出灰色的还是白色的。面部长相两腮凹陷，尖嘴，胡子也没刮。只是双眼从一进办公室起就滴溜溜地四处观看。

小郭立起身来问："你找谁?"

来人说："我叫赵三仁，是受害者。来找你们领导的。"

"说吧，什么事?"姚一民客气地说。

"领导同志……"姚一民急忙说："哎! 我不是领导，你要反映自己'文革'中受害的问题我接待你。"

"是、是，我是受害者。'文革'前我在博托中药厂工作，'文革'中我无辜受害，生活无着，只能到乡下弄些瓜子卖，让工商局和'群专'打成投机倒把分子，关了半年多，工作也丢了，弄下一身病。听说你们是解决这个问题的我就来找你们了。"他滔滔不绝地说着，说得头头是道。

姚一民听完请他回去写个材料送到落实办。待看了材料后，再研究对他的问题处理意见。

赵三仁站起身来向每一个人鞠躬，再三表示感谢后走了。

第二个来访者是一个穿着讲究的人，从上到下穿得干干净净，平平整整。

他的年纪估四十不到，头理的整齐是个小平头。就是此人天生会笑，尽管脸有些浮肿但堆满媚笑。他不慌不忙地走进了办公室，看了一下办公室所有人就径直在姚一民面前坐下来。用他那稍显聪明而游离不定的眼睛直视着姚一民。

"请说吧，有什么事？"姚一民说。

"领导同志，请不要误会，我不是来您这里告状或诉苦的。我姓庞，叫庞龙，是博托中药厂的药剂师。事情是这样的。当然这件事我也可以不打扰您和您的上级。区委书记我也熟悉，不找您我也可以解决问题。但是我这是小事，鸡毛蒜皮的小事，不便打扰他们。按说我们是很熟的。对、对、对，谈正事、谈正事。我是'文革'受害者。我原先就是中药厂药剂车间药剂师，也负点责，没什么职务但责任很大。您知道，我们家是祖传中医师，我们祖上曾经是朝廷御医给皇上看过病的。家族都是御前行走，你知道什么是御前行走吗？是清朝皇家宗亲大官，别的官见皇上递牌子呈报告，我们前辈不用，随便见，所以叫行走。"

"你到底反映什么事？"姚一民问。

"对、对。'文革'中就因为我妈在新中国成立前当过妓女，中药厂造反派说我是'地富反坏右'后代把我开除了。"庞龙答道。

"你刚才不是说你们家是什么成分，皇室宗亲，怎么又是妓女出身了？"

"噢、噢、对、对，说得有点颠三倒四。说我私自在外给人做药就开除了我，你看这是打击报复。我们家三代行医都是有执照和文凭的。我有经验，完全能把中药厂办好，可他们不信，说我只会吹。他们现在的领导没有一点经验……唉，说到哪了？"

姚一民提醒他："说到你们家三代行医有经验。"

"对、对。可就是因为我有技术，能搞新药，'文革'中说我是反动权威把我关了不说，还踢出工厂。这个事我本来要去市里找张副市长的。嗨，你认识张副市长吗？"

"对不起，不认识。"

"哪一天我做东，我介绍你们认识一下，你以后遇到提拔有人说话。"

姚一民看了看表，已经中午十二点半了。看庞龙还在那里啰唆地讲自己的过去，只好打断他，让他回去写个材料。材料内容是：怎么在"文革"中受害的、原因是什么、有什么诉求。材料写好后送到落实政策办交给姚一民或其他人都行。待看过材料后再研究下步的处理意见。

庞龙见姚一民这样说只好站起身，走到门口还不忘说了一句："哎呀，过点了。约定北京来的专家吃饭呢，那可是位国医……"边说边走，待姚一民再抬头看时来人已下楼走了。

姚一民待来人走后简单地把桌子上的来访记录本收拾了一下，堆放整齐，才走出办公室。

姚一民刚走到机关大门口就听有人喊："你咋才出来？"他一看是曹自忠手提一个提包在机关门口等他。

原来曹自忠上午办完事后就要赶回玉泉村，但转念想，十几年没见姚一民了，昨天在车站偶遇，只匆匆说了几句话就分手了，看今天办完事时间尚早，干脆到机关找上姚一民，两人到小饭馆吃个便饭，随便聊聊，叙叙别后十几年间两人各自的情况。没想到，到姚一民工作机关大门口一等就是两个多小时，正着急时方见姚一民出来，两人便去了一个小饭馆。

1979 年的博托区刚刚经历"文革"，百废待兴。说是饭馆其实桌面冷清顾客无几。菜单上品种简单，也就是米饭、玉米面发糕和简单的菜蔬，最好的肉菜只有一个，肉片榨菜。两人花八两粮票九毛钱要了一个肉片榨菜、四两工艺酒、凉拌豆芽、两碗米饭、两块发糕、一碗榨菜汤。

在边吃边谈中，姚一民方得知，1966 年曹自忠和母亲被街道和派出所强制遣返到玉泉村后，曹母四十多岁，曹自忠刚满十八。自遣返玉泉村，虽然是被当作"逃亡地主婆"强制遣返的，但母亲殷慧桃当初随曹国文及其父曹梦龄从陶林逃亡到玉泉村才不到二十岁。从和曹国文结婚生子，在曹梦龄逝世后已在玉泉村待了十七八年。后曹国文意外身亡，母子几经辗转回鹿塬居住。在遣返回玉泉村这十几年间，一者有曹梦龄落难时在玉泉办学，对玉泉村孩童的文化启蒙教育让玉泉的老少男女永怀一份感激之心；二者慧桃本人虽在幼时沿街乞讨被曹夫人殷氏收养，也算出自大户人家。她本性善良，知书达礼，乐施好善，很得村内人敬重。其丈夫小六子曹国文虽嗜酒，但酒后从未有狂颠之举。虽是酒后爱唠叨，但只要慧桃一说，便缄口不言，倒头即睡，倒也和村内人相安无事。若不是土改时，因有好事者说慧桃、曹国文成亲有国民党士兵给三十块大洋如何如何，其公公是国民党大官等杂语所致，也不至于成分被定为"逃亡地主"，更不会有后来被强制遣返至玉泉村一事。好在村里人对于慧桃母子被强遣回村并不歧视，所以在"文革"十年中也没遭什么大罪，这已是不幸中的万幸了。现曹自忠已成家，膝下一子已六岁，在村中小学读书。曹自忠生活环境虽是贫困，但媳妇玉鲜对慧桃孝顺有加，一家四口倒也其乐融融。

曹自忠问姚一民："你现在怎样？上学时就知道你和乔爱华挺好，两人又是小学同学，听说下乡一块走的，是不是找的她？"姚一民苦笑了一下："不是。说来话长以后再慢慢叨拉（方言，指聊天）哇。"曹自忠听姚一民一说诧异地望了他一眼，见姚一民也没有说下去的意思，就只好作罢。饭后，两人又说了一些各自多保重的话语，洒泪而别。曹自忠在吃饭中谈起的乔爱华是何人呢？她正是姚一民一生中的痛，也是他的发小、初恋。

3

1968年9月间鹿塬市第一中学的操场上锣鼓齐鸣，红旗招展。鹿塬一中第一批下乡的知识青年四百余人，分乘五十余辆解放牌卡车将奔赴五原。从此开启了自己步入社会，抱着"好男儿志在四方"的想法，听毛主席的话接受贫下中农再教育，在农村这个广阔天地里，战天斗地，大展宏图的人生历程。

姚一民、乔爱华和众多下乡的同学一样胸前挂着毛主席像章和大红花，手拿语录，在鹿塬博托区父老乡亲热切和期许的目光中踏上了奔向五原的路途。

五原地处N区河套平原腹地。县城南临黄河，北依阴山横亘，东临Y旗，西与临河接壤，是一颗拥有两千多年文明历史的塞上明珠。

五原这个古地名源于夏朝。相传四千多年前天下洪水泛滥，大禹采用疏导之法根治洪水，待水势减退后，在高埠处出现五个丘状原所（旱地）。人们在此原所之上辟田、造屋、繁衍、生息、耕作。从此这一片地方即称谓"五原"。史载：光绪二十九年（1903年），设五原厅，置所建在大余太，后移置于隆兴长（今五原县城所在地），1912年改五原厅为五原县，1914年建县城于白（北）圪梁，统领后套全境。旧中国的大上海的市区、街、路的地名名称均按全国较有名声的市、县和地区所命名。因五原县土地肥美是塞外河套地区著名的米粮仓之一，名声在外，故在上海市区的西北角设有五原路。

运送鹿塬一中知青的车队从鹿塬一中大门徐徐开出，车队前是红旗方阵。五十面红旗簇拥着巨幅毛主席画像是车队的前导，画中毛主席挥动右臂神采奕奕。接下来是鹿塬首屈一指的鹿塬一中二百人的军乐队。在军乐队指挥金属棒有节奏的挥动下，乐队鼓乐齐鸣，高奏"大海航行靠舵手"和"我们走在大路上"的乐曲，迈着整齐划一的步伐向前行进。随后就是由五十余辆解放牌卡车组成的车队。汽车机盖上大大的红绸结扎而成的红花格外引人注目。当车队沿着和平路行进时，区委广场四周人山人海。周围群众的欢送口号声，高音喇叭传出的《大海航行靠舵手》和《我们走在大路上》的乐曲声，汽车的轰鸣声、鞭炮声和直射云端的"二踢脚"炸裂声混在一起，形成了一部甚为壮观的交响曲，震耳欲聋。上山下乡的知青们因为车厢内都装满行李和用品，只能半跪在行李上，挥动手中《毛主席语录》和车下的欢送人群交相呼应。车上车下此起彼伏的口号声融合在一起，一刻也不停。人们仿佛有使不尽的力气在呼喊、跳跃、歌唱，尽情地表达着自己由衷的喜悦之情。

当车队经过解放路转入后街，道两旁高台阶上挤满了人，挥动着手中的小旗。因路窄车速减慢，两旁的群众不时和车上的学生们握手致意。经中山路拐向胜利路，迎面而来的巨大的语录牌上书写着"知识分子、青年学生必须与工农群众相结合。要把是否愿意并且实行和工农群众相结合作为判断一个青年是否革命的唯一标准"。姚一民看到这几个大字眼睛湿润了，他想起了爸爸前一天晚上和他的彻夜长谈。爸爸说："像你这么大的岁数爸爸也曾抱着为国救亡的决心，面对死神的考验未曾惧怕。那是在 1937 年的 8 月……"

这一天，归绥城通往陶林县的官道上疾驶着一辆马拉轿车。车内半仰半坐着一个男人，二十多岁，微胖，宽阔的前额下浓眉紧锁，看似满腹心事，不时地张望外边，面容焦急。此人正是归绥城内小有名气的姚家驼帮大门上的独子姚怀普。

他此番去陶林县是见自己的岳丈——陶林县县长曹梦龄。姚怀普和内人曹玉兰是四年前完婚的，想到自己和妻子自婚后从未分开过，每日怀普从学校下班后，玉兰总是门前相迎。妻玉兰乃是曹梦龄独女，他膝下无子，为续子嗣从其曹姓家族中过继了一子，小名曰"小六子"。祖上家谱规之自曹梦龄始所继后起名人按梦、国、自、强序排，所以小六子官名为曹国文。怀普和玉兰实际是姚、曹两家为求生意发展而结姻亲。

在 1924 年，姚三爷领驼队到鹿塬送货，临行前，时虚十一岁的姚怀普非要跟三爷爷赴鹿塬玩耍。怀普少时面目清秀，身体敦实。因自小在旗人家长大，受旗人文化熏染拉的一手好京胡。姚三爷长年在外领驼帮跑生意，也未成家，对怀普十分喜爱。旧绥远省归化城的驼帮一般都是每年 8、9 月份从归化出发，走三月余，方到库仑，旧称大圐圙（现蒙古国乌兰巴托）。如果再向东行至俄罗斯的恰克图还要走四十余天。如路程赶急，卸下中国茶、丝等产品，起装皮毛以及国外杂货、舶来品等，该年腊月或来年2月再从原路返回，计4、5月间返回归化、鹿塬。这一趟驮运一般都在数百驼峰以上，所载货物作值数十万元之巨。姚三爷从幼时跟祖辈行走驼路，自不消说，身体健壮，练就一天一夜行走三百余里的脚力。作为驼帮领路人，驼路地理、气象、匪情，驼队何时起、何时停，宿地等都在姚三爷的脑子里。而姚家又是旗武人之后，俗语满蒙一家，尽管当时有许多人吃驮运这碗饭，但命运不济。而姚家在草原上行走，多有蒙古族朋友关照，从未遇抢掠人祸、沙暴天灾，往往是平安满载而归。特别是在库仑还有姚二爷掌管的商货仓，收入颇丰。所以怀普幼时日子还是过得舒坦的。

这一次姚三爷去鹿塬，见怀普非要去，三爷心想："让孩子出去见见世面也好。"遂带上怀普和驼队直奔鹿塬。

姚三爷生性活泼，早年奔波驼路，为了让伙计赶路不寂寞，常常将听书得来节选片段给伙计们讲讲。有时讲个笑话，猜个谜语，逗个哈哈。这次去鹿塬路上他就让怀普猜谜语，以试他聪慧如何。谜语："爷爷长个大JILIU，奶奶长得个大BANLIU，每天起来抠一抠。"众人有说这儿的，有说那儿的，全猜的男女人之间行房事的动作。而姚三爷却不顾大家说笑，一本正经地说："众人不要瞎猜，想知道谜底是什么吗？"

众人不知道三爷葫芦里卖得什么药，故静下来听三爷的说法。

三爷说："怀普在这，你们尽瞎说。这是中式对襟挂子上的扣子和门子。"

众人听说都摸了摸自己的中式扣门，皆瞠然。怀普听着他们说笑，心想："中国文化博大精深，一个扣门子也能编出牵打素猜的谜语来。"在说笑中不知不觉已到鹿塬。

按习俗，驼队从西北门进来后直向南即到丰备仓。但见一溜驼峰席地而卧，静等仓中搬运工搬卸货物。微风中，驼帮的驼铃迎风摆动，传来"叮咚""叮咚"的响声，不失为一道梁头的风景线。偶有孩童见驼席地而卧，悄悄拿个长棍儿捅驼鼻。驼仰头长嘶一声，其音之巨，吓得小孩慌不择路、跌跑不及，惊慌之状，惹得众人哈哈大笑。

姚三爷领着怀普来到久长城巷"曹公馆"。但见其宅府气魄宏壮。门洞上方青砖雕刻四字"书香瑞霭"，一看便知是诗书人家。姚怀普正看院落雕梁画栋之图案，不想一毛毽忽砸在脑门，随跑来一瘦弱女子拾起地上的毛毽连说："对不起，对不起。"姚三爷看时，正是曹三爷梦龄之独生女玉兰。

这时，曹梦熹、曹梦龄兄弟正在书房闲聊，忽见姚三爷来访，见姚三爷手牵一少年，一看实招人喜欢。在叙谈中听说怀普会操琴，遂将书房中墙上所挂京胡拿下，非让怀普奏一曲。怀普坐定，细看此琴：紫竹音筒，白尾做弓，实在是一把好京胡。怀普旋握把、起弓。悦耳的京剧曲牌《夜深沉》曲声从音筒中缓缓而出，时而深沉，时而激昂，把个曹氏二兄及姚三爷听得是如痴如醉，怀普拉着手中琴也感到此琴非世上常人之物。曹梦熹见怀普对此胡琴有不舍放手之状，就作为见面礼将此胡琴赠予怀普。而此琴也就成了姚怀普和玉兰之间"娃娃亲"的订婚信物。

姚怀普一路回忆自己成婚史，不知不觉车已行走至旗下营灰腾梁。从此一路爬坡行至半山转弯时，一块大石悬在空中。据说此块大石在修此官道时曾有人提议炸掉，但一计算费炸药量不少，还未必能除根。何况，此石也是官道一景。车马行人经过此处，因此石高悬空依山相连，恰能遮阳蔽日。石下形成一大块阴凉，但胆怯者是不敢在石下停留乘凉的，生怕那一时巨石掉下失了性命。也有进黑山子外地客商乘车经过，更不敢停留，经过此石，必要车倌儿快马加鞭小跑经过。更有甚者远见巨石就下车，让车先过，自己一溜小跑擦山根，胆战心惊地过了此石再乘车前行。但多少年过去了，此石从未掉下。姚怀普过此石时，太阳已西下。远望巨石，乌黑乌黑高悬半空，确阴森可怕，使他忧虑的心情愈发沉重。

车行至陶林县城时已近子夜。

说起陶林，位于绥远省东北部，辖域东西长约二百四十里，南北宽一百七十里，面积约三万六千平方公里。陶林东接商都，西连武川，南畔凉城，北至四子王旗后大滩，是集宁、兴和通往"百灵庙"后草地及向南通往绥远省省会归绥、鹿塬的必经之路。陶林县境内土地因处大青山平缓坡地上，日照较强，温寒之程度较之后山其他地域适中。尤以黑山子地界，盛产莜面，其质地精白，口味极佳。人们常说："后山三件宝，山药、莜面、大皮袄。"黑山子的莜面自然是宝中之宝。有顺口溜曰："麻红辣椒子拌苦菜，山药圪旦皮臭菜。莜面窝窝细鱼鱼，一碗倒在肚皮内。莜面吃上半饱饱，喝碗菜滚水正好好。"此地讲究吃罢莜面，将剩在碗底的汤羹剩菜用蒸莜面的水冲上一碗喝下，以原汤化原食。吃罢莜面，喝碗菜滚水，往炕上一躺，神仙般的日子，格外舒坦。

车停在一处昏暗的灯笼灯光照射下的宅院门前。门口已有二人等候多时。见车上下来的姚怀普，急忙迎上前去说："姑爷，老爷已等候多时，请随我们前去书房。"

说是书房，实际上也就是上房一小房间。室内摆设简单：一单墩办公桌迎门而置，桌上纸笔砚台俱全，桌上摆放一煤油灯，靠墙置一躺椅，旁设一小茶几。躺椅上坐一位近六十的老人，清瘦，戴一老花镜。见怀普进来，忙起身指了指旁边椅子说："坐下哇。一路上累了哇？"

怀普应道："还可以。不知岳父叫小婿急赶来有何要事？"

老者正是鹿塬曹家大门后代曹梦熹之弟曹梦龄。他于1930年被绥远省政府委任为陶林县长，距今已应差连任两任。曹梦龄自幼在曹家书香门第家庭长大，年少即胸怀报国之志。此翁喜读，博览群书，知识渊博。自到陶林县任职，总抱着少说多做之姿态。兴水利，设学堂。特别是对县境之内极穷之地，格外有慈善之举。尽职所能，官声也还可以。所以几年任职下来，还没发生什么民变生盗或灾祸之事。特别是在绥西抗战时，战事发生在陶林境内红格尔图村。曹梦龄身为一县之长，在大敌当前动一县之力支援傅作义红格尔图村抗敌。支援前线、宣传战地救护、运粮运弹，召集民工修筑工事……无不以身作则走在前面。更获陶林县民众、士绅、社会各界交口赞扬。绥西抗战的指挥傅作义将军在战后庆功褒奖大会上专门讲陶林县民众帮助守军修工事、抬伤员、运弹药、送水送饭、激励士兵士气之壮举。特指曹梦龄县长虽年事已高，但此义举实为国人之楷模，特奖赠锦旗一面，上书："同仇敌忾"四字。"百灵庙"战役大捷后，陶林县更为绥远省及国人之熟知，多次被北平战地记者方大曾等报道。

绥西抗战结束虽7月有余，曹老先生闻战后，日本人认为从绥远实行战略突破已无可能。特别绥西大捷实为共产党坚决支持下发动的，为坚挺傅作义将军抗敌决心，中共领袖毛泽东同志亲自给傅去电。电文讲：迩者李守信卓什海（即卓特马扎普，时任伪蒙古军副司令）向绥远进迫。德王帝不畜溥仪，蒙古傀儡国之出演，咄咄逼人。日本帝国主义卧榻岂容他人鼾睡。先生北方领袖爱国宁肯后人？保卫绥远，保卫西北，保卫华北，先生之责，亦红军全国人民之责也。今云大计，退则亡、抗则存，自相煎艾则亡、举国奋战则存。近日红军渐次集中，力量加厚，先生如能联魏毅然抗战，弟等决为后援望速决断。如意坚，希互派代表，速定抗日救亡之大计。正是这份电报促傅下决心在敌强我弱之态势下，发动了红格尔图、收复百灵庙、大庙之战役，并全胜大捷。在其影响下还引发"双十二事变"，共产党、国民党结成抗日民族统一战线。陶林前线已得四面八方军队驰援，日寇只能转兴和进山西南下。陶林境内暂时无战事，但曹梦龄近忽闻省政府西撤，县府也接绥远省政府民政厅指令不日也要西撤。故心中放心不下女儿、女婿一家。急电让姚怀普星夜赶来陶林，以商议举家西迁之事。

姚怀普一见岳丈，面带病容，若和七八月前相比判若两人，忙坐在岳父旁边听岳丈述言。听后方知：岳丈已接指令，陶林县要在近日内西迁。现面临局势已不容乐观。在赴陶林路上怀普曾盘算，即使陶林县政府西撤，可岳丈年事已高，辞官不做，干脆回归绥或鹿塬也未尝不可。但听了岳丈一席话，方知事情并不是自己想得那么简单。因为陶林县在这次支援绥西抗战中，动静很大。据县警局和省府警厅内传，曹梦龄翁婿二人已上日本人的"黑名单"中。其中姚怀普作为战地救亡队负责人赫然首当其冲。所以曹老先生之意是见得怀普面后即让他回归绥作西行之打算，最好和国立绥中随迁，方能保得一家平安。

姚怀普闻此言心中十分悲痛。一则岳母殷氏身患肺痨，近日听说曹梦龄上日本人黑名单，一时急火攻心，不停咳血，病情日益加重。怀普临别时去卧室看岳母形如枯槁，不成人形。二则自己家中大女儿尚小。母亲姚赵氏虽还年壮，但自己一走，家中只留母亲和妹妹媛儿，日后生活怎样过呀？

翁婿二人面对面相视既无言以对，又无可奈何，最后还是商定走为上策。这边岳丈西行之事自有县府办事人安排准备，随时西撤。怀普和岳丈相约："日后到了西迁目的地再作联系。"说罢，翁婿二人洒泪而别。怀普即乘车连夜返回归绥城。谁知这一别竟成翁婿二人之永诀。

姚怀普离开陶林县后连夜返回绥远新城居所。因深更半夜，不便惊动母亲，自回卧室，和衣而睡。

第二天清晨，姚怀普睡梦之中，忽听母亲敲门："怀普，几点了，还不起？"

姚怀普拿起怀表一看："啊呀，快十点了。"赶忙起来，洗漱毕，去到母亲房中。但见母亲双眼红肿，急忙问母亲："妈，咋了？"

母亲也不言语，递给怀普一封信。怀普一看信是妹妹姚媛写给他和母亲的。

信上写道：

母亲大人和哥哥，当你们看到这封信的时候，我已经和绥远省职业学校的同学们在杨植林老师带领下踏上去延安的路途了。

母亲，哥哥，现在是国难当头。日本帝国主义亡我之心不死。他们侵占我国东北，掠夺我国财富，烧、杀、掠、抢无恶不作。作为一个有良知的中国人能视之无动于衷吗？看去年傅作义将军在中国共产党坚挺下发动绥远抗战，三战日寇皆大捷。全国人民为之而兴奋鼓舞。加之中国共产党向全国人民发出了全民抗战的呼声，揭开了全民抗日的序幕，引发了张、杨发动"双十二事变"。但蒋介石所领导下的国民政府置民意于不顾，仍然在退缩，仍视中国共产党为洪水猛兽。在举国抗日的大是大非面前，谁是谁非，不是一目了然吗？

哥，你也是一个有血性的中国人。在绥远抗战的战地救亡中，你也曾冲在前，用歌曲，用乐器，用身躯和你的学生们一起奔忙在红格尔图、百灵庙及大庙的战地上。我和我的同学们为你欢呼，为你高兴，我有你这样一个哥哥感到自豪和光荣。

前几天，当我得知我们的同学要奔赴延安的时候，曾试探过你。我知道，母亲自父亲去世后，含辛茹苦把我们拉扯大。你又是家中唯一男人，任女毛毛又小，你走了，嫂子柔弱也根本撑不起这个家来。所以我不强求你和我们一起走。人各有志。但愿你永远保持一颗爱国之心。在从事的音乐教育事业中，拿起笔做刀枪。多写好歌，多写人民的歌。我期盼着在延安能唱到你写的歌曲。

哥，我走了。我要奔向有理想、有信仰、有自由的新世界。在这里在中国共产党的领导下，延安必定是民族解放斗争的前线，是一片没有腐败、黑暗，民有土地、士有饭吃的新天地。在中国共产党的培育下，用自己的青春年华为新中国的建立贡献我的身躯和热血。

祝你们一切平安！妈，哥多保重！

女　姚媛

1937 年 8 月 X 日于路上

看了这封信，怀普心碎了。妹妹离家走了，她走的是一条光明路。我也要走了，但走的原因是不能让母亲知道的。什么时候走？怀普也不知道，到时再告诉母亲吧。

怀普在去学校的路上，看到沿街已没有往日那种快乐祥和的气氛，使人隐隐约约有一种阴森的肃杀在逼近。路上行人不多，路过落凤街口有人聚集看一张告示。这里原是旧归绥衙门处，在平日里也是人群聚集的热闹地方。因为有一个叫兰儿的女子和其父在此居住过。兰儿父叫惠征，清咸丰三年（1853 年）他在结束了归绥备道台的任期后，兰儿随父赴京，后入选宫中。凭着自己的聪明才智和漂亮登上大清国太后宝座，即为权倾中国半个世纪的慈禧太后。

众人所看的告示，红笔勾叉的白纸上，赫然见晋绥军第35军留守处大印和省府官印。原来是昨日在这刀砍了三名土匪。姚怀普问了一下旁观者详情。有一老者边摇头边叹气说："不该呀、不该呀。"原来被砍头的三人有两名是从监狱中提出的土匪，已拟秋决。但为了打压市面，提前拉出来执行死刑。但偶有鼓楼边上一妇女拿的包袱皮被一年轻人抢去。年轻人在逃跑时正巧碰上卫戍司令部的大刀巡逻队，被捉后就地五花大绑，一齐被砍了头。

姚怀普走到学校，校门口的那一对花头石狮仍像平日里一样，张嘴含笑，看着进出校门的师生。唉！真是一对不知忧愁、不知国恨的憨兽啊！进了学校，已没有往日的欢声笑语和琅琅读书声。校园内师生三三两两，人也不多。进入音乐教室，怀普看到一位男子疾步向他走来，并问："您是姚老师吗？"

姚怀普急忙应道："是的"。

来人随即递给他一张便条。怀普展开看后，方知是在绥西救亡战地认识的一位叫吕骥的上海音乐家给他的信。

来人说："吕骥老师托我捎话给你，你若愿去延安，可找我们，这纸条上是联系地址。如果近日内你没找我们，我们不便久等，就离开绥远啦。"随即从姚怀普手中要回纸条，划火烧掉。

姚怀普见此人急匆匆说要走，也不便多询问吕骥去延安的情况。只好将此人送出校门，挥手告别。

怀普返回教室后，静下心来。看见桌子上堆着的标语、传单和救亡旗帜，眼前涌现出了1936年11月到1937年3月间那段在一生中永远不会忘的却激动人心的日子。

4

红格尔图蒙语意是"小盆地"的意思。此处在陶林县县城偏东三十余里处，村镇只有一条街，三面环山中间低凹。它南经卓资县官道进入绥远省政府所在地归绥；东接集宁平地泉，出兴和转向南可进入山西；北距"德王"伪蒙军队集结地商都仅六十余里；西经固阳可进入鹿塬。自古是绥北门户，也是绥晋交界的军事重镇和战略要地。

早在1936年7、8月李守信部王道一率叛兵来犯后，绥远守军傅作义部就十分重视红格尔图的防务。陶林县府在接到省府的公文后即组织当地民工修筑工事以防日寇犯边。进入 11 月日寇企图西进绥远的风声愈吹愈紧。作为陶林县一县之长的曹梦龄自不敢怠慢支前事宜。他急令县府一切工作均以支前战务为先。红格尔图村内也是一派战争准备的状态。

红格尔图镇的店铺仅有七八家。有两家饭铺，余皆为家用杂货店，还有一处车马大店。从 9 月份开始全镇的商户买卖几乎停滞。全村镇的老老少少全部应差。陶林县府又从四乡抽调五百余青壮劳力帮助抢修阵地，另辟一处院子作为驻军指挥部用。还有一处挂牌为：战地救亡动员委员会，简称"动委会"。截至 11 月初，除晋绥军及赵承绥部二百余人外，董其武又派驻步兵两个连及一个炮连入村。为达到牵制敌人之战略意图，董其武将全旅三分之二的轻重机枪近百挺全部调往红格尔图，其中包括德械高射平射两用的重型机关炮投入使用。

修筑工事地阵地上，调来的民工和大兵抢筑工事干得热火朝天。特别是由姚怀普领队、国立绥中派来的战地救亡宣传队在工地上一会儿打快板，一会儿唱歌，一会儿送水送饭，休息时帮士兵写家信，写请战书，忙得不亦乐乎。

按军事部署要求，除了要在红格尔图四周修坚固的工事外，还要在工事的周边挖深宽各一丈二的围沟壕，防止骑兵冲入。为加快工期，姚怀普连夜赶写出《挖壕号子歌》，配上晋蒙一带流行的《搂草调》，在工地边教边唱，鼓舞士气。

听呀，姚怀普用那浑厚的男中音大声唱道："黑山的青年们呼儿亥，挥起那大锹呼儿亥，挖下那沟壕一丈二呀哗啦啦哒，挡骑兵呀们呼儿亥。"下面一听姚怀普唱第一句结尾，站在他身旁的宣传队员和民工、士兵一齐呼应："挖下那沟壕一丈二呀哗啦啦哒，挡骑兵呀们呼儿亥。"

"红格尔图呀们呼儿亥，齐动员呀们呼儿亥，小鬼子王英跑不了呀哗啦啦哒，命不长呀们呼儿亥。"下面又是一片回应："小鬼子王英跑不了呀哗啦啦哒，齐玩儿完呀们呼儿亥……"工地上热火朝天，村中妇女们早把饭给做好啦。热腾腾的莜面，现熬得羊杂汤，大家吃得满头大汗。吃完又干。三天过后，待董其武将军和一行带兵人来到红格尔图村时，不但壕沟挖成，而且村四角建起高大坚固的石垒碉堡。沿碉堡四周外侧又挖了一曲线型交通壕，并利用沿壕土梗和厚木板筑成狙击手掩体。

董其武看着工事连声叫"好、好"！并说："这哪是工事，简直就是战争的艺术品。能在这么几天就修成这样，真了不起。"

回到村中再一看，战地救亡队的队员正在张贴标语。还有人把收集的门板四角挖眼儿，穿上绳带作简易担架。这时，充满战备气氛的村镇街道上飘来阵阵的香味。原来饭铺的掌柜待乡亲们给阵地民工士兵做罢饭菜，利用炉灶空闲用县府送来的白面胡麻油贴焙子。焙子烤熟后，放凉存放仓库以备战时急用。

董其武等人走来，饭铺老板说："长官尝一下，味道怎样？"

董其武问："烙了多少了？够多啦。"

"长官，我跑南走北见过打仗，枪一响哪能安生做饭，这东西就派上用场啦。现在时闲多烤些，士兵们战时就不会饿着肚子打仗。士兵流血保家乡，咋也不能让他们饿着。"

董其武听了老板的话，深受感动。"好、好！真谢谢啦。有你们支持不打胜仗对不起你们。"

待晚上董其武在向归绥的傅作义电话上汇报备战情况时，特别讲了这件事。傅作义很受感动。在电话上他除了讲必要的注意事项时，特别地吩咐董其武："你务必去陶林县代我面谢曹老县长。陶林县的支前工作很出色，一定要给陶林人民记头功。"

三十里外的陶林县城和红格尔图的战备情况一样，同样是热火朝天。曹梦龄一天几乎一口水也未喝，别说吃饭了。

他上午派人刚送走支前的两批农工，接着给省府汇报支前情况。中午沿街检查了一个个支前任务点的物资进出情况。下午和董其武面商陶林防务需要计划。交谈中董其武特代表傅作义对曹梦龄的支前工作表示了感谢。曹县长听罢摆了摆手说："守土之事，匹夫有责。你们流血都不怕，我还含糊什么？都是国事，尽我之责，不必客气。"

送走董其武后，门房来叫说有电话。曹梦龄忙起身，原来是姚怀普借用红格尔图驻军电话转过来的。电话中姚怀普特地嘱咐曹梦龄注意身体。并告知他通过红格尔图驻军指挥所电话得知，抗日救亡活动已在归绥城内掀起高潮。全国人民积极援绥抗日。社会各界知名人士、爱国学生、社会团体的爱国热情空前高涨。近期还要有绥远战地救亡队来陶林，务必要做好接待工作。红格尔图战事恐怕就在一两日内打响，他不能返回陶林了，准备带领战地救亡队员一起参加红格尔图战斗，让老岳父多多过问陶林战地"动委会"工作，不要出错。

曹梦龄放下电话后，走到陶林县街面上。各个站点仍在忙碌。走到捐办，忽听里面传出殷氏说话的声音。进去一看，殷氏正在吩咐捐办负责人如何把新收上的军鞋转交驻军办事处。灯下看殷氏，面带倦色，惨白的脸更加消瘦。旁边站得慧桃，看见曹梦龄进来，忙向曹老先生示意让她赶快回去。太累了，该回去吃药了。曹老先生询问方知，殷夫人自中午一歇也没歇，跑了好几处查看各种物品的捐收情况。除了陶林县的本身捐来物品外，归绥和鹿塬慰问陶林县的信件、物品日益增多。所以今天殷氏高兴得不亦乐乎，一刻也不歇。曹梦龄爱怜地看着殷氏，也不知说什么好。在曹梦龄等人的劝阻下，殷氏才不情愿地和慧桃起身朝家中走去。

事情也巧，就在姚怀普给曹梦龄打来电话的当晚十二时，红格尔图的战事正式打响了。

1936年11月14日夜，到15日凌晨，日寇田中隆吉、王英指挥日军出动飞机四架、架设山炮对红格尔图村正南围墙狂轰滥炸，炮火中血肉横飞。姚怀普等队员此时也不怕天上飞机、地上野炮，纷纷冲向受伤士兵，抬着担架向街中包扎所疾跑。学生们过去在学校哪里见过这阵势，枪炮打响时心还咚咚直跳。但看到战士受伤、鲜血外流仍面无惧色，一个倒下另一个抓起机枪朝敌人扣响扳机，愤怒的炮火射向敌人时，谁还顾生死？都跳出掩体，抢救伤员。担架抬到街上时，忽然一发炮弹炸中民房。待炮火硝烟散去，行道树上挂着半截身躯。包扎所内，村民和战地救亡队的队员都在给伤员包扎。有的战士流血不止，鲜血和地上白雪相映，红白分明，似一朵朵绽开的战地红花……

仗打到16、17日，日寇田中隆吉的攻势虽有强烈炮火和飞机狂轰滥炸助阵，但始终没进入红格尔图村半步。特别是16日中午红格尔图国民军阵地碉堡的高射机枪见日飞机肆无忌惮地轰炸，已怒火穿胸。忽见一架敌机似入无人之境，欲向低空扫射我地面守军。高射机枪手乘机将机关炮口瞄准敌机一阵猛射。只见敌机对迎面而来的机关炮火网想躲已来不及，机身中弹起火。日驾驶员见状急忙跳伞逃生，日机空中爆炸，残壳跌落在阵地上，大火将飞机烧成个干骨架，日本飞行员乘降落伞刚着地面即被乱枪打死。飞机在空爆炸时，残片四射，有一片正好跌落到村中，众人见到拾起来欢呼跳跃。初见飞机以为是铁鸟，刀枪不入，吃人魔王，今日被机枪打下，烂铁一堆，真乃解气。军佐士兵士气大增。这段战斗中罕见之事也为红格尔图保卫战平添了一段千古佳话。

……

此时的绥远省省会归绥城中闻红格尔图保卫战大捷，锣鼓声、鞭炮声四处响起。人们纷纷涌上街头击掌相庆。这是自日本人发动"九一八"事变以来中国人最扬眉吐气的一仗。谁不高兴啊！沿街店铺都迎街高悬红灯，打出抗日大捷酬客五折的横幅。沿街饭铺饭店更是将茶水、点心摆在门外，只要有当兵者路过必拉住吃块点心喝杯茶以示慰问。各大戏院，这几天上演剧目不是《穆桂英挂帅》，就是《三打白骨精》。说书的更是有彩头，把一场红格尔图保卫战战斗的经过描绘的活灵活现。特别是说到这一战采用"拖""拔""歼"三字游击战术处，老先生立起身来，声音格外高亢，连比带画，听者无不动容，纷纷拍手叫好。一队队学生扭着秧歌、散着传单，边走边喊口号。口号声，鼓乐声震耳欲聋……

1936年12月5日清晨，经过在平绥铁路上一夜奔波，一列快车喘着粗气缓缓驶进了绥远省归绥站。列车停稳后，一个身材高大的青年人拎着皮箱，肩扛三脚架匆匆出了车厢，来到站台上。正当他四处张望时，正在车站站台等候的姚怀普一眼就认出，这就是自己要接的北平来客方大曾。

姚怀普说："你是北平来的方先生吗？"

"你是？"

"我是绥远省'动委会'派来的专程接方先生的。我姓姚，叫我怀普就行了。"

"好、好。你前面走。咱们马上去'百灵庙'，时间很紧。"

"先生，按安排我们先去学校和救亡队的一些人一起去。也正好上海来的范长江先生和延安来的吕骥先生都在，他们也要到'百灵庙'实地采访，说要去前线。咱们一起去好不好？采访要有保安司令部签发的路引（特别通行证）才行。办好手续去好吗？"

"姚先生，你不知晓，北平人讲究眼见为实。绥远战事发生后，也有报社记者采访报道，但多是文字性的。北平人非要影照，才能解渴，所以我得快赶。听说还有后续战事发生，我要把战事的势态第一时间内拍下来传递给北平和国人呀。"

俩人一路说着赶到学校。学校"动委会"十分配合，不但给他们办了路引，而且征得傅将军首肯，还给办了特别采访证，派车专程送他们去"百灵庙"。方大曾这个高兴劲儿就别提了。

到"百灵庙"已是六日傍晚。姚怀普、方大曾、吕骥、范长江四人草草吃了一口饭，即各自分头寻找对象，开始了繁忙的采访和创作活动。

范长江首先去找的是张长胜将军，因为他是这次收复百灵庙战役的直接指挥者，同时经张长胜引见又见到了在固阳、绥西布防的旅长董其武先生，详尽了解红格尔图战役的战前态势、战役经过。特别是董其武将军介绍了陶林县人民对红格尔图之战的支前情况，感激之情溢于言表。范长江被董其武将军特有的军人豪爽所感染，又被陶林人民冒着炮火支前的义举所感动，采访中顾不上说话，只是低头做笔记。采访后连说："不虚此行，不虚此行。"

姚怀普和吕骥、方大曾在一起，四处采风、拍照。大战后的"百灵庙"秩序井然。到处可见军人们在收集敌人遗丢的枪支弹药，堆积的物品如山。山坡上残毁的工事碉堡还散发着徐徐的清烟。一处弹坑中晋绥军士兵仍在掩埋尸体，清理战场。方大曾和姚怀普、吕骥走到一处阵地前，方大曾拿起相机摄下了晋绥军列队进入阵地的情形。军人那脸上坚定的神情、整齐的军容，身扛长枪、头戴大皮帽伟岸肃立，英姿勃发形象尽收镜头之中。

在机枪阵地前，军人们听说他们能照相，特地摆好姿势。一手叉腰、一手握在缴获的双管机枪上，让方大曾用镜头照下了他们胜利后喜悦的表情。

姚怀普他们这一次来真应范长江的话，不虚之行。满足了方大曾等亲历战场直面血雨腥风的心愿。更深一层了解了战火纷飞的残酷，经历了一生难忘的战火考验。姚怀普等四人再次从采访点回到驻地。只见方大曾兴高采烈，声称收获最大。原来他见到了负伤后仍坚持爬进装甲车冲击西山口，为收复"百灵庙"立下殊功的英雄——张建勋。不但拍了照，而且录下了他的口述。巧的是如果他再晚见张建勋一天，张建勋就因腿骨被击穿，马上要转后方。张建勋腿伤虽经抢救，但因子弹已射穿击碎骨头，后随傅部撤往后套陕坝时即转入地方，安置在五原县富牛圪旦地方养伤，这已是后话了。

方大曾还兴奋地告诉大家："他明天就要和晋绥军一部重返陶林，拍摄红格尔图战斗的遗迹。"而吕骥则一手拿着筷子，一手拿支笔，嘴里哼唱着。他一会儿低头在纸上写些什么，一会儿又涂改一气。其神情专注，全然不顾别人在干什么。姚怀普走到他身边低头一看，白纸上歌曲题目赫然在目：《抗日救亡之歌》。再看范长江笔下生花，不停唰唰写着。随着腹稿的流溢，一篇新闻稿"百灵庙"战地采访报告文学《百灵庙战场行》写毕。一转头，人影却不见了。原来他早和晋绥军前方新闻发布办商定，此稿一俟写毕，即由新闻办连夜发往天津《大公报》作为快报发行，好让天津市民第一时间得知晋绥军在傅作义将军指挥下，收复"百灵庙"、大庙的胜利消息。

中共中央于第一时间发来贺电，称绥远抗战胜利为中华民族争了一口气，为中国军人争了一口气。并通电致书蒋介石，提出化敌为友、共同抗日的主张。

……

5

姚怀普在音乐教室里，呆呆看着眼前的标语、救亡的旗帜，惆怅和伤感涌上心头。自前晚和岳丈曹梦龄彻夜长谈方知局势如此恶化。前几月"百灵庙"大捷后绥远人民热忱抗日、支援前线的救亡运动已不见踪影。

1937 年 9 月 11 日，学校贴出告示。大意是："局势恶化，学校西迁。随行者务于 12 日到校集中行动。有不愿同行者，教师按自动解聘处理。"

姚怀普家中此时，大女儿灵儿尚四岁，二女儿一岁，只好和母亲相商议定：大女儿留母身边，陪伴母亲，自己与妻曹玉兰及二女儿随校西迁。随身只带简单行李和一木箱。于 12 月清晨和国立绥中其他师生一起，踏上西行的漫漫之路。

1937 年 10 月 14 日，绥远省省会归绥沦陷。

1937 年 10 月 17 日鹿塬沦陷。但令日本军队意外的是，他们乘火车抵达鹿塬时，竟然无人抵抗，没放一枪一炮即进入鹿塬城。

也就在鹿塬沦陷的前一天晚上，鹿塬南海子官渡，发生了一场大火。近八十只木帆及千余只牛羊筏排在大火中烧成灰烬。而作为殷家渡口的掌门人殷四爷竟不知所踪。码头这把火究竟是谁放的？为什么放火？世人谁也不知道，一直是个谜，无人能解。

1943 年的 9 月某天，一辆骡车缓缓从陕坝三道桥北，国立绥中的所在地梅林庙驶出。车上坐着三人，二男一女。为首的是一位年近三十岁的中年人，身材微胖，浓眉大眼。旁边是两个刚过二十岁的年轻人。中年者，正是姚怀普，现改名叫姚玉。旁边两位是他的学生赵小晴和李敬伟。姚玉怀抱一把京胡，车上放的一小箱子，内装戏装及化妆品之类的物品。他们这是要去陕坝参加陕坝中山堂落成庆典活动的演出。

9 月时节，秋高气爽。姚玉坐在车上遥望远方。蓝天白云下，金黄色的庄稼一望无际。麦收已过，田里是即将收割的稻谷和糜子。庄稼的长势喜人，沉甸甸的麦穗和稻谷迎风摇摆，仿佛告诉你，陕坝今年又是一个丰收年。

陕坝，位于内蒙古巴彦淖尔市杭锦后旗境内，处黄河几字弯的上方。在清朝光绪年间已初具市镇规模。其早形成与园子渠有关。园子渠也称黄土拉亥河，早年是黄河向北分出的自然支流。当时河面开阔、水流丰沛，在陕坝这个地域水面开阔具有航运的条件。从鹿塬渡口行船至碄口向北，进入后草地的晋商和草原蒙旅，看到这个地方具有停泊条件，遂在陕坝修建码头，转运货物。经蛮会城，从打拉盖山口和乌不浪口进入内蒙古草原。久而久之陕坝因成了南北货运的水旱码头而逐步繁荣。

至于什么时候叫开陕坝这个地名。据《杭锦后旗志》记载，陕坝这个地名是由一个叫善巴的人名演变而来。善巴在藏语译音中即善良。其人云游四方，行医行善，治病救人。由于为人忠厚，能竭其所能为百姓提供帮助，深受百姓尊崇和信赖。

晚清时，善巴来到现今陕坝地界，发现此地土肥草茂，随即在此居住下来。途经此地的人遇上困境，他慷慨解囊。四邻八方逃荒逃难在此居住下来的人都愿与其亲处。有病患时也愿找他医治。而善巴给这些穷苦人看病抓药从来都是分文不取。方圆百里善巴的医术、民望四处扬名。久长了，人们路遇互相询问时问："去哪呀？"对方答曰："去善巴那儿。"在蒙、汉语的交流中，有串音和字变，逐渐以陕坝作为这个地方的称呼。

陕坝地理位置特殊。园子渠码头行船南下黄河向东航行达鹿塬、河曲和保德进入山西；或经佳县进入陕北。船向西行而去即通宁、甘；旱路从陕坝东去经塔尔湖、五原出西山嘴，途经鹿塬到绥远省会归绥；陕坝向北则通过打拉盖山口和乌不浪山口进入茂明安旗草地百灵庙、蒙古国或绥东地区。

1938 年 12 月，傅作义将军被国民政府任命为第 8 战区副司令长官兼第 2 战区北路军总司令后，彻底摆脱山西阎锡山的牵制和管辖。于 1939 年初，即收拢流亡之中的绥远省党、政、社会团体随第 8 战区副司令长官司令部进驻陕坝。将陕坝作为绥远省的临时省会，使陕坝成了领导沦陷中的绥远省河套地区和西北部分地区的抗日救国、抵御外辱的桥头堡。

五原大捷后，傅作义将军在军事进行了一系列部署。会同蒙三公旗的爱国武装使乌拉山西山嘴以西、打拉盖山以南茂明安旗一线，阿拉善以东、黄河以北的广大地区，成为抗战坚不可摧的后方阵地。从驻入陕坝时起，首先办的一件事就是安置绥西战役、收复百灵庙以及五原战役的战斗中伤残人员。像张建勋这样的每人发给白布二十匹，土地一顷，就地在河套安置。他在着手进行一系列的政治、经济、文化建设的同时，恢复了国立绥中建制。姚玉一家才结束了颠沛流离的西迁，结束了逃亡于宁夏，寄居于平罗县，无处安身，在米仓县废弃的商铺和废旧的房屋中上课、住宿的苦难日子。

1940 年 5 月，国立绥中迁入陕坝镇铁匠巷一处居民大院内。学生三百余人，在大院和周围四处租借房屋解决食宿问题。但随着学校恢复建制，托县、萨县、归绥、鹿源的流亡学生不断涌来。特别是河套地区，本身的学子众多，到归绥、鹿源读书因战乱已无可能。校长阎伟，面对如此困境窘境，只好向省政府和副长官司令部求助。傅作义将军也正在为随军大量子弟无书可读而烦愁。经多方实地勘定，决定解决陕坝流亡学生和随军子弟的读书问题，选定陕坝三道桥北梅林庙为国立绥中的新址。因为国立绥中在西迁中所带十万大洋经费遭土匪的掠夺，损失殆尽。省政府财政厅专拨经费修缮梅林庙学校新址。另划给学校百亩土地作为今后学校生产自救及解决教学实践使用。第二步立即着手选址新建一所中学，原奋斗小学从宁夏迁回后合并于新校，新校名为奋斗中学，主要招收随军子弟及流亡学生中有一技专业之长的学生入校补充学生总队。国立绥中从此开始了，一边在铁匠巷办学，一边在梅林庙开启修缮学校新址的工作。

姚玉授课的教室设在一所庙宇内，环境简陋，但比起流亡的日子已是天壤之别。自然尽其所学，教授学生。除正常每班一周两节音乐课外，课余文艺活动也是丰富多彩。

姚玉本是北平高等音专专科毕业，弦乐、音乐、打击乐样样精通，京剧、晋剧、地方二人台戏曲、歌剧打板、伴奏更是行家里手。课堂教学是分层次授课，分程度教学。

在初中一二年级，讲授音乐基本乐理休止符用法时，他选用民歌《一只大公鸡》的曲调配上抗日的歌词教唱。教唱时姚玉唱一句："战士握枪拿起了大刀片。"当唱到"片"时，歌戛然而止，停一拍后老师接唱下一句体现节奏。要求学生拍桌子拍节奏唱到"片"时，用力拍一下桌子，停住。随着姚玉脚踏琴的伴奏琴声起，接唱第二句："冲向鬼子冲向卖国贼。"唱到"贼"字，随着拍桌一声响，歌声又戛然而止……不但教学生动，而且一堂课结束，学生就能掌握休止符的唱法。在初三以上年级的音乐欣赏课，姚玉从增强学生抗战意识入手，放音乐唱片前，专门讲了法国文学家阿尔丰斯·都德的《最后一堂课》。当讲到等到下课铃响起时，德国鬼子冲进教室，对着明晃晃的刺刀，老师转身在黑板上写下"法兰西万岁"时，姚玉声音激昂，结合自己亲赴绥西红格尔图战场，看到的战士们英勇杀敌的情形讲抗日救国是每个学生的职责。当欣赏的贝多芬《第五（命运）交响曲》其悲怆的音乐声响起时，学生们面色凝重。这是一首激励人们通过斗争争取自由，向命运抗争的宣言书，也是人生经历黑暗走向光明的凯旋之路。在悲壮的乐曲声中同学们欲握刀枪上战场杀敌决心油然而生。一堂音乐课寓教育于音乐之中，以此激发了学生们的爱国斗志。

那一年的中秋节，学生为表达对晋绥军英勇杀敌保卫家园的崇敬心情，校方特意组织师生去学校附近宋海之团的驻地慰问演出。消息传出后，全校振奋。

晴空的夜晚，十五的皓月悬挂天穹。战士们坐在广场中间，师生们秩序井然地围坐在四边。军方搭起的演出台前，摆放着学生们慰问战士的花篮。每一个战士手里都拿着一个个慰问袋，里面除了学生们写的致敬、感谢，向抗日将士学习的慰问信件外，袋内装月饼两个，学校种的西红柿、华莱士瓜和瓜子儿、大豆。就在这秋高气爽的八月十五的晚上，姚玉带领着师生救亡文艺队进行了精彩的慰问演出。演出节目丰富多彩。由语文老师编写，姚玉用山西民歌小调谱曲的小歌剧《送郎杀敌》特别受到将士的欢迎。

晋绥军战士们大多来自山西和绥远的绥西、后套。当听到当地熟悉的二人台曲调时，无不引起思乡之情。当看到日寇烧杀，新郎要上战场杀敌报仇时，台下响起了阵阵的口号声"打回老家去！"杀敌报仇的口号响彻云霄。女生们的《采茶舞》、男女的对唱，那婀娜多姿的舞姿和甜美的歌声，激起观众席上将士和学生们阵阵热烈的掌声。

当演出进行到最后一个节目时，姚玉手拿京胡上了台。他向下面恭敬地鞠了一个躬，然后说："士兵们，学生们，下面我要给大家演奏一首京胡演奏曲《夜深沉》，借以鼓动我们的士兵多杀敌，每战必胜凯旋。"随着激昂的鼓声停止，京胡声缓缓响起，仿佛步入了战场的旷野，面对即将的厮杀，思绪万千。当乐曲平缓的进入慢板又仿佛乡亲们叙述着日寇犯边、烧杀掠夺、村无完寨、四乡无人，大家无不痛恨日寇的禽兽之行。当着《夜深沉》奏响进入了快板的时候，伴随的鼓板锣镲激情四射的配合，京胡声的一问一答仿佛在说出战士们为保家卫国，视死如归奔赴前线杀敌的决心和信心。在激烈的快板演奏中，白色的弓毛像一道道闪电来回抽动。情动之时，姚玉的身躯向前微倾，整个身形如同雕塑一般。清脆激昂高亢的胡琴声仿佛在告诉家乡的父老："一切来犯之敌，在强大的中国军民面前一定失败，逃脱不了灭亡的命运。"……乐曲奏罢，台下顿时响起雷鸣般的掌声，挟带着战士们和师生们的欢呼声排山倒海一般的涌来。此时的姚玉生平第一次用心声在演奏。心还在跳，似乎还在奏，弦还在抖……当宋团长的手紧紧握住他的手的时候，他才意识到演奏结束了。

那一晚啊，是姚玉生平最难以入眠的一夜。

6

1943 年初春，国立绥中正式搬入修缮一新的新校舍——三道桥梅林庙。同年建成了第 8 战区副长官部戏曲学校。姚玉兼任京胡及文武场演奏客座教员。

国立绥中新校址——梅林庙占地宽五十余米，长七十米。前后两座大殿，共有厢房四十余间。当时的国立绥中已从学生不足三百人、教师不足三十人，只有初中部，发展到学生八百余人、教师七十余人，高、初中部健全的完全中学。从初一到高三共六个年级，初中双班，高中为单班，并附开简易师范补习预科班。校长阎伟先生早年留学法国，是纺织学博士，其时任绥远省教育厅厅长。老师大多数是北平、燕京、金陵等大学毕业有执教经验的老教师，也都是具有爱国之心、不愿留在沦陷区为日寇和蒙奸服务的有识之士。训导主任甄武同时兼任数学教师。国立绥中在归绥沦陷前就已经是绥远地区享誉极高的名牌学校，其教学设施和藏书都是一流的。

在梅林庙，新国立绥中的校牌重新挂出，敞亮的音乐教室传来了排练《黄河大合唱》的歌声。这是由著名的词作家光未然作词，著名音乐家冼星海作曲的一部大合唱，有多声部合唱、男女对唱、轮唱、独唱等形式和板式的大型交响曲名作。校合唱队虽然伴奏乐器简单，也没有乐器配置要求，什么小提琴、二胡、三弦、月琴、扬琴，还有自己制作的大底胡……各式乐器凑在一起就在姚玉老师的指挥手势挥动的一刹那，雄浑的合唱声在教室里、窗外晴空下、起伏澎湃传至远方。几十颗年轻的心也都一同回到那"风在吼、马在叫，黄河在咆哮……"的戎马倥偬、英雄抗敌的战斗意境中去了。

今天姚玉是去戏曲学校，一方面带两位同学让杨鸿霖老师指点一下《寒窑》一折的演出有无失当之处；另一方面是戏校的老师都知道姚玉毕业于北平音专，专攻器乐和作曲，京胡拉得又好。今天是应王佩臣先生之邀，去戏校在文武场做一些现场教学并进行京胡演奏的切磋，晚上参加演出。

姚玉一行乘骡车出了校门直奔陕坝城而去。一路上秋高气爽，眼前的景象已不是往年之荒凉，而是一片丰收在望的盛景。

正行驶间，忽听田埂上传来民歌声。假声甜美，虽略带沙哑，但声音洪亮。歌中唱道：

沟边边开花，沟边边上红。

受苦人爱的是那水灵灵的人……

众人正寻觅那发出的唱声，忽听西边又传来夜莺一般的歌声：

……

有朝一日咱们成了亲，烧酒盅盅挖米，不嫌哥哥穷……

"好，好歌！"

姚玉猛一跳下车，问二位学生："你们谁带纸笔了？"

姚玉在国立绥中西迁途中，路经安康、陕北等地，就对收集晋、陕、内蒙古、宁、甘的民歌、民谣、民歌曲调产生了极大的兴趣。记得姚玉就读于北平高等音专时，从师于当时国内京沪一带著名音乐人杨伸予先生。杨先生在讲述"民歌"章节时，曾语重心长地和姚玉讲："民歌是穷苦百姓的艺术，是受苦百姓对命运的不公而发自内心的一种控诉和呐喊。它像空谷幽洞中涌出的一股清泉，时而奔放，时而柔情，让听者动容、同情，激发出人们生存的希望，也给人们带来向上的力量。你来自归绥，那里有内蒙古草原的天籁和广袤；有三晋大地走西口创业的艰辛和酸楚；有陕甘人的粗犷和豪放；有宁夏花儿的微笑和柔情……那里到处是歌，到处是舞。你要把收集民歌当成一件大事来做。用你的音乐教育阵地去收集去播放，把它流传后世，代代相传。你真做成了，其功大焉。"在经过陕北露宿途中，他专门和当地四处唱道情的艺人进行过深入的探讨，收集了好多当地民歌，什么《桃花红来杏花白》《唱五更》等等，特别是收集了一首歌颂陕北闹革命领袖的民歌，喜爱至极，经常拿出来唱唱，品味一番。歌中唱道：

说陕西，唱道情，

陕北出了件大事情。

刘志丹领导大暴动，

花儿嗨呀，领导穷人要翻身。

……

带领穷人闹革命，

花儿嗨呀，扬眉吐气打财东。

骑白马，跨洋枪，

哥哥我从此吃上红军的粮，

跟上共产党闹革命，

花儿嗨呀，要为穷人打天下。

三五年，山丹花儿开，

中央红军到陕北，

领导人是那毛泽东，

花儿嗨呀，从此革命有了带路人。

共产党，像太阳，

照到哪里，哪里亮，

铁心跟着共产党，

花儿嗨呀，穷人翻身得解放

……

在宁夏平罗县内境那段流亡的日子里，尽管住的土窑房，点的豆油灯，吃的是豆糠面，穿的是烂破鞋，姚玉就是在垒的土台上抄录民歌，记下谱曲，收集了近二十万字的陕、宁、甘、内蒙古、冀一带民歌民谣。今天去陕坝的路上，又听到这样一首男女对唱的情歌，怎能不高兴喱？

……

爸爸从遥远的回忆中结束时，看着姚一民语气坚定地说："做一个有志的青年就应该是听党和毛主席的话，走和工农相结合的道路。去农村这个广阔的天地锻炼自己，这是一条正路。人的一生中有这样的经历是历史命运，也是很难得的。只要你能吃苦，不怕脏累，一定会干好的。"姚一民现在看到语录碑上这几个大字，仿佛也像当年成千上万的青年人一样，为实现自己救国大志，寻求真理，义无反顾地投身延安，投入热火朝天的战场。为民族解放、建立一个崭新的新中国而奋勇上前。不知什么时候，乔爱华的身体紧紧靠着他。他心中不由涌起一股暖流，有心爱的人和自己一起去农村这个广阔天地，该是人生多么幸福的喜事啊。

车队经过西脑包大街后，直上通往五原的110国道。沿途阴山相伴，观一路风景，众人毫无倦意，谈笑风生。在车队右侧山势起伏绵延的阴山山脉，势极雄伟。云荫苍茫,奇瑰无比。过乌拉山口时,从车内往左望,遥见黄河像一条玉带,缓缓流淌。河上船帆随见,雨雾中帆影时隐时现,实像一幅水墨画。待转过乌拉山进入后套地界,河套平原尽收眼底。一望无际的广袤的河套平原农田田埂连成一片,或黄或绿,黄可能是庄稼,绿为菜田。偶见河滩草地,野花盛开,花团锦簇,十分美丽。沿途牛马群渐渐增多,整个大地一片丰收祥和的景象。这时,姚一民才觉得自己嗓子干腻,像有一团火在嗓子眼儿喷烟。耳边听不到震耳欲聋的口号声,代之而来的是呼呼的风声、汽车单调的马达声和忽大忽小的轰油声。姚一民看了看车上的同学可能是喊口号累了,也可能是在车上跪久了,顺势躺倒了,有的已经睡着了,还打起了轻轻的鼾声。

姚一民这个小组和他们后面车上的另一个知青小组大都是原鹿塬一中文艺队的队员,所以高初中同学都有。他们这个小组一共由十一个同学组成,有六男五女。除了姚一民和乔爱华是同班同学外,其余的人因为都在一个文艺队的缘故,所以相互比较了解。鹿塬一中这次在分配下乡知青的工作,有一条不成文的做法就是基本上尊重个人意愿。同学不分年级、年龄都可以自由组合。一般一个知青小组十一二个人左右,便于生产队接纳安置。姚一民他们这两个车的知青小组那可是鹿塬一中响当当有名的人物。因为是校文艺队的,在器乐、表演和声乐方面都各有专长,在校时或参加市文艺汇演,或下乡抗旱,或到工矿企业慰问演出都很受欢迎。有些校友们尽管不在一个年级,但都能叫出他(她)们的名字。乔爱华就是如此。记得她在博托区小体育场表演自由体操时,在《步步高》的乐曲中,爱华出场一亮相,那粉红色的体操服穿在修长的身体上,把白皙的皮肤映衬得格外引人注目。她微微突出的小崩楼,乌亮的黑发梳着一根马尾辫,加上明亮的大眼、翘翘的小鼻子下红润的嘴唇配着一口雪白的牙齿。当她时而侧翻,时而腾空跃起空翻,尤当她空中转体后稳稳落在地上,观众席上随即爆发出雷鸣般的掌声。结束动作时落地式做出头仰上,前拱腿,一手拖腰,一手掌心向上,那月牙般的嘴露出了迷人的微笑。刚才还是一团火在地毯上翻滚的她,现在展现在观众面前是一尊美到极致的塑像。往往在整套动作结束的一刹那,场上静得出奇,随之而来的是轰鸣般的掌声和喝彩声。李小林的二胡功法娴熟,拉出的琴声悲得让你欲断衷肠,喜得让你狂舞不止,一曲《赛马》享誉校内外。还有周永健的快板书及和张文玉合作的相声常常让同学在课余笑声不止。连继珍的一嗓子《谁不说俺家乡好》一声"嗬儿呀嗬儿……"那磁性甜美的声音洋洋盈耳,悦音在空中萦绕不绝……校文艺队规模不大,但在鹿塬一中四大名师之一姚玉老师的精心培育下，按照"乌兰牧骑"一专多能的模式组建。遵照鹿塬一中"敦品励学，尊师爱生"的校训，凡参加校文艺队的队员必须由本班班主任推荐，品学兼优，有一技音乐专长，还能兼做别样方能入选。所以每年的文艺汇演、下乡抗旱支农演出、赴厂矿为一线工人演出均获得好评。在鹿塬市教育界、业余文艺界声誉较高颇有口碑。姚一民本人是姚老师长子，又是鹿塬一中"宝塔班"的优等生，文艺专长扬琴，舞蹈也可以。所以这次就和校文艺队的队友们自愿组合，立志听毛主席的话下乡插队务农。

临赴五原的前两天乔爱华父母特意把姚一民找去说："知道你和爱华一起走，我们就放心了。只是去农村后，不比在家中，我们两口子就抱着爱华和他哥两个，从小娇生惯养没吃过大苦，我们也不在身边就托付你照顾啦。姨信得过你。你从小在我们眼皮子下长大是个好孩子，老姚他们一家四邻没有说不好的，爱华就托给你了。"说完转身似乎在抹眼泪。

乔爱华的父亲原先是金龙王庙街曹家铁制作坊的一名修理工，新中国成立后公私合营时以曹家铁制作坊为主政府组建了鹿塬机械厂锻造车间。乔父据说年轻时从山西随父"走西口"来鹿塬投奔乔家。但正赶上日寇侵占鹿塬，日伪入城办了三件事：第一件事就是对"广恒西"的皮毛业务账户往来实行管制。后又借口"广恒西"掌柜通共杀害了"广恒西"掌柜、经理，霸占了"广恒西"的全部股份和业务往来。第二件事就是逼殷渡口当家殷四爷出山为其服务。殷四爷不从，放火烧了自己的全部渡船和筏排。日本人恼羞成怒一把火烧了殷家大院。殷四爷被杀，其后代从此不见踪迹。第三件事是逼乔家鹿塬钱庄融资。乔家借口有意大利股份谅日本人不敢擅动。日本人只好绕弯寻衅乔家、扰乱买卖经营。在此情况下乔家买卖亏损不断已无法正常经营，只好介绍乔父去曹家铁制作坊谋差。当曹家铁制作坊公私合营归到鹿塬机械厂后，乔父随之成了鹿塬机械厂职工。他本人忠厚好学，苦钻技术，在锻造车间大搞技术革新时还有些技术小发明，历年来被评为先进工作者，1965年春加入中国共产党。

刚才乔父听了其妻的一番话转身对同去的姚一民母亲说："姚老婆儿，儿女们的事你看咋的了？现在让他们自己处得看哇。只要孩子们在五原平平安安就好了。"说完就蒙头抽烟啦。

姚一民偷偷看了一眼乔爱华。此时的爱华双颊绯红，低头只是抠指头。见姚一民看她，她只看了姚一民一眼就飞快地低下头。

……

车行驶至西山嘴就说明已离开鹿塬地界了。姚一民看了看紧靠他微睡的乔爱华，鼻孔随着呼吸一张一收，似乎什么也不想。不知咋的突然有一种发誓的冲动，真想大声对爱华说："我一定保护好你。这一生都要保护你，不让你受苦受累。"

其实乔爱华哪能睡着，前几天父母的话一直萦绕她好几天睡不着。平心而论，乔爱华这样的女孩人见人爱、人见人怜，暗恋她的同班男生和体操队、文艺队的男队友恐怕也不在少数。但乔爱华天生有山西人倔犟的基因，特别看不起那些显摆家庭、自作多情，学习不求上进，只会在老师和团组织面前说三道四的人。有一个老师曾经有一次借口给她补课，咸猪手蠢蠢欲动，她见状将一盒粉笔扔出窗外，弄得局面挺尴尬。所以男同学给她起了个绰号叫"冷贵人"，女同学叫她"乔老爷"。但乔爱华心中只有一个人让她惦记，这个人就是姚一民。

乔爱华家住在姚一民家斜对的一所大院内。从孩童时代起，爱华就喜欢和姚一民一起玩耍，像小妹妹一样跟在姚一民后面东跑西颠。

有一次玩捉迷藏，姚一民待大家分开后，转身藏进了棺材铺的棺材内，还叫老师傅在他身上撒了一堆刨花。待有小朋友发出开始"寻找"的口号，小朋友怎么也找不到姚一民。后来棺材铺的一位老师傅用手指暗暗指了指棺材里边，小朋友们才知道姚一民藏在棺材内。但听说棺材是装死人的，所以谁也不敢向前。小朋友正在恐慌不知怎么办才好时，忽然见乔爱华一下扑在棺材上号啕大哭，一边哭一边叫："一民哥哥，你不能死啊。姚一民你怎么死了呀。"逗得一旁干活的老师傅和伙计们哄堂大笑。姚一民躺在棺材里正为小朋友找不到他暗暗高兴时，忽听爱华又哭又叫忙从棺材里爬出。只见姚一民头发上身上沾满刨花，他也不管别人说什么，跳出棺材拉上乔爱华就往家里跑。

姚一民从小爱读书，看了小人书《水浒传》后，就在玻璃片上用墨画上小人，用手电筒打光在墙上就出现人物。姚一民一边放一边讲水浒故事情节，有时讲不上来胡诌几句，但小朋友们都喜欢看。每当大门洞内放土幻灯片，姚一民总是让爱华坐在第一排。爱华也只是在这个时候用手托着腮，静静地看着姚一民放土幻灯片，听姚一民讲故事，这也是爱华最安静的时候。

待两人上小学时，碰巧班主任是姚一民父亲的鹿塬一中学生，一毕业就在金龙王庙街小学任教，做了姚一民的班主任。当然对姚一民格外呵护，乔爱华也和姚一民一班，又是同桌，又自愿组成一个学习小组经常在课后一起写作业。当姚一民是少先队中队长的时候，爱华是小队长。当姚一民是大队长的时候，爱华是中队长。两人在小学读书，品学兼优。在 1961 年的时候又同时考进了鹿塬一中读初中。

当年鹿塬一中为实现"追福建、超赤峰"，1961 年在全博托区一次性招收了近 500 名学生。在分班的时候，按成绩顺序五百名学生考第一名的进一班，考第二名的进二班……以此类推，姚一民考十一名进了一班，巧的是乔爱华也进了一班。初一时的姚一民十分调皮。有一次在上课铃响起前，他和几个男同学爬入教室天棚。待老师上课铃响起进教室后，同学们遵照班长的口令，刚站起来还没来得及喊"老师好"的时候，天棚中姚一民他们把天棚敲得"咚咚"响。老师以为教室要塌了，急忙让同学们往外跑，教室里混乱一团。当老师得知是姚一民他们的恶作剧后，把姚一民几个捣蛋学生叫到办公室面壁而立。班主任还把姚一民的父亲叫到办公室。姚老师指着姚一民对班主任说："好好给我揍他。"说完就走了。

待姚一民等让班主任严厉训斥了一顿，并在放学后罚站两个小时才回家。姚一民一出办公室，就看到乔爱华还在大风中等他。看见他出来，怯生生地问："老师打你们了吗？疼不疼？"眼中满是担心怜爱的神情。

乔爱华的家庭相比姚一民家的生活条件较为优越。在那食品匮乏的年代里，乔爱华父亲每月挣七十余元，妈妈又在副食店工作。虽然各种食品杂物都是凭票供应，但近水楼台先得月，偶尔也能抢购些水果、点心末子带回家。孩子们也只有乔爱华兄妹两个，负担在那个年代里是不重的。姚一民家就不同了，姚父虽然工资较高每月近九十余元，但孩子多，姐弟四个还负担一个老奶奶。儿女们都在读书、长身体用钱的时候，日常生活特别在吃食方面相比乔家就差远了。

记得有一次班里组织去沙尔沁爬山，爱华她妈妈特地多煮了两颗鸡蛋，拿了一袋草莓酱给姚一民。因为她妈知道不多拿爱华宁可不吃，自己带的干粮也要给姚一民。

沙尔沁山全名叫莲花山，山峰峦秀，宛如一朵莲花含苞待放。半山崖有一座佛教召庙，建庙地正指南黄河，左为土默川部，右为鹿塬地界。据说是为了解决巴家"租借地"和蒙土默特部之分界，主持人射了一箭，箭落处即为分界点。为有明显的分界标志，所以建召庙为佐证。从远处眺望莲花山，山形像一个寿字，山崖石隙间的松柏显出卧鹿图案，而半山腰的召庙供弥勒佛像。故谐音福（有佛）禄（有鹿）寿（山形）山，称为"福禄寿"之宝地。

那天同学们骑自行车集体出发。到达沙尔沁山后，稍事休息便由博托区武装部的同志们讲西藏平叛的战斗故事，后又集体参观了佛庙、壁画和佛像。召庙建筑结构之精巧、佛像之雄伟、壁画之美艳令人叹为观止。

参观结束后，同学们便自行组合从召庙后背顺之字形路线攀登莲花山主峰。姚一民在登山全程中，一直护在爱华身旁，生怕有闪落。当时的沙尔沁山谈不上有什么保护设备，想登上主峰只能绕行小路。其途山路崎岖，碎石比较多，有些路段堪比名峰华山之路。待攀爬到主峰右两块巨石间，上书"南天门"。攀登者必须要从巨石间穿过再折向东沿着一崎岖斜坡上去，方能登顶。过"南天门"时，姚一民硬是用肩膀把爱华顶上去，同学们拉住乔爱华硬拽才通过"南天门"。登顶以后，生平第一次登高望黄河，真是别有风味。

只见远处的黄河在莲花山前弯曲绕行。看黄河两头，水连天，天连水，真可谓"黄河之水天上来"，活脱脱像一柄玉如意连天而卧。站在莲花山顶上观黄河，顿觉心旷神怡。爱华静静地坐在小石头上，看着远处的黄河，可能又激发出什么诗性了吧？

同窗八年中，姚一民擅理，爱华喜文。尽管市教育部门和鹿塬一中领导视这批学生为宝，在进行五年读完初高中的试点教学中，三次采取优胜劣汰的办法，将一开始招入的十个班择优留下六个班，后经三、二分段①时下，留下不到一百一十名学生升入高中。其间淘汰掉近四百人之众。姚一民、乔爱华仍顺利升入高中，为进入最高学府进行最后的冲刺。

……

想到这里爱华又想起赴五原行前妈妈说的话："你们的关系，今天这层纸已经捅破了。今后就看你们的啦。这事也说不定，走一步算一步吧。但你们千万要保护好自己。爱华，你生性倔犟，妈真不放心你啊。"爱华心中想：管它呢，天塌大家扛，反正有一民哥呢。想着又往姚一民身上靠了靠，呼呼地睡着啦。

---

① 指初中读三年，高中读两年。

7

运送下乡知识青年的车队驶入五原县城时锣鼓喧天。高音大喇叭中传来了五原人民亲切的问候声。姚一民推了推正在睡梦中的乔爱华说："醒醒，五原到了。"

在车距离五原县城十几里的时候，姚一民看到一片乌云在西边。一会雷鸣电闪，下一阵疾风骤雨。进了五原县城，原以为会停留一段时间，但车并没有停多长时间。县知青办的负责人告诉大家稍事休息。车停稳后，在同学们下车去方便完返回车上的时候，看到汽车驾驶室的门上贴着一张红纸写着："复兴公社永胜五队"的字样。不一会便有人吆喝："上车啦，上车啦。"同学们赶紧上了车。汽车启动即往西行驶出了西口后，有的车向南，有的向北，分别驶向不同的目的地，只有六辆车组成的车队驶向复兴公社。

复兴公社隶属五原县，其位置在五原到临河，塔尔胡到刘召车站两条公路的交叉点上。就在车队驶去复兴公社的途中，姚一民他们看到刚下过雨的田地里，有男有女，有老有少，有的蹲在田埂上，有的蹲在地里拿着庄稼失声痛哭。大家谁也不知道咋回事，面面相觑。

估计在下午五时的光景，汽车驶进一个不大的小镇。在一座白色围墙的院落大门口停下了。大家定睛一看，呀！到啦。这就是我们今后下乡劳动和生活的地方——五原复兴公社所在地。

当六辆汽车的知青们纷纷拿着行李集中到大院时，一个身体较为魁梧的中年人已经站在办公室的台阶上，带领一帮模样像公社干部的人鼓掌欢迎他们。有人递给这个中年人一个小电传声喇叭。他说："我叫张耀武，是复兴公社党委副书记。今天李书记李社长本来是要亲自欢迎你们，但就在前一个半钟头四个生产大队发生雹灾，灾情严重，他带领干部去救灾现场了，委托我代表公社党委也代表他欢迎大家。同学们，你们是听毛主席的话，来到我们公社的知识青年，你们是毛主席的好学生，给农村带来文化、知识。农村是一个广阔的天地，在这里你们是大有可为的。你们一会儿就按分配的生产队到那里插队入户。希望你们去了以后，和贫下中农同吃同住同劳动，接受贫下中农再教育，成为一个合格的社会主义新农民。今后有什么困难可以到公社党委来找我。等你们安排好以后，我会一个生产队一个生产队的拜访你们，今天就到这里。下面呀，老李，你让各个生产大队各自领人，回村里安顿好。"随着张书记的话落音，四处便响起一片招呼的吆喝声。

姚一民他们这个小组一共十一人，因为同来者数高三年级周永健年龄最大，大家很长时间就在一个文艺队处事，对周永健知根知底，他为人热情、正直，办事利落，喜好开个玩笑逗个哈哈，所以大家一致推举他为这个队的"点长"。当听到有人喊："永胜五队的知青在哪了？"周永健高声应到："在这！在这！""来来来，在这在这，相跟上。"姚一民一看，一个五大三粗身体健壮的汉子，正站在一个车旁高举双手喊他们过去。大家七手八脚地把行李搬到车上。大家看看车上已经堆满了行李，谁也不好意思上车，大汉说："这哪行呢？这是马车，拉你们十来个人根本不成问题，快上！"在他的帮助下姚一民等十几人都上了车，真也够满当。只见大汉一个鞭花，随着"啪"的一声响，三套马车便轻快启步出了公社大门，向永胜五队驶去。

五原的八月天，刚下过雨空气清新。斜阳西照，西边一片红云。从公路上望远看金黄色一片，用肉眼观察每相隔十几里就有绿荫一丛。大汉和周永健一见如故，谈得很起劲。言谈中我们知道，相隔十几里所看到的绿丛都是村子。谈及刚才田地里农民为什么号啕大哭时，大汉说，"你们不知道，五原这地方有句老话：天不怕、地不怕、就怕弹打一条线。意思是说冰雹来得急，往往乌云盖顶就二十几分钟雷鸣电闪，鸡蛋大的冰雹就下来啦。把庄稼打得一塌糊涂。凡是冰雹下过的地方，一般不是东西就是南北宽不过三二里，长就难说了，所以一条线。凡打过的地方，轻的把麦穗头打掉，重的地里白花花一片根本看不见。你说到口的粮食飞了能不哭？"众人这才恍然大悟，纷纷说看起来那个知青小组要是到了受灾的村里肯定不受欢迎。你来人家遭灾，真是妨祖圪蛋（方言，指做事不吉利的人，骂人的话）。

大概马车行走了不到一个钟头的时分，大汉指前边不远路边的一个大院说："那是咱们队的车马大店，到地头了。"

走近了才看清了，车马大店前站满男女老少。有人喊："三毛子，接上了？"

赶车的大汉回答："接上了，十一个，一个不少。"

说话间车停在车马店门口，一个紫糖脸瘦矮个的成年人挤上来说："先让知青娃娃们下车吃饭，一会再到他们住处安顿。"

就在同学们下车往车马店走时，一挂鞭炮突然响起。姚一民看到有的后生故意把女人们往前推，女人们笑骂着推搡后生们，男女嬉笑挤成一团。

同学们随人群进了店房，东西一溜通炕，灶台紧挨通炕，旁架大案，上放笼屉炊具等。店房虽一间，但足有五十平方米。通盘大炕黑油锃亮，水缸炊具摆放整齐，干干净净，一看店老板就是勤快干净之人。同学们欲要上炕，面对黑漆大炕谁也不敢上。店老板忙招呼："上哇，上哇，就是人坐的，平时住店的人也一样睡。"经询问才知道，此炕面，包括锅台面是用红泥、白灰打底后，用车轴里的黑油刷几遍才形成。平时待住店客人走后，只要用半干毛巾擦一遍就又显出油光锃亮的本色。北方一般不铺炕席的住户，都是将炕面和灶台面如此处理。

同学们上炕后有盘腿的，有不能盘腿半跪的，围成半圈，席炕而安。一会儿只见店老板端上胡油炝辣椒拌酸黄瓜，给同学们吃的晚饭是羊肉臊子籴面。臊子面热气腾腾，同学们吃的是汗流满面，吃得入发（方言：舒服）。吃饭间大家才知道，店老板姓李。那位紫糖脸瘦矮个的成年人是生产队长姓杨。本村有两大姓住户组成，一半姓李一半姓杨，都是前辈"走西口"在此落户的山西人氏。杨队长又将生产队的政治队长、贫协主席、妇女队长、生产队会计、保管员逐一介绍给了同学们。这会儿赶马车接他们回来的三毛子，已和同学们混熟了，方知他姓李。店老板是他大哥，二哥是生产队副队长，还有个兄弟是返乡知识青年，今天没来。

正在说话间突然一个女人激流火炮（方言：疯疯癫癫，毫无顾忌的意思）跑进来："哎呀，贵客们来了。给吃甚了？羊肉臊子籴面！好饭呀。真是的，看这娃娃们一个个俊娇的。这城市娃娃就是和咱们农村的不一样，细皮嫩肉，水灵灵的。你妈妈咋舍得让来农村的呀，看看真喜人。"三毛子给周永健介绍说："这个女人是个烂嘴，叫'杨谝子'。"

杨队长一看忙打断她的话："别瞎搅了，知青娃娃坐了一天车，累的，吃完饭人家还要休息呀。"

姚一民吃饭中间看到别人都有说有笑，看个稀罕，毫无顾忌地拥来拥去。唯独一个人看上去六十余岁，只顾低头烧火，拉得风箱呼嗒呼嗒响，只是走过去搬那柴炭方站起身来，腿似乎有些瘸，一瘸一拐地向外走去，闲暇时低头抽烟，从不和别人谈言接舌。

饭罢，乡亲们帮同学们从车上拿下行李。姚一民等因天色已晚也不知方向，只顾跟着众人走到一排房前。数了数共有四间房。西面一间安排女同学住，过来一间是男同学住，中间为灶房，尽东头一间为库房。

进入房内，打扫得干干净净，土炕上铺着新炕席，炕面也像车马店大炕一样，黑漆漆过，显得整洁。

姚一民等一进房内，只见一个女子用半干毛巾擦拭锅台，窗台。待转过身来，呀，真是个美人胚子。匀称的身材，白净的瓜子脸，镶一对水汪汪的大眼，见人们进来忙下炕，迎人一笑，露出一排洁白的牙齿。

杨队长问："水仙，咋你一人打扫？"叫水仙的女子对杨队长答非所问地说："两间住房都打扫好了，灶房刚把地收拾完，明天再清理哇。"

杨队长面带愠色说："净是耍眼前花的。行了，这几间房你一人打扫也累了。灶房我再派人打扫哇。"

叫水仙的女人见队长这样说，忙转身帮助同学们搬行李。待铺好炕收拾完，夜已深了。杨玉芬忙往盆里倒些热水对水仙说："洗洗手吧。"

水仙洗完手后，下意识地闻了下手上的香味。杨玉芬说："香皂我还有，给你一块。你真辛苦啦。"水仙推让不要，杨玉芬硬是塞在她手里。水仙谢罢推门出去回家休息。

这时姚一民正出来倒洗脸水。只见一女子，把一件东西放在女同学卧室的窗台上转身离去。姚一民走过去拿起一看，是一块香皂。问："谁的香皂？那个女人放在这了"。姚一民听了杨玉芬说了经过，心中一顿，说："这女子还是可以的。"

第二天大家都起得很晚，当姚一民起来，见到厨房内有两个女人忙碌着做早饭。

姚一民看到两个女人中有一个是昨天打扫知青住房的水仙，另一个经介绍才知道是政治队长的老婆，长得五大三粗，但干活出手挺麻利。姚一民仔细一看案板上放着一个小盆，内盛腌制的酸黄瓜。大锅内熬的一锅粥，热气腾腾，热气中略含酸味，姚一民知道这是北方人爱喝的酸稀粥。水仙正在另一个锅上忙忙碌碌的炸油饼，扑鼻的胡油香味迎面而来。姚一民心想：人们都说城里好，要看这吃食，哪里比得上五原农村。别说吃炸油饼，每人一月二两油，做菜一个月蘸个筷头也不够。姚一民想起在鹿塬家中孩子多，又都正是长身体的时候饭量大，每到月底，妈妈就得拿上秤盘借四到五天的粮食，下月初再还人家。每月寅吃卯粮，月月年年如此。

姚一民想起妈妈每到月初就拿全家的肉票，割些肥肉回来耗油。油渣子也舍不得扔，拌上酸菜蒸些玉米和少量白面掺和做包子。吃烩菜时拿双筷子往猪油罐子里一插，抽出的筷头往锅里一顿就算锅里有油了。哪像这儿用半锅油炸油饼。想起妈妈蘸油的样子，姚一民"扑哧"一下笑了。

队长老婆听到笑声转身看到姚一民进来了，忙招呼道："尝块油饼儿，这是今年的新麦子打的面。"姚一民拿过来咬了一口，嘿！简直是美味！那香味恐怕在城里吃十年饭也吃不到这个香味。

太阳一竿子高的时候同学们才进来吃饭，这时院里、门口、窗户外站满了看热闹的。姚一民看同学们吃饭的阵势，一个个低头不说话，除了杨秀芬中途跑回卧室拿白糖，嚷嚷了一阵发白糖外，就听见呼噜呼噜的喝粥声和队长老婆给那个同学这个同学递油饼的叫喊声。同学们都在低头吃，姚一民想，他们恐怕也在边吃边想，可能也在比较，各有一番感想吧。

吃完饭，同学们刚起身杨队长进来了。后面还跟着个后生，一手一个箩头。一只箩头里盛的是西瓜，另一只盛的是金黄色两头尖的长瓜。杨队长指着金黄色瓜说："这叫东瓜，以前叫花兰仕。'文革'破四旧中改的名。"杨队长随手把两个东瓜切成细条招呼大家吃瓜。刚刚吃完炸油饼人人都觉得解馋，尤其男同学还觉得肚子有点憋（方言：撑的意思）。瓜还往哪儿吃？盛情之下男同学一人一小条，女同学两人一小条。刚入嘴只觉得这瓜皮薄肉厚，肉质绵甜，馥郁多汁。李小林边吃边说："憨甜。"不知谁还说："还粘嘴了……"真是东瓜甜如蜜啊！后来在河套农村待久了才知道河套得益于黄河的哺育，加上位于北纬四十度农作物种植的黄金地带，光照时间长，昼夜温差不大，水土光热适宜东瓜（花兰仕）生长。但瓜口感好却不宜多吃，多吃上火。

刚下乡的四五天中队里也没安排劳动，只是让大家熟悉情况，休息休息。把内务整理一下，把小组生活安排妥当再参加劳动。

趁这几天休闲，姚一民也大致了解了一下生产队情况。永胜五队是复兴公社下属永胜大队第五生产队。地名叫"富牛圪旦"。"圪旦"的意思源自北方人习俗称凸起的高地。凹陷的洼地叫"圪卜"。比如"大树圪旦"得名是这棵树长在突出的高地上。如长在低洼环水、周围有树就叫成"大树圪卜"。"富牛圪旦"主要因为牛犋得名而来。牛犋最早指"耕作单位"，后来引申为村落。大村叫"大牛犋"，小村叫"小牛犋"。为了进行水量和地产的控制，在后套从事农业生产发展的地商在新中国成立前建立了一套特殊的管理体系，其核心就是公中和牛犋。旧后套凡地方上的民事、刑事一般都由公中出面办理，像一个小政府。公中所在地称为大牛犋，因为此地过去曾是公中设立的地方，是个大村子，所以称富牛圪旦。

姚一民所在永胜五队是一个村子分为两个生产队，村东为永胜五队，村西叫永胜六队。在六队的西北角有一片石灰墙遗迹，据村民介绍，这曾是公中办公所在地，旧中国时，骑7师闫炳岳部队的一个排曾在此驻扎过。

知识青年的房屋建在村东头的一片空地上，往西走大约二百米即是村子，村民大部分居住在这里。知青房屋的正南分散有十几户人家，往东七八十米处即为生产队队部、保管库房，门前偏东即为场面（即打麦和杂粮的地方），旁有一个篮球场，只有一个篮球架，附近为全村人吃水的唯一甜水井，周围一溜饮牛、马、羊牲畜的石槽。知青房前为空地，东西一条大路东连接村东的大车店，西延伸到村西村民聚居的地方。紧靠知青房的东面有一条南北干渠，宽一丈，深一米多，上架木桥一座，连接东西通道，小桥正南五十米干渠处有高八十多米的一坐铁塔，有人说这是用于给飞机导航的，有人说这是后套发现大气油田的坐标点。村内的大道和塔尔湖去往刘召的公路相连，交叉点就是村口建的由生产队经营的车马大店。车马大店向南方向约十二三里就是五间地，是复兴公社所在地。经复兴公社所在地——五间地向南即到五原火车站——鹿塬到兰州铁路线上的刘召车站；向西公路至临河；向东公路即到五原。班车每日由塔尔湖到刘召车站对开两趟，汽车遇路人随叫即停，但在永胜五队车马大店这儿是固定停靠站。时间大约在上午十点、下午两点各有一班。坐上班车一个多小时后即到刘召车站，再换乘火车回鹿塬。

同学们休整了一天后，第二天即开了个小会，做了一下分工。周永健年长大家几岁，做事勤快、认真，即负责小组和生产队的联系和办事安排；姚一民负责小组文化学习等事宜；张向生负责伙食，做好每一日伙食安排及下厨人员轮值安排。姚一民和同学们从此告别了学生这个身份，代之而来的是一个影响了一代人的新名称——"知青"。

姚一民至今也想不起来当初下乡的心情是什么样的。但从未想到可能是把上山下乡当作一种解决城市包袱、解决剩余劳动力走向的一种措施。姚一民至今还记得当初得知弟兄二人要插队下乡的消息，全家人除了母亲虽有些伤感，流了眼泪，但却平静地和自己两个儿子说了一句："要有思想准备，准备吃苦。你爸爸在后套工作过，那的人厚道纯朴，是个养穷人的地方。好好干。弟兄俩不在一个队，要多联系，多招呼。家里不要操心。"临走的那一天，爸爸只顾组织欢送队伍红旗方阵和军乐队的事情，忙得不亦乐乎。只有妈妈和小弟、爱华的父母及哥哥来鹿塬一中广场上送行。看送行的家长们也没有印象说哭得多伤心，也未听到有人说什么"孩子生不逢时，这可是死路一条"的带情绪之类的话语。送行的家长们反而是再三说："注意身体。工分少挣没关系，还有家里。"特别是爱华哥哥工人出身，说话也直爽。对姚一民说："你们先去。我等攒下几个工休去给你们修工具，好不好。"

而姚一民得知自己被批准下乡的消息时，除了高兴外，隐隐约约感到这好像是新生活的开始，立即和也被批准下乡的乔爱华一起去商场凭插队下乡通知书购买全了准备下乡用的被面，棉花，洗脸用具等物品。当时班内的军代表张志国还送了自己一双军用胶鞋，自己则把一把心爱的口琴送给他，并把他当作知心朋友在日后经常写信联系、来往。

姚一民特别记得在1965年间，同学们在看了纪录新疆屯垦战士用自己的热血青春战天斗地，把新疆的荒野大漠建成了塞北江南的英雄事迹影片后，无不为之感动。《边疆处处赛江南》的业绩使班内同学热血沸腾。姚一民、曹自忠、殷斌等好多同学曾经给时任农垦部的王震部长写了报名信，要求去新疆农垦第一线，为改变祖国北疆的恶劣环境奉献自己的热血年华。在当时的鹿塬一中可以说是出现了"上山下乡，振奋人心"的热潮。以致于学校团委召开紧急会议专门布置各班团支部给同学们做思想工作，再三阐明读书升学也是党的社会主义建设事业的需要。当时时任鹿塬一中校长的寇农先生特别给姚一民这一届应届高中毕业的学生召开了学生大会。

在那次大会上寇农校长语重心长地说："参加高考上大学仍然是国家选拔培养各类专业人才的主要渠道。支持品学兼优的毕业生考上大学仍然是学校的一项重要工作。一颗红心两种准备，到祖国的边疆去，上山下乡当三员（会计员、保管员、记分员）和考大学，两者道路不同，目标一致，都是为了改变国家一穷二白的落后面貌。两者都是国家的需要，没有高低贵贱之分，走哪条路都是光荣的。但在具体问题，要结合我们的实际，要从现实出发。同学们都是应届高中毕业生，国家培养你们费了大量的心血和人力物力，为的是国家需要大批有文化又红又专的人才。所以先参加高考，后考虑下乡，这才是学生们应该考虑的。"但遗憾的是"文革"的发生，停止了高考。学校不开课，逍遥了两年。尽管这样，绝大多数同学经党的多年教育培养，心中只有一个想法就是"好男儿、志在四方"，听毛主席的话，走与工农相结合的道路是不会错的。多少年后有人说知青上山下乡是"迷失方向的一代"，是"浪费年华、补充农村劳动力"等等，姚一民从内心深处回忆自己在农村点点滴滴的经历时，怎么总觉得这种说法实在有些和历史挂不上钩。但有一点是肯定的，它伤了当时绝大多数立志扎根报国的知青们的心；因为他们的言论毫不留情地抹去了姚一民他们这一代人纯真的热血青春的价值。

8

转眼姚一民等来到永胜五队已经十几天啦，再过两天就是国庆节。在这十几天中同学们也逐渐熟悉了这里的人和生活习俗。尽管都同在北方，但是语言上还是有些差别。除个别方言弄不懂，绝大多数一听对方说，基本意思都是知道的。

在来生产队的第三天，队里把劳动工具杈、钯、锹、镰刀都已经置全。三毛子又按照队里的吩咐拉来烧柴、炭。保管员让周永健去仓库把知青的三个月口粮领回来。第三天开始，知青们就自己做饭，按安排表每天一人在家做饭，其余的都随生产队村民上工。生产队会计也把记工分簿发给知青人手一本。在农村的作息时间，春夏秋冬除割麦子是半夜出工外，其余都是按太阳日升日落走。

因为是下乡不长时间，干农活计酬办法像村民一样是实行大寨工分制。生产队农民壮劳力一天记一个工十分，男知青一个工七到八分，女知青一天是五到六分。杨队长特别给知青们说："你们刚来锻炼一段时间，劳动力强了，会逐渐上调。"这时队里的大田作物已逐渐收割完了，女知青随妇女队长去麦田捡麦穗，男青年随社员割边头埒畔（方言：麦田四周余角的剩地）的麦子。五原的地垄很长，一眼望不到头。到了地里生产队的农民割十垄，知青们割四垄。把任务一分，队长一边干活一边检查，还不时地教知青咋割，对知青管得不严，但若发现社员不割地聊天便大声训斥。

姚一民当天劳动上午还不觉得咋累，只是中午觉得饿，多吃了半碗米饭，可是下午出工后腰酸背痛。再看周永健不时捶腰和扭动身子。李小林索性躺在地上闭目养神。再看侯泉和胡增文离地头还远一截，正扑哧扑哧往前赶……杨队长看了看男知青的劳动情况，转身问："谁愿意跟车？"姚一民和周永健举手愿意去。杨队长看了看他俩说："明天就去找李三毛让他分配你们。"

杨队长又看了看李小林说："你们俩去看瓜地哇。"李小林高兴得跳起来："太好了。"

"看你们割地也真不行，慢慢来吧。你叫张向生，他们呢？"杨队长指了指后面的两人。张向生说："他叫侯泉，戴眼镜的叫胡增文。""你和增文一块去找保管员，安排你们去场面吧。"

当天晚饭是王虹主厨，给大家做的是丸子汤蒸花卷。那顿饭呀别提多香啦，而且吃了个精光。因为太累了姚一民不等大家上炕早早就睡了，睡下后老觉得旁边的侯泉左翻身右翻身弄得他也睡不踏实。姚一民捅了捅他："咋不睡？"

侯泉说："你知道兄弟我明天干什么？要上花果山了。"旁边的李小林可能也是兴奋得没睡着，接着说："这是个美差，躺在瓜地上想睡就睡，想吃瓜摘一个。真比那割麦子强，腰疼不说，大腿根都疼。"

姚一民说："高兴哇，看黑夜狼吃了你们。"

"这地方还能有狼，有牛还差不多。"

……

第二天早饭后周永健和姚一民去找李三毛，李三毛正在车棚内等他们。说："就跟我的车哇，一人拿把黄权跟我去地里装车'挑个子'。"

在大车赶往麦田的路上，姚一民坐在车架子上，周永健一上车就要和三毛子学甩鞭花。五原赶大车的鞭子是有讲究的，用牛皮条制作的长鞭子，鞭头结一朵红花，鞭梢结一个蝴蝶结，蝴蝶结甩左，车倌"吁"一声，前左拉套的马就向左拐，蝴蝶结在右套马眼边一晃，车倌"外"一声，右套马往右行，车倌拉住辕马，蝴蝶结向后仰，车官喊"稍，稍"，辕马和两匹套马往后退。周永健确实心灵，等车进地时已经能甩两个鞭花。看地里已经捆好的麦捆，隔几步就一捆，摆放整齐。正在地里捡麦穗的女人们，边捡边嘻嘻哈哈开玩笑。不知哪个说什么笑话，只见一个穿绿衣的老婆追上一个穿花衣的女人，把她从后搂腰按倒在地上，似在摸这个女的大腿根，非要解她的裤带。旁边的妇女队长是个大嗓门说："还不干活，你又不是没见过。有知识青年在呢，你不怕人家笑话。"训斥之下，方见女人们散开，又嘻嘻哈哈捡开麦穗。

姚一民和周永健被分配跟上大车"挑个子"，就是用黄权把麦田里捆好的麦捆一个一个扔在大车上，由车倌垒垛装车。开始还好，"挑个子"动作还比较协调，一挑一甩，当车装到一人半高时，方觉得背膀酸疼已力不从心，姚一民只好在甩的一刹那用肚子顶住权把。

三毛子见状忙说："歇一歇，马上车就满了。永健你上来，按垒成的形状，先垒四方，然后用麦捆填芯。我下去挑一会儿。"说罢三毛子跳下车挑了起来。姚一民看人家的动作似乎全不费劲，想自己真是自愧不如。

按说姚一民的身体素质还是不错的，在学校时也爱好体育，注重锻炼，每天课外活动四百米周长的操场也要跑上个两三圈，特别是每到夏天，班里男同学每人扯二尺半蓝布，正好做两个游泳裤衩，趁午休时间到南海小河套骑车游泳。

记得学校响应毛主席到大江大河游泳的号召，体育老师每星期组织一次游泳课。到了南海小河套，男同学清一色的蓝色泳裤扑通扑通地跳下去。可是女同学迟迟不下水，几经老师动员才由班里较为大胆的苏淑琴带头，女同学衣服也不脱，手拉手往水里走，走在最前面的已经淹没大腿，排在后面的水才过膝盖，你看哇，排在最后面的肯定是乔爱华。

最危险的一次是姚一民游出了安全水域，突然被什么东西套住。他心想："完了，被偷偷捕鱼的私人渔网套住了。"姚一民慌了，腿越乱蹬网越紧，旁边没有同学，自己只好闭气潜入水中抓住渔网慢慢往出退，但退到脚尖时，网扎得更紧了，只好伸出脑袋呼叫。吉子明刚才游泳时就在姚一民背后，猛一看姚一民不见了，正纳闷时，见姚一民伸出脑袋呼救才游过来，知道姚一民脚趾被渔网扎住，脱不出来，情急之下他猛潜下去，拖住渔网揪住姚一民的脚猛地一拽，才把姚一民的脚抽出来。姚一民顿觉生疼，上岸一看，脚的大拇指指甲盖不见了，鲜血直流。回校以后乔爱华听同学们说这件事，再也不让姚一民游泳了，每天扶他去校医室换药。但姚一民伤好后，照游不误。只是在农村"挑个子"不是游泳，无力气的时候，你就是拿肚皮再顶黄权把子，麦捆也是上不了大车的。再说那个每天背膀火辣辣的，又酸又痛躺也不是站也不是，心痒难道（方言：说不清的意思）真不是个滋味。姚一民也第一次体会到：谁知盘中餐，粒粒皆辛苦。

李小林和侯泉自打那天被分配看瓜地，看两人那个美呀。因为看瓜地要在瓜地过夜，边收拾过夜的铺盖用品边哼小调。临行前姚一民安顿他们："快过国庆节了，你们把扬琴和二胡带上，把《大车舞》的曲谱带上好好练练。"又和胡增文说："你这几天有时间把词练练，抽时间和永健合练合练，别上台出丑。"待胡增文和姚一民说罢，李小林、侯泉早就赶上毛驴车走远啦。

李小林和侯泉来到了瓜地，管瓜地的李四大爷正在捡出熟透的瓜。看见他俩来，放下手中的活儿帮着把他俩的铺盖和乐器搬到瓜棚里。日落西山后，李四把看瓜地注意的问题，给他俩安顿安顿后，然后回村了。

队里的瓜地离村较远，种在村西紧靠原公中的场地。为浇水方便，旁边有一大水塘，常年蓄水。浇地时用小抽水机从水塘把水抽上来沿渠道分别浇入瓜地和菜地中。瓜地面积估计有五六亩，看起来主要是供本队的社员们吃。但菜地的面积就大了，种的品种也多，主要有萝卜、黄瓜、西红柿、白菜、辣椒、芋头和辣辣换（方言：就是心里美）等。奇怪的是，这里的柿子、黄瓜不上架。西红柿的秧蔓就趴在地上，柿子形状像桃，绵甜可口。不上架、长熟的黄瓜又粗又短，俗名"地不楞"。黄瓜要想生吃必须去皮，才能咬里面的瓜肉，黄瓜肉鲜嫩。生产队种这些菜，除了西红柿尝鲜外，其他菜收了都按人口分给村民冬天腌菜。城里人吃的茄子、青菜，这里的村民别说没见过，名字也未听说过。

　　李小林和侯泉两人晚饭就是烙饼，就着西红柿，喝茶水，倒也省事啊。明天以后的午饭和晚饭张向生自然会安排人给送来。

　　到了晚上，天黑下来，野外一片寂静。只有水塘里的青蛙和瓜菜地、树上的知了偶尔叫几声。俩人因为第一次在瓜棚过夜，一觉得新鲜，二感觉有些浪漫。想吃瓜随便挑，想吃西红柿摘一个往衣服上一蹭往嘴里一塞，又甜又绵，那个美劲儿呀。

　　忽然李小林听见侯泉的脸上"啪，啪"的响声，回头一看侯泉脸上、手上全是血，再看侯泉手中有半截死蚊子，另半截还在侯泉脸上，不大一会儿一个大包就在侯泉脸上长出来了。侯泉顿觉得奇痒难受。再一看李小林的手猛往后背探，就是够不着。侯泉睁大眼睛一看比蜻蜓小的一只蚊子正爬在李小林的后背上，忽扇着翅膀猛吮个不停。侯泉用手照李小林的背上一拍，满手掌鲜血。再一听头上、身边一群一群的蚊子可能闻到血腥味纷纷向李小林和侯泉脸上、身上、胳膊上、胸前、背后、小腿上叮去。一会儿除了不露肉的地方到处都是"圪旦"。蚊子咬起的血包，那个痒呀真是说不出。特别是侯泉，嘴上还让蚊子叮了一下，起了个包，既不能挠又不能咬，真是痒痛无比，哭笑不得。

　　他们这才知道后套的蚊子真是名不虚传。来五原前，学校专门请了1964年鹿塬一中到五原的同学，介绍下乡务农的经验和注意事项，其中就讲到插队到后套要过"三关"，即劳动关、生活关、蚊子关。其中讲到后套蚊子形容为：

> 后套的蚊子是个怪，
> 嘴尖体大飞得快。
> 烟熏火燎它不怕，
> 专叮外来的没眼汉。
> 叮个圪旦鸡蛋大，
> 心痒难道脓水泡。
> 蚊子喜爱嫩皮人，
> 遇上老姐（茧）腿蹬旦。
> ……

　　这个顺口溜一来，形容后套蚊子体形大，嘴尖，男女不分，专叮肉嫩皮薄的，但遇上老茧厚肉皮就没办法。二来是后套的蚊子专门叮新人，如果在后套呆的年头久了，你身上自然有股后套的气味，蚊子闻见味道不对，也不叮了。实际这后一句话说白了也就是告诉你，让你的皮肤在劳动中多晒太阳，多接受泥土大汗的洗礼，当地村民防蚊子咬有时往身上抹上淤泥也是这个道理，时间长了皮厚了，健壮了也不怕蚊子咬了。但刚到五原防蚊子的办法就是涂抹"清凉油"点"蚊香"有效些。

记得出村时两人曾碰上水仙，她一听他们要去看瓜菜地，就告诉他们那儿蚊子多，何况水塘就是生蚊子的地方，告诉他们带上"清凉油"。两人不以为意，认为蚊子有啥了不起，根本没把蚊子当回事，现在想起来真是追悔莫及啊！

两人挖了半天咬痒处，这才想起水仙嘱咐他们的去瓜地就把柴火点上熏蚊子的事儿。手忙脚乱的在附近找些干柴火树枝之类堆起来，拿出李四老汉的卷烟的笸箩，俗称"朴罗子"（方言：纸糊的纸盒子。内放烟叶、卷烟纸和火柴、汽油打火机），赶紧找出火柴，把火点起来。烟气四处散发才觉得蚊子少多了。半夜以后，尽管瞌睡虫上身也不敢睡。李小林一会儿拉一会儿二胡，一会儿打一气扬琴。侯泉在旁边用树枝前后左右不停忽扇，以防蚊子再偷袭他们身上，硬坚持到天明，蚊子少了才蒙眬睡去。

第二天快到晌午，杨玉芬送来饭。俩人还在互相帮着对方挖咬咬（方言：痒处）。杨玉芬随手从衣袋中掏出两盒儿"清凉油"递给侯泉。

李小林问："你咋知道我们要清凉油？"

杨玉芬说："是水仙告诉她们的。说碰见你们俩去瓜地，没带'清凉油'，肯定让蚊子咬灰了。"俩人忙不迭打开"清凉油"，先抹自己身上够着的咬起包的地方，后又互相给对方抹够不着的地方。俩人全部抹到了才长出了一口气，这时才想起早饭还没吃，肚子里"咕咕"响得，早就饿了。

姚一民和周永健跟车"挑个子"已经一周了。在过去的七八天，姚一民尽管身体酸疼难熬，但听杨队长的吩咐，每天下工务必搓搓胳膊、擦背，睡前热水泡脚，还真是见效，感觉一天比一天强。特别是三毛子身体力行，手把手教'挑个子'时咋用巧劲儿，避讳蛮力，所以俩人技术大有进步。开始每天上午装一车，下午装一车，到第七天头上基本是上午两趟，下午两趟，基本上达到了队里挣十分的要求。

这一天下午往回运第二趟时，天已经擦黑了。因为随着拉运天数逐渐的增长，拉运的路程也越来越远。在车经过知青房前的小桥时也不知道什么情况，坐在车顶上的姚一民和周永健只觉得车"忽颠"了一下，车就翻了。压在麦捆子下的姚一民和周永健被一车麦梱压在里面一点儿也动不了身。就听见外面三毛子喊叫："来人呀，快往外拽人。"姚一民努力往外挣扎，只觉得手背麻疼直往外冒血。原来是插在车顶麦捆中的一把黄权扎在了姚一民的手背上。待有人把麦梱拽开，把姚一民和周永健拉出来时，姚一民第一眼看见水仙涨红的脸正用劲拽住自己的手。待他出来站立后，看见爱华也在旁边，正束手无策地搓手，着急地看着自己流血的手背。三毛子硬拉住套马不让动，只是着急地对姚一民说"赶快去焦大夫那儿"。

姚一民再一看手背，不知什么时候包着一块洁白的手绢，但血仍不止往外流，这下大伙可吓坏了。收工回来的女知青们看着姚一民的"滴、滴"不断往下滴血的手乱成一团，都哭了，簇拥着姚一民直往村西六队的焦大夫诊所跑去。

焦大夫是五原县医院的一位大夫，下放到永胜六队参加生产劳动。本人还是有一定医疗技术的，据说毕业于 N 区医学院，是外科手术大夫。他是后套乡本土人，医学院毕业后自愿回到家乡，用学到的知识报答家乡人民的养育之恩，为家乡人救死扶伤服务。焦大夫为人喜善，看病认真，所以受到很多村民的尊敬，经大队同意在六队开了个医诊室为附近的村民诊病治疗。

焦大夫把包扎姚一民伤手的手绢取开，递给姚一民，一看伤口，问了致伤原因，说了声："好险，差点扎在血管上，那样可就麻烦了。"焦大夫用酒精棉球清理了创口，又把伤口缝了四针，用药棉纱块包扎好后，为防止伤手来回抖动就用纱布带挽套套在脖子上架着伤手，然后说："过一星期，拆线就可以了，注意不要吃辛辣的食物。"他又给配了些消炎之类的药物，安顿姚一民按时服药。当周永健代表知青小组再三对焦大夫表示感谢时，他只挥了挥手，说了一句："举手之劳，举手之劳，不必如此。"待姚一民等出了医诊室门，只见好多男男女女都围站在院子里，在人群中姚一民一眼看到水仙焦急的目光，月色下她的脸显得那么的苍白。

姚一民和她对视了一下，见诊室外人很多，也不好说什么，只是点了下头，表示一下谢意。

回到知青住所，只见张向生和增文正在门口焦急地往西看，见姚一民回来，忙拿住他的手看着说："不要紧吧？"姚一民给他俩简单地说了情况，只见几个女同学一个个哭得泪汪汪的。

周永健说："别哭了，真是不幸中万幸。不是三毛哥紧拉住套马，套马要是乱跑开，拉动车辆，那压在下面的人非死即伤。还是上天照顾咱们，没出什么大事儿。"

姚一民再一看，胡增文和张向生灰头土脸的，头上都是麦秸和尘土。他俩正在场面上干活，听有人说知青出了事，赶忙跑回来，连脸也顾不上洗，一直焦急地等待消息。

姚一民转过身来问爱华："你怎么在跟前？"

爱华说："今天轮我做饭，忽听三毛哥喊救人，也不知道咋回事。正碰上水仙她们从地里捡麦穗回来，看车翻了，都吓得站住了。是水仙把麦楄硬拖开才把你们拽出来。看你当时那样，脸煞白，手上的血往下滴怕死人啦。真的感谢水仙。"说着就哭了。

这一天，是姚一民永远不会忘记了的一天。他也再次体会到农村乡亲们的热情和温暖。特别是杨队长这些队领导，从他们进村的第一天起，就天天无微不至地关心他们，知道他们刚到农村什么也不懂，什么也不会，为他们操了不少心。那些婶子、大娘们知道城市娃娃爱吃咸菜，这个给弄咸菜，那个送豆芽、端豆腐，他们都想让知青娃娃们过得舒坦，吃得入法。姚一民又一次想起爸爸在他临下乡时对他说："后套人善良，淳朴。那是个养穷人的地方。你去了就知道了。"但姚一民心中，还有一个人不时地撞击他的心房——水仙。

9

姚一民，这几天因为手背的伤，队里没有派他出工。他利用休息和周永健商量了一下，来村里已十多天了，杨队长和政治队长的意见是正式办个仪式，让知青们和全队的社员见个面。以后逐渐走向正轨，就算是正式开启了知青们融入永胜五队的知青生活。

吃完早饭，姚一民便拿着昨天晚上和永健商量好的计划，去队部找李四老汉商量晚上见面会知青出演节目的事情。

李四老汉在富牛圪旦也是一个有影响的人物，早先也曾担任过生产队长，在永胜五队李家姓中属于唯一健在的长辈，像店掌柜李大毛、生产队副队长李二毛、车倌儿李三毛还有四毛，均是他本族侄儿。早年的富牛圪旦因是公中的所在地，也是远近闻名的大牛犋（喻义村子大农业户多）。李四老汉本人也喜欢红火，拉得一手好四胡。特别在鼓乐方面还颇为内行。过去村子里每逢年节，无论是秧歌儿鼓点、旱船鼓点、踩高跷鼓点……李四老汉均精通。

而且只要李四老汉上手击鼓，鼓点明快，节奏适中，扭的人舒服，听得人起劲。所以四乡的红火队伍在复兴公社所在地——五间地汇集和表演时，每逢富牛圪旦的红火队伍出场，必是李四老汉领衔击鼓。久而久之，村里村外人奉李四老汉为红火神明，绰号"鼓王"。

这一天，李四老汉接到政治队长的传话，让他早早清理一下鼓乐器具。原来的富牛圪旦除红火队伍服装、跷杠、车船一应俱全外，还有村里二人台演出队的头饰彩服。一些小型乐器例如单排码子的扬琴、笛子和胡琴还是比较齐的。李四老汉从年轻起就格外注意传承，培养鼓乐手，所以富牛圪旦的人爱红火，闲时，能唱上二人台一些剧目唱段的人还真不在少数。但是"文革"以后，这些都被视为"四旧"，因而随着喜欢红火、二人台的女子们外嫁别村，后续又没有培养，所以近几年人才逐渐凋零，剩下的一些爱好者随着年龄增大，每天忙乎于挣工分，对这些活动逐渐失去了兴趣，原来置办的娱乐红火家当也丢的丢、坏的坏所剩无几。

在知青进村的那一天，李四老汉也在看热闹。他在人群中发现来本村的知青们除携带行李和日用物品之外，男知青几乎每人带有一件乐器，甚至有的带了两件，心中窃喜。当地有句俗话：好吃屎的闻见屁也是香的。心中想：富牛圪旦又能红火几年啦！回家一进门高喊老伴儿，让炒个鸡蛋，喝上二两。弄的李四老婆丈二和尚摸不着头脑，心想：这老汉是哪根筋有了毛病了？一问原因，哭笑不得，也拗不过他，只好给他炒了六个鸡蛋。李四老汉自斟自饮，好不快活。正在兴头上，本村的三娃子来了。一看李四老汉喝酒，趁势坐在炕上，不等招呼也拿了个碗倒上酒和李四老汉对饮起来。饮酒中李四老汉听三娃子说政治队长在公社开会。张书记给他说永胜五队得了宝啦，来的知青都是学校搞文艺的，让好好的用好这批知青，把富牛圪旦的文化生活搞起来，作为公社的样板，以后大有发展。而且说，公社张书记明后天就要来永胜五队，一来看望知青安置得怎样，二来也要给知青们做做工作，让知青们在活跃农村文化生活，宣传毛泽东思想方面，发挥特长，多做贡献。

政治队长一听，因为他还要在公社开两天会，赶快让三娃子找到李四老汉，让李四老汉和知青点长周永健、姚一民商量办好这件事。再三叮嘱千万不能让他陪张书记来永胜五队检查时发生问题丢富牛圪旦的脸。李四老汉一听三娃子的话后，酒也顾不上喝，扔下三娃子一人，自顾自搭拉上鞋就去找周永健和姚一民商量此事去了。

姚一民到了队部一看李四老汉正和保管员从保管库房往外搬弄鼓镲等，还有一个大箱子，打开一看里面除了几摞彩衣以外，还有一些头饰插花……

姚一民笑了，说："鼓镲还能用，就是鼓皮得晒晒。这些头饰放着吧，看以后搞红火、扭秧歌、摆旱船能否用上。"然后，拉了单子，让李四老汉赶快派人去塔尔湖买锣和化妆品、油彩之类的东西，以备明晚演出用。具体节目，只能在现有的知青中看能演什么演什么，至于以后咋弄，得明天见面会后再从长计议。正在说话的时候，忽听窗外传来了清脆的唱歌声："……社员都是向阳花……"

歌声清脆，一听就是天赋的好嗓子。姚一民对李四老汉说："村里还有这样的人才挺好嘛！明天表演一下，组织到咱们文艺队中来。"

李四老汉头也没抬地说："她不行，不能参加文艺队。"

姚一民诧异地问："咋不行？这样的嗓子完全可以。"

李四老汉看了看旁边的保管也没说什么，只是答非所问地说："村子里倒是有好几个好苗子，像杨队长的女儿桃花。还有几个，可以教教。对啦！村牧业组有个小青年笛子吹得不错，你们完了以后听听，就是不会谱子，教费事，但一些曲牌吹的还可以。"

在李四老汉说话间，姚一民往窗外也看了一眼。唱歌的女子正在队部南对面井台上提水，看背影像她。姚一民不禁有些疑惑，咋的回事，她就不能参加？

李四老汉看到姚一民脸上的表情，只是搓了搓手，也没再说什么，只顾低头又去收拾那些陈年家什。

第二天的欢迎会上，在饲养院的大房里召开。虽说是开会，原来通知的时间是晚上八点。因为九月天气下工晚，赶村民回家吃罢饭，再来咋也得八点多。不过今天，村民听说开会是欢迎知识青年插队来五队，正式成为生产队的一员，而且有文艺表演，所以还比往常来得早、来得多一些。

饲养院大房有五六间半大，一进两开，进了房间左边是饲养员住的地方，通炕垒了锅台，放一口出稍锅①。平时队里搞个集体吃饭，过节杀羊、杀牛煮个下水都用此锅。现在锅里煮的是豆子或其他牲口料，热气腾腾，有些酸味。大炕也像车马店一样，用车轴油罩面光滑锃亮。要照往常都喜欢往里间的炕上坐，往哪一歪，自卷的烟卷一抽，管你外面讲什么，拣主要的听听就行了。进门右手是个小库房，一般是锁一些生产队贵重的物品，例如账簿等等。中

① 方言：特大型号锅。

间屋近四间多大，摆着一张长桌，后面墙上挂着一块黑板，中间地上杂乱，有些木墩，来得早的能坐个木墩，来得晚的就站着，或就地蹲着，各随其便。

生产队开大会，那几年政治运动多，一般先学文件。一年最重要的社员大会，就是口粮分配和分红情况的宣布，来的人最多也最齐。在等待开会的这段时间也是最热闹的时候，知青因为是第一次参加这样的大会，又是欢迎会，据说公社领导要来，所以早早地就来到饲养院的大房。

你看哇，先来的人抢了个小木墩，抬起头来看该往哪坐，因为村里开大会男女阵线分明，就是老少坐法也有区别。一般年轻女子、小媳妇们一块坐；中年成婚的女人们这是声调最高，笑声最多的一块；半大后生，往往都是紧挨着成年女人这一块；而老汉们，则是坐在后面，拿出烟袋和纸，卷烟抽起来，他们大都不说话，静等队会的开始。

姚一民他们坐的地方，正好是挨着成年女人们这一块。热闹的话不时传入耳中。只听，那个叫"杨谝子"的女人，正在讲邻村一个女人的风流韵事。说这话时"杨谝子"手舞足蹈，旁边的人群跟着起哄，不停地傻问。年轻小伙子们这边怪声怪气地喊好，加油助威。弄得姚一民他们一伙低着头不好意思听下去。知青后面坐着的姑娘小媳妇们则低着头，手搓羊毛拐，不时偷眼看着知青们，抿着嘴偷笑。周永健悄悄地对姚一民说："这就是农村的文艺活动。你还不知道三毛子和我说……"正说间，只听"杨谝子"高声浪笑，连说带笑："那边的小媳妇，哎呀，这算个甚。那一天保不住，看你的瓜让人摘（扎）了。"人们这时候齐刷刷地把目光投向小媳妇的方阵。知青们面面相觑，这是又说谁呢？

就在这一片打情骂俏的混杂声、在煮饲料的酸味、烟叶子的呛辣烟雾和男人们脱了鞋的臭脚汗味中，传来了杨队长的喊叫声："开会了！开会了！我先问你们一句，咱们耕地用甚？"

"牛！"

"咱们点灯用甚了？"

"油！"众人一起喊。

"咱们想高兴娱乐一下靠甚了？"混乱喊叫的场面忽然静了下来，不知谁声调很长地喊了一句"求"……

这一声阴阳怪气的回答引得众人哄堂大笑……

杨队长说："不要瞎说。今后我们就有文化活动了。咱们村来得知识青年都有文艺本事。他们来到咱们富牛圪旦十几天了，大家看到都是好后生，好青年，是听毛主席的话来咱们队干革命的。"

你别看，杨队长没讲多少大道理，但今天的讲话挺诚恳、实在。姚一民想起这十几天来乡亲们的关怀，特别是自己受伤后吃着乡亲们送来的煮鸡蛋和可口的"手心饭"，三天两头的看望，更坚定了他扎根农村一辈子的决心，认定这条路是走对了。

接下来知青演出的文艺节目，更是将欢迎见面会推向新高潮。下午在知青排练节目时，周永健就跟大家说，第一次在村民面前亮相，一定要有水平，打响第一炮。大家集思广益，确定节目不但要短小精悍，而且是村民熟悉的，能引起村民共鸣的，所以选定晚上要演四个节目，大致一小时。

第一个节目，就是在学校文艺队，由姚玉老师用民间曲谱《打金钱》编排的歌舞表演《知识青年下乡来》。随着《打金钱》优美的曲调，乔爱华、杨玉芬、齐秀雯、王虹四人手拿四块瓦边舞边唱。为增强演出效果，女生的四块瓦上都拴上了红绸，随着欢快的锣鼓和乐曲声，上下翻舞。轻盈的秧歌舞步，配上清脆的歌声，通俗的歌词再加上锣鼓点乐器的伴奏，真切地表达了知青们在农村接受贫下中农的再教育，用带来的新文化扎根新农村、建设新农村的决心。在场的村民们响起了一阵一阵的掌声。

当第二个节目由周永健和胡增文表演相声时，包袱密集笑声不断。周永健在学校文艺队时就是专事相声和快板演出的，但他的搭档没有插队到农村，而是去了兵团一师白彦花十三团战士演出队。胡增文本不是鹿塬一中学生，而是学校老师的一名兄弟，经老师托付给姚一民到五原一块插队落户，所以随这个知青小组插队到永胜五队。巧的是，胡增文原本是在鹿塬铁路中学读书。铁路的学校，学生日常用语都是普通话。而胡增文本人也很喜欢说相声，性格幽默，擅长临时加活，他又会舞蹈。真是踏破铁鞋无觅处，得来全不费工夫。他和周永健搭档，周永健逗，胡增文捧，配合默契。虽两人第一次搭档，演出效果特好。村民们也第一次品尝到相声这个新文艺表演形式幽默的味道。他们俩这一天合说的相声是相声大师马季先生 1959 年创作的反映鹿塬社会主义建设新成就的作品《找舅舅》。相声中几次认错舅舅的情节中说到有趣时，村民们都不知自己在做什么。有的把滚烫的烟嘴含在嘴里，烫的嘴生疼也顾不上叫。小媳妇们拐羊毛线，光搓没线也不知道，只是光嘿嘿地笑。小青年们往常开会最不安生，队长上面讲话他佯装听，手却不安生，猛地在女人们的屁股上摸一下，被对方扎一针光乐不思疼，今天分外安分，咧着嘴不知笑什么。尤其是李四老汉，仿佛回到年轻快乐的时光，想上台表演一下的欲念，一次一次的在心中涌动。

器乐合奏《金蛇狂舞》，充分反映了知青们的演奏水平。村民们随着乐曲的节奏，时而快、时而慢，在不停地晃动，仿佛眼前一条巨蛇在空中上下翻飞，翻腾不已。为增强演出效果，除王虹弹奏三弦外其余四位女生，有敲木鱼的、有打撞钟和小锣的，杨玉芬更是别出心裁就用刚才《打金钱》的四块瓦打节奏，史增添演出效果。最后一位上场的是连继珍，当她以夜莺般的女高音唱出《唱支山歌给党听》的时候，甜美的歌声，深深吸引了村民。她富有激情的歌唱，唱出了共产党的恩情，唱出了村民感谢共产党的心声。

演出结束后要照往常村民开大会的情形，不等会开完，就作鸟兽散了，甚至散会没有一个人会留下来打扫会场。可今天不同，待连继珍唱完后，"再来一个、再来一个"的喊叫声，鼓掌声，经久不息。连继珍一连唱了三首歌，还有人上台拦住不让下。最后还是杨队长，硬把连继珍给护送下去。

杨队长说："知青们演的太好了，这是富牛圪旦的福气。公社张书记早就来了，看知青们演出太精彩了不愿惊动。下面请张书记给大家说几句。"

谁也不知道张书记几时来的。他说："今天迟了，我就说一句，今天的演出大家看了咋说？"

下面轰鸣般的喊："好！"

张书记说："这就对了，我们农村缺的就是文化。今天知青听毛主席的话，走与工农相结合的道路，送来了文化。他们都是城里的好青年，你们今后要在生活上多帮他们，让他们能早日掌握农业技术，有困难要多帮助他们，好不好。"

下面又是雷鸣般的喊："好！"

夜已经深了。这一夜可以说是富牛圪旦很久没有的热闹场面了。无论是知识青年还是村民们，都是处在极度兴奋之中。那个年代的富牛圪旦村，基本没有娱乐活动，一年半载也难有一场露天电影看。但是就是从今天开始，富牛圪旦每到晚上，村民们吃罢饭的第一件事，就是往饲养大院跑，听知青们拉洋曲，看知青们训练本村的小姑娘们练文艺节目，来得早了还可以在屋里面看，来得晚了，只能在外面扒着窗台看了。

10

过了国庆节，马上就要过八月十五了。对农民来说八月十五在一年四季中，不但是一个阖家欢乐的团圆佳节，同时也意味着收获的到来。河套地区流传着一句话："到了秋收，给个县官也不做。"知青们每到早饭以后，听到钟声都自觉地早早地来到队部旁，听候杨队长的吩咐，跟着村民下地劳动。

在农村别小看生产队长，在城里人看来不是个什么有名气的大官，但在村民眼里是生产队最具有"话语权"的人，安排活计可是头头是道。他会把每一户的劳力，男人、女人、青年人、老汉百十号人一个不落的分配停当。姚一民和周永健仍是跟大车，地里的大庄稼也全部拉到场面上，跟车的活儿就是每天地里起什么，大车就往回拉什么。

五原地处河套平原，大田除种小麦、水稻外，其气候日照均适合黄花、玉米、豆类、甜菜、胡麻等农作物生产。在割大田的时候村民基本是分垄作业，队长指派给某人某道垄，村民自割自的，村民之间在一块儿时间不多，最多也是在吃队里送来的晌饭的时候会会面。但起甜菜、挖土豆、掰玉米、割胡麻、黄豆就不一样了，这是一年收割季节最热闹，也是农民最开心的时候。

割豆子的时候，你看哇，那边已经把割下的豆子拿过一捆点上火烧豆子了，烧熟的豆子吃的人人都满嘴黑灰，热灰里煨的是土豆，火上烧的是玉米。场面上干活的人为了尽快把成熟夏收的麦子，秋收的稻谷，豆子、胡麻成粮回仓，午饭都是队里派几个女人做饭给大伙吃。饲养院的大锅这时派上用场了，香味四溢热滚的胡麻油中，这边女人们还在炸油饼，而那边的女人们已经从场面的麦垛里捡回一筐筐鸡蛋，准备给大伙炒鸡蛋。姚一民后来听保管员老汉说："你要在这个时候那麦垛里的鸡蛋没捡干净，会给你跑出一窝小鸡来。女人们逮小鸡的时候互相争吵，一个个为抢小鸡灰头土脸，惹得一旁场面上干活的男人们哈哈大笑，那才是热闹了。"

转眼来永胜五队将近一月了，尽管每天姚一民和同学们眼中看的都是新鲜事，耳中听的也是闻所未闻的，但生活每天还是蛮有意思的。自打见面会那天知青给乡亲们献了一台称心如意的演出后，知青的住所就成了村民们，特别是青年人们闲时最喜欢来的地方。首先，三毛子就是常客，有时饭也在知青灶上吃，吃完往知青炕上一躺，山南海北，给你讲村里的各种趣事、轶事、人际关系。姚一民这才知道李四老汉为什么不让水仙参加村文艺演出队。

永胜五队俗称富牛圪旦。这个村子里有李姓、杨姓俩大家族。在年复一年中杨、李两姓还相处甚好，无甚大的纠葛和矛盾，只是对生产队的队长这一要职十分上心。因为谁当队长谁就掌管全村的财、米、油、盐，特别是记工派活，是全队最具有"话语权"的人，所以对生产队长的职务，李、杨俩姓从富牛圪旦新中国成立后，经土改，乃至成立人民公社，实施三级所有队为基础的农村社队管理体制以来，父辈们就定下一条不成文的规矩：轮流坐庄，像今年杨姓家族的杨队长是正队长，而李二毛则是副队长。队长一任三年，在队里或对外，一言九鼎主大事。副队长只能照办，去督促检查完成情况，带着村民把队长指派的营生干好。如果两个队长之间有矛盾那就召开队委会研定。队委会组成的人有政治队长、贫协主席、妇女队长、生产队会计、保管员。开会时，就某件事取舍大家畅所欲言，众人决定取舍，表面上倒也公正。从中就可以看出农村的生产队长是要有一定的"运筹学"功底的。不但是农活的行家里手，更要有一双铁嘴皮子。在欢迎知青会上，姚一民就听到杨队长讲一段毛主席语录，知识青年到农村来，接受贫下中农再教育有帮助，农村地大人多来我们这，知识青年有大作用的。意思讲得挺对，但绝不是毛主席语录（原话）。无怪乎后套有句顺口溜："官越大话越多，生产队长敲个锣。"翻成白话就是像公社书记在这当地算大官了，好讲大道理。村民们说实在的听不懂也不爱听。生产队长说话尽实在的，讲话像敲锣一样，一说就说在点子上了。

李四老汉是李姓家族辈分最大的人，李大毛兄弟四人是他的亲叔伯侄儿，这四人可以说身材不一定齐楚，但长相确实是漂亮。不但他们弟兄是这样，杨姓家族子弟也是如此。可能类似山西大同人种发展情况。大同古城史称云中，北魏拓跋珪于公元398年建都于此，前后历经一百五十二年成辽、金陪都，是中国九大古都之一。漂亮男女或娶或嫁，都往大同城涌。在这个花花世界，自然遗传下的男女美人胚子的基因，传至后代，当然是美的居多。但遗憾的是大同有些地区的人外表看面容水色皙白，但一张口，因水质关系一嘴黄牙。而富牛圪旦就不一样了，这里水好地肥。按照后套农业垦荒开渠创业最早人王献春定下的一整套农业管理体系，设立"公中"处理农家之间、刑民捐税事宜。而富牛圪旦就是五原复兴镇最大牛犋，是公中所在地，那么四乡的美女谁不看好富牛圪旦的男子，想必这就是杨、李两家男男女女长相漂亮的原因吧。

姚一民听李三毛说，"杨谝子"本名杨桃花，年轻时也是绝顶俊俏的美人，白皮肤黑头发，瓜子脸上一双水汪汪的杏眼，一张嘴一口白牙夹在两片红润润的嘴唇中。常言说一笑两龇牙，顾盼有深情，挺招人喜欢。但因为从小众人夸，众人爱，养就了她放荡不羁的性格。看人眉一挑，嘴里马上脏话连篇，日久天长才不叫人待见。

李大毛作为李氏家族二门上长子。自幼性格活泼，又有一个精明的头脑，好学勤快嘴甜。青年时曾在公中应差，见过一些世面，也知道一些待客之道，更是烧地一手好菜。所以在永胜五队开设公路边上的车马大店以来，谁都眼红这个队内的肥差，工分给的最高还有补助。但李大毛当掌柜是人们心中的不二人选。说也奇怪，自李大毛经营车马大店以来顾客盈门。有些路上路下来往的客商和行车马倌在出门时就计算日程，往前再走十里就是复兴镇，但偏要在这路边大店打尖儿（方言：住一宿或休息小憩的意思），为的是吃一口可口的饭菜，睡前烫一下双脚，不但酒足饭饱，而且舒服呀。杨氏家族中的一些人也曾想谋这个差位，但一上任客逐日减少，队内收入自然下降，除了受李、杨两家公正之人的唾骂，店经营的不好自己脸上也挂不住，只好中途退出，再好言相请李大毛出山继续经营。

李二毛和三毛原是生产队的车倌。二毛言短（方言：不爱说话），本人最大优点就是遇事淡定。每日卸车后，总是自己拉上马到水槽边看着马喝水。遛马从不让外人代劳，也不让饲养员辛苦，除放夜马外，铡草拌料，总是自己亲自为之。所以每日套马驾辕出工时，如听见马欢快的嘶叫声，那肯定是二毛的辕马看见二毛而发出的欢叫声。二毛也有弱点，就是"惧内"。遇内人与家人族中成员或是外人因一些鸡毛蒜皮琐事闹饥荒（方言：闹意见），死活不出头，有时被老婆强拉去，去了也是往地上一蹲，抽烟一言不发，气的老婆干瞪眼，骂一声"败兴"扭头往家走，而外人一见二毛来自然不多言也就散了。二毛估计等到回家的时候没啥大事了，才慢慢腾腾地起来往家走去。遇上相互僵持太久，就是等儿子和女儿来央告："大（方言：爸爸），回家哇，我妈叫你回去吃饭……"二毛明明听见了，就是不动，硬等着全村听不见一声拉风箱声他才站起身，看看四周家家烟囱不冒烟了，才不情愿地往家里走去。二毛的老婆娶自复兴公社联丰大队，性格直爽，脾气暴躁。但见二毛回来话也没了，赶紧把饭从锅里端出来侍候二毛吃罢。有人也问过二嫂子："你跟这样的人过累不累？"二嫂眼一瞪，反呛问来人一句："你家的勺子不磕锅？"一句话噎的来人半晌说不出话来。

今年李二毛被选为生产队副队长。由于他言短，有好人缘，善于思考，除赶车技术外，农活儿技术也是一把好手，今后三年轮值杨家当队长，他自然是李家代表任副队长的不二人选。

有一天，姚一民看见他望着天边，口中喃喃，不知说什么。问他为什么老看天？他说："明天有雨，小不了。"马上转身朝场面走去安顿明天防水泡粮之事。第二天果然下大雨，幸亏防护早，不然麦子一经水泡吃麦芽面就不好啦！

李三毛和二哥，性格相仿，但多内向。论长相、身材最为出彩，高大健猛，肤色黝黑。他待人忠厚，干活也实在，乐于热心助人，有事儿没事儿，总爱摆弄那辆大车，今天修补明日刷漆。闲时给套马、辕马洗洗刷刷，有时还在马头上别个红花戴上，把马儿打扮得漂漂亮亮。

李四毛官名叫李挨树，打小就没受过什么苦，是返乡知识青年。叫挨树可能是靠上面三个哥哥好长大成才。他比姚一民大两岁，本来应该在1965年考大学，但未考上，家里人让他复读一年再考。结果"文革"开始停止高考，书读不成了，只好返乡务农。李挨树在村中也算个小知识分子，所以为人略显清高，说话总是流露出一种略高人一等的意思。但在姚一民等知青来到富牛圪旦后，他和姚一民接触最多，还看不出他有什么清高之处，岁数比姚一民大些，在姚一民和其他知青面前还很谦和，所以和知青们，尤其是男知青中姚一民、侯泉较谈得来，几天工夫下来，竟成了无话不谈的好朋友。

挨树的老婆就是水仙，两人本来在复兴镇读书，从小学就是同学。水仙的娘家是联丰四队，自小喜欢唱歌，性格活泼。在学校初中三年级那年即将中考的时候，学校组织文艺汇演，她和一位杨老师两人合排歌曲演唱《逛新城》。可是这位杨老师自打和水仙排上节目，心思就多了。杨老师当年二十多岁也确确实实到了婚嫁年龄，他一见到水仙就被水仙的美貌吸引的不能自拔，排节目时也经常心不在焉。水仙也看出这点，有意识的尽量避免身体接触，尽量躲。但有一天，杨老师见室内无人突然在水仙的身后抚摸水仙的屁股，可也巧，被突然跑进排练室的两个学生给撞见了，一下在学校引起大哗。杨老师本来是临时代课老师，原本因为学校老师缺，已打报告给县教育局准备将杨老师转为正式教师留校任教，发生了这事只好将杨老师按清退处理，退回富牛圪旦永胜五队务农。而水仙出了此事，学校内传得沸沸扬扬，说水仙有"作风问题"。"作风问题"在那个年代可是个大事，有"作风问题"的人，别说读书，就是毕业以后找工作也没什么单位要，何况水仙正面临初中升高中，书也读不下去了，只好返乡务农。可是天下事无巧不成书，或者说是命运多舛，经人介绍找的对象是李挨树，也是富牛圪旦永胜五队的。李挨树在学校读书时听说过水仙这件事，但挨树也读了不少书，作为一个高中毕业生，在思想上、见识上是不能和村民画等号的，也没把这件事儿放在心里，成婚后也安慰水仙别和那些嚼舌头的人一般见识。但纸里包不住火，水仙这件事不知怎么就传到了"杨谝子"的耳朵里。她总认为是水仙勾搭他的本家兄弟，才害得她本家兄弟不但没转正，代课老师也当不成，被遣返回村里背朝黄天面朝地的。所以，一股怨气发在水仙身上，故而在欢迎知青来永胜五队插队落户的欢迎大会上，借讲邻村女人"明天你再来"的故事借题发挥，什么"摸冬瓜"之类的话就是朝水仙说的，只不过水仙尽量忍在肚里。换成别人在众人面前遭此侮辱早站起来和"杨谝子"崩吵开了，但水仙生性善良，在社员大会上你能说啥？和她吵在村民和知青面前丢人现眼？只能忍着，忍着这无辜的委屈。

姚一民听完李三毛的讲述才明白李四老汉为什么不让水仙参加村文艺队的原因所在。

国庆节过后再有十几天就是八月十五了。对于后套来说，场面上的麦子、稻谷和其他杂粮都已打完成粮入库了。各种农作物该起的起，该挖的挖大都已起尽，已分到每一户村民手里。有的人家分到萝卜，地不楞（当地不上架的黄瓜）、园菜、芋头都已入缸腌制完，地里仅剩下山药（土豆）和甜菜。其中甜菜是生产队的主要经济收入，要在半月内，送往刘召车站，过磅、验交后由火车站装车编组运往鹿塬糖厂。

在起甜菜装车运往刘召车站的日子里，全体知青都跟车。除周永健和齐秀雯分到三毛子的车上，姚一民和乔爱华跟杨树林的大车外，其他同学男女搭配各有所归。

五原的阴历八月（阳历 10 月份），天气昼夜温差很大，白天一般穿个夹袄还可以，可是到晚上跟车的男女知青都穿上厚厚的军大衣或白茬皮袄（方言：即不挂面的半紧身皮袄）。

从开始往刘召火车站运送甜菜那天算起，这已经是第三天了。姚一民已经熟悉跟大车装卸甜菜的作业流程。每一天都是前一天到地里把甜菜车装好后，然后到饲养院卸下套马、辕马交给饲养员，由他们负责饮马、喂草料、遛马或放夜马。后半夜只听杨队长在外面喊："走了呀。"大家一骨碌爬起来，穿戴整齐，带上干粮、水，一起赶到饲养院。那时车已套好，待他们一到，车倌一声清脆的响鞭，七辆大车顺序驶出村口，从车马大店门口上到了公路。随着"得、得"的马蹄声，车队一溜烟赶往刘召车站。

夜晚的天空，看不出是湛蓝或是什么色，只是皓月当空，满天的星星不停地眨眼。这时姚一民躺在甜菜车上睡意全无，舒展的身体随着大车左右晃动，心中惬意的很。

乔爱华静静躺在姚一民怀中，头发似乎刚洗过，飘出淡淡的清香，肉体绵绵的蹉在姚一民的怀中。姚一民只觉得一股股热血直冲脑门，发香和肉香混在一起，刺激着鼻腔引的身体阵阵的冲动。姚一民生平第一次把一个异性搂在怀中，而且月光下近距离地看着她那小崩楼（方言：前额）、微翘的鼻子和红红的嘴唇，真想重重地吻她⋯⋯姚一民想起第一天从鹿塬出发，乔爱华依偎在自己身旁的情景，只不过那时，还沉浸在就要到农村实现自己立志扎根的愿望的喜悦之中，心情激动，没顾上想别的。可今天自己心爱的人就在自己怀中，又是这样一个万里晴空充满浪漫情调的夜色中。真想⋯⋯这时的姚一民只感到身上火燥，口中好渴，下意识地把爱华搂得更紧一些。

乔爱华在姚一民的怀中，似乎感觉到什么。她抬起头看着姚一民也想说什么，但又没说什么。只是说了句："你呀，傻呀。"自己说着笑出声来。

前面的杨树林听到笑声说："你们不瞌睡？赶快睡会儿，到车站卸车有劲儿。"可是姚一民和爱华谁也再没睡意，谁也再没说一句话。爱华任凭姚一民紧紧搂着，一直到刘召车站⋯⋯

多少年以后，姚一民总会想起这一晚。这一晚留下了那么多他和她的回忆。无论是春生的绿芽、夏来的酷暑、秋季的丰收、冬寒的积雪，都没有隔断过他和她纯真的发自肺腑的真爱和永远没有忘却的刘召之夜。

11

姚一民和李小林在鹿塬东站下火车后也顾不上回家，直接奔母校——鹿塬一中而去。

原来一天前，也就是运送甜菜的最后一天，政治队长接到公社通知：让永胜五队和联丰六队的鹿塬一中知青组成复兴公社文艺代表队，参加五原县文艺会演。姚一民和周永健合计了一下，两个生产队的鹿塬一中知青组合在一起，近乎原鹿塬一中文艺宣传队的原班人马。但由于有些同学下了兵团，其中一些小歌剧需重新排练，故让姚一民和李小林从五原乘车赶回母校，找姚玉老师拿小歌剧的曲谱，顺便借一些像谱架子等演出必需的物品。临从生产队走时周永健悄悄地对姚一民说："最好能带回几个大喇叭和扩音器。我们要长期在这里生活下去，总觉得缺些什么，缺的就是宣传，缺扩音设备，回去想办法搞回来。等安在村里，再和生产队长说，给他们一个惊喜。"

待姚一民找到爸爸时，碰巧姚老师正好在音乐教室里。姚一民向父亲说明来意，爸爸说："你们需要的，有的恐怕没啦。"原来是姚一民他们1968年9月作为鹿塬一中第一批下乡插队落户的知青走后，接着是 N 区组建兵团一师、三师，陆续走了不少学生，后又招工走了一批。基本上老鹿塬一中学生仅留下新招的初中生了。原来姚一民在学校时的工宣队和军代表也都换成了鹿塬某冶金企业的工宣队。像姚一民父亲这样的老教师，凡是上过"群丑图"的所谓"四大名人""四大铁嘴""四大金刚""十二杆黑旗"的老师已都被列入政治审查的黑名单，下一步命运怎样都不知道。姚玉老师自从被勒令离开鹿塬一中所谓的第二季红色文艺宣传队后，虽然身子离开宣传队，但是离不开自己喜爱的音乐教育事业。他唯一不放心的是自己在鹿塬一中从教十五六年辛辛苦苦置办的家当，包括近二百人军乐队的铜管乐器和打击乐器，还有历年来缝置和购买的各色民族舞蹈服装等等。先前就有别有用心的人逼姚玉交出保管室的钥匙，威胁说："你是历史反革命，命都保不住，还管这些干什么？"

但姚玉老师，对此仅"哼"了一声，置之不理。人虽在受审查，每天必须要到工宣队报到去学习班参加学习，但一瞅空儿就必定要来库房看看。就这样也是防不胜防，不知何时就被盗走了萨克斯等铜管乐器多件。听姚一民他们是为参加五原县文艺会演急需一些服装和谱架子，就说："借可以，你们写下借条。用完以后马上要还回来。"

姚一民和李小林仔细地写了借条，拿了一些如大底胡、谱架子、扬琴和民族服装等会演急需的物品。告别老师，又急去找学校办公室借用高音喇叭。

鹿塬一中在"文革"初期，自行成立的组织林立。每一个组织都声称自己是正确路线的代表。要在宣传声势上压倒对方，使用高音喇叭不间断的广播宣传自己的观点，是重要的手段之一，所以每一个组织扩音器、高音喇叭都很多。各派大联合以后这些喇叭多的用不了啦，就放在了学校的仓库里。当保管仓库的老师一听姚一民、李小林的要求，马上满口答应说："这些东西早就没了，时间久了，看能不能用，挑一挑，别拿回去不能用，让人家笑话，说咱们糊弄人家。"老师打开仓库，姚一民一看，仓库一个角落里，真是遍地盛开"喇叭花"。喇叭上满是尘土，姚一民和李小林挑了四个喇叭，两台小功率的扩大器。也没有高杆麦克风，低座的凑合着能用。收拾好后，老师也不要什么条子，还帮助找了个破麻袋给包起来。姚一民和李小林再三感谢后，离开学校又奔向队里各个知青的家长家。

原来临离开生产队时，杨队长一听姚一民和李小林回鹿塬的目的，十分高兴和感动，说八月十五快到了非要让姚一民和李小林带上一百斤大米、一百斤白面和三十斤胡油，带给知青小组每个人鹿塬的家中。姚一民和李小林哪能带这么多，经一番商讨，米面各带五十斤，以及二十斤胡油回鹿塬看望各位家长。

在 1968 年的鹿塬什么物品都要凭票供应。白面和油作为稀罕的奢侈品，只能在过春节、国庆、八月十五这三大节日凭票多供应点儿，数量还少得可怜。姚一民和李小林把小组的每家走到，送上生产队的一点心意时，家家感谢自不多叙。

待姚一民和李小林赶到车站，从小件寄存处取出乐器喇叭等器件，一打听当晚九点有一趟由兰州开往北京的特快列车，在刘召停车五分钟。俩人一看表时间七点还不到，赶快买了车票，凭票把所带器具和物品因体积太大不能随身携带的逐一办理了随车快件托运。一番忙下来才感觉又累又饿，他们走得匆忙，没带粮票，买饭和买焙子已无可能。

正无奈之时，姚一民忽回想起在队车马店等公路班车时水仙曾递给他一包东西。从挎包掏出一看，一块手绢包着十个鸡蛋，有的已被压碎，鸡蛋皮和蛋清、蛋黄混杂在一起。二人也顾不上，草草把蛋皮拣了拣塞进嘴里，好赖充了一下饥，不饱也就开水灌缝罢了。

姚一民看了看表，离上车，还有一个多小时，坐着也不舒服，正好车站广场有一报刊亭卖报纸和杂志，最让人高兴的是有售最新出版的《革命歌曲大家唱》，姚一民买了两本装在挎包里。在鹿塬东车站开往五原刘召火车站的四个小时里，姚一民和李小林想着一天的紧张情景，总的讲还是较为圆满的。特别是李小林回到自己家时特地把他走后托他弟弟代他喂养的二十几只鸽子悉数装入鸽笼带上了火车。他妈问他几句话，他都顾不上回答，气得妈妈直唠叨："和你的鸽子过哇。"李小林只是傻笑，临出门时才问他妈妈："你刚才说让我跟谁过？"说得他妈是又气又失笑。

列车到刘召后，他俩取出托运的物件，又搭了回塔尔湖的拖斗拖拉机顺风车回到富牛圪旦。到队里车马大店时天已大亮。李大毛看到俩人带回这么多物件，还有李小林的鸽笼。他自言自语地说："昨天上午走，今天早上就回来了，真是不敢相信。"一听说俩人一天没吃饭，赶快和面动手做饭。刚做的两碗热气腾腾的羊肉焖面端到姚一民、李小林面前时，两人已鼾声大作。李大毛看着他俩人东倒西歪的睡姿，又看了看地下堆的半地的物件，若有所思地说："看来这小子们真的要在这儿扎根呀！"

当大喇叭安装好以后，播出雄壮的《东方红》乐曲时，富牛圪旦这个河套平原上历史悠久的村庄沸腾了。过去村里的人就数李大毛见识广，见过这电喇叭。杨、李二位队长作为生产队的一、二把手经常去公社、县里开会，见过这电喇叭。还有就是大车倌儿们经常赶着大车走南闯北也见过这大喇叭。可是他们在富牛圪旦这个大牛犋里所占得人口比例真是少之又少。村子那些老一辈没出过门，没见过汽车、火车是啥模样的大有人在。但能把会说话唱歌的电喇叭安在咱家门口，这怕是富牛圪旦开天辟地第一次。满脸堆笑的杨队长高兴的直搓双手，小孩子们围着架着喇叭的木杆又唱又跳，男女老少把知青的窗户堵了个瞎死（方言：严严的）。一会儿喇叭声中传来了连继珍清脆的歌声，一会儿又传出胡增文的诗朗诵……

一霎间永胜五队安上喇叭的事情传遍了附近各队。可没几天同村六队的高喇叭响了，五六里地外的大队所在地，永胜一队的喇叭响啦，又过了几天公路对面联丰生产队的高音喇叭也响啦，怎么回事呢？姚一民百思不得其解。原来自打永胜五队安上高音喇叭以后，附近各队的生产队长都觉得和永胜五队队长相比差了一截儿。那几天的杨队长高兴的满脸放光，别的队的生产队长和本村的知青们一说，谁知知青们一拍大腿："这还是个事儿？"纷纷回学校弄喇叭。鹿塬一中管仓库的老师也奇怪，自从姚一民要了几个喇叭，先后没几天找他要喇叭的同学一下来了那么多，眼见库房里偌大的地面上"喇叭花"越来越少。此事还惊动了工宣队长，把他找去亲自询问一番，特别强调新的一轮"挖肃"，清理阶级队伍运动马上开始，高音喇叭是宣传用的重要工具，如何如何，再不能给人了。管仓库的老师听罢唯唯而退。以后凡有学生再找他要喇叭时，只能回绝，再也不能往外拿了，耳边也清静了几天。这天忽听一件怪事，说政府大楼上的二十几只高音喇叭不见了，还有人来鹿塬一中调查是不是鹿塬一中的人干的。管仓库的老师哪里知道，在"文革"派性斗争中，政府顶楼那是宣传的制高点，二十几只喇叭像糖葫芦一样串在一起，高高架起，发出的声音震耳欲聋，博托区四面八方都能听见。喇叭底下的住户天天耳边高音嘈杂，但也无可奈何。谁敢给红卫兵提意见，那不是自找倒霉。可一下喇叭没了，不出声了，倒叫周围居住的人们一时还真不适应……可谁又知道？距七百余里外的富牛圪旦村周围的大小生产队，只要是鹿塬一中学生去插队落户的小组，本村必定安上了高音喇叭。每日早晨七时新闻播报前奏曲《东方红》响起时，方圆十里八乡到处响起了喇叭声，曲声远近混成一体，构成一曲雄壮的交响曲，那又是多么壮观的一道风景线啊！

12

明天就要赴五原参加文艺会演了。姚一民这几天的事儿太多了。这可是鹿塬一中知识青年在全县人民面前的第一次亮相，又是代表复兴公社去参加文艺会演，真马虎不得。

清晨他拿上节目单去找李四老汉。自从见面会上知青们演了几个小节目后，那天心情最好、最高兴的人就是李四老汉。他从心里认定这些从城市来的娃娃"绝对不可小觑"，他当年那种办红火的劲头又被激发出来。这也难怪，从富牛圪旦的红火停办以来，李四老汉整个就像泄了气的皮球一样，每天耷拉着脑袋不说话，有时碰巧又喝了两盅就把饭桌当成鼓皮敲腾一番，残汤剩菜溅得四处都是。气的李四婶子边收拾边骂："白头牛，老不正经。"而此时的李四老汉可能敲桌子敲累了，早就呼呼地睡着了。

自公社通知永胜五队知识青年代表公社参加县文艺会演后，李四老汉把队里的家当全搬出来，擦拭了一遍。实在忙不过来，就让杨队长把水仙派过来帮着整理。

姚一民一进队部，正看见水仙把一堆办红火用的花衣服、彩裤一件一件收拾，就说："咱们演出不用那些农村办红火用的。"李四老汉抬起头来对水仙说："先把那些放在一边，等姚一民的单子拉出需要的东西，你再摆出来，再整理，该洗的洗，该擦的擦。"

等姚一民和李四老汉把所需的鼓镲等打击乐器清理出来，就专门搬到大房内，让水仙一件一件的擦拭一遍。一会儿周永健、向生、侯泉和其他男女知青把所需的乐器均搬到饲养院村民开大会的大房中。一看呀，乐队家什还算齐全。乐队中除了在校文艺队的樊建成是 1968 届高中毕业生留校外，来永胜五队和联丰六队知青组成的乐队基本还能成套。这几天李四老汉又给推荐了村里的三小娃，笛子吹的还是可以的，就是不识谱。姚一民专门让李小林带他学，把这几次演出的节目乐曲手把手地教他，三娃子基本还能跟上。在演出阵容方面新吸收了杨队长小女杨凤仙等五六个村里的小伙子和小女子。一帮女知青自接到演出通知后，对于自己出演的剧目都在练。关键在于开场节目阵容要大，所以每个女知青一人教两个。练走秧歌步，如何交叉变队形，乔爱华等尽心悉数地教。好在这些村里的男女小青年对类似《打金钱》等曲调比较熟悉，所以排练几天下来跟着曲子走基本问题不大。

公社领导对和永胜五队和抽调联丰六队部分知青组成文艺队代表复兴公社参加县文艺演出是十分重视的。按用工惯例除拨给知青所在的生产队每人每天一个水勤工外（价值一块七毛二），还给参加演出的后勤人员，包括领队的李四老汉、车倌等每人每天四毛钱的伙食补贴。生产队杨队长等生产队其他领导，本来认为能代表公社去县里演出已是天大的面子事，现在又给拨用工补助和费用，更是觉得脸上有光彩，所以全力以赴，特地在八月十五这一天，多杀了一只羊，专门送给知青，以示犒赏。

当时全国都在施行大寨工分制，每天出工完结后，队里按规定的任务分值给每人每天将工分累计登在"工分薄"上。待年底腊月二十三之前，队里张榜公布，你全年挣了多少工分，再乘以每一工分的价值，得出钱数即是你一年劳得，俗称分红多少钱。分红的计算办法在后套也不尽相同。像永胜五队的邻村一队就是你一年的吃、喝、烧煤、分菜、米面、瓜果等队里分配物品都要钱，你可以根据你自己的需要量买多少煤、多少菜、多少瓜果，等待年底算账时从全队总收入中加上这些钱，再除以全队的总工分数，就是你每一工分价值。像姚一民所在的队就不是这样，队里分一切物品例如瓜果、菜蔬、米面、烧煤等不要现钱，一切年终结账。队里扣掉所有支出花销，剩余收入除以全队总分数为一年每个工分值。前一种那种计算办法往往年的工分值高，后一种照顾了拖家带口，比较接地气。按当时知青上山下乡的政策，知青第一年吃住国家全负责，从第二年开始才自理。所以姚一民等也不过问这些琐事，一切交于李四老汉去和队里办理。

杨队长李队长等本来觉得公社能把代表公社去县演出这样的光荣事交给永胜五队已了不起了。现在公社又给拨水勤工又给拨补助，足见上面重视此次演出，更觉得对此事不能怠慢，随即召开队委会。原来知青来村之前队里研究过知青第一年劳动记分标准，议定男青年最高一天八至九分，女知青最高一天五至六分。这次觉得公社一天就给知青一个水勤工分，按富牛圪旦历史工分值最高上过八毛钱，也就是水勤工的一半，觉得给知青每天记工分偏低，也不等什么能力提高再提高工分，一致决定男青年，每天记一个工十分，女知青每天记八分，和一等妇女每日的工分相同，以示奖励。

忙了一天了，姚一民这才想起给水仙买的歌本还在身上装着。他昨天就把水仙的两块白手绢洗干净夹在歌本里，准备今天给水仙，但一忙起来就忘了。他一站起身来，正看见水仙和李四老汉相跟上往家里走去。他追上前，悄悄地拉拉水仙的后衣襟。水仙回过头来一看是姚一民，脸唰地一下就红了。

姚一民见状，连忙把手中的歌本递给她说："这里面的歌挺多、挺好，给你的。"转身就往知青住房走去。

在月光下，水仙拿着崭新的《革命歌曲大家唱》，心中涌起一股无言的惊喜和隐隐约约的酸痛。水仙也曾经是一个好唱活跃的姑娘，在学校和乡亲们的眼中也是一等一的好人才，是有学识，愿意在别人受困时出手相帮，宁可自己吃亏也要施善的好人。但是学校那件事情传得沸沸扬扬之后，她只好退学回家，书念不成，只能待闺出嫁，却偏嫁在富牛圪旦。她也哭过，委屈过，也曾想用另一种方式证明自己的存在。记得她在第一次参加社员大会时，打扮的身影比以前更加漂亮，而且早早坐在显眼处。可是参加社员大会的女人们仿佛事先约定好一样，都坐在自己的方阵中谁也没往她这看。村里头那些放肆开玩笑的领头人，还像平常一样和后生们说笑打闹。年轻的小媳妇和未出嫁的闺女们仍然是静静地低头搓毛线或纳鞋底。和这些兴高采烈的人们相比，只有她一个人晾在中间，无人和她说话，无人搭理她。自己的努力，在众人的眼中又是那么软弱。就连本家的嫂子们、婶子们也在这种场合似惶恐、似不安，仿佛多和她说上一句话就会沾上什么病。直到会结束，她满脑子里乱哄哄的，时而又感到灰溜溜的，会散了，人走了，房子里顿时显得空荡荡的。只有张瘸子和饲养院老汉在那里默默地打扫房子。

今天她手里拿着姚一民送给她的《革命歌曲大家唱》像得到一件宝贝一样，紧紧贴在胸前。她只是轻声和李四老汉说了一句："你先回去吧，我转转。"

"你可不能太迟了，要不我让挨树出来找你。"

"不用啦，我自己转转就回去。"

翻开《革命歌曲大家唱》的扉页，上面写着："忘记烦恼，高兴唱歌。"没有署名，但写1968年10月23日赠水仙，娟秀的字体在月光下分外秀丽。歌本中还夹着两块洗过的手绢，散发着淡淡的清香。

水仙哭了，第一次哭得这么伤心啊！她在委屈时也曾经向挨树哭诉过。可挨树作为她的男人随着自己所谓理想的破灭，再加上日益繁重的田间劳动，哪还有兴趣和精力去考虑水仙的委屈和为她争取所谓纯洁的世界。在挨树眼里水仙是个好姑娘，坏就坏在农村这帮没文化的老娘们身上，自己是一个堂堂的高中毕业生，和老娘们去纠缠水仙是否清白这件事儿，为这等事儿出头，岂不是高射炮打蚊子，屁事不值。所以他对水仙的哭诉有时也安慰几句，但最多时候的表现是你哭你的，而他却摆弄他那几本物理化学书，似无事人一般。

水仙在和知青们第一次接触，就深感到大城市的学生和农村的妇女思想行为上的差距。有一次杨玉芬在听到了别人嚼舌根子的时候，气愤地和她说："要是我，早就抽她了。"乔爱华则是温柔地对她说："你别理她们，等她们说的没劲了，自然就不说了，你给她们表现什么？尿（方言：搭理）她呢。"所以水仙在和女知青之间相处的日子里又仿佛回到了学生的时光。侯泉拉的曲子，像《远方的大雁》《北京的金山上》她都会唱，而且唱得优美动听，清脆嘹亮，表现出与众多农村妇女所不同的风韵。

夜空晴朗，月到中弦。水仙倚靠在村东头的铁塔边上，默默望着天穹中闪闪的星空。她想起周永健的助人为乐，也想到姚一民与人为善，以及众女知青，特别是爱华的温馨。今天，姚一民送给她的歌曲集，使她感动，使她欣慰。这不单单是一本歌曲集，更是一剂温暖的良药，抚慰着自己心上的创伤、委屈，使她无处泣诉的心灵得到慰藉。想到这里，她不由地把歌曲集紧紧地贴在胸间……

13

到五原县城的第二天，这里文艺会演已进行了一天。这次文艺会演共有隶属于五原县的十几个公社和个别直属单位代表队参加。从各个公社代表队的队伍组成来看，参差不齐，而且陈旧节目比较多。比如演唱《逛新城》一个节目，就有六七个公社上报的节目单中都有，有的公社甚至是唯一的演出节目。如果大会组织者，不让他演出这个节目的话，这个公社就没有其他节目可演了。负责组织这次文艺会演节目编排的是一位临时从城南公社抽调上来的，1964年从天津下乡插队到五原的女知识青年，姓陈。小陈人虽不漂亮，但长得白净，身材均匀，待人大方，在来五原插队前，是天津少年宫的独唱演员，有着天赋的一副好嗓子。她知道县革命委员会文教委组织这次会演的目的，一个是活跃一下五原县广大农村的文化生活，另一个就是通过这次调演，在广大参演的知识青年中发现文艺方面一专多能的人才，重新组建文化馆文艺宣传队，以适应当时工作和形势的需要。所以小陈特别留意由清一色知识青年组成的文艺演出队伍。经过几天去排练现场的观察，她心中基本有了眉目。因为乔爱华在学校时就是校体操队队员，班里又是体育积极分子，所以养成一个早起锻炼的好习惯，每天在县招待所锻炼时，最早在院子里碰到的就是小陈。经过多次接触，一来一去俩人竟成了无话不谈的好朋友。通过乔爱华的介绍，小陈也大致知道了复兴公社文艺演出代表队的组成情况，所以在组织每一场文艺会演时，有意识地把节目单一、人员力量单薄的公社和类似城南公社这样纯由天津"少年之家"出身的知识青年组成的文艺队同台演出。既照顾了文艺水平较低的公社代表队自卑的心理，也合理地把优劣队伍结合在一起，起到共同观摩学习，互相交流的目的。

第一天开幕式演出要由城南公社代表队演出。因为这个代表队的演出人员均是由天津参加过少年宫的各中学知识青年组成，自然水平较高，获得了很好的口碑，唯一缺点是缺乏地方色彩，演奏器乐节目多，反映现实生活，特别是反映知青生活的节目少之又少。所以小陈几次跑到复兴公社代表队来和带队的公社张书记、周永健、姚一民仔细商榷，最后定在第四天闭幕式由复兴公社代表队做压轴演出。

这一天五原县政府礼堂热闹非凡。一方面各公社代表队除银定图公社演出的《逛新城》节目要加在今天演出外，其他像城南、城关、塔尔湖、丰裕等公社均已演出完毕，剩下的时间就是吃饭、睡觉、看演出。另一方面在五原下乡的除天津知识青年外，90%以上都是鹿塬市下乡知青，而且鹿塬一中的居多，那对富牛圪旦永胜五队和联丰组成的演出队，近乎鹿塬一中文艺宣传队是再熟悉不过了，离开鹿塬不能说太久，但在异乡异地能听到乡音，能给自己的校友捧捧场，何乐而不为呢？

随着大幕的拉开，在《打金钱》欢快乐曲声中，开始了复兴公社代表队的汇报演出。

《打金钱》是河套人民再熟悉不过的民间曲调。它展示了"走西口"的劳苦大众在劳作之余因为生活所迫，以《打金钱》的表演，挣些生活费用，以及显示了企盼美好生活的心情。开场用此欢庆曲子填唱新词，不但唱出了后套富饶壮丽的自然风貌，而且以平凡的语言表达了河套人民热爱今天幸福生活的情感。粗犷奔放的曲调，配有节奏鲜明的锣鼓点，舞蹈队员拿着拴着红绸的四块瓦，时而走秧歌步，翩翩起舞，时而男女对唱，欢快喜悦地演唱一下把晚会推入高潮。

第二个节目是银定图公社代表队演出的《逛新城》。这两位农村演员哪见过十几个人乐队的阵仗。乐队伴奏节奏鲜明，曲随人唱，扮演藏族老汉的演员是越唱越有劲，扮演藏族女儿的演员则是唱舞结合越演越顺手。待演出在一片掌声中结束，大幕合住时，扮演藏族老汉的农村演员，特地跑到乐队面前再三致谢。

随着连继珍一声高亢清脆的"哎……哎……"八个女社员装扮的演员分成两组轻盈出台。《丰收舞》是大型音乐舞蹈体操的著名群舞。只见女演员手持镰刀，头戴白毛巾，上身着红色衣服，下身是挽至小腿肚的蓝裤，扮相俊美，舞姿轻盈，把丰收割麦的每个动作演绎得淋漓尽致。

特别是乐曲演奏到："咪索拉索咪拉索，咪索拉索咪拉索，咪来咪咪索索咪索咪来哆，哆拉咪，来拉哆，拉拉咪咪……"各位演员逐次上下翻舞手中的毛巾和镰刀，身子也随着乐曲左右逐一排序上下翻动。美的图案展示了麦浪滚滚，丰收在望的喜庆情景。这时在观众席中响起了一阵热烈的掌声。

《丰收舞》的女演员在乐曲中刚退下舞台，随着一声嘹亮的："嗯儿，驾！"木鱼敲打出清脆的马蹄声。只见一排男演员身着黄军装，下裤挽到小腿处，脚穿一色白球鞋，手握鞭子随着乐曲声，前后倒脚，似一队大车行走在运粮的大道上。整齐划一的舞步又激起了一阵喝彩声。舞蹈演员随着乐曲表演"挑个子""装车"的动作，以及在车队逶迤行进的舞曲中，观众有节奏的掌声一刻也未停。当舞蹈表演行走到舞台底角的时候，突然乐队笛子上下滑音大作，二胡则拉出马的嘶叫声，只见三个队员从台底边一个侧手翻翻出后以马弓步稳稳地立在舞台上。正当人们一片惊愕时，只见一女车馆从台角一侧翻随即跃起一空翻，随空中转身落在台上身向前微仰似拉车状。同时台上响起了鞭花声，队员们、乐队一起高喊"下定决心，不怕牺牲，排除万难，去争取胜利……"其口号的呐喊声，二胡竹笛和其他乐器发出的马嘶叫声，还有"啪、啪"不停的鞭花声混在一起震耳欲聋。这个抢救翻车，誓把麦车从悬崖边拉回路上的战斗场面，激起台下掌声雷动。掌声、惊叹声、口哨声、喊叫声欲把整个礼堂抬起来，演出又一次掀起高潮……

当大幕拉上时，台下的掌声和欢叫声仍然不断，并且有人高喊："出来、出来。再翻一个。"连谢三次幕还不行，乔爱华只好在大家的掌声中又表演了一个侧手空翻腾跃空翻的动作。当她稳稳落到台面上时，剧场中一声喊："好！"在雷鸣般的掌声中，这次谢幕才作罢。

待到歌剧表演唱《家庭会议》时，观众更为演出情节和人物的新颖编排喝彩。

报幕员乔爱华报出演出的节目名称时，三个女演员在漫瀚调的乐器声中走到台中间。台下观众一看四个女的就先笑了。其中一人问："谁演哥哥呢?"饰演哥哥的齐秀雯说："我演哥哥。"饰演母亲的连继珍说："我演你们的妈妈。"这时候一转头已把头发梳成两个抓角角的乔爱华说："我演小妹。"她那种天真烂漫劲儿真是让人喜欢，让人想多看她两眼。

"那谁演爸爸呢?""我！"随着回话声杨玉芬一转身，她头上戴了个旧毡帽，嘴上还多了两撇胡子，惹得全场哄堂大笑。

《家庭会议》的剧情大致是这样的：年轻的哥哥小强贪图享受，认为农村苦，不愿回乡务农。爸爸和妈妈就回忆"走西口"时他的爷爷逃荒路上的苦难经历以及解放后的幸福生活，用新旧对比教育小强。在父母和妹妹的帮助下，小强转变了观念，决心愉快的服从分配，上山下乡，为改变农村旧面貌，建设新农村贡献力量。这个剧是由鹿塬一中文艺队的张我宇老师编剧，姚玉老师编曲，在支农抗旱和慰问一线工矿企业的演出时就曾大获成功。

当乐队侯泉的二胡奏出《江河水》悲壮的曲调声，饰演大娘的连继珍以悲切的满含激情的和富有磁性的女高音唱出：

记得那一年山西大旱年，你爷爷他没办法，带着全家老小越过"杀虎口"，一路讨吃"走西口"来逃荒。

逃荒路上人吃人，土匪横行贼盗生。

你爷爷一根扁担两只筐，一筐烂衣裳，一筐装的你参他。

记得你参那年像瘦猴，三根筋挑着一颗头。你爷爷半路饿死西山嘴，是路过的后套人救活了你参的命。

……

恨你不爱新农村，难道你读书读得人心喂了狼？

……

伴随着连继珍如泣如诉的唱词，侯泉的二胡，王虹的琵琶，一问一答的低沉伴奏，整个剧场静得无一丝声响，黑暗的剧场中时而传来观众的抽泣声。

当全剧以小强表决心志愿奔赴农村插队建设新农村而结束时，乐队奏起欢快的乐曲，演员几次谢幕，杨玉芬还拿着毡帽左右动，可就是忘了摘掉两撇胡子。观众席中的掌声、笑声、赞叹声不绝于耳。

演出在象征民族大团结的藏族锅庄舞中拉上大幕。当大幕重启后，全体演员在剧场明亮的灯光下向观众致意。

这时姚一民才看清台下，第一、二排坐的可能是五原县当时最有头有脸的人物。这个队伍在小陈的引领下，上台和全体演职人员握手致意。按一般的程序，领导在接见全体演职人员时，从右台边的阶梯上来后应依序从右向左依次和演职人员逐一握手，以示尊重。这时周永健拉拉姚一民的手，指了指台上。只见一个高个子的领导全然不顾别人及跟在他后面的领导，径直走到乔爱华面前握着乔爱华的手久久不放，还是在小陈的提醒下他似恍然大悟，忙放开乔爱华的手。再等姚一民往舞台上看时，小陈已安排领导和演职人员照相了，但仔细找也看不到乔爱华。只听身后周永健"啊呀"一声，姚一民回头一看周永健不知和乔爱华说了什么，让乔爱华狠狠地在他的背上掐了一下。

这场演出可以说轰动了五原县城。各公社的文艺演出队领队和演员们纷纷要求组委会延长会期一天，让复兴公社代表队来一次专场演出，以便观摩学习。当小陈把组委会的决定通知给姚一民时，排练室内周永健正在开爱华的玩笑。只见这时的周永健俨然像个大领导，紧紧握住乔爱华的小手，表情夸张地用四川话说："小姑娘，你辛苦啰！"而且把乔爱华的手紧握左摆三下右摆三下，还要上下晃。爱华猛地挣脱出来趁周永健不备，在他胳膊上狠狠地拧了一下，疼的周永健龇牙咧嘴，惹得周围知青们笑的东倒西歪。

姚一民看见永健忙和他说了通知这个事。永健说："赶快和张书记说一下，因为按张书记安排，咱们下午要赶回去，给复兴镇上的村民演一场才回生产队，看起来计划得改变了。"

小陈问："张书记在哪儿？"

姚一民说："在他的房间。"

当姚一民、周永健和小陈进到张书记房间时，张书记正拿着一本剧本，看见周永健、姚一民和小陈进来，忙坐起身来问小陈什么事，当小陈把五原县革委会文化组的决定告诉他时，他高兴地说："这是好事啊，我们马上准备，保证晚上完成演出任务，让领导和观众满意。"小陈应了一声就走啦，回去准备晚上剧场的演出事宜。

张书记说："永健，你快去安排吧。嗯，晚上的事你一定得安排好。一民你坐下，我有事问你。"

永健推门出去后，姚一民问："什么事，张书记？"

张书记说："这个剧本封面上作曲是姚玉，这是你们的老师？"

姚一民回答："是我们的音乐老师，也是我父亲。"

张书记惊喜地说："我说嘛，看你怎么有点眼熟，你在五原住过？"

姚一民说："是的，1950年到1952年冬，我们家在五原。我爸当时在五原农校任教，1952年冬调回鹿塬市鹿塬一中。我那时四岁多，记得从农校出来到我家是一条直南直北的土路，我家对面好像是个大院，是个清真寺，往北，好像有一条大河。可这次来五原县城有点转向，怎么找也找不着原来住的大院，没有印象了。"

张书记说："我就是五原农校毕业的。邱明义老师是我们的班主任，听说现在在D旗教书。原来你们住一个院。"

姚一民说："邱大爷在 C 中学教书，我家在五原时和邱大爷、董大爷一个院。现在董然浩大爷也不知在哪儿。邱大爷和我姐都在 C 旗工作。"

张书记说："你二姐和我一班，都是学气象的。同班还有一个叫刘启超，想找你二姐，一个人不好意思去你家，经常叫上我，当时去呀买些栗子。姚师母人很热情，中午留下我们吃饭。我们哄你说那栗子是驴粪旦子，你和你三姐干瞪着，也不敢吃。说起这话已经过去近二十年了。你二姐好啊？"

"挺好，现在在 D 旗农业技术推广站工作，姐夫是华北军大毕业的，在旗委宣传部工作。"

张书记这时忽然想起什么，对姚一民哈哈笑着说："你知不知道你二姐会演戏唱歌？"

姚一民不解地说："没听说过呀。"

张书记说："那还是 1951 年抗美援朝运动的时候呀，欢送五原县和学校参加抗美援朝志愿军战士上前线。姚老师编了一个剧本叫《二闺女送郎上战场》。你二姐扮演未婚妻送丈夫参军，上场时拿的道具是块猪肉，意思是丈夫要走了，给丈夫包顿饺子啊，好上马杀敌，没想到你二姐上场紧张，一上台就绊倒了，肉摔得老远，把全会场的人都逗得哈哈大笑。你二姐人性善，就因为她没演好这出戏，哭了好几次。"

张书记顿了顿又说："你爸爸是我们的音乐老师，确实多才多艺。五原不少学生记得他还写过一首抗美援朝的歌曲。这个歌当时在五原县城大街小巷、学校机关巡唱演出唤起一片保家卫国的热潮。过去多少年了，真想念那时候的学校生活。姚老师，现在怎么样？身体好吧？"

姚一民说："身体还好。只是因为历史问题，也不知道是什么问题，书也不让教啦，每天参加学习，说是在审查。"

张书记说："别背包袱，旧社会过来的人一点问题也没有的人少。一个干了一辈子教育的穷老师，能有多大问题。相信党和组织。再说党的政策重在表现，管他什么问题，你不要有家庭顾虑，好好干，你错不了。"

听了张书记一番话，姚一民顿时心中升起一股暖流。是啊，我爸也是这样说，看起来自己干好，样样走在人前头，这才是重要的。

临出门，张书记还再三安顿姚一民不论有什么困难，有甚难处解不开的都要来找他，不必有什么顾虑。而后和张书记一起来到排练室，准备晚上演出。

对晚上的演出，大家是十分重视的。除了节目调整外，大家一致认为要突出"乌兰牧骑"的特点一专多能。在节目编排顺序上，以保证时间两小时为限，尽量体现欢快，特别要以新面貌、新思想、新形式，新的表演手法和技巧来演好这台节目。

演出大幕开启之前张书记又特地把周永健、姚一民叫到身边，又安顿一番。姚一民抬眼一看剧场内除前三排有戴红袖章的管理，没有坐满，还有一些领导的空位置之外，整个剧场座无虚席。特别是台左位置，坐满了穿黄军大衣的观众。经小陈介绍才知道，这是城南和城关的天津市知识青年早早来到了演出剧场，占据了这一片座位，来观看复兴公社鹿塬知识青年的汇报演出。

节目一个接一个的演出时，剧场不时响起阵阵掌声。按安排取代《家庭会议》的另一部表演《探亲人》出场了。演出队的二十一名演员除李四老汉留在边台外，全部登场。乐队男女知青清一色黄上衣，蓝色裤子。女知青王虹怀抱琵琶坐在李小林扬琴的右边，依次为张向生、侯泉的二胡，姚一民的大底胡；左边是三娃子笛子，联丰队友的板胡（加京胡、高胡），胡增文的手风琴；稍后靠左为周永健的板鼓和文武场演奏员；后排为穿各色民族服装的男女演员，手持各式打击乐器，如撞钟、木鱼等，演唱形式，一看便知道这是五原河套一带人民熟知的"打坐腔"。

"打坐腔"这种形式最早形成于鲜卑时期。后随着蒙古族等各民族的融入流传，在准格尔一带叫"数来宝"。后山西人"走西口"带入晋商文化，在鹿塬和河曲一带形成二人台清唱，流传到河套一带以坐唱形式出现叫"打坐腔"。

《探亲人》小剧的内容说得是一位老大娘，在旅途中病危，被一位解放军战士帮助脱离危险。大娘想感谢恩人，不顾旅途劳累到部队找一名叫金大柱的战士面谢。结果叫金大柱的解放军战士在这个部队有五个，都是学雷锋标兵。老大娘费尽周折终于找到了自己要找的金大柱，其故事情节大致等同于电影《五朵金花》大鹏找金花一样笑话不断。演出为展现各地区文化特色，特以山东柳琴书、河南的豫剧、天津的快板、山西的晋剧、河套的漫瀚剧二人台特点的音乐曲目编曲，对话对唱风趣诙谐。

当乐曲以山东高胡配柳琴奏出前奏曲：拉咪来哆哆拉哆来，索索拉索咪，来索咪来索咪来哆哆来索咪，来来西拉索西来拉索咪索来索拉哆哆，拉索咪来，哆、哆、哆哆……乐曲声中齐秀雯扮演的老大娘边走边唱来到了舞台上。

"太阳一出红满天呀，哎哎亥哎哟。

从那边走来一个人，哎亥哎亥哟。

仔细一看是个老大娘，嗯哎哎亥哟，

不知她要找啥人，哎亥哎亥哟。"

……

随着乐队和老婆儿的对唱，方知这位金大柱不是山东人，可大娘找的金大柱可能是河南人。这时豫调《女儿哪一样不比男儿强》的前奏曲响起，老婆儿又随着小干事的指引找到一个金大柱。老婆儿一看不是自己要找的，这时乐队齐奏起了"天津快板"的曲子，台下顿时想起了天津知青的欢叫声。山西晋剧的两股子乱弹清脆的声音响起时，场内响起阵阵的掌声。最后老婆儿在小干事和队友的帮助下，认出其中一个队员就是她要找的金大柱时，张向生的四胡，李小林的扬琴，王虹的三弦加上三娃子的竹笛，和着周永健欢快的鼓板声，奏起后套人耳熟能详的二人台曲调《压糕面》。只见台上的齐秀雯把个老婆儿千辛万苦找到自己的恩人解放军金大柱那种惊喜，满足和终于见到亲人的喜悦心情，通过唱说和动作夸张的表演诠释的十分完美。而饰演金大柱的伴奏队员，则是腼腆神态，认为这是自己应该做的事情。俩人配演得相当默契，一唱一和，加上全体演员的伴唱把解放军这个毛泽东思想大学校，军民鱼水情表演的十分动人。

当这个节目结束时，台下第一个叫好的就是台左边的天津知识青年方阵。在他们的带动下，掌声持久停不下来。这个坐唱使河套人第一次领略了各地不同的音乐曲调，看到了不同乐器的演奏。特别使天津知识青年感动的是，原本这个坐唱没有天津情节，今天演出的"天津快板"是在今晚演出前临时加上的，是为了让天津知青战友能够在河套地方也能听到天津快板这个熟悉的乡音。

接下来胡增文和周永健表演的《找舅舅》相声，更是包袱紧密，让人笑得喘不过气来。"那个嘟嘟"和"不得儿远"（读dé ér）这是后套地区用在问路时的方言。如果对方说"不得儿远"那就是不远，如果"那个嘟嘟"就远了，得有上一阵子走才能到目的地。"那个嘟嘟"越多路就越远。周永健和胡增文就是在一问一答中，胡增文问舅舅在哪里，周永健不停地"那个嘟嘟"。胡增文等他"那个嘟嘟"停下时再问他，舅舅到底在哪里呀？周永健才慢慢地说，舅舅原来是在五原银定图，要知道银定图距五原有近百十里。

他这"银店图"一说出口，人们轰一声捧腹大笑。前两排一个领导正端起水杯喝了一口水，一下喷前一排人一脖子热水，烫得那人啊呀，啊呀直叫。也有人把瓜子吃到嗓子里难受得直干咽……

在《青春圆舞曲》的轻音乐中，乔爱华身着一身红色的体操服开始了自由体操的表演。她先是随着乐曲，欢快的舞步像风中蒲公英左拍右拍，左旋右转。接着她时而侧翻时而空翻后转体稳稳落地，又转倒立，慢慢地腿向上伸起，然后左右分开成一字形，拢腿向后起立在原地金鸡独立，随慢慢转体落地成一字形，表现出身体韧性和极柔软的功夫。

当《青春圆舞曲》的乐曲进入快板时，她忽猛冲凌空跃起，双臂双腿在空中均为一字形，似一展翅飞翔的雏鹰。各种蹦跳使柔软的身影澎湃着青春的活力，似如卸去重任的小马，轻盈漫步在舞台上……精妙的表演把全场人看得眼花缭乱，目瞪口呆。当爱华稳稳站在台中以一个侧身站立向后半倒腰的姿势，双手顺着腰部交叉动作结束表演时，像一朵含苞欲放的花蕾，更像一座美的塑像吸引着台下观众的目光。她那优美的身体曲线、甜美的笑容及瞳仁里散射的那蕴藏着青春希望的温情，白皙的皮肤和随着身体蹦跳翻滚上下晃动的马尾小辫儿，深深地印在五原观众的脑海中。

这一场演出的压轴节目是《洗衣舞》。观众们不但为演员们的轻盈舞姿和军民鱼水情的故事情节所感染，更为乔爱华饰演的小卓玛的调皮、机灵的那双大眼和那清新自如，像一只低飞的小燕子的表演所倾倒。当舞蹈结束，小卓玛最后跑回幕后，台下的掌声经久不息。谢幕时总是小卓玛跑在前，一段泼水或洗衣动作结束后，再随着音乐跑回后台时，又总是小卓玛那顽皮的身影在最后，那个纯真的回眸一笑不由地你不鼓掌，还想让她们再出来舞动。指挥乐队的姚一民心里想，今天的演出不负张书记的期望，成功了，也给五原人民留下了深刻的印象。但今天最卖力演出的是爱华，她的表演可以说是翩若惊鸿，蹦若娇兔，舞若仙散，笑若童柔。今天最吸引人眼球的也是爱华，当然今天最出彩的更是爱华。

演出结束时，还没等领导们上台。首先冲上台的是那些天津的知识青年。为首的天津知青王德伸出大拇指直冲周永健和姚一民喊："够范儿，姐妹们够范儿。"知识青年们互相拥抱在一起，共同享受这美妙的激动人心的时刻。而当全体演员和领导照相时，姚一民一眼发现，乔爱华不在台上。他看到小陈四处张望似乎在找谁。那个高个人是谁？也在四处张望？……

14

打开中国地图，黄河几字湾的西部就是黄河后套平原（前套指土默川一带）。许多河流组成的网状水系，就是天下闻名的黄河灌区。这些类似河流的水系除了外围环形的乌加河是原黄河水道改道后形成的北河外，大都是人工开挖的灌渠。

黄河素有"黄河百害唯富一套"的说法，这里一套，从广义上讲，除了后套地区外，还包括宁夏的银川平原和内蒙古的土默川平原（前套）。后套自古就有引黄河水灌溉土地的传统。这里地势平坦，黄河水流平缓，非常有利于开渠引水。但在新中国成立前，黄河没有总干渠，更没有可以控制水量的固定的闸门设施。河套灌区田产除了归王同春一家外，还有常家等大小不等的棋头控制，用水时都是直接从黄河上开口靠自流，引水灌溉土地。

到黄河水量少时，许多渠道难以进水；黄河水量大时，又常常漫过渠道淹没良田，形成洪涝灾害。所以新中国成立后，为治理黄河水害扩大灌溉面积，从1958年起到1967年近十年的时间，河套地区数万人民每到冬季扛着铁锹、推着小车、挑着箩筐和简陋的行李进挖掘总干渠工地。吃着干硬的窝头，喝着糜米菜粥，睡在猪圈或四面透风的临时窝棚中，凭着一股战天斗地建设家乡的热情，在没有任何机械作业的条件下硬是在广袤的后套平原上挖出一条横贯东西二百三十公里的总干渠，人称"二黄河"。按科学的规划设计，由于后套土地浇灌后大都泛碱，水漫过土地就有压碱的废水需要排出，因而要灌排配套，方能造福河套。随着六十年代中期第三期总干渠（永惠河）作业的完成，也开启了疏凌总排干（永通河）二百五十七公里的挖凌工程。

乌加河作为总排干渠的一部分，也于姚一民他们到富牛圪旦插队落户的前两年（即1965年）冬开始挖凌。乌加河原是黄河主流，1840年黄河改道，主流成为南河，所以乌加河河道被称为北河。它由临河份地子进入五原县境，由建丰农场出境，进入乌拉特前旗三湖河，横跨五原境内四十六公里，是五原境内灌区的总排干沟。

当担大渠的土方任务下达到永胜五队时，杨、李二位队长特地征求男知青们的意见：去不去。知青小组的男青年刚到农村，特别是经过县城会演激发出来的热火朝天的干劲还未平息下来，当即表示都要去。后来队里权衡再三，觉得有一两个代表去就行了。而杨队长还特别关照带队的李副队长，知青担每趟的土方量不能和社员一样，由李队长掌握，从轻到重慢慢来，至于谁去让知青们自己决定。周永健去不成，因为他要回鹿塬一趟，给队里的拖车购买拖拉机配件。剩下的五人中，向生、小胡和李小林都是初中毕业生，年龄都比姚一民、侯泉小两岁到三岁。所以决定姚一民、侯泉参加生产队的担大渠突击队，随队去乌加河工地。

姚一民在下乡前曾和父亲做过一次深谈。父亲的谈话使姚一民回忆起他对五十年代的五原还是有印象的。五原农校就在五原当街流过的一条河（叫义和渠）向南约二里地处。邱明义老师，董然浩老师就是和姚一民之父姚玉同住在距义和渠桥西往南不远的一处农家大院内。记得小时候姚玉经常从义和渠的船工手中买到鲜活的鲤鱼做菜下饭，有时做得多吃不了母亲就切成块放进笼屉内。姚一民和老二因吃鱼几次得过痄腮，靠母亲的土方把"仙人掌"捣碎倒在软布上贴脸上治愈。姚一民从小爱吃小鱼，特别是爱吃"鲫刮子"的习惯也和那时经常吃鱼有关系。

谈到去五原下乡应该注意的事项，爸爸特别讲道：去五原下乡和去山西、陕西插队下乡的环境大不一样，首先在吃喝上山西、陕西的农村未必能和后套鱼米之乡相比。但后套有男人们最怕干的两样农活：一曰割麦子，二曰担大渠。

俗话讲"男怕割麦子，女怕坐月子"。女人坐月子就是生孩子。有人形容其如同在热水锅边上行走，顶如过鬼门关。把男人割麦子与此相比，可见男人割麦子也不是件容易事啊！两头不见太阳呀，又是大伏天。庄稼好手，一般握十垄，刀使得巧劲。用左手一搂顺势下刀，手中麦往背后放即移步上前握垄下镰，动作要协调。初手不是被割了手，就是割了脚面。更难堪的是，久蹲不行，站着又割不成。而且不会半蹲弯腰挪步极易"拉胯"（即扭腰或崴膝），拉了站不是站，坐不是坐。再加上伏天草虫蚊子都藏在垄道阴湿地内，一惊动，四处叮咬，那个难受劲儿真是无法形容。好在现在割麦子对于男人来讲也不是个事儿了，因为后套大面积麦收都雇用河北、新疆等地康拜因收割机。每年一到麦收季，这个队伍就纷纷都来到后套，按地论价，使用康拜因割麦机收麦。收麦机械化减轻不少劳力的劳动强度，要说割麦也仅是留下康拜因回头拐弯够不着的地方，其工作量已是寥寥无几啦！

但这担大渠不一样，因为大渠其上宽一般近十丈，底宽五丈左右，深三丈余。作业当时也无大型机械，只靠人工担。你看啊，几十公里的渠楞上布满整个五原县几千个生产队作业责任区，那是一种多么壮观的场面啊！

姚一民来的头一天就被凌渠工程的这个场面震撼了。站在渠上放眼望去几十公里长的渠道从渠楞到渠底按之字形铺满了三尺宽的木板钉板。上面钉满间隔一尺的横木条，怕是担土方时滑倒。而且对应铺设两套，一套上行一套下行。上行的人脚部吃劲，虽快进腊月天寒地冻，可每个担工大额头上都是热气腾腾。再看下行的要把小腿放松，步伐随心所欲一颠一颠走动。三娃子告诉姚一民下行那小腿也得踩住点劲，不然小腿一软，立马就坐在板上，弄不好跌到渠底了。

挖渠用的锹也不一样，俗称"西锹"。长方形长有二尺宽一尺，一锹下去，厚有八寸一块大的土坯就装在箩筐里，一只箩筐两块足有百余斤。

永胜五队是由李队长带三个后生掌锹。领担人是多年参加担大渠的杨二娃。此人身体魁梧，肤色黝黑。头一天担渠，他对姚一民说："不要急，慢慢跟着我走，心里和脚步一致了，就不累了。"所以头一天不紧不慢还勉强跟得上。一到他的箩筐里却是每头一块。晚饭后，李队长又招呼三小，去给姚一民弄些热水泡泡脚，还仔细检查，看他脚上有无血泡。

当晚上工棚里鼾声四起的时候，姚一民才感到全身又酸又疼，怎么躺也不得劲。特别是肩头火辣辣的，拿手按住还好的，一放开烧疼烧疼，不知什么滋味……

第二天，姚一民就感到比起第一天上行还好说，只要低着头撑住劲往上走，似乎还能控制住自己的双腿，可是下行就不由自己了，腿不听使唤，你心里让它慢，可左腿还没有收回来，右腿就迈出去了。他这才想起三娃子说："控制不住，你就抖屁股啊，随心所欲身子一颠一颠往下走。"姚一民一试果然见效。看起来这个担渠走路也大有讲究。别看这走相不好，解乏安全还挺顶事。

顶到第五天头上估计是身体适应了，浑身疼痛渐轻，腿也听使唤。这还得益于姚一民在学生期间一到假期不是去筛沙子就是割草卖钱，赚些学费。一到快放假，姚一民就提前找到后勤张科长，要当短工。因为每年学校假期教室里黑板、桌椅、讲台等都要修整。提前安排一个临时工，一假期和泥、搬砖样样都干能挣五十余元。再加上自己喜好体育锻炼，所以身体素质还是好的。且李队长只要看到是姚一民就给一头一块绝不多加。姚一民心里也再次想起爸爸的话："后套人善良、淳朴，你只要干得好，他们不会亏待你。"繁重的劳动印证了爸爸的话。姚一民觉得在农村该学的东西太多了。

按县水利指挥部分配的任务，这次挖大渠任务至少要到阴历十月初才能结束。可是到第七天的中午正准备收工吃午饭时，姚一民突然发现上行路的人们都停下来不动，尽管脖子让土筐压得青筋暴起也要往渠顶上看。下行那边干脆停下来欢笑声不断。眼见一辆马车，两匹套马头戴红樱花，赶车人的鞭花甩的"啪、啪"响，车上一面红旗迎风飘扬，上书几个大字："复兴公社文艺宣传队"。

在卸车时，姚一民感觉到气氛有些不对。大伙儿自参加五原县文艺会演回村后，都分到各个村民小组干农活，近一个多月没见面了。现在见了，尤其还是外乡异地的，按常理说见了面一定得相互亲热一番才对。可是大家见他似乎有种异常的眼光。杨队长女儿杨凤仙往日见到他，总是先亲热地叫一声"姚哥"，可这次见了似乎有意在躲避他的目光。姚一民心中不免疑惑。趁午饭休息一会儿，他一把拉住杨凤仙问她："发生了什么事儿，咋了人们好像都在躲我？"

杨凤仙抬起眼皮说："你咋想起给水仙买歌本啦？"

姚一民说："咋啦？一本歌本，我正好回鹿塬给她捎带买的呀。"杨凤仙说："我也不知道该怎么样的跟你说。详细情况乔姐也知道。我也给她说了，你问她吧。"

晚上文艺宣传队，首先给复兴公社农工们做慰问演出。趁周永健和胡增文说相声之际，姚一民一把拉住乔爱华问她怎么回事。

乔爱华自打到工地，就没搭理姚一民，见姚一民现在问她，没好气地回答："你自己做的事不知道？"

"什么事儿？"

"你给水仙买歌本的事，你知道村里人咋说你呢？你给水仙买歌本，也是好事。可是你不想想你为什么不让我给她？你呀，真是不知道咋说你了。"

原来那天姚一民给了水仙歌本后，转身就回到知青住房，躺下琢磨参加会演的事儿，根本不知道水仙一个人竟然在村东的铁塔旁坐了半宿。夜深了，还是李挨树把她找回去的。

第二天二毛媳妇，就是李队长老婆去了挨树家，见水仙双眼红肿问挨树咋回事啊。挨树就把姚一民给水仙买了个歌本，水仙一个人拿着歌本家也不回，竟在村东铁塔旁坐了半夜，受了风寒感冒。刚才村西六队的焦大夫打了一针，服了药现在睡着了等等，给他二嫂讲述了一遍。可这事不知怎么让"杨谝子"收到耳中，姚一民给水仙买歌本这事儿传得沸沸扬扬。最后竟然演绎成：姚一民给水仙买歌本，两人在村东头铁塔下私会，夜深了，水仙抱着姚一民不让回家，是李挨树看到水仙抱得太紧了，人又昏迷不醒，无奈之下叫来焦大夫。着急慌忙之中焦大夫本来给水仙打针，结果打在姚一民屁股上。

水仙病愈后也根本不知道村里传的这件事儿，仍然每天照常上工下工，顺便去知青点和杨玉芬她们照歌本唱唱歌。直到有一天政治队长找她，问她姚一民给她买歌本谁在跟前，问得很详细。事后政治队长还找了李四老汉，核实水仙和他讲得情况。水仙这才知道，怪不得出工时发现女人们老在她背后指指画画，交头接耳议论什么事，见她过来就什么也不说了，方知是这帮女人们议论姚一民给她送歌本的事，心中真想找个茬儿上去撕她们的嘴，可是女人们一看她来也不出声了，任凭你有气发不出，只好回家生闷气，也不去女知青点唱什么歌了。倒是李挨树挺大度，让她不要生气，生气伤身安慰一番。当水仙和他说自己倒没什么，怕影响人家姚一民和其他知青的声誉，人家是要长期扎根呀。李挨树白眼一翻，往炕上一躺，说了句："嗯？扎根？恐怕还没扎就会跑光了。"说完转身就呼呼的睡觉了。

爱华本来对这件事有怨气，不想给姚一民讲。但看姚一民急成这个样子，心中不免怜爱。她讲完后只是淡淡地说："我可说给你啦，你也该长点心眼。你知道政治队长咋骂'杨谝子'她们吗？他说知青是来和贫下中农结合的，不是搞私人结合。你也真该注意了，别因为你影响整个小组的声誉。"说完乔爱华掉过头就走了。

姚一民听了乔爱华这些不明不白的话，那个无名火呀一下腾得冲在脑门上，以致在演出《大车舞》时，他和爱华前后换位甩鞭子的时候不知咋的一下抽在爱华的手背上，当时就红肿了。姚一民只听见乔爱华在台上"啊"的一声，事后见她捂着手，眼里泪汪汪的才知道自己闯下祸，但也不好说什么，只是心疼地看着爱华的手，心中懊悔不已。

15

五原十一月的冬天，白雪皑皑，一片银装素裹。远处的德令山，像一条白色的巨龙，静静地卧躺在雪白的大地上。一座座村庄耸立在一丛丛的树干中，端庄素雅。当冉冉的炊烟升起时，又恰似一幅神工巧匠绘制的《村炊图》。雪飘落着，是那样的宁静、祥和。这里没有城市的喧哗，也没有城市的嚣尘，而呈现在你面前的是那样恬静。天地间浑然一色，玉彻洁白，广阔无垠，使你的脑海顿时感到整个世界似乎充藏在清新和美好之中。

姚一民面对这皓然一色、瑞雪丰年的喜人景象，不由地想起时间过得真快呀，已经来五原插队三个多月了。刚来五原的时候还是赤日伏天，亲眼见到了大地奖赐给勤劳的河套人民金黄色的丰收，更看到了秋天瓜果飘香、新粮入库，硕大的葵花头、绿色裹装的白菜和十几斤、二十几斤大小的甜菜圪旦，从而发出的那种质朴喜悦的笑声。冬天的河套人扛锹担筐流汗苦战在清凌的乌加河上。那种热火朝天的劳动景象，更是让姚一民终生难忘。

自打周永健、姚一民他们的文艺宣传队参加五原文艺会演一炮打响后，又在乌加河上为十余个公社清凌大军的工地慰问演出名声大震。以往的五原村民遇冬天到来，这是一年最闲的时候。主要的活计，除了车队出外搞运输，大部分劳力也就是整理渠道，挖挖牛羊圈积积肥。干活儿也就是一出坡，即早上出工较晚，队长事先已将干的任务和核定的工分把准，一出工中午不休，干到下午四点左右收工，村民回家吃饭，天一黑就睡觉。每年冬天，年年如此。但自从知识青年插队来了以后情况大变啦。一到晚上知青还在吃饭，村里男女老少好多人就来到知青住的地方，盘腿上炕当自家人一样，扯过烟盒子卷烟抽起来。当地人有个风俗，不管谁家，只要来人就让上炕，把盛烟叶和卷烟纸的烟盒子推到你面前。这个烟盒子俗称烟扑罗子（即筐笊）。它也挺讲究，全是用花纸一层一层糊制成，里面盛满调制过的烟叶和烟纸、火柴。姚一民他们有村民送的扑罗子，但没有烟叶，于是到复兴公社所在地——五间地供销社买烟丝，再把信纸裁成小条整齐地放在扑罗子里让村民来了自行卷得抽。你看哇，这个家呀，抽的是烟喷雾罩蓝巴巴一片（方言：形容抽烟人太多，抽得一家充满烟）。待知青吃完饭，这红火活动也就开始了。一会儿他表演个打扬琴曲，一会儿连继珍唱个歌，一会儿周永健来段快板……热闹非凡。村里的女人老婆都凑在女知青屋听唱歌或让杨玉芬教她们唱歌，这女人们还挺爱学习。遇村里开大会，男女嬉闹那是缺不了，但有一个显著变化，是胡说的少啦，要求知青表演节目的多了。所以每次开村民大会一定是知青的文艺节目打开头，保管员讲话最后结尾。因为什么呢？农村开会，有个习惯每个队委会的成员都要讲几句，不拿稿子，管你下面听不听。生产队长讲完副队长讲，然后政治队长、贫协主席谈谈形势和文件学习，会计核对一下工分，妇女队长多少也说几句，最后保管员说说，说完随之生产队散会。生产队开会，来的人不准时晚开、结束的也晚已是旧习。所以每到生产队开会，知青掌握这个情况，早早去几个人，不分男女，先占住热炕头一角。其他人来了，有了热炕头，暖暖地兴高采烈地听村民叨拉村内外的有趣儿佚事，看看热闹。村里以前流传的流言蜚语也听不到了，自从政治队长找了"杨谝子"训斥她一顿，同时还跟她说这是破坏知青上山下乡、接受贫下中农再教育的行为，以后再乱说要报告公社大队。"杨谝子"一听吓坏了，从此也收敛不少，反而很积极地和女知青们走串的多了，也近乎起来。

只是村里有一个人不闲着，那就是李四老汉。自永胜五队文艺队名声在外，农闲时节，各村都想把自己的文化生活搞得生动活泼一些。今年又是大丰收年，所以纷纷邀请永胜五队文艺队去村里面演出。演出也不能白演，但要多少钱，李四老汉犯愁了，问大队也拿不出主意，最后还是议定按县、公社派工惯例。按演出队二十人计算给村里演一场，对方给永胜五队拨二十个水勤工（每个水勤工一块七毛二），并负责队员吃、住。队里呢，演一场给每个知青记大寨工分一个十分，并给每人每天补助三毛钱。这样折合下来。队里扣除每日给知青记工分分红，加上每人的补助外队里纯收入二百元。高兴的杨、李二位队长脸上笑开了花。特别是贫协主席高兴地拍大腿说："这真是抱了个金娃娃。"李四老汉每天接洽来自四乡邻村来请演出队的人员忙得不亦乐乎。在演出的日子里，吃、住各村一个看一个，接待待遇几乎都一样。演出队一进村，就杀一只羊；演出前炖羊骨头，糜米或大米饭；演出后队里给准备羊肉臊子汆面；第二天离村前演出队队员教此村一些表演唱类节目，中午饭炖羊肉大米饭或白面花卷。住宿随乡入户，一般若对方有知青点，就和知青住一晚上。演出地儿大部分在饲养院大院或是在村中心的空地上。照明一般是气灯一挂锃亮。有的生产队还垒旺火，使演出的地方又暖和又明亮。中午饭后下一个演出村子生产队就来人接了。所以自进入腊月前，一个多月没有停下。周永健和姚一民两人私下说，后套农村哪也好，就是缺文化生活。两人不由想起第一次和村民见面，队长问村民想高兴缺什么，有人回答的话，不由得笑了。看起来那个村民还真是讲了个大实话。

有一天到永胜四队正在演出中，李四老汉急急忙忙地找到周永健、姚一民之后说："三小子来了，传了杨队长和政治队长的话，让明天以后不要接待演出啦，赶快回村。要开展'三挖'运动，知识青年必须一个不缺的参加。"姚一民问李四老汉还有几个村未演。李四老汉说还有两个，别的村等去了永胜七队再演。永健和姚一民商量一下还是按杨队长意思办。队员每天一场，还要每天赶路，也累了近一个月，决定让李四老汉不要再安排别的村子演出了，等把这两个村演完就返回富牛圪旦村参加运动。

16

姚一民中午吃罢饭刚放下饭碗，正想和周永健商量一下知青点上的一些事情。忽听外面杨队长叫："一民、永健，吃完饭的话，到生产队开会。"

两人闻声走出来，见杨队长正在仔细观看李小林新盖的鸽窝内的鸽子。见他俩出来并不急着走，把他俩拉到一块低声说："今天县上来人了，说要在咱们队搞什么挖'特务''坏人''历史反革命'的试点。公社张书记也来了，两人正崩砍着（方言吵架的意思）。县上来的人要从知青点抽调五个人到县文艺宣传队。张书记不同意，生产大队也不同意。张书记说知青刚来三个月，宣传呀劳动呀刚有点起色，你抽这么多人去，把五队文艺队弄垮了，公社无点可抓，所以坚决不同意，叫你俩去让你们表态再决定。另外队里研究下一步要开忆苦会，选择批斗坏分子的对象，决定人选。你们不要多说，对你们以后好。记住了哇。"看姚、周二人点头，也听清了他的意思，三人才一起朝队部走去。

一推门，姚一民和周永健不约而同地对视了一下。"原来是他。"见三人进来，大队支书给姚一民和周永健介绍，炕当中坐的正是县上来人。他就是在永胜五队知青参加县文艺演出后，上台不顾别人径直走向乔爱华，把爱华手紧握不放的那个干部。听介绍，他原来是县革委会分管文教系统工作的领导，叫詹德英。这次是他点名要来复兴公社永胜五队蹲点，搞什么"挖肃"运动的。听罢介绍周永健和姚一民心中其实对此人来永胜五队，究竟想干什么大致有个粗略的想法。只不过俩人尽管没交流，但眼神交流已说明问题。当詹主任问他们对抽调几位知青到五原县文艺宣传队的意见时，姚一民和周永健先后表态强调：他们是为了响应毛主席的号召来五原农村这个广阔的天地与贫下中农相结合。接受贫下中农再教育是他们的决心。刚下农村插队不久，还没有过劳动关、生活关，就上调五原不符合党的号召。希望组织上考虑，五队的知青们在得到贫下中农认可后再做上调的决定。詹主任此时想不出更多的理由强行上调，又见他们态度如此坚决，只好面带愠色作罢。

当研究后天晚上要召开全体社员大会，动员大家积极投身到"挖肃"的运动中来时，首先议定了要以忆苦思甜打头炮，然后批斗村里的反动四类分子。但詹主任提出光批斗一个姓张的反动军官还不够，还要深挖本村的阶级斗争的新动向，挖出新的坏分子。说到此处参加会议的所有队干部都沉默不语，有的不停抽烟，有的眼光游离，四处观看也不知他心里想什么，反正是谁也不表态，谁也不发言。姚一民和周永健刚来富牛圪旦，本也不是本村的村民，刚来五队插队不久，更无发言权，只能默默地坐着等着，看能研究出什么结果。

时间就这样一分一分地过着，半小时……一小时过去了。詹主任看大家不发言，先指着政治队长说："你先发言。"政治队长一看，詹主任瞅准的自己，急的脸红脖子粗的。这个人说话本来就有些结巴，说话也慢，看指定自己先发言，急忙摆手："我……我……想、想、再想想。"

詹主任看政治队长这个样，又指着贫协主席说："你是土改的老积极分子啦，你先说说，让他再想想。"

贫协主席不紧不慢地抽了口烟说："是吧，照我考虑，土改那时张建勋的土地也分了，人也斗啦，反动军官的帽子也带上了，就斗他啊，也想不出别人有什么问题。四清刚搞完，也没见发现有甚人是反革命和坏分子呀。"他的那个呀字拉得挺长，又像问自己，又像问别人。说了半天，还是问别人。

詹主任看了看张书记，张书记正为刚才上调知青的事儿生气，根本也不看他。看大队支书，他也似乎茫然说不出个所以然来。就转头又问政治队长："你想了半天，想好了没有？"

政治队长一看又问他，又急了，嘴里呼哧呼哧了半天也没说出个调调来。

詹主任转头对张书记说："老张，你不是在公社介绍情况时说有一个姓张的反动军官女婿叫什么杨什么林的？被公社中学开除回来是咋回事啊？"

张书记说："那也算不上什么事儿。只是因为他是反动军官张建勋女婿才从严处理的。本来是个民办代课教师，没给转正，撵回农村务农了。你要说他是坏分子还够不上。"

詹主任说："老张呀，反动军官的女婿在学校胡作非为，还不算阶级斗争新动向？你这根弦得绷紧呀。老鼠的儿子会打洞。反动军官的女婿在学校乱闹作风问题，还不是一根绳上的蚂蚱。这样的坏分子还不挖出来？我看这样的人就在'挖肃'动员大会上批斗。"

杨队长心里"咯噔"一下。这杨玉林就是前几年前，因为和学生水仙排练节目时，趁机摸了一下水仙的屁股，被学生看见闹大风声，被学校遣返回村务农的杨老师，是杨氏家族中低杨队长一辈儿的本家侄儿。这一看詹主任把本家侄儿给拎出来，要在动员大会上批斗，心里着急，但又不能说什么，只能瞪眼看着政治队长和其他人。这时保管员慢腾腾地站起来说："玉林这娃娃在学校是有错的，但回来劳动还不错，再说他姓杨，也不姓张，把他和张瘸子联系起来，似乎有点不对？"

詹主任见保管员说这话，一拍炕桌："你是什么成分？敢替反动军官女婿说话。你有没有阶级立场。老张，像这样的人，竟然也是队干部？你们这是咋弄的了？"

众人见詹主任发这么大的火，谁也不敢再说什么。不管咋说，总算抓出点阶级斗争新动向了。至于谁在忆苦思甜大会上忆苦发言，因为时间太晚了，就责成政治队长和贫协主席去定。永胜五队的"挖肃"运动动员会议内容和时间就这样定下了。

这次会议结束前除了詹主任又大讲了一通自己来永胜五队现场办公，是为了取得开展"挖肃"运动的经验，希望大家积极配合参与，也特别强调会议要保密。他还吩咐大队支书说到时带上几个基干民兵，以保证会场安全等等。但会后的第二天，村里人就知道了会议的内容和批斗的对象。

这杨、李两家是富牛圪旦两大家族。全村二百七十余户除了十几户是外来户以外，其余两家平分秋色，各占一半。这两姓家族，对批斗张瘸子这个反动军官根本不感兴趣，认为是个死老虎。特别是年龄和张瘸子相仿的，在新中国成立前也租种过张瘸子的地，总感觉张瘸子这个人，不像是人们描绘中的恶霸地主，反而觉得他对穷人呀还是友善的，特别是遇上灾年他还不时地拿出一些粮食给一些缺粮户，感情上咋也和恶霸、反动军官挂不上号。但一听要批斗杨玉林就不一样了。李姓村民憎恨杨玉林并不因为他是反动军官张瘸子的女婿，而是他侮辱的是李家的媳妇儿。就是因为他，让李家媳妇在永胜五队，包括同村的六队抬不起头来，更让人生气的是以"杨谝子"为代表的杨姓女人们经常拿水仙当泥猴子耍，今天传这个，明天说那个。那表面上是欺负水仙，实际上是给李姓村民"上眼药"，所以借这个批斗机会出口恶气。私下里，李姓的女人把砍下的软红柳条编成毛驴尾巴状的把子，要在批斗会上给杨玉林安上毛驴尾巴，实际上就是骂杨玉林是毛驴种子。

这杨姓村民听说县上来的人指名要在动员会上批斗杨玉林是因为杨玉林在复兴镇中学和水仙的事引出的，把一腔怨恨全撒在水仙头上。又闻听批斗会上李姓女人要给杨玉林安毛驴尾巴，更是气不打一处来。杨姓女人们私下约定只要李姓女人们给杨玉林安毛驴尾巴，杨姓女人不但要拿女人的内裤抽打水仙的脸面，而且要用牲口尿水泼水仙。

据老人们讲，凡是让女人内裤抽打过脸面的人，一辈子不起阳（方言：就是倒霉一辈子）。两下剑拔弩张，在会召开前就分别私下密议准备，管它什么"挖肃"动员会，为李、杨两家的名声一定要在大会上大闹一场。

1965年姚一民在学校读高一的时候，就曾经随班在寒假时参加过鹿塬市土右旗北只图村生产队大队的"四清"运动。参加"四清"主要是接受教育为主。记得入村后，实行"三同"，和贫下中农同吃同住同劳动。北只图村是个蒙汉民族共同生活的村庄，位于萨拉齐车站的北面大约十里路。在历史上北只图村曾因有明锁子娃娃晋剧班而扬名绥远、张家口一带。当时流传于张家口、绥鹿一带的顺口溜说："北只图的娃娃戏有名气，山西梆子对口味，那伊呀哈有品位，越唱越听有滋味。"走近北只图村口，迎面是一个大的照壁。讲究"挡住福气不出村"。这个村庄有农业户几百，人口五千余人。这里土地贫瘠，牧业也是主要以饲羊为主。记得参加贫下中农忆苦思甜大会时，村民首先要合唱那首忆苦思甜的歌曲："天上布满星，月牙亮晶晶，生产队里开大会，诉苦把冤伸……"这首歌也是后来学校进行阶级斗争教育时会前齐唱必不可少的歌曲之一。会上，除了忆苦思甜外，还叫生产队干部所谓"上楼洗澡"，不过关的干部要接受群众批判。姚一民特别记得北只图当时的生产队长是个胖老汉，村支书是个瘦高个，近四十岁的中年男人。他们毕恭毕敬地站在村民面前，回答村民提出的任何问题。带姚一民他们这个小组的工作队队员是市检察院的一个姓赖的干部，经常在会后带他们访贫问苦，实际是落实一些群众检举的材料。姚一民至今也感到参加那个"四清"运动说接受贫下中农再教育没学到多少东西，但跟这个姓赖的却学到了不少做人基本的道理。姓赖的干部对农村几姓家族的关系渊源特别看重，凡是某一姓家族的人检举另一姓家族干部的材料，在认证上特别持之慎重又慎重。比如有一次，落实队长和村支书多吃多占的问题，两个姓氏家族的人说法各异。但姓赖的不厌其烦，总是告诉姚一民他们做记录要认真，重要的话语切勿漏掉一个字。最后调查结束，发现检举人是因为偷摸队里的豆料被处罚过的，而且经过向两个姓氏的族人的调查，有一个共同看法此人基本上是个二流子，平日游手好闲，运动一来特别积极。同时两姓的村民反映队长能受苦，村支书特别体谅村民的生活困难。在那粮不够吃瓜菜代（以瓜果蔬菜代替粮食，以副食代替主食）的年代里，私下鼓励村民利用房前房后空地，垄些葱，种些小菜。老赖特别意味深长地告诉姚一民说参加搞运动，最忌的一条千万不能给人弄个黑材料。"黑材料"这个词就是姚一民第一次从老赖口中听说的。姚一民想到这里，又联想今天永胜五队这个"挖肃"动员会，究竟开得怎样，心中真是没底。

冬天村民开大会一般都在六时把半就开始，可是今天到了八时了，稀稀拉拉的人才来，到的也不多。男人今天不知是咋的都在外面迟迟不进来，倒是女人们和半大小子往内涌的很多。因为会前杨队长和李队长也听到一些风声，估计有人要闹事儿，特地关照周永健和姚一民，让知青们坐在中间。可也奇怪，往常是左为男右为女阵线分明，可今天是知青左边是杨姓人家，知青右边是李姓居多。

今天会场靠西墙面前摆了一溜桌子。詹主任，公社张书记等坐在桌后。桌前空地散放了一些木椽子和木墩子。

今天的动员会由政治队长主持。当他给村民介绍完领导后，在稀稀拉拉的掌声中大队两个基干民兵把四类分子、反动军官张瘸子押到靠桌一边，低头弯腰站在那，然后宣布由"杨谝子"做忆苦思甜发言。

今天的"杨谝子"打扮得也很庄重，上身穿一件素花棉袄，下身穿一条黑灯芯绒罩面的棉裤。见让她发言，她不慌不忙地走到桌前，理了理头发就滔滔不绝地讲起来。

"杨谝子"首先从自己年幼跟随父亲从山西"走西口"逃荒到大后套讲起。讲到一路上风餐露宿，受尽煎熬，声泪俱下。在讲到十几岁那年，到张瘸子家帮厨，看到张瘸子耀武扬威地坐着抬椅四处巡视，监督雇来打短工收麦子的劳动情况，又是那样义愤。姚一民等知青听后方知"杨谝子"也是一个穷苦人家的孩子，心中不免增加了几分同情。

但在思忖间，忽然听"杨谝子"怎么越讲越不对味？她说："张瘸子这个反动军官，为了鼓励短工们好好地干，一天两顿饭，而且中间还给贴晌（方言：加一顿干粮），哎呀，那吃得可都是白面烙饼和酸糜米稀粥呀，而且许愿，如果把地里麦子都能按时收完，打粮入库，晚饭加炒鸡蛋……"这时不但知青听得有些莫名其妙，就连村民中，也传来阵阵的哄笑声。只见台上的詹主任面露怒色连喊："下去！下去。"旁边的张书记也急忙让政治队长和民兵把"杨谝子"弄下去。这"杨谝子"还不知道咋回事，边往下走，还边说："这饭只给短工吃，我一口也没吃上。真恨死这个张瘸子，太黑心……"

这时面带怒容的詹主任站起来，先讲了这次"挖肃"运动的伟大意义，接而谈杨玉林摸屁股的经过，后又大谈杨玉林摸女学生屁股造成的恶劣影响，继而讲杨玉林摸屁股这是毒害下一代，是十恶不赦的罪行，杨玉林是十足的坏分子。挖出杨玉林这样的坏分子，是"挖肃"斗争的伟大成果等等。讲得手舞足蹈，唾沫星子乱溅。

这詹德英"文革"前本来是县文化局的一个小干部，靠造反起家，真才实学没有，但善于察言观色。后掌管了县文化系统的领导权。只见他把手一挥喊道："把坏分子杨玉林押上来。"随着喊声两名基干民兵把早就关在后面饲养员住房里的杨玉林拉到桌子前，和张瘸子并排站在一起。还没等詹再要说什么，只见杨氏家族方阵中喊："把水仙那个骚货也拉上去。"还有几个女人试图想跨过知青们的座位去拉拽水仙。李姓家族方阵中的人一看这情况，就有几个女人手握自己已做好的毛驴尾巴，冲到杨玉林旁边，摁住杨玉林就往杨玉林后腰处插这个尾巴。只见两帮人混在一起，旁边的政治队长和民兵等人拉这边、堵那边，会场混乱一团。

姚一民一眼瞅见有杨姓女人端着一盆臭水直往李家这边冲，还有一个女人手中挥舞着一件水淋淋的衣物冲水仙而来。

这时水仙面色苍白，赶忙往桌边躲，试图绕过桌子前，躲过拉架的人群，夺门而去。正当走到桌前姚一民等知青身后，只见挥舞水淋淋衣物的女人就冲到水仙等一群身边，瞅准水仙就往她脸上抽去。姚一民下意识地用手一挡，结果水衣服抽在姚一民手臂上臭水溅的满脸。那女人顺势又要甩时，姚一民把水仙往门边一推，只见一盆水"哗"的一声泼过来，正好把闪出空当后的詹主任浇了个正着，不但把衣服浇了，头上、脸上满是臭水，桌子上也是臭水横流，顿时一股臭马尿味直冲鼻腔。旁边的张书记也是情急之中大喊："民兵在哪？民兵在哪？把那个老婆抓起来。"人们早已被眼前的情景惊呆了，待民兵从惊呆中醒悟过来，哪有什么泼水的老婆，只有张瘸子和手中握着毛驴尾巴的杨玉林哆哆嗦嗦地低头站在桌子旁。

姚一民和知青们回到住房时，姚一民头上和衣服上的臭水结成了冰。大家七手八脚把他的臭衣服给换下来，换上了干净衣服。姚一民洗了头脸，紧张的情绪还未平缓下来，懵懂之中觉得身上很冷，众人安顿他早早躺下睡了。

第二天周永健被队长叫去参加队委会。等他回来方知詹主任在换完衣服后，怒气未消，又连夜召开队委会。会上把除张书记以外的其他人轮番的臭骂了一顿。特别是对政治队长，除了臭骂外还一再追问他哪找这个诉苦的婆娘，简直是没点政治头脑，让其在会后写出深刻的检查，声称要追究破坏这次大会的幕后坏分子。参加会议的人，包括张书记谁也插不上嘴，没说一句话。会开长了，可能是詹主任头上的马尿没洗干净，混杂在烟味中，一股一股的实在难闻。周永健告诉姚一民，刚才参加队委会詹主任通知，让乔爱华下午到队委会报到，参加"挖肃"工作组，主要是帮助整理整理材料，写个会议纪要什么的。周永健和姚一民两人商量了一下，觉得让爱华一个人去不妥，商定让杨玉芬一起去，理由是怕爱华一个人忙不过来，俩人好照应。

当乔爱华和杨玉芬下午去队部报到时，詹德英正在办公室听大队支部书记汇报全大队的阶级队伍成分组成情况。一见她俩进来，一愣："不是就要小乔一个人来吗？怎么来了两个人？"

杨玉芬说："小乔一人怕她忙不过来。她写材料不如我，后来我们点长让我也来啦！"

詹一听杨玉芬这话不卑不亢也不好说什么，就让她们坐下听汇报。其实詹德英这次来永胜五队并不是搞什么"挖肃"运动现场调研，说白了，实际上是为一个人而来，她就是乔爱华。

自从五原文艺会演之后，给詹德英留下最深印象的就是乔爱华。特别是复兴公社最后一场的专场演出，爱华的一颦一笑，深深地印在詹德英的脑海中。在乔爱华的自由体操表演中，那一身红色的体操服穿在乔爱华白皙的胴体上，曲线舒展，上凸后翘，像一团火一样，在舞台上翻滚跳跃，恐怕整个后套也没有一个好角儿能和她相媲美。特别是在《洗衣歌》结束时，舞台上的她扮演的小卓玛，在最后一个跑回后台时，那回头顽皮地一笑，月牙般的嘴唇，配上一口洁白的牙齿，精灵闪动的大眼活脱脱的一个天真美少女，顿时让坐在台下的詹德英全身燥热，一股暖流在他身上涌动……

但遗憾的是在最后的合影中，偏偏就没有看到自己心中的"小卓玛"的影子。所以在后来无论是在工作时，还是在闲暇时，他脑海中总不时地浮现出乔爱华的回眸一笑，一想到小卓玛就浑身无名的不自在。其实，要说詹德英是色中饿鬼一点不假。他在县文化局工作时就在一次演出中，看上了城南公社下乡知青小陈。可那时他不得势，又闻听小陈是天津人，已有男朋友。有句老话："有心上寺偷点心，蹄蹄爪爪不称心。"慑于天津知青朋友之间哥们义气和强悍，所以他只能想而无胆子下手。自从"文革"开始后，他靠造反得到管理县文教系统的大权，也曾在小陈身上打过馊主意，甚至动手动脚。但小陈男朋友亲自找上门来声称要会会这位詹大爷，吓得詹德英几天不敢在局里露面。这次在五原县会演中他看到了乔爱华，随又把坏心思转到乔爱华身上，借口这次"挖肃"搞现场调研，专程来到富牛圪旦永胜五队，名为实地调查研究蹲点，实际上是想接近乔爱华，满足自己的"痴情"需要。

当他看到乔爱华进来后，表面上是在听大队支书的汇报，实际上心早已跑到乔爱华身上，还暗中将小陈和爱华做一对比。小陈也是文艺世家出身，从小在天津"少年之家"参加演出，气质还是有的，特别是在舞台上一化妆，确实也吸引了不少眼球。但和今天坐在眼前的乔爱华相比，小陈就差远了。素颜下的小陈皮肤说白不白，说黄不黄，和舞台上的她相比，简直是判若两人。但细看爱华，脸白白的，小崩楼下长着一个小翘鼻子，红红的嘴唇，一口白牙，真讨人喜欢，虽自进门坐下不苟言笑，但更让人想入非非。

当大队支书汇报到一个小段落停下的时候，詹德英急忙说："今天就到这儿吧。你把今天的汇报材料留下，我继续看，等将来开展'挖肃'运动正式文件到了，咱们和公社张书记再研究下一步的工作。"听詹德英这么一说，大队支书起身看了一眼坐在一旁的乔爱华和杨玉芬，知趣地抬腿推门而去了。

詹德英见大队支书一走忙站起身来伸出双手对乔爱华和杨玉芬说："欢迎欢迎，热烈欢迎。"在詹德英伸出的双手面前，乔爱华和杨玉芬有些慌乱。说实在的，对握手这一套一来不习惯，两人来时周永健就安顿她们，要提防这个人，心术不正，所以也不准备和他握手。詹德英见二人手也未伸，只好自己知趣地搓了搓手说："你们俩人来，任务不多，就是帮助整理谈话资料。以后我和哪一个干部谈话，你们就负责记录整理。不过，今天没约干部，你们今天暂时无任务……"

乔爱华和杨玉芬一听说今天无任务站起来就走。詹德英连忙说："小杨先走。小乔你留下，我和你有几句话要说。"

杨玉芬一听他说这话一时也不知咋办？倒是乔爱华很大方地和杨玉芬说："你在外面等我，说几句话嘛，一会儿咱们相跟回去。"

待杨玉芬关上门在外面等着乔爱华，詹德英忙给乔爱华倒了一杯水。说："小乔喝水，不要客气。"乔爱华接过水杯，放在桌上，静等着看詹德英说什么。

詹德英在乔爱华进来之前，急切盼望乔爱华早点出现，但真在乔爱华出现在他面前时，他反而手足无措，半天也说不出个调调来，也不知话从哪里说起。

待了一会儿，詹德英定了定神才说："小乔，下乡感觉还行吗？"

乔爱华说："刚来没几个月，基本还可以，还得锻炼。"

"你们家父母是干什么工作的？有弟妹吗？"

"我爸是工人，母亲是家庭妇女，有个哥哥在铁路工作。"

"工人家庭好啊，根正苗红，大有前途"。

詹德英又问："在这里吃得下苦吗？"

乔爱华回答说："同学们多了，大家吃得下我也行。"

詹德英站起来，站在乔爱华面前说："哎呀，看你这双手劳动的是不是变粗糙了？"说着就要摸乔爱华的手。乔爱华见状有意识地一躲说："不要紧，不用詹主任操心，我们会照顾好自己的。"

偏偏这个詹主任不知怎么想的，可能脑袋让驴踢了，或者一根筋发育不全。他看乔爱华躲他，以为乔爱华是个女娃娃，可能第一次在这样的环境中和身为领导的他待在一起，和他说话不好意思，竟坚持非要看乔爱华的手。乔爱华猛地往起一站，用脚把身边的桌腿踹了一脚，声音挺大，生生把詹德英吓了一跳。

外屋的杨玉芬听到这么大的动静，推门探进头说："没事儿哇？刚才永健让咱们赶紧回去，有事商量。"

乔爱华听杨玉芬这么一说，正好站起来，随即转过身来拉上杨玉芬一起往外走，只留下目瞪口呆的詹德英呆呆地站在原地。一会儿听见后面传来詹德英的喊叫："呀，走呀？明天早点来啊。"待他话还未喊完，乔爱华和杨玉芬早已出了生产队部的门十几米开外了。

姚一民自队里"挖肃"动员大会上，被脏水泼了，又心急上火又着凉，患风寒感冒躺了好几天。村里的乡亲经过这件事都交口称赞姚一民是个正直善良的好后生。李、杨两姓的女人们、男人们来看姚一民的络绎不绝。在患病的几天里，李家送饺子，杨家送油饼儿。后套人们给人送好饭吃，一般都是使个大钵碗（方言：一种不上色釉粗笨大碗）。姚一民那几天全身酸痛，不想吃饭。倒是李小林，侯泉，增文他们高兴的每天有好饭吃。开玩笑说："姚哥多躺几天，我们就不用开伙了。"

乔爱华和杨玉芬自抽到队里工作小组后，实际上也无材料可写，每天去队部应一下卯（循例倒场，敷衍了事），回来就在知青房中看书唱歌，或织织毛活。倒是詹德英自碰了乔爱华一个硬钉子后，仍不甘心，每天有意无意地往知识青年房里窜。乔爱华几次躲避开，但这也不是个办法，也怕村里的人说闲话。除了和杨玉芬在男知青房和姚一民待着，叨拉（方言：谈论聊天）些闲话外，有时就去村中一户孤寡老人王老大娘家，帮着王老大娘干些活儿，顺便也就在那儿吃饭休息。

有一天齐秀雯和连继珍、王虹下工回来，发现炕上躺着一个人呼呼大睡，一看是詹德英。推醒他后，可让齐秀雯把詹德英数落了一顿。詹德英面对知青们的嘲讽，面红耳赤，也不争辩什么悻悻而去。不几天詹德英接到县城小弟兄的电话，新的军代表要到县文化局了。五原县城街上还出现了"打倒詹德英"的大字报。詹德英一听脸都白了，赶紧给张书记打了个电话，只是说自己有紧急任务，让张书记待"挖肃"的新文件到后主抓此项工作，他就急匆匆地返回了县城。

距离腊月还有一两天了。这几天姚一民的病也好了，晚上饭后听说饲养院准备杀羊，分红豆、黄米给社员和知青们，让大家过个好腊八。姚一民出门刚过小桥走到生产队部的西墙角，忽觉得有一个人从后面把他抱得紧紧的，嘤嘤地哭起来。从声音和感觉上他就知道，这是水仙。

水仙自从那天从会场一路奔跑回家，推门扑在炕上号啕大哭，想自己从小在爹娘的教育下，一直是善待别人，咋就命运这么苦，为什么老天对自己这么不公平？自己总以为学校的那件事过去多少年了，自己的心里也曾有过创伤，但结婚嫁到富牛圪旦以来，自己也是凡事不出头，不露面，不招惹别人，生怕别人再说起这件事，没脸在富牛圪旦做人。可是谁曾想，偏偏又有人把她和杨玉林扯在一起，让人骂"骚货"。如果不是姚一民挡着自己，差点就被杨家的人用内裤抽了脸呀，要真是那样，自己死的心也有了。想到这里，她多少年来压在心里的委屈，对姚一民的感激一并迸发出来，大哭不已。一直到挨树回来，再三劝解，她仍是哭个不停。李家的男女人们也预料到今天水仙一定不好过这个坎儿，这个心伤得太厉害了，他（她）们纷纷上门来劝解。特别是李队长老婆二嫂子，看到水仙披头散发，脸无血色，更是心疼，也觉得自己前些日子无意中给水仙和姚一民造成的伤害心中有愧，所以待别人都走后，她一直陪水仙说话，安慰她，陪她待到深夜。水仙哭累了，也哭不出泪了，慢慢地沉睡了。她再三安顿挨树好好招呼水仙，劝慰水仙可千万不能有什么想不开，发生意外。等挨树点头应允才回到自己家中。

水仙第二天醒来时，已日上三竿。挨树已熬好稀饭，还卧了两个鸡蛋，非要水仙吃下。看着丈夫通红的双眼，水仙又忍不住哭了。

冬天的农村，活计本来也不多。水仙这几天也不出门，就在家躺着。大嫂和二嫂每天过来看她。从她们的话语中也知道姚一民受风寒患了感冒病倒了，自己心中更觉得不安，心中对姚一民的感激之情也不能和嫂嫂们说，更不能和挨树说。待病愈后，心中一直惦念着姚一民，想当面感谢他。几次走到知青房前，总感到这场事故全是因自己而起，觉得没脸进去。她也听三毛子讲述过姚一民和乔爱华的事，知道他和她的关系，更不敢面对乔爱华，可是时间越久，自己心中想见姚一民的心思就越强烈。

今天水仙从家里出来，刚走到小桥边，忽然看见一个人从知青住房出来，细一看，那不是姚一民吗？心中狂跳，紧走几步，躲在队部的墙角。待姚一民过来，她也实在控制不住自己，紧紧地从后面抱住自己一生中难遇到的好人。

姚一民对水仙从后面抱住自己的一刹那，心理一点准备也没有。当不知是水仙的泪水，还是天空中飘洒的雪花掉落在他的脖子里化成的雪水流淌时，姚一民心中对水仙的怜爱情愫搅得他心神不宁，使他心软了。在自己躺在炕上休息的那几天，他也曾问过自己为什么要替她——一个异地女性挡那一裤衩？他答不出来。但是，总觉得这个女人太善良了，活得太苦了。一个爱唱歌、生性活泼善良的女人竟然在大庭广众之下遭受如此侮辱，真是天道不公啊。所以给出的理由，只能是自己已经从同情她转为可怜她，或者说的深一点是怜爱她。

姚一民轻轻地对水仙说："别哭了，事情已经过去了。自己以后也要坚强一些，你越软弱，别人就会越欺负你。"

可水仙却似乎没有听他说什么，只是把他搂得更紧了……

可天下事就是那样凑巧。乔爱华正好接到家中来信，问她和姚一民如果农活不忙能否回去。爱华大哥要订婚，日子初步定在腊月初八，如能回去赶快回信。乔爱华拿上信找姚一民，听胡增文说姚一民去饲养院了，她就准备去饲养院找姚一民，刚过小桥就被眼前的一幕惊呆了。只见一个女人从后面紧紧抱着姚一民，而姚一民似乎又在和她说什么。乔爱华在黑暗中看不清那个女人是谁，但从穿着上看，白底上的印花棉袄是眼熟的，因为水仙来找她们女知青学唱歌时穿的就是这件棉袄。

第三章　挫　折

1

　　这天是腊月初一，姚一民来五原插队不知不觉已四个月了。五原的腊月正如牛韬慧诗《腊冬》写道：

> 飘飘洒洒腊月雪。
> 寒风瑟瑟冻人骨。
> 积雪随风入门框，
> 打湿地上旧棉鞋。

　　昨天的五原下了场大雪，北疆的漫天大雪送来了1968年的岁尾。腊月的称谓很多，但与自然气候没多大关系，主要与岁末祭祀有关。据《说文解字》称："腊，合也。合祀诸神者。"《玉烛宝典》话说："腊者祭先祖，腊者报百神。"可见，"腊"是古代人们祭祀祖先和先祖的一种活动。要祭祀先祖和百神就得有供物，腊祭之前先要到野外猎获禽兽为供品。所以商周以来"腊祭"也称猎祭，因腊与猎在旧典籍《风俗通义》中记载："猎"与"腊"字意相同，又特别说明"阴历十二月二十三日是腊月祭百神日，故谓之腊月"。到公元前221年，秦始皇统一中国，除"书同文、车同轨"外，还下令制定历法，将冬春新旧交替的农历十二月称为腊月，腊月祭祀这一天定为腊日。所以，腊月对于河套农村的广大村民来讲，是一个祭祀之月，也是一年最农闲月份，却又是辞旧迎新的忙碌的日子。

　　昨晚姚一民和周永健等几个知青男青年，在队里领回了应分的米、面、油、肉和蔬菜后，分别归置好夜已经深了。杨玉芬告诉姚一民说乔爱华家中来信，小乔有事和他商量。姚一民本欲立即找爱华询问鹿塬来信究竟是何事？

但在忙碌中打过手（方言：过后的意思）就忘了。再想起时夜已深，女知青的房间灯已熄灭安寝，只好等明天再说。

第二天是腊月初一。早上，轮值姚一民做饭。按当地老乡的习俗，腊月初一这天要吃煮鸡蛋。当姚一民把米下了锅，正待转身去取鸡蛋时，被眼前突然发生的一幕惊呆了。他只看到有六七位身着军大衣的解放军战士推开房门，手上端着上着明晃晃刺刀的枪围住自己。一个干部模样的，手里拿着一张纸问他："你是姚一民吗？"

姚一民回答说："是。"

那个干部模样的人又说："奉鹿塬市公检法军事管制委员会的命令，你现在被正式拘捕。这是拘捕令。"

姚一民脱口而出："我犯什么罪了。"

那个好像是山西忻州一带口音的干部态度生硬地说："自己做的事儿，你不知道？你住在哪个房间？带我们过去。"

在一群解放军的簇拥下，姚一民带他们到了自己的住房。因天色尚早，周永健等都还在睡觉。听见一伙人进来慌忙要起来，但在那个干部"不要乱动"的指令下，都在自己的被窝里趴着，呆呆地看着眼前的一切。

在姚一民的指认下，几个便装、戴着手套的人开始翻看姚一民的小皮箱中的一切物品，把笔记本之类的东西都装在一个袋子里。当那个忻州口音的干部递给姚一民一支笔，让姚一民在《逮捕证》上面签字时，姚一民刚接过笔来，眼前一黑，昏死过去，什么也不知道了……

当姚一民醒过来时，人已躺在汽车的车厢中，但脑子里一片空白。在朦胧中听见杨队长高喊："三毛子，快把你的皮袄递过来给他套上。天冷，冻坏呀。"姚一民睁开眼一看，周永健等人正往下脱他一只脚的棉鞋，侯泉正往另一只脚上给他套毛嘎噔（方言：就是毛毡软靴，一般是车倌冬天出远门穿的，防止冻脚），周围围满了惊恐的村民……

当姚一民再次醒来时，汽车已不知走到何地，只觉得自己靠在一卷行李上，随着车辆的颠簸只觉得手腕一阵一阵的疼。姚一民这时脑袋生疼，但也清醒了许多。这是解放牌大卡车，他靠着行李卷半躺半卧在车厢中间。车厢左右两边是两个长条椅子，七八个军人分坐在两边，端着枪，枪口都对着他。由于天寒地冻的缘故吧，他们的皮帽紧紧地裹住自己双颊，都带着白色口罩只露着双眼，在注视着自己。他脚踝处已带上了脚镣，一根铁链将脚镣和手铐链在一起。一个靠姚一民身边的军人，见姚一民看自己手腕发疼处，伏下身来对他说："别乱动手，越动越拧得紧。"随即帮他把身下压裹的皮袄抽出来拉展，把他的手放在胸前，戴手铐的手才不至于随着身体乱摆动，感觉疼也减轻了一些。

汽车可能是从五原往鹿塬方向开。姚一民躺在汽车上，只觉得自己的身体越来越冷。飙烈的北风呼呼地刮着，不时有枯黄的树叶随着萧瑟的寒风刮车上，刮在姚一民踡曲的身躯上。这年的冬天听杨队长他们说，是历年来最冷的一年，地都冻得裂了缝，此时姚一民真正体验到透骨奇寒的感觉。随着汽车车速的快慢，寒风或大或小。天上白云陡然间变成了浓浓的乌云，随即落下大块的雪片，雪落在脸上，化成了雪水，而雪水又在脸上手上结成了冰晶。

姚一民想用手捂住风雪肆虐的脸，可铁链把戴手铐的手拽住不能向上抬，使捂脸也成了一种奢望。好在姚一民的头上不知是村民还是谁给戴了顶皮帽子，后脖子紧紧地靠在行李卷上，不让雪水流进脖子里，只有裸露的脸，任凭冰冷的风雪肆无忌惮地直扑而来。姚一民只能闭上眼睛靠眼睫毛紧闭，不让脸上流淌的冰碴弄疼自己的眼睛。在一路的昏睡中，无论姚一民怎样缩手缩脚，冰冷的势头根本没有减弱的意思，只是在颠簸中感到鼻酸头疼，整个身躯和两腿就像一坨冰⋯⋯

时近黄昏，车停了。好像有人说："让他下来，换车。"姚一民自己试图起来下车，但身体似乎僵硬，动了几次都不行。两个军人把他扶起来架住他的胳膊往下放，另有两个军人在下面接着。当把他从车上往下放脚落至地面时，姚一民也觉得脚落地了，上面两位军人也看他的脚踏在地上，可是在上面两位军人放手的一刹那，姚一民不由自主地跪了下来，他只觉得膝盖一阵钻心的痛，他只喊叫了一声，就晕了过去什么也不知道了⋯⋯

2

姚一民错抓平反回村的第二天，正是腊月二十三。腊月二十三，又称小年，是中国南北方汉族一年中很重要的一个日子。南方称这天为"掸尘日"，北方管这天叫"扫房日"。这一天也是中国传统文化中的祭灶日。

祭灶的风俗在民间中有各种传说。其一是说有一户姓张的大户人家，自家主死后儿子分家闹事儿，婆媳妯娌之间吵闹不已。后老管家想了个法子，专门把家主的画像画成灶王般模样。在腊月二十三祭灶这一天，当众人在灶王像前祭祀时，忽见灶王开口说话，谴责他们为私心举家不和，应受处罚等等。众人见家主显灵，纷纷自责，从此以后合家和好再无吵闹。所以民间有个说法，传于腊月二十三这一天，不管你在什么地方都要回家。晚上合家团圆，喝个团圆酒，求灶君保佑一家明年四季平安、合家欢乐。其二，灶君在我国夏朝就已经有记载，是民间尊崇的火神。孔子在《论语》中就有："与其媚于奥，宁媚于灶。"其意就是灶君上天就是汇报人间的好坏事，为了让灶君给自己说好听的话，就要祭拜灶君，并用蜜糖封住灶君之口，以防他给自己在玉帝面前说坏话。其三有张姓男人本来家境殷实。但娶妻妾生子后，从此吃喝嫖赌，弄得家道衰败，妻离子散。他也受到社会舆论的谴责，羞愧难当，碰灶而死。玉帝念其有羞愧悔改之意，命为灶王专管天下不平之事和将人间好坏事逐一记载，于腊月二十三这一天上天奏明玉帝，好奖劣罚。所以在民间流传有："上天言好事，下界保平安。"

在各种中国神话的传说中灶神并非一人。民间称谓也很多，有"灶王爷""灶君""九天东厨烟主""司命真君"等等。据传说描绘灶王其"状如美女，着赤衣。姓张名单，字子郭。其爵全称为：东厨司命九灵元王定福神君"。

后套乡村的村民在这一天都要早早起来，打扫房屋，粉饰墙壁，擦拭桌柜。也有的人家上五间地复兴公社供销社买窗花、年画一类的年货，然后回家把"灶王"像挂在灶的上方墙上，敬香贡糖，然后全家跪拜，后把贡糖全家分着吃，名曰"糊嘴"。不过在"文革"开始后，此一类举动已在民间慢慢地消失了。

在中午时，杨玉芬等一干女知青已把饺子包好。周永健说："今年是咱们第一次在五原过小年。姚一民也平反回来了，真是大吉大利。我给你们露一手，做个'一窝丝'。"大家都拍手叫好，整个知青点又恢复了往日的喜庆景象。

当热气腾腾的饺子端上来时，李大毛又给端来了一盆挑豆芽和一大块卤猪头肉。猪头肉的喷香和饺子的胡油香直冲鼻腔。众人都拉住大毛不让走。李大毛说："我那一大家子还等我回去吃，晚上看你们的精彩节目。"

正说间张书记一身雪花风尘仆仆地走进来，高声说："我和你们过小年来啦，欢迎不欢迎？"大家热烈拍手欢迎。周永健和姚一民忙把张书记拉上炕，坐在炕头中间，在欢声笑语中度过了高高兴兴的一个小年。

吃饭中间张书记特地问姚一民腿伤的情况，以及治疗经过。他特别语重心长地对姚一民说："不要背包袱，平反了就证明了你的清白。昨天晚上我还和公社李社长两人说起这件事，他也很惊讶，更觉得离奇。这个经历一般人可能一辈子也遇不上，可偏偏让咱们复兴公社的知青遇上了，这也确实是一件轰动五原的大奇事。关于你的善后问题，昨天鹿塬那个陈主任和我交换意见时说要负责到底的。原来计划是在平反大会结束后，准备让你再随他们回鹿塬去看病。我们俩商量了一下，还是让你住几天，平复一下情绪和心理，慢慢从紧张的状态中舒缓过来。今天，我看你情绪挺好。人就应该是这样。年轻人嘛，要经得起打击和挫折。"

他停了一下又说："关于你的家庭问题不要背包袱，你爸爸的问题，我是很清楚的。1951年五原农校开展思想教育运动，实际上也就是审干，就审查过你父亲的问题，就是一般历史问题嘛。旧社会过来的知识分子哪个没点问题。具体甚历史问题，我也不便和你说，但对你肯定是不会有影响的。再说我们党的政策重在表现，自己还要像往常一样和这里的贫下中农好好干，前途是好的。回鹿塬以后第一件事情就是看病，这个事呀陈主任再三和我说，鹿塬方面对你的治疗方案已有安排。你要安心看病，以后时间长得很呢，好身体才是本钱。你看乡亲们、队上的领导对你多好啊，说你是个好后生，好好干哇。"

张书记一席话，可以说推心置腹、语重心长。姚一民心中只是一阵阵地感到温暖。是啊，这里乡亲们、杨队长他们那对自己的好，真是语言无法表达的。说一些感谢党，感谢毛主席的话，可能会有人认为姚一民这是在表演，在作秀。想一想自己是一个刚刚二十岁的青年，涉世不深，能有一个党组织的负责人真情实意的和你讲这番话，你还能用缜密的心思，有时间去考虑如何去表现自己？如何显示自己觉悟有多高？所以说此时的姚一民完全是被感动了，现在只有感恩的心而绝无其他，这倒是真的。

腊月二十三饲养院的晚上，因为临近村子的乡亲们听说五队今天晚上要"打坐腔"，那个人来得多呀，把个饲养院大院，围得是水泄不通。五队、六队本来就一个村子人统称富牛圪旦。俗话讲"近水楼台先得月"，有亲戚的下午就来到五、六队亲戚家中，吃罢饭早早就带个小板凳，占据了最好的位置。在饲养院中心摆一溜桌子，四边栽四根木杆上高挂四盏锃亮的大气灯，把饲养院照得白昼一般。五队知青们，在周永健的带领下，把所有的乐器和鼓镲家什都带上。连继珍、李小林等都铆足了劲儿，要一泄近二十几天来的郁闷，要给腊月二十三过小年的乡亲们奉献上一场最好的音乐盛宴。

这个晚上的演出完全是由周永健和胡增文，以相声的形式串演节目。无论是知青还是他们二人早已知道的村中有唱曲才能的村民，在他们用诙谐的语言点出名字的时候，知青们很大方地表演，喝彩声不断；村民开始有些扭捏，但在热烈的气氛中都放开嗓门，唱了一曲曲荤素兼有的民歌酸曲，将晚会推向高潮。特别当水仙和李四老汉演唱的二人台《打连成》时，更赢得群众阵阵的喝彩声和掌声。

姚一民也是第一次听水仙唱曲，原来她的嗓子是那么的甜美，把一个新婚的少妇第一次上门给亲人拜年的那个羞羞答答娇美动人的劲儿，表现到极致。

李四老汉年轻时就是村子中唱曲好手。但随着年龄增大，已多年不在大庭广众之下唱了。今天"打坐腔"，他一看这么好的乐队配乐，一时兴致很高。再加上他那豪放优美的真假声，配上水仙甜柔的美声，两人把一出《打连成》唱的是曲和调美，余音萦绕。他们时而对唱、时而合唱、时而清唱、时而轮唱、时而高亢、时而悲沉，把一对新婚夫妇给亲人上门拜年，喜庆诙谐、关爱之情及面对苦日子，合力奋争，企盼好日子的心情在美韵弯转的乐声中纵情表白。唱得人们心里飘飘洒洒，蹉叹不已。一曲唱完，掌声不息。人们纷纷说："还是宝刀不老。"在村民的掌声和一再要求下，二人又唱了一段《打金钱》中的快板，又赢得了掌声方才作罢。

……

夜深了，曲散了。皓月当空，大地显得是那么宁静。姚一民躺在被窝里，久久没有入睡。

旁边的周永健看到姚一民左一个翻身，右一个翻身，悄悄地在姚一民的耳边说："睡不着？是不是想爱华啦？"

姚一民一听周永健这么说，一天的惆怅一下消失了。自己睡不着也不知乱想些啥。经周永健无意的这么一问，心中的那个结一下凸显在他眼前。叨拉中周永健突然像想起一件事，对姚一民说："对啦，你被抓走的第三四天，五原县来了辆小车，是文化馆那个天津知青小陈和一个姓裘的司机什么的一块来的。他们拿着县文化局的通知，让乔爱华、连继珍、李小林去县文化馆文艺队报到。来得那天，我正和三毛子出车了……"

周永健详细地把五原来人找乔爱华的事情和姚一民叙述了一遍。五原县文化馆的小陈是按照詹德英的指令，来永胜五队的，其目的主要就是让乔爱华去县文艺队。和小陈同行姓裘的司机是詹德英的司机兼小弟。他们进村后姓裘的直接找到生产队政治队长，说明来意，让政治队长喊乔爱华等人到生产队来。政治队长去了女知青住房中向乔爱华等人说明情况，并让乔爱华等立马去生产队队部，那儿有人等她们。

乔爱华一听就火了，本来这几天够心烦的，也不知姚一民的事儿咋了。突然又冒出这么个事儿，就没好气地说："我们不去。你打发他（她）们走吧！"政治队长回去向小陈和姓裘的把乔爱华等人的原话复述一遍。姓裘的一听就火了。"多大的架子，还非得爷们去请？"就和小陈一起到女知青住房家。

乔爱华和小陈两人在十月份五原文艺调演时就认识，有一定的交情。所以小陈一看到乔爱华，就把县文化局的通知书递给她。可爱华看也没看就给扔在了炕上。

这时姓裘的问："你们到底是啥态度？这是县上指示，你们能说不去？"

炕上的连继珍火啦。说："你是干什么的？说话这么气粗。去不去我们当然有权自己决定，关你什么事。"

姓裘的说："你别说话这么横，要不是咱詹主任的吩咐，在五原街上，像你们这样的早……"还没等他把话说出来，齐秀雯腾地一下跳下炕："你想怎样？那姓詹的还不是个流氓！"

姓裘的气急败坏地说："你敢辱骂主任？"

齐秀雯说："咋了？骂了咋了？你赶快给我滚出去。"

这姓裘的原也是五原街上的一个混混，仗着其父在县某单位当了个小头头，自称是"革命干部子弟"，在五原也是一霸，人称"裘衙内"，在五原街上横惯了，哪里受过这等气。他满嘴脏话已到嗓子眼儿刚要吐出来，这时门开了，推门进来的正是周永健。

周永健一见房内阵势，对姓裘的和小陈说："我们是生产队，公社一级一级管理的，你们拿个文化局的条子就让走人，恐怕也不合适。另外有话好好说，吵什么？"

小陈又把乔爱华扔在炕头上的文件让周永健看了看，并说明这是詹主任的指示。

乔爱华一听詹德英的名字，无名火起来了。大声对小陈说："你回去可以告诉你们詹主任，我们是来农村插队的，不是来卖艺的。"一句话把小陈说了个满脸通红。

外面的三毛子本来和周永健卸车后回家吃饭。周永健看到女知青门口停着一辆小车，又听见女知青房内吵闹声，也不知道咋回事啊，看看旁边站着的政治队长问明了事情。一听齐秀雯高声说的话，遂进到房中和小陈讲了一番道理，后把姓裘的连推带搡给弄出房外。小陈见乔爱华等人的态度也不好说什么，也跟着出来，示意姓裘的上车回去。

这个姓裘的也是不识火色，一边走，还一边骂骂咧咧的。三毛子顺手一鞭，一个鞭花在姓裘的头上"啪"的炸裂，把姓裘的吓了一跳。他忙跳上车，刚刚发动车起步，只听车后"啪"的又一声，鞭花正甩在后面布棚上，留下一个白印子。姓裘的大腿猛一颤，吉普车猛地向前一窜一溜烟地跑了。

乔爱华初七和周永健请假回了鹿塬，她要参加大哥乔毅的订婚礼。

……

是啊，爱华，你在鹿塬现在做什么？你知道我被平反后又回到咱们富牛圪旦永胜五队了吗？

3

乔爱华初七回到鹿塬。一进了家门，正碰巧乔父刚下班回来。见女儿风尘仆仆地从五原回来，不禁怜爱地问女儿："怎么样？能受得了农村的苦吗？"

乔爱华心中还不知如何对父亲和母亲讲姚一民被逮捕的事情。看着父亲充满关爱的眼光看着自己，心中一愣，心想：看起来鹿塬这边还不知道五原发生的事。听了父亲说的话，她只是默默地点了点头，也不再说什么，转身就去和妈妈收拾从五原带回来的米面和油了。

下午七时左右，只见哥哥和一个年轻的、估计岁数二十一二的女子进了家门。

乔爱华母亲一见来人，满脸堆笑地说："雪琴，快坐下。这是乔毅的妹妹爱华，从乡下刚回来。"乔爱华端详着自己面前这位未来的嫂子，中等个儿，一头齐耳短发显得精干利落，面相不丑，而且一笑透出一股机灵劲儿。就是嘴巴太能说了，说话又急，从进了爱华家门到现在嘴也没有闲着，还不停走动帮乔母做饭，比在自己家里还随意。

吃饭中间，乔毅问爱华："爱华你知道不，鹿塬一中破了一个反革命大案，都轰动了。听说主犯是你们那里的一个知识青年"。

听到哥哥的问话，爱华头也没抬，随便扒拉了几口饭，说要去对面十二号大院姚一民家去看看他父母。她妈一听，忙站起来说："不能去，居委会胡主任安顿过了，要是二闺女回来，千万可不能让她去老姚家。这究竟是怎么回事啊？我也不清楚，正和你爸两个人说呢，老姚家究竟发生了什么事呢？"

乔爱华一听爸妈还不知道姚一民被抓这件事，又听说居委会不让去老姚家。她也没再说什么，转身回了里屋把门关上。坐在炕上，她心乱如麻，自己也不知道该做什么、想什么，只是默默地坐着。

乔毅看妹妹转身进了里屋，心中也是狐疑。平时无论什么时候，见他的第一件事就是让他做个什么事儿或回答一个什么问题，常在他面前撒娇。可是今天这是怎么了？当他送走董雪琴后回到屋里，就听见母亲和父亲嘀咕什么。他敲了敲里屋的门，也没听见里面的动静。他正犹豫该不该再敲门时，乔爱华开门出来说："哥，我想和你说件事。"

乔爱华的哥哥比爱华大两岁，是从市某铁路技校毕业后分配到铁路电务段工作。由于在段里技术可以，人缘又好，参加了铁路上"火车头"战斗队，算个小头目。因为家庭条件好，父亲是共产党员，劳动模范。现在段里正准备考察他，把他结合到段革命委员会里面主抓生产。他年长姚一民两岁，虽是一个街道长大的，但他从小不合群（方言：不喜欢热闹），平时沉默寡言，只是爱鼓捣个电器啊，矿石收音机呀。

有一次姚一民和同学们去爱华家学习。姚一民见乔毅安装矿石收音机，在他走后姚一民照猫画虎，居然让耳机里发出了音乐声。乔毅事后对爱华说："姚一民这小子脑子灵。"他对姚一民和爱华的婚恋，从来都是妹妹自己决定，他从不做违拗妹妹的事情。

他本来是准备写个自传材料的，段里军代表要。听到乔爱华对他说有事要和他说，就把手中的笔和准备写材料的纸放在一旁，坐在桌子旁，听妹妹说啥。

乔爱华刚才在屋里也不是什么也没想，只是不知如何向爸妈和哥哥开口。思忖再三，觉得还是和哥哥、父母讲了姚一民的事比较妥当。一来自己下一步究竟咋办？也得有人拿个主意。二来真的姚一民回不去了，留下自己一个人往后在农村出路是什么？自己心里怎么想也想不明白。

当乔爱华一五一十地给他们讲了姚一民被抓捕的事情后，哥哥和她的父母惊地说不出话来。她哥虽然比她大两岁，但这种事情别说是见，听也是第一次。没想到社会上传得沸沸扬扬的鹿塬一中现行反革命大案的主犯竟然是姚一民。他哥急切地问爱华："你真的听说姚一民犯的是现行反革命案？"

乔爱华说："我也是他被抓走以后听生产队长和老乡们议论时听到的。是不是鹿塬一中那个大案我也不知道。"

爱华父母亲听了乔爱华的话，也陷入了沉默，也拿不出个道道。最后商定明天就是初八，先把乔毅的婚订了再说。既然姚家发生了这么大的事儿，乔爱华还是不去的好。前些日子也听说姚一民的父亲又被关进了"牛棚"，一旦乔爱华去了姚家再把姚一民的事给说漏了，姚老婆儿出点事儿，谁能担带得起呀。乔母一边收拾家什，一边絮絮叨叨地说："姚家这是怎么啦？一出一出的。"

乔父听了乔爱华的话，一直在沉默不语，只听见他抽烟斗的声音"嘶嘶"地响个不停。

乔家初八把乔毅的订婚仪式办完后，乔毅又给家中带来一个好消息："分房子啦!"原来段军代表在听到乔毅订婚以后,考虑到乔毅不久就要结合到段领导班子来,新婚后没有房子实在不妥,就向鹿铁分局军管会专门打了个报告。经批复,分给乔毅南四街一间半的公产房一套。按乔毅的想法新婚房就安在新分的那套铁路公产房里。但乔母说:"现在咱们家住的就两个人,老两口住有点大。我们搬去你分的那套房子,你们把新家安在我们现在住的地儿也合适。"对此,即将过门的儿媳董雪琴第一个表示赞同。她其实也看过铁路分的那套房子,又小又憋屈。特别是那个小半间,和别人合着一间中间打了个界墙,分到前半间还行,窗户大明亮,可他分到的是后半间,只有一个小窗,半间那屋又黑又潮。哪如金龙王庙街乔毅父母现在住的这一套,是正房大二间。不但阳光充足,而且宽畅。所以议定要先收拾小家,小家收拾完后,乔家陆续往小房搬家。按此地人的习俗二十三小年一过,就粉饰、装修乔父母原住的大屋,以备开春正月或来年"五一"给乔毅举办婚礼,作为他们婚后的新房居住。

乔爱华院内的邻居们那几天很奇怪,自打瞧见乔家女儿回来后,乔家隔三岔五就有车来陆续搬东西。待后来才知道乔家两口子要搬到南四街的一处住房,现住房腾下给儿子结婚用。所以乔爱华那几天压根儿不知道姚一民错捕被平反的事情。还是乔爱华在街上碰到同学,才知道姚一民现在已经平反回到富牛圪旦永胜五队了。乔爱华听到这个消息,那是又伤心,又高兴。伤心的是自己竟然不知道姚一民被平反的消息,姚一民是什么原因不告诉自己?让自己每天生活在思念和不知所踪的日子里。高兴的是自己心中所爱的人终究还是个好人,不是什么现行反革命,也不是一个坏人。她又想起姚一民被抓走的那天,知青同学们痛哭流涕,那是有原因的,是多少年的同窗学友的感情放在那,悲痛是自然的,但那么多的乡亲说起姚一民总是不相信他就是坏人。特别是王老大娘、杨队长、会计老保管、李四大爷、三毛子、挨树等等只要一说起姚一民眼泪就在眼眶里打转,都说姚一民是个善良人,是个好人,说明自己所爱的人自己没有看错。可他现在在哪里?听说他腿坏了,究竟咋啦?她急忙往家里——南四街新居跑。她要在第一时间告诉父母,告诉大哥……

当她进入小院用力推开家门时,只见一个人缓缓地站起来,面带微笑地看着她。她一下呆住了,这不是自己朝思暮想的姚哥吗?她一下子扑上去,紧紧抱着姚一民,眼泪像断了线的珍珠任其在面颊上流淌……

原来生产队在腊月二十三以后,杨队长专门开了个队委会。会上,杨队长发表意见，腊月二十三以后按农村的习俗基本就农闲了，除了大车队和拖车还有搞运输的业务，比如给每家每户拉煤过冬，其他农活也不多，队里的知识青年可以提前放假回鹿塬过年。问周永健知青们有什么意见和要求可以提出，队里尽量满足。周永健想了想，提出全队十一个知青，每人准备往回带100斤面、50斤米还有5斤油和10斤葵花籽，带的肉嘛，把知青自己养的猪杀了，每人带十多斤肉，剩下的腌制了来年改善伙食用。杨队长他们一听，对于知青的要求也觉得合情合理，该让娃娃们带回些米面油和肉回去和父母兄妹过个好年了。当即决定粮食和油从国家配给的一年每人三百六十斤口粮油中拨付。况且在乌加河排凌工程中知青文艺队在工地上巡回演出近一个月，五原县水利指挥部对复兴公社永胜五队文艺队的表现大加赞赏。而且定下这个文艺队要在今后每年冬季都要到工地进行慰问演出，鼓舞士气，激发民工的干劲，给村里不但拨水勤工，而且给知青发补助拨口粮，知青的口粮来年管够吃。队委会决定由老保管员和会计负责，把上述物品两天内配齐。杨队长特别安顿保管会计，知青们头年回家过年，面要精粉，米要今年的，油要小油坊现榨的。

知青点杀猪那天真热闹。平日村民家杀猪，那猪跑得快，弄不住，七八个壮劳力艰难摁住捆绑好了才能捅倒放血。而知青养得猪肥，屁股在原地磨蹭就是跑不动，一口猪杀了足足有二百四五十斤。中午吃饭时，李大毛给烩了一锅杀猪菜，村里的女人们帮助蒸糕、炸糕。待开饭时知青点一上午帮忙的人多，吃饭的人也不少，酒还喝了一塑料桶，足有二十斤。饭后，知青点上是又拉又唱。三毛子高兴地说："在知青这儿吃饭，闻见味儿也是香的。"待把知青每个人带的肉打包停当，李大毛帮助知青把剩下的肉腌制了，又把头蹄下水等带到车马店连夜给退洗干净，第二天卤煮了。按十一人给分开份，并用袋子装妥捆扎好放在知青库房中冻了存放。

知青回鹿塬带的东西准备停当了。但周永健、姚一民等可犯愁了。这么多物品咋往回带呀？周永健连夜到复兴镇上邮局给鹿塬知青几个家打长途电话，让他们最好来人帮忙把东西带回去。第二天的下午姚一民的三姐夫、侯泉的哥、杨玉芬的父亲等七八人来到队里。次日一早全队男女知青除齐秀雯外，共十七八个人，乘三毛子的大车拉上该带的米面油等物品到了刘召车站。

到了车站，待去往鹿塬方向的火车进站后，大家七手八脚把东西堆在列车的过道，才松了口气，一路顺利到达鹿塬东站。站台上各家的亲属早早买了站台票等候在那里。周永健和姚一民的两份由姚一民三姐夫和兄弟老三拿自行车拖回。乔爱华的那一份周永健雇了个小车拉上到乔爱华家。爱华看到地下堆的米面油肉，还有葵花籽儿，也不知说什么好。乔母高兴的眼睛都笑得眯成一条缝。正说着话乔父下班也回来了。听乔爱华说了缘由，不由感叹道："你说城市好还是农村好，我看农村就是比城市强。看这吃食，就是高粱米也都是吃农村村民当年现打下的，我们倒是城市人每天吃的都是陈粮。"

周永健看天不早了，家里就老母一人在，家里的东西还得靠自己回去收拾，忙示意姚一民该回啦。乔爱华父母非要留二人吃完饭再走，周永健再三说明情况，方和姚一民告辞爱华父母回家。

出乔家的小院门，周永健自顾自往前走。乔爱华紧紧拉着姚一民的手。趁周永健拐弯，爱华忽地在姚一民面颊上亲了一口，这一幕，正好被在小院中的乔母看了个清楚。姚一民看见乔母在小院中笑，一下满脸通红，急忙转身去追赶周永健。

年后，按市公检法军管会陈主任的安排，姚一民住进鹿城第三医院骨科。主治大夫仍是那位宁大夫。经过近一个月的精心治疗，姚一民的腿大有起色。姚一民的腿膝盖骨骨膜恢复得出乎医生和姚一民的想象。由于每天的治疗都是严格按宁大夫研定的程序进行，无论是在热敷还是针灸理疗，均按部就班。每一天的时间也过得飞快，其间，母亲和乔爱华，经常陪护在身边，姚一民的同学也时不时来医院探望。闲暇时姚一民看看书，时光倒是打发地很快。只是姚一民心中有一个心结，一直解不开："老三怎么不露面？"在家除了吃饭前，他帮妈妈里外忙碌，挑水买菜，买粮，闲时好像总是躲着姚一民。姚一民记得他去五原往回弄东西，姚一民忙着招呼别人也没顾上多和老三说话。回到家中过年时和平常不同，老三一见他进来，就急忙躲在房中间的柱子后面。而妈妈似乎很紧张，急忙招呼他吃饭，老三躲在柱子后沉默不语。

有一次姚一民从外面进家，妈妈正翻看老三的眼睛，一边看一边流泪。当姚一民问妈妈老三的眼睛咋啦？妈妈只是含糊其词地说没事儿，眼睛发红上火啦，可是说着眼泪就不知不觉扑哧扑哧地掉下来。老三还是那样不正面看他，躲在柱子后头低头不语。

这天，姚一民正在理疗，忽然看见诊室进来一个瘦高个子的男人。姚一民一看，这不是在监狱审问自己的那位瘦预审员吗？他一打招呼，那个人转头一看是姚一民笑了："你也在这儿看病？噢，对、对，你腿膝盖骨有伤。"

姚一民说："你咋啦？"

他说："我是腰肌劳损，老毛病了，一坐时间长就腰疼。听说宁大夫治这个病是内行，专门找他来了。"

这时宁大夫进来了，一看他马上让他趴下，用手指按了好几个部位，最后对他说："不用拍片子啦，一看就知道是陈旧性的腰肌劳损，只能理疗和热敷。另外我给你开几服药，我不知你能不能喝下，难喝得很呀。"

那个预审员笑了："药不难喝，都抢得当汤喝了。能！没问题！你就按你的办法给治吧。"

在接下来的相处中，姚一民才发现这和在监禁期间在预审室看到的那个始终一言不发的预审员大相径庭。他其实是一个性格开朗，很健谈的一个人。

通过互相介绍，姚一民这才知道这个瘦预审员姓康，是市检察院一名干警。姚一民意外的是他还是姚一民插队的复兴公社永胜五队的女婿，他的内弟就是永胜五队姓杨的会计小三子。慢慢通过闲聊两人逐渐熟悉了，成了无话不谈的好朋友。

一天姚一民问他自己的案子究竟是怎么回事啊？老康惊讶地说："谁也没有给你讲过？"

姚一民说："只是说是错捕，详细情况真不知道。"

老康说："是吗？那就让他过去吧，不要惦记了。"老康特别郑重地说："小姚，你还小。今后你永远记住，实事求是，这是我党发展壮大的根本原因。丢掉了这一条，就丢掉了一切。"

从此次谈话后，姚一民一生中又有了一个知心的老大哥，一个挚友。这是姚一民住院疗病期间的一个大大的收获。

4

如今已是阴历三月了，从列车窗口看五原大地。旷野中，黝黑的土地上没化的积雪，在阳光的照射下一闪一闪的亮光时隐时现。树木仍是秃枝微见泛绿。唐代张敬忠曾写过一首诗，描绘五原河套地区"春来迟"的诗句：

> 五原春色旧来迟，
> 二月垂杨未挂丝。
> 即今河畔冰开日，
> 正是长安花落时。

意即五原地处塞外，到中原二月花落时，五原的冰雪还未消融。如今三月啦，姚一民看到大地仍有积雪。车两旁一闪而过的树干，仍是秃秃的，只是泛绿，未见新芽抽丝。

姚一民和爱华依偎在一起，坐着开往五原方向的列车，结伴返回自己下乡插队的地方——富牛圪旦永胜五队。

原当初按陈主任和医院宁大夫的意思，让姚一民再住一段时间医院，巩固一下疗效。但姚一民的心早已不在鹿塬了。他惦记着远在五原的同学和乡亲们。

在医院住院的那段日子，每天姚一民的眼中真是"物以类聚"。满楼都是缺胳膊少腿的，并且大多是煤矿工人，白天柱拐的、坐轮椅的、喊疼叫娘的、睡不着觉乱窜的……比比皆是。特别是那些泡病号的，小病大养吃得红光满面，不是吹牛，就是胡侃。这些人嗓门又大，说得唾沫星子乱溅，扰得你实在心烦急躁。姚一民几次和宁大夫说想出院，但大夫总是摇头不允。

这天，姚一民正在看书，爱华来啦。姚一民一眼看出爱华两眼红肿，似乎哭过，神情反常。在姚一民的再三追问下，爱华才说出原因。

原来在中午吃饭时，董雪琴突然对乔爱华说："爱华，你也该慎重考虑一下你和姚一民的事啦。"

乔爱华问她："什么事情值得让嫂子这么操心？"董雪琴说："婚姻大事呀，依我说你们就断了吧。你想，咱们家都是从山西逃荒过来的三代贫农，摊上这么个亲戚，还是'蒙满特务'值不值呀？"

"你这是什么话，我和姚一民的事儿，关家庭亲戚什么事儿？"

"哎呀！爱华，你哥正在考核当中，社会关系一栏突然冒出个反革命家庭亲属，提干泡汤了，你说好吗？"

"你要说我和姚一民影响你们？你们过你们的，我离开这个家好哇，我不会连累你们的。"说罢，乔爱华一甩下碗，推门而去。

听了爱华的诉说姚一民也不好说什么。的确这是个事情，他还真想过。有些想法在自己被错捕前，及父亲再进"牛棚"时也曾在脑海中一闪而过。姚一民听说父亲和"群丑图"中的一些老教师再度被关进"牛棚"的一刹那，拿自己的家庭背景和爱华家庭相比确实在社会上人们的观念中差距很大，但自己也并没有把他和爱华之间的恋爱关系扯在一起。回想幼年时经常玩一些过家家之类的游戏，小伙伴总是把一民和爱华弄成一家子，二人又是切菜，又是用泥团捏饺子，又是入洞房，当两人从洞房中钻出来时，炭窑内的煤沫子把二人的手脸鼻子都弄成黑的……到哪里玩爱华总是跟在姚一民后面像个小尾巴。记得一次大门口自来水房水龙头被爱华玩水弄坏了，水哗哗直流，吓得爱华不是往自己家跑，而是一溜烟躲在了姚一民的家中。看水房的老婆儿追出来不见人影，追到乔家也没见爱华只好嘴里念念叨叨地悻悻而回……

可是姚一民今天一听爱华因自己的家庭问题,引起乔家饭桌上大吵一事时不由地若有所思地看着乔爱华,盯了半晌,忽然冒出一句:"我们回五原哇!"

待姚一民把要回五原的话说给母亲时,母亲只是简单地问他:"身体行吗?"看到姚一民肯定地点了点头,也没再说什么。姚一民已经知道老三为什么不敢和自己直面的原因。本想在临行前安慰一下自己的弟弟,但从母亲口中得知弟弟已经在月前辍学,踏上西去海勃湾的火车,在千里山钢铁厂当了一名推轱辘马(方言:即推矿石的小车)的工人。姚一民懊悔不已,弟弟才十六七岁呀,推那样重的矿石车能行吗?谁知这一别竟然在四年以后才再次见到三弟。

列车在"咯噔咯噔"的节奏声中行进,爱华眼泪汪汪地和姚一民诉说自己告知父母要回五原时,乔母号啕大哭。父亲只是看了乔母一眼,默默地帮女儿收拾行装,这是个不善言谈的人,在家凡事都是乔母做主。当乔父用自行车拖上爱华的东西把她送到车站时,只是淡淡地和爱华说:"你不必为昨天董雪琴说的话生气。姚一民的父亲以我来看未必像他们说的那么严重吧?爸打小打铁出身,经的事看的事多啦。姚老师要是什么'蒙满特务'早在解放初就被镇压了,还能活到现在。姚一民和你的事,你自己做主吧,爸不会多言的。"

姚一民听乔爱华转述乔父说的话,十分感动。心中琢磨:我们看不出的事儿,有些人自恃所谓有文化、有脑子,为什么往往不如一个老工人简单明了。有时往往很复杂的事情,当你再三思谋琢磨不透的时候,他们三言两语就给你解悟了,这里面的奥妙究竟在哪里呢?

回到村子里已是晚饭的时候,大家见姚一民和爱华回来,高兴地又叫又跳。特别是杨玉芬,别看她个头高,但像个孩子喜笑颜开。周永健笑嘻嘻地从厨房走出来,对姚一民说:"我约莫你们也该回来了。这一下咱们小组的人又全了。"

在厨房吃饭,乔爱华环视了一下所有的人问杨玉芬:"齐秀雯呢?"

杨玉芬头也没抬地说:"结婚了。"爱华和姚一民同时瞪大了眼睛:"什么?结婚了?"又急切地问,"和谁?"

周永健说:"和三毛子。"在姚一民和乔爱华的惊愕中,周永健给他们讲了齐秀雯成婚的经过。

……

5

五原的阴历进三月，正如清代宋照《白云寺阁次壁间张使君韵》中写道：

> 林外声声啼布谷，
> 青郊应及试春耕。
> ……

试即"试犁"，"试犁"是河套农村地区仍流传的一种习俗。"试犁"这一天，预示河套人一年的劳作开始了。在这一天牛犄角上挽红绸，牛身背红绣球。随着扶犁者一声鞭响，牛拖木犁将地里耕出第一犁的土壤翻出。旁边，排列好的机耕队的拖拉机在马达的轰鸣声中开始了春耕。

农村的劳作是有季节性的，而河套地区较之北方其他地方春耕时较早。春耕是庄稼人一年最关键的一环。俗讲"春种一粒粟，秋收万颗子"。伴着蒙蒙的细雨和着暖暖的春风，成排铁牛在河套广袤的土地上来回跑动，耕翻出黑油油的土地。

永胜五队的男女劳力在杨队长的派工下，有的跟大车运化肥和籽种粮，有的翻倒冬天起圈沤好的有机肥……一片沃土上，机鸣人忙，真是：

> 咕鸣辞农闲，
> 农耕人倍忙。
> 寒去热灼背，
> 黑地笺春图。①

姚一民和爱华比周永健、张向生他们迟来几天，春耕已近尾声。姚一民受杨队长的关照和张瘸子在饲养院清圈。因为大量的圈土清走，他们干的营生就是平圈、垫土。

几天和张瘸子的劳动中，姚一民见张瘸子一直默默无语，只是有意无意让姚一民多休息，一遇到凸硬的自己总是抢着拿镐头去刨。休息时也是蹲在

---

① 注：咕鸣，布谷鸟叫声。笺，纸笺。

一旁，吧嗒吧嗒地抽他那个小烟袋，从不多言。杨队长，老保管和村上的人也从不问他劳动多少，但在姚一民看来一个六十多岁的老人一天干的活儿，足以对得起他那一天几分的工分了。

一天姚一民从随身带的烟盒中抽出一根烟给他，他似乎很惊恐，看了看四下无人才小心翼翼地接过去。小声问他："你不怕我这个反动军官连累你？"

姚一民笑了："我是给你烟，又不是给你评功摆好。"

张瘸子也笑了："哎呀，还是太阳烟。我们这里的人都抽不是小兰花就是高力奔（一种当地种的烟叶，抽起来很呛，很硬），你要不要卷一根试试？"

姚一民本来抽烟无瘾。这还是去年随大车送甜菜路上，路上无聊车倌杨老三给他卷了一根，让他抽着试试说去寒。姚一民抽了第一口就呛得喷将出来。后来索性抽一下喷一下。喷出的烟和哈气混在一起喷出来，很好玩，慢慢地就学会抽烟了。说起来和永胜五队周永健等男知青学会抽烟几乎都是那几天在送甜菜路上学会的。当时姚一民等知青们不会调弄烟叶，都是去供销社买成桶的烟丝卷的抽，来了村民以后也拿这个招待来人卷烟。有一次大家坐在一起无聊时说，谁能把一筒烟丝卷成一个筒状的大烟卷抽进去，一个星期就不用下厨。比赛开始后姚一民一下抽了半根以后，觉得浑身发软出虚汗，又头晕，又恶心，在知青的住房顶上足足地躺了一天，才稍稍好受些。从那以后烟是少抽了，但闲下来时，一见别人抽烟嗓子眼里痒痒的，也想抽上几口。

姚一民接过张瘸子递来的卷烟，点火抽了一口后觉得味道还可以，并不是像人们所说的那样难抽。他随着这几天和张瘸子一来二去，张瘸子终于向姚一民讲了自己一生中的经历。

原来张瘸子名叫张建勋，原是傅作义部下的一个装甲车排长。本人老家祖上是山西朔州的。前辈人从山西"走西口"到了绥远，落脚在归绥，算起来已经整整三代人了。到了张建勋父亲这一辈，父亲手勤眼快，在农村也是一把好手，农活技术很上道，他除了租种土地外还不时地打些短工，慢慢积攒下了一些钱，一心想供张建勋上学，将来图个好出路。张建勋本人也很好学，争气，于二十岁那年考入归绥学堂属下的工业机械学校读书，学习成绩很是优秀。在 1935 年傅作义部扩兵，专招一批学生兵为的是给刚刚配置的德械和装甲车、汽车部队中配置一些文化人。当时归绥城内一些富家子弟纷纷报名想到傅部当兵，主要是想开汽车，当个军官光宗耀祖。但傅作义将军为了招收一些有真才实学的贫家子弟，有意把部下军官派到归绥国立绥中等专业学校以"军训"名义暗中物色对象。同时还特别规定,凡是有愿到傅部机械化部队当兵的人,必须要有两名军官保荐,这样就堵死了那些富家子弟的路,使他们知难而退。而张建勋身体强壮,人才俊相,品学兼优,一经推荐后,立即被选中入装甲车部队当兵,日后被提升为装甲车车长,少尉排长。

这时张瘸子问姚一民:"你听说过李景雪夜登朔州的故事吗?"

姚一民说:"知道呀。"

这个典故发生在后唐,讲的是李景为夺回被李国章占领的失地,大雪天率九千铁骑趁朔州守军大年初一守备懈怠登上朔州城,打败敌军的故事。建勋说傅作义在红格尔图战役结束后深感这次战役虽取得胜利但并未给日伪造成多大损失。御敌于绥远境之外,这才是当前要务。随立即和董其武等商定要仿唐李景雪夜袭朔州秘袭"百灵庙"。要打必要打胜,而且要打得日本人疼,'德王'痛,让他们再也不敢入侵我绥远。

"百灵庙"位鹿塬以北一百余里地的达尔罕草原上。四面环山,南北两山夹一通道,称为"西口"。从西口往东行有河从庙前流过。过桥方能进入"百灵庙"腹地。

"百灵庙"始建于清康熙四十二年(1703年)。蒙古人习俗称贝勒庙。因庙前环绕两条小河,两岸春至秋末,河水清澈,岸上开满各色小花,常有群群百灵鸟栖居此地,叫声婉转,鸣啼动听,故人们将此庙称作"百灵庙",流传于世。

"百灵庙"城周共有九个隘口,俗称"九龙口"。"百灵庙"自建成以来一直是内蒙古北部政治、经济、佛教喇嘛活动中心。也是鹿塬蒙、汉客商在达尔罕草原上交易的汇合处。是商旅买卖从这通往漠北,新疆的交通要隘,为兵家必争之地。

"百灵庙"是"德王"蒙古军穆克登宝部长期盘踞之地,也是日寇建立伪蒙特务组织的巢穴。驻有日本特务机关善邻协会、大蒙公司、稽查处等。常有日特伪装成喇嘛出入。"百灵庙"常驻伪蒙古军骑7师一千八百余人,"德王"部直属骑兵一千余人,另有专任指导的日本教官四五十人,总计约三千人。同时,"百灵庙"也是伪"德王"军政府后勤基地,储存有大批军火及粮秣。

红格尔图战役后,"德王"和日本人预料到晋绥军队迟早也要捣毁此巢穴,随即在寺庙内派部队驻守,并增强庙外防御力量,修筑了坚固的防御军事。增派日本军官校佐二百余人补充到各级伪蒙军部队任指导官。并趁傅作义红格尔图战事结束休整阶段,还要拟调伪蒙军队和日军一部由赤峰开往

"百灵庙"、大庙等地实施军事支援。

自傅作义、赵承绶、董其武三人议定收复"百灵庙"的方案后，傅作义即制定了隐蔽与突袭，正面与迂回、速战速决的作战计划。随即命赵承绶部骑兵第2师师长孙长胜，晋绥陆军第211旅旅长孙兰峰为奔袭"百灵庙"之战正、副前敌指挥，率四个团，特务一个连及谍报电台分队，加山炮一营和小炮二十门、装甲车一队二十辆共计七十余辆汽车，装甲车满载士兵、弹药、小炮冒零下二十多度的严寒和过膝深的积雪长途奔袭"百灵庙"。

驻扎在"百灵庙"的日伪部队还以为傅作义红格尔图大捷后，必定要休息数月才有所行动，故防卫松懈。而全权负责防卫的日本特务机关长盛岛角芳尽管派出数百特务潜入归绥，也未打听到任何有关晋绥军军事动作的任何蛛丝马迹，听到的只是绥远归绥城内每日庆祝红格尔图胜利，司令部长官每天迎送各地名流、慰问团的消息。故仍按原时间计划部署尽等赤峰援军到来作安排。待中国奔袭军人身着白布，借茫茫白雪做掩护，在"百灵庙"西山口通道附近集结，实施进攻时才大梦初醒，仓促应战。

1936年11月24日凌晨1时，傅部车队经长途奔袭到达女儿山下，观此山伪蒙古军的工事环山而建，碉垒林立。但堡内毫无亮光，想必敌伪还在睡梦中，遂向西口守敌发起冲锋。

当张长胜、孙兰峰接傅长官急电：后援部队已在"百灵庙"南二份子集结，部队已完成阻敌策应部署。孙兰峰随即下令机枪营向前推进，集中火力摧毁女儿山敌军阵地。

日特务机关长盛岛角芳在睡梦之中被惊醒，方知晋绥军已逼近"百灵庙"女儿山阵地。正以装甲车为前导，猛冲猛打欲冲破"百灵庙"主要通道西山口。现女儿山阵地炮火连天。时伪蒙军穆登部和李守信部仓促应战，但在炮火猛轰下死尸横飞，守军惊慌失措不知东南西北，各自固守阵地单独应战，自顾不暇。盛岛见此局面急令日军小岛部调集二十挺机关枪增援女儿山阵地。盛岛深知，一旦女儿山阵地被晋绥军突破，后果将不堪设想。女儿山是唯一守住西口的制高点，谁占有女儿山谁就抢得先机。所以在炮火猛轰后，晋绥方孙兰峰急率一团和特务连向女儿山连续发起冲锋。另一部即由彭毓斌师长带骑兵部队转向北山阵地，欲顺势夺下北山飞机场，以绝日蒙部队北逃之路。

女儿山上是穆登部守军，在得到盛岛支援的机关枪后火力更加凶猛。在晋绥军炮火和小炮的猛烈轰击下，阵地虽尸肉横飞，但暗垒地堡形成的火力网仍对冲击西口的部队造成极大的伤亡。张建勋驾第二辆装甲车朝敌西口猛冲，眼见最前面的装甲车驾驶员被射杀，而建勋所驾车被守卫在两山上的敌伪穆登部士兵用平射机关炮猛朝这辆装甲车开火，使这辆装甲车起火瘫痪在原地。张建勋从车内爬出后，发现西山口仍未打进去。他四下观看时，看到两旁山头守军机枪火力凶猛，第一辆装甲车的驾驶员已中弹死亡。山头上敌伪守军一看立即将火力转向后面的车辆。此时战场形势十分危急，天将亮，如果天亮了百灵庙守军的援军一到，就会将孙兰峰亲领的夜袭百灵庙的快速部队形成合围，不但收复"百灵庙"战役计划失败，而且使得傅部将受到重大损失。

在情急之中，张建勋趁两旁山头的敌伪守军把机枪火力转向后面车辆的瞬间一跃而起，向第一辆装甲车冲去。当他爬上装甲车揭开车盖头冲下跌入到装甲车内时，两山的敌伪军见状马上调转枪口冲车上扫射。就在张建勋跌入装甲车的一刹那子弹击中他的腿部，血流如注。他也顾不得其他，将驾驶员推开坐在驾驶位上启动装甲车，在轰鸣声中冒着枪林弹雨装甲车冲进了西山口。后边满载傅部士兵的几十余辆卡车随后跟进，一举击溃百灵庙前小河桥头的守敌。此时，正好冲击东南山山口的傅部士兵也冲向百灵庙，合击之下，全歼佛庙周围的日伪军，收复"百灵庙"的战役取得圆满胜利。战斗结束后，孙兰峰师长第一时间赶到装甲车前，命人将失血过多已处于昏迷状态的张建勋从车内拖出。急令随军医佐抢救，并立即派人送往归绥，在归绥当地教会西医大夫的协助下立即推进手术室。张建勋大腿因失血过多，本来要采取截肢办法保命，但在傅作义的坚持下，保守治疗。他人是救活了最后腿残废了。他伤愈后，张建勋被调往军设枪械所。鉴于本人在收复"百灵庙"战斗中所建的功勋被破格提拔晋衔上尉。当时正在归绥采访绥西战役实况以及绥远省战地救亡运动的北平战地记者方大曾，听说了此事，他亲临"百灵庙"前线后，非要找到张建勋要给张建勋拍照并发文，就在把张建勋射伤、而后被傅部士兵攻克西山后缴获的日伪平射双管机关枪前给张建勋留下了自己一生永远难忘的存照。可惜的是方大曾在实地采访完红格尔图、"百灵庙"、大庙战役以后，"七七事变"时转赴北平卢沟桥战场采访，被炮火击中牺牲于战场上。张建勋从此失去了自己刚刚认识的挚友方大曾。说到此处"张瘸子"不由得老泪纵横。

姚一民见状递给他一根烟说："不要难过，后来呢？"

张瘸子说："自傅作义被阎锡山调往山西作战后，绥远守军单薄，日伪乘虚而入，再次西进攻打绥远省归绥、鹿墭。但这时傅作义将军所率的两个旅有作战能力、有经验的士兵所剩无几，正好傅将军被国民政府任命为副司令长官、北路军总司令再次主政绥远。无奈之下，遂将省政府和副司令长官部西迁在陕坝，临离绥远时把在绥西及'长城抗战'中牺牲的学生兵、官佐，埋葬在归绥公主府前一片鲜花盛开的草地上，并在每个坟上栽了一棵桃树，建忠烈祠，并举行的公祭。他到陕坝后即对剿扰后套的日伪军发动了五原战役。取得胜利后，迫使在西山嘴以东的日伪军再没有跨进河套一步，使战局出现相持。这个相持局面出现后，傅作义将军所做的第一件事就是安置我这样失去战斗力的官兵。当时给了我二十多匹白布、一顷土地作为本金，或出租或买卖也算有了生活的出路。我离开归绥时是孤身一人，被安置到富牛圪旦以后，娶了本地一女子成了家，生了一女。闺女找了那个不成器的杨玉林。平日里地里打下的粮食我够吃就行了。正好那时这富牛圪旦因居住户多设有'公中'，还有岳炳井的部队一个排，经常来公中骚扰，我出面调和。粮食你拿走，也算是为一方平安。粮食多了，我也没用，顶多卖几个钱。原打算把父母接来，结果他们不愿意来。兵荒马乱，路上也不安全，就这样搁下来了。新中国成立以后搞了多次运动，村里的老人们都知道我咋回事啊，也没有怎么为难我。只是'文革'开始后给戴了个'反动军官'和'四类分子'的'帽子'，我也不在乎，谁让我当过国民党军官呢？特别是三年内战国民党和共产党打内战，在人们眼中我就是一个反动军官，我也没说的。老喽，就这样凑合着过吧。"

姚一民这才明白，怨不得这村里人对张瘸子这样，他还有这样一段历史，这也就是村民们在"挖肃"动员批斗会上没太为难他的原因吧。下工后，姚一民看着张建勋一瘸一拐地向村西头自己的家屋走去，看着他那微驼的背影，心里感叹道：看起来人还是善为性，百姓心中自有一杆秤，对那些没做恶事的人，还是让一条路为先的。

五月的一天，姚一民从饲养院出来，看见王老大娘向他招手。姚一民忙走过去，问她："大娘，什么事儿？"王老大娘着急地说："你快到村西头诊所请一下焦大夫。水仙也不知咋了，得了什么病，脸色煞白，现在我家。我给她扎了一下针，血黢黑刚躺下，怕是攻心忽乱子（方言：急性风寒感冒）。挨树又不在，去公社小学临时代课了。你能不能快去叫焦大夫来给看看。"

姚一民一听也十分着急，连忙跑去村西医诊室。正好焦大夫刚刚吃罢饭，老婆正在收拾碗筷。一听姚一民说明来意，马上穿上鞋、背上药箱就和他去了王老大娘家。

一进门。就看见水仙捂着肚子斜靠在被褥垛上，一看姚一民和大夫进来，挣扎着要坐起来。大夫说："不要动，你就躺下。"大夫给诊了脉，又看了水仙的舌苔。

大夫说："水仙是风热感冒，又喝了生水，不要紧的，先打一针，我再给开一服药，煎时再加些生姜给她服下，发出汗来就不要紧了。"

姚一民从大夫那儿取回中药后，也不让王老大娘忙碌。自己给水仙把药煎好，让她喝下。待水仙安稳地睡着了，姚一民摸了摸她的额头也不烫了，方安顿王老大娘，在晚上临睡前再把熬出的中药给她喝上一顿。注意别在出汗以后再着凉，不能覆感。说罢离开王老大娘家，回到了知青住房。

姚一民回到知青住房时，大家都已吃过晚饭。他到厨房揭开锅一看留给自己的饭，还在锅里炖着。他正准备端碗吃饭，忽听后面有一个用拿捏的声音说话："哎呀，活雷锋回来了，饿的饭也没有吃。"

姚一民回头一看，看见是乔爱华捏着鼻子取笑自己遂说："我干什么啦？还活雷锋呢。"

"那你是谁？谁给水仙看病去了呀？"

"那是王老大娘让我去叫的焦大夫。我会看什么病？唉，真的，你咋知道的？"

"我能掐会算。饭熟了，你没回来。永健还问大伙儿，你在哪里？我一算你就去了水仙那啦。"

"你胡说。"姚一民听她这么说，也不再听她说什么，自顾自地坐在灶间低头吃饭。

乔爱华见姚一民不搭理自己，也觉得再说下去也没什么意思，转身就回到了自己房间。

原来乔爱华和杨玉芬下工以后，两人回到知青住房，看王虹一个人正在厨房里忙碌，饭还没做好。李小林，张向生他们一个也还没回来，俩人就去了齐秀雯家。

齐秀雯自结婚后自己也觉得结婚这件事办的有些急，总觉得在那一点上和大家有一些距离，所以也不甚去知青住房这来。三毛子也不让她下地劳动，整天待在家中。有时候闷了，就硬拉住水仙不让她上工，陪自己在家。水仙呢，从齐秀雯嫁给三毛子，自己在李家也有了伴儿。两人虽说水仙长两岁多，但论学历啊，基本上也差不多。水仙也是农村不多见的初中毕业生，而且在学校里也是文艺积极分子。她喜好读书，经常看一些文学作品，也知道一些村民不知道的新生事物。所以无论是见识还是说话，两人还是有共同语言的，能说到一起的。水仙又爱唱歌。齐秀雯除了给她讲些自己略懂的音乐知识，还对时节两人合唱《远飞的大雁》《北京有个金太阳》等歌曲。清纯、嘹亮的歌声，从家里传到院外，引的大毛、二毛的媳妇儿，不想听也得听，听得多了，又说："甚也不会干，娶回个唱歌跳舞的，吃闲饭的，唱歌能唱出工分来。"有时看她俩下工回来，俩人进院还唱着《打靶归来》，歌尾高喊："一、二、三、四！一二三、四！"惹得大嫂，二嫂丈二和尚摸不着头脑。她俩私下犯嘀咕："哪来这么大的嗓门儿。干了一天农活，回来还这么有劲？"

齐秀雯家和水仙家都在李家大院，王老大娘家的东头。两家大院中间隔着一条小巷子。乔爱华和杨玉芬正走到巷子里，忽见王老大娘送村西诊所焦大夫出来。一问才知道水仙病了，是姚一民去请的大夫。

乔爱华杨玉芬在秀雯家坐了一个多钟头，估计知青点开饭了，俩人和齐秀雯告别后回到知青住处。吃饭时还不见姚一民回来。周永健问爱华："姚一民哪里去了？"爱华肚子里正窝着火，也没好气地说："我又不是他的警卫员，我知道他去哪里了？你去问水仙。"

周永健平白无故地让乔爱华抢白了几句，也是丈二和尚摸不着头脑。但从乔爱华带刺这么说话，听得出姚一民不在肯定和水仙有关。

晚上睡觉，姚一民躺下后，周永健悄悄和姚一民说了此事，并郑重其事地和姚一民说让他以后注意点儿，别让别人说闲话，并说："你和爱华的事儿，大家都知道。别因为闲言乱语，把你和爱华闹出误会就不好啦。"

谁知姚一民听后，勃然大怒说："我和水仙有什么关系？爱华也是这么多年了，她不知道我是个什么人？咸吃萝卜淡操心。"周永健本来以为劝姚一民是好话，也是为他好。但没承想姚一民说乔爱华连自己也骂上了，也不再说什么翻身睡觉去了。第二天吃早饭，姚一民见乔爱华也不理他，吃罢饭自顾自地拿上工具去饲养院和老保管搬弄化肥去了。中午下工，姚一民心中惦念水仙，也不知她的病好了没有，就绕道去了王老大娘家。听王老大娘说水仙已回到自己家，转身到了水仙家。进门一看，水仙在炕上躺着。见姚一民进来，要起来。姚一民忙把她按住，让她躺下。

姚一民一看小炕桌上的药碗，还盛着药估计水仙没喝，转身拿起药碗放在锅里，点把柴火就把药给炖上了。热药中间姚一民问水仙的感觉。水仙说今天好多了，估计喝完药，下午休息一下午就不碍事儿了。

姚一民从锅里把药碗端出来，看着水仙把药服下。问水仙还感觉烧不？水仙说："感觉还有些发冷。"

姚一民心想，发冷就说明水仙还发烧，就伸手往水仙的额头摸去，如果摸水仙还发烧，那还得再请焦大夫开药。当姚一民的手刚在水仙额头摸时，门"咣啷"一声开了。姚一民转过身去一看乔爱华满脸通红站在门口，后面似乎是齐秀雯。

乔爱华看着姚一民脸上的窘态，他的手还在水仙脸上摸着，也没说什么，转身就走了。

原来乔爱华下工回到房间，见王虹正在收拾屋子。听王虹说好像看见姚一民往南去王老大娘家了，乔爱华正为昨天的事儿还生气，一听无名火起来了。她径直到了王老大娘家，没看到姚一民，什么话也没说就往水仙家而来。

齐秀雯见是乔爱华进院来，忙迎出屋来，用手指了指水仙家。乔爱华这时明白齐秀雯的意思，知道姚一民在水仙家中，就不管三七二十一推开了水仙的家门，看到了刚才令人尴尬的一幕。齐秀雯本还想拉住乔爱华想给她解释什么，但乔爱华的脑子中已什么都不再想了。她推开齐秀雯回到知青住房，收拾自己的行李和物品。这时在她心中想的只有一点，说什么也不在这个地方待下去了。

待姚一民随着乔爱华的后面回到知青住房，想拉开房门和乔爱华解释什么。但门从里反锁着，任凭姚一民说什么就是不开门。姚一民只好回到自己的房中，待爱华心平气和后再和她解释。

饭后姚一民见乔爱华也没有吃饭，正待过去找她，队会计小三子让人叫他赶快到车马店一趟，有鹿壕来的人找他。姚一民去了车马店一看，哦，原来来人是去杭锦后旗办事，市检察院的老康托他给小三子捎来一些衣物，同时还给姚一民捎来一封信。信的主要内容也就是关心、问候，如有什么事可以去找他。同时告诉姚一民，老赖已官复原职了，仍是他们检察院的领导，这对处理姚一民以后善后问题很有好处，等等。

看完信后，姚一民已到上工时。姚一民去了饲养院仍和老保管从库房往外搬化肥。正忙活着，小三子神秘地来找他说，前两个小时乔爱华往五原县打电话，似乎让一个姓陈的女人来车接她。小三子刚才看到一辆小车停在知青住房前，他出来一看，好像是李小林和乔爱华正往车上搬行李。旁边周永健拉住乔爱华在说什么，爱华甩来甩去也不知嘴上说什么。反正是不高兴的样子。让姚一民赶快回去看看，弄清知青们发生了什么事儿？

姚一民一听心中"咯噔"一下想："坏了！"这爱华也真的是生我气了，也怪怨自己没尽早地和她说明这件事情的缘由。赶紧和老保管请了个假，就往知青点房屋那儿跑去。

刚过小桥，只见一辆吉普车正启动了朝小桥方向开过来。前几天刚下过雨，通往小桥路上的水洼很多。姚一民见小车往小桥上驶来，急忙往旁边一让。但小车的速度根本不减，飞快驶过小桥。车轱辘溅起的泥水弄了姚一民一身一脸。抹去脸上的泥水姚一民再看时，小车已驶过车马大店上了公路转向五间地五原方向而去。

姚一民回去知青住房，周永健看见他只是生气地"唉"了一声，什么话也没说掉头回到房间里。旁边的张向生说刚才小车是县文化局的小陈来接乔爱华、李小林他们俩的。他们俩接到去县文化局文艺队报到的通知，去那儿工作啦。

姚一民一听怔住了，这肯定和自己有关，说什么好呢？……

当齐秀雯把这件事情告诉水仙时，水仙愣住了。随之而来的，她就一下扑在齐秀雯身上一边哭一边说："秀雯，这事儿全怨我。我咋这么不是时候得了这么个怂病？咋偏偏让姚一民请大夫？死挨树偏偏死得不在，让姚一民给熬药，害得人家成这样。这是哪造的孽？"说着揪自己的头发趴在炕上大哭了起来。齐秀雯只能把她按住，劝解她："这不能怨你，这说明他们相处得太深了。你根本不知道爱华多么爱姚一民。姚一民对爱华的那份情，你更不知道。他们从小在一起就是姚一民护着她。爱华不会忘记姚一民的，她不会不管不顾的。你放心吧，爱华一定还会回来。姚一民太好了，太善了，太能帮人了，不单你看他好，我也一样……别哭了，慢慢就会好的。你信不信我的话？这是气头上，爱华一定会回来的。"

齐秀雯话是这样说，但是水仙自己心里明白，乔爱华为什么会离开姚一民，是自己把自己心爱的人弄成这样。真是不该呀。自己心爱的人，他心上该是多么的难过痛苦啊，他能受得了吗？想到这里水仙不由自主地又哭了起来……

6

七月，河套平原上的麦田，长势喜人。广袤的土地上一片金黄色。有人用"种在冰上，收在水中"来形容河套小麦的耕作过程。记得三月末，当姚一民和乔爱华返乡时，一闪而过的行到树上还刚刚见到抽芽，但因为没有周永健他们回乡早，所以不但没赶上村里"犁牛"开耕的盛典，而且回来时小麦播种已接近尾声。然而到七月初，河套这个秀丽的米粮川，麦浪滚滚，已能闻到微风中飘来的麦子的阵阵清香。看到一望无际的麦浪，不由人触景生情，百感交集。后套的小麦不仅籽粒饱满，而且头沉金黄。看来今年又是一个丰收年。

割麦子和担大渠是后套最苦的营生（方言：劳作，北方人也叫受苦）。这里流传的一句俗语"男人怕割麦子，女人怕坐月子"是去过后套的人所熟知的。由于腿疾的关系，杨队长不让姚一民去割了，怕他腿来回拧的受不了。但姚一民坚持要去。杨队长只好把他分到李四老汉一组里，让李四老汉招呼他。

天色微明，全村的男女集中在生产队队部门口，杨队长逐一检查知青们的镰刀。他拿起镰刀用大拇指在镰刀刃上轻轻地一抹，发现微钝的，就在旁边的大青石上再给磨一气。到了麦田，在杨队长的指派下，一年一度的收镰开始啦！

刚过晌午姚一民就感到膝盖处阵阵发疼，他不断地变换身姿，但膝盖处索性麻了。他只好坐在地上。旁边的李四老汉见状，把姚一民未割完的麦垄返回去给割完了。

地头休息时，李四老汉让小三子把杨队长叫来说了姚一民的情况。这次不管姚一民咋说杨队长都不答应他割麦子啦，让他第二天去饲养院和三娃子一起去放"夜马"。

常话说："马不吃夜草不肥。"为什么呢？就是因为马驴在农村中，白天的劳作损耗大。马驴都是食草动物，吃一次草料根本抗不了因每天繁重的任务而受的体力消耗。所以养马养驴户，有一套饲养马、驴的"经验"，就是白天劳作后的马、驴给补一晚上"夜宵"才能长膘，才能扛得住第二天劳作的体力消耗。

姚一民自接了"放夜马"的任务后，除了每天下厨帮忙外，一到晚饭后就和三娃子一起赶着五队的所有马、驴到村外距五队六七里外的排干沟渠处的草滩边放"夜马"。

入伏的五原，白天热的人喘不过气来，而到晚上清爽无比。姚一民铺开雨衣躺在上面，惬意地看着天上的星星。

夜空并不总是漆黑一片的。当皓月当空的时候，天总是那样的清亮，月亮中的嫦娥依稀可见，偶尔有流星划过，也搅不动嫦娥思念凡间亲人们的念想；当无月亮大地黝黑一团的时候，漆黑的天穹，繁星成了主角，闪烁着明亮的小眼偷窥人间的秘密，夜风阵阵，给寂静的夜晚带来了一阵清凉的活力。

"放夜马"的活儿本来就是个无体力消耗的活儿。你就是要把马、驴往河滩上一放，任其自由采吃。有时发现一处草滩水足草茂，马儿、驴儿自然会聚在一起，绝不会跑散。

　　三娃子和姚一民一等选好草滩，看着马驴聚在一起吃开了，姚一民就躺在草滩上，而三娃子就会掏出笛子，吹上一曲两曲的。三娃子也是富牛圪旦村里聪明好学的孩子，在其父的帮助下，从小吹笛子初学入门，也会吹那么几首传统的二人台曲牌。因自幼就学吹，所以气口很强。但苦于无师指点，自打六七岁学习到十几岁吹得老是那些流行的《打金钱》《走西口》一类的老曲牌。自从知青来到后，李小林经常给他指点，进步飞快。下工无事他就缠着李小林一个吹笛子，一个打扬琴演奏起来。几个月下来，学了不少新曲谱，也初具了独奏水平。记得过小年那天"打坐腔"，他就给大家演奏了一曲《运粮忙》，也曾获得热烈掌声。姚一民看着三娃子，一想起那天三娃子的洋相，姚一民不禁"扑哧"一笑。三娃子看姚一民对自己发笑，以为自己哪里出错了，忙问："你笑什么？"

　　姚一民笑着回答："我笑你。你忘了独子笛奏？"

　　三娃子一听这话，自己也笑得停不下来。

　　原来在腊月二十三小年那天，本来是由周永健和胡增文两人以相声的形式串报节目。当让三娃子演奏时，周永健问三娃子演奏什么？三娃子因是第一次在广大父老乡亲面前演奏，十分紧张。一听让自己说节目，面对话筒就说："我来给村民听众演奏一首独子笛奏。"周永健明知道他说错了，可是为增强演出的欢笑气氛，就又问了他一句："用什么乐器演奏？"他回答说："用笛子。"周永健说："那么你刚才说用独子演奏。"此话一出，乡亲们哈哈大笑。原来三娃子把"笛子独奏"说成"独子笛奏"，你知道错在哪儿？"独子"在后套方言中指屁股，用"独子"演奏就是暗指用"屁股眼儿"演奏。无怪乎，乡亲们听了哈哈大笑。

　　三娃子那天的演奏真是超水平的发挥。伴奏的周永健的四块瓦节奏明脆，李小林扬琴、王虹的琵琶配合默契，三娃子的笛声抑扬顿挫、高低起伏，吹出了公社运粮队途中遇险过山路的危急情形，更吹出了社员面对粮食大丰收歌颂幸福生活的欣喜及憧憬未来，期盼生活幸福越来越好的喜悦心情。一曲《运粮忙》使在场的人随着笛声的节奏想到今年的大丰收，盼着来年风调雨顺，更盼着在社会主义大道上奋勇前进，不断迎来大丰收的好年景。一曲奏完了，掌声、赞叹声、喝彩声雷鸣轰响，在掌声中还有人叫着："三娃子，再来一个独子笛奏。"

　　这一天早上在河滩上，姚一民和三娃子一觉醒来天色微亮，薄薄的晨雾中迎来了黎明的曙光。

　　姚一民推了推身旁的三娃子说："该把马群收拢回来了。"可当三娃子站起来以后，姚一民的腿怎么也站不起来，腰也带得疼。只好在马驴群回队时三娃子把姚一民扶上了驴背。让他趴在驴背上，把姚一民驮回了饲养院。饲养院只有杨队长和老保管在忙碌什么。队里的其他人早在天不亮时就在李队长率领下下地割麦去了。杨队长一看姚一民被驴驮回来，心想不好，再看，姚一民大汗淋漓，连从毛驴背上也下不来。杨队长急忙让三娃子去村西叫焦大夫。一会儿，三娃子气喘吁吁地跑回来说："焦大夫也下地割麦子去了。"无奈之下，只好让三娃子套上毛驴车，把姚一民送往复兴公社医院所在地——五间地的公社医院紧急治疗。

公社医院大夫听了姚一民病腿发病经过，以及致残原因，商量了半天也得不出道道。有的搓着两手，束手无策；有的转来转去，不敢下手。

其中一个大夫说："你还是回鹿塬哇，这病恐怕到五原也治不了。我看是气穿筋了。"三娃子在电话上对杨队长说了情况。杨队长在那头安顿三娃子说："那你在公社医院等着。我让周永健看派谁送一民回鹿塬。"一个钟头后侯泉赶到公社医院，和三娃子把姚一民抬上毛驴车子急忙赶到五原刘召车站，在侯泉的护送下乘火车赶回鹿塬东，当天就住进了鹿塬市第三医院。

7

住进三医院的第二天，姚一民就给老康打了个电话。

老康说："你安心住着，我马上向赖检和市公检法军管会汇报。你马上和医院讲，市局将来人办理住院治疗手续，让他们抓紧时间先检查看病。给你看病的是哪个大夫？"

当姚一民告诉他还是宁大夫时，电话那头的老康笑着说："你小子还是有点福气，一来就碰上好大夫了。我本来也想在电话中找医院骨科主任商量，看起来没必要了。你好好养病。我汇报后立即去那里看你。"说完就放下了电话。

姚一民这才把心放在肚子里，看起来自己的病有人管啦。联想到杨队长着急的样子，老康电话里温暖的话语，宁大夫一看姚一民腿的状况立即让影像室拍片并先给紧急处置以及三娃子饿着肚子跑前跑后……姚一民脑海像过电影一样，这一天发生的事情一幕一幕地映在眼前。不由地自言自语地说："天下还是好人多啊。"

第二天的下午，宁大夫看到姚一民说："老康已经给打通了电话，情况各方面都已经知道啦。咱们还是照老办法，针灸、理疗、热敷一起上。你腿的状况不好，骨膜破损受寒发炎，又从驴背上摔下来，伤的又是这一条腿，原来破损的部分，从拍片上看似有碎损。你要做好思想准备，恐怕这条腿一时半会儿不能着地用力。你配合我，咱们尽心治吧！"

此后的整整两个月中，疼、痛在姚一民身上倒能忍受，但那种精神上的刺激，常常让自己彻夜难眠。

在宁大夫的精心治疗下，姚一民的腿膝盖骨由疼，转入酸胀麻木，后又慢慢变成了时疼时痛，逐渐地腿也能着地，而且拄着拐也能下床慢慢地行走啦。侯泉也征得宁大夫的同意返回了五原永胜五队。以后上午治疗，针灸后热敷，下午理疗。每天刨燥（方言：心烦）的日子，让年轻的姚一民这个大活人真是难熬啊！

姚母中间来过几次，这天来后似乎有话要说，欲言又止。姚一民预感到了。他疑惑地看着妈妈心想有什么事儿让妈妈这么难出口呢？

姚一民说："妈，有什么事你就说啊。"

姚母犹豫了半天，忽然问他："你和爱华咋啦？"姚一民冷静地回答："我和爱华的事，今天你问起来我就告诉你，没关系了。"

看着妈妈惊愕的样子，姚一民说："妈，你想我这样的家庭，现在又残了，拄上双拐了，将来怎么办？我自己都不敢想，我不想拖累她。你也别在意，我和她的事，我考虑了很久。让您给她的信你给了她了吗？"

姚母说："给啦，那天她去咱家，她看了信在咱家哭了一个下午。我也不知为什么，我问她回来后到医院见到你没有，她说来了几次，你故意躲着不见人。你们真的是断了呀？"

姚一民说："真的，以后您也不要再去人家家，咱们这样的家庭少给人家惹麻烦。"

姚母说："人家老乔家早搬走了，现在房子儿子结婚住了。搬得那么远啊，我没做的去干啥？他大哥倒是来了咱们家一趟，什么也没说，就是说爱华让他把你在大年时给她买的衣料送来啦，还有一封信。"

姚一民问："信呢？"

姚母忙把信递给他。姚一民一看那信封上写着"姚一民同志收"。那娟秀的字体，姚一民一看就知道是爱华的亲笔信。

在待妈妈走后，姚一民拆开了信。信中的内容完全出乎他的意料，看起来，她真是误解自己的一番心思。

爱华在信中的大致内容就是：看了姚一民给她的信，伤透了她的心。本来，自己去五原文化局文艺队也是一时生气的冲动之举。但她深知和自己自幼一块长大的姚一民的为人，善良、豪气，正直、大气。闻听他病残返鹿塬治病后，她立即放下演出连夜返回鹿塬去医院探望姚一民，但姚一民几次躲着不见。听侯泉讲，公安部门正在开始着手解决姚一民的善后问题，有可能就返城工作。那么她呢，下乡第一年还有个知青身份，从第二年就凭自己挣工分吃饭，也是个农民。相比之下，身份地位上有了差距。既然你姚一民提出关系了结，那我告诉你姚一民，从今后，你当你的市民，我当我的农民，从此各不相干。希望姚一民今后把一切有关她的记忆全抹掉，世上再无和姚一民有任何瓜葛的乔爱华……

姚一民呆呆地坐在病床上，想爱华完全误解了他。自己本来在信中告诉她自己的家庭不能拖累爱华，自己伤残的身体更不能给爱华带来今后的幸福生活。希望爱华在县文化局好好的表现，争取机会能够留在那里，在县文化系统工作，也不算是一个坏的出路。不要再念想他，他已经基本上是个废人啦，所以劝爱华看清现实。并绝情地告诉爱华断绝两人之间的关系，以后再不要联系，他不想见到她……

姚母出了病房，其实并没有立即回去，而是悄悄地站在病房的窗户外往里看，看呆坐在病床上的默不作声的姚一民。

这时姚一民的心中两种声音在互相角斗着。怎么办呢？找她去说明情况，还是不找她。算了！长痛不如短痛，既然说"断了"，就不要再纠缠不清！

是啊，老康是讲过市局要妥善处理自己的善后问题，公安把自己的户口迁回鹿塬也是可能的。但现在拄着双拐，身体已基本上丧失了做工的条件。当个教师？谁见过拄双拐教课的老师？何况自己的家庭眼前弄不清的"蒙满特务"问题，更不可能进入教师队伍，唯一出路就是去街道或者残疾人工厂糊个纸盒，挣个生活费，了此一生。

但姚一民想的还不完全是这样，他想自己是个男人，男人就要有担当，总不能让自己心爱的爱华，跟自己过一辈子苦日子吧？一个残疾人自己糊口还无着落，还要养家……姚一民再也不敢继续想下去了。

放弃是需要勇气的。让自己心爱的人跟自己受苦受煎熬？不能！姚一民想，还是把自己对爱华的爱，深藏在时间的空间内，让它变成一种永远美好的回忆吧！……

姚一民猛地坐起来，看着窗外久久注视自己的妈妈大声斩钉截铁地说："妈，和爱华的事，就这么定了。您回去吧。"说罢，姚一民一把抓起被子蒙上了头，再也不想和任何人说话了……

8

九月的一天，姚一民和他的三姐夫来到富牛圪旦。他来这目的就一个，带着公安局的证明来复兴公社和小队办理迁回鹿塬市的落户手续。

姚一民一踏上自己曾经徜徉的田间地头，百感交集。在知青点望着苍白的脸和挂着双拐的姚一民，周永健心疼地哭了。连继珍、张向生等知青战友们都哭了。

昔日的姚一民那是何等的生龙活虎，谈笑风生。他去哪里哪里就是笑声一片。谁有什么难事，第一个想求助的人就是他。他和周永健不是兄弟胜似亲兄弟。他们俩是永胜五队知青的主心骨。可如今他要走啦，是挂着双拐走得……谁也想不出什么话能安抚姚一民的痛苦，什么举动能抚热姚一民心头的冷……

这一天五原富牛圪旦的夜晚是冰冷的。姚一民挂着双拐，慢慢地踱到了村东渠道铁塔旁，默默地坐在那儿独自仰望着夜空，想着一天来，和杨队长、李四老汉、李大毛兄弟、王老大娘、三娃子等人话别的情景，看着他（她）们怜爱自己的目光，听着知青弟兄姐妹们不舍地哭泣，那是一种痛苦，是一个永远让你内心无法平静下来的时刻，像一支支利剑刺向姚一民心。

就在这时姚一民听到身后似乎有人在哭泣。他转过身来。是她——水仙。

水仙自乔爱华离开永胜五队去了县文化局文艺队以后，心中对乔爱华的出走认为是自己的过错。她心中充满了自责，几次碰上姚一民她都害怕自己的言行又会给姚一民带来什么事儿，总是躲避着他，甚至一度时间都没有勇气踏入女知青的房间一步。水仙曾经也是一个有过理想的人，她有一副天生的有悟性的好嗓子，她曾经幻想过能够在县剧团的舞台上一展自己甜美的歌喉。可自从自己和杨玉林排练《逛新城》发生那件无法说清的事情以后，学校的风言风语使她无法再继续读书，只能辍学回乡。自嫁到富牛圪旦和挨树成婚后，一个农村长大的女孩子，她并没有多大的奢望。也就是生孩子做母亲，抚养孩子长大，每天还要下地劳动。可偏偏生活总是不能让她如意，在田间劳动中，她成了人们开心的笑料。"杨谝子"之类的女人，有时拿个西瓜边摸边喊："摸瓜啦。"还夸张地做着摸瓜的动作，在一片哄笑中，她只能默默地走开，忍受他们的白眼和奚落。河套农村有些女人开起男人的玩笑，那可是动真的。有时十几个女人公然地在地里把一个男人的裤子扒光，手脚捆在一起，还把头塞在裤裆里，让男人的隐私处暴露在光天化日之下。当水仙不参与这种游戏时，她默默地走到别的地头，背后传来的是女人指桑骂槐的声音，说她是"假装正经"。有时水仙受了委屈和李挨树说，挨树反而责怪她自作清高，和农村没文化的女人一般见识，苦闷之余她只能本能地忍、躲。

而自从鹿塬的知识青年们来了以后，她渐渐地发现富牛圪旦的女人们也有些收敛了。队里开大会那些胡言乱语讲淫秽故事的人似乎少了，大家也变得有些文明了。特别是在批斗大会上，还是姚一民等知识青年出手相帮，她才免遭批斗的侮辱和人格尊严的丧失。她发自内心里感谢姚一民。她像一个在大漠中行走饥渴难忍、濒临绝境时的行者，在看到"月牙泉"一样，第一次感到世间的温馨，使心灵疮痂被善良的人们所剥去，给她换上新的肌肤，给了她新的生活的勇气。困境中的水仙，慢慢在淡忘烦人的苦闷，委屈做人的心情也变得开朗起来。水仙感谢上苍让自己在茫茫人海中遇到了善人，遇到了好人。特别是那些女知青杨玉芬、齐秀雯、乔爱华、王虹、连继珍她们从不把自己看成是一个外人，总是像姐妹一样和她谈论城市、谈论学校、谈论生活。在姚一民把歌本递给自己的一刹那，当时那个心里啊高兴的"呼、呼"乱跳。连继珍不厌其烦地教自己识谱唱新歌，特别是在二十三小年"打坐腔"那天，她的《打连成》一唱完轰鸣般的掌声使她第一次从心底发出了久违的笑声。他（她）们把自己曾经的爱美、爱唱，还给了自己，使她感到慰藉，感到生活的乐趣。

而当姚一民被错抓关押的那些日子里，她也曾经几天几夜夜不能寐。她怎么也不会相信，像姚一民那样的人，怎么会成反革命？农村风俗有一个说法：说被女人内裤抽打过的人会遭厄运。难道那天姚一民为她免遭侮辱挺身而出，被杨姓女人抽了一内裤真的给他带来了厄运？天哪！为什么厄运不降在我水仙头上？水仙愿为姚一民去顶厄运。可不能让自己心中的好人遭厄运呀。

姚一民被紧急送往鹿塬治腿的那天，水仙并不知道。她和村子里割麦子的村民一样，第二天早上出工时才听带队的李队长说此事。水仙的心一下又悬起来。在地头割麦子那几天，她不时地往公路车马店这边张望。只要有车停下，她总是希望看到车上下来的是身体健康、走路利索的姚一民，而等车开走后，一看下来的人不是姚一民，她是那么的失望。惆怅的日子，就这样伴随着软弱，善良的水仙度过了揪心的日日夜夜。当她今天第一眼看到姚一民时，她的心碎了，眼前的一民脸色苍白，挂着双拐，身上再也看不到往日充满灵气和乐观向上的劲头。她一直默默关注着姚一民，总想和他说说心里话，可是无奈和姚一民说话的人太多了。你想，和一个豪气大方、善良正直的人分别之际，谁不想和他多说几句话呀。

水仙等啊等啊，一直等到天黑饭罢才看到姚一民独自一个人挂着双拐慢慢地走向村东铁塔旁。水仙看到孤身一人的姚一民，心里想：我真愿意做你的双腿，让你站起来，欢蹦乱跳，只要你伸手需要，善良的人啊，我都想给你。

姚一民看到了水仙，发现几个月没有见她，她憔悴了。他微微地叹息了一下，示意水仙坐在自己的身旁。

今天漆黑的天穹，无往日的明月，星星似乎已失去往日的顽皮，躲在厚厚的云层里，久久不露面。姚一民和水仙，两人谁也不说话，默默地坐着……夜深了，秋风阵起，已有些凉意。姚一民让水仙紧靠着自己。当姚一民用手捡去水仙头上的树叶时，水仙忽然紧紧地抱住他。她亲他的脸，亲他的眼，亲他的双手，哭得是那样撕心裂肺……姚一民把她的脸捧在双手中，把她的嘴唇紧紧贴在自己的嘴唇上。他第一次亲吻水仙，感到她的唇是那样的莹润香甜，沁人心脾的亲吻中不时闻到水仙身上那股淡淡的香味。她被吻得全身火热，软软地瘫倒在姚一民的怀里……

当姚一民的手在轻轻梳理她头上的乱发时，看到水仙长长的眼睫毛在抖动，紧闭的双眼中滚出一颗水晶般的泪珠，顺着她的面颊，慢慢地流淌下去……

第二天，姚一民和他的三姐夫带着迁回的户口和剩余的口粮乘班车去五原刘召车站。当他和周永健、连继珍等知青战友一一拥抱，在他（她）们的簇拥下走到村口时，杨队长等队委会的人们和村民们男男女女早已等候在车马大店，有的拿着米面，有的拿着胡油、鸡蛋。姚一民看着那一张张淳朴的脸上流露出的依依不舍的情感，他急忙登上班车，不敢回头，生怕泪水再涌出眼眶。当车行出五十多米时，姚一民从车窗往西看，村东的铁塔下站着一个穿白底蓝花衣服的女人。她挥着手中的白手绢。很远了，姚一民向后望去，那个人影久久地还站在铁塔旁，没有离开。……

车渐行渐远。姚一民抹着不停流淌的泪水。或许念想，那也是梦，它将永远留在这片土地上……可带走的是泪水。

姚一民离开富牛圪旦的第二天，乔爱华和李小林突然回来了。两人是搭着一辆从五原返回复兴公社的拖车回来的。

从乔爱华回村的那天起，就发高烧，卧炕不起。周永健忙从村西诊所请来焦大夫把了脉，她是受风寒感冒。焦大夫给她打了一针，服了药后才安稳地睡去了。

对于乔爱华的回村，知青们都感到很突然。还是周永健再三的盘问李小林才断断续续地讲一些原因。

原来就在乔爱华和李小林返回永胜五队的前一天，五原下着大雨，那天的雨下得真大，雷鸣电闪。就在大雨中，一条黑影鬼鬼祟祟地窜入乔爱华的住房。乔爱华排练回来，刚打回水准备洗洗睡觉，总是觉得床下好像有什么东西在动。她觉得不对劲，就一边把舞蹈《草原女民兵》的道具枪拿在手里，一边高声喊李小林过来。李小林洗完脚，正出来倒水，忽听到乔爱华喊叫声，就放下脸盆往爱华房间跑去。刚一推门，只见床下爬出一人，正是五原县文化局的造反派坏头头詹德英。乔爱华举起枪托还没来得及砸向他，只见詹德英一骨碌从地上爬起说："爱华，我是真喜欢你呀……"一边说一边趁李小林刚迈进门没反应过来，一把推开李小林蹦出门外，窜入大雨中逃走。

詹德英逃窜以后，乔爱华坐在床上大哭起来。住宿的演员们听见此事，义愤不已，纷纷当即要去县政府革委会举报詹德英的丑恶行为。但天色已晚，只好在第二天上班再说。可乔爱华和李小林一夜也不在这里待了，马上就要回永胜五队。有人已经把文艺队的暂时负责人小陈找来了。小陈问明情况后也劝乔爱华待上一晚上，等天明把事情原委给县革委会报告后，有了处理结果再走不迟。

第二天小陈已把情况给县革委会做了汇报，并让乔爱华、李小林等在场的文艺队员写了材料交给县上。县革委会答复一定要将詹德英严肃处理。乔爱华当即坚决要求回富牛圪旦永胜五队。乔爱华一走，李小林也不愿意再待着。所以两人就搭上了复兴公社去五原办事儿的拖车回到永胜五队。

乔爱华返回农村的缘由被公社张书记知道后，大为震怒，当即以公社党委的名义写报告，强烈要求县革委会对詹德英的恶行给予严肃处理。

乔爱华从病倒后，女知青们轮流留在家里照看她，煎药、服药。水仙知道后也每天来照看病中的乔爱华。爱华看到水仙每天早早地来督促她喝药，还每天换着样地给她做些可口的饭菜，心中十分感动。爱华觉得水仙人善良，也觉得自己过去对水仙的鲁莽举动而感到懊悔。交往的时间长了，两人越走越亲密，竟无话不谈。但有一点是：直至后来爱华经生产队推荐，公社党委同意把她作为优秀的工农兵大学生推荐去上大学，临离开永胜五队富牛圪旦村时，两人好像有默契，绝口不提和姚一民有关的一切事情。

　　……

第四章　重　生

1

　　姚一民抽了一根烟，慢慢地把心思从遥远的十几年的漫长的回忆中揪回来。他看了一眼堆在桌上的文件摇了摇头。这段日子太累了，抽到落实办工作以来，任务量还真不小。

　　姚一民瞟了一眼案头上的李映三和"咬蛋儿"的案件，不禁失笑。晚上姚一民回到家中，因为回来晚了，爱人把饭捂在锅里。姚一民匆匆地吃了饭，静静地抽了支烟，坐在书桌前摊开信纸，动笔写起了材料。

　　……

　　夜深了，姚一民看了看桌上写好的材料，站起身来舒展了一下腰。他转身给自己倒了杯茶，看着熟睡中的一儿一女，红扑扑的脸蛋，真喜人啊。他忘了这已经是深夜近四点了。他把儿子蹬出被子的小腿给塞进被子里，笑了。

　　姚一民是在1974年结婚成家的。姚一民返城后，市公检法军事管制委员会专门责成检察院的老康和市公安局的一位科长跑市计委、市政府人事部门联系解决姚一民的工作问题。但苦于当时没有招工指标和人事编制，姚一民的工作问题迟迟得不到解决。还是时任市编委的负责同志在市公安局的报告上批示："特殊情况，暂按编外人员对待。愈伤期间按照有关民政救济标准，酌情给予生活补助。待招工时即给予解决编制和工作安排问题。"这样每月由民政部门给予三十一元的生活补贴。姚一民从此开始了漫长的等待和期盼。

　　在那个等待期盼的年代中，农村的知青掀起了一股"回城风"。姚一民的好多同学成了社会上的"手提户"。所谓"手提户"就是知青没有通过招工和考学而自行从医院开出证明，以疾病或不宜从事农业劳动的理由，把户口从插队的所在地拿出来，放在鹿源知识青年安置工作办公室（简称安置办），等待批准落户返回鹿塬，安置工作，重新开始城市市民的生活。这项工作对于当时的安置办并非是主项，主要还是继续动员在城市的应届毕业生上山下乡。所以"手提户"人员一无户口，二无工作，三无生活费用（主要无粮）。回忆起那些日子，每天姚一民的好多同学都凑在他家打扑克、贴纸条混日子。为了不打扰父母的生活，姚一民将自己家盖的小凉房重新揭盖清理出来，让这些同学和自己有个暂时的栖居之地。

一到中午和晚上，姚一民的母亲就把蒸好的钢丝面（玉米面拌水成团放入里面有孔的钢筒中压制而成）和热汤端到小凉房，谁在谁吃。开始两屉笼还勉强够吃，后来干脆出去购置了一套六层的大笼。每当这时，热气腾腾的钢丝面，菜汤，加上红辣椒儿拌在一起，你看这伙人那个吃得香呀！三下五除二地一大碗一大碗就进肚了。多少年以后，每当同学聚会，总要回忆起这一段钢丝面的经历，总是感谢慈祥善良的姚师母，忘不了在这伙"三无"知青困难时她亲手烹做的那一碗暖心的钢丝面。

每到月底二十七八号左右，更是这群"手提户"惦念的日子。这一天是十几名或二十几名"三无"的同学每月一次相聚在新兴大街书馆旁高台阶上的泔水饭馆饱餐一顿的日子。因为这一天是姚一民发生活补助的日子。这一天你看哇，姚一民和同学们每一个人的脸上都是红光满面，喝着同学从鹿塬市生猪部走后门弄来的白酒，吃着泔水饭馆的肉片榨菜（榨菜多，肉片少）等，当时难见有点荤腥的炒菜，唱着歌子，划着酒拳度过自己最高兴的一天。这种情况，一直延续到1977年。

姚一民和其妻的认识纯属偶然。实际两人都住在同一条街上，只不过是墙隔墙。姚一民在给学员宣讲文件时，发现学员中有一个端庄美丽的胖姑娘，一打听才知道是院邻的女孩，姚一民经人介绍和她处成一生的伴侣。

姚一民的婚礼还是姚一民的这群"手提户"的同学们帮办的。婚前有的同学给做家具、粉饰新居、盖小凉房。在姚一民父母家大院举办婚礼时，还是这群同学们，有的当大厨，有的端盘子，有的烧火洗碗，有的娶亲送戚，婚礼办的红红火火，充满了喜庆。

在婚后的第三天姚一民和岳父深谈，才知岳父曾是一名军人，是一名自己崇敬的抗美援朝的老战士。姚一民的岳父曾随志愿军38军入朝参战，他和姚一民说起了那场惨烈的汉江阻击战。

岳父所在的部队奉命撤回汉江时，部队和五十军经过半个多月的艰苦防御，这次要独立承担汉江南岸的防御，以保证东线主力打反击战。他是一个迫击炮兵。十八天的日日夜夜，美国、韩国军队在飞机、大炮、坦克的配合下昼夜轮番地猛轰志愿军阵地。志愿军一夜修好的工事仅一小时就在敌人炮火的摧毁下失去了依托。所据守的武甲山缺少炮火支援，粮食弹药严重不足，但就是以"人在阵地在，人亡阵地亡"之决心，顽强战斗。在战斗最激烈时，拿石头铁锹同敌人拼杀。

姚一民问岳父："当时你们都不怕吗？"

岳父回答："战斗前营长、连长都在鼓动，我们每个人都写了请愿书（实际叫请战书），去朝鲜就是保和平。不打仗、怕死还是个军人？你知道哇，一民，一个钟头上万发炮弹打过来，那石头都变成了粉。我们那些人，打东北、南下、剿匪从来也没打过这样的仗啊！都死啦，死啦！……"

说罢岳父跳下地，拉开一个抽屉，拿出一个小包包摊在桌上。姚一民一看全是奖牌之类的东西。有齿轮五角星状的东北民主联军朱德奖章，有"一九四八年"字样的全东北解放纪念章，有中南军政委员会颁发的"一九五〇年"字样的奖牌，有纪念抗美援朝纪念章和抗美援朝模范军人奖牌，还有归国后的劳动模范奖章，纪念章等等。

当姚一民看罢这些奖牌，再抬起头看老岳父时，他那满脸皱纹的脸上淌着昏黄的泪珠，嘴里只是讷讷地说："想他们呀，都死啦……"

2

武威地属甘肃。古今的文人骚客中不乏对武威这个边塞重镇的描写。岑参曾在《武威送刘单》吟道：

> 热海亘铁门，火山赫金方。
> 白草磨无涯，湖沙莽茫茫。
> ……
> 赤亭多飘风，鼓怒不可当。
> 有时无人行，沙石乱飘扬。
> 夜静天萧条，鬼哭夹道傍。
> 地上多髑髅，皆是古战场。
> ……

姚一民和小曾要去的地方，并不是武威城而是腾格里沙漠和巴丹吉林沙漠的交汇处，在武威的东南方向民勤县境内的一个偏僻的小村。

拖拉机行走在沙漠中踏出来的路上。路边不时看到似黄似绿的小草，开着呈粉红色或呈黄色的小花，在风沙的狂叫中倔强地扬着头，随风摇摆。在左晃右摆的拖拉机上，炎热的太阳就像一盏高温的灯泡就在你头上悬挂。汗不停地的流淌下来，眼睛晦涩。姚一民在去村子的路上的第一感觉就是这个地方风大、沙多、天高温。

姚一民和小曾去民勤县委落实办转换手续时，根本不曾想到马明一家会被遣返到这样一个鸟也不愿落脚的地方。马明一家三口是在 1966 年"文革"初被以"历史反革命分子"的罪名强制遣返回原籍的。而马明之所以被冠以"历史反革命分子"罪名，主要的原因就是在 1936 年间，红军在山丹地区遭马步青匪部截杀。马明时年十三四岁被民团抓丁，随马匪部运送弹药，喂养军马。当战事结束，他从归宿的战壕中爬出来，被眼前的惨象一下惊呆了。只见马匪的士兵一手拿的明晃晃的马刀在逐一检查倒在战场上的红军士兵。遇到有口气的，拿起马刀或拿手中的枪刺，或者补一枪毙命。不远处马匪的士兵在挖坑，准备活埋衣衫褴褛的红军士兵。还有的马匪士兵在肆意的戏谑着被俘的女红军战士。更有甚者在割下死伤的红军士兵的耳朵报功请赏……从那以后，马明似乎中了魔一样，夜里经常被噩梦惊醒，脑海里出现的不是红军男女战士不屈的眼神，就是血淋淋的战场场面。终于有一天，马明在一个天无月色，漆黑伸手不见五指的夜晚逃走了。他又不敢回家乡。几经辗转流浪到鹿塬。在甘肃回民乡亲的帮助下，定居在此地。1958 年博托区东岸炼铁厂在招工时，经人介绍成为一名铁厂的职工。可是就在"文革"初，街道某些人不知从哪里听到一些闲言碎语，说他是潜逃的历史反革命分子，勒令他返乡原籍。由于事发突然，马明都还没来得及和单位说明情况，一家三口（马明、老婆和十一周岁多点的女儿）就被强行押上西去的火车，强遣送回甘肃武威民勤县现在居住的村子。

夜幕降临，但望苍穹，星辰浩瀚。虽置身于大漠，但这时的天气，凉爽了不少。

姚一民和小曾进到村中。村子大概有不到二十户人家，清一色的土房，连半人高的院墙都呈土黄色的调子。看到陌生人来到村中，村里人都从红柳加泥巴夯垒的墙头上往外看，满脸都是惊奇的神色。女人们则蒙着头纱只露出双眼，眼睛中毫无表情，只是盯着你看你从她眼前走过。

经村内人指点，县落办干部和姚一民等三人来到一处院子前。土夯院墙无大门，从豁口进去，墙角卧着一只大黄狗，见生人进来，只是"汪、汪"地叫了两声，便又懒懒地卧了下来。

听到狗叫声，一个二十四五岁的女子掀开门帘从里往外看，同时帘子的下方处钻出两个小女孩的脑袋，她们都用诧异的目光看着姚一民、小曾和县里来人。

待落实政策办公室的同事给她讲清来意，这个女人忙开门，让姚一民他们进屋，并朝炕上躺着的一位五十多岁的人叫道："爹爹，鹿塬市来人啦，找你的。"

马明听着县落实政策办公室的干部给他讲鹿塬来人的意思。他木讷呆板的脸上一阵抽搐，忍不住号啕大哭。他抖动着身子一下子一把拉过旁边惊呆的女子，朝墙上挂的毛主席像跪下，口中喊道："共产党万岁！毛主席万岁！孩子他妈，你睁开眼看看吧，毛主席显灵啦，鹿塬来人接我们啦……"

原来马明一家自强制遣返回来后，老伴久患痨症（也就是肺结核）卧床不起。在恶劣的自然气候环境下吃住都成问题，哪能花得起治病费用？面对回乡后的困境与无奈，没有钱看病，老伴最终不治而逝。对老伴的去世，马明是悲痛的，然而，自己觉得这都是命。对命运不济他表现出得是听天由命、麻木不仁，这种麻木甚至也影响了女儿马秀英的婚事。

听民勤县落办的同事讲民勤县流传的一首顺口溜说：

> 民勤的女人不能娶，男求押婚银圆堆。
> 庚帖一下彩礼到，万儿八千张口要。
> 婚帖红签迎娶时，套马套骡不套驴。
> 回门也要送重礼，若无还穿上骄衣。

（意思回门那天男方不给女方家带重礼，女方就不脱掉新婚的衣服。意味着男女双方不算正式成婚。）

看着马秀英长大成人，也到了婚嫁的年龄。四邻八乡，也有人给马秀英介绍对象，络绎不绝的求婚人很多。按女儿的意思，早早出嫁多要些彩礼，也给父亲留下一些日后支撑生活的用度。但马明择婿坚持要女婿半儿半婿，因为如果女儿远嫁他乡，家中只留他一个人，随着自己年龄逐年增大，家中无劳力，今后生活靠什么？女儿的婚事就这么一直拖着。一直到马秀英二十多岁的时候，才在本村人的撮合下，找了一户男儿多、根本娶不起媳妇儿、自愿入赘当马明儿子的人家成婚，现在已有一儿一女。

马秀英手捧姚一民让她和父亲填写的回迁鹿塬落户的"申请书"时，她犯难了。自己和父亲按落实政策的有关规定，可以迁回鹿塬，一儿一女经咨询日后回鹿塬市后也可以申请落户，可马玉生怎么办？

姚一民也第一次被遇上的难题难住了。他们这次来一是送达给马明的"平反决定"。二是了解马明一家三口现在的生活状况，填写"落实政策人员回鹿塬市落户申请书"，然后了解一下马明还有什么需要诉求？马明是在有正式工作的时候被以所谓"历史反革命分子"强制遣返原籍的。按政策规定，他可以复职，并给予一定的经济赔偿。马玉生不是落实政策的对象，但他是马秀英被随父迁回原籍后嫁的丈夫，而且两人婚后育有一儿一女，这确实是个特殊情况，只能回到鹿塬市后请示领导，把这个特殊情节成文呈报市落实政策办公室批复后，再妥善处理了。

这一天晚上马明的家里，乡亲们都来祝贺马明落实政策了。民勤县落办的同志、姚一民、小曾和热情的乡亲们坐在一起。听着他们的话语，也被他们面对贫穷所表现的人生乐观和坚韧的性格表示钦佩。老乡们端上当地的待客饭"洋芋蛋蛋"，再三歉意地说："我们这边不比你们鹿塬。你们鹿塬是大城市，生活好得很，在我们这儿也只能拿着这些招待你们了。"

姚一民深深感到这里乡亲，可能由于语言交流上的隔碍，坐在炕上大多不善言辞，但热情友善，不时地把"洋芋蛋蛋"拨到姚一民和小曾的碗里，还不时地说："你吃嚷，多吃嚷。"等姚一民放下碗，乡亲们又把卷好的老旱烟递过来："烟抽上，烟抽上。"话不多，但很暖心。吃罢饭，姚一民和小曾一起走到村外，很想领略一下黄昏的大漠风光。

他站在沙丘上看夕阳在天边沙海中慢慢地沉下，余晖照在金黄色的大漠时，雄浑壮观，风光无限，是那样豁达，让人心旷神怡。远望浩瀚的腾格里沙漠，不由地想到王之涣诗篇中的天沙一体的意境。

躺在柔软的细沙堆上，感受沙的细腻以及微微的风递给自己的秋爽。想着刚才乡亲们对自己家乡的介绍，姚一民真切地感受到一方水土养一方人。尽管他们地处沙漠边缘，在恶劣的自然环境下收获着微薄的生存希望，但他们传递出来的那种顽强、抗争，注定是他一生挥之不去的记忆。

当暮色中他们返回马明家大院的时候，一个怯生生的声音传来："我也要和你们回鹿塬，和小妹妹一起回你们那儿读书。"

姚一民回头一看这是和马秀英的孩子一块玩耍的那个小女孩。

姚一民问她："你叫什么名字呀？"

她说："我叫梅梅。"

梅梅说："听姑姑说，小英长大要在鹿塬读书？"姚一民知道，梅梅说的小英子就是马秀英的女儿。随口答道："是的，她长大要在我们那读书上学。"

梅梅说："我也想读书，可我们这儿没学校。"

姚一民听她这么一说，沉默了。

当第二天姚一民和小曾他们一行离开村子时，姚一民一眼看见梅梅在村口的沙丘上站着，似乎有些依依不舍。

姚一民走上前去，抚摸着梅梅挂满泪痕的脸，从衣兜中掏出仅有的五元钱装在梅梅的口袋里，说："梅梅快些长大吧，记住一定要读书！读好书！……"

在拖拉机拐下一个沙丘后再翻上另一个沙丘时，姚一民回头望见村口的沙丘上，那个穿着红棉袄的女孩子仍然在站着，挥着手……

姚一民和小曾风尘仆仆地到达宁夏吴忠金银滩农场时，已是离开甘肃武威民勤县的第四天了。他们来这里是顺道给一个叫马子骏的落实政策人员送达"平反决定"通知书和填写"落实政策人员回迁户口申请表"的。同时要了解本人在1966年强制遣返回原籍后的生活状况和诉求。

在去农场场部的路上，姚一民看到这里的路和武威民勤县的路相比要好得多，环境也要好得多。吴忠金银滩农场政工办（内设落办）的负责人给姚一民简要介绍了金银滩农场情况和马子骏强遣到这里以后的基本情况。

金银滩农场，原来是一片盐碱滩。到20世纪60年代中期吴忠地区的早元、古城、上桥、东塔等四乡陆续移民金银潭开发。马子骏家早先在东塔是有过十几亩水田的。但马子骏本人在新中国成立前就不甘于在农村务农，一个人踏上了外乡营商之路。

当初，1966年马子骏一家三口遣来这里时，因为马子骏的父辈早已去世，十几亩水田也划归农场。根本也不知道他这个成分到底是个啥？到底是不是"逃亡地主"。后来在清理阶级队伍运动中，根据马子骏个人的叙述给他扣了一顶"小业主、阶级异己分子"的帽子。落办这个干部是一个很健谈的人，当姚一民问到马子骏后来生活状况和现状时，这位同志笑着说："咱这个地方，你们不知道吴忠这个地方历来是鱼米之乡，也是古丝绸之路西北塞上的高埠重镇，也叫灵州。唐朝李世民曾在此地与西部少数民族，主要是回族民族首领结盟。唐肃宗时曾在此登基指挥、平定'安史之乱'。吴忠这个地方曾一度是唐朝政治和文化中心。有人曾写诗描述过吴忠：'纵目水乡多少埠？引来商贾如云集。'黄河之水哺育这一带人民。这里吃食生活马子骏一家没什么问题的，关键是政治上的歧视！"。

他接着介绍说，"马子骏儿子叫马升，随父迁到此处时才七岁吧，但倔得很。他们这地方1969年成立的知识青年安置办，早在1964年就有300余名应届高中和初中毕业生来到了金银滩农场、县良种繁殖场和农村插队落户，参加农业生产。到 1968 年以后那就成批了。来这插队落户的知识青年不光是宁夏的、吴忠的，还有上海、北京、兰州、河南和安徽的都有，从 1977 年农场也开始对来的知青按'统筹规划，归口安置'的政策，择优录用，主要解决'文革'遗留的大批知青回城就业的问题。但马升的家庭成分问题一直就没有定论。孩子是个好孩子，每当看到有人回城，特别是 1977 年高考落榜，对孩子打击很大。"

这位落办负责人特别讲了一件马升被打的事情。马升在劳动中，因为工具的问题和一些北京、河南、安徽的知识青年争执起来，也就是相互推搡了几下。在那会儿碰到问题先打听当事人的出身和成分，这也是当时与革命伴随的流行做法。事后当那几个知青打听到马升出身是"阶级异己分子、流亡地主"，又是被鹿塬市红卫兵遣返的"逃亡地主"子弟。在那个出身问题最后决定当事人命运的年代，这些人尽管也不是什么"根正苗红"，也就是城市贫民、小业主之类。结果以红卫兵的名义把马升传讯，并用皮带抽打。当马升的父亲和一些老职工赶到现场时，就看见皮带在空中飞舞，"啪啪"的抽打声沉闷地传到耳中。马升既不喊叫，也不求饶，只是倔强地站着，一缕缕的鲜血，从他头上流到眼角。从那次以后，这农场的知识青年第一次领教了马升的倔强，以后见了马升，要么躲避，要么转身返回，谁也没有再回头看看或有再挑衅的勇气。

姚一民问："现在这个孩子情绪怎么样？"

他说："劳动还是照样出工，但学习也上劲了。马子骏和人们说呀，他是非要考上大学，不撞南墙是不死心的。"

待从场部出来，姚一民一行进到马子骏家。见到马子骏本人时，60 多岁的他病卧在床上，见来人颤颤巍巍地下炕迎接来人。而马升接过姚一民递给他的"平反决定"和"落实政策人员回迁鹿塬落户的申请表"时，他推开门疯了似的冲了出去。

姚一民不知啥情况，向农场落办人员投去询问的目光。这时农场落办人员说："你们不要急，这孩子准是又去东北角上那个渠楞上啦。你们知道啊，那个方向是往北京看的……"

3

在落实政策办召开的"平反及宣读善后问题处理决定的大会"会场内，

伴随着《没有共产党就没有新中国》《天大地大不如党的恩情大》的乐曲声和"共产党万岁"的口号声、激动的号啕大哭声混在一起，使偌大的礼堂震耳欲聋。姚一民看到李映三手捧"平反决定"在反复认真地阅看；马秀英则把户口回迁证贴在胸口上，特别使她高兴的是公安局户籍部门认为，马秀英在农村婚嫁也是特定的历史环境造成的无奈之举，也准许其爱人和孩子一起回迁鹿塬落户，这一家终于团圆地生活在一起了；马子骏则拿着政府给他的因造反抄家造成的损失补偿金而喃喃自语；马升拿着复职通知书左看右看泪流满面……

姚一民一眼就望见马子骏的儿子马升四处张望寻找什么人。姚一民知道他在找自己，遂悄悄地离开会场回到办公室。

落实政策工作，确实是党中央一大英明举措。这项从中央到地方的工作其案件涉及人数之多，调查、取证、落实工作量之大，是难以想象的。这也体现我们党在前进的道路上，敢于纠正错误的伟大气魄，也是在奋斗历程中一个永远不能忘记的深刻教训。十年内乱使党、国家、人民遭到新中国成立以来最严重的挫折和损失，教训极其惨痛。忘记历史，是可怕的，但不纠缠历史，而是要从错误中汲取历史教训，向前看，为中华民族的伟大复兴事业，扫清一切障碍，抬头阔步向前进，这才是我们应该做的。

第五章 喷 绿

1

曹自忠匆匆地走在通往玉泉村的小路上。和姚一民在小饭馆分手后，曹自忠脑海中无时无刻不在回忆着学生时期和姚一民亲如手足的相处情分。1966 年俩人经过五年的同窗，即将实现自己大学梦想的时候，一场突如其来的运动彻底改变了他的人生轨迹。

曹自忠出生在玉泉村，在五岁那年父亲突遭意外早早离世，家中只留下自己和母亲殷慧桃，在村合作社李大成的劝导下投奔鹿塬的亲戚。

在那时，母亲殷慧桃起初是不愿离开玉泉村的，其中原因还是在时隔十二年后，当他们母子在 1966 年社会上兴起的"造反"浪潮中，被强制遣送再次回到自己的出生地玉泉村的路途上得知的。

在那天母亲告诉曹自忠他的身世和家庭历史。

原来曹自忠的生父叫曹国文。爷爷曹梦龄曾任陶林县县长，他做官清明，办新学、修水利，也曾为当地民众办过一些有利的事情，较之当时国民政府官僚腐败的官场中也还是有一些好名声的。1936 年末傅作义将军在中国共产党的坚挺下，决心悖逆蒋介石"攘外必先安内"的反共政策，决心抗日。在随后发动的红格尔图以及后来收复"百灵庙"、大庙一系列战役。曹梦龄发动民众支援绥西抗战，送水送饭、运送弹药、战地救亡、修筑工事。虽得到傅作义和董其武二位将军的褒奖，但也遭到惨败的日伪的忌恨。他的女婿姚怀普也因为带领战地救亡宣传队和上海来的吕骥先生、北平的战地记者方大曾在战场上忘却生死，积极宣传教唱抗日歌曲，激励士兵的抗日斗志而遭日伪通缉。翁婿二人同上了日本人追杀的"黑名单"。山西忻口战役失败后，日伪趁绥远防务空虚，大举西进。归绥、鹿塬陷落已是预料之中的事情，只是时间问题。面对无奈境地，翁婿约定，各自随机关西撤队伍到后套后再行联系。就在姚怀普离开陶林县县城三天后，曹梦龄一家随陶林县府西撤。临走前，县府特召开府办工作人员会议，讲明这次西撤之必要。特别言明，西撤实为抗日之大计。守家在地之人员愿留者遣散回家，县府将发给路费，愿随县府西撤者只准带家眷，其他物品除随身物品及被褥外，其他一切都扔掉。曹梦龄家除殷氏外，只有小儿小六子和厨娘慧桃随撤，于1937年八月中旬启程西行。

观西行路上全是县府雇用之牛车、马车、骡车，车劳人乏自不当说。好在临行前，驻平地泉70师吴师长派兵士三人携大洋一百元护送西迁，有事兵挡，减了不少麻烦。但曹夫人殷氏自上路以来咯血不止，再加时近九月阴雨连天，路又湿滑，一队人马原来计划从陶林折向绥鹿官路，过前口子奔西山嘴，转进三公旗到五原，待行至鹿塬西三十多里路时，曹夫人殷氏已昏迷不醒。曹梦龄也因组织西行之事连日操劳，几天几夜未合眼，过度劳累已惹风寒病倒。当时人马等行至一个叫玉泉村的地方，见路旁有一寺庙，众人等将殷氏抬下车去，暂歇破庙中。此时殷氏已昏迷多次。到了后半夜，殷氏忽叫小六子，连声高呼不断。众人围上前一看，殷氏圆睁两眼，直望空中，手不知抓什么，四下摆动。曹梦龄一看此情况，心知不好，恐是殷氏回光返照，命休恐就在今夜。急命人烧开水，随行女眷帮忙擦洗殷氏身子，换上新衣。凌晨时分，曹梦龄刚在殷氏身旁沉沉睡去，忽觉有人不停拉扯他，睁眼一看，殷氏直瞪瞪看着自己，口中咕噜咕噜不知说什么。他忙俯身去听，已无动静，再起身细看，殷氏只有出气而无进气……殷氏去了。

曹梦龄呆呆望着逝去的殷氏，口中讷讷自言自语。难道她就这么走了？想起其自嫁到曹家，虽也出自殷家大户，但自幼和家人厮守船工中，从小养成开朗直率之性格。往往家中有大番小事曹梦龄经常是搓着双手地下乱转，不会应付，半天也拿不出一个主意。倒是殷氏，只要是家事，一听来龙去脉，快刀斩乱麻，三下五除二利索处置。曹梦龄在陶林任职期间，终究也是殷氏自小和劳苦人接触多一些，深知穷苦人的苦处。所以遇个天灾，总是殷氏出头带着县办事人员及女眷熬粥济穷。熬粥时也要讲究插筷不倒，或莜面糊糊尽量稠和。有县府女眷间纠纷，常言道"三个女人一面锣"，吵得不可开交时，只要殷氏往那儿一站，众人即鸦鸣尽悄①不敢多言。所以陶林街上混子、地痞无赖、灰猴有闹事者，只要听闻殷氏来了，即溜之乎也……唉，这么一

---

① 方言：不出声了。

个好人咋就走了？咋就离我而去了？想起几十年相惜相爱之情曹梦龄禁不住老泪纵横。人已逝去，还是入土为安。后几日，在村内人的帮忙下将殷氏入殓装棺，就地安葬。

西行车队算起来已在玉泉村耽误数天路程，只是曹梦龄自殷氏去世后，心中郁闷，行走无力，风寒感冒不见咋好，心想去五原或再往西走，恐这身板儿肯定也坚持不了下段路程。无奈只好与县府张干办和随行三位士兵商量，大队人马和省府机关合队继续西行，曹梦龄和小六子、慧桃留在玉泉养病，待病愈后或去或留再做打算。张干办见曹老先生这样安排，只好应允领队继续西行。三位士兵见此等情况，其中一人张班长从行李中拿出三十块大洋交予曹梦龄手中，并说明：本是一百块，路上用度花费一些，弟兄们返回追部队留了些作为盘缠，余下三十块交予老爷，就此别过。曹梦龄就此留在玉泉村，由小六子、慧桃侍奉照顾日后起居。谁想这三十块现洋数目虽小却为曹梦龄后代留下难以说道的苦难经历。

清晨，玉泉村边的古庙里传来了阵阵琅琅的读书声："庆历四年春，滕子京谪守巴陵郡。越明年，政通人和，百废俱兴，乃重修岳阳楼，增其旧制，刻唐贤今人诗赋于其上，属予作文以记之……居庙堂之高则忧其民，处江湖之远则忧其君，是进亦忧，退亦忧。然则何时而乐耶？其必曰先天下之忧而忧，后天下之乐而乐乎……"清亮的读书声传入耳中。特别是那"噫"的一声，同声齐诵，令人顿觉精神一爽。桌旁一椅上，一位老先生靠背斜坐，眯缝双眼，仔细听着学生们的读书，此老者正是流落在玉泉村的曹梦龄。

自1937年西撤途中，殷氏去世，携子小六子、厨娘慧桃三人相依为命居住于此，平时靠小六子推车去鹿塬市城郊卖菜、兑粮、卖些杂货维持生计。因曹老先生见其村中孩童无所事事，整日玩耍。欲在古庙中办一学堂，教孩童们读书认字不至于荒废年华。无奈此地村民只知务农，思想保守，不知学识的好处，尤其对村子里女孩子学习文化，动员更是举步维艰。课本都发在孩子手中，家长都把书烧火点柴，或卷了烟抽。后还是年长者帮老先生挨户上门，死乞白赖，勉强开办学堂。曹梦龄还有些积蓄，自掏铜板置办桌椅和书本、笔墨。万事开头难，随着读书时间长了，村民们看到孩子们收拢在学堂，不惹事闹架，也落得清闲。久而久之，孩子们逐渐改其陋习，识文断字，较以前行事举止大不一样，而且渴望学习、渴望知识之风气日涨。遂全村皆支持办学，众群策群力，还把古庙门窗修补一番。随着办学堂名声在外，反而附近村民主动送子女上学。学堂较之前开办至今已有一些学生考到鹿塬读初小或高小，现还有二十多孩子在庙学读书。曹梦龄先从《三字经》教起，古文为重，加些现代白话释之，所以学堂作为读书入门还是可以的。特别是每个学生收费不高也还不用曹梦龄多补贴，勉强能办下去。

曹梦龄自办庙学，每日也有事可做。其本人特别偏爱现代文学巨匠鲁迅的著作。在教学生读《百草书屋》中"笑曰狗窦大开"一节，曹梦龄用白话讲解比喻狗洞形象风趣，小学生们前俯后仰哈哈大笑，曹梦龄也觉乐趣。就这样一天天度过，至今也有十几年也不觉烦闷。

但显见小六子和厨娘慧桃日益长大成人。多年相处俩人情投意合互相体贴，似有婚恋之意。这也正合殷氏临终前放不下的一段留恋。

殷氏夫人在临终前，久久咽不了气，手指国文和慧桃说不出话来，只是睁大眼睛盯住他们俩。曹梦龄知道这是她在嘱托自己让国文（小名小六子）和厨娘慧桃成亲，也好照应自己。厨娘慧桃本是殷氏在街上赎回的一个乞女，在曹家多年，常陪伴殷氏身边。随着年龄的增长，也确实到了婚嫁年纪。殷氏自把她赎买回也从不把她当外人，乃视自己亲生，疼爱有加。而慧桃本身是一个苦命的孩子，当自己举目无亲在街上乞讨时，被不怀好意的坏人插草叫卖，恰天无绝人之路，遇殷氏这个善良的女人收养，心中十分感激。从慧桃进了曹门后，腿勤手快，家中一应生活活计在殷氏的调教下，学得十分熟练。她穷苦人出身，对人十分友善，特别可怜那些穷人，遇到上门乞讨者宁可自己少吃一口也要周济。曹梦龄和殷氏看到眼里十分高兴和欣慰。殷氏闲暇之时，也经常教慧桃女红活计。慧桃也是十分心灵手巧，在曹家缝缝补补、浆洗、做鞋十分应手。

自殷氏逝世后，慧桃也着实悲痛。但眼前的曹梦龄已进花甲，而小六子，虽年二十出头但身体单薄，不能扛重拿轻，还为人老实，更不谙社会生活之道，遂决心留在曹家，并随了殷氏之姓，叫殷慧桃，并在1947年春和小六子在村民们的帮助下成婚。后于1948年初春之际生有一子——曹自忠。

殷慧桃在曹梦龄生前忽一日，听曹梦龄大骂其大哥曹梦熹不是人，誓不再与其来往。原来曹梦龄在玉泉村安顿下来以后，后知玉泉村距鹿塬城仅四五十余里。心里想：自己已是落难之人，公职已丢，而曹国文仅十一二岁，今后生活来源也是个问题。遂让玉泉村的李大成带曹国文和家书一封到鹿塬城找大哥秘密相告，自己目前不便出面，而生活拮据的缘由，望大哥设法周济。谁知到大哥门上，曹梦熹病倒在床，乃由其曹姓二门中的一位曹姓者代为接待。据李大成回来和曹梦龄学告，这一位在鹿塬皮毛行"广恒西"中办差的曹家人匆匆接过曹国文所带信件后，也不知道什么原因，表情恐慌，只匆匆吩咐下人，给做了一锅塌锅面（方言：面片汤），饭后拿出 20 块现洋即打发来人出门返回玉泉村。

曹梦龄见曹家门上人如此薄意，不禁大怒。曹梦龄将二十块现洋抛出门外，并告知曹国文今后不管什么时候也不要再上曹门去乞讨他们赏饭，曹梦龄今后再无这门亲。也是慧桃闻声赶过来劝慰曹父，待曹父安睡以后含泪将撒在地上的银圆一块块捡起包在一个包袱里面放好，日后遇有马高凳短（方言：遇难）之时再拿出来救急用。

常言道祸不单行。1948 年冬，也就是曹自忠出生的近一岁时，曹梦龄咯血不止遂病死。还是村里人给帮着做了一口白木棺材，在国文慧桃夫妇二人的悲切之中，将老人安葬，葬前也没告知鹿塬城内的曹府门上曹梦熹，只是事后去信告知曹府中人。

当曹梦龄逝世的消息传到鹿塬城曹府门上时，大哥曹梦熹不禁老泪纵横。想梦龄自幼苦读诗书，年纪轻轻就考取绥远中山学堂，接受新思想，立志报国。陶林县长任上修水利学，办学堂。特别是在日伪侵犯陶林时，出于民族大义不顾体弱多病，仍率一县民众积极支前，并和女婿姚玉（即姚怀普）一起，战地救亡，鞠躬尽瘁，以至遭到日伪痛恨，上了日伪追杀的"黑名单"。迫不得已，随省府西撤，中途丧妻，又病倒流落于玉泉村。观其生前，也算是为民做了一点事情，不枉活一生。想罢，吟蝶恋花，祭一首，以祀之。

> 惊闻贤弟赴黄台，
> 泪滴胸襟心悚颤难体。
> 忆及吾弟面常诲，
> 其志韵音似耳旁。
> 万里长空忠魂在，
> 把酒临风且为弟辞行。
> 人间若有真情在，
> 下辈再叙兄弟情。
> ……

曹梦熹这一天思诸万千：弟走了；殷四爷自日寇侵入鹿塬，终日在家饮酒，闭门不出，日本人几次上门相邀，连门都不让进，还高声叫骂拒不合作，日寇恼羞成怒，痛下杀手，惨遭杀戮，也去了；姚家后人姚怀普据说随国立绥中西迁陕坝，但从此渺无音讯；乔家买卖自日本人进入鹿塬后，江河日下。又因国民党挑起内战，几经折腾买卖愈发凋零，只知其后人乔培新赴延安投身革命，现居何处？他们的后代又在哪里？全不知晓。

曹老先生默想：我们这一代人就是这样了，虽没什么惊天之举，但忆自己一生也还为民做了一些事情。国民党腐败治国，民不聊生。看来，今后民族复兴之大业还得寄希望于中国共产党身上。现在中国共产党带领民众建立新中国已是指日可待。国家有望，民族大幸，人民之盼。那么乔、曹、殷、姚门上的后辈们又将经历什么呢？

曹梦龄生前是读书人出身，虽肩不能挑、手不能提，但因其在玉泉村口古庙办学，也改变了好多年轻人的出路。自到此村十余年来，先后有人离村出去闯荡，考上鹿塬中学者大有人在，日后出息的人也不少，就是留在村中的人因为初识文墨也能写个家信，所以村中人对曹老先生深为感激，李大成就是其中一个。在他逝世后村里人念旧情，经常周济曹国文一家生活。曹国文自己也套个牲口拉一车玉泉村土特产或蔬菜去鹿塬城叫卖，家中自有殷慧桃精打细算、里外打理。所以生活也还过得去，也其乐融融。

但天有不测风云，在 1955 年小六子曹国文应聘给 W 旗政府机关食堂做饭，他干活勤快辛苦，有时干部们下乡回来，吃饭时间有迟无早，他随叫随到，总是给大家急忙弄饭，他手脚倒也麻利，一会儿时间就会使回来的人能吃上一口热饭。他受殷氏传教也烧得一手好菜，经常给机关食堂就餐人员改殷调样①做一些可口饭菜。所以机关人员对曹国文评价很好，口碑也不错。但就有一样，酗酒，一干完活了，料知今日无事，经常一个人在房内喝的不省人事。

这年冬天，机关人员早上来食堂吃早饭，食堂的静悄悄的空无一人，别说早点，灶火也是冷冰冰的，找小六子，不见人影，当人家找到他时，在机关门外水渠边一个水洼内，小六子已无气息。警方到现场勘定后结论是：酒醉失足，溺水身亡。曹国文身亡的消息传到玉泉村时，慧桃仿佛天上响了个炸雷，炸得人也蒙了，待清醒过来后，母子二人抱头痛哭。慧桃想自己一生自进曹家的门后经历日本人炮火的惊吓、逃亡路上的颠沛流离、曹梦龄过世后小两口生活的艰难及曹国文对自己深沉的爱和男人的那种担当和责任……使她悲痛不已。可是老天为什么这样不公呀？正当和曹国文有了儿子，给他们的生活带来无限乐趣的时候，他却走了，而且是走得那样的突然。家中的顶梁柱断啦，今后该如何生活下去呀……

---

① 方言：调剂不重样。

　　正当慧桃陷入深深的悲痛之中的时候，门开了。一个身材高大的男人领着一个小女孩进来了。

　　来人是玉泉村的村长李大成。李大成是曹梦龄古庙办学时，第一批招来读书的孩子。大成从小生在玉泉，长在玉泉。家族前辈也是迫于生计而"走西口"落脚此地的山西人。大成为人正直、豪气。他生在一户穷苦人家，他的成长历程简单，就是日复一日地每天放羊、割草、干农活。但他深爱这里的草，爱这里的山，爱这里的水、爱这里的土地。高粱面拌苦菜也铸就了他倔强性格。面对解放初期"二老财""张崩楼"流窜土匪的骚扰，年纪轻轻的他，带着村周边一帮年轻人拿锄头、铁锨、镰刀和土匪对着干，协助剿匪的解放军活捉逃窜的土匪头子"二老财"，让其遭到政府的正义审判。曹梦龄开办学堂时，他尽管年龄偏大，但一有空暇就和孩子们一样，端坐在学堂里最后一排的位子上听讲。日久天长，他不但粗识文字，而且在曹梦龄的谆谆教诲下懂得了做人的道理，也知道自己身为一个男人担当的责任。特别是那次陪曹国文一起去曹家寻求亲人相帮的遭遇，在他年少的心灵里，第一次看到深宅大宅门中的薄情寡义和冷漠，也深切感到家乡这片热土上的乡亲们穷帮穷、与人为善的温情。所以当曹梦龄学堂里的许多孩子走出村子到外面闯荡世界时，他不走。他要留在这片故土上，和哺育自己的土地，和自己朝夕相处的草、山同生死，共患难。

　　当李大成听到曹国文噩耗时，当时也是不相信。一个好端端的前些日子弟兄俩还在村头碰见，俩人还干几口酒，怎么今天人就没啦？是大成的女儿玉鲜告诉他，说曹婶儿和自忠在家中大哭。他正在村办公室和一众村干部开会，落实成立高级社的事情，一听玉鲜说就拉着她跑到国文家。

　　一进门看到悲痛欲绝的殷慧桃，再看看这个家，冷清不说，家徒四壁，没有一点活力。

　　大成说："弟媳妇儿，我看这样吧，你还是带着自忠回鹿源投奔曹老太爷的亲戚去吧。国文兄弟走得急，自忠又小，根本也担不起干农活养家的责任。你一个女人家，我看还是去鹿源能有亲戚帮衬给找个活计，把自忠养大成人这才是正路。你也不要多心，我可不是成心撵你娘俩，实在是你们母子俩在农村是没有活路的……"

　　慧桃心中一直记着曹梦龄生前的嘱咐，也从没有再攀曹家贵戚的心思。记得日本人投降那年，曹梦熹曾派人带着马车来搬曹梦龄回鹿源城，让曹梦龄大骂一顿，并写了绝交信一封交来人带回，自那以后就和曹家的人再无来往。可现在的处境，实在是无路可走了，思忖再三也觉得李大成的话有道理，遂和自忠择日回到了鹿塬。

曹自忠母子俩找到了曹家后人。他们一听大门上曹梦龄的后代生活遭际竟如此艰苦，一个曹字掰不成两半，就在久长城巷曹家老宅院腾出一间房来安顿慧桃母子住下。又在新"广恒西"办差的曹家内亲、一位在鹿塬市工商联工作的干部的帮助下，给母子二人申报了户口，办理了落户手续。在众人的帮助之下，给慧桃在蔬菜公司找了一份腌制咸菜的工作。到了1956年秋自忠上小学。小学毕业后考入鹿塬一中，和姚一民、乔爱华，还有一个叫殷斌的同学，一直从初中读起到1966年高中毕业同窗六年，结下了兄妹般的学友之情。

1966年的盛夏，湛蓝的天空，一丝儿云也没有，太阳把大地烤得火烫，树木无精打采，叶子挂着尘土耷拉在动也不动的枝条上。在通往玉泉村的土路上，一辆载着曹自忠和他母亲，以及两个押送他们返回原籍的鹿塬某中学的学生的大车行驶在路上。大地像蒸笼一样，地烫得马蹄儿也不能久着地，所以大车一路小跑。只是套辕的马不停地喘气，不停地吐舌头，似乎在向人们诉说骄阳似火的盛夏，它还要赶长路的苦处。

玉泉村口，李大成和自己的女儿早早等在那里。等了一个时辰啦，也不见鹿塬来的马车的踪影。随着气温的增高，大成着急起来啦。旁边的玉鲜，看爸爸手搭凉棚老往东面看，不时地招呼爸爸到村头的老榆树下待一会儿，让浓浓的绿荫，缓解一下大成阳光下站久头昏脑涨而又焦急的心情。

李大成是在上午接到公社"文革领导小组"的电话的。电话告诉他，鹿塬市的学生要押送以"反动官僚家属"罪名强制遣返的殷慧桃母子二人到玉泉村，让他到时候接洽接收。

尽管大成在电话上再三说明他了解曹家，殷慧桃绝不是什么"反动官僚家庭的家属"。但对方是个年轻的后生，根本不听他的解释，并显得很不耐烦，指责大成立场有问题，让他注意自己的阶级立场。李大成无奈，只得按照电话告诉他的时间等候殷慧桃母子二人的到来。待马车到玉泉村口时，已是半后晌。在炎热的夏日下，一路上尘土飞扬，曹自忠和母亲脸上、身上尘土满布，根本没个人形，可李大成一眼就认出了，当年还不到六岁的毛孩，但如今已长大成人的曹自忠。

他欣喜地叫道："自忠！可来啦！"

曹自忠望着眼前这个五大三粗的汉子，怎么也想不起他是谁，为什么他认识自己，还能叫出他的名字？

殷慧桃一见李大成，眼泪"哗"的一下就流出来了。

李大成和两个红卫兵经过简单的交谈后，在他们所带来的手续回执上签下了自己的姓名。鹿塬市的两个红卫兵和车倌赶着马车返回鹿塬市。

他一转头看到了哭得眼泪汪汪的殷慧桃，他心中也是酸溜溜的。他一把拉过身边的姑娘说："这就是慧桃婶娘，这是你曹自忠哥哥，你以后可要多多地招呼他们呐。"

殷慧桃想起自己那年离开玉泉村带着不满七岁的曹自忠去鹿塬，年幼的玉鲜才刚刚五岁。看现在站在自己面前的姑娘，亭亭玉立，满头的乌发梳洗成两根乌油的大辫子，红扑扑的笑脸，真招人喜欢。

简单的交谈后，李大成带着他们母子二人往村里走去。可能是夏收农忙的时候，村中的道路上行人不多。狗都蹲卧在墙边的阴凉里，耷拉着脑袋，伸出长长的红舌头不停地喘气。曹自忠看到自己妈妈面容憔悴，非要背着母亲回村里。等殷慧桃趴在自忠的身上时，她想能背得起自己爹娘的孩子确实长大了。跟随着李大成走到村南头，她一看这不是自家原来的小院吗？看到院内那熟悉的小凉房和鸡窝，还有加工粮食的小石碾子仍然静静地躺在那里。时过了境未变，慧桃眼眶内涌动的泪珠"扑扑"地又掉了出来。

殷慧桃母子被强制遣回玉泉村近两个月了。开始曹自忠的心，怎么也静不下来，特别是听到半导体收音机里面，不时传来毛主席北京城楼上接见大串联的红卫兵时，心中更是久久不能平静下来。姚一民、爱华和殷斌及班内的同学大串联到什么地方啦？又徒步长征去了延安、井冈山了吗？又想着他们是多么幸福啊！……有时他呆呆地望着墙上的毛主席像出神，有时竟然不知在想什么，彻夜难眠。

李大成也看出曹自忠自回到玉泉村以来，情绪是波动、消沉的。玉鲜也不时和他说："那个曹自忠呆头呆脑的，可不像你说的文化多高，有什么才干。受苦又不行，我看他来玉泉就是一个废人……"为了让曹自忠尽快和村里人融合在一起，首先就要把他的情绪稳定下来，但曹自忠去大田干农活肯定不行。所以大成特意让曹自忠从学放羊开始。

玉泉村是个半农半牧的村庄。西临乌拉山余脉，东攘鹿塬市郊区，北去可到明安一带，南临黄河。旧国道隔河相望Y盟。大队共有四百余户人家，三千余劳动力。但因土地贫瘠，草原牧场逐年沙化，被大小沙丘割成零星小块。畜牧和种粮视天而定，而且经常遭受风害、虫害、旱涝等自然灾害轮番袭击。

全国开展"农业学大寨"运动以来，玉泉大队在李大成的带领下，提出"治沙丘，抓粮牧，增田地，上副业"口号，开展了轰轰烈烈的大搞农田草原基本建设生产运动。

早上清晨，空气清新凉爽。曹自忠生平第一次握上放羊铲和放羊鞭，和老杨头赶着队里的羊群朝草滩走去。太阳出来了，晴空万里，白色的羊群在芳香的草滩上欢蹦。日近晌午的时候，曹自忠和老杨头躺在红柳的阴凉中都觉得热气迎面而来。羊儿也好像知道哪儿是它们这时该去的地方，三五成群，自找阴凉。或卧或立"咩、咩"地叫着。唯独那可爱的不知名的小草花红的、黄的、蓝的，挺着腰杆开着鲜艳的花朵在摇摆着，舞曳着。

近一个多月过去，曹自忠和老杨头也熟了，也很快从老杨头那学到了自己过去在书本上从未学过的东西。

老杨头用鞭杆儿指着那些红花、蓝花、黄花告诉他，这就是草原之花——三色花。又给他讲什么是苜蓿草，羊长膘爱吃的是什么草，什么时候饮羊最恰当？什么样的草羊不能吃。

有一天曹自忠问他："你这尽绵羊，咋不见山羊？"

老杨头说："咱这地方，不像山区。山羊喜高，咱这平坦，养绵羊合适。"

曹自忠说："尽绵羊没山羊那咋繁殖呀？"原来曹自忠一直认为。山羊就是公的，绵羊一听名字就是母的，山羊和绵羊交配才能繁殖小羊。老杨头听他这么一说，笑得前仰后合，笑得眼泪还流了出来，说："娃娃你错啦。羊有好多品种。山羊和绵羊是两个品种的羊，它们各有公母。此外，盘羊、宁夏的滩羊，品种不同，但都有公母。可不是你说的山羊是公的，绵羊是母羊。"

自闹了这个笑活儿后，曹自忠才知道，别小看农村，这个天地大得很，需要自己重新认知的东西还很多。几天以后发生的另一件事，更让曹自忠加深了这种认识，而且体会到当个好农民也是不容易的。

一天妈妈让曹自忠到饲养院套个毛驴车拉上刚分到的口粮到后村加工粮食。自忠到了饲养院对饲养员说要求派一辆驴车自己赶着去加工粮食。饲养员给牵出一头小毛驴。曹自忠一看又瘦又小，非要那头大毛驴驾车去。饲养员说："你使唤得了它吗？弄出了车祸就不好啦。"旁边站着几个年轻小后生，一边鬼头鬼脑窃窃暗笑，互相不知在说什么。一边鼓动曹自忠就要那头驴，而且说那头驴劲大跑得快，好使唤。饲养员没法，只好给他套上。

驴车出了村走在去后村的路上，曹自忠躺在毛驴车上，头枕在粮袋上，那个美呀，就想唱歌。正当他一边嘴里"嘚儿嘚儿"地喊着，挥舞手中鞭子赶着毛驴车，一边脑子里想唱什么歌最能表达此时最真实最美好心情的时候，毛驴车忽然冲下道路，直冲骡马驴群冲去。一路上驴车把曹自忠摔在田埂上，粮袋摔在渠坎上，粮食抛撒满地。再一看，狂奔而去的大毛驴体内伸出一尺长的血红的棒子朝一毛驴后屁股插了进去。大毛驴还套着车子竟然爬在小毛驴上死活不下来，急得旁边放牧牲口的村民束手无策，最后用鞭子使劲抽大毛驴，足有一个时辰才下来。曹自忠被摔得鼻青脸肿，只好自己找到了粮袋把抛撒的粮食连泥带圪渣收拾了，放在路边，托放牧村民下工给捎回去。自己一拐一瘸地往村中家中走去。进了村子，只见那几个年轻后生，冲着曹自忠哈哈大笑。慧桃在家中正做饭，见自忠满身是泥土，鼻子流血回来，大吃一惊，问了缘由是又气又失笑。后来曹自忠才知道，原来自忠那天使唤的那头驴是"叫驴"，是队里专用配种的公驴，平时根本不拉车干活儿。那天曹自忠套上它加工粮食的途中，巧遇河滩驴马群中有母驴，而套车的"叫驴"一见兽性大发，连人带车子冲了上去，哪管你车上的粮食和曹自忠的死活。

李大成得知此事把那几个恶作剧的小青年狠狠地臭骂一顿。只是李玉鲜看着曹自忠摔伤的肿脸，心疼地掉下了眼泪。要知道，曹自忠 1955 年离开玉泉村时，李玉鲜才五岁，但也依稀能记得这个小时候一直带自己摸鸟蛋、玩藏埋埋（捉迷藏）游戏的小哥哥。此后曹自忠离开了玉泉村后，玉鲜还经常问大成，曹哥哥现在在哪里？李大成哄她说出远门了。只是随着年龄的增长，姑娘长大了，不好意思再问了。姑娘的心，谁能知晓呢？那天在村口，一见被强遣回来的曹自忠母子俩，心情又是同情，又是高兴，自己一直惦念的曹哥哥回来了。

在灯光下，玉鲜一边给曹自忠的伤口消毒抹药，一边数落那些村里顽皮的坏小子。

曹自忠看着灯下的李玉鲜，听着她的唠叨，看着她麻利包扎的动作，一股暖流油然而生。少年时兄妹俩一起手牵手，无忧无虑玩耍的镜头像过电影一样，一幕一幕地在他的脑海中闪现。

玉泉村的村民们在大队支书李大成的带领下，待秋收一结束，新粮归仓，就进入农田牧场冬季基本建设中。李玉鲜在这场玉泉村轰轰烈烈的造田运动中，自然不甘落后。她所带领的"铁姑娘突击队"，把靠近耕地的盐碱滩挖出的碱土拉出，再把从村西男劳力取出的好土拉回来，采用换土造田的办法，扩大玉泉村的可耕地面积。村里的老汉，老婆儿女人们则在老杨头的带领下，采用"前挡后拉，穿鞋戴帽"就地取材不损根茎的办法，把乔、灌、草相结合混植加巩沙丘。小沙丘种植沙蒿、沙柳，大面积的沙丘先种沙柳成活后插入高秆树苗。特别是吸取乌审召牧区种沙柳的经验，多搞"平茬"，割下的沙柳加工成短截的小块卖给工厂，还能增加副业收入。

曹自忠身在这样一个战天斗地的农田基本建设的热潮中，被村民那种改天换地的精神所感染，不甘落后的他也报名参加了男子汉突击队。李玉鲜的"铁姑娘突击队"和杨换的"长城好汉突击队"在红旗招展喇叭声激昂的激扬歌曲中，抢镐敲开冻土。小车推人工担干的是热火朝天。曹自忠干的起劲儿时，干脆甩掉棉衣，只穿单衣，仍然是汗流满面。

按玉泉村的地形地貌，这一片乱石滩，是在村子的东南。村子的北是青草牧场，村背后即乌拉山余脉。从村子里看是西北高，东南洼。所以在改造乱石滩第一步要筑田埂，第二步方是往田埂内填土，抄平。若低了将来浇灌水往低处流，容易造成积洼。如高是水过地皮湿达不到浇灌目的。所以造田抄平是很重要的一环。

一天曹自忠推车运土，到卸土处总是看到有几个村民在大成的指挥下，端着几个脸盆，这放放那放放摆放不停。一问才知道是在抄平。

曹自忠回到家中翻箱倒柜找东西。殷慧桃因为各家各户划分了土方任务后，队里考虑她身体单薄，但煮出的饭大家都叫好，所以就在工地集体食堂专门和几个老婆做饭。回来身体疲倦躺着，见曹自忠找东西，问他："你找什么？"曹自忠也不答话。她也懒得再问，洗漱毕，自去休息。

待第二天早上起来，她见房中地下立一支架，上面一个镜头。再一看，曹自忠正在用锅灰调成的黑水往一木杆上写什么数字刻度。

当曹自忠把这两件东西拿到工地上，经他介绍人们才知道这是土法的"测量仪"。用这东西测哪高哪低一目了然，很是准确。而且功效快，也省得让人拿个脸盆东摆西放。大成高兴地一拍大腿说："这是城里的高中生，咱们有洋先生啦。要弄个什么，不用再请公社人帮忙了。咱们自己有了先生。"

玉泉村人的辛勤汗水，唤醒了百年沉睡的草地。当玉泉村的农田改造进入第四个年头的秋收时，看着地里迎风摆动沉甸甸的谷穗，牧场上一片碧绿，再也没有明显的像坟圪旦大大小小的沙丘时，玉泉人笑了。

这天，古庙那儿大队的干部们正在为曹自忠拿出的一份要在沟口建坝实现防洪蓄水，把玉泉村以前的几百亩靠天吃饭的旱田变成水浇地的规划而争执着。

大成说："我们玉泉之所以穷，就是因为靠天吃饭。现在咱们自己动手修坝筑库。有了水，我们旱田变水田。好日子就来啦。"

可是有人说："修坝筑库哪里都要钱，钱从哪里来？再说修坝要石头，取山上的石头要炸药，要去哪里搞？"这些确实都是难题，一时大家沉默了。

玉泉村后的山沟内有一股清泉。据说是当年霍去病征战匈奴时，路过此地，兵疲马乏，而当时最大的问题就是找不到水源。就在霍去病一筹莫展的时候，忽然坐骑顺坡而上，在沟中腰一双蹄腾空跃起向下猛踏的一刹那，一股清泉从踏处喷出，霍去病及部下欢声雷动。故此沟名为"玉泉沟"。沟口旁傍一古庙名玉泉庙。伴沟而居的村子名玉泉村。这股清泉，从沟中腰向外流溢，利用落差形成很壮观的瀑布，而泉水就是这样长年累月的顺沟流向南面。

曹自忠是在某一天和玉鲜去沟里玩耍发现泉水流量很大，而且沟口向东稍偏南有半个足球场面积大的凹地。曹自忠围着这个凹地走了一圈，突发奇想，这不就是个天然的蓄水坑吗？如果能再加工一下，就是一座可用的小型水库。回家后他连夜制作了一份水库构造图，并根据自己所学的数学物理知识，计算出了小型水库容量，施工石方量以及水库蓄水、沟内泄洪构想等等写成建议书给了大成。大成在看完后，高兴地在地上转了几圈，第二天即给公社党委汇报，获得了主要领导的支持，并让他们尽快拿出方案来。公社也准备汇报郊区政府及有关部门争得多方支持，把这个小型水库建成，以造福玉泉及周边村庄社队。

曹自忠正在详细地计算着怎样用最少的开支实现建坝筑库的目标。大队支书大成拿着一份《XXX学院工农兵学员推荐表》递到自忠手上。曹自忠惊喜地说："是让玉鲜去读大学？"大成带着尴尬的神情，对他说："你仔细看看，这是谁的名字？"

自忠仔细看是"靳福生"这三个字。原来是郊区某领导的公子。

自忠疑惑地问大成说："这是怎么回事啊？"

大成叹了口气说："我今天去公社跑咱们玉泉大队筑坝建库的事儿，结果公社李副社长就把这张推荐表交给我，让我以大队党支部的名义签署意见，说这个"靳福生"在咱们大队插队已三年多啦，现实表现好，大队支部同意推荐他去念大学。我也写不圆满这个意见。你的字又好，所以让你来帮忙填填。记住哟，这个事儿，可千万不能给外人讲。"

曹自忠原来以为这张推荐表是给玉鲜的，没想到是位八竿子也打不着的外人。有心不给填，可看见支书李大成为难的样子呀，反正是上天言好事，就给填填吧。当大成把填好的表盖了章，签上大队的意见送到了公社，没几天，公社让他去了一趟。没想到这一次大成带回来了一个好消息。原来上次帮忙给推荐表填注意见后，那位领导的儿子果真到大学读书了。这位领导还真是帮玉泉村的忙，在郊区各有关部门多方活动，并说动了领导批复区财政和区城建部门给予大力支持。玉泉大队建坝筑库报告项目被批准立项，给予补贴拨款。

玉泉村终于在 1974 年秋建成了玉泉小水库，并在建设过程中完全按照曹自忠的设计意见，在沟口建有分流闸门，实行制流分水。即在旱季时，泉水通过专用的管道进入小型水库蓄水，并根据春播需要水量放水灌溉农田。在雨季汛期时，关闭泉水进库闸让泉水同沟中的洪水从库底的并排的四个 600 直径的涵洞中泄洪。在修建坝库的同时玉泉大队村民修筑了一条两公里长的干渠，利用坡差，将水引至村东北的旱田。从此玉泉结束了"靠天吃饭"的日子。旱田全部变成了水浇地。不但唤醒了千年沉睡的草原牧场，而且玉泉人从此吃上了自己种下的白面大米。

1974 年冬，曹自忠、李玉鲜这一对心上人结为夫妻。第二年玉鲜生下一个七斤半的胖小子。在 1976 年"文革"结束的喜庆锣鼓中，曹自忠光荣地加入中国共产党，并被玉泉生产大队全体党员选为大队党支部副书记。

2

曹自忠和姚一民分手乘车回到玉泉村时，已经是晚上十一点多钟了。他在从鹿塬返回玉泉村的一路上脑海中始终想着一个问题，即自己的去留问题。在小饭馆吃饭时，姚一民告诉他开展落实政策工作有关政策和规定，并告诉他，他母亲殷慧桃和他也在落实政策人员的花名册上，希望曹自忠回家后尽快和慧桃、玉鲜商量一下，写个诉求材料送到落实办来，特别要求写明把全家从玉泉村迁回鹿塬市落户和工作安排的要求。姚一民和他临分手前还特别嘱咐他，材料写来时间要快，看全国落实政策工作的进展，恐怕这项工作在年底或 1980 年初可能结束。

曹自忠对于这个突如其来的消息又喜又忧。喜的是，党终于给自己的家庭平反了。十几年来压在自己头上的那顶"反动官僚遗属"的帽子摘掉了。中国共产党不但给自己推翻了那些不实之词，给了母亲和家庭一个清白，还要把自己和老母亲迁回鹿塬，并给自己安排工作。悲的是，自己能离开那个曾经在自己人生最困难的时候接纳自己和老母亲的玉泉村吗？我和老母亲回城了，玉鲜怎么办？孩子怎么办？玉鲜能离开生自己养自己的故土吗？曹自忠想起在十几年前来到玉泉村的时候，他也是一个风华正茂的小伙子，在他的思想中回农村也未尝不可。记得在 1965 年他也是满腔热血地和姚一民、乔爱华、殷斌他们放弃高考，写了血书要求到边疆去，到祖国最需要的农业第一线去，走与工农相结合的道路，立志要在农村干一辈子。但真正和母亲到了玉泉村却是以自己意想不到的那样一种境地来的。难能可贵的是大成叔了解自己的家庭，了解自己的成长历程。他和玉鲜并没有把自己当成外人，而是实心实意地帮助他和老母亲挺过了生活中最难的困境。

记得那次大成叔让他代给某人填写"工农兵学员上大学推荐表"时，大成叔也看出他的内心活动，也曾语重心长地和他说："不要灰心，机会有的。党还是对一切有志的青年重在表现的嘛。"玉鲜闻听此事后，还特地把煮熟的鸡蛋偷偷地塞给了他。

冬季挖干渠的劳动中，为了保证工程的进度，每家每户出工都以核定的土方量按方计分。曾经戏弄他的二乐早已干完了自己的土方，看着曹自忠脸上滚动的汗珠、湿透的棉袄，虽急促的喘气但仍不停地挥动大镐时，一把抢下他的镐头，非要替他干完剩下的土方。

在修筑水库大坝的日子里，曹自忠一边测量修改设计，一边参加劳动。由于把炸点的炸药量计算的多了一些，在爆破山石中，炸面微扩，炸碎的山石迎面向曹自忠的藏身之处扑来。山石眼看着就要砸在曹自忠的身上时，他身后的村民蒙古族小伙子孟根欣把他一把推开，而飞来的山石一下砸在孟根欣腰上，爆尘散去后，孟根欣一边揉腰一边安慰吓呆了的曹自忠说："没关系的，以后小心点，要眼亮点。"听着这些日常平凡劳动中，裹在一个锅里搅稀稠（方言：联系的很紧密）的农民兄弟的温馨的话语，他们那性格憨厚的笑容和朴实的品质，曹自忠被深深地感动了。

在水库开闸放水的那天，玉泉村沸腾了。孩子们跳入水中，打水花，跳着、蹦着。老村民用那皮肤黝黑，青筋清晰可见的双手捧起清澈的水在笑着。女人们消瘦的脸上满是尘土，但在用泉水洗脸的那一刹那，在曹自忠看来比那些每天抹霜护肤的城里女人美丽百倍。

曹自忠深深爱上了这片土地，深深爱上了玉泉村。也许有人觉得这是在梦呓，明明有回城里生活的希望，非要在这里当个农民，过那种面对黄土背朝天的日子？你不要看不起农民。曹自忠在少年时，就听过姥爷曹梦龄的学生李大成给他念叨过的曹老先生生前所讲的鹿塬的建城史。想当初鹿塬蛮夷荒芜之地，还不是往上几代"走西口"的农民走出一个鹿塬？有人曾经大谈"脊梁"，农民才是最可敬可爱的"脊梁"。正是这些质朴的人用结实的肩膀，扛起了十几亿人吃饭的重任。在一望无际的原野上，播种着生的希望，播种着历史的进程，播种着现在，播种着未来……

"笃、笃、笃"，曹自忠敲响了自己的家门。门开了，他一眼看到玉鲜那双美丽的大眼睛，闪耀着柔和喜悦的目光在惊喜地看着自己。

曹自忠放下手中的提包，向炕上望去。胖乎乎的儿子"墩子"正在熟睡，圆圆的胖脸，似乎在梦中捡了个大苹果开心地笑着。自忠情不自禁地在孩子胖脸上亲了一口。

李玉鲜嗔笑着把曹自忠扭了一下，说："看你的胡子茬把孩子扎的。"曹自忠转过身来，满脸柔情地看着灯下的玉鲜，浓密乌黑的短发下漂亮的一双丹凤眼秀气、明亮，俊俏的鼻梁，笑嘻嘻的嘴唇显得是那样充满青春的活力。她不喜欢化妆，但淡雅端庄。这是一个喝玉泉泉水长大的姑娘，不沾城市烟尘的她在曹自忠眼里就是自信。

曹自忠说："你知道我今天在城里碰到谁了？"

玉鲜说："谁呀？"

曹自忠说："我的老同学，姚一民。"

夜静静的，曹自忠躺在炕上，脑海中仍是翻腾着白天思忖的事情。

这是自己的家，是一个一家三口温馨的家。

家，是什么？

当自己呱呱坠地时，那个生你养你一辈子呵护你的地方，就是你的家。

家，是什么？

当自己长大成人谈婚论嫁时，有了一位你信赖的、你可亲可爱的人走进你的心房，执子之手、与子偕老。你就有了自己的家。

家，是什么？

当你和她或他在白头到老的人生旅程中有一个或几个爱的结晶呱呱出世后，走进你们的生活，让他或她和你牵肠挂肚，育他或她长大成人。步入社会，步入他或她的人生征程。你和她或他，还有他和她更是一个人生所期望的功德圆满的家。

家是一个安乐窝。在这里有吵闹，有笑声，有锅碗瓢勺的碰击声，有柴米油盐的多多少少，有悲欢离合，也有剪不断、扯不清的血脉亲情……

家是人生追求的出发点，也是人生追求的驱动力。你在人生征途中，曾有过荣辱得失，也有过酸甜苦辣。但你在人生谢幕的时候家又是你最后归宿的落脚点。

这就是家。这就是人生中"家"的交响曲。灵魂契合，一生一世的爱怜，生死及荣辱与共就是这曲"家"的交响曲的主旋律。

曹自忠看了看自己身旁躺着的玉鲜，他的心里已坚定地有了一个想法，就是不走了。他不能让玉鲜和自己的孩子去到一个陌生的环境中，让他们身心受到一丁点的忧愁和不安。

自忠正在想着，旁边的玉鲜把手搭在自忠的脖子上问他："你有心事儿？"

自忠说："没有。"

玉鲜说："不对。从你进门起，我就看出来你不像往常，一进门准要和我谈城里的新鲜事儿。可今天你呆呆的像丢了魂似的。和我说说什么事让你为难？"

自忠见她这样追问，他想了想，随即把今天姚一民和他讲的有关给他和母亲落实政策的事儿给玉鲜说了一遍。

玉鲜听罢半天没有作声，曹自忠好大一会儿听不见玉鲜说话，便转过身来，看着她的脸，轻轻地问她："你说我该怎么办呢？"

玉鲜看着他摇了摇头，只是轻轻地回答他："你自己决定吧。这是你和你妈的人生的一件大事。我不好拿主意。"

可是当她听曹自忠说决定不走啦，不离开玉泉村时，玉鲜惊讶地睁大了眼睛，似乎不相信曹自忠说的话。

自忠轻轻地把她搂在怀里，用手刮了一下那个翘直的鼻子和她说："我是个男人，这儿有我的家，还有你大（方言：父亲）和玉泉村。我能离开这个育我有恩的地方吗？"

李玉鲜这才意识到曹自忠已经做出了他的决定。她深深了解这个把自己搂在怀中的男人，是个有文化、有见识、有担当的男人。就是这个男人，在"文革"初被鹿塬市红卫兵强遣回玉泉村时，也有过苦闷，也有过徘徊。但他一经做出了自己的决定，就会认准一个方向，那是谁也不可能拽回来的。

在那冬季农闲炸石造田的艰苦日子里，他瘦弱的身体和全村人一样挥镐运土，穿着一件满是泥水的破棉袄，在隆冬的季节，照样出工受苦。他用自己学到的文化知识，设计筑成了玉泉人想也不敢想的拦洪坝和小水库。让玉泉村的人种上了水田，吃上了白面。他的胆识和为人善良的品质获得了村里人的交口赞扬。也就是那年的春天，当玉泉沟的泉水流淌过他们亲手改造的盐碱滩田地时，她紧紧地依偎在曹自忠的身旁，共享这快乐的时刻。也就在那一刻，她把自己一颗芳心交给了这个年轻人。

想到这里玉鲜紧紧地搂住了自忠的身躯，心情也是十分的复杂。曹自忠紧挨着玉鲜，用手抚摸着玉鲜的头发。他也在想当自己的这个决定明天告诉自己的母亲时，她会是一种什么态度呢？

曹自忠在想着，他隐隐约约觉得玉鲜的身体在微微地抖动。他只觉得自己的胸脯上有暖暖的水珠往下淌，肋下的褥子湿了一片……

第二天曹自忠一早起来，就去了母亲的房间。

殷慧桃刚刚给他们做熟了早饭。曹自忠从母亲的背后看到，母亲老了。岁月如斯，生命如斯。母亲那乌黑的头发中有了许多白丝。生活艰难的磨炼已使她康健的身躯微微前倾佝偻，倔强的背影使曹自忠想起了妈妈在被强遣回玉泉村时一刹那脸色苍白，浑身发抖，为了不使自己痛苦，给自己造成心灵上的更大创伤，她努力地显出平静的样子。此时的曹自忠任凭泪水在眼眶中打转，但却在克制着不让它流出来。

殷慧桃一转身看到曹自忠站在当地，呆呆地看着自己。她笑着说："你是昨晚回来的吧，回来的太迟了。妈本想和你过去唠叨几句，一想，算了哇，别打扰你们小两口的悄悄话。"

曹自忠见妈妈打趣起自己，便和母亲说："妈，我这回去见着姚一民啦。"

慧桃停下手中的活儿说："是吗？哎呀，十几年了，肯定变样了。我还记得你们学习小组在咱们家里学习完的时候，姚一民和几个同学不但把咱家打扫干净，还要把水缸挑满。那真是个好孩子，成家了吧？"

曹自忠就把姚一民现在的一切情况告诉了自己的母亲。慧桃全神贯注，津津有味地听着，脸上挂满了微笑，仿佛在听自己的孩子生活的状况。那种喜悦，那种满足更显出母亲的和蔼可亲。

曹自忠看着母亲，心中想，落实政策那件事怎么和母亲说呢？

曹自忠还是想了想说："妈，有件事呀要告诉您。"

曹母说："什么事儿。"

自忠说："现在全国都在搞落实政策的事情。姚一民被抽调在落实政策办公室工作。咱们家的'反动官僚遗留家属'的罪名也给平反了。"

母亲问："什么是平反？"

自忠说："过去搞运动弄错啦。咱们本来不是这样的家庭，硬给安上这样的罪名，还被从鹿塬强遣回这儿，这是错的。现在党中央下令，要把在'文革'中给人们安上的各种错误罪名通通去掉，这就叫平反。还要给您和我解决落户问题，把您和我要迁回鹿塬去。"

母亲一听这话惊讶地说："咱们俩回去，那玉鲜和孩子呢？"

慧桃一句话把曹自忠给问住了。他半晌也返不上话来。看着曹自忠窘迫的样子，殷慧桃笑了。

她说："自忠，给咱们拿掉罪名是好事啊！说明咱们没办什么亏心的事儿。帽子原来我也没戴上。只是回鹿塬的事，你和你大成叔、玉鲜好好合计一下怎么办好？"

自忠问："那您的意见呢？"

慧桃说："妈听你的，你说咋办就咋办！让妈说呀，咱娘俩回去，把玉鲜和我孙子留在这儿，我也不干。这哪行呢？这个家咋办？再散了吗？我宁愿不回去也要看孙子。"

曹自忠一听妈说这个话，半悬的心忽然掉下来，跌进自己的肚子里。自己想了近乎一夜的问题让妈妈几分钟就给解开了。自忠的心啊，那种心花怒放，像吃了蜜一样。刚才进门时心好像有东西压在上面，沉甸甸的，但现在他却感到无比的轻松，脚步也似乎分外轻捷。他一下捧住妈的脸狠狠地亲了一口。当慧桃还未回过神的时候，自忠早转身蹦出门外直奔自己的房间，他要在第一时间把这个好消息告诉忐忑不安的玉鲜。

20 世纪 80 年代初的一个初冬，全国农业实行"家庭联产承包责任制"的春风吹遍了祖国大地。这股春风也自然刮到了宁静的玉泉村。

曹自忠打着哈欠从家里出来，向大队部走去。村里向阳地儿有三三两两的村民在那里吸着烟，似乎也在议论着什么。

曹自忠知道村民们准是在议论"家庭联产承包责任制"的事儿。因为这几天大队连续开会就是议论这个叫人有些拗口的责任制怎样在玉泉村全大队实施的问题。

曹自忠一进大队办公室就听见副大队长，也是一队的生产队长郑二喜的高嗓门在说着："这是不是又在搞什么运动？咱们这次可得悠着点，好不容易现在旱地变成水田，社员们嘴里有口饭吃了，弄岔了，拉也拉不回来啦！"

老支书见曹自忠进来急忙说："别吵啦。让自忠再把文件给咱们通讲一下，听听是不是咱们农民的话，再发表你们的议论好不好？"

在大队部来开会的，也就是支书李大成、副支书曹自忠和玉泉大队所属的生产队的队长、贫协主席、妇女队长。这几天虽然连续开会，但对于"家庭联产承包责任制"这个陌生的名词真有些吃不透。

曹自忠面对着每一张期待的脸，把"家庭联产承包责任制"的起因和在农村实施的重要意义，用通俗的语言又给在座的人们讲了一遍。经几天反复地讲，大家听了安徽小岗村十八户村民私下签订包产到户的协议，使生产积极性大大提高了，从而获得粮食大丰收，由填不饱肚子到家家有余粮的事迹后方恍然大悟。原来是这么回事，大家七嘴八舌地议论起来。

这个说："这不是让我们再走回头路，搞单干呀？"

那个说："现在公社不是挺好呀，集体的力量多大，想干事，人多力量大。如果把田地都分到个人手中，都单干了，那以后水坝谁修呀？每年排干渠的清凌，谁来干呀？"

还有的说："解放初就是分了地，三十亩地一头牛，老婆娃娃热炕头的生活倒是好。可是亩产产量上不去才又搞的合作社走集体化道路。现在又要包产到户，单干能行吗？"

面对大家接踵而来的问题，曹自忠一时也不知从哪个方面入手回答这些问题。任凭大家吵成一锅粥，他只是低头看着文件，琢磨着文件中这个"家庭联产承包责任制"的主要精髓是什么？为什么要丢掉人民公社"一大二公，队为基础"的农业管理模式呢？要解决的关键问题是什么呢？

曹自忠漫步在田埂的土垄上，看着农业学大寨期间由乱石碱滩改造成的良田。他忽然想起那年在搞农田基本建设时，实行的是大寨工分制。当时规定强劳力一天出工，记工分十分，男弱劳力和女人最高每天记工八分。但在造田过程中，工程进度缓慢。本来这个造田活儿就是冬季干，一入春就要忙春耕，入秋要收成，时间上等不得，在乱石碱滩上改田必须要在冬季就要完成。当时的大队书记李大成急了眼，为了赶进度干脆给强劳力定土方量，干完记工十分。如果弱男劳力和女子突击队的铁姑娘也能完成这个工作量，也是一天记一个工十分，结果是人人抢着干，几天就挖出了预定的槽子，比预期工期完工提前了近一个月。曹自忠想到这件事似乎从中悟到了什么。定土方，那不就是一个"包"字吗？为那一个工十分而挥锹抢镐，干劲猛增，那不就是一个解决"泡日头"，打破"大锅饭"的关键一环吗？对！这就是农民心中的积极性。

曹自忠想到这里，急匆匆地走回村，敲开了老支书的家门。大成一开门，见是自忠，诧异地说："这么晚了，你来有事吗？"

曹自忠说："大，这个'家庭联产承包责任制'就是解决'泡工分'吃大锅饭的问题。"

在昏暗的灯光下，曹自忠对大成详细谈了自己对文件的理解和对玉泉大队实行"家庭联产承包责任制"后农业生产一定会发生大的变化的预测。

他特别对大成说："你记得你当初提出的粮牧、副业都要抓的想法吗？为什么没办到呢？因为当时政策是'一大二公，割资本主义尾巴'。现在好了，为了激发农民的积极性，实施'家庭联产承包责任制'。在自己承包的土地上除种粮食外，还可以多种经营，这不比我们现在好吗？"李大成咋不记得，当初想让玉泉村的村民吃饱肚子，穿上没有补丁的衣服，提出"整沙丘，抓粮牧，增田地，上副业"的举措，结果让公社大批一通，说他这个共产党员脑子里尽是享受的资产阶级思想。本来杨老汉治沙丘挺成功，刚刚见了点效益就让停了，副业也停了，不让搞了。玉泉大队此后专一搞种大田，实行的是"一户一猪二只鸡"。玉泉劳力多，田地少，草地多大，但羊只数不多，结果大家出工一点活也是你看他，他看你，出工不出力，想让一部分富余出的劳力搞副业，上级也不允许。

村里的二根子擅长养殖。说也奇怪二根子养的猪长得又肥又壮，可自忠母亲和好多村民就不行。同样一时间和二根子抓的猪仔，慧桃和好多村民养猪手法与二根子不同，猪养到半呵廊子（方言：正长膘的时候）无缘无故就死啦，年年如此。养鸡也是一样，正养喂的鸡要下蛋的时候，"咯咕"一声死一只，"咯咕"一声又死一只。慧桃和遇到同样情况的村民是扔一只流一次泪，扔一只流一次泪，心疼得很。到年岁末，你看二根子杀的猪膘肥体重，足有二百多斤。

二根子杀了猪舍不得吃，想上鹿塬城区去卖，一年到头，见点活钱。这在当时肉类短缺，各种物资凭票供应的形势下，猪肉对于附近的厂矿职工来讲，那是奇缺的东西。可不巧二根子被公社的戴红袖章的"割资本主义尾巴"的队伍给抓住了。二根子连人带肉被押在一辆马车上，让车倌看着他。他们这伙人又到庄稼地里，埋伏起来，准备抓另一伙从附近农村高油房来的，所谓搞"投机倒把"卖油的。二根子趁他们不注意，偷偷塞给车倌五块钱跳下车背上肉就跑，这才带着肉连夜跑回玉泉村躲过了一难。

曹自忠有天路过老杨头的窗户时听到老杨倌又在喝闷酒。老杨头拉着他那把破四胡。拉出调子曹自忠略懂一些，拉的是蒙古族说书曲调《数来宝》。可沙哑的声音配上五音不准的四胡声，那是什么《数来宝》，让人听得心烦，简直就是一曲"数来穷"。

是啊！由于历史的原因，在农民心中的那种巨大的社会主义积极性压抑的太久了。好在十一届三中全会以后，在"解放思想，实事求是"的精神的鼓舞下，特别是那位伟人邓小平"贫穷不是社会主义"的这句简单明了的话语，让中国农民打破了人民公社"大锅饭"的体制，创造出来以农民家庭承包经营土地生产的模式。这实在是农村改革的成功之举。它必然会解决农民在生产过程中的积极性问题，换之而来的是增产，是农民的好日子。

李大成听了曹自忠充满感情的话语后，在被深深感染之中生出一股老当益壮，再带领村民拼搏一下的劲头。自己是在农村长大的，深知村民的本性是质朴善良的。但他们的那种"说了不算，要眼见为实"的本性，也不是他一个人凭嘴就能让人们抛弃多年来的经营办法，而实行一种陌生的作业方式，那是不行的。

他猛地站起来，几乎是和曹自忠同一个时刻用劲说出一个字："试。"

曹志忠说："大，如果您同意的话，我没意见，那咱们明天就选定一队全体村民作为第一年承包人，用今年的成果来说服二、三队的村民，把'家庭联产承包责任制'在玉泉村大队全面铺开。"

3

在第二天，全大队的村民都集中在饲养院场地，看着玉泉大队的第一生产队的一百四十七户农民在"保证国家，留足集体，剩下都是个人的"这个和合作化前个人单干，也和资本主义国家家庭农场有天壤之别的包产到户、包干到户新的农业经营方式的责任书上签了字，开始了"家庭联产承包责任制"在玉泉村的试点工作。

玉泉村的隆冬，尽管寒风刺骨，但心里热乎乎的曹自忠和老支书李大成漫步在村中的道路上。

往日的玉泉村到这时，人们早就熄灯入睡了，但村东一队的村民家中仍然灯火通明。李大成和自忠耳中，不时传来窗户里面房屋中的吵闹声，有的说："马上就要七九了，该那块地浇冬水啦。他参，咱们包得那块地当初造田就没弄平，得铲高垫低，将来浇水顺畅……"

有的说："咱们西头有块地，缺肥，得换土，肥灰拌土再铺一层就会变好。"

……

当大成和自忠走到老杨头家外时，听见老杨头正和二根子激烈地争论着，争论村后山坡种果子树好还是桃树的好。只听老杨头高声说："二根子你不知道原来村后西山上都是野山桃，现在是少了，那也是那几年，乱砍当柴烧，做镐把，锹把，抬杠，小车给弄的。现在荒山荒坡草地，咱们一签合同五十年不变，还能从信用社贷款。我看从长远看种桃树好，山坡土质过去适应山桃，现在咱们种桃树更合适。你说得坡地种'茨'好！这个我同意。"

"茨"，大成一听就明白了，就是枸杞，当地农民习惯称之为"茨"。这是由于当地野生枸杞与蒺藜相似。5月到10月，绿叶配红浆果，边开花边结果，采摘时成熟一批采一批，果实甜，微有些腻。过去村民不知道，后来宁夏人有来这地方定居下来的人，认得这叫枸杞，是一种药材。在孙思邈《千金翼方》有记载其药性，中药称杞子，而其根皮（中药称地骨皮）有解热止咳、降压降血糖之功效。它和沙柳一样都是经济作物，只不过在那个"砍资本主义尾巴"的年代，谁敢拿此去卖钱？只是把它和沙柳一样，当柴火砍回烧火做饭。

老杨头的房中又听到二根的老婆在给他们俩讲白天到所包的草滩上看有多少沙丘洼地。现在沙柳有不少现在就可以"平茬"了。把"平茬"下来的沙柳赶快截成小段用水浸泡了，赶在谷雨插入沙丘和圪洼中，当年就能成活。"平茬"下来的枝杆还能磨粉喂羊。年末沙柳根不但把沙丘固住了，而且会越盘越大，"平茬"量会越多，可挣不少钱等等。

大成和自忠听着他们的议论，相视一笑。看来，人们都上心了，来年一定是不错的。

一年的时间过得真快呀，转眼就秋收在望了，真是春种秋收，天道酬勤。

从冬浇、春耕、夏锄、秋收，人们经常看到，号称玉泉村第一会享受的（好吃懒做的人）喜财子就像变了个人，半截烂棉袄披在身上，裤腿卷到膝盖，冬穿棉鞋，夏天趿拉着那个旧塑料凉鞋，扛着铁锨，不是在田里，就是在垄埂上忙碌着，整日早起晚归，忙来忙去。有人打趣他："喜财子，今天不晒太阳了，身上都发霉了。"喜财子头也不抬地说："你去哇，老子顾不上。"

一望无际的田地里，金黄色的麦穗沉甸甸地低着头，在微风中摇曳。一阵风吹来，掀起一阵阵金色的波浪。看庄稼的长势，今年大丰收是铁定了。

……

当秋收新粮归仓时，一队的社员往自家的房院倒腾自己应得的那份粮食。在场围观的二、三队社员们"啧，啧"的赞叹声不时传入曹自忠的耳中。

喜财子手捧金灿灿的麦粒往自己嘴中塞了一把，麦粒的香味，让他喜得合不上嘴，露出了一嘴白白的大板牙，这和黝黑的脸，形成了鲜明的对照。

当大队保管高声报出亩产数，并喊出一队单产超出二、三队亩产单产的数量近十成时，人们惊讶地瞪大了眼睛，但谁的心里都有本账，大家都是庄稼人，种地上谁也哄不了谁。人哄地一天，地哄人一年的道理都还是知晓得。一队社员付出的辛勤汗水，及冻、冷、饿……个中的原因大概喜财子最能知道。他就说过：自己一年受的苦，超过了过去多少年。还有它知道，那就是归入自己仓中的黄澄澄的粮谷豆粒！……

来年的春节、元宵节是玉泉村历史上最兴高采烈的一年。一进二月玉泉村就召开了全大队"家庭联产承包责任制"承包合同签字大会。

会场上醒目地写着一副大对联。这是曹自忠从一份资料中看到的口号，上联：大包干大包产，直来直去不拐弯儿。下联：保国家足集体，剩下都是个人的。横联：共产党万岁。

老书记李大成在大会上激动地说："我们玉泉有山、有水、有草原、有大田。我们的山是聚宝盆，我们的水是生财路，我们的大田是黄金盘，我们的草原是摇钱树。从现在开始，我们要在山上栽果树，我们要在水中养鱼，我们要大田上种粮种菜，我们要在草原上裁柳牧羊。让玉泉不再念一本经，不在一亩地上闹。玉泉要走自己的致富路。三年以后，我们要让玉泉人肚里饱的，锅里还有剩的，仓子里有存的，兜子里有花的。"大成的话，说到玉泉人的心坎上了。这正是玉泉村多少代人企盼的好日子啊！

曹自忠清早站在石拱坝上，望着远处的大青山。一缕霞光从云层中穿过照在大青山那墨黑的身躯上，苍劲的一丛丛的松柏更显出壮丽和沧桑。今天是个好日子，二月二龙抬头。沉睡千年的山峦、土地、草原苏醒了。全玉泉村的包干包产，"家庭联产承包责任制"责任状已经全部签完。农村的人们要在这块土地上焕发他们的青春活力，要大显身手了。山峦、土地、草原也要在他们手中自由的驾驭下，真正体现出了他们的价值。古诗云："春种一粒粟，秋收万颗子。"农民的好日子就要在改革开放的新农村政策的阳光雨露下实现了。那种"一双筷子，一个碗。中午菜粥晚上汤。就在一分地上闹，老割资本主义小尾巴。冬阳坡，夏阴凉，一铺一盖混时光"的日子，再也不复返了。

第六章 探 索

1

半空中的电闪雷鸣，将熟睡中的姚一民惊醒。他从床上爬起来，拉开窗帘的一角向外看，乌黑的夜空中白茫茫的，什么也看不见。他拉开一扇窗户，疾风暴雨迎面扑来，豆大的雨点打到玻璃上，打到他脸上。关上窗户，拿起搁在床头的手表看了一下，指针指在四点上。他心里想，夜里一点多钟，他检查完垃圾场的填埋垃圾情况，刚回家才三个小时，怎么这么大的雨就来了。老天爷的脸，真是说变就变啊。他急忙穿上衣服走到桌子前，拿起电话给局里防洪办拨动了电话。

电话接通后，话筒中传来值班员的声音："喂，哪位？"当姚一民说出自己的姓名后，电话那头立刻传来值班员清脆的声音："是局长呀，你还没睡？有什么事儿？"

姚一民吩咐他立刻派值班车到家里接他，并安顿他让司机直接把车开到巷子口等他。他马上就要出去等车。打完电话后，他穿上雨衣雨靴，悄悄地拉开门，正准备走出去，背后却传来妻子的声音："这么大的雨，又要出去呀？"

姚一民说："我马上得到街上去看看。这么大的雨，恐怕街上的水也小不了。你睡吧。"

姚妻说："我看你今晚又回不来了吧？我把门从里面锁上了啊。"

姚一民说："好的，记得明天你送孩子们去上学，把雨具都带上。"

说罢，姚一民出了家门，径直往巷口走去。

白茫茫的雨帘中，道路上的积水已经有半尺多高，不时翻起小浪花接合着天上掉下的豆大的雨点。防洪值班车闪亮的灯光照在地面上，只见街面上的水流不时漂过瓜皮、塑料袋等杂物。

姚一民上了车，吩咐司机往工业北路方向开去。车行至东门大街和工业北路的交汇处，只见一群黑影在一个店铺的屋檐下聚拥在一起。姚一民吩咐车停下。他下了车向这群人走去。人群中一个年轻的女子喊道："局长来了。这么大雨跑出来干甚？"

姚一民一看，原来是这一路段扫街班长大凤。只见她全身已经湿透，而脸上仍在不停地往下淌雨水。

大凤说："刚刚扫到这，快扫完了雨就来啦。没办法，雨太大了。从队里出来时，天还好好的，大家谁也没带雨具，衣服都湿透了。现在我正给他们布置赶快分开路段检查一下路段上的排水口，有没有堵得杂物。如果雨停了，明天还得早上早出班，趁湿铲'雨冲沙'。"

姚一民听他这么一说，心中顿时放下心来。自己所要想说的，她都安排了。看着他们个个像刚从海中爬出来一样，不但浑身湿透，而且衣着单薄瑟瑟发抖。心中一阵感动，也不再说什么。只说了一下大家辛苦啦，就驱车直往清运队驶去。

姚一民到这个局工作已经三年过去了。他深了解自己所管理的环境卫生工作的复杂性，也深了解自己所管理的环卫工人默默奉献的可贵精神。

车子驶进清运站的大门时，清运站的会议室灯火通明。他踏进会议室的一刹那，看到车队的司机和装卸工们，衣服都湿透了，头发都是湿漉漉的。他们有的在喝水，有的在抽烟。所不同的是装卸工手中的大锹，依然在每一个装卸工身旁立着，似乎在等待什么？

一会儿，身体壮实的全队长和调度员陈玉刚进来啦，见姚一民坐在会议室的椅子上，马上一愣，知道局长刚从道路上回来想听听他们明天铲运"雨冲沙"的安排。全队长祖籍是山西人，前辈也是"走西口"来鹿塬的农民，多年来他的口音随父母一点也没变。他向姚一民简要地说了紧急开会的内容。

原来按一般"三清"工作的规律，是清运站一点出车拉垃圾，把全区近二千五百多个垃圾点，特别北梁一带的垃圾基本拉完后，两点半清扫队开始清扫全城区十八条主要干道的道路。这样就把垃圾车驶过的道路上抛洒下的垃圾也一并清扫干净。而厕所清掏除机械吸粪车白天运作以外，一般民居旱厕，尤其是北梁一带大大小小一千余座旱厕也要在清晨职工上班前结束清掏。

今天在暴雨来之前，正好垃圾点上垃圾刚清运完。队领导看到这场来势凶猛的暴雨，势必要在道路上冲刷积存大量的"雨冲沙"。队领导研究后决定让所有当晚拉运任务完成的司机和装卸工不回家，集中留在会议室，布置明天铲运"雨冲沙"的任务。

姚一民听罢全队长的简单汇报后说："你们的会尽量短些，让工人多休息一会儿。明天雨一停立即出动。你们安排吧。"

姚一民从会议室出来，看到修理车间孙主任在大声地吆喝着，招呼修理工给几辆车换水箱和修补轮胎。修理车间的工人们挥汗如雨，紧张地为明天就要启动的大小装载机和铲车做维护检修。孙主任见姚一民过来，连忙说："没问题，明天各队的车辆一定耽误不了铲运'雨冲沙'的任务。"

"雨冲沙"这个名词，恐怕在全国从事环卫工作的人也极少知道这个名词，这是因为鹿塬老城区的地形所致。博托城区是 N 自治区鹿塬的一个老城区。在这里流传着一句话：鹿塬的根在博托，博托的根在北梁。所谓梁就是鹿塬人称两个低洼地挟一高凸之处。博托老城区的地势是北高南低。北梁人称四沟七梁一面坡（即后水沟、瓦窑沟、榆树沟、西脑包后沟，四店儿梁、东、西营盘梁、大仙庙梁、寺梁、召梁、官井梁、黄土渠）。从空中俯视看北梁一带：沟壑交错，沟梁于西南方向顺势陈列，错落相间。只不过黄土渠一带顺南北起坡，颇有点黄土高原的味道。在此居住的房屋建筑都在梁上或依坡半坡而建。以寺梁东回族聚居区为例，这里最早为蒙古族巴家的"户口地"，从山西"走西口"的人在此居住，租种巴氏蒙古族"户口地"为生。所以有鹿塬老人讲鹿塬最早居住的是蒙古族人。有了人家后，从清康、乾开始陆续的有来自宁夏、甘肃、河北等地的回族逐渐聚居，形成以清真大寺为核心的居住区。其后，贫富不一的蒙、汉、回、满等各民族或行商至此，或"走西口"落脚，逐渐建起了各具民族特色的居所。其中以山西风格的房屋居多。如像"走西口"发家创业的商贾大家乔、曹、常诸家，也有鹿塬攘邻的公旗王爷和官家大院，一般都是高墙深宅。这种房砖瓦结构，满面门窗，雕梁画栋。门洞上方有砖雕"书香瑞霭"或"福寿满堂"等字铭，寓意此宅是读书富贵人家。有的门洞两旁或院廊廊柱，还有砖刻或木雕楹联。此住宅建造时也适应鹿塬匪多、风沙大、寒冷的特点，加入了防风、防寒、防水、防匪的功能。但北梁大多数贫困人家的房屋则是依坡而建的土房，密密匝匝，而且每年都还要用泥和草秸搅拌后抹房顶。特别在此居住有以养牲畜为生的祖居户，除了住房外，还有大片圈地，里面骆驼、牛、马、羊应有尽有。

随着鹿塬工商业日益兴起，特别是在 1925 年以后，乔家、曹家、殷家、姚家在鹿塬坐商买卖的兴旺和影响，加之冯玉祥创办新文化教育的日益发展，引进了段绳武等天津、北京、河北、河南、上海等地行商的大笔投资，带来了现代文明经商气息和经营理念，使鹿塬的经济文化进入一个飞快发展的时期，有了富三元、川行店、东西前街等著名的商业街区。

新中国成立以后，鹿塬这个北方的商业重镇迎来了新生，修建了东、西环城路、西脑包大街，向南又新修拓宽了南门外大街，南北工业路，使博托区的交通形成了二纵四横的交通网络。但城区的排水仍然是整个城市建设和发展的"瓶颈"。"雨冲沙"就是历届政府环境卫生工作最头疼的问题之一。

因为北梁的排洪靠沟，如果是小雨雨过地皮湿还问题不大，但如遇到暴雨平地起水，那就糟了。博托区北高南洼，这就是为什么当初不管是来鹿塬经商的、种地的、行医讨饭的都要据鹿塬地势北高南低的特征，住房都要建在坡梁上。暴雨一下，梁上的垃圾杂物，房顶上的泥草，牲畜的粪便，厕所的人粪尿……从七梁四沟一泻而下，从太平官巷、瓦窑沟、官井梁大街、九长城巷、西脑包后街几条街巷一涌而出，经解放路、胜利路、西门大街汇集形成一股洪流，向工业路、和平路、环城路、西脑包大街奔来。水过之处，果皮、草木等各式各样的杂物通通留在道路上，目不忍睹。特别是水流在城区干道上逐渐水势降速平缓，流淌下的泥沙留在马路的两侧，形成了一丘一丘的一层"水冲沙"。

姚一民回到局里，见防洪办的值班主任张亮正在给水库打电话。姚一民从他们的谈话中，知道水库的库容量还在安全线以下。他吩咐张主任亲自去水库一趟，掌握汛情一手材料。等张主任等人乘车去往水库后，姚一民回到办公室和衣躺下。

暴雨终于在清晨停了。姚一民从办公室出来，见办公室的王主任正从仓库往外扛锹镐等工具。车库门前，党委的甄书记正在按城管科提供的"水冲沙"集中的地点给机关干部分配任务。他看了看手表，还不到上班时间。但机关的同志们都是按岗位责任制的要求，凡遇大的暴雨、暴雪天气和重大卫生检查的时候，必须提前到单位，按自己联络的单位和地方去参加劳动，并督促责任单位完成清理"雨冲沙"和积雪的任务。

甄书记是一个精干的女同志。见姚一民从办公室出来，对他说："刚才看到你在办公室睡得很沉，估计你也睡得很晚，没叫你。我和王主任商量了一下，准备让干部马上到自己的联系点。你看还有什么要说的？"

姚一民说："挺好挺好。我准备到街上看看，看一下'雨冲沙'任务量的大小得弄几天，好心中有数。"

清晨的博托区，大雨过后街道已是一片狼藉。干道上除了大大小小的沙堆外，垃圾随处可见，臭气熏天。当他到了东门大街拐向工业路的五金公司门口，看到清运队的装载机已开始把十字路口的"雨冲沙"往清运车辆上装。在装载机的轰鸣声中，旁边的装卸工和清扫队的工人们顺着铲头的方向从四面用锹把沙子铲堆在铲头前，形成大堆堆起来，便于装载机铲起运走。姚一民看到司机小贺，满脸倦容地指挥装载机往清运车辆中倒沙土和杂物。

姚一民知道小贺和大凤是新婚夫妇，他俩都是局团委委员。小贺由于在工作中的优异表现，在上个月光荣地加入了中国共产党，并被评为"五四奖章"获得者。他们夫妻都是环卫战线上的优秀青年。他们在工作中相识，在劳动中相爱。

工人中还流传着一则故事。小贺是清运队的司机，每天清运垃圾都是凌晨回家。往往小贺回来，大凤刚出去清扫道路。大凤又是班长，出得早回得迟，所以有时回来小贺正睡得香。大凤又是个个性火爆、生性活泼的人，时常开小贺的玩笑。有一天大凤回来见小贺睡得香，心里有事想叫醒他，可怎么也叫不醒。大凤就喊了一声："全队长电话！"小贺"噌"的一下坐起来，睁开迷迷糊糊的眼睛说："是不是出车？"结果把大凤笑的是前倒后仰。小贺一看大凤开玩笑，就又倒头睡下。当大凤笑完再看小贺时，他已经打上呼噜，咋也叫不起来了。

姚一民叫过大凤来说："我说咋也认不出你来了，从后背影看，像你。"原来这些女清洁工今天都是用头纱蒙着头，外表根本看不出谁来。顺着大凤的指点，姚一民看到清扫工们有的在用铁锹铲沙子，有的推小车在清理果皮箱和道上的杂物，还有的在清理排水口内的东西。这些排水口本来都有铁篦子，可是总有些家伙把上面的铁篦子撬走卖钱。雨水一来，因为没铁篦子，杂物等顺着排水口进入沉淀井。只见一个个戴着头纱的女清洁工把手伸入排水孔内，一把一把地往外掏树枝……姚一民的眼睛湿润了。

他一抬头正好看到清扫队的孟队长拎着刚从下水口掏出的死鸡，往垃圾车上扔去，忙招呼他过来。

姚一民说："孟队长，你赶快给清掏站林站长打个电话，让她赶快抽出一辆吸粪车过来，把十八条干道所有没有铁篦子的排水口抽一遍。如果杂物弄不干净，堵了排水，将来破路就麻烦啦。"看着小孟应声走去，姚一民随即又到西巴彦大街"雨冲沙"更为集中的地方去看清理情况。

西巴彦中段是西环城路的雨水从西五街和公园路冲下来的"雨冲沙"较多的一个地段。因为这条大街在修路时，可能没操平或是不知道的原因，这里一下雨就会形成大面积积水，因而形成的"雨冲沙"量比较大。而西巴彦又是鹿塬去往 N 自治区青城市的主要干道，车流量大，"雨冲沙"如果不及时铲起运走，经多次车辆碾压，形成硬块，此地人讲"硬圪旦"，你想再铲也铲不动，除非炸药炸。

在劳动现场，姚一民看到年过半百的甄书记，虽然是个女同志，但随着手中镐头的上下挥舞，扬起的黑头发中已隐见白发。干劲十足，汗水不停地流淌在清瘦的脸庞上。

姚一民走过去，让她歇一歇，她似乎没听见，边干边说："不行，赶快把这里的沙子弄走，那边的量还很大呢。"姚一民一把夺下她的镐头，自己挥镐干起来。

三天过去了，这场暴雨造成的干道上大面积的"雨冲沙"在环卫工人的日夜奋战中彻底清理完了。

姚一民粗略地算了一下，仅这一场雨就清理出"雨冲沙"和垃圾杂物有近千吨。铲运完"雨冲沙"还不算，机关干部又帮助清扫队的女工们足足地夜扫了三天马路，才把主要干道上铲运完"雨冲沙"后所留下的一层薄沙土清扫干净，使博托老城区的十八条干道不见尘土飞扬，恢复了道路本来的面目。

看到干净、整洁的街道，姚一民感到欣慰，更使姚一民感动的是，环卫工人虽没有大的本事，也就是一把扫帚一把锹，抱着臭气熏天的吸粪管，开着人人路过都要捂着鼻子走的垃圾车或吸粪车，干得是再平凡不过的事儿，在一些人的眼里也是被瞧不起的活计，但她（他）们应该最值得我们尊敬。他们无论春夏秋冬，严寒酷暑，或在毒辣的太阳下，或在寒冬的西北风中，在每一天从不缺席。他们孤单身影的背后留给我们的是城市的文明、整洁、干净。有人说环卫工人是城市的美容师，而姚一民更想说的是，他们不但是美容师，更是城市交响曲中一颗不可缺少的"小豆芽"，在城市发展的乐谱中奏响着城市文明的乐曲，带给我们欢乐，带给我们喜悦，带给我们舒适。

姚一民回想起自己即将到城建环卫部门上任时，一位熟知城建环卫工作甘苦的老领导曾和他说这项工作时形象的总结为："修桥补路扫拉掏，防洪防震种花草。公园的猴子有人爱，就你耐①骂不说好。"让他有思想准备，不要怕批评，要做好面对困难的准备。

记得姚一民刚来这个局上班时，第一天就接到多份群众来信。说某某地

---

① 方言：挨的意思。

的厕所满了没人掏，大冬天屎冻的一尺多高了，人都蹲不下去；某某地的垃圾没人拉，堆积如山；某某地自来水跑水了，天寒地冻人在冰上走，自行车根本滑得动不了及影响交通上班等等。有一封信是告状的。信中反映来信人去厕所，根本没注意到冬天旱厕蹲坑屎尖冻得越垒越高，甚至高出蹲坑近二尺。来人没注意往下一蹲，正好蹲在冻结的屎尖上，撞得尾巴骨疼得坐不成，正赶过大年时节又心烦，只好上医院治疗。来信要求给予赔偿。姚一民看着老百姓的份份来信，心中很不是滋味。群众来信反映的都是真实情况，但市政环卫设施欠账太多了。就说北梁的情况，环卫管理比起新中国成立前有了长足的进步，但实际状况和群众生活的基本需要相差太远了。

2

博托区是个老城区。追溯到新中国成立前的环卫部门就叫卫生队，这个行当在新中国成立前也是不招人喜欢的。当初山西人"走西口"来到鹿塬，依坡而建房屋居住，居住地多是以典故或姓名起名，比如与大仙庙梁仅咫尺有一个叫后水沟的地方，乃是乞丐聚居的地方。当初鹿塬城垃圾清理也是当时镇公中头疼的事情，也曾张榜招雇清洁劳夫。但鹿塬城中无人应招。人家讲话宁可到小店端茶倒水伺候人也不干这个"讨吃"营生。无奈之下，当时设在马号巷的镇公中（处理地方事务的办公场所）就想到一个地方——后水沟，也叫死人沟中的"水泊梁山"中的丐帮。此地人们评论说丐帮人抗硬（方言：厉害）名不虚传。其帮主和手下骨干均在梁上住大宅院吃香的喝辣的。而指挥其集聚在沟中的乞丐办四件事：一办义庄，存放死人的棺木。因为好多外地人，特别是山西人在鹿塬做买卖的讲究死后"落叶归根"，棺木要回籍。有的死者或因死的不是吉时，不宜移棺回籍。或是有什么其他原因要把入殓的棺木存放义庄，以待适时再移走。二管治安。因旧鹿塬警力有限，维持社会治安急缺人手。后水沟人称"水泊梁山"，自有一群好武者，那么基本队伍就是衣衫褴褛的丐帮人员。鹿塬九行十八社逢节办社火，以及谁家办红白喜丧事需要维护秩序人员，这群丐帮人员手持水火棍担此责任。据说有一年鹿塬某富商的女儿随家人正月十五去南门广场看焰火、斗活龙。正当高兴之余，手舞足蹈，手腕上戴的纯金手镯被小偷瞅见。正当焰火"猴屁股着火"喷出五彩缤纷的火花时，人群怕焰火烧烫，急向后拥，拥挤之中小偷趁乱将小姐手腕上的金镯子摸走。小姐事后发现又哭又闹。其父原是鹿塬一名富商望族，闻之大怒，责镇公中限期追回。镇公中给乞丐头领下任务后，丐帮也不敢惹这位富商，更不能不听镇公中之命令，遂令手下连夜查找。第二天中午，这家富商的门口有人来报送信。待富商家人去接信时，送信人已不见踪影。但门阶上放有一信封，拆开一看，内有金手镯一个，让小姐辨认，真是小姐丢的那个。内附有字条上写："望不具名，日后有缘，望乞关照。"

三办监狱。警方带回的各类犯科人员，监禁在这里，自有丐帮人员充任看守。

四办是丐帮人员每日套上马车，沿街串巷"摇铃取土"。"摇铃取土"就是把车厢用草帘四周围上，沿街串巷。每到一处大门前，居住的人们把自家的垃圾用桶装好，在听到铃声时把垃圾倒入车内，由马车把垃圾集中拉到在城外的坑洼地。这个习俗，一直延续到 20 世纪 80 年代。改革开放后，国家加大了环卫投资力度。马车换成汽车，才改变了过去"摇铃取土"的状态。环卫部门随后又按户按人口集中情况，视道路的宽窄程度设立了垃圾点。由街道办事处雇用的小街巷清扫人员用小板车把各院住户垃圾集中倾倒在这些垃圾点上，由环卫部门派车清运拉走倾倒在城外垃圾填埋厂。像这样由环卫部门负责拉运的垃圾点分布在博托老城区的大街小巷，共计三千余个。

鹿塬市是个富饶的地方，不仅商业发达，牧业旺盛，而且矿产资源也丰富。1927 年我国地质学家丁道衡先生发现了白云鄂博铁矿后，对矿区的生成、铁矿的储量，以及在未来开发交通运输的线路都曾经做过设计规划。他断言：毫无疑义，假如能够对白云鄂博铁矿进行大规模的开采，必将成为发展工业的主要矿源，并将促进中国的西北地区发达起来。其后，1935 年地质工作者何作霖首次发现了白云鄂博矿区中含有两种稀土矿物（氟碳铺和独居石）。在此后，1944 年另一名地质工作者黄春江循着丁道衡的足迹，对白云鄂博再次考察又发现除了主矿外，还有东、西两矿。黄春江首先肯定了丁道衡关于在鹿塬附近建设一个大型钢铁基地的构想，并指出应该利用黄河水作为钢铁企业的工业水源地。

1937 年鹿塬沦陷后，日寇很是垂涎白云鄂博的矿资源，但在中国共产党领导下的大青山游击支队和蒙古族英雄茂明安旗札萨克齐王的夫人额仁钦达赖的部队以及傅作义一部的联手抗击下，终使日寇没有染指白云鄂博这座宝矿。

1955 年鹿钢破土动工。1956 年鹿塬市市政府正式搬迁石门水区。博托区成为隶属鹿塬市的一个老城区。在"全市支援鹿钢，鹿钢带动全市"的口号下，博托区也张开自己的双臂迎接了从天津、东北等地为鹿钢建设配套的一些大厂。随着"一五""二五"计划的实施,博托区相继有拖拉机制造厂、配件厂、电机厂等一系列大型厂矿在博托这块土地上诞生。但博托老城区的环卫设施已不能适应人民生活的需要。市政府市政环卫投资方向为适应鹿钢生产和建设的需要,从1955年至20世纪90年代中期主要偏于青山和石区的建设。博托区市政环卫建设投资方面只占市整个投资一小份额的"维护费"。博托区的城建环卫部门应付城区十八条主要干道的环卫工作的"三清"(清掏、清运、清扫)都深感吃力。北梁长期是三无地区(无排水,无像样的水厕、旱厕,无像样的道路),北梁改造更是无从谈起。曾有人戏耍说:"市政环卫设施投资对青石二区是'锦上添花',对老城区来讲是'雪中送炭'。"到暴雨袭来,对于青石两区来讲,雨水的到来,正好冲刷街道灌溉花草,空气清新;对博托区来讲则是一场灾难,随着暴雨,北梁的泥沙、垃圾、牲畜粪便、破烂旱厕的人粪尿一泻而下,冲入梁下十八条干道的主要道路上,而雨后的"雨冲沙"更是把环卫工人的辛勤劳动化为乌有。

雨后烈日炎炎下,梁上的人们穿着雨鞋在粪水泥泞的道路上扛着自行车爬坡过沟(人们戏称跋山涉水)才能回家。而梁下的人们则是在泥沙堆砌高低不平的沙丘上行走,机动车则是在起伏不一颠簸的道路上前行,机动车驶过尘土飞扬,而耳中传来的是人们对城建环卫部门的责骂声。

马上就要过年了,今天是腊月二十三,是家家户户的"扫尘日",也是一年一度的送"灶王爷"上天的日子。从昨日下午一场大雪降临,又足足地下了一晚上。今天的凌晨雪停了,博托区笼罩在一片白茫茫之中。

此地人有个习俗,二十三扫家忙,粉饰清扫过大年。这一天以后也是垃圾量猛增的时候。雪后的梁头圪旦上,大小宽窄不一的街道堆起的垃圾和积雪混杂在一起堵塞了道路、堵塞了家门,堵塞得清运垃圾的车辆也根本无法通过,只能望垃圾兴叹,束手无策。而每家每户每日倒出的垃圾和扫家清理出来的杂物又倒在雪堆上,形成了一座座"垃圾山"。人们只能翻过一座座"垃圾山"出行。

梁下大小不一的十几条干道上,环卫部门正出动全部装载机械和人力突击铲运道路上堆积起的积雪,以保证干道畅通,避免交通事故的发生。但梁上怎么办?人民群众要过一个环境整洁、干净的春节,更要尽快解决梁上人民的出行问题。咋办呢?姚一民坐在办公室里,苦思冥想一切可能解决难题的办法。忽然他想起一个人,这个人就是驻地部队的梁副参谋长。

他和梁副参谋长最早的友谊可以追溯到20世纪80年代初。他在担任博托区团委干部时，曾多次在"八一"这一天率青年"学雷锋"小组和文艺宣传队到部队慰问演出。经过几次来往，认识了当时任部队保卫科长的他。到姚一民调任新职到城建环卫部门工作以后，这种深厚友情一直未断。特别是部队的家属院就在博托区的大水卜洞，军民经常有来往。当他拿起电话试着给梁副参谋长打电话讲清暴雪造成的人民出行的困难，电话那头的梁副参谋长爽朗地说："老姚啊，我们的部队家属院就在你们的辖区。今天就好多人别说骑自行车，就是步行上班都困难，好多人上班都迟了。情况我们都看到了，这个忙，一定帮你们。你们每年慰问部队，家属院缺水、缺电、道路铺设都是你们帮助解决搞好了。军民鱼水情嘛，我请示一下旅领导后就给你去电话。"

没有多长时间电话铃响了。梁副参谋长告诉姚一民，旅领导听了他的汇报后十分重视，马上决定派出无战备任务的战士，由他带队来清理梁上的座座"垃圾山"，让老百姓过一个好年。

在部队到的那天，姚一民看到400余名健壮的小伙子来到梁上清雪现场，高兴得说不出话来。

驻鹿部队战士在梁副参谋长的带领下，在屎尿中刨冰山和一座座垃圾杂物积雪混杂的雪山，在臭气熏天的"垃圾山"中装运垃圾。经过两天的奋战，才在北梁清理出一个道路畅通、干净整洁的环境。在那些日子里，人民子弟兵和城建市政环卫工人一起抢镐锹铲，挥汗如雨。那些年龄十八九的年轻士兵稚气的脸上，满是臭泥水，衣服上满是臭泥浆。北梁的人民深深被子弟兵雪中送炭的情谊所感动，纷纷走出家门端茶送水，把自家过年的油饼、馓子端出来慰问战士。那一幕幕军民鱼水情的情景历历在目。博托老城区人民为了鹿塬市的工业发展做出了多少让人难以忘怀的牺牲啊！

面对市政环卫工作这个窘境，不能天天搞突击，被动工作啊。怎么办？姚一民是个不轻易服输的人，以他的人生成长经历只告诉他一句话，"办法总比困难多"。就是在和曹自忠的一次电话中，他深受启发。既然农民能走承包生产的道路，我们在有限的经费中是否也能采取承包的办法摆脱困境？这既能解决环卫工作运行中苦乐不均的"大锅饭"的问题，又能摆脱目前遇暴雨暴雪被动应战的局面。当他的想法在局党委会上一经提出，立即得到了党委全体同志的赞同。

年过半百的甄书记说："我也一直想这个问题。我们的钱有数儿，可要办的事儿挺多，但最终的目的要物尽其才，钱尽其用，人尽其力。我看呀，还得走承包这条改革的道路，想多挣的多干，不想干的让那些想干的人上，也省的咱们每天东查西跑，忙碌不说，效果不好。我看可以改。"

可是当党委意见拿到下面时，波动就大啦。姚一民和清运站、清扫站、清掏站、市政养护站及局工会职代会的代表同志座谈，征求大家对改革承包的意见时，出席讨论会的人数和讨论各种意见争执的激烈程度实属少见，但对承包这一改革措施却一致的赞同。

姚一民和局党委成员被工人们这种负责任的态度所感染。他认真听了各个站、队对于承包所提的各种建议和实施办法，得出了自己的看法。

工人们的看法很简单，就是梁上、梁下之分。在梁上长期从事"三清"工作的工人职工们认为，梁上道路宽窄不一，垃圾车上坡下坡绕行油耗大。而且梁头人口是整个博托老城区人口的一半多。居民住房却依坡而建，且多年失修。光每年抹房铲除下来的房顶杂物产生的垃圾总量，增加了一倍以上。如果每人每天日产垃圾 0.8 公斤、屎尿污水 1 公斤计算，全区总人口四十万左右，那么近二十万的北梁人日产垃圾、粪便污水四百吨左右，所以北梁应该占环卫清运能力配给量至少在二分之一以上。北梁一带大小旱厕林立，虽经多年改造，但由于无排水设施，北梁一带少数居民大院采取挖渗水坑的办法解决污水排放；而大多数都是直接倒入旱厕后坑，造成了清掏工人工作量巨大。如不及时清掏，后坑外溢，粪水横流，恶臭熏天，所以即便是无雨季节，这一带居民穿雨鞋出入民住院落那是经常事儿。加之，梁上饲养牲畜的居民较多，牲畜粪便经常堆积路边。过去附近农村单一使用人粪便、牲畜粪便作为农田基肥时，也曾一度减轻淘粪工的压力，但随着化肥的使用并作为农业生产的主要基肥时，牲畜粪便外掏量急骤减少。居民因厕所少、小，排队上厕是时常事，等不及就随地屎、尿。加之，有的街巷路灯匮乏，在漆黑的夜晚，下夜班的职工群众骑自行车或行走陷入粪堆，那是家常便饭。这部分司机们疾呼：要把环卫力量多投入到梁上来，改变目前梁上卫生环境极差的窘状。

而在梁下从事扫、拉、掏、市政维护的职工则认为十八条大小干道是博托区的门面。企事业单位和家属宿舍多，生活质量和消费水平较梁上的居民相比较高，每人每天日产垃圾平均量要比梁上多。清运车辆要承担十八条主要干道上的果皮箱、单位的垃圾箱的垃圾，清运量也是一笔不少的数字。清淘工则反映主要干道仅有一座水厕，大部分为旱厕。因为干道流动人口多，日产粪尿量大，清掏周期短。特别是冬天，屎尿冻结冒尖的事时有发生。现在工作量已超过工作负荷。仅有的吸粪车也经常忙于救急，应付不暇。扫、拉、掏的困难情况也不比梁上差，还是维持现状好。

修理车间则反映，司机们由于都想使用新轮胎、新配件，不注意保养，造成人为的浪费，形成修理经费严重不足。该大养的到期不能如期大养，造成车辆带病运行。以致恶性循环，使原本就是驻区单位退下来的车辆经翻修改装的垃圾清运车的车况日益变差。

经过几次研讨，姚一民认为从讨论中可以看出职工们对"大锅饭"深恶痛绝，极想改变劳苦一天得不到相应报酬的状况。要想激发大家的积极性，不改变现在的作业模式和管理模式，解决不了目前存在的问题。

怎么办？还是让工人们自己群策群力定出一个量化的承包方案来。当和局党委委员、各站队负责人，特别是职代会代表酝酿讨论后，决定由姚一民牵头会同各分管业务的副局长、职代会工会主席和工人推选出来的公正、公平的职工代表组成扫、拉、掏、市政维护的各个工作小组，从测算工作量、里程、耗油量入手，拿出切实可行的承包方案来。

在那些没有白天没有黑夜的日子里，姚一民带领各个工作小组，具体测算全区三千多个垃圾点的垃圾产量；测算每个垃圾点到垃圾填埋场的运距；测算每辆车拉一趟垃圾折返用油消耗量；测算每个装卸工在相应工作的时间所应装卸的垃圾量；测算每个清扫工根据道路清扫难易程度应承担的清扫面积，核定每条街需要清扫人员的数量和经费；测算全区两千余座旱厕的布局及为周边服务半径的居民户数和人口；测算人工和机械吸粪车的服务半径和粪便污水产生量的饱和工作量；测算每辆环卫车辆的保养费用和各种轮胎、水箱和附属机械使用配件的消耗量（包括清扫人员扫帚、小车和保洁工具等的消耗量）。经过半个多月八个测算小组所得出的数据，经职代会的几次讨论和修改终于出台了《博托区环卫工作承包方案和奖惩实施条例》，简称为"四定一包（定任务、定车辆、定经费、定油料消耗，包雨冲沙和积雪清理）及奖惩办法"，不日公布于众，付诸施行。

在各个站队公布《承包方案》并宣布承包人的这一天，会场一片沸腾。在每一个人和站队长签订协议书后，便立即和自己选定的装卸工坐在一起。看着自己手中的承包协议书，明白了自己的经费（包括司机、两名装卸工的工资和车辆小修费用）、任务（拉运范围和车走点净）以及明确组成配套作业小组。一旦有暴雨和暴雪，造成干道上"雨冲沙"或梁头积雪垃圾混杂，清运车组和清扫班应在什么时间清理完毕。工人们最感兴趣的是奖惩，看得特别仔细，当看到经费结余、油料结余都归自己或检查任务完成不合格罚款的条文时，都反映承包方案定得合理。对于全城区垃圾点的合理分片承包，都反映了承包内容仔细、清楚。垃圾量和拉运难易程度的搭配基本合理，特别是承包协议书中为解决"雨冲沙"和大面积积雪造成垃圾与积雪混杂形成"路难走，尘飞扬"的问题，把清运站所有车辆和大小装载机与清扫队的清扫班结合，组成若干个固定的作业小组形成常态。一待有暴雨暴雪的情况，不用等局和站队的指令，由清运队司机和清扫班班长为正、副组长的协作小组把指定的"雨冲沙"集中点和梁上的居民区因积雪造成道路堵塞的问题立即在规定时间内自己动手解决。

职工们是很看重这份承包协议的。姚一民和党委的甄书记在参加清淘站的承包大会上，一位老职工就对其中一条"在冬季每座旱厕要做到定时清底……"提意见时说："这一条不合理。冬天旱厕清了底，冻层往上冻。拉屎的人拉一层冻一层，屎冒尖反而更快，使用周期更短。不能见底，得留一部分稀的。因为粪尿在冻层下发酵，有热量，便于春季时一次性的清底。如果不留底汤，冻一层结实一层，来年清底至少推后半个月才能见底。"

听了这位老职工的意见，承包书中这个内容当即改为"留部分……"等，大家都满意，觉得手中的合同不是戏言，是认真的。

散会后，姚一民有感触地和甄书记说："老甄，看来承包这条路走对了。缓解了经费，我算了一笔账，现有经费承包后还略有节余，可以用在其他的刀刃上。"

在"四定一包承包方案"实施之后的半年中，效果确实是明显的。最让姚一民有感触的就是告状反映问题的信件明显地减少了。

在城建环卫工作过的同志都知道，在这个系统工作，除防洪和市政维护、绿化造林、栽花种草是季节性的工作外，最频繁的就是大大小小的环境卫生检查评比。姚一民来这任职几年来，细数一下各种城建环卫的检查名目不下七八种。小型的有博托区内部每季度一次的"转龙杯赛"，有市环卫系统每年一次的"行业"和绿化的行业的竞赛，有市环卫系统所辖旗县区每半年一次的"环卫杯"赛，有全自治区每年一次的"阿吉奈"对口赛……竞赛评比中最重要的是全国创造卫生文明城市活动的检查评比。一切检查首先的是环卫部门。整个系统一遇大型卫生检查评比秣马厉兵好像打仗一样，日夜奔忙争取拿到一个竞赛的好成绩。在那些检查的日子里，环卫系统所属各站队，包括卫生防疫部门、市政系统的道路维护和排污工人都要闻令而行，坚守在自己的岗位上，生怕出点错，使自己的工作项目在检查中扣了分，拉了整个检查评比总分。

记得姚一民刚到任后，迎接全市旗县区环卫杯卫生检查评比，由于经费紧张，多年的旱厕外墙皮脱落，后坑盖板残缺不一，特别是旱厕外观颜色五花八门。为了迎接检查，局里好不容易凑齐了一些经费，搞了些涂料。由于黄色涂料不够，就掺兑了一些红色的涂料，兑出的颜色被检查团戏称为"牙花子颜色"（牙床色），自然达不到满分标准，被扣了分。结果在区评比总结大会上被领导点名批评，说环卫系统的厕所检查被扣分一事是"鸳鸯枕上补麻袋"，引得全体出席会议的各委办领导同志们哈哈大笑。

　　姚一民亲眼看到老城区市政环卫设施落后的实际状况。如和青石两区相比，其环境、道路、配套设施一个在天上，一个在地下。如同体育田径比赛一样，从发令枪打响的那个时刻就其实力对比输赢结果一目了然。面对市三区环卫系统苦乐不均，姚一民对各次系统对口检查中名次根本不在乎。而北梁人民连行路、上厕所都得不到很好解决的现实，却是萦绕在姚一民脑海中一直思索、苦苦寻求解决问题的出路和办法的一个问题。正好半年一次的行业对口赛有市政府主要领导亲临检查，他脑海中突然有了一个大胆奇特的想法。

　　检查的前一天，刚来博托区主抓城建环卫工作的分管区长把姚一民找到他办公室。他说："这次检查呀，市里张市长亲自参加。你一定要认真准备好。市长马上就要担任市委一把手。你要把博托区最好的一面拿出来，不能让他不满意。"在听了姚一民的安排意见、现在城建环卫系统的准备情况，以及检查路线给这位区长汇报后，他满意得直点头。

　　当检查团第二天到博托区检查时，姚一民有意识地让抽签同志抽中北梁的两个旱厕。当车队经东门大街、太平官巷进到北梁区域时，在前面引路的姚一民没有按原定路线走，而是拐向水口街，从此处上寺梁绕行至牲畜圈、烂泥滩、破烂厕所比较集中的长黑浪东西窄巷向西行绕道去旱厕检查。

　　在泥泞的道路上车行至路段中途时，姚一民的车停下了。正好车队都行在路段的臭泥糊中。包括市领导在内的检查团一行人都呆住了。这哪能下车呀？青山区一位副区长下车挺快，一开车门一脚踏在一堆牛屎堆上，锃亮的皮鞋陷入屎泥中，一脸难堪。姚一民一边招呼着领导们注意脚下，一面注视着市领导的面目表情，只见他望着远处，有一女同志酷日之下，穿着雨鞋从家门口出来，把自行车扛起蹚过泥潭……看着此情景张市长若有所思看了姚一民一眼，什么话也没说，只是挥了挥手说："大家都看看。"又对姚一民说，"哎，你说的那个旱厕在哪，咱们去看看。"

　　被查旱厕打扫得也还是干净的，但刚刚打扫完地上的尿迹还依稀可见，厕所后坑无盖，人一近前，绿头苍蝇"轰"的一下飞起来。当检查完博托区环卫和市政、绿化的全部项目时，张市长一路上没发一言。而那位辛区长则愠怒地看着姚一民，也没说一句话。

在送走张市长的车队后，辛区长直接去了区委书记办公室。当区委书记听完辛刚的描述并提出撤换掉城环局局长姚一民、另派某人担任新局长时，他看了看辛区长，意味深长地和他说："你刚才说有钱上街拉一个'讨吃子'也能当城建环卫局长，这话是错的。你听说过博托干部和环卫职工中流传的一句话没有？"

辛区长不知区委书记问他这句话的意思是什么，所以摇了摇头。

区委书记说："博托区的城建环卫工作，占半个政府的工作量，你应该去城建环卫系统蹲上个三月半年，你就会知道人们说的一句话，环卫工作也就得姚一民这样肯辛苦、有脑子的人干。工人们说换别人？换个啥一民也不行。"

……

自然博托区这次检查分数远远落后于青、石两区，一共三个区检查评比排名第三。这老三也是姚一民意料之中的事。依现在环卫设施状况，能及格就不错啦。想排名再往前靠越过青石两区那简直是天方夜谭。只不过检查评比进行会议总结的时候，市领导却一句话也没有说。青石两区的环卫领导关心地对姚一民说："你老兄啊，咋给引到那么个地方，寻倒霉呀？"而受检的博托区区领导辛区长借口有事没有参加会议。

没隔几天，市政府办公厅打来电话通知，姚一民及博托区主要领导到市政府开会。当他和区领导踏进市政府会议室的时候，发现出席会议的有青、石两区负责同志，市财政和市建委的领导都正襟危坐在会议桌旁。会议桌的正中端坐的是那位市领导，即将升任市委书记的张市长。

主持会议的是分管城建工作的政府副秘书长。这是一位精干的蒙古族中年人。他清了清嗓子说："今天的会议议题就一个，是张市长提议的。今天全市环卫行业竞赛检查团的同志们都在。大家谈一下检查博托区情况的观感。请畅所欲言吧。"

秘书长开场白让所有的人都愣住了。出席会议的人，看到财政局局长、市建委领导都来了，以为又要分什么车辆，给什么项目经费，对这个八竿子也想不到的议题一点准备也没有，都张口结舌无话可讲。

张市长看大家久久不说话，笑了笑说："我来说吧，我给你们讲一下我在博托区那天检查看到了什么，我想说点意见。"

张市长随即讲了，那天看到北梁大晴天一个女同志穿着雨鞋扛着自行车出行的事情。故事的情节很简单，但张市长的语调却是沉重的。姚一民看了一眼身旁的程区长，表情很激动，他似乎想插话又不能打断市长的发言。

待张市长讲完，程区长做了一个很激动、很令人心酸、也很令人感动的发言。他讲了北梁的发展史，他讲了北梁和老城区人民为鹿塬工业的发展所做出的贡献和牺牲，他讲了北梁及鹿塬市政环卫设施的现状，他讲了老城区及北梁人民的生活的基本需求，他讲了博托区城建环卫工人的艰辛……讲到动情处他使劲控制住自己眼眶中即将流出的泪水。他最后提高声调说："我讲了这么多，也是我在博托区工作的亲身体验。我很赞成老姚把检查团引到那个地方，让你们各位都看一看。我作为区长，我想为北梁人民做点事。但博托区是个吃饭的财政（税收少经费短缺收入仅能开工资），我没有钱，太难了。我们鹿塬市欠博托老城区、特别是北梁人民的账太多了。"

那天会议后，市政府正式行文，确定从当年计起每年给博托区增拨建35座公厕的经费。加大配给博托区环卫车辆的补贴力度，配置装载机等大型专用车辆，以便解决博托区"雨冲沙"的铲运问题。每年从市财政预算中列支拨付改造，新建北梁十八条街巷的费用，解决北梁人民行路难的问题。以上各项作为为博托老城区办的实事好事，政策十年不变。

出了市政府的会议室，程区长对姚一民说："你还真是为博托区，特别是北梁人民办了一件实实在在的大好事。现在'鸳鸯枕上补麻袋'的干部太少了。"

这件事至今想起来，可能是姚一民一生中最令人啼笑皆非和难以忘记的一件事情。

自从城建环卫系统实行"四定一包"责任制以来，环卫的运掏扫、市政维护、绿化、美化由于责任制的落实形成了常态化的管理。在随后的检查中，特别是在一次全自治区卫生评比竞赛中，博托区尽管作为老城区，但整洁的街道，梁上大街小巷干净的面貌，全区旱厕统一鲜亮的米黄色外观，墙体后坑盖的完整，主要干道花圃和行道树的花香碧绿以及各种排污排雨口箅套完整均给检查团留下了美好的印象。老城区没有让检查团扣掉一分，这是让姚一民十分欣喜的。这一切不但是走改革之路，实施"四定一包"的明显效益，也是城建环卫工人用辛勤的汗水浇铸出来的丰硕成果。

一年一度的春节来了。自腊月二十三以来，经过工人的连夜奋战，终于圆满完成了一年垃圾量超过以往数倍的清运任务。自入冬，清淘厕所的职工把全区两千多座旱厕已经给清掏了四次，厕所屎冻冒尖儿的现象基本没了。

除夕的夜晚，当万家灯火通明的时候，姚一民和城管科长乘车把梁上及城区的垃圾点都检查了一遍。夜里十点多的时候车载台传来了甄书记急促的呼叫声："姚局长，你在哪里？"

姚一民回答："我在铁路体育场，刚才这里的垃圾点儿才清理干净，你们检查的怎么样？"

甄书记回答："全局的干部分片包干都检查了一遍啦，垃圾点都拉清扫净了。我已布置，明天凌晨四点全局干部都要到清扫队，和清扫队的职工上街清扫大街。我先让他们回去了。"

姚一民说："好的，我马上就回局里了，你也快回去吧，恐怕老林等你做年夜饭也迟了。"

当姚一民回到局里时，院内办公室的王主任正和几个年轻的干部堆旺火。大红的灯笼高挂在机关门头上，门两侧鲜亮的对联分外耀眼。

当王主任点着旺火时，他用那浓重的鹿塬口音说："旺火旺，明年事业更旺。"

当姚一民和王主任及机关一干人在机关分手后回到家里，只见家中灯光亮着，对联也贴上了。大红的福字挟贴在两侧的对联中间是那样的喜庆悦目。

邻居老周告诉他："你们老三已经把他大嫂和孩子们都接到你妈那儿了。让你一回来就去你妈那儿，等你吃年夜饭了。"

姚一民去到母亲家，一家人早已围坐在桌旁吃开啦。见姚一民风尘仆仆地进来，老二急忙说："快给大哥倒杯水，暖和暖和。中央电视台春节联欢晚会太好了，可惜你没看上。先喝口水，赶快过来尝尝我的手艺。"

年迈的老母亲，看着刚刚进门的姚一民眼中充满了怜爱的眼神。她什么也不说，只是看着姚一民洗了手，示意他挨住她坐下。给他夹了筷扒肉条说："先吃再说。"

餐桌对面的电视机中喜庆的画面伴随着"今天是个好日子"的乐曲声，更增添了家家欢聚一堂喜庆佳节的气氛。一家人举杯同饮美酒，品尝着充满年味的佳肴，其乐融融，共度老百姓心中的团圆佳节，辞旧迎新的欢庆之节。

当零点的钟声敲响时，二踢脚鞭炮声震耳欲聋，随着一颗颗直窜天空的礼花弹，老城区的上空绚丽的礼花绘出一幅幅祥和、绚丽、美好的画面。当家家把财神迎进门时，也是城建环卫工人辛勤劳作的一年开始啦。

凌晨四点钟全局干部和清扫工的身影出现在老城区的干道街巷中。地上铺满了爆竹纸屑，有的纸屑在空中飘来飘去，在清扫工的扫帚下乖乖地归拢在一起，装入小车倒在指定的地点。清运站的垃圾车把堆积起来的碎屑杂物、没燃炸的爆竹和礼花筒装上清运车。新的一年的第一车垃圾被运往垃圾填埋厂。

姚一民看着环卫工人有条不紊地操作，心中感慨万分。一年四季环卫职工就是这样，没有节日，没有假日，也没有规律的生活。就是这样，夏天顶着酷热的太阳，冬天迎着刺骨的西北风，白净的脸黝黑了。冬天双手握扫把、挥大锹的老茧，那手上的裂缝让人看得心疼。夏天脑门上的汗水，又是那样让人感到怜爱。当你新春第一天的早晨走亲访友的时候，当你穿着漂亮合体的新衣走在大街小巷的时候，你可能不曾留意老城区的干净整洁，也不曾留意喜庆佳节时仍在街上手握扫把和簸箕保洁的环卫工人。他（她）们半跪着或掏果皮箱中的杂物，或拣出树丛中的塑料袋以及残落在死角的纸屑、爆竹、烟头。他们的身影是那样的孤单，显得不合群，他（她）们却也是创造美的使者。这一段工作经历使姚一民的心灵得到净化。他爱这份职业，他更爱这些拿着大画笔绘写家园最美图画的城市美容师。

3

一天下午，姚一民刚走进办公室，桌上的电话铃响了，是纪检委李副书记打来的电话，让他带上博托区二里半立交桥和站北路拆迁的有关资料到区纪检委办公室，有事需要向他了解。放下电话姚一民立即通知局办公室和下属城管部门立即从档案室调出有关二里半立交桥和站北路拆迁的有关档案送到他的办公室。过了一小时，姚一民带着有关资料，如约来到纪检委。进了纪检委的会议室，姚一民看到会议桌旁边有审计部门、纪检委的同志已在会议室等候。一会儿纪检委的刘书记推门进来，看到姚一民点头示意即在桌旁边坐下。

刘书记说："老姚，今天请你来主要是想向你了解一下，博托区二里半立交桥和站北路拆迁的有关情况。请你实事求是说明情况好不好？"

姚一民点点头，他脑海中立即浮现出了两年前二里半立交桥和站北路拆迁的情景。

20世纪90年代初随着改革开放的需要，鹿塬工农业发展迅速。无论外资的引进、还是当时作为鹿塬重工业钢铁基地继续发展的需要，鹿塬的对内对外交通运输状况，已经不能适应。特别是鹿塬作为自治区的工业发展的龙头老大急需 Y 盟的煤炭资源。鹿塬的民航事业当时的状况已和鹿塬的重工业基地身份极不相称，旧的飞机场需要扩建。青、石两区通往 Y 盟的通道，只有通过博托区跨二里半方能经黄河大桥进入 Y 盟。而和鹿塬市隔河相望的 Y 盟无论是工农业生产资料，还是人民生活必需的物资，都需要通过鹿塬转运。大部分转运站均建在二里半地区。而唯一通道口即在站北东路和工业南路的交汇点。铁路在此经过又是平交道口。遇有列车驶过，放下栏杆，造成车辆停驶行人驻足。而在此处汽车与火车相撞事故时有发生。此处实为鹿塬南出口的"瓶颈"，所以市政府和 H 铁局经多次现场调研，确定修建鹿塬史上第一座立交桥，并同时拓宽站北东路，以解决东西和南北过往车辆拥堵交通的问题。博托区城管部门接到拆迁任务后，当即在同年的年初于站北路一处民居内设立拆迁指挥部。姚一民带领"拆迁办"的同志经三个月的摸底、入户、协商、签订协议、搬迁、拆除、建搬迁户用房等一系列工作，圆满地完成了市政府交办的拆迁安置任务。

在那段没黑没明的日子里，面对陌生的工作，姚一民当时也是没什么底的。但市政府分管城市建设的副秘书长，同时兼任二里半立交桥建设和拓宽站北东路工程建设指挥部的总指挥，他了解姚一民曾在法院工作过，接触过好多，例如房产纠纷的民事案件审理，对房屋拆迁补偿，评估作价等方面有一定的实践经验。特别是那次卫生检查评比出歪招，让市里重要领导到屎尿遍地的北梁，实地了解北梁居民的苦处和需求一事也给他留下了极深的印象。而博托区城管队伍在他带领下纪律严明，完成任务坚决。所以付秘书长指名把这个地区拆迁任务交给姚一民完成。

面对拆迁户的牢骚、抱怨、指责、甚至谩骂，"拆迁办"的同志从合理、公道、公平的愿望出发，注意倾听拆迁户的合理要求，不厌其烦地深入拆迁户家中，在僵持中坚持，在相互的沟通中找出共同认可的解决办法。一次次地登门，一遍遍地核算，求得理解和相互让步。既不让老实人吃亏，也不让那些"会哭的娃娃多吃奶"。阳光作业，公平公正。在市政府下达任务的期限内，提前半个月完成了上级交办的任务，得到了市政府工程建设指挥部和 H 铁局的嘉奖，使二里半立交桥和站北东路拓宽施工工期提前启动，而且当地拆迁户也在当年的十一月底顺利搬入新居——二里半民航小区一村、五村。

姚一民在给纪检委的同志们汇报完当时拆迁工作的经过后，把随身所带的拆迁档案材料递给了在座的纪检委的同志。

刘书记说："你们拆迁户安置中有没有不是这次拆迁范围中的？"

姚一民回答说："有。"

刘书记说："有多少？"

姚一民说："有七户。"

刘书记说："什么情况？"

姚一民说："有两户是我们单位的协作部门公安分局治安队的，他们是警校刚毕业的新警员，新婚无房；有四户是我们城建系统刚从部队转业的；有的是从老山前线轮战下来的退伍兵，都有家属孩子，但没有房。这次拆迁余一些安置空地，所以在给拆迁户建房时，同时也给他们建了。但他们购房的房价和拆迁户不同，完全是按照当时的市场价购买的，这几户在档案中都有报告，是经副秘书长批示同意的。还有一户是返城知青，我在下乡时的队友，一家四口回城后，无房住也安置在这块地上。"

刘书记说："他是什么情况？"

姚一民想了想，即讲了这户安置户的情况。

这户的姓名叫齐秀雯，就是姚一民 1968 年下乡插队时的队友和校友。

齐秀雯在五队的知青队友们过了春节后返回村子里，一听齐秀雯已经结婚都大吃一惊。但为什么她过春节前知青们都回家她不回，要独自一人留在队里？为什么在队友们从鹿塬返回富牛圪旦后，她却和三毛子结婚成家？同村的知青们直至在返城潮中离开永胜五队都不知道这个中缘由，一直是个谜。直到 1987 年当姚一民再次见到齐秀雯时，才知道了其中缘由。但她已经是两个孩子的母亲了。

原来齐秀雯在 1969 年的年初回过一趟家。当她踏进家门的那一刹那她心凉了。母亲在北方知名大学毕业后，曾在中苏蜜月期间任苏联专家组的首席翻译，也曾风光过一时，在和当时教育局任领导职务的齐父婚后，遇中苏关系破裂苏联专家撤走，齐母只能选择任教当老师，就在鹿塬一所中学任俄语教师。齐母为人和善又勤快，在当教师这个职业中勤恳耕耘。闲时教学生们唱俄语歌，朗诵普希金的小诗，并举办俄语歌曲演唱比赛。"文革"初即被按"里通外国，苏修特务"关押"牛棚"。而齐父作为教育局的领导又出身资本家家庭，作为"走资派"在"文革"中是当然的打倒对象。齐秀雯在下乡插队走的那天，齐母被解除关押到学校来送她，鼓励她去农村要多向贫下中农学习。可这一天齐秀雯踏进家门时，谁知父母二人均作为清理阶级队伍"挖肃"对象又被关押。家中冷冷清清。齐秀雯从五原上车归家途中也没吃什么东西，到家时，饥肠咕咕叫，可家中的饭橱空空如也。想去学校食堂打饭，又都是大院熟人，齐秀雯羞于抬头。想见父母，学校工军宣队又不允许。所以她在鹿塬的家连一天也没待，连夜返回富牛圪旦。从此性格活泼，喜歌爱舞的她，变得沉默寡言。腊月二十三以后看着同队的同学们兴高采烈地回家啦，当空荡荡的知青房中只留下她一个人时，她再也控制不住自己号啕大哭一场。她思前想后，觉得自己当初下乡就有扎根农村的想法，看来自己这条路要比乔爱华他（她）们走得快一些了，走得前一些啦。在姚一民被抓走的那些天，乔爱华是每天蒙头睡觉不言声，齐秀雯则是呆坐在一旁沉默寡言。沉闷久了，她有时一个人就去渠畔村东头的铁塔边那儿一坐一后响，直到晚饭时才起身回来。冬天天黑得早，齐秀雯每从铁塔那往回走的时候总能看到一个像三毛子的身影，在渠畔远远地往这边看。待她回到知青住房后，这个人才转身往知青住房对面自家的房屋走去。

我国的农村有许多的俗语和谚语流传了千百年，其中也有糟粕。但有一些反映人文智慧的老祖宗留下的话，你学会一点，做对了，也会享用百年，比如"有钱不去两家，无钱不求二人"。意思你有钱的时候不要在家乡父老面前炫耀，也不要去当时五毒俱全的地方——妓院、赌场鬼混。无钱的时候，不要求穷亲戚，他帮不了你；更不要去求看你笑话或落井下石的人。齐秀雯出身教育世家，其父辈据说是鹿塬有名的大财主。她自幼受父传统家教，自然是心知肚明现在的处境，看现在父亲前途未卜，家中只留母亲一人，那么将后的一生，自己能靠谁？她有个叔叔倒是识文断字，但夸夸其谈，何况他现在二婚重组家庭，自己家庭琐事自顾不暇，哪有时间管她的事情。单调苦闷的日子里齐秀雯愈感压抑。在姚一民被平反送回村子的那段日子，表面上她也和大家一样，嘻嘻哈哈，但私下里自己心中的苦处无处倾诉，却是要痛苦面对家庭变故的无奈。

大年三十除夕的晚上，没有回鹿塬过年的齐秀雯一个人坐在房中，听着村中不时响起的鞭炮声，愈发感到孤单。举目无亲，身边无亲人就是齐秀雯这个大年三十晚上的真实写照。

齐秀雯正一个人坐着，也准备下炕去厨房收拾碗筷烧火煮饺子。组里同学们回鹿塬时给她包了好多饺子。李大毛给卤得肉，她自己也留了一些，剩余的以及每个知青的那份米面油猪肉她托侯泉带给母亲家中。这时门开了，王老大娘颤颤颤地端着一大碗的饺子和一碗凉拌豆芽走进来。齐秀雯忙下地去接过来大娘手中的饺子和豆芽菜。

王老大娘说："小齐，还是到大娘家去唯。反正大娘一个人，你来也有个伴。"

齐秀雯说："不啦，大娘。这么多饺子和豆芽，真的谢谢您啦，黑灯瞎火的，也不怕摔倒，您赶快上炕。"

王老大娘说："不啦，锅里还煮着饺子。刚才头锅一煮出来，我就赶紧给你端来啦，趁热吃吧。一会儿吃完来大娘家，糖、瓜子都有，赶快过来。"

北方人过年熬夜是一种习俗。据《帝京岁时纪胜》记载："高烧银烛，畅饮松醪，坐以达旦，名曰守岁，以兆延年。"实际上也是人们以虔诚的心熬过除夕，以求来年长了一岁更顺当，日子更好的一种愿望的表现。

齐秀雯送走大娘后，心中一阵酸痛，一边吃着饺子，眼泪却不由自主地掉下来……掉在桌上……掉在碗里。

除夕的富牛圪旦充满了年味。今年又是个丰收年，加上今年来到永胜五队知青给村里带来了欢乐，带来了新生活的气息。杨队长特地让饲养员老汉把院中的旺火垒得更大一些，特安顿车倌拉煤时从山上采回松枝、柏树插在旺火堆上，让旺火也披红挂绿。队部和饲养院仓库的红对联分外耀眼，红得鲜亮。门框上柱子上，甚至牲口圈棚都贴上了"抬头见喜""出门发财"之类的红底条联儿。

临近夜零时，漆黑的夜空中，一枚"冲天雷"冲天而去，揭开了富牛圪旦村民迎财神的序幕。霎时，夜空在震耳欲聋的炮仗声中，各种美丽的烟花弹向天而去。漂亮的烟花、迷人的图案，伴随着"哗，哗"的响声，不时闪现在空中，真是姹紫嫣红争奇斗艳。

社员们除老人行走不便没出门外，大人小孩穿得漂漂亮亮的，这时从家门涌出来往饲养大院走去。每个人心中都想围着熊熊的大旺火亲自转上几圈，图个来年吉利。你如果身在其中，你才能真正懂得农村过年那种"火树银花合，灯树千光照。儿童强不睡，相守尽欢颜"辞旧迎新，喜庆气氛的真正含义。

然而齐秀雯独坐灯下，虽听见外面人声沸腾，欢歌笑语，但懒得起身，欲收拾完桌上的碗盘早早入睡……

忽然间三毛子手持鞭炮推门进来："秀雯，你咋一个人坐着？不出去看红火？饲养院的旺火今年可是真旺！"

齐秀雯见是三毛子，脸上一阵惊喜，说："大年三十你不在家，乱窜甚了？"

三毛子说："我知道你一个人。刚才我大哥打发我叫你去我们家吃饭，我来了以后，看到王老大娘在就没好意思进来。回去让水仙来叫你，她非让我来。我等了一会儿，看你吃上了，也不好再打搅你，看你吃完我才进来。咱们放炮转旺火去。"

齐秀雯说："放甚炮了，你喝酒不？咱俩喝酒。"三毛子一听，头也炸了："喝酒？你敢吗？"

齐秀雯说："敢！咋的了？我去切些肉咱们俩喝。"说着齐秀雯去了知青厨房，一会儿一手端了一盘卤肉，另一手拿了两条酸黄瓜，还在胳肢窝挟着一瓶酒进来了，把肉、菜摆在桌上后，摆了两只碗，打开酒并往各自的碗内倒满酒，就招呼三毛子上炕喝酒。

三毛子看眼前摆的大酒碗，有些发怵、胆虚，自己本来也不胜酒量。开始三毛子心里直犯嘀咕，还有些扭捏。但看齐秀雯一口酒一口肉几下就喝了有半碗多，自己也只好陪她一小口一小口地喝着。

这时灯光下的齐秀雯，酒涌上头反而心倒更安静了。原以为自己过年孤自一人，也没什么乐趣。过年嘛，过了今天，明天就又是一年了，也无所谓。过年也没甚意思，只想吃了饺子就睡觉。没承想，有人惦记自己、想着自己。先是王老大娘送来饺子、凉拌豆芽让齐秀雯这颗杂乱的心有了温暖，从心中也感谢王老大娘的深情厚谊。后来听三毛子叙述叫自己的过程，更感到人生一世，有人想着，也是一种福分，特别对三毛子的到来，格外地感到惊喜。齐秀雯对三毛子是有好感的。记得冬天送甜菜时，她第一次跟车，对冬天夜里出行毫无经验，穿的也单薄一些。车过复兴镇她就在车上冻得瑟瑟发抖。三毛子见状，赶紧把自己身上的皮袄脱下来强说着给她穿上。

等在刘召卸完甜菜往回返时，虽然是白天阳光普照大地，但五原的冬天那个冷风刺骨的滋味真不好受。看看三毛子，他也不知在哪里找见的一个烂麻袋披在身上御寒。秀雯看着心中却是十分感动。秀雯记忆犹新的另一件事就是，姚一民被抓的那天，站在雪地里的三毛子，竟然当场脱下毡靴给姚一民换上。平时三毛子也是经常到知青点来，但多是和周永健、姚一民他们说说笑笑，一头钻进男知青住房往炕上一躺，既不多言也不多语。碰到女知青进来，腼腆地不敢说话，手也不知往哪放。装车"挑个子"，宁可自己车上车下忙乱，也不让知青累着。在村里他做人正直，口碑挺好。齐秀雯看在眼里，听在心上，无形之中对三毛子有了好感。

齐秀雯尽管来富牛圪旦也就是半年多，但从日常交往中看出来三毛子是个有担当、有善心的人。今天三毛子的到来，虽说是无意，但在齐秀雯心中也是希望看见的一个人。自己一后晌心慌意乱，也不知乱想些什么。但一见三毛子进来，似乎心里突然有种释然的感觉。想到这里齐秀雯也不待三毛子喝不喝，反正自己又端起碗喝了一大口。

三毛子来找齐秀雯也并无他意，主要是想着过大年了，孤身女子孑然一人在知青房里待着，肯定也不好受。联想这些天，每天看到齐秀雯，似乎有什么心事儿总是呆呆地坐在铁塔边。自己卸了车后却鬼使神差地老要往铁塔那看，总能看见齐秀雯一个人在铁塔那儿。有次他和周永健说起此事，周永健也不清楚咋回事。事后周永健让连继珍和杨玉芬问过她，她什么也不说，只是说："无事。"还直说："挺好呀。"这下三毛子就琢磨不定了。除夕晚上，他没叫上齐秀雯到他家吃年夜饭，但老在心中惦记，所以放下碗就跑到齐秀雯这来，想叫她出去转转旺火，调换一下心情，结果倒让齐秀雯给弄上了酒桌。

　　三毛子看这时的齐秀雯，脸红扑扑的，分外娇媚。你想哇，鹿塬一中三大文艺队之一的女文艺队员，个个美若天仙。齐秀雯作为一个舞蹈演员，其身段那自然没得说。她年龄刚二十岁出头，正是风华正茂的时候，在三毛子眼里，简直就是个天仙。他呆呆地看着齐秀雯。齐秀雯看他这傻乎乎的样子，扑哧一下笑了："让你喝酒，你往哪看了？"说的三毛子满脸透红，恨不得有个地缝钻进去。

　　门开了，杨队长的女儿和水仙一前一后进来喊道："人们都在转旺火，你们俩是喝什么酒呢？赶快走，去转旺火。转旺火，十年顺。"不由分说，把他俩人一起拉下炕，结伙去饲养院的旺火堆旁。

　　这时的饲养院虽说不上是人山人海，但是人挤人，人挨人，几乎永胜五队的老老少少都来了。人们笑着跳着围着旺火转个不停。

　　这转旺火也有个讲究，要先逆时针转三圈，再顺时针转三圈后结束，这叫"苦尽甘来"。三加三为合六，叫"六六大顺"。三毛子别看他人五大三粗，身体强壮，但是不胜酒力，据说五个啤酒瓶的底子让三毛子喝下去，马上满脸通红就睡着了。今天三毛子和齐秀雯喝酒，看见齐秀雯豪饮一碗酒下肚，什么事也没有。自己喝上几口酒后酒劲上来，也想充充好汉，更不想在齐秀雯面前丢男人的面子，也喝了一大半碗。逆时针转了三圈后眼前天昏地转，又顺时针转感到腿一软就倒在前面的齐秀雯身上，连他带齐秀雯叠在一起。周围人一看哈哈大笑。叫得最欢，声音最高的是"杨谝子"："看呀，三毛子今日碰上天仙女啦。牛郎配上织女啦。"在众人的哄笑声中，三毛子不好意思，任人们取笑。等把她拽起来，人们还在转旺火中，不知什么时候他和齐秀雯手拉手一起回到了知青点的住房中。在黑暗中两人紧挨着坐着，谁也不说话，谁也不愿主动放开谁的手。只听见对方心中传来的"咚、咚、咚"的心跳声……二十多岁的两个孤男孤女，就在这漆黑的房间里待了一晚上。

谁也不知道他们干了什么，反正第二天一股流言传遍了全富牛圪旦，"生米煮成熟饭了"。

对于这个流言，还不知三毛子和齐秀雯是什么态度，但最着急的是李姓家族的掌门人李四老汉。

李四老汉今年60多岁了。要论阅历和经历，他是李氏家族中最丰富的。但他也从未见过这等怎么想也想不到的事情。但他深知，这可是涉及党的知青政策。如果一旦齐秀雯追究，那三毛子，倒霉是必然的。所以初一早上第一时间就把李大毛、李二毛、挨树和杨队长叫到他家，大家商量拿个主意，对这件事究竟咋办？来者想来想去都面面相觑说不出个调调来。正在大家干坐的时候，门开了。进来的不是别人，正是众人面对这件棘手事情的主角——齐秀雯。只见齐秀雯进来，落落大方地给各位拜年，然后从容地说："我和三毛子的事是我自愿的，请杨队长和公社联系一下。一上班儿，我和三毛子要领结婚证，结婚"。

众人一时也懵了，异口同声地说："结婚？"

"对啦。"齐秀雯肯定说。

还没等众人反应过来，门一下被推开。只见大毛媳妇儿和李队长（二毛）媳妇儿、水仙一下涌进来把齐秀雯抱住就亲，欢笑着搂在一起。

李四老汉和众人你看看我，我看看你，再看看地下搂在一起的四个女人怔住了。还是挨树反应敏捷，说："结婚！这可是我们李家的大喜事，该请全村人喝酒。"

推开门众人出来，只见李四老汉的院子里、门外边、围墙上都是人。人们都在惊奇地看着，也不知道李四老汉家里面发生了什么事儿，反正出来的人们的脸上，笑容满面……

初八结婚的那天，尽管初七公社上班三毛子和齐秀雯领结婚证时已通知李社长和张书记出席他（她）们的婚礼。但李四老汉仍不放心，又让杨队长坐上生产队的拖车又去了公社，请来了李社长、张书记来喝喜酒。就这样，在除夕的夜晚、在万家灯火和轰鸣的鞭炮声中齐秀雯把自己的初贞献给了一个自己觉得今后生活可信赖的人——李三毛。

1977年这个年份，对于广大知青来讲，是个永远不会忘记的年份。将发展经济作为全党的工作重心，这是邓小平同志为我们党做出的一项具有战略意义的重大贡献。他提出的首要事情就是在1977年恢复高考。千百万学子，包括下乡插队的知青欣喜若狂，纷纷夜以继日地复习功课，带着满满的信心，走进了高考的考场。和姚一民朝夕相处的那些"手提户"们也就是在这一年纷纷考入鹿塬师范等不同类别的中大专院校，学习期满后奔赴鹿塬各中学任教。三四年聚居在一起饿了吃"钢丝面"，饱了打扑克贴条子的日子从此结束了。

但齐秀雯苦于当时返城无论考学或者招工都有一个规定，在插队期间已婚的知青不在招工、考学的范围内。面对苦闷的齐秀雯，三毛子也曾提出离婚。齐秀雯招工或考学回城孩子给他留下，由他抚养成人。齐秀雯能这样做人？不要说两人婚后恩爱有了儿女，就是在齐秀雯人生最困难的时期，是三毛子体贴照顾她，李家一家人无微不至地关怀她。特别是水仙，更把她视为亲人亲姐妹。如果自己真要走离婚这条路，即便回了城也会一辈子心不安。正在她无奈的时候，父母和同学们没有忘记她，老师没有忘记她。曾在鹿塬一中任副校长兼教导主任的老师、现任鹿塬师范学校的校长，听说此事后，因为他对于鹿塬一中老三届的毕业生有一种丢不掉的情结，何况齐父齐老局长又是教育界的老前辈，是"文革"中受迫害打击最重的老教师之一。他毅然决定招齐秀雯入学，并照顾三毛子到学校农场当临时工，赶大车。将来孩子和三毛子的户口问题或由齐老局长向组织上申请或由学校申办，走一步说一步吧，好在三毛子老家在五原不缺粮吃。所以齐秀雯学业进修期满后也分到中学任教。在一个偶然的机会，姚一民碰到三毛子，才见到齐秀雯。看到齐秀雯一家四口住在不足一间大的屋子里，姚一民心中酸楚无言，也只是把这件事记在心上，待自己有机会一定帮秀雯一把，让她在鹿塬有一个合适的住房。

在进行二里半立交桥和站北东路拓宽工程拆迁工作时，有一天总指挥、秘书长和工程指挥部的领导到拆迁户安置地检查拆迁用房工程质量情况。姚一民就将齐秀雯的情况向副秘书长说了。副秘书长听罢，让姚一民写个情况，他批示一下，属于特例办一下。特别注明，房价不能按拆迁户对待，应按工程造价给予办理。

听完姚一民的讲述，会议室的人静悄悄的。还是刘书记打破沉默说："这个事儿清楚了。我再问你个事儿。你怎么一次性请客三十桌？"

"请客三十桌？"姚一民一听这个问题，脑子呼得一下，怎么也想不起来，能摆三十桌请人吃饭？

"查卫生的事儿"刘书记说。

"查卫生的事儿"姚一民一下想起来了。

他说："刘书记，是这样的。一年一度的'阿吉奈卫生检查评比'及'创文明城市检查评比'是 N 自治区的两项重要的城市卫生文明检查赛事，关乎鹿塬市的荣誉。每次检查市里要求我们城建环卫部门（包括交警公安部门在内）在三天的检查中，一定要严把死守。重要的干道和受检单位例如食品、百货等受检单位附近环境及检查团所经过的路线，绝不能在检察团所到之处，有一处垃圾、杂物或驴车粪尿。检查团前两天检查青、石两区，博托区是第三天检查。全清扫队职工共计二百余人，加上干道上的巡察车辆司机、装卸工就有三百人左右。都是五步一岗，三步一哨，随时跟着检查团的检查路线保洁，并看住沿途旱厕，以防有人随便大、小便。您知道，环境卫生是个动态的工作，前一钟头还挺干净、整洁，后一小时说不定一阵大风刮来，塑料袋满天飞，整个环境就变了。连我这个当局长的车上还带着口袋、扫把，预防路上遇到毛驴拉下了粪但保洁工又不在身边，我只好收拾到袋子里倒到垃圾箱中。为检查不丢分，环卫市政的工人连夜奋战，早上来不及吃一口早点。所以我和甄书记商量了一下，检查的一整天，每个工人加班就不要义务了，每人按加班发十元钱补助。在检查团人员吃饭时，我们集中在一起，在铁西排骨馆给每人一碗排骨、一碗拨鱼子、一瓶啤酒，正好是十元，流水待客。估计有三百余号清扫工、保洁工、垃圾清运车辆司机、装卸工、洒水车的司机等等，集体吃中午饭后接着干。一直到检查团离开博托区，返回石区住地。这十个人一百元正好一桌，一次性吃有三十多桌吧。"

刘书记又问："那你们是怎么下账的？"

姚一民回答："由局里统一造表，每张表十个人。由扫街班长或队长在表上签字，领钱交饭费。"

刘书记说："噢，是这么回事啊。我也说你姚一民的胆子还真大，敢一次动用公款请三十桌饭。"

然后他又转头看着其他同志说："你们还有没有需要了解的？"看大家都没说的，刘书记和姚一民一起走出了会议室。

临分手时，刘书记说："你的材料，我们都已经核查过了，只不过今天叫你来再核对一下。不要有包袱，工作还要继续做。记住，挨骂的永远是洗碗的，那个不洗碗的一辈子也不会有质疑。"

姚一民走出政府大院漫步在环西路上时，刚才激动的心才慢慢地平复下来。他想起拆迁小组第一次接触拆迁地域内的居民时，正碰到一伙待迁的拆迁户们聚集在一起议论着这次拆迁的补偿办法。当他们看到姚一民他们时，纷纷地围坐过来。一个胖胖的老婆儿说："政府修二里半立交桥这是利国利民的好事，也是解决老百姓出行的好事啊！但咋拆呢？拆了以后我们将来往哪住呢？"

姚一民听到老百姓问的问题，顿时感到原来还准备给搬迁户讲一番道理，看起来搬迁户们对这个道理还是有思想准备的。他们更关心的是自己的旧房能给计算多少？这些费用够不够购买新居的费用？不够还得拿多少？院子怎么算？院内搭建的小凉房怎么算？围坐的搬迁户有的甚至提出自己院内还建有地窖，这又怎么算？

姚一民他们接受了市政府拆迁任务后，说心里话，谁也没接触过这样陌生的工作。过去，他们干的工作都是国家拨款，按图施工。包括环卫"三清"工作也是国家拨付经费。尽管拨得经费不足，不能完成全部老城区的"三清"工作量，但环卫工作自实行"四定一包"承包举措后，基本上把老城区的城市容貌管理变被动为主动，激发出来了职工的干劲，换来了的是城市的美丽漂亮。特别是市政府在每年办的城市建设二十件好事中，博托区街巷硬化、厕所建设的投入基本上解决了"上厕难、行路难"的问题。但面对现在拆迁户的要求，办法只有一个先要知道老百姓的诉求是什么。

搬迁户们听了姚一民这么说，纷纷提出了自己的看法。集中后有三点：首先就是国家建设要占这个地方的土地，那么拆房后首先要保证新的住房原有面积。其次在确定旧房的价值与分配新住房面积时，要给予照顾。子女多的尽管都在一个院子里生活，在分配住房时，要考虑单独核算。不但合理安排老人们住的，也要有子女住的。最后站北东路拓宽涉及的搬迁户，有一部分是做买卖的。现在营业点拆除了，住房在新的地区，将来生活来源怎么办？能否考虑在一些干道的闲置土地上安排一些营业网点，准许原来的商贩继续营业，确保搬迁后，生活不至于陷入失业的困境。

拆迁小组在听了群众的集中意见后，连夜讨论并写出《关于二里半立交桥和站北东路南侧拓宽工程范围拆迁户搬迁补偿意见》，报请市工程指挥部批准实施。市工程指挥部将这个实施办法在搬迁户中公布后，实施办法中：首次提出了"拆一还一"以及营业房和普通住房的比价差别，还有要在新的宅地新村要有营业用房，优先照顾搬迁户中的商贩等一系列搬迁补偿内容，而且强调所有搬迁户中如能按期限搬迁到周转住房的，在安置新住房面积上给予奖励。这些内容经市政府批准一经公布，立即得到了搬迁户的支持，当即就有人带头主动到拆迁小组签订《补偿协议书》。回去以后收拾家什，腾空了住房。

但事情有时是开始顺利的，当进行到一定程度，特别是签订协议者越来越多，快要接近完成任务的百分之八十的时候，搬迁户签订协议的热潮又慢慢地冷却下来。

姚一民和拆迁办的同志们在走访了这百分之二十的住户后，发现尽管群众对政府的工作是支持的，但也有人自称是"见过世面"的人在那大放厥词。他们说："你们谁想搬就搬，我是不搬，看你政府能把我怎么样？"但也有搬迁户确实是面临难题太困难了，一旦按现行规定搬到新区，将来出现的事情根本无力解决。

一天姚一民和拆迁办的小张到一拆迁户家中，就遇到这种情况。拆迁户老李头是铁路货场的老职工，家中三个儿子一个女孩。老两口的现居室是一进两开，共计45平方米，但院落较大。其中大儿子已结婚，在院内盖了一个20多平方米的房子。当姚一民询问老李头两口子为什么不签协议的原因时，老李头叹了口气说："我们老两口住房有了。大儿子单设户，按'拆一还一'的补偿办法他将来也合适啦。女儿出嫁也不考虑。可是剩下的两个儿子拆迁后怎么办？原来我们计划觉得院内有些空地，再凑些钱在这些地皮再盖两间房子，将来两个儿子结婚房有了，我们也不操心了。可是这一拆迁我们老两口一套房。他们的问题咋解决？"

姚一民一听确实老李头不是不愿意搬，可搬迁以后接下来儿子们结婚用房该如何办？按老李头原来的设想是在自己院内再盖两间房，其费用老李头是可以勉强承受的。若要给两个儿子买房，那老李头的工资收入，加上两个儿子的工资收入都不够，还要吃饭呀。那根本就是一个无法解决的难题。

姚一民和拆迁办的同志们又走访了几家。有些情况也和老李头家的情况大致相同。甚至有的搬迁户态度很明确，自己住不住新房无关紧要，但儿子们的结婚用房如在自己院内盖，怎么凑合也可以，但要再买新房，想也不敢想。拆迁办的同志们回去以后，讨论了很久。还是三个臭皮匠顶个诸葛亮。有的同志提出："咱们现在建的安置用房，尽管是一栋一栋，但都是独家小院。我们拆迁主要是解决建设用地，遇到院子占地面积大的拆迁户在建返迁房设计初时要想到加盖问题。在计算补偿时把院大、空地面积大的拆迁户按特殊办法考虑。能不能把老李头现拆迁房的平米数和院子加起来统一核算，院子估价是不是请房产局的评估部门过来协助给评估计算一下，院子价值能折合成多少面积，然后加上奖励的平米数，看够不够安置三户，如果不够，让老李头到时补交一些钱怎么样？"

姚一民一听，对呀，脑子豁然开窍。对！这样办理不但解决了老李头的困难，而且顺利地解决了另外一些和老李头情况相似的一些搬迁户的问题。

当把房产评估部门的同志们请来，经评估和计算拿出了合适解决老李头的搬迁方案。这个方案一给老李头讲，全家老少，特别是老李头听罢高兴地一拍大腿说："好！共产党办事，我老李相信。我是个老搬运工人，穷苦人出身。我知道共产党办事啊，不会不想穷人的困难。"

当老李头和那些类似情况的搬迁户们在《拆迁协议书》上签字的时候，那些观风准备做"钉子户"的人再也坐不住了……

姚一民和拆迁办的同志看着成栋建起的新房，按服务半径配套新建好的厕所，还有硬化的集中收集垃圾的转运点，大家脸上都露出了笑容。

姚一民此时更想说的是，拆迁户们看着为他们建设的新房，个个兴高采烈。他们即便是在搬迁过程中受了些损失，但对我们的工作是支持的。而更重要的是做这项工作的我们，心中要有群众，在涉及群众切身利益的时候，我们能设身处地地换位思考，想出解决的办法，世上什么事情都能办成和解决圆满。

姚一民走到工业北路和西环城路交叉的路口时，他突然想起今天上午接到齐秀雯的电话，让他今天一定参加家庭乔迁新居的喜宴，而且告诉他曹自忠也要从玉泉村赶回来。

当姚一民乘出租车到了南海一村时，正碰上老李头兴冲冲地手提两瓶白酒从小卖部出来，看到姚一民高兴地一把拉住他说："好请不如碰上。今天二儿子订婚，晚上亲朋好友聚一聚。你来我真高兴，去看看我们装修的新房怎么样？"

姚一民向他说了今天来南海一村的原因，老李头这才松手。他乐颠颠地向自己家门走去。

姚一民进了齐秀雯的新居，一眼看见曹自忠穿着围裙在厨房里忙碌着。他一看见姚一民进来就高喊："贵客到！殷斌、张芸，一民来啦。"齐秀雯眼含热泪，看着自己心中敬重的大哥，搓着双手，不知说什么感谢话。

当几个人搂抱在一起的时候，姚一民深切地感到亲兄弟也赶不上同学友情、同窗之谊，那是谁也说不清道不明的情谊。还有让姚一民出乎意料的事情，在齐秀雯乔迁新居的喜宴上，他看到了一个人——乔爱华。

4

乔爱华今天本来有事，是不准备参加齐秀雯的家庭宴会的，但她心中多年的心结促使她来了。

自和姚一民断了联系以后，说心里话，爱华也想把这一页翻过去，特别是在大学毕业参加了工作后，成家生子，这个想法也一直萦绕在爱华心头。现在都成家了，各自都有了自己的事业，每天也不知道忙什么呢，哪有时间想过去的那些陈芝麻烂谷子的事情。所以无论是同学聚会，或什么场合，她看到姚一民总是有意地回避。有时发现好似有人在看她，她一抬头正好和姚一民对视，她把头一躲匆匆离去，一走了之。

但巧的是乔爱华家的邻居恰是在博托区系统工作。她是鹿塬一中高三某班的学生，也是姚一民的校友，和姚一民很熟悉，时不时地和爱华说说鹿塬中学毕业的学生在博托区工作的情况。她多次谈到姚一民，说这个人在博托区干部职工中为人善良、仗义、正直，口碑如何如何，还讲了一些姚一民的生活工作轶事。

乔爱华每到这时，表面上是一副听故事沉稳的样子，而内心不知什么原因，总想听到姚一民的近况。有时和邻居女叨拉时，突然冒出一句摸不着头脑的话："姚一民最近怎么样？"让邻居女诧异地看着她，弄得爱华自知失言，满脸通红。

下午，她给齐秀雯打电话想告诉她自己有事去不了。可在电话中，她听到齐秀雯说刚给姚一民单位去过电话。接电话的人告诉齐秀雯，姚一民被纪检委找去谈话了，质询二里半立交桥拆迁安置时，给她安置住房一事。电话中齐秀雯不无担心地说："咱们住房事小，退出去也可以，但别让姚一民因为这个事儿背上个处分。"

乔爱华听罢心中激起一阵阵的浪花。一民还是那个善良、为人担忧的一民，还是自己心中久久挥不掉、忘不了牵着自己的小手，带着他心中的小尾巴到处玩耍，生怕她有一点闪失，关心她、爱护她的大哥。

姚一民看到爱华一怔。但看到爱华那熟悉的柔爱的目光，他不由自主地坐到了她的身旁。这是时隔二十多年后，两人第一次坐在一起了。

充满同窗友情和乔迁新禧的家宴在喜庆的气氛中结束后，姚一民和乔爱华默默走在村南的小路上。两人一路上谁也不说话，只是走着、走着，一直走到南海子俗称"小河套"的岸边。

"小河套"的堤岸上，徐徐吹来的秋风中夹着一股鱼虾味。姚一民看了看坐在身旁的乔爱华，还是那个小崩楼，白白净净的脸上镶嵌着一对明亮的大眼睛，一头乌黑的头发轻柔地贴在白净细嫩的脖子上。岁月不饶人呐，眼角隐约地已见细微的鱼尾纹。尽管二十多年不见了，但依然是那样的漂亮，端庄。

乔爱华见姚一民在若有所思地看着自己，就说："没见过？老了哇。"

姚一民说："不老，还是那个样。"

乔爱华说："别恭维啦，你是不是都是这样夸女人？"

姚一民说："别这样刻薄好不好？说说李小林他们在我离开富牛圪旦以后，咋啦？"

乔爱华告诉他，自姚一民离开永胜五队以后，她也从县文艺队回到村里。刚回去的时候也还不觉得什么，但过了一段时间老觉得村里的女人吧，好像用一种异样的眼光看着自己。有时在和大家出工的时候，她们指指点点，议论什么。当她和齐秀雯叨拉这些事儿时，齐秀雯告诉她这里有些女人就这个毛病，最爱谈论的东西，就是哪家"男人跳墙狗不咬"，哪家"女人勾上谁啦"？一有个风吹草动，就成了她们劳动休息之余，饭后茶余的话题。好在那段时间有杨玉芬、周永健他们的关心，特别是三毛子，挺身而出护着她。

有一次队里开大会，还是"老牛尿官道"。当正队长讲完了，副队长讲。接下来保管也要说几句。会计还要审核工分。村民们对这样的会早就当成叨拉家长里短的好场所。管你谁扬起脖子讲，下面吵成一锅粥。特别是那些男人抽上自卷的旱烟卷没完，一根接一根，烟熏气、脚臭气混杂在空气中呛得你恶心。村民又劳累了一天，早就盼望着散会，回家倒头大睡，但偏偏是会开个没完。好不容易队长喊散会了，人们刚要起身。忽然三毛子大声喊："谁也不要走，我说几句。"人们纳闷啦，你一个车倌要讲什么？只见三毛子把手中的鞭杆一抖，说："我告诉你，我就一句话，以后谁要是嚼知青们的坏话，我不管你是谁，你不怕我抽你，你试试。"说着三毛子铜铃般的大眼一道寒光射向"杨谝子"等女人们坐的地方。"杨谝子"看到三毛子那怕人的眼睛直盯住她，吓得连忙往女人们后面躲。从那天以后再也无人敢嚼舌了。村里的文艺队照常在冬闲除了到县挖渠工地演出外，仍然是巡村演出，给村里挣水勤工。特别是李小林几次县里文艺队通知他报到，他就是不去。每天出工前和社员们放一盘鸽子，收工回来再起盘一次。给村民生活增加了一道充满乐趣的风景线。

只是李小林经常往城南公社跑，后来得知他在那里认识了一位天津女子，也是城南公社文艺队的知青。后来在周永健等人的鼓动下还真带回来和大家见了个面。这个天津女知青人很漂亮，是个独唱演员。从这以后，富牛圪旦知青和李小林女朋友所在的生产队天津知青好像结了对子，经常互相来访。

只要天津知青们坐着拖拉机一来，周永健的拿手点心"一窝丝"就派上了用场。而且天津知青来都带着乐器，都是铜管乐。特别是普及样板戏的时候，两个队的知青们凑在一起总要给富牛圪旦的乡亲们来一场《沙家浜》或《红灯记》等剧目的演唱会。农村的老乡们从没见过西洋铜管乐队演奏，简直是开了眼界。一到演出那天，富牛圪旦村里像过节一样，连附近村的老乡、知青，还有张书记等公社领导都要来享受这一难得的音乐盛宴。

1974年乔爱华被推荐上了大学。后来随着招工、招兵面向插队知青，王虹参军到了部队文艺团体，现转到地方在石区纪检委工作。连继珍被抽调到巴盟歌舞团担任独唱演员。周永健被招工到铁路，现在是某段工会负责人。李小林和天津那位女知青结婚后，两口子返城在鹿塬市子承父业开了一口腔诊所，生意很火……

乔爱华见姚一民很专注地听着，始终没说一句话。就问他："你咋不问问水仙的情况？"

姚一民被这么突然一问，愣了一下。他尴尬地笑了笑说："你咋知道我不问你？你还是这样，嘴上不饶人。想告诉我，就将我一下。"

随后乔爱华就把水仙的情况详细地说给姚一民。

水仙自和姚一民分手后，看着姚一民坐的班车驶离了富牛圪旦村，若有所思。好在齐秀雯自和她成了妯娌，好得像亲姐妹。水仙也从此不顾及别人说什么，每天一有闲工夫，就到女知青点来，不是帮知青们做饭，就是和女知青们叨拉、唱歌。再也不像过去，好像低人三分。有时有人指桑骂槐，还想像过去那样损她几句，齐秀雯张嘴就给对方一个眼吹火（方言：呛的对方无言可对）。特别是乔爱华回来后，一度情绪不好。水仙悉心照顾，端茶送水，还经常为她做一些可口的饭菜。使爱华苦闷的心情逐渐好起来。她们两人竟成了无话不谈的挚友。在爱华的鼓励下，特别是周永健几次和李四老汉要求，让水仙也参加了村文艺队。水仙能够在舞台上演唱，即便是小村里的弹丸之地让水仙唱自己喜爱的歌曲，这对水仙来说都是莫大的幸福。特别是在第二年，水仙生下一个小女孩，更让水仙的生活增添了无限的乐趣。

生孩子那天，当地有个习惯，谁第一眼看的这个孩子，日后的长相就会像谁。所以那些皮肤黝黑、小眼睛或特大眼睛……一句话，长得歪瓜裂枣的娘家和婆家人，孕妇本人坚决不让你看她的孩子第一眼。水仙生下自己十月怀胎的女婴后，就指定乔爱华第一个进去抱女婴给她。有些老人们常爱说一句话，"刚生的婴儿赛如驴"，但当婴儿抱在乔爱华怀中时，她睁眼的一刹那，爱华就深深地爱上了这个柔绵粉嫩、胖乎乎的小肉团。这个孩子也奇怪，从此有了个怪毛病。每到黄昏吃奶的时候，啼哭不止。非要让爱华抱一抱，在屋里转个圈才安静地在水仙怀中吃奶然后稳稳睡去。

当爱华上大学临走时，孩子已经三岁多了。临离开富牛圪旦那天，乔爱华把小玲玲抱在怀中，亲了又亲，抱了又抱。小玲玲也是拉着爱华的手，一直不放，幼小的心灵中似乎觉得每一天一定要抱抱自己的"干妈"要离开她。那种不舍，那种留恋，让水仙、爱华更是难受。分手时俩人抱着痛哭不已，不忍分开。还是班车司机在不停按喇叭，爱华才坐上南去五原刘召车站的汽车。

姚一民听罢，看着爱华，久久不语。他只是轻轻地拭去爱华在讲述中情至深处而流下的泪水。

突然乔爱华像疯了一样，用拳头不停地砸姚一民的胸脯。她再也控制不住自己的感情，放声大哭起来。

姚一民任凭爱华的拳头在自己胸口上猛砸。是啊，多少年的兄妹感情，又是自己一生中的初恋和至爱。唉，谁知道鬼使神差竟然分道而行。这压抑的心结多少年了，一直解不开，今天终于释放了。

姚一民给她拭去脸上的泪水，说："别哭啦，都是哥的不对，让你委屈了。咱们都是成年人了，也都有家了，过去的就让它过去吧。你记住我永远还是咱们小时候你的那个哥。你不管在今后有什么难处，有什么解不开的，你一定要知道你一生中有一个哥在惦记着你，会照应你一辈子的。"

爱华看着自己眼前这个朝思暮想的大哥，多年闷在心里的结，终于放下了。她的心境也慢慢地恢复了平静。

其实姚一民没有和爱华说，他也曾经回过五原一趟。

20世纪90年代中期，清扫站扎扫把的主要原料芨芨都是从哈素海一带购回的。一天清扫站长和他说，要到哈素海定购芨芨供货合同。姚一民那几天正好工作安排不多，听说走两天就到哈素海，仅离五原复兴公社一百多里。他想回富牛圪旦看看现在永胜五队在改革开放以后的发展情况和变化。

出发的那天姚一民特地在街上买了两箱鹿源产的二锅头和几条烟带在车上，准备送给自己生活过的富牛圪旦的乡亲们。到了哈素海已是上午十点。待把合同签完又去芨芨滩看了样品，方告别货主行车往复兴镇富牛圪旦村驶去。下午三点多钟，过了复兴镇拐向北塔尔湖到刘召车站的公路上时，远远望见了村东头的铁塔。车到了村口车马大店。车马大店的围墙已换成一色青砖。车停到院内时，从店房中跑出一个人来。姚一民定睛一看，原来是生产队的会计三小子。三小子见来人把小车停在院内，以为是一位路过打间客（方言：休憩一下就走），仔细一看喊道："这不是姚一民吗？我还以为是哪位领导来啦。"

姚一民这才仔细端详三小子，就是老了。想当年三小子在生产队任会计，也是村里人们认为公道、正直、村里少有的能写会算的人，如今也是有了白发了。

坐在客房内，姚一民问："李大毛不开店了？"

三小子说："现在李大毛闹大啦。有一手做饭的好手艺，开放改革后到五原县城租了店面开了饭馆，生意还挺好。后来自己出资开了个酒店。你是来参加开业贺礼的呀？"

姚一民说："我在鹿塬哪能知道这个消息。我有事来哈素海，绕道专门来看富牛圪旦的老人们。"

在三小子叙述中姚一民才知道王老大娘已过世了。生前过继给她的儿子成家后也不怎么孝敬她。自己想一生含辛茹苦地把他从本门李家过继过来养大成家立业后，结果老了也没有指望上。自己年事已高，行事又不方便，便一时想不开吞药离世了。李四老汉也过世了。张瘸子在落实政策中，按起义军人对待，政治上也平反了，现在每月由民政部门发给生活费，后来也回原籍老家青城养老啦。听来信说青城有关部门每逢抗战纪念活动都要把张瘸子请到场。张瘸子自己说现在活着幸福像个人啦。挨树和水仙一家，自挨树考上五原师范毕业后，即在复兴镇中学教书。他们把家也搬到复兴镇上学校的宿舍楼。儿子也参军后考上了军校，当了职业军人。女儿正在念书，听说明年就考大学了。三小娃因为笛子吹得好也被抽到了县乌兰牧骑。三小子还特别谈到他姐夫老康，在检察院工作到令退休后曾多次回富牛圪旦，多次谈到姚一民。

三小子说："我姐夫说你现在了不得，当上局长啦。"

姚一民说："屁大的官，受苦人。你要忙，指给我王老大娘坟地，我去给点把纸。"

三小子随即从库房中拿出一沓白麻纸，拿剪子剪成钱样。没有香，三小子说："就拿盒烟给点上抽吧，她也抽烟，尽尽孝心就行了。"

到了王老大娘的坟地，姚一民想自己在五队插队的日子里，爱华、齐秀雯、杨玉芬等知青一饿了就跑到大娘家要烙饼吃。姚一民患腿疾的那些日子里，王老大娘不辞辛苦，做饭熬药，像对待自己儿女一样照顾自己……想到这些姚一民不禁泪如泉涌。他跪在王老大娘的坟前，将烟点着放在大娘坟祀台上，郑重其事地磕了三个响头，也算是报答大娘生前对自己的照顾和吃过大娘的"手心饭"。

因为是下午四点左右，村民们都在田地劳动，村中基本也看不到什么人。在知青点的房子前，姚一民驻足久久不愿离开。他看着自己住过的房子，感慨很多。往日知青们很多住在这里的生活情景像昨天发生的事情一样历历在目。他一转眼看见鸽窝内还有鸽子。三小子说，李小林临走时给留下一些鸽子，原来是三娃子养着。他去五原县文艺队后就交给了三小子，每天放盘喂养。三小子说："反正每天除了照应店中的事也没其他做的，正好养鸽子。每天一放鸽盘，就想起知青生活劳动的情景。这也是一种念想吧。"

离开富牛圪旦前，姚一民把车上的酒和烟拿下来，托付三小子代姚一民送给杨队长、李队长等乡亲们。见东西如见面，感谢他们在姚一民遭难和在这里劳动生活期间对他的照应。姚一民和三小子抱在一起，惜惜而别。

到了复兴镇，姚一民问到了镇中学李挨树老师的家。当敲门应答后，一开门是一个俊俏漂亮的姑娘。一问就是水仙的女儿，正在家里复习功课。玲玲告诉姚一民说："你们来得不巧，我妈和我大昨日去五原参加大爹的酒店开业盛典去了，明天才能回来。有什么话我给你们带到吧。"

姚一民说："你大和你妈回来，就说有个鹿塬市姓姚的知青看他们来啦。这些酒和烟给他们放下，让他们有时间去鹿塬逛逛。就说鹿塬的知青想念他们。"说毕，就把烟、酒给玲玲留下，即告辞上车驶离了复兴镇。

在去五原的路上，陈站长问姚一民："咱们是不是在五原待一夜，还能见到你们村的人。"

姚一民说："往鹿塬赶哇。局里事多，开车注意点。"

陈站长说："那个女子长得挺袭人（漂亮），过去不认识你？看见你好像很亲。"

姚一民说："别瞎说了，好好开车，安全第一。"说完姚一民靠在后座上，自己也不知道在想什么，再没有说什么话。

5

在从小河套往城里走的路上，乔爱华向姚一民说了自己大学毕业后成家的经过。

乔爱华大学毕业后被分配到话剧团以后，在编导室工作。适逢剧团正在排演从上海工人俱乐部学排的话剧《于无声处》。

这部戏是上海作家宗福光 1978 年创作的。1978 年，邓小平虽然提出了以经济建设为中心的理论，但在"两个凡是"思想的禁锢下，人们思想和行动上仍是在徘徊。随着全国落实政策工作和"实践是检验真理的唯一标准"大讨论的展开，人们开始拔掉头上的"金箍"，放下包袱，轻装投入到经济建设上来。在思想领域艺术领域、和社会的方方面面出现了思想的大解放，迈开大步建设社会主义事业的新气象、新局面。就在这种背景下话剧《于无声处》开风气之先，一扫"三突出"之类体裁的帮腔帮调。从内容到形式，虽是一场四幕的小剧，却是对当时的戏剧创作和文艺创作是一次重大的突破，也是思想领域和社会领域中的一次极为生动的反思，让人们从中汲取历史教训，寓意很深。

这部戏的出现，引起了鹿塬市和 N 自治区的各级党委宣传部门的重视，也是 N 自治区、鹿塬市文艺界，特别是话剧复出后的重头戏。专门派出导演和确定的主要演员，赴上海工人文化宫话剧队观摩演出，并责成专人负责话剧海报的设计创作。

一日，乔爱华经过石区百货大楼，看到一群人在围观一张话剧公演的宣传海报。

海报的画面上突出位置为天安门广场人民英雄纪念碑，四周放满花圈，显出广场上气氛的沉重和压抑。画面上人头攒动的人民群众在聆听一位在纪念碑下张开双臂年轻人的演讲。碑座周围的花圈向四面延伸，与远处的乌云相连接。在一起起压顶翻滚的乌云之中，略有一丝光亮透出，似闪电似曙光。海报画面呈黑白两色。尽管纪念碑下的人物和花圈占据画面比例极小，但占中心位置的大花圈和向后延伸的花圈群以及时隐时现得还有人在摆放花圈的画面似乎告诉人们，还有送花圈的人在不断涌向天安门广场，不断涌向人民纪念碑。花圈和翻滚的乌云连接在一起，给人一种意境，似博弈似抗争。花圈的海洋和人头攒动的人群似冲击那翻滚的沉重的乌云，让光和亮来得更猛烈一些。四个血红的大字"与无声处"也正好写在闪电即将出现的曙光中，给人以遐想和震撼，人民的呐喊声仿佛就在你的耳边。

话剧《于无声处》在鹿塬一经公演，加之公演前媒体宣传力度大和宣传海报的影响，立即引起轰动。

话剧从遭受迫害的老干部梅林和他的儿子欧阳平，与十九年未通信息的老战友何是非的复杂关系中把那个年代人们的家庭生活、爱情生活和政治生活的联系以及所经受的特殊考验，有血有肉地真实地展现出来。深刻揭示了在当时特殊环境下，人们心中的激愤、心声和诉求。当剧终人们走出剧场时，仍在咀嚼着剧中主要人物欧阳平所说的话：人民是不会沉默太久的。

戏中欧阳平的扮演者，正是乔爱华新处的男友——丁效。当市委宣传部在随后组织的新闻宣传单位及各界人士的座谈会时，剧团的领导、导演、主演丁效和其他主演以及海报的创作者巴特尔也出席了座谈会。就是在这次座谈会上乔爱华偶遇了现在的丈夫，曾经是校友的巴特尔。

座谈会上，人们除了对该剧所产生的巨大政治影响和艺术成就做出了极好的评价外，认为该剧反映了人民的心声，像一声春雷，伴随中国改革开放，开思想解放之先河。

参加座谈会的同志们还对该戏的宣传海报大加赞扬。原来在上海的演出时也有该剧的宣传海报，但市委宣传部门的同志们看了以后，认为宣传的力度还不够，要求宣传处新创作一幅更能体现"于无声处"这四个字寓意深远的宣传海报来。宣传处将此事作为一项任务接受后，经和鹿塬市师专党委商讨就把这个任务交给了师专美术系的年轻教师巴特尔。

巴特尔在接到任务后，联想到自己学校中，在"四五"期间就有不少的有志青年曾经在天安门广场参加过活动。尤其是巴特尔也曾是一名知青，在下乡前曾是学校美术组的成员。1977年考上师专美术系，毕业后留校任教。为亲身体验剧作的震撼亲赴上海观看演出。回来以后他翻阅了大量的有关的照片和资料，感觉海报的创作主题要从人民深深感到十年动乱给中国人民带来的灾难和痛苦，人民要觉醒，人民有诉求出发，体现人民在沉默中爆发这样一种内涵而去设计和创作，表现出无声和惊雷的意境。

他的想法也得到亲身参加过那次运动的教师和学生们的肯定。所以他以饱满的激情创作出了这幅色彩深重和黑白鲜明，让人民"呐喊"之声欲出画框，震撼心灵的宣传海报。

当会议主持人，让海报创作者发言时，不善言谈的巴特尔腼腆地站起来，仅说了几句向前辈学习的客套话，便没有下文。乔爱华看到这个昔日的校友，还是那样淳朴，便对他有了极好的印象。

而主持人要扮演欧阳平的丁效发言时，早有准备的丁效在长达半个小时之久的发言中，大谈自己如何学习政治，提高觉悟，如何向工农兵学习，如何体会角色，如何……急得旁边的老导演悄悄地给他写了个纸条。上面写着：我们不是创作者，我们是学演。丁效看到纸条也意识到整个发言有点跑题，但再想说些什么，发言时间够长了，再也想不出自己该再说些什么，只好作罢。

座谈结束后，丁效和乔爱华走出来。丁效问乔爱华："我刚才的发言怎样？"

乔爱华说："夸夸其谈，离题太远。你自己觉得怎样？"

丁效也不好意思和乔爱华说导演给他递纸条的事。其实乔爱华早看到老导演条子上的内容了。丁效不提，她也不便点破。一路无言。

默默走了一段路后，丁效主动打破沉默说："今天那个画家巴特尔也是你的同学？"

乔爱华说："是。"

丁效说："他是考上来的吗？"

乔爱华说："他一个穷牧民的孩子，他有什么门路？不凭自己考，他能飞进来吗？"

丁效说："哦。"沉默了一会儿，他突然说："你是怎么回来的？"

一句话把乔爱华问愣了。"我怎么回来的？我没跟你说过吗？"忽然乔爱华意识到了什么。她看着丁效那张似笑非笑，又想探询的脸说："我有些头疼。你回吧。我要回博托区我妈那儿了。"说罢，就把呆若木鸡的丁效放在那儿，径直朝公交五路车的站牌走去。

乔爱华其实和丁效早已认识。丁效在"文革"中曾是鹿塬市某所中学的文艺队员。乔爱华在参加鹿塬一中校文艺队时，经常和丁效所在文艺队同台演出。丁效第一次看到乔爱华的自由体操表演，就对她有了很深刻的印象和好感。上山下乡运动开始后，乔爱华下了乡插队落户。而丁效本人长得帅气，人又机灵，和学校当时的工军宣队混得很熟。开展上山下乡运动时，丁效的家庭出身是中农（用他自己的话讲是团结对象），利用和军工宣队的关系，没有下乡插队落户。而在1969年赶鹿塬市大招工时，去了工厂。他在工厂也没当几天工人，就在工会帮忙，后做了不脱产的工会干事，也是工厂内的知名人物。由于他文艺表演有了一些实践的经验，随后调入市样板团。当时的文艺团体演员有的在"文革"初期就转业离开了舞台。而当时年轻者经那十年光景，无论从身形、本人的年龄已不能承担像欧阳平这样角色的演出。所以文化部门在选择话剧《于无声处》的演员时，从全市各个文艺团体中选择。丁效无论身材和年龄、长相，较其他人优越。他虽不是文艺戏曲院校科班出身，但客观讲本人还是努力好学的，在接受欧阳平这一角色后，随导演赴上海观摩学习。在此期间他认真观看欧阳平这个角色演员的演出，不论是表情动作，哪怕一句台词的语调都要用笔记本记下来，尽量做到形似。他为饰演好欧阳平这个角色确实也下了一番苦功夫。基本上像写作业一样，照搬照抄，一格也不出。所以在座谈会上谈不出实在的创造体会，也就不奇怪了。

丁效发现自己刚才唐突地问乔爱华那句话，可以看出乔爱华真动气了。他有些懊恼。但从他内心讲他问这句话也是有来头。而乔爱华的那种愤怒的反应，以至一言不发地离开也是有缘由的。

在1974年至1977年的知青返城高潮中，为了拿到户口或生产大队或兵团政工部门同意返城的证明，当时出现了一件让部分女知青羞于启齿的事情。对于部分男知青来说，要想在证明上盖上红色的大印，无非是买两瓶酒一条烟的事儿。可对于部分女知青来说就不是这么简单一回事儿了。遇上手握大印的色狼就得过什么"铺板关""床上关"，为了一纸盖有红色印章的证明，失去了自己的贞操。但此恶行，总是有报应的。有正义感的女知青听到这种丑恶行径，通过特殊的渠道将女知青的血泪控诉摆在中央重要的高层领导的案头上，引起高层震动和愤怒，当即批示："严厉查办。"有些色狼就这样被处以极刑，永远钉在历史的耻辱柱上。但此事也在知青中留下了恶劣的影响。"铺板关""床上关"的流言，在返城的知青中一度流传。所以"女知青咋回的城"一度也是知青们交谈，或回忆知青生活历程时的一个忌讳的话题。

乔爱华初到话剧团报到，确实人生地不熟。遇见丁效热情地招呼，心中也十分感动，所以逐渐处成朋友。但随着时间的推移，爱华在和他交往中逐渐发现此人喜好虚荣，在热情的外表下，投其所好的技能使用得很熟练。特别是和团里女老演员或新来的年轻女娃娃相处时，语言晦腻，还很得到一些老女人的青睐，这让乔爱华很反感。所以两人在感情交流上，渐行渐远。特别是今天丁效的问话更深深地刺痛了乔爱华的心，使她看到了这个人的不成熟、虚伪，认定其骨子里就是一个逢场作戏的自私者，自己根本不能把自己的一生寄托在这种人身上。

当她回到家中，母亲看到她这种模样，知道她又有心烦事儿，也就没问她什么，只是把饭轻轻地放在桌子上，自己返回厨房做别的营生去了。

爱华躺在床上，回想到今天偶遇的巴特尔曾经发生的一件事，突然让她情不自禁地"扑哧"一声笑了。乔母正在干活，听到乔爱华的笑声。她抬起头来，透过玻璃窗看，看到乔爱华仍平躺在床上，桌子上的饭也没动，还在看着天花板，不知想什么。她自言自语地说："神经病，这不知道哪根神经在作怪呢。"

乔爱华想起什么事呢？原来年轻的教师巴特尔在学校有一次举办画展，

他苦思冥想，根据自己下乡的体会画出一幅肖像画送展。画面上，一个女孩子坐在窑洞的炕上，身穿一身红袄红裤。她头上戴着花，一只脚蹬一只绣花红鞋，另一只脚穿着当时女青年流行的单带儿平底黑色女式便鞋，一只绣花的鞋被丢弃在一旁。而她看着手里拿着一只黑色的女便鞋低头沉思。看着她似乎在想什么。画面的右侧则是窑洞的门，伸进两个侧着身子小孩的脑袋。小孩的手中拿着糖果在高兴地嬉笑着喊什么。其背景是玻璃窗外隐约可看到一吹鼓手的喇叭系着红绸在吹什么调子。整个画面给人一种喜中带忧的感觉。喜庆的是迎亲队伍在催促即将婚嫁的女青年赶快起身，忧的是女青年的脸上没有喜庆的神色，而是看着手中的黑色便鞋，似乎对即将离去的生活依依不舍。唯一能证明女青年身份的是一只挂在墙上，当时流行的黄色仿军挎包，上有什么什么天地的字样，说明这是一个女知青。她就要出嫁，即将告别自己的知青生活。从她的眼神和脸上表现出的不舍，说明这个女子的心依然留恋着自己的知青生活和对知青生活的热爱。

这幅叫《恋》的油画在美术系画展室展出后的那些天，老师和学生聚集在画前，发表着不同的评论和意见。特别是那些女学生们叽叽喳喳，似乎在争论什么。这幅油画要说是在师专引起轰动一点也不为过。平日里其他系的教师和学生对美术系展出什么画一点儿也不关注，但这幅画的出现，马上引起了师生们的热议。不单单是美术系，就是乔爱华所在的汉语言文学专业所在的系一样引起不同的讨论和争执，而许多评论还发表在师专校刊《阴山学刊》上。有的评论说：这幅画创意鲜明，一看就知道作者有知青生活的经历，是源于生活的青春回忆。有的评论说：画面中的少女紧紧抓住了你的心，告诉人们那个时代的知青是如何在战天斗地的上山下乡插队生活中把自己青春芳华献给农村建设的，值得回味。还有的评论说：知青的岁月让人记忆犹新，画中女知青对知青生活的留恋，也引起了一代人不能忘却的回忆。也有的评论让人哭笑不得，题目就是《一只红鞋引起的遐想》……

乔爱华看着这些评论，同时心中也产生了见识见识这位"画家"的奇异想法。当她找到这位"画家"时，却发现他躺在地上，周围是一堆空啤酒瓶子。当他看到爱华的时候，很不好意思，手足无措。可是当爱华问到他为什么要创造这样一幅画时，他忽然就像变了一个人，清醒地告诉乔爱华他在农村下过乡。那里的土地贫瘠，他们在那里流过汗挨过饿，有的女知青因父母的不测，无家可归，只有走婚嫁这条路，他怀念他（她）们，想让人们记住知青这个中国历史上最特殊的群体。

当乔爱华和他探讨这幅《恋》的油画时，问他："你看了校刊上的评论了吗?"

巴特尔说:"看了。这幅画还要完善。很多意见也对。主题还不是那么完美。"

乔爱华问他怎样是创造完美时,想不到他却说出让乔爱华目瞪口呆的话:"创作上的完美无瑕,更像是在雕刻一块大理石。在灵感来临的时候,突然间要有把握住的一种分寸感。要善于把自己想要表现的东西留下来,用刀子把多余的去掉。这就是创作。而灵感的出现它要生活,要体验。能不能握住灵感就是看你是否有把握住机会的能力,然后顺着灵感去伪存真,才能达到你或人们需要的境界。"这一套理论让乔爱华似懂非懂。云雾中的她就是这样认识了巴特尔。

躺在床上的爱华把丁效和巴特尔做了对比。她愈发觉得自己生活中总是缺一些像巴特尔所说的真的东西来鼓励自己前行。

在此后的日子中,她和丁效尽管在业务上多有接触,但工作归工作,在日常交往中形同路人。而丁效自己也感到和乔爱华的追求根本搭不在一条船上,从此也就不再把心思放在乔爱华身上,而是瞪大双眼寻觅符合自己价值观的新欢去了。

爱华随着和巴特尔的不断交往,日益发现巴特尔的朴实、为人厚道、为人知性、善良,使她最终选择了巴特尔,作为了自己的丈夫,作为了自己一生的伴侣。

乔爱华就这样和姚一民走着谈着,好像自己要把自己和姚一民分手后的一切,心中窝藏很久的话都要告诉他,都要让他知道。

乔爱华说:"马上就是七月十五啦,你给姚大爷上坟去吗?"

姚一民说:"是,怎么啦?"

爱华说:"我也想去。你去时把我叫上。我也顺便给我父亲点个纸。"

姚一民这才知道乔爱华的父亲也已去世了。他临分别前紧紧握住爱华的手说:"放心吧,哥一定会像咱们小的时候那样照应你的,你永远是哥的小尾巴。"

6

阴历七月十五这一天,姚一民和乔爱华相约来到了博托区的"天堂公墓"。他们先去祭祀了爱华的父亲。当他俩静立在姚玉的墓冢前,爱华看着老师的墓碑，脸上热泪流淌。这既是自己的老师，又是从小看着自己长大的父辈。想起年少时姚父总爱把幼小的爱华叫到自己的面前，抚摸着她的头顶，然后在她的小崩楼上轻轻弹个脑塌儿（方言：弹脑门），顺手掏出几颗糖，塞到她的小手里。旁边的姚一民只能眼红地看着。待出了家门，爱华又悄悄地塞给姚一民两颗，然后自己笑着、蹦着拉上姚一民玩去了。上了中学以后，爱华参加了校文艺队，经常在假期去乡下抗旱支农慰问演出。姚父关心她的吃、住、穿。记得1965年冬天寒假文艺队去王大汉营子演出时，姚父把几颗糖悄悄地装在她的衣兜里，安顿她说冷了就吃一颗……感恩、哀思一齐涌上了她的心头。她虔诚地跪了下去，泪流满面地给自己的恩师，也是自己心中的父亲磕了三个头。

今掐指算来，父亲逝去已14、5年了。父亲姚贤臣是包头一中的老音乐教师。父亲的一生给姚一民的印象既是一个爱国敬业的人，又是一个崇尚善良的人。也是一位谦虚、豁达的良师、挚友。观父亲的一生，是音乐成就了父亲辉煌的一生。他虽然离开自己已多年了，但给姚一民这一生却留下了巨大的精神财富，让姚一民终身受益。

父亲出生在一个没落的满族富商家庭。父亲从幼年在严格的家规"敦品励学，尊长爱幼，至善处世，勤俭持家"的教育下，爱学助人。受满族家庭文化的熏陶，自幼拉得一手好京胡。就凭此在十六七岁时考上了北平高等音专。从师当时国内京沪一带著名音乐人杨仲予先生。（此翁也是我国著名音乐家吕骥先生、周小燕女士导师）专攻民族器乐，加修西洋乐器。这一才艺在父亲的一生中发挥出了极大的作用。

"九·一八"事变后，日本人强占东北三省，又窥视中国地大物博。妄图从长城突破，侵占蒙热，联合卖国投敌的蒙奸"德王"拿下绥包，进窜中原。父亲当时在国立绥中任教，面对民族存亡的生死大局，毅然率领战地救亡文艺小分队辗转于绥西陶林红格尔图、百灵庙、大庙战地进行宣传抗战，慰问演出等战地救亡活动。父亲因在绥西抗战中露面较多，积极救亡遭日伪通缉，不能久待。即在绥远省政府西迁时随国立绥中西撤。风餐露宿辗转于宁夏、河套米仓、陕坝一带。直至1940年爱国将领傅作义重新辖治绥远后，国立绥中归建，吾父一家才结束了颠沛流离的逃亡生活。

新中国成立以后，父亲的才艺有了用武之地。在那轰轰烈烈的抗美援朝运动中，父亲连夜用二人台曲牌，创作了小歌剧《二闺女送夫上战场》。此剧在后套城乡大街小巷、学校机关巡演，唤起一片保家卫国的热潮。姚一民1968年下乡插队，和一公社党委负责人闲谈之中他得知姚一民之父是姚贤臣，很是激动。他再三说：你父亲真是奇才，演剧、唱曲、奏乐样样都行，我们参加工作得到你父亲的教诲，受益匪浅。姚老师真了不起。

在姚一民的记忆中，父亲曾有一个小皮箱，里面收藏了搜集的民歌唱词、牌曲简谱、民谣稿件等。还有几件文稿醒目地摆在上面。其中一件资料是在抗美援朝运动中全国征集歌颂志愿军的歌曲，作为应征者父亲创作的一首《中国人民志愿军战歌》的修改稿件。此歌采用二部复式轮唱曲式，以高亢行进的激情唱出："在那鸭绿江畔，三千里锦绣河山遭受战火的蹂躏，唇亡齿寒。决不允许美帝的魔爪，打进祖国的边陲。不夺取抗美卫国的伟大胜利，我辈儿女浴血奋战，绝不生还……"后来，鹿塬市史学家张贵先生曾来他家说，要以报告文学的形式发表此事的经历，并登载于《鹿塬政协志史史料》。他说此歌曲在 20 世纪 50 年代轰轰烈烈的抗美援朝运动中，一经电台教唱立即在社会上引起巨大反响。一些社会热血青年和鹿塬中学的许多师生就是在形势的感召和此歌的激励，要投笔从戎，在鹿塬掀起一股参军卫国的热潮。但父已逝，稿已毁。姚一民弟兄们只能以点滴回忆谈及一些情况，互为交流，十分遗憾。

第二个资料是父亲用了近十几年的心血写出的《宁甘蒙河套民歌汇编》手稿计有十三万余字。在国立绥中西迁途中，路经安康，陕北等地姚父就对收集晋，陕，蒙，宁，甘民歌、民谣，民歌曲调产生了极大的兴趣。记得姚父曾对姚一民讲过他就读于北平高等音专时从师的杨伸予先生在讲述"民歌"章节时，曾语重心长地和他讲："民歌是穷苦百姓的艺术。是受苦百姓对命运的不公而发自内心的一种控诉和呐喊。它象空谷幽洞中涌出的一股清泉，时而奔放，时而柔情，让听者动容，同情，激发出人们生存的希望，也给人们带来向上的力量。你来自绥远，那里有蒙古草原的天籁和广袤；有三晋大地走西口创业的艰辛和酸楚；有陕甘人的粗犷和豪放；有宁夏花儿的微笑和柔情……那里到处是歌，到处是舞。你要把收集民歌当成一件大事来做。用你的音乐教育阵地去收集播放，把它流传后世，代代相传。你真做成了，其功大焉。"这一番话对姚父触动和教育很大，一生把收集和传播民歌当成一件大事来做。在经过陕北露宿途中，姚父特别和当地四处唱道情的艺人进行过深入的探讨，收集了好多当地民歌。什么"桃花红来杏花白""唱五更"等等。在宁夏平罗县内境那段流亡的日子里，尽管住的土窑房，点的豆油灯，吃的是豆糠面，穿的是烂破鞋，吾父就是在垒的土台上抄录民歌，记下谱曲，收集了近十三万字的陕、宁、甘、蒙、冀一带民歌民谣。

1964 年姚父因公赴京，顺便把此稿和中国音协出版部门的同志们商榷，议定由父亲再做整理修改补充后，交由中国音协出版社勘校出版。但此事因"文革"事起，再无下文。

还有一件是由鹿塬第一中学原校长冠农作词，姚父谱曲的"校歌"文稿。此校歌是一代鹿塬中学学生生涯中永远的回忆。不管在什么时候，在什么地方，我们就凭那："阴山脚下，黄河岸边，钢城学府，弦歌不断……""今天是学校的好学生，明天是国家的栋梁……"熟悉的歌词和曲调，就可以判定对方一定是鹿塬第一中20世纪60年代以后某届的毕业生。校友之情，油然升起。

父亲另有一个四个木格的木箱子。箱中藏有京剧、胶版唱片四百余张。里面存有百代、明星等唱片公司出品的唱片。京剧四大名旦、京剧名家名段唱片应有尽有。还有李香兰、胡蝶等人的唱片。更难能可贵的是有三张唱片，二张是美国黑人男低音歌唱家保罗.罗伯逊录制的王洛宾《在那遥远的地方》和田汉作词聂耳作曲的《义勇军进行曲》。一张是父亲的学生成栋（男低音）录制的"大轱辘车呀，咕噜咕噜转呀"的唱片。这是一首为数不多的反映农民新中国成立后分得了土地，在田地劳作的喜悦心情的歌曲。此外还有七十八转的胶版和密纹的唱片《东方红》《黄河大合唱》的套曲。可惜在"文革"初期父亲蹲"牛棚"时，母亲背着父亲毁掉了这些资料，只剩下一把京胡。这是曹家老太爷用一领貂皮大衣换来的，作为"娃娃亲"的见面礼送给了父亲。父亲出了牛棚后，听说毁物之事，扼腕叹息不已。

岁月蹉跎，往事悠悠。姚一民经常在想念老父亲的时候脑海中总会忆及爸爸说的那句话："人求人很难，能体会到别人的难，那你就学会做人了。"所以吾一直记着父亲的话，再为难也要善待他人。

20世纪60年代的一个元宵节，天寒地冻，大雪纷飞。姚一民等人依偎在父亲身边，等着妈妈给他们盛元宵。这时响起了敲门声，妈妈开了门，走进两个衣衫不整、满脸倦色的外乡人，一问才知道，他们是从河南来鹿塬找工作的外乡人。因为带的盘缠已尽，又找不到工作，已在外面转悠了两天了，现在是又冻又饿。爸爸听后二话没说就从妈妈手中拿过碗，给他们一人盛了一碗元宵。他们也不客气，也真是饿坏了，接过碗头也不抬，三下五除二就吃了个精光。其中一个人似乎还未饱，仍是以求助的目光看着姚一民的碗。这可是姚一民弟兄们盼了好几天的元宵呀！爸爸似乎犹豫了一下，还是把姚一民和三姐的两碗元宵倒在那两个人的碗中。一民兄弟们只能眼巴巴地看着那两个人狼吞虎咽地吃下碗中的元宵，而心中百感交集。可是父亲什么话也没有说，只是笑着看着那两个人。

此事过了两年后，姚一民已经淡忘了这件事。忽一日记得那天是大年初几的早上，有人敲门。姚一民开门一看，屋外站着两个人手里提着大包小包的点心，见到父亲和母亲，一下跪在地上说："我们两个人来谢恩人啦。"一问才知道，这是两年前来姚一民家里讨要元宵的落难人。

父亲从教五十余年，培养出好多难得的音乐人才，为鹿塬市音乐教育事业做出了贡献。这些学生用学来的音乐知识，培养了众多的音乐学子，为鹿塬市教育界、音乐界的音乐教育事业的发展奠定了雄厚的人才基础。

吉普车在返回城区的路上颠簸着，姚一民眼前浮现出爸爸带着老花镜在灯光下佝偻着身子在创作《送子参军》《探亲人》《姐弟送粮忙》等众多小歌剧的样子，仿佛又看到了爸爸在向东大院把一群不识谱、不会唱歌的老头、老太太、小青年、小闺女组织起来唱《红灯记》《沙家浜》《智取威虎山》的情形。那京胡嘹亮的声音，仿佛又在耳边响起。就在他生命的最后日子，父亲仍带着一群小学生和社会上的待业青年，学乐理、学简谱、学乐器，高唱幸福美好的生活……

车停在乔爱华母亲的家门口的时候，乔爱华对姚一民说："那天听到曹自忠讲他们玉泉村自实行'家庭联产承包责任制'后，玉泉村的变化很大。我准备和巴特尔一起去体验生活，写一个反映农村改革开放后，山乡巨变题材的作品。"停了停，乔爱华又特别安顿姚一民说："你那天看到殷斌的精神状态了吗？他们厂正进入国企改制的紧张阶段，职工人心惶惶，乱哄哄的。殷斌作为厂长，压力很大。听说有一个叫辛刚的人，曾经在博托区当过副区长，他现在是鹿塬市国企改制领导小组的组长，不知什么原因他盯着殷斌不放。你的人脉广，他的困难，你帮帮吧。"

姚一民说："我明天就给殷斌打电话，问他什么情况。我能帮的一定帮。"

和爱华分手以后，姚一民想到那个辛刚。噢，是他。辛刚就是曾在全区干部大会上批评姚一民"鸳鸯枕上补麻袋"的人。

第七章 奋 争

1

殷斌和张芸从齐秀雯家中出来已经很晚,今天一天确实是殷斌近日来最高兴的一天。齐秀雯乔迁新居的酒宴虽是在家里举行,但从饭菜的品种和诗人的热情就可以看出齐秀雯和三毛子两口子都是实在人。吃罢中饭,两口子非不让众人走。三毛子说:"星期天嘛,在哪休息不一样?"所以众人又在三毛子家待了一个下午。晚上齐秀雯又给大家做了羊肉臊子余面。大家方拱手告别齐秀雯两口子各自归寓。

十月的深秋,殷斌和张芸在迎面扑来的清风中,手挽手走到路经的原民航站候机楼前。殷斌抬头望着眼前这座方形建筑上的二层拱形圆顶楼。据说这是旧机场使用时的指挥塔台。他回忆起小时候就听姑姑说过这个飞机场还是在民国时候,即1934年由一个段姓的实业家引进外资建设的。新中国成立后此机场一直作为联系京、津、沪和广东沿海城市及兰、陕、宁等地的民航窗口。当年,作为鹿塬水旱码头段家渡口的掌门人段四爷,经常领着年少的姑姑环儿闲暇之余观看飞机的起飞和降落。

殷斌忽然问张芸:"咱们结婚几年了?"

张芸正想着厂子最近出现的复杂事情。听殷斌这么一问,有些摸不着头脑。说:"你问这个干什么?"

殷斌说:"记不记得?咱们俩谈恋爱时,第一次散步,就是来这里看飞机升降?"

张芸说:"对的。真快呀,转眼就结婚快十五年了。刚才我还向爱华说起小孩的事儿,将来念大学学什么专业?想一想,我们为什么老了。小孩都读初中毕业了，咱们还能不老？"

张芸是在 1981 年和殷斌认识的。那一年殷斌从部队退伍回来，被任命为博托中药厂的党委书记。在殷斌和工厂全体职工的见面会上，他给张芸的印象就是一个浓眉大眼、说话干脆的年轻军官。但随着时间的推移，新来的这位书记自到任后，没有休息日。不是下车间和工人搬料倒库，就是去职工家属院转悠。尽管来的时间不长，但是职工的生活和爱好，他了解的十分清晰。比如谁爱养鸟，谁爱养花，谁爱饲养小动物，谁爱鼓捣一些什么稀奇的事儿，哪家的孩子多生活不富余，孩子至今还没有找上工作在家里吃闲饭惹是生非……当在工厂研究生产中的问题和在制定生产计划及要完成一项上级交办完成的工作任务时，他又能将自己在日常了解的职工工作和思想动态，巧妙地与他们的喜好结合起来，激发他们将热爱工厂、热爱本职工作，热爱生活的积极性发挥出来，去努力工作。特别给张芸印象深刻的是这个人的好学精神，不耻下问的学习态度和理解掌握知识的技巧。这，更令她由衷地佩服。

博托中药厂是随着鹿塬城的兴起而诞生的。晋商"走西口"走出个鹿塬城。山西太谷"衍圣堂"的后人来到鹿塬，先时是在草市儿街一带开了个中药铺。药铺一直秉承先辈创业时"舍己救人、不计回报"的训诲，所以买卖在鹿塬逐渐做大，信誉影响和业务往来不次于旧鹿塬东前街的"春和玉"大药房。此药铺兼做药材生意，其影响和名声在后草地和西北宁、甘、陕一带叮当响，特别是沿袭古代本草中常见的"九蒸九晒"的药材加工方法，是同行当中的佼佼者。

在 1956 年公私合营的欢庆锣鼓声中，以此药铺和加工工作坊为主，与鹿塬十几家私营药铺及作坊合并为博托中药厂。此后一直发展不错。特别是进入 20 世纪 80 年代初也算是涉及鹿塬人日常生活所需的一个重要的国有企业。而博托中药厂生产的"牛黄解毒丸""牛黄安宫丸""牛黄上清丸"更是家喻户晓的常用药。它是同行中的明星企业。

殷斌在 1981 年来到这个厂后，先前的书记兼厂长已到退休年龄。记得半年后殷斌接手书记兼厂长"一肩挑"时，老厂长曾拉着他的手，又在厂内从药材进库到成品包装出厂的各个车间转了一圈，临分手他语重心长地和殷斌说："这个厂子发展到现在不容易，老职工都是从旧社会过来的伙计（意即中药铺抓药的工人），大部分是穷苦人出身。他们感恩共产党，所以干活实在。就是在'文革'时期咱们厂也没乱。因为咱们生产的东西是人民需要的，救命的。我走啦。今后咱们厂千余口人的'饭碗'，就看你的啦！"

殷斌接过这副担子，确实也没辜负老厂长的期望。特别是在一次同学聚会上，他详细地了解了同班同学曹自忠在近郊玉泉村担任大队党支部副书记实行"家庭联产承包责任制"的办法，改变过去村子里"一只碗、一双筷、忙乎一年瓜菜代"的旧面貌，使村民过上吃饱穿暖的生活，很受启发。他回到家彻夜辗转，回想起自己进厂时间也不短了。尽管在上级党委和轻工局的领导下，生产和销售相对发展顺利。每年生产和销售计划基本上都能略有超额完成。企业也多次被评为轻工系统优秀企业。但是就一千余号职工来讲，"吃泡号饭""吃大锅饭""苦乐不均、分配不均"的现象一直是个顽症，影响着企业的发展。

有一天，殷斌正好到制材质检室找张芸借张仲景的《伤寒论》图文解读，顺便请教一些《汤头歌》的知识。路过药材仓库就发现几个人在装满药材的堆垛后面打扑克，领头的正是那个赵三仁，据职工们反映，这小子一贯好逸恶劳，有偷盗毛病，曾在"文革"中被工人扭送"群专"。就因为这一条，在落实政策工作中他死咬住是"文革"受害者，四处告状、上访。后来在开展落实政策工作时，基于当时扭送批斗他的材料无法找到，部分举证证据也丢失，无法查实，就按落实政策的有关规定，给他恢复了工作，重新回到博托中药厂工作。

仓库堆积成山的麻袋垛中，几个工人正打在兴头上，也没发现殷斌就在旁边。殷斌一看，赵三仁面前杂乱的毛票一大堆，显然是赢家。赵三仁也没发现殷斌的到来，还在大吹："今天哥儿们又赢定了。晚上的西餐又有啦。"趁别人不注意，早已和旁边帮着整牌的人换了两张A。

殷斌走到他们身后，轻咳一声。众人抬头一看是书记，一个个吓得大惊失色。有的直表白自己："我就这一次。"还有的人急忙站起来就往出走。

殷斌把仓库主任叫过来。老主任正忙得满头大汗。看着几个上班打扑克的小伙子，又气又急。大声训斥道："别人忙得不亦乐乎。你们倒好，躲在这儿打扑克。没说的，每人扣十元工资。"当时工人的工资平均也就是四十余元。他们一听要扣工资，当时急了，急得又是悔过，又是发誓。

这时殷斌对那个赵三仁说："你就是这么赢人家钱的？上班打扑克老主任自会处罚你们的。可你偷牌赢钱光彩吗？"

赵三仁脸红脖子粗地说："我偷什么牌了？"

殷斌说："你们数数牌，出了几个'A（尖儿）'了？你们手里还有几个A？"

赵三仁一听，感觉殷斌可能早就在后面看到他换牌了，只不过没有惊动他们那几个输钱的。那三个一听，一把抓住赵三仁的胸脯说："我们每天输，还欠了你的。你这是叫我们玩啊？我们就是扛上麻袋装满钱也不够你赢得。你每天鼓动我们玩。开始让我们赢点，回头用这套子赢我们。真他妈不是人。"

自那以后，赵三仁如果远远看见殷斌，总要绕道而行。但殷斌认为这类"不省油的灯"就应该有制度来约束他。不然让干不干一个样的现象日趋发展下去，那厂子里干活的，哪有什么积极性？

那天同学聚会和曹自忠的一席交谈，让他久思不解的难题找到了解决办法。为何不学"农村包干，包产"的改革举措，让博托中药厂走上新的发展之路。当他的想法和厂党委其他同志商榷以后，大家都觉可行，立即着手调研拿出方案。

有一天殷斌和姚一民通话中，也恰是姚一民"四定一包"承包方案的测试紧张阶段。听他这么一说，大加赞赏。殷斌一看，农村改革成功的经验，已是一股强劲的东风吹到各行各业。看来打破"大锅饭"势在必行。博托中药厂随即开启了大刀阔斧的"计件包干"责任制改革之路。

自博托中药厂实行"计件包干"责任制以后，职工们干劲十足。第一年后就有了明显效益。记得有一年除夕前夜，职工们平均拿到了近二百元的年终奖金。为发这笔钱殷斌甚至在当时已经做好检讨和受上级处分的思想准备。

这一切，张芸都看到眼里。而让她将芳心交给殷斌的最后决心，却是缘于厂内发生的一场大火。博托中药厂实行计件包干责任制后，职工的积极性发挥出来了。不但每月工资有保障，而且年终还有奖金。这对于赵三仁这类不想干，又想多拿钱，混安逸舒服的人来讲确实是个沉重的打击。过去上班时间自己有时借口有事，混出去弄两个外快。有时和药材商在斤秤上做点儿手脚，预先把准备过秤的药材拿出部分放在某一地方，回来把些杂物塞进货车，共同作弊弄两个钱儿花。但现在从药材采购进货、入仓出库、切割洗晒、烘干磨粉、制作成品、包装入库到出售的各个环节，都有"计件包干"责任制在管束。职工们常说：省下的就是挣下的。像赵三仁这种偷摸的人想偷也根本无从下手。好不容易有一次见贵重药材仓库的保管尿急，他溜进去抓了几把冰片和牛黄，溜出库房恰巧碰见庞龙，见庞龙只是摆了摆手，赵三仁急忙跑了。所以赵三仁一类的人对殷斌恨得要死，心想弄个大事故，造成大损失让殷斌走人滚蛋，就在博托中药厂"计件包干"责任制实行近半年后，厂子发生了一场奇异的大火。

发生大火的当晚，殷斌正在办公室仔细看张芸给他找来的中药制作及前景的学习资料，上面有好多娟秀的字迹批注的说明和划出的重点内容。他忽然听见外面人声嘈杂。他站起身来，从办公室玻璃窗向外望去，只见西南方向的中药材料库浓烟冲天。他急忙从办公室一溜烟跑到仓库前，见原材料库窗口上往外冒黑色的浓烟。他到时，厂内的值班人员已经给市消防部门打了火警电话。这时库门大开，殷斌冲入仓库。但见库内刚进的一批天麻和甘草正燃着大火，火苗不断地往上蹿，马上就要烧着库顶了。殷斌二话没说，拿起库门旁墙上挂的消防灭火器欲冲进去。旁边的值班人说："烟火太大了，咱们几个人冲进去也解决不了大问题。一会儿消防车就到啦……"

还没等库管把话说完，殷斌已提起灭火器冲了进去。……待他醒过来时，已躺在医院的病床上。他忍着剧痛睁开了眼睛，依稀可辨站在床前的是张芸的轮廓，但是看不清她那清秀的脸，高挑的眉毛和美丽的大眼。

张芸听到博托中药厂仓库着火的消息十分惊愕，后又听说殷斌冒着浓烟跑进仓库救火，抢搬没有沾上火星的药材被烧伤住院的消息。她心急如焚，径直乘出租车赶到医院。听在起火现场的值班员讲：当殷斌拿着灭火器冲进仓库的一刹那，火势以燎原之势迎面扑来。殷斌也顾不了这许多，只见他冲着起火的方向猛喷灭火剂。灭火剂喷完后，他急忙把未起火的麻包往别的空地上拽。要知道中药原材料都是木科植物，都是经日晒干到的。"干柴遇上烈火"其后果大家都晓得。火借着从窗口吹进来的风像一条火龙腾空而起，扑向屋顶。在这万分紧急的时刻消防车赶到了，附近家属宿舍的工人们也赶到了。殷斌一面指挥工人搬挪麻袋，一面仍然在明火处配合消防队员奋不顾身的拼命打火，直至让烟熏死过去，被工人们从仓库抬出来紧急送往医院。

张芸正在看着殷斌，病房的门开了。一个端庄的女人和大夫一同走进了病房。大夫说："既然现在家属也同意我们的意见，那么立即准备手术。我们已经通知了鹿钢医院的烧伤科专家，他们马上就会赶到我们医院，由专家亲自动手做手术。我看病房内的工友们这么多，大家都出去吧。我们要给伤者做术前准备工作。"

鹿钢医院烧伤科始建于 20 世纪 50 年代，是 N 自治区和鹿塬市烧伤医学专业的领先学科。在殷斌做手术的时间，室外走廊的长椅上的张芸才知道刚才在手术单上签字的女人不是殷斌的亲属，更不是殷斌的女朋友或自己想象中的第三者，而是他的同学——乔爱华。张芸和乔爱华坐在椅子上，互相做了自我介绍。通过交谈才知道乔爱华出现在医院的原因。

原来殷斌被送往急救中心后，医院方面要求亲属必须到场，听他们介绍殷斌的病情及处置意见。情急之下，在场的厂值班人员即那位在火场的工友说，殷斌的亲属怎么联系他也不知道，但他知道他有几个像亲兄弟一样的同学，其中讲到姚一民。姚一民接到电话后，因为他正率领局里管理科同志在后沟垃圾填埋场检查垃圾填埋情况，听到这个消息以后，随即给乔爱华打了个电话。

乔爱华接到电话，一看是姚一民打来的，十分诧异。心想：他怎么知道我家电话。思忖间也听清了电话内容。也顾不上再想别的立即起身，赶往医院。听了医院方面关于殷斌脸部烧伤的情况后，同意手术意见并在手术单上签了字，和大夫一同去病房看殷斌现在的身体状况，做术前准备。这就是张芸刚才在病房看见一个女人进来的那一幕。

通过交谈乔爱华才知道张芸也是下乡插队的知青。她的父亲是老革命同志，"文革"前几年在鹿塬市工业部门担任领导工作。他的母亲是山西人，和丈夫结识前担任村妇救会主任。新中国成立后进了城，都分别在不同的岗位担任领导工作。"文革"初，夫妻双双被以"走资派"的罪名关押并审查。在知青上山下乡的热潮中，在鹿塬九中高中读书毕业的张芸也没和关押中的父母商量，就和同学们一起插队落户至中后联合旗。在牧区插队的那段日子里，她目睹了牧民生活的艰辛。在草原她一个不谙世事的女孩受到蒙古族老"额吉"的关怀。男知青们集体住在一个蒙古包中的时候，慈祥的老"额吉"把她和另外一个女知青收留在她的蒙古包，教会她熬奶茶、接羊羔、挤牛奶，教她唱蒙古族歌曲。张芸远离父母亲，格外受到老"额吉"的疼爱。她爱老"额吉"，爱这片碧绿的草原，更爱这里艰苦勤劳的蒙古族人民。就在插队的日子里，她看到长期生活在草原上的人们缺医少药。她下苦功夫，利用探亲回城的时间学会了简单的针灸，学会了一些简单的常见病的治疗方法，例如头疼感冒、风寒止咳、腰腿疼痛等，并自己掏钱煎汤药给患病的牧民兄弟姐妹们喝。当她治好一个病人时，脸上布满皱纹的老"额吉"笑开了花，说她是草原上飞翔的百灵鸟。在1977年高考恢复后，她考上N自治区医学院，选择学习中医药专业，立志学成后要用中华传统的瑰宝，也是中华民族的几千年发展的中医药学知识做一名大夫，为世人治诊。她毕业后，以优异成绩分配在鹿塬博托中药厂制药质检室工作。

当殷斌的手术结束，已是深夜。街上的人寥寥无几，只有一对一对的情侣似乎有说不完的话，在那树荫的遮盖下窃窃私语。

乔爱华问张芸说："你咋回去？"

张芸说："我已给我家打了电话。我今天不回去了，我回厂里办公室凑合一夜，你呢？"

乔爱华说："我回家。明天一早还要来医院看他醒来后什么状况。今晚殷斌在重症室有护士专人看护。你就放心吧。"

张芸听乔爱华这么一说，愈觉得这个人可交。她不但善良，而且为人诚恳，坦荡。是自己心目中愿意结交的人。

临上出租车前，张芸对乔爱华说："这是我的电话号码，很好记。随时欢迎你到单位和我家。"

乔爱华乘出租车回到家，才觉得有些饿。她翻了翻橱柜，只有几片馒头片。暖壶里的水也是温突突的。她躺在床上想起和张芸的交谈，也看出张芸对殷斌的关心。但殷斌这个倔头的脾气她知道，如果知道了张芸是市领导家的女儿，他找不找呀？姚一民怎么知道我家的电话啦？看这样他还记得我……乱七八糟的不知想什么，翻来覆去总是不能入睡。巴特尔倒是睡得很香，鼾声不停。她刚蒙眬片刻，马上就被巴特尔的呼噜声给惊醒了。

黎明时，她一点睡意也没有。窗外天已破晓，她匆匆起来，洗了把脸。又用家里的电话给剧团传达室打了个电话让工勤大爷转告领导，自己亲属急病做手术，需要请两天假。就走出家门乘出租车向医院赶去。

张芸这几天一直心神不定，老想着在病床上躺着的殷斌咋样了？所幸消防队和工友赶到得及时，殷斌就是右脸右胳膊和手烧伤较为严重。张芸想起自己小的时候不小心被暖壶里的开水烫伤了脚面。当她脱下袜子时，脚面上全是水泡。妈妈是战场上出来的，在她眼里这根本不是什么事儿，就弄些"獾子油"给她抹上，几天就好啦。可那个疼呀，现在想起来头皮还发麻。鹿钢烧伤科的大夫将殷斌从手术室里推出来，只见脸上、手上、胳膊上都包扎满了纱布。隔几天大夫来检查，好一块就揭纱布剪掉一块。每当揭纱布时，豆大的汗珠从殷斌的头上流下，但他一声不吭。张芸心想，到底是部队培养出来的硬骨头……当看到殷斌凡揭过纱布的地方，都长出粉红色的肉时，她十分佩服大夫的医术高明。回想妈妈那笨办法，真是不可同日而语。自己也不禁笑了起来。

将近二十天过去了，随着殷斌的伤势越来越愈合的好，张芸的心情也一天一天地好起来。只是惦念他，盼他赶快出院，早一天在一起共同学习。而她这个老师，只有唯一的学生在，她才有事可做。

殷斌住院期间，姚一民、曹自忠和乔爱华分别多次去医院探望他。大家总是看到一个俊美的女孩在伺候殷斌吃呀喝呀。他们都看出了端倪，只是张芸曾安顿过乔爱华不能让任何人知道她的爸爸现在是市委副书记、市长。所以姚一民他们一致得出结论：殷斌走桃花运了。三十出大头，遇上一个朴实、美丽大方的好姑娘。但如果要是知道张芸是一个市委副书记、市长女儿的话，他们又该从哪个角度评论呢？只有乔爱华心中清楚，这个姑娘已经让殷斌在自己心房中占了一个重要的位置。她默默地在心底祝福他们早日修成正果，有一个美满幸福的家。

张芸，实际上要让她讲爱情是什么？她恐怕也讲不出一个子丑寅卯来。在她的想象中，爱情是一个被极度理想化、浪漫化、超脱的一个概念。什么比翼双飞呀，什么白头偕老呀，为了爱情抛弃一切呀，那都不着调。记得小时候上学时，男女同学课桌中间画一条线，如有一方越界你不管，任凭对方占你的地界，在别人看来就是你爱上对方了的先兆，这就是爱情，一定会在同学中传得沸沸扬扬，弄得你鼻子不是鼻子脸不是脸的。可是自从认识殷斌，张芸似乎感觉有时缺了什么。直到殷斌救火因伤住院，张芸心里出现惦念的感觉，而这个惦念总是绕不过一个人，这个人就是殷斌。难道这就是爱情的心理反应？看来这个爱情也不是任何人能凭空臆造的。它就是一种实实在在的东西撞入你的心房。可是殷斌怎么想呢？

就在殷斌出院后的几天，殷斌突然对张芸说："明天星期天，咱们出去转转。"

张芸想也没想就回答说："可以呀，去哪儿？"

殷斌说："咱们去'禹王庙'。"

张芸问："'禹王庙'在什么地方？"

殷斌说："就在东二里半，黄河的渡口旁。"并告诉张芸，明天两人骑自行车去，不要忘记带上吃喝。

第二天一早，俩人骑车来到旧时鹿塬水旱码头官渡渡口。

俩人走到黄河边，但见河口道内船桅林立，船岸之地有工跳板相连。船工大哥有将货物搬上船的有将货物卸下船的。一向一处大概是卸一大件货物，四人搭杠在前，四人搭杠在后，随着号子声步步挪动。旁有一人举一小旗，发出统一号声，和号声喊声震天，甚是壮观。

俩人沿河岸行走不远处即看到了殷家船工神庙所在地——"禹王庙"。"禹王"在旧社会时是船工为了寻求黄河上摆渡船运平安而祀的一位尊神。庙址在黄河岸北八十余米处。南海子码头居住的前辈"走西口"的人挺多，大都以搬船或装卸码头货物为生。出外行船的船户为保平安建立了此座"禹王庙"。

见"禹王庙"坐北朝南，面朝黄河，虽占地不大，但建筑紧凑，甚是壮观。新中国成立前每办热闹红火的庙会，鹿塬城内达官显要、蒙古王爷、地方士绅、驻军首脑均要携妻带子赴庙会一游，求一年四季平安。自从1937年鹿塬沦陷后，殷渡口的当家人殷四爷誓不做日本人的奴才，不为日伪服务。就在鹿塬沦陷的前一天，烧船毁筏，使日本人无船可渡，也不可能实现渡河南下、从陕西合围在抗日战场上浴血奋战的八路军和国民政府军队的战略企图。日寇恼怒之下，乱枪打死殷四爷，一把火烧了殷家大院。也就是日本人要找殷四爷报复的前一天，船工秘密按殷四爷的吩咐将他女儿和儿子连夜送过河，在黄河对面蒙、汉杂居的村子里安顿下来，才免遭日伪的毒手。

张芸问殷斌："你说是你姑姑把你抚养大的这是咋回事儿？"

殷斌告诉张芸自己家中前辈及他的一段苦难的成长经历。

抗战胜利以后，殷斌姑姑殷环儿和栓狮子姐弟俩返回鹿塬，一度也曾在东二里半"禹王庙"后面的村子里安家。殷环儿在河那面蒙汉杂居的这个村庄居住时认识一个蒙古的青年贺希德力格尔。殷环儿姐弟在这里举目无亲，生活艰难。贺希德力格尔是一个为人仗义、正直、豪爽的蒙古族小伙子。他出手相帮姐弟俩渡过难关。久而久之，殷环儿喜欢上了这个蒙古族小伙子。后来黄厚的军队为人民打天下，在村子里招募骑兵时，贺希德力格尔随即参军，临走前和殷环儿定下终身。贺希德力格尔作战勇敢，在解放初已是蒙骑某师某团的一名副营长。

新中国成立初期，鹿塬在华北地区解放较晚，又是和平解放的城市。东北以及当时平津等地的漏网宪特和土匪聚集于此。1949年到1950年原绥远起义队伍中的一些人在国民党特务的煽动下，先后发动叛乱哗变。他们杀害中国共产党军政干部，大肆抢劫鹿塬城周边的村民。那个时候，鹿塬城边凌乱的枪声不绝。城内流传一则笑话：有小孩啼哭不止，只要大人们说一声"'张崩楼'来了"，小孩马上就止住了哭声。所以当时以鹿塬市委郑天翔同志为首的工作团经上级领导同意，先后调集解放军第某军、骑兵某师某团、蒙骑某师某团将最大匪首李银匪部包围并聚歼于阿善沟。李银虽趁乱逃跑，但在同年十月被诱捕镇压。鹿塬城周大股土匪被消灭后，李银手下有一股叫"张崩楼"的土匪仍盘踞在固阳一带为非作歹。"张崩楼"此人体格健壮，疾步如飞。据说剿匪部队从村东口进村追击，他从村西口出村，逃窜中扛有近百斤莜面的口袋匆匆西逃，等你追到西村口他早已不见踪影。这家伙狂妄自大，经常出入固阳县城，曾发出挑衅："弟兄们跟老子打下鹿塬城一人给你们一个穿红衣裳的大姑娘。"这家伙手下有一伙"棒狼队"经常两个一伙，三人一团，在鹿塬城周围道路上埋伏，一打探军情、窥测剿匪部队的动向，二拦住路人趁火打劫。那时人们常念叨一句话："棒狼队，活阎王。要命，要钱，要闺女。"殷斌的父亲殷拴狮就是出城贩菜时，碰上"棒狼队"被抢了钱财、车，还一枪给要了命。当时殷斌才不到三岁，年幼丧父，母亲改嫁，姑姑殷环儿收养了他，并把他抚养长大。

1951年初，贺希德力格尔在固阳周边剿匪时，听侦查员报告，有情报说明天"张崩楼"在固阳城会友，图谋下一步对鹿塬市工作团下黑手。这个情报是鹿塬市公安局破获"张崩楼"派遣特务混入公安队伍的"殷耀庭案"获知的。在审讯殷耀庭时他交代了这个至关重要的情报。当即贺希德力格尔和连长宝音、指导员苏和商定，部队不做大的调动，以免在围剿"张崩楼"时走漏风声，那他会比兔子还跑得快。只有采用少数人乔装进入固阳县城突袭的办法，盯死"张崩楼"才能叫他遭到死无葬身之地的下场。

贺希德力格尔和宝音等七八个人乔装打扮成蒙古族人的马贩子，第二天进入固阳城。为防止被"张崩楼"的眼线发现，他们把短枪藏在裤裆里，穿着长袍马褂一步三晃地走在固阳城的大街上。果然街上聚集了好多形迹可疑之人。有的晒太阳，有的围在一起推牌九，还有的一边手拿酒壶喝酒一边唱着淫调酸曲。待他们瞅准"张崩楼"所在的居所后，随即贺希德力格尔和早已埋伏在城周围的宝音连发出联络信号，并下死命令："别的残匪可以暂先不管，只要'张崩楼'一条命。"枪声响起后，"张崩楼"看贺希德力格尔等已将居所围住，正和楼下卫队激烈枪战。他觉得形势不妙，就独自从二楼朝临近小巷中飞身跃下，蹽开大步往城西靠城墙根预先挖下的隐蔽洞口奔去。待解放军发现"张崩楼"的踪迹时他已蹦上了固阳城的山梁。好在骑兵连从四面合围，终将"张崩楼"围困在山梁两块巨石之间。经多次喊话，拒不投降。贺希德力格尔知道张匪枪法精准，恐怕战士再靠前遭他的毒手，遂从围剿战士中抽选了十余名投弹好手，把成束的弹捆投入巨石中。待硝烟散去，战士们看到巨石中，一人头不但大、而且比常人多出的一个脑门儿的，但人已被炸得缺胳膊少腿，血肉横飞。经当地人辨认确是"张崩楼"尸身无疑。贺希德力格尔此后参加了多次零星的剿匪战斗。他孤身入城，用手榴弹炸死"张崩楼"的英雄事迹传遍了鹿塬大街小巷。到1956年镇反结束后，鹿塬城社会治安呈现了"夜不闭户"的太平景象。同年，贺希德力格尔转业到地方。为配合鹿钢建设，鹿塬市政府成立市政公司，开始了石门水区、青山区的大规模城市建设。他任市政公司的经理一职，而他的部下宝音德力格尔则转业至白彦花哈拉汉工作，苏和转至博托区工作，后升任博托区副区长。

张芸问殷斌："你是多会儿参军的？"

殷斌说："我是1967年冬天参军的，还是姑父贺希德力格尔找了区武装部的负责人办的。因为我从小在姑姑家长大，政审没有问题。我本人也觉得'文革'中每天就是派性斗争，也没意思，就把想参军的意思和姑姑说了。就在1967年冬，我告别了姚一民、乔爱华和其他学友参军走了。你别说，我参军这条路走对了。我是1967年冬天参军的。去了呼伦贝尔盟边防部队。说真的，我们经常在冰天雪地中巡逻，也确实锻炼了我们的斗志提升了我们的能力。后来我还结识了一位老领导，也算一生中的前辈挚友。"

原来在当时，N自治区开展的"挖黑线，肃流毒"的运动中，军区的一些领导，特别是长期在N自治区工作的一些老同志也未能幸免。殷斌和一些战友就接到一个命令，让他们负责看守一位副参谋长。审查工作由专案组负责，而命令他们要以阶级斗争为纲，做好这次看守的工作。特别是要二十四小时严密监控，防止出现自杀等意外事故。殷斌在这一段工作期间，用自己的体验说，这次任务是对自己政治睿智的一次考验。

对所监管的对象，殷斌第一印象就是身材消瘦但不失尊严，给人一种满身正气的感觉。在监管期间听人们议论，这是军区一位老首长，是一位早在第二次国内战争时期就参加革命的老红军。从心里的感情上讲，殷斌是很尊重这位老将军的。他从执行监管任务的第一天开始，轮到他值班时，他特别注意到这个老人除了戴上老花镜看书之外，就是不停地写什么东西，估计是上面索要的材料吧。但是无论什么时候看到老人，除写字时他趴伏在桌子上，其他时间都是挺着腰板，不失军人之风姿。殷斌不管其他轮值人员对老人怎样，凡是他值班总是尽可能地给老人一些方便。比如，亲人探视时送一些衣物、香烟等生活物品，其他轮值人员总是翻来翻去，探视时间也掌控得较严，生怕给自己找麻烦。而轮到殷斌值守时，他无意去翻亲人送给老人的东西，只是大略看一下，看有无上级规定不准送的违禁品，但凡是生活用品，他都不加干涉，全部交给老人。亲人探视的时间，视老人的表情。如看到老人还想让亲人多待一会儿，他也默许。因为殷斌在幼年也曾有过孤独的时期。在父亲被"棒狼队"打死后，母亲被迫改嫁，给三四岁时的幼小心灵上造成了极大的阴影。在那时候，他害怕一个人独处，盼望姑姑早点下班回来。他盼望见到妈妈。有一次突然在脑子中有一个大致模糊的印象，妈妈好像住在解放路一个大药房旁边。从此以后他每天一直在那蹲守，果不其然看到自己心中日夜盼望的妈妈。妈妈见到他似乎很惊恐，一面告诉他"再不准来这儿找她"，一面给他五分钱买了一个糖焙子。那天，他是就着泪水，咽下了妈妈给买的糖焙子。殷斌想到现在他看管的老人何尝不是这种心情？老人也似乎看出了殷斌的想法，所以亲人们总是挑殷斌轮值的时间来看望老人的时候多。临分别，老人的亲人们总是对殷斌报以感激的微笑。老人呢，在亲人们走后，总是背着手在监管室踱来踱去，还不时地若有所思地看殷斌一眼。

有一天又是殷斌值守的时候，老同志突然向他招手。殷斌以为老人有什么事儿要让他办。原来老人看见他走过来，把马扎拿到门边。一老一少就这样，一个在屋里，一个在门外，开始了一次殷斌参军以来最难忘的一次谈话。

老人家见殷斌坐在马扎上开门见山地说："今天叫你过来也没有什么大事儿，想和你叨拉叨拉。闷得慌。你家是哪里的？"

殷斌就把自己家庭的情况向老人讲述了一下。

老人听罢后，说："好！1966届的高中毕业生在部队中算是文化人啦。好好努力干。当兵就要当个好兵，当个有出息的好兵。"

殷斌说："听人们说，你是老红军，一定打过不少仗吧？"老人说："那是。不打仗还叫军人？为老百姓打天下，那是我们的追求。要说打了多少次仗啊，大大小小的没数儿了。要说惨烈呀，哪个仗也比不上抗美援朝入朝参战打的横城阻击战。"

老人见殷斌眼中不但流露出敬佩的目光，而且把马扎向前挪了一下，显然是渴望听到这个亲身经历过战火考验的老人讲述那些书本上学不到的东西。

老人抽了一根烟，对殷斌用平缓深沉的语调娓娓讲起入朝第四次战役中最惨烈的横城阻击战。这是入朝作战的中国人民志愿军堪称经典的一战。它不但是以弱胜强，而且是完胜的一场阻击战，也是美军入朝以来单战阵亡率最高的一次战役。

当志愿军进入朝鲜以后，仅仅才两个月的时间就发动了三次战役，把已经快要打到鸭绿江边的联合国军硬是打退回"三八线"附近。虽然志愿军将士作战很勇敢，但是对方毕竟是当时世界上拥有最先进的武器和最强国力的美国。所以三次战役以后，我军的伤亡也很惨重。

志愿军总司令彭德怀深切地感受到，如果继续打下去，力量也会大大地折损。如果不休整，不但难以续战，而且后勤补给线太长，弹药、食物均保证不了继续打下去的需要。而联合国军的司令，美军四星上将李奇微，却在历次的战役中逐渐适应了志愿军的一些打法套路：一是趁美军休假期间发动袭击；二是中国军队由于没有空中制空权的保障，一般都在夜间作战。更重要的是志愿军火力弱，机械化程度不够，导致战役时间周期转换一般均在一周。超过这个期限战役没有结束，明显看到志愿军的火力、食品供应就会出现困难。而这次志愿军忽然在"三八线"停止进攻，分别集中于高阳、金化、洪川等地休整，实际就是后勤补给出现了问题。于是，李奇微判断中国军队已陷入疲惫，缺乏后勤补给的困难境地，集结了二十三万的军队，分东线西线向我军和朝鲜人民军压过来。

为了抗击美军的战略反击，"志司"立即采取相应措施。以38军、50军组成，由"志司"副司令员韩先楚任指挥的西路军和以39军、40军、42军、66军组成，以"志司"第一副司令员邓华任指挥的东路军协同作战。由西路军在汉江一线实施防御，牵制敌人的西方面军，而由志愿军的东路军主力诱敌纵深围歼，然后侧翼迂回同西路军一起实施"包饺子"全歼敌人。

从1951年2月3日到13日十个昼夜，38军和50军在经受了敌人的飞机、坦克、重炮的轮番攻击后，守住了汉江一线阵地。50军打出了威风，但因伤亡过大撤出后，由38军退至汉江北岸，单独顽强作战完成了拖住敌人主力的任务。

2月9日美军和韩国军队抵达横城地区，我东路军当即决定，自西向东排开，欲一举将其全部歼灭。而这一战的关键就是担任穿插迂回打退的39军某师能否如时完成任务。

当时老人任某师副师长。在2月6日接到东路军司令部的命令后，花四个昼夜急行军。10日，抢先在敌人到达之前到达龙头里战场。11日战斗打响后，某师突破敌人的防线几公里，同时准备开始"穿插"行动。等部队在电台静默的情况下按预定时间到达都仓村时，接到指挥部通知，主力部队已开始攻击。敌人准备从仓峰里向横城方向窜逃。如果某师不能抢先于敌人之前赶到横城一线阻击，东路军的整个战略目的无法实现，而且全盘皆陷入被动。

仅一夜的时间，某师将士轻装疾步，硬是两条腿跑过了敌人的汽车轮子，抢先于敌前插到横城城下。那一路的艰辛，可想而知。

面对突然横在自己面前的志愿军战士，敌人急红了眼。如果不能突破志愿军的横城阵地，那就意味着自己全部会被吃掉。所以数倍于志愿军战士的美军在强大炮火的支持下先后向鹤谷里公路两侧的303.2高地及其他阵地展开猛烈地进攻。我军战士的子弹打光了，就装上了刺刀和敌人展开白刃战。某团一个连的战士打到最后只剩下一个指导员，一个通讯员和一个炊事员。但是就是这三个人守在阵地上，人在阵地在，敌人就没有跨过横城一步。随后40军某师，42军某师先后赶到，同某师构成合钳之势，一举歼灭美军两千多人。

老人讲到这里激动地对殷斌说，横城反击一战，我军以弱胜强。不但没有让美军重新打到汉城（现首尔），而且还迫使敌人后撤了近三十公里。那个美军四星上将因这一仗惨败后，被调到北约去任职了。但他在回忆这次横城阻击战时，对英勇的中国人民志愿军战士很是钦佩。这是他看到参战以来美军伤亡士兵最多的一次战役。中国人民志愿军是他最值得敬畏的对手。

老人讲完，眼睛直望着门外的天空。"山雨欲来风满楼"，似乎老天也在那儿为无畏的战士和他们身上所具备的韧性及坚强的战斗精神所倾倒。

老人说："殷斌，你知道我们的战士为什么会这样？因为他们是为祖国、为人民而战，宁可战死、跑死也要完成任务，全歼敌人。这就是抗美援朝的精神，是用战士们的血肉之躯浇筑出来的精神。今天我们还有焦裕禄精神，大庆精神……这些精神的精髓本质是什么？就是'为人民'三个字。为人民能过上安稳、和平、祥和的生活和好日子。为人民所想，为人民所需，就是我们中国共产党为之奋斗的目标。在朝鲜我们的战士浴血奋战，直到战死，也是心甘情愿的。这就是我们的战士。"

老人最后笑着对殷斌说："小伙子啊，他们派人来监管我，怕我自杀。笑话！我才不死呢。历史是人民写的。人民写出了历史，人民造就了精神。我就是凭这股精神战斗了大半辈子。你们的路还很长，努力吧。我，不用你操心，不会有事的。我相信党，绝不会让一个为之奋斗了一辈子的人受人诬陷，蒙受屈辱的。"

殷斌四个月的监管任务结束，听说老人也结束了审查。在临分手的那天，老人特地拉着殷斌的手说："回部队啦，好好干。部队是个大学校，只要你努力，什么困难也不在话下。"

殷斌回部队半年以后，忽然接到一个调令，去呼伦贝尔盟军分区军务科任职。要知道，他还不是四个兜的军人（意：未被提干），居然到军分区军务科工作，这也在当时殷斌所在部队中引起轰动的一件事情。但殷斌考虑到自己能力有限就没有去。待到20世纪80年代初，在面临退伍时，他面前有两条路可供选择，一是去海拉尔武装部，二是回鹿塬。他选择了回鹿塬，被分配到博托中药厂任党委书记。

张芸听着殷斌部队经历的叙述，心情忽而激动忽而兴奋。看起来殷斌的人品是没的说的，不然那个被监管的老首长，为什么偏偏要和殷斌倾心长谈。她想自己看起来是爱上他了。张芸盯殷斌的脸，凝视他脸上的每一根纹条。过去，她在他面前很拘束，倒是谈不上什么"怕"。但是她每每看到殷斌办事时的那种沉稳，处处为他人所想的品格，这难道不是自己一辈子可信赖的人吗？她忽然张开双臂紧紧搂住了殷斌。殷斌似乎也在等待这一天。当她忽然把他紧紧搂住的时候，他本能的反应就是更紧地搂住她。就这样张芸在殷斌的怀抱里，静静地依偎着他。这时她的感觉只有一个，此时她是世界上最幸福的人。

了解女儿莫过于父母。张芸从"禹王庙"回来后，回到家一个人待在书房里。但张母总是听见张芸一会儿哼个歌儿，一会儿好像还念几句诗。耳中隐隐约约地传来"……爱情价更高，若为……"，这和前些日子的张芸判若两人。那个时候，她回来蒙头就睡，有时回来迟了或不回来就在办公室睡觉。问她理由就一个，同事被烧伤了。是男同事？还是女同事？一概不答。还有一次，一个叫乔爱华的往家里打了个电话。听到张芸接电话，好像一个男的治疗效果挺好。张芸高兴地叫起来。看到妈妈进来，放下电话就把妈妈抱住转了几个圈。弄得张母莫名其妙。呀，女儿这是怎么啦？把她转的晕头转向的。而电话那头还在"喂、喂"地叫着。张芸早就跑进了自己的房间，换衣服去啦。看样子是出门了呀。

今天张母见张芸回来，脸上红扑扑的，就忍不住问她："大礼拜天不休息，这是去哪疯跑了一天？"

张芸说："今天我去'禹王庙'了。"

张母问："和谁？"

张芸看了妈妈一眼，答非所问："妈，你想知道一个我的秘密吗？"

正说着，张芸的父亲从卧室出来问："有什么秘密？让爸爸也知道知道。"

张芸郑重其事地告诉他们："我，恋爱了。我有男朋友啦。"

张母一脸云雾和惊讶，握着老伴的胳膊说："小妮子，你说什么？"

张芸说："我恋爱了。"

张父和张母对望了一眼说："你说说，我们也好清楚你爱上的是什么人呀？看你这一段日子的神经表现，我猜想你是遇到什么事儿呢？能给我们说说吗？"

张芸就在这天和爸爸妈妈做了一次长谈。

张父听罢张芸对殷斌的介绍，看了看张母。他沉思了一下说："那你确定了?"张芸点了点头。

张父说:"他知道咱们家的情况吗?"

张芸诚恳地对爸妈说:"他除不知道您是市委副书记、市长外,知道你们是参加革命较早的老干部,是在市委做党务工作的。我告诉他我的一切,他也了解我的一切,也接受我。"

张父说:"这么说你们没有经过父母做主,自作主张就要私奔了。"

张芸着急地回答:"不是的。爸妈,我不领他来我们家是因为怕他拘束。我还告诉乔爱华,不要和任何人讲你们是市里领导。我不需要你们的保护。"

张母说:"那也得让我们看一看未来的女婿是个泥人儿,还是个草人儿吧,总不能是个纨绔子弟吧。"张父却站在一旁,用手揉着自己的脖子,看着女儿的充满自信和喜悦的脸,心里想,女儿确实长大了。

张芸回到自己的房间,想着和爸妈刚结束的谈话。她又想到殷斌的同学们,特别是乔爱华的身影,眼前浮现的出她总是像在医院一样,应答大夫的问题,照顾殷斌的勤快样子,自己还曾怀疑她是第三者呢。听殷斌讲过她和姚一民的事,那他们为什么就没有走到一起呢?她和爱华都喜欢俄罗斯文学,高尔基的《人生三部曲》,还有那首著名的长诗《海燕》都是她们热衷的话题。有一次俩人在一起时,乔爱华用汉语朗诵《海燕》。她声情并茂,富有磁性的声音感染了张芸。她用俄语高声朗诵了这首诗,其表情和音准、音节,让爱华由衷地赞叹。她们有时也讨论陀思妥耶夫斯基的《罪与罚》,也曾经在一起探讨法国名著司汤达的《红与黑》中,为什么是红,什么是黑而争论不休。她们谈到人生,谈到学习,谈到现在,也谈到未来。可偏偏张芸把话题一转到姚一民身上时,爱华似乎有意地在躲避这个话题。现在他们都成家了,应该是到了冰释前嫌的时候了吧……

轿车在博托区二里半通往博托中药厂的路上艰难地行驶着。路面坑坑洼洼,连绵的雨水把本来就破烂不堪的路面弄得泥泞难行。雨雪后道路甚至连人行走的干地儿也没有。只有路中间,有人扔下几块砖头或石块,人们才踩着石头或砖块小心翼翼地走过去。坐在车中的张副书记想,看来博托区在20世纪50年代中期到现在,市政府迁往石区以后确实在市政建设维护投资力度上太小了,欠账太多了。

当轿车驶进工厂大门时,迎面看到的是车间墙上书写的大字标语"在改革开放中,再创新业绩"。

因为张副书记是独自来,事先也没有给有关方面打招呼,工厂门房的老人以为是哪来的客户，急忙把厂营销办的主任叫来陪客人参观中药厂。当到了烘干车间时，张副书记扶着栏杆吃力地往上走。在炉前的平台上，他看到一伙人围着一个年轻人。张副书记悄悄地问了营销主任一句："那个年轻人是谁？"

营销主任回答说："这就是我们药厂的党委书记兼厂长殷斌，是个退伍军人，可能干了。自从他搞得'计件包干'的责任制以后，我们厂的利润上升，订单的范围不断地扩展。我给您叫一下他？"

张副书记把食指压到嘴角，示意他不必惊动他，然后转身又到了包装车间。一进车间，首先映入眼帘的是"改革创新业，多劳多得好"的大红字标语横幅。列队排开的工作案边，工人们穿着白色的工作服，在麻利地包装成品。听营销主任介绍，这仅是中药厂的一个车间。现在博托中药厂从原材料订购出入库、切割洗晒、烘干，到磨粉制药包装，最终出现在市场上都需要层层质量把关。因为厂里经常讲：有病吃药是人命关天的大事，要确保无误。

张副书记站在"车间岗位责任制"的说明牌前，仔细阅读每一项的条文，频频点头。待告别营销办主任往小轿车旁走时，忽然一个人满面笑容地走过来。一边高叫着"稀客，稀客"，一边伸出双手把张副书记的手紧紧握住晃个不停。

张副书记仔细打量面前这个人，似乎认识在哪见过。来人紧握着张副书记的手说："您贵人多忘事，忘了上次给您老伴看病哦。"

张副书记这才想起来，老伴有一次腰腿疼走不了路。碰巧张芸出差不在家，是辛刚把他带到家里给老伴诊治。正好那天张副书记进家门时，辛刚和这人出门。经辛刚介绍此人是他的朋友，是博托中药厂质检科的副主任叫庞龙。过了几天，辛刚就把庞龙给配的药丸送来给老伴服下。果然还是有效的，立马疼痛减少了许多。

"是庞主任吧。谢谢您上次给配的丸药。"

庞龙见张副书记这样说，受宠若惊，连忙点头哈腰说："举手之劳，举手之劳。您以后有什么事儿尽管吩咐。"

张副书记说："你的那个丸药挺见效，现在还有。看起来老寒腿除根是不可能的啦。就是以后出门带上这个药或提前喝上挺管用。谢谢啦。"说罢告别庞龙和营销主任，登上轿车而去。

等轿车出了厂门，庞龙神秘地问营销主任："你知道他是谁吗？他是市委张副书记。"

营销主任的脸上顿时出现一种惊慌失措的表情。而张芸后来听庞龙对她眉飞色舞地说市里张副书记曾来过厂子，如何夸他的医术高明等等，她只是淡淡一笑。看起来庞龙还不知道自己就是张副书记的女儿。她知道这是爸爸来相女婿啦！

当年的"五一"劳动节，张芸和殷斌手挽手走进了婚姻的殿堂。殷斌的同学和张芸的女友都来啦。姚一民也看到了忙前忙后的乔爱华，几次想找个机会和爱华搭讪，但爱华似乎没有看到他……姚一民惆怅地看着热闹非凡的新婚庆典，在震耳欲聋的音乐声中，他想什么时候，他和爱华这个心结才能解开呀。

……

殷斌搂着张芸，望着民航站的月圆形塔顶说："这日子过得真快啊。看人家姚一民和自忠的孩子都快高中毕业啦，咱们的现在才上初中。以后又得辛苦你啦，孩子学习几年考个医科大学。哎，对了。听爱华刚才说她和巴特尔去玉泉村曹自忠那儿体验生活。咱们用不用明天送送他们？我明天有会，你去送送她们俩。"

张芸说："我们姐妹没这个客套繁礼。明天厂子开大会，我也要参加。我也是博托中药厂的职工。关乎职工的今后出路，我能不参加吗？"

也就是这一天的晚上，当齐秀雯的乔迁喜宴结束后，姚一民和乔爱华在皓月当空、温暖和煦的微风中，终于坦诚地向对方吐露了憋在心中已久的心声。他们兄妹又走到一起了。

2

第二天早上姚一民到了办公室，想起昨晚和乔爱华分手时，爱华让他给殷斌打个电话，询问一下殷斌在这次国企大面积的改制中是一个什么想法，好参谋个意见。

他拿起电话，待对方一拿起电话，听筒中就传来殷斌洪亮的声音。电话中，殷斌向他说了国有企业现在进入了一个艰难的阶段。他看了份资料，1997年以后45%的国企明亏，35%的国企暗亏。全国1997年国有及控股工业企业实现的利润不过800多亿元。人心不稳，效益俱降。这是多数国企面对的时代困境。

姚一民问："你那儿怎么样？"

殷斌说："我这儿自从实行'计件包干'责任制到现在收益还可以。但是，自市里给了技改费以后，扩大规模生产要新建厂房。现在生产线除原料出入库和成品质检之外几乎都是机械流水作业。当初市拨的技改费是按三分之一搭配的，所以几年的利润基本上掏空了。现在关键是人心，人心不稳。博托中药厂今后怎么生存，怎么摆脱目前的困境，这就是我这几天愁的一个主要的事儿。看看情况再说吧。"

放下电话，姚一民也感觉到，最近城管部门多次在会上反映摊贩突然增多，卖什么的都有。有卖布的，有卖毛巾的，还有卖炭的。更奇怪的是有人把小四轮儿拖拉机开到街上卖。他家旁边就是一个大工厂的宿舍区。听那些工人在一起议论说是厂子卖了，让他们自谋出路。工资嘛，工厂生产什么给什么，让工人自己上市场摆个摊儿卖去。有的工人公开骂街，那些设备老值钱了，可是有人拿几个破钱就买走了，真想喝他们的血。看看现在街上摊贩走后狼藉遍地，什么菜叶子、塑料袋、瓜皮……比比皆是。政府周围商贸中心地区，是居民常来常往的地方，但也是摊贩青睐的地方。领导希望市容整洁、干净。看到此情况大会小会批评城管环卫部门。加之，1996 年"五·三"地震后刚把灾民的居住问题解决了，但周边配套还在不断地完善。断头路、施工壕沟使"三清"受到严重干扰。所以市容整顿任务由于摊贩的急剧增加，城管环卫部门压力很大。城管人员和摊贩因"一方要治理、一方要生存"问题，经常发生矛盾。而对环卫职工来讲，更是苦不堪言。

国企改制问题对殷斌自己而言，还是一个新的课题。好在什么风也是南方先吹遍了，动静很大了，北方才刚刚的露芽，这无形之中就有了事例可循，所以他特别注意到上、广、北、江浙一带国企改制的动态。他看到一些大型国企走承包的路完全和农村承包责任制其内涵还是有本质的不同。农民承包的土地明确是国家集体的。种地有句老话：你哄地一天，地哄你一年。所以农民爱土地就像父母关爱子女一样，那是天性。而国企承包有几种结果是殷斌不愿看到或者说是难以接受的。承包人怎样让工人获得合理分配，这个问题从来不谈。有的地方加班加点，无相应的报酬不说，以"裁员"名义就可以随便夺走工人的"饭碗子"。承包人承包了，名义上机器设备包括厂房还是国家的，但经营者从利润获取出发，根本不修不养，就像子女不爱父母一样。这是资本家深层次的人性特征。特别是把经营的工厂开成"父子店"，原料从儿子那儿进，不问材料的优劣、斤两，价格全由父子定。工人敢说话吗？子女老子一起啃厂子这块骨头，啃完了一拍屁股走人，扔下了的烂摊子"破产"了事。

殷斌想到这里，拳头猛地往桌子上一砸，这样的戏绝不能在博特中药厂重演！

他踱到窗前，看着博托中药厂高大的厂房，听着从切割车间传出的"轰轰"的机器声，也思索着博托中药厂的改制路怎么走。别看现在博托中药厂生产秩序倒是挺正常，但他感到一股暗流已在涌动，已静悄悄地逼近了他。

星期一上午的职工大会上，当工会职代会主席宣布会议的主要内容后，就让职工充分发言，让职工提出自己心目中的国企改制意见。会场静悄悄的，没有一个人主动要求发言。其实殷斌知道工人们心里想的是什么，就是关心自己的出路，这占绝大多数。而也有一些人看风头，可以说他只关心这个月三十号能不能开支，其他不管。但是也有些人，例如庞龙他的想法就不同，他是要借这一次改制的机会，通过各种手段把博托中药厂弄到自己手中，发笔横财，并以此为资本，继续向上走。一个质检室的副主任算什么，要干就要干大的，要飞黄腾达。

会场正沉默着，只见一个人举起手来，说："我要发言。"大家都把目光集中向这个人看去。这个人就是庞龙。

庞龙这个人中等身材偏矮一些，胖乎乎的脸上有一个硕大的鼻子，配上一对逢人就笑的小眼，给人一种友善温和的感觉。他出生在一个母亲曾是娼妓的家庭中，为人精明。但庞龙本人不是这么说，他逢人就炫耀自己是中医世家。他的人生信条就是：你们说一个成功的男人，背后必定有一个默默奉献的女人，而我认为一个成功男人的背后，必定有一个厚实的靠山。他的最大特点就是在年轻时，在"春和玉"拉斗子和各色人等打交道时学会的一套察言观色的本事。他善于逢迎，投其所好。自公私合营以后庞龙成了博托中药厂的职工，就是用这一套本事混生活。他看领导的眼色和谈吐行事，领导需要他，他立刻逢迎，竭尽溜须拍马之能事，经常围在领导身旁，施展巧技，将领导拿下，以这样手段混了个质检室的副主任。

在"文革"中他因为此前曾借原材料质检机会偷拿过药厂的牛黄，被人告发扭送的"群专"。"群专"这个组织本来是"文革"中派性斗争的工具，是群众斗群众的一个怪胎。庞龙一进去，就发现一个群专头头经常捂着肚子，似乎很不舒服。有一次趁着这个头头在讯问他的案子时，他有意将这个头头恭维一番，并说他肚疼和肠胃有关，接着把自己所谓医术吹得天花乱坠。那个头头确实是严重的胃溃疡，让他一语中的。又听他说会制作丸药，就上下疏通把他弄到家里，让他给自己制作治胃病的特效丸药。庞龙见状故弄玄虚，把自己青年时学得医书上的"活胃散"方子稍加改动，以和胃散气为主制作了一些丸药。原料自不待说，庞龙自备了制作丸药的药材。"群专"那个头头喝下去，还真管用，打了几声饱嗝胃舒服了许多，对庞龙崇拜有加，故极力推荐给别人。一来二去，打通关节，提前让他回了家。落实政策工作开启后，庞龙借口自己被"群专"严刑拷打，谈如何迫害他，使得落办给他安排仍回博托药中厂工作。在殷斌来厂之前，老厂长也深深了解此人，原本不打算往质检室放他，但禁不住在庞龙的攻势下，老婆每天在枕头边唠叨，所以仍让他回质检室工作，并官复原职。

殷斌来药厂，他也曾嘘寒问暖，多次在殷斌面前献殷勤。但殷斌天性耿直，又是军人出身，不习惯溜须拍马这一套。庞龙一看不行，就转而对办公室的单身女秘书展开了攻势，以备将来所用。

庞龙搞女人，那是有一套办法。据庞龙的朋友说，他们本来朋友关系挺好，但是在"文革"期间有一个朋友被怀疑是他姐夫发展的"新某党分子"。听到这个风声后，吓得和他姐夫偷了一辆吉普车，连夜欲从中蒙边境越境，想到苏联找他亲大姐，结果在达茂中蒙边境被我边防部队抓获后判刑入狱。按朋友相处规矩，"朋友妻不可欺"。留在家中的妻子和儿女生活无着，朋友们有的给送煤，有的资助买粮，使他们母子的生活还能勉强过下去，只盼丈夫早日出狱，重整家庭生活。但庞龙对这个女人早就垂涎三尺，见朋友犯事入狱认为有可乘之机。今天资助些米，明天弄点棒子面，后天用偷来的药材卖的钱给朋友女人三块两块，瞅准一天家中只有朋友妻子一人在家，就奸污了她。恰好这一天朋友中有一位拉煤的朋友给送来了煤。他敲开门，让朋友老婆去搬煤。他自己呢，跑进房里来找水喝。忽一眼看见灶火圪姥（方言：锅台角）白花花的。他仔细一看，原来是个人的屁股朝里撅着，看见有人进来抖抖瑟瑟地站了起来。拉来煤的朋友一看，原来是庞龙。只见庞龙一丝不挂，急着作揖。这个拉煤的朋友那个气呀，扑上去张开大掌就给了他两个耳光。

庞龙其实对今天职工大会的发言早有准备。他特别精明之处就在于不打无准备之仗。早先他就和攀结上的博托区领导打得火热。这个领导有个怪癖，喜好在火炉上烤中药材吃。这个人对待工作的行事方法是"抓小放大"。所谓"抓小放大"，凡是工作方面的大事有主要领导顶着，他的眼睛就盯着城建、工商、城管、商贸等行业，在这些圈子里广交朋友。而对待利益问题是"抓大放小"，看哪儿能弄两个钱。而且日常生活中偏爱养生。庞龙经朋友介绍认识这位领导后，经常给他拿些补身的药材或成药，或由庞龙做东请几个知心者大喝一顿。一来一往，两人竟成了深交。直到这位领导升迁担任市主管工业的副市长后，两人仍不断的往来，关系越走越近。这位领导就是辛刚，这时已是权倾一方，当然知道许多别人不知道的内幕东西。所以当辛刚把这次改制的消息透露给庞龙以后，庞龙一经点拨，立刻知道这"掘金"的时候到了。如能如愿把博托中药厂搞到手，别说其业务产销不是问题，能拿到药厂那三个牛黄拳头产品的秘方也是一笔不菲的财富。在餐馆包间昏暗的灯光下，俩人头对头地谈了很久，一拍即合。初步设想的方案是想办法让庞龙上位。如能实现庞龙承包，即走到国企私有优化改革的那步时，由庞龙出面以承包经营者的名义做到账入不敷出、然后请评估方面做出资不抵债时，以极低的价格由庞龙将博托中药厂（包括设备、厂房、土地等现有的资产）买下，今后明着由庞龙经营，暗着实际东家是辛刚，从而发国有资产的"改革财"。

为了做好这篇文章，庞龙举办了一次可以说豪华的酒宴。宴席定在二里半水上公园"碧波楼"二楼十分宽敞明亮的餐厅里。宴请的客人除了辛刚外，有《都市报》的知名记者李大为，有药厂仓库主任，有药厂质检室主任，有市计委工业处的一位处长，有轻工业局的一位副局长和一位宣传科长，还有博托中药厂办公室的秘书连薇。

看到五荤五素的凉菜摆上来后，庞龙给每位客人倒上"茅台酒"，然后举起了自己手中的杯，开始发表简短的祝酒词。

"同志们，朋友们，我们都是朋友，是缘分把我们连在一起的。这么长时间了，我们都没有聚一聚。今天我做东，请大家来，没别的意思。大家都是每一个方面工作的顶梁柱，太辛苦啦。今天来，就是要放松放松。不要让生活每天在工作中度过。请大家举起杯来，为家庭为生活干杯。"

不一会儿，烤全羊上来啦。香喷喷的烤羊肉，香味四溢。吃起来鲜嫩焦脆。有些人还是第一次吃，个个吃得心满意足赞不绝口。

在席间，人们品尝着肥腴而又鲜嫩的黄河鲤鱼、品尝着北京烤鸭……

当蒙古族女歌手托着蓝色的哈达，唱起动听悦耳的蒙古族《祝酒歌》时，客人们个个红光满面。而面对美丽的蒙古族女歌手，看着那硕大的铜碗内盛有足足有三两的"茅台酒"，尽管不胜酒力，但是也不甘示弱，扬头一口倒入口中……

连薇扶着东倒西歪的庞龙上了出租车。也不知庞龙是真的醉了，还是假醉。他紧握着连薇的手不放，反而让司机快点开车。车到了连薇家门口，他趁连薇付车钱时，顺势下了车径直往连薇家走去。

连薇看着庞龙往自己家走去心里乱得很。自从和庞龙认识后，她平静的生活被打乱了。在一个家庭中男女双方总免不了拌嘴，吵得激烈时，有时会说什么没有谁呀也能过得去。连薇对自己的单身生活有时也会想，自己有工作，有收入，可以过得很好。所以对找对象、谈朋友、成家不感兴趣。在校读书时就知道啃书，所以大学文科毕业后因写得一手好字好文章，被分配到博托中药厂行政办公室任秘书。她每天忙于工作，甚至为了让工作无可挑剔，加班加点，每年被评为优秀共产党员、厂先进工作者。但随着年龄的增长，特别成了"大龄剩女"以后，她逐渐感到一个人生活确实不是个事儿。她相貌虽不出众，但清秀，有气质。厂子里也有人纠缠过她，借故请她吃饭，但都让她的清高和冷漠吓跑了。可是，庞龙却悄悄地走进了她的生活。开始是生活上的关心，吃呀、喝呀，他那眯缝的小眼和笑容，总是让你不好拒绝。接踵而来的是替你设计穿着打扮……对于这些，连薇似乎软弱无力地就被他俘虏了。她有时也问自己，他是自己什么人？是情人？还是丈夫？

有一次连薇就直言不讳地问他："我们这到底是什么关系？"

"关系？"庞龙问她，"你和我在一起，难道不好吗？"

"可是你的家人呢？他们知道吗？"

"你就是个书呆子。说心里话，我烦、厌倦和她在一起。只有和你在一起，我一天的奔忙和辛苦才会烟消云散。"

连薇曾对庞龙滔滔不绝地引经据典，深奥的中医药材知识，特别是他对人性精辟的见解鼓过掌。她听他讲话似乎觉得是一种享受。她也再一次感到自己独身生活的可悲。有时不知为什么，好像在等待什么，但又说不出是他还是什么，总之心乱如麻。她也曾想了断这种关系，但一想起他和自己谈曹雪芹，谈林黛玉，谈……他知道的许多故事，她就被他的所谓精辟见解所捆绑。

看着躺在床上的庞龙连薇想起昨天庞龙找到她，说明天晚上要和几个客人吃饭，让她务必打扮一下。今天在"碧波楼"的宴会上，她也看到许多头面人物，心想庞龙的能量就是大，认识这么多人。特别是那个中年的记者，对目前社会发表的看法又是那么精准，论点鲜明，论据有力，结论服众。她觉得庞龙能有这样的朋友，也说明庞龙还是被人认可的，只是自己和他的这种不能公开的"关系"，什么时候是个头呢？

她想起有一次殷斌看到她坐在办公室无精打采失神的样，曾严肃地对她说："你和一些人走得很近啊。注意啊，最近有些反映。你可不要轻信过于殷勤卖好的人。这种人口头上高谈阔论，甜言蜜语。小心上当。"想到这儿连薇联想到，今天饭桌上那帮人的议论和话语，使她心中很是迷茫。殷斌和庞龙到底谁是人中人呢？

庞龙迈着从容不迫的脚步，登上发言台。台下的职工们静悄悄的。庞龙打开了自己手中的夹子拿出发言稿开始他的发言。

"同志们，国企的改制是大势所趋。我们博托中药厂虽然还没有走到借债度日的境地，但是种种负担已经压得我们喘不过气来。看今天的博托中药厂一千余名职工要张嘴吃饭，可饭少僧多，形势岌岌可危呀。我们怎么办？我个人以为只有走个人承包经营这条路，才能挽救博托中药厂的命运。"

接下来，庞龙滔滔不绝讲起自己如何承包经营博托中药厂，在如何经营的章节中特别是经营者的权利讲得很透彻，但对国家的贡献和让大家如何享受承包后的红利问题，咋保住职工的"饭碗"却是一笔带过。特别是如何让厂子渡过难关，保证让职工都有饭吃这个问题只字未提。

殷斌在下面十分注意庞龙的发言，并认真做了笔记。殷斌十分赞赏庞龙的发言中对药厂目前情况的分析和改制大潮中博托中药厂在经营道路上所面临严峻考验的估计。但从庞龙的发言中他敏锐地感到对工人"饭碗"这个至关重要的问题，在他所讲的个人承包博托中药厂方案中并没有占重要的位置。这引起了他的警觉。特别是承包经营者权利一章中似乎也有问题。但是问题在哪？殷斌一时也没想清楚。

庞龙在结束了自己发言后从容地走下讲台。他有意地看了看殷斌所坐的位置，看殷斌低头在记什么，心中似有所动。

庞龙刚在位上坐下，就有人高声喊："庞技师，你的承包方案让我们老职工怎么办？都要撵回去？"

因为庞龙已下了讲台，主持会议的职代会工作人员把手提扩音喇叭递给了庞龙。

庞龙说："老职工啦，受了一辈子苦，该回家享清福去啦。"

"那我们退休费咋算？就白白地，两手空空回家啦？"

庞龙说："凡是应该回家的人，不论年龄一律给一年的工资一千元左右。考虑到承包以后药厂还要拓展生产，需要钱的地方很多，可以以药顶钱。大家可以出去卖药，卖了也是钱嘛。以后自谋职业，自谋出路吧。"

又有人高喊："我们的饭碗是中国共产党和无数先烈拿命换来的，说没就没了。你这个个人承包经营没道理。"

这时挤进会场的人把过道都站得满满的。人群中有人喊："我们病了谁管？过去有厂医，头疼脑热还有人管，现在没人管了，我看你这个承包经营弄不成。"

……

会场乱哄哄的，吵成一片。主持会议的人看到这个情况，和在场的党委及有关人员商量后宣布暂时休会。并说明关于博托中药厂在国企改制中的出路问题，大家可以在会后集思广益，发表意见，还可以在下次大会上继续讨论。

在第二天的党委（扩大）会议上，除了现任的厂党委委员外，还吸收了各车间的负责人及部分员工代表列席了会议。此外还破例邀请了庞龙。

会议争论得很激烈。有的党委委员说把社会主义的企业交给个人经营，这种私人经营是走回头路。庞龙反驳说："有的领导说社会主义和资本主义的问题不争论，干起来再说。"

待庞龙的话刚一落音，党委委员、政工办主任王玉玺噌地站起来，抹起袖子指着左胳膊上的一处枪伤激动地说："如果不讲社会主义和资本主义，我们当初剿匪为了什么？不就是为了建设一个新中国。让人民有平安的环境，有饭吃，有衣穿。"大家看到他左胳膊的伤口，如果土匪的枪口往里偏一些，玺子可能就倒在敌人的枪口下啦。还有的职工代表说："我们早知道今天厂子要变成私人的了，我们何必当初敲锣打鼓地大搞公私合营呢？"面对会议的质问声，连薇注意到平日能言善辩的庞龙似乎张嘴结舌了。

有一个职工代表说："我看争论社会主义和资本主义咱们不是理论家，解决不了今天博托中药厂的关键问题。这个关键就是如何解决好我们近一千三百号职工的吃饭问题。厂子是我们在党和政府的领导下，辛苦创业建起来的。想当初我们都是鹿塬大小私人药堂的伙计，走到今天看到博托中药厂发展壮大，真是不容易。走回头路不是我们的心愿。厂子是绝不能落在私人手里的。集体承包怎么样？"

"集体承包？"大家都被他这一新鲜的说法弄蒙了。"你说说，咋叫集体承包？"

"我也是刚刚有个想法，要让我说我也说不清。"

散会以后殷斌回到办公室，脑子里一直在翻腾着那个老职工的讲话。

庞龙在会议结束后也没闲着。他急忙出了厂门找到一个有公用电话的铺面，把博托中药厂今天党委开会的情况给辛刚一五一十地做了汇报。

电话中辛刚倒是给他说："不要急，明天就要在报上有重要的消息发布啦。你看到报纸以后多买几份，拿上到工人中宣传大造舆论，让他们知道博托中药厂必须要走你那个方案的路不可。这是大势所趋。"同时辛刚告诉他，近日将有记者采访他，让他好好地准备一下。采访时要有理有节地说，把承包的道理说清说透。

第二天鹿塬《都市报》果然登载了大块头的文章《向与时俱进的改革家致敬》。全文介绍了鹿塬市靠垫厂一个叫何鸣的和汽车配件厂叫余少德的走在国企改制的前边，买断两个厂重组新企业，为国分忧的事情。庞龙见到这期报纸一下买了十多份四处散发，大造个人承包是大势所趋的舆论。

这篇文章的出现，确实在博托中药厂掀起了不小的"波澜"。有的职工就说："看起来今后私人承包办厂搞企业是国家提倡的。咱们有想法也要跟上走。天无绝人之路，下岗自谋职业这条路看起来是走定了。"也有的人说："一个靠垫厂一个配件厂能说清楚什么。它汽车靠垫、汽车配件又不是什么拳头产品？它能比得上咱们三牛啊！人吃五谷杂粮，得病就要吃药，吃靠垫能治病？"还有的说："这几天二里半毛巾厂也是乱哄哄的，我们院的那些家伙合伙趁厂子改制往外成捆地偷毛巾。哎！你知道老庞他儿子前些天联系了一些老职工，让去他开办的私人制药厂上班。技术好的给高工资聘任。你说这同行同业的，如果庞龙承包了咱们，供销渠道都跑到儿子那啦。咱博托中药厂的，就剩下讨吃要饭啦。"

工人们的议论也传到殷斌耳中。他也在思索如何在这困难的境地中，让博托中药厂走出困境。当市里组织各个大厂的厂长、书记去参观学习靠垫厂和汽车配件厂的改革经验时，殷斌一看靠垫厂和汽车配件厂的现状，心里就嘀咕，这能代表鹿塬市的工业水平现状吗？厂房破烂，设备老化，还有土造的设备缺胳膊少腿……

当副市长兼市国企改制领导小组组长的辛刚组织大家座谈讨论时，一位厂长直言不讳地说："市里的企业都要像靠垫厂这样，还能在N自治区有鹿老大的名号吗？恐怕连J市也比不上。人家什么轴承厂、肉联厂都一流企业。靠垫厂靠垫不出名，它生产的靠垫的水平连南方一个乡镇企业也比不上，还带什么头搞改制，早该破产了。我个人觉得我们国企搞改制要分类，要看社会需要，走市场经济就得看市场需要，少几个管我们的婆婆比什么都好。"

有的厂长说："像关乎老百姓生计的，让我们自主经营，保证会迈大步发展的。"

当辛刚点名让殷斌发言时，殷斌重点只是说了一个从工人中听来的故事。说故事之前他首先介绍了博托中药厂作为医药界关乎民生的一个企业，应该在改革中有担当的态度。计划经济是统得死，但市场经济也不是资本主义所独有。国有企业也能在市场经济中大展宏图。但一味地把关乎人民生计的、产品销路又好的，特别是一些生产名牌产品的企业一味地走私人承包经营化，卖给私人的做法这不是改革的正路子。他在发言结尾时，讲了一个从工人中听来的笑话。笑话说 N 自治区某市的一座大型肉联厂，产品销路广，自治区又是牛羊肉高产地，刚投了二千余万元的技改费，上了一条新的生产流水线；结果搞改制先个人承包后破产卖掉。老百姓戏谑地说：企业改革就是卖，该卖的都卖了，就差卖屁股了。殷斌话刚一落音，与会者哄堂大笑。辛刚看了一眼殷斌，什么话也没讲，拂袖而去。

博托中药厂党委扩大会结束没几天后，《都市报》的一名年轻记者来到博托中药厂。这个穿着风衣的小伙子，领子竖起，穿着打扮完全仿照日本电影《追捕》中矢村警长的装扮。他到了车间和工人、年轻人进行交谈。小伙子又在质检室和质检室主任进行了谈话。

他和质检室主任谈话结束后，特意问道："你们这儿的庞龙同志在吗？"质检室主任点点头，急忙去找庞龙。他再返回来领着年轻记者到药材检验站时，看到庞龙正给一些即将从学校毕业的来博托中药厂实习的中药专业的学生们讲各种中草药的鉴别办法。此时的庞龙戴着眼镜，穿着白大褂，俨然像一个教授手拿放大镜指着草药在谦恭地讲什么。而围听的学生们一个个瞪着渴望求知的眼睛在聚精会神地听……年轻记者一看这难得的场面，连忙取出照相机，把这动人的一幕拍下来，而后对其进行了长时间的采访。

他详细了解了庞龙的承包经营法案的内容，同时也了解了庞龙的成长史和"文革"中的受迫害史。这个记者是庞龙在"碧波楼"宴请的那个名记者的学生。这位名叫李大为的名记接到辛刚的电话后，他感到他和庞龙的关系好多人知道，饭也不知吃了多少顿了，为避免别人看出发表这篇专访的端倪，特地让自己的学生去实地采访撰稿。然后他润笔，发表在《都市报》的头版头条显著位置上，并配发了年轻记者现场拍摄的工作照，欲从舆论上搞垮殷斌。

为什么年轻记者的老师、庞龙的朋友李大为是个名记者呢？他是靠一篇报道出名的。这篇报道源自鹿塬市城管部门一名中层干部因老父在农村逝世引发的事情。他回去处理后事时，违反当地土葬管理的规定，和管理人员发生争执、出言不逊，被当地殡葬管理部门举报到报社。报社记者李大为接到举报信件后，以辛辣的语言写出报道稿件，并以醒目的通栏标题《活着不孝，死了瞎闹，身为国家干部大搞封建迷信》发表在《都市报》的头版头条上。此稿在报上一俟发表立即引起社会广泛的关注。本来城管队伍在群众中就印象不佳，有"打穷人，骂讨吃子"的嫌疑。这一下政府分管领导和队领导坐不住啦。除了给涉事本人行政处分外，由队领导带上这名干部专程回农村向殡葬管理部门人员赔礼道歉，并专门派和记者李大为有交情的人从中说和，以求息事宁人。但李大为此人得理不饶人，认为上级主管部门和涉事的城管单位对此事处理得不疼不痒，还要做后续报道，经说和中人暗示，送给对方一笔不菲的钱财才算了事。

年轻的记者面对侃侃而谈的庞龙，觉得他聪明坚强，学识渊博，对于改革开放充满信心，对国企改制有独到的见解。他完全被他那诱人的风度折服，迷住了。

几天后，《都市报》报上发表了一篇人物专访《走在国企改制的艰难路上》，内容是博托中药厂的国企改制中领导发动群众，压制打击庞龙的改革创新积极性。这篇长文尽管对殷斌等领导在"计件包干"责任制的施行中曾经推动了企业的发展，调动了工人的积极性做了不疼不痒的肯定，但文笔一转责难殷斌等面临国企改制，摆脱困境的关键点上没有走国企改制走新道路、走创新的道路。该文着重介绍了庞龙是一个不安于现状，忧国忧民的人。文章叙述了这位改革者的遭遇，也揭示了殷斌等人武断，对这样一个有价值的改革方案如何阻挠。文章把庞龙描绘的那么让人同情，可殷斌等人因循守旧。他们不顾博托中药厂的困境，肆意否定庞龙的改革方案实施，拖了全市国企改制工作的后腿。这些事情的过程是描写的那么细致而有说服力，不能不引起社会广大读者对殷斌压制改革创新者的行为愤慨；以及对庞龙这位目光远大、不怕担风险、勇于走在国企改制前面的人，特别是在药学等方面知识渊博的人表示了极大的同情和支持。

年轻记者的这篇文章措辞尖锐，完全像他老师李大为的笔锋，辛辣、有说服力。这篇文章一经发表不但在博托中药厂引起了轰动，也惊动了市里，特别是殷斌的岳父——张书记。

待张芸接到爸爸电话，让她回家一趟。她立刻就明白了为什么爸爸让她回家一趟的原因。这肯定和那篇报道有关。

父女俩面对面地坐在客厅里，气氛说不上是严肃，但总是有些尴尬。

张父看着女儿说："说说吧，你对《都市报》发表的这篇文章的看法。"

张芸看着老父亲。父亲真是老了。爸爸的头发全白了。尽管离退休还有几年，但身体已经是明显地垮下来了。

张芸完完整整地陈述了厂里讨论国企改制方案以来的整个过程。末了，她对爸爸说："这篇文章完全是胡说八道，你可以到我们厂去实地了解工人的想法。你能在一个不能让工人吃饭的方案上轻而易举地签字吗？"

张父看着眼前这个从小看大的倔强的姑娘，特别是了解到辛刚是庞龙的亲密朋友时，他就感觉到这个事情不一般。特别是张芸最后提的问题，他确实也不好答复。但是"摸着石头过河"这是有代价的，这个代价就是职工的饭碗。张芸说的对，应当到工人中去听听他们的意见。张父和张芸的谈话结束后，张父破天荒的第一次亲自送女儿坐公交车回家。原本打算让她住一夜，和她母亲再说些悄悄话。但张芸坚持要回去。因为乔爱华打电话告诉她，明天要去她们家。自从乔爱华去了玉泉村后，她似乎身边少了一个知心的人。听说爱华不但在曹自忠所在的玉泉村体验生活写出了剧本大纲，而且和她同行的巴特尔又创作的一幅很得意的人物油画《沐》。明天姚一民也来。她得赶快回去准备，因为明天公休菜场人多，赶早不赶晚把食材准备好。朋友家庭聚会自然是殷斌大厨师，姚一民二厨，她和爱华、齐秀雯帮厨，巴特尔和三毛子自然是吃客了。

3

乔爱华和巴特尔去年到了玉泉村，正是玉泉秋末，成粮入仓瓜果上市，一年收获丰盛将要结尾的时候。玉鲜和慧桃看到漂亮的爱华和憨厚的巴特尔十分高兴。慧桃今年已近七十岁的边边了，但身子骨还行。她在爱华和巴特尔来之前，就听玉鲜说自忠要带两个鹿塬的同事回玉泉村。她急忙把原来给曹自忠准备的一间房特地打扫了一番，又从柜里拿出崭新的被子和床单铺上。对啦，慧桃记得曹老爷子在世时候好喝茶，特地把曹自忠从鹿塬城里买回来的"小叶儿茶"罐摆出来。干完活，她仔细地环顾了一下房内：觉得也可以啦，就等城里的客人到来了。

乔爱华第一次看到曹自忠母亲还是很多年前。那时他们在鹿塬中学读书时组成一个学习小组，经常去曹自忠家写作业。作业做完后，一起去大水卜洞水潭扔石子打水漂玩。三十多年过去了，岁月的沧桑，已将当初那个勤快、善良的漂亮女人变得苍老了。爱华看着眼前的慧桃，不禁感慨。如果曹老爷子和殷氏地下有知，看到今日的曹自忠、慧桃母子一定会感谢上苍的庇护。爱华环顾屋内，屋子整理得简洁大方。靠墙的一侧还有小型的书架，上面有当代文集，还有古典四大名著。特别是余秋雨的一套文集《文化苦旅》引起了她的兴趣。看起来曹自忠喜好读书的习惯至今未变。

乔爱华正打量间，曹自忠领进一个六十七八岁样子的男人。经介绍才知道，这就是当年曹老爷子的学生，也是在自忠和母亲最艰难的时候，伸出援手帮助他们母子度过人生难关的李大成。

爱华和大成、自忠三人热聊这几年农村施行改革而发生的巨大变化的时候，巴特尔已在村外转了一圈。他已被玉泉的山水一草一木所感染，更被这里的衣、食、住、行所惊诧。这里完全和他想象的农村不一样。巴特尔从小生活在城市，父母都是教师。在读中学的时候，经常支农下乡参加劳动。在他的印象中农村就是几间土房，四周围夯土成墙。小院有猪圈，一条大黄狗蹲在街门外守家护院，条件好的可能穿件没有补丁的衣服。小孩光屁股在街上跑……可今天看到完全颠覆了他的三观。看整齐的青砖屋，院内种着小菜。虽已深秋，但长相胖圆的大瓜仍垂吊在竹架上摇头晃脑。田间庄稼已收割完，但黑油油的土地成方成块。渠道横竖交错。看村后坡地上的枸杞红的艳火。往上看桃树上的大桃子在绿叶的陪衬下，喜笑颜开将整个山顶覆盖，郁郁葱葱。巴特尔爬到后山，向玉泉沟望去。奇山怪石，鲜花盛开。一领瀑布从天而降。啊呀！好地方，别有风味。如要在春天觅寻踏青地，这里一定是首选的一片令人流连忘返的美景胜地。

巴特尔兴冲冲地走下山来。因为晌午到啦，家家户户的烟囱都冒出了炊烟。看到人们健康黝黑的脸庞上堆满了欢笑，只是对这位村里的陌生客人充满了好奇，不由地停下手中的活儿多看他几眼。

巴特尔一进曹母的院子，就听见屋内传来爽朗的笑声。他一推门，在看到李大成的一刹那，他呆住了。当曹自忠给他介绍这是玉泉村的老书记，是村民过上好日子的带头人时，巴特尔就感到在他身上的故事一定很多。他脸上的皱纹写满了他曾经怀揣着村民期盼的东西，带领村民为期盼而去探索，为期盼而勇往直前。这是一个饱经沧桑、坚强的人。

当曹自忠他们还在热烈叙谈的时候，巴特尔默默打开画夹，开始把他今天在村里看到的一切描绘下来。他一笔一笔地素描着李大成的脸，黝黑、方正、轮廓鲜明，笑开是那样的爽朗，严肃时更显出那种刚毅的特质。

爱华问："自忠，你们现在在'家庭承包联产责任制'的基础上还要想什么步子呢？"

曹自忠说："现在，我和大成叔也在琢磨这个事儿。目前村子里的情况，还有些变化，但也是在试验之中。在城市中现在刚开始国企改制。有的人还在走农村改革的路子。但就我们玉泉村看，当时只是为了解决吃饭问题所以实行家庭经营的。现在生活是好了，可再向上迈一步，这个经营机制就显出它的不足性。首先家庭劳动力苦乐不均。家里壮劳力多的，家庭承包地的地分显然不足。而类似像大成叔这样的都快到七十边上了，就一儿一女，现在孙子曹强大学快毕业了，女儿嫁出去了，地分谁来种？还有每家一分地且说劳动效率谈不上，完全回归了小农耕作。田发挥不出效益，粮产量增不上去，就别说浇水前后顺序矛盾，化肥分配，农闲时搞些副业，可销路问题都显现出这些弊端。其他村子这类事情都出啦。可见，一种经营机制到一定的时候就得改变，适应需要。前年大成叔把土地转租给杨四娃，自己和老伴弄了个养猪场。结果一年过去了四娃那头地的面积大了，中型的农业机械都能用。比如拖拉机耕地，代挂自动播种。除了收割还显得地窄，康拜因用不上，其他能用机械的都用上了。田不但增产，大成叔和杨四娃的收入也增多啦。村委会和党支部联席会议准备今冬就想走这个土地归拢，变集体承包经营，逐步走农业机械化路子。准备成立机田队，运输队，经销队。让腾出的劳力投入多种经营，让村里现有的劳力充分发挥光热。再不能闲得闲，累得累，停在原地不动。"

爱华问："你们成立这么多队，购买设备的钱从哪里来？"

自忠说："大成叔说听曹老爷子讲过，集钱做买卖。活钱放在大买卖入股，也能赚钱。大成叔想这几年村民手里有点钱了，粮也够吃，菜田有菜，手里钱放着不用不如拿出来，按股计算年终分红。"

爱华问："那承包的田地呢？"

自忠说："我已写了个方案。每家名下当初各自承包土地、山林过去有政策，山林五十年承包不变，土地三十年承包不变，所以土地也按入股算。成立个土地评估组，好坏田分别记。到时让地连成一片。大型机械派上用场了。你不是说过，五原收割全是康拜因。咱们也走这条路。这个方案今冬就准备办。如果成了，其他村也会跟着办。你明年春天来，一定会有大变化。"

在玉泉村的近两个月中，爱华就是在玉鲜的陪同下，走家串户收集创作的素材。而巴特尔呢，每日不是起得早，就是晚。一起来随便吃一口，不是上山，就是去沟里写生。要不非拉上自忠去大成家和老汉喝酒聊天，有时喝酒中间突然停下来呆呆地望着大成出神。大成也摸不着头脑，以为城里的内蒙古人就是这样。在大成眼里看巴特尔那只画笔简直神了，三抹两画瀑布一下子就跃在画布上，溅起的水珠也清晰可见。

爱华在和玉鲜的接触中发现这个铁姑娘队长出身的女人不简单，到哪家都是像到自己家一样，举止大方豪爽。特别是有一次去了承包山林的杨四老汉家。一进门大喊："枸杞专家，有人看你来啦。"爱华明明听见她喊的是"狗子专家"。只见一个满头白发的老汉笑呵呵地从家里出来，连忙说："屋里坐屋里坐。"

进了老汉家，只见地下、炕上、桌子上全摆满盛着枸杞的筛子。原来老汉在比较哪块坡地的枸杞长势好，找原因呢。在爱华和他交谈中，感到老汉说话亲切，时不时感叹自己年龄大啦，过上好日子感谢共产党。但日子过得真快，转眼一年，转眼又一年。流露出一种依恋现在的好日子，对好日子的到来太晚的一种遗憾心情。爱华从杨老汉家出来。玉鲜对她说："老汉当初就是种树种草的能人。虽是个放羊的出身，但对这里的水草，特别是草原了如指掌。当初施行包草地上副业时，老汉第一个站出来支持。可惜第二年在当时公社的干涉下，认为这是发展私人经济，走资本主义回头路，勒令停下。老汉辛辛苦苦种的沙柳拔了，枸杞也没人抚育（方言：经营管理），全干死掉啦。老汉气的大病了一场，差点要了命。现在老汉的枸杞销路很广。沙柳也作为生态燃料销路广。老汉平时从不提当年的事，一说就生气。现在人家经常听他说后悔自己早出娘胎了，迟出十年才好。"玉鲜连说带比画把爱华逗得哈哈大笑。

晚饭后，爱华说："玉鲜，我给你弄弄头发。"

玉鲜说："头发还弄？梳两条辫子不就行了。"

爱华说："快点坐下，把你家的剪子拿出来就行。"

玉鲜坐在镜子前的椅子上。爱华让她把身子挺直，把眼睛闭上，以免碎发茬揉在眼里。玉鲜耳边只听见剪刀"嚓嚓"地响。一会儿爱华好像用筷子夹住头发，一会儿又夹住另一缕……待爱华让她睁开眼时，她从镜子中看到头上的羊角辫不见了，代之而起的是一朵朵波浪形的卷发。她看着自己的头发不禁"啊呀"一声。

当爱华问她怎么样时，她只红着脸说："爱华姐，你还会这手艺？要是过年时弄个这发型，村里的姑娘羡慕死了。"

爱华出了她家门刚要进自己屋时，玉鲜追出来喊："爱华姐，这是你的油盒吧？"

看着玉鲜手中拿的大小瓶瓶，爱华说："这是给你留下的。美姑娘就得擦好油。你留下吧。下次我来给你带一套卷发的工具来。你自己也会弄出好看的发型，让村里的姑娘都美起来。"

明天要走带的东西，爱华已经在下午就收拾好了。当爱华进到屋里时，还是见巴特尔趴在地上，一会儿左一会儿右的，拿手里的画笔在忙碌着。

这时，只听见院门响了一下。好像是自忠从大队回来了。就听见自忠说："啊呀！今天花姑娘大大滴……"隐约听见玉鲜好像说什么，两人嬉闹在一起。"啪"，那间屋的灯就灭了……

第二天爱华和巴特尔离开玉泉村回鹿塬市时，他们对大成在他们两口子在玉泉村的日子给予的热情关照，表示特别感谢。大成只是笑，倒是自忠说："感谢什么？老同学说这话就不应该。明年再来时，玉泉村就大变样了。"玉鲜看乔爱华看她，不自觉用手捂着弄乱的头发，只是脸通红地笑着。巴特尔什么话也没说，只是憨笑着看着大成，似乎还要在他身上发现些什么。

待中午时，爱华和巴特尔赶到殷斌家。姚一民和殷斌早已把饭做好。听张芸说三毛子和齐秀雯两口子因为回五原参加水仙姑娘玲玲的新婚庆典没有来。

张芸说："你们的礼钱我都给垫上啦，她干妈爱华礼更重我给垫了五百元。"

乔爱华听到这个事高兴地说："你们都是干爹二百元是不是少了点？"她说你们二字时，特别在"你"字上加重了语气，而且笑嘻嘻地直盯着姚一民。姚一民一看爱华这表情，一下弄了个大红脸。他有意转过头看着张芸四处忙碌着，收拾厨房地下的菜叶子和杂物。但他心里却在想，玲玲长大了。她把在农大学到的农田水利专业知识又带回到生她育她的农村。在那里她将无悔地把她的青春芳华，献给自己曾经留下了梦的地方。

张芸从厨房出来看到爱华一下扑上去，说："想死你了，也不来个电话。今天非让你多喝几杯。"

老同学的家庭聚会，完全没有客套，好像都像在自己家里一样。

宴席上，当乔爱华把自己体验生活的过程讲给大家听时，姚一民问："哎，你这大作什么时候出来？"

爱华说："玉泉村的改革之路，走得很不平凡。变化呀，你们没去看不知道。看看那里的山山水水，人的精神面貌和咱们下乡插队时看到的农村简直是两回事。农村这几年变化太大了。"

殷斌说："新剧本准备叫什么名字啊？"

爱华回答说："暂时就叫《玉泉新绿》。"

姚一民笑了，说："哎呀，你记得咱们鹿塬中学出了个作家叫贺政民。他写过一部长篇小说叫《玉泉喷绿》，你不怕有剽窃之嫌？"

爱华笑着说："那是合作化刚喷出些绿。我这是改革开放后现代农村的山乡巨变。这是在他喷出绿的基础上，农村面貌焕发青春，所以叫新绿。"

听了爱华的辩解，大家哈哈大笑起来。在笑声中，大家又看了巴特尔的油画像《沐》。画像的背景是山绿水清，一位饱经风霜的老农眺望着田里的滚滚的麦浪。

姚一民说："《沐》这个名是有点高雅。但画一幅老农民的像是不是画名再斟酌斟酌。这个老农脸型上还得下些功夫。"

巴特尔点点头说："对的。还需要观察修改，让人物线条轮廓更实一些。艺术这玩意儿要想搞出成绩，就需要大量的劳心运作。匆匆忙忙是创作不出什么真正有价值的作品的。现在有些人把画家说成是'涂抹匠'，也不是说的没道理。有些人故弄玄虚，瞎涂乱抹一通，简直就是胡闹。鬼知道那画的是什么？姚兄指教的好，我再琢磨琢磨。"

殷斌问爱华："最近自忠有什么新名堂？"

当爱华讲到自忠他们最近发现了过去"家庭联产承包责任制"出现的一些问题，准备在两年试验的基础上，把土地归拢，走农业机械化的路子，施行现代化农场式的经营管理时，殷斌很感兴趣地问："那他们的资金哪里来？"

爱华说："从村民手里来。把村民放在家里不用的钱按股集资。用这些股金去购置机械设备。年底结算按股分红。"

殷斌听到这，忽急促地说："你再说一遍，什么办法？"

爱华说："简单讲就是农民集股办农场。"

殷斌霍地站起来，说："爱华，哥哥太感谢你啦。你给我解决了个大难题。对！集资做股。让职工都入股，都成主人。入股办厂。哎呀，这就是我几天苦苦想不出的集体经营是个什么东西。"

说罢，殷斌举起杯来说："为咱们乔参谋长的归来，谢谢乔老爷带来了改革的福音，喝一杯！"

4

在乔爱华和巴特尔去玉泉村体验生活的近两个半月中，辛刚也一直没闲着。他一直通过庞龙密切注视着殷斌等人的一举一动。他一面配合庞龙，无论从舆论上还是实际行动上都作为幕后摇鹅毛扇的人出谋划策，而尽量避免到台前和殷斌发生面对面的直接冲突。

可最近一段时期，自那位年轻记者在《都市报》上发表了那篇攻击殷斌等人为国企改制的绊脚石，而赞扬庞龙等人为国企改制的领头人的文章后，他就预感到自己好像陷入一个无形的黑洞之中。冥冥之中好像有根线把他和庞龙连在一起，有人正在找这根线的最终线头，而这个线头正逐渐露头。他有些慌了。特别是在那天殷斌当着那么多厂长书记的面，竟然讲什么"卖屁股"的故事，更像一记无声的巴掌扇在了他的脸上。他不但不能为之辩解，更不能批评，只能恼怒地一走了之。他已看出，殷斌就是自己和庞龙实现拿下博托中药厂计划的最大的绊脚石。

他也曾想过，通过自己在新闻界的朋友出力，通过舆论搞垮殷斌。没承想，文章发表的第二天编辑部就收到博托中药厂的职工的抗议信。而且众多职工到市委和《都市报》报社门口上访，要求有关方面说出登这篇假新闻报道的记者及后台。不但要报社道歉，还要《都市报》登载公开声明承认错误。特别是李大为，从群众来信中有检举揭发庞龙偷窃药厂贵重药材自制药丸外卖和送礼的问题，虽然未点名，但当李大为把这事儿密告辛刚时，确实让辛刚吓出了一身冷汗。

辛刚也曾经想过借明升暗降的办法，调殷斌到国企改制领导小组工作。但意图明显，何况调整干部是市委的权限。自己说出口，反而偷鸡不成蚀把米。让张书记抓住辫子，那就会全盘皆输。更要命的是他至今也不清楚，殷斌的底牌是什么？他的方案内容又是什么？

殷斌从办公室出来路过行政办公室，看见连薇在办公室呆呆地坐着。她手里拿支笔，也不知在写什么。写写画画，又划掉。她看到殷斌连忙站起来说："殷书记回呀？那份改制意见的初稿，我已经让小刘打印出来啦。您要不带走一份看看。原稿我已存档。得你正式批签后，我再呈文上报和下发。"

殷斌看着她那苍白的脸，关切地说："好，好，辛苦了。我带一份儿回去。党委已经讨论了，基本就是这个方案了。我晚上回去再看一看，若无修改的意见，明天再告诉你。看是先下发还是先上报再定。你还不回吗？"

连薇说："我马上收拾东西，也准备走呀。"

送走殷斌后，连薇无力地靠在椅背上。想到上午，庞龙乘党委委员和办公室主任他们集中开会的时候，偷偷溜进了行政办公室。连薇正在找会议所需的一些年度情况档案资料，见他进来，也没打招呼。庞龙见四下无人，说："你给我弄一份党委的国企改制意见书，我晚上来取。"说完匆匆忙忙地就走了。

看他那慌里慌张的样子，连薇不禁叹了口气。我成什么人啦？咋跟他就搅到一起了？联想到她和庞龙要好的消息风传以后，那些同事们好像都拿那样的眼光看她。年龄的差距，相貌的不平等，做人的标准同异均成了人们议论的话题。有些人明明还在说什么，见她过来却各自转身去干各自的工作。连薇有时也问自己，他都快五十多岁了，自己才三十出头。自己为了什么？既不是爱情，甚至连一点爱的成分都谈不上，自己为什么替他跑腿，去出席他的酒宴？甚至为他还要偷着把刚打印出的改制方案复印件交给他？生活现在过的颠三倒四，连连薇自己也觉得麻烦死了。

已经七点多了，连薇看到庞龙人影也不见，心里正庆幸。正好，刚才殷书记说了，明天这个方案就可能上报下发。反正你明天就会知道，不来拿也好。也正讨厌见到你。这和初相识的那个信心满满、口若悬河，讲得让你入迷，五体投地的庞龙差异太大了。可现在他又鬼鬼祟祟的不知在干什么？她想离开他，躲开他。

这时电话铃响了，电话中传来庞龙的声音。让她赶快到西门大街一颗歪脖树下旁有个餐馆，他在那里等她。放下电话，连薇犹豫了一会儿，还是把复印件装在手提包里，转身出了办公室。

辛刚看着庞龙连夜给他送来的博托中药厂党委关于药厂的转制实施意见方案，他手抖了。他深知方案一旦通过，他和庞龙的计划就彻底泡汤了。他思索着庞龙的方案和这个厂改制方案，从内容上逐一对比。他看出这两个方案本质上是不同的。因为出发点就不一样，一个是保住工人的饭碗，让中药厂在人民生活所需中继续发热。而另一个是私吞这个厂，变为个人私有，成为发财致富的工具。他仔细地看着，想着这个方案的破绽。对！还是在职工出路上做文章。他吩咐庞龙把原来光讲权，不讲责的一些内容弱化。对职工出路想得更周全一些。要分别为年轻的、有技术的、无技术的老职工，有技术的老师傅怎么办写得更周全一些。极力启发人们的同情心，只要方案获得大多数人的同情就会通过。通过就意味着博托中药厂到手啦。他特别给庞龙讲了自己如何和"青猫儿"一唱一和，把一个偌大的建筑公司变为"青猫儿"私有的。让庞龙学着点，那才叫技高一筹。

第二天晚上博托中药厂家属宿舍区老肖头的家里，尽管外面西北风嗖嗖地吹着，但家里火炉通红的炉盘上，大水壶开水喷出的热气"吱、吱"作响。屋子里挤满了人。有好多的人是在吃了饭从城里赶来参加聚会的老职工。老肖头家炕上、地上，甚至在椅子上都挤满了人。尽管大茶壶不停地烧开水，但沏水壶根本满足不了这些人的需要。老肖头的老婆专门又拿出一个硕大的茶缸子泡上砖茶不停地给人们倒水。人们的脸上充满关切的神情，你一言我一语讨论博托中药厂党委刚下发的改制方案。这个方案全名称叫《博托中药厂职工控股转制方案》。这个方案就是将药厂设备、厂房（包括库房车间和其他行政用房、宿舍区职工住房）以及现存的原材料和产品、其他附属设备经估算折成资金并换算成股，通过现金转让或工龄置换等方式，将以上股份转到药厂全体职工手中。整个药厂今后由职代会选举的经营者组成管委会经营。博托中药厂今后施行的是在党组织领导下，实行管委会和职工持股经营药厂的模式。管委会成员在职代会的监督下，廉洁奉公地为企业生产发展努力工作。每年年终要向职代会报告工作。管委会成员要向大会述职，并报告廉洁情况。药厂财务部门要向职代会报告当年度财务收支决算和下年度预算的报告，并拿出可行的年度分红计划。会议有权罢免不称职的管委会成员，由职代会选举产生新委员加入管委会。本方案不妥之处请职工充分讨论，待药厂职代会讨论并初步通过后，报市委及市国企改制领导小组批复后施行。

整房子的人听完读文件的人读完解释以后，有人叫好，有人沉默不语。

有人说："这才是咱们工人的方案。一入股，我就有一份管理责任了，不好好干，自己找倒霉。"

还有人说："这是逼咱们参股以后甩开膀子干。工厂好，咱们好。工厂完蛋，咱也跟着完蛋。你从今以后就得和工厂的命运连在一起啦。"

老成持重的老肖头说："你知道这个方案最大的好处是什么？"大家都睁大眼睛，听他说下去。他说："工厂一切都在咱们工人手里。饭碗不但没砸烂，还有一个外壳给包着。你们知道是什么？这就是咱们药厂的'三牛'和多少年生产中药积累的技术。这是海量的财富。他一个靠垫厂能有这样的优势？走遍全国，我不敢说山西、陕西、宁夏、草原后草地，就是京津沪谁不知道咱们鹿塬博托中药厂的'三牛丸'（指牛黄解毒丸、牛黄清心丸、牛黄安宫丸）？咱们发展生产的主要原材料牛黄资源，得天独厚。谁有咱们 N 区草原牛羊多？你能相信庞龙的鬼话吗？他出身是什么人？人品怎样？咱们谁心里不清楚啊。药厂一旦到了他手里，他今年 50 多岁了，快退休的人了，将来这个厂还不是他儿子的？我们还得听他儿子的摆布？那个活拉盖（方言：骗子，坏人一类）到时一说让你回家，你哭都来不及。现在咱们有股份，命运掌握在我们自己手里。你看药厂明年就不一样啦！"

那些沉默的人说："入股要钱，咱们哪有那么多钱？"

老肖头说："殷斌这个人你们还看不出来，想这个方案也是为咱们工人着想。这里面的工龄折算你看不出来吗？"

一席话说得大家豁然开朗。有的人甚至想到药厂以后实行股份制自己咋干呀，自己该干些什么？

已经好几天了，这个文件不光人们在车间里讨论，就是在职工茶余饭后时，特别是在药厂家属宿舍区左邻右舍都在讨论这个话题。而庞龙的方案却似乎被人们忘掉了，不曾记得有过庞龙承包这么一回事。

辛刚听了庞龙的汇报，铁青着脸。烟头堆满了烟缸。他怎么也弄不明白，殷斌怎么拿出了这样一个让他始料不及、应付不了的方案。特别是那些职工平日里一个个地叫穷，怎么就会对参股这么积极？他想了半天，只有破釜沉舟最后一招了。他叫庞龙过来，附耳跟他说了几句话。庞龙频频地点头，然后屁颠儿屁颠儿地走啦。

5

方案经职工代表大会初步通过后，按程序，首先要报市委和市国企改制工作领导小组，并抄报市国企改制领导小组组成成员单位，经市政府国企改制领导小组批复同意施行后，博托中药厂职代会正式通过这个方案就可施行。博托中药厂行政办公员打字员小刘把已打印出上报的文件装在药厂专用的公文信封，准备明天一早让药厂通讯员送呈市委及国企改制领导小组各个成员单位。

时间已经六点多了，小刘走后，连薇打了个哈欠。她给自己泡了一杯茶，刚端起来准备喝，门开了，庞龙一闪身进了办公室。连薇一看他进来，自己仍低头喝茶。庞龙微笑看着她说："我正准备走呀，忽然想起今天红星影城开了家咖啡店。想你这几天累了，故来请你出去散散心。"

连薇看也不看他说："我今天累了，家里也有事，不去了。"

"哎呀，你不是还没吃饭，喝什么茶呀，空肚子喝了多难受。"说着端起连薇的茶杯就要倒。连薇见他端走茶杯急忙去抢。只见庞龙一手挡她的手，一手拿着茶杯就要倒。

连薇生气地说："你这个人怎么这样啊？刚沏的茶，怎么倒了呀？你……"

庞龙看她真恼了，忙把茶杯递给她。连薇端着茶杯喝了一口，在椅子上刚坐下，就觉得头怎么昏昏沉沉，不由自主地趴在了桌子上。待她又清醒时，看见庞龙跷着二郎腿，正在办公室的沙发上坐着。他悠闲地看着她。她一看表自己睡了十多分钟，茶还是热的，只是身上软绵绵的。也不知咋的，跟上庞龙走出了办公室，进了药厂附近的一个饭馆。

　　市委张书记早早地到了办公室。他一看，文件夹有好几个堆在一起。这几天的会太多了，特别是信访问题，数他亲自抓的工业口最多。工人们纷纷上访，想就"下岗"讨要个说法。"下岗"这个词出现在鹿塬较南方沿海城市地区来说晚一些。张书记还是在春节时，看中央台春节联欢晚会听宋丹丹演的白云自嘲："两颗洁白的门牙，去年光荣地下岗啦。"看起来文艺界的人士消息多，素材也抓得快。没想"下岗"，竟成了今年鹿塬最头疼的问题。是呀，工人们说的不是没道理啊！饭碗子是共产党闹革命为老百姓挣下的。自己也曾经为老百姓能过上好生活亲身奋斗过。今天面临工人的倾诉，他也很同情，可国企的亏损和困境怎么办？但也不能一味靠减员增效，下岗分流解决问题。分流到哪？各个厂矿除类似博托中药厂还有些转机外，其他亏损企业比比皆是。这几天走访一些单位，有一个总体感觉：工艺落后，设备陈旧，产品竞争力不强的也就得走这条路。但类似关乎老百姓生活的药品、粮食、肉、副食的一些服务性的行业、工业企业是不是暂缓兼并？这个年关，真有点难过呀。

　　他首先拿过有关国企改制的文件夹，上面首先看到的是博托中药厂的改制报告。他这几天就想听到博托中药厂的消息。可几次给辛刚打电话，他总是说还没报上来，而且说争议很大。几次询问总是用这句话回答他。他想打个电话给张芸，又怕干扰殷斌的正常工作。

　　"哦，这不是来了吗？"他打开文件，戴上老花镜，仔细地看起来。可他越看越觉得和自己了解的情况不一样，其内容完全和自己了解的情况背道而驰。

　　他拿起电话，拨通了辛刚的电话。电话那头传来了辛刚的声音："张书记，博托中药厂的改制方案报上来啦。我们领导小组准备讨论。您是否参加？"

　　张书记说："方案主要内容是什么？"

　　辛刚说："个人承包经营。我个人认为还是符合当前的国企改制大方向的。"

　　张书记说："这个会我参加。在召开这个讨论会时，是否邀请博托中药厂的党委领导和方案中的预定承包人也参加一下？"

　　辛刚说："药厂方面就不必参加了吧？大家对国企目前整个状况也比较清

楚，我看快刀斩乱麻，时间越快脱困的机会就越大。"

张书记说："必须要按我的意见办。会议必须要有博托中药厂党委领导和那个承包人一起到会。我也想知道这个个人承包他怎么个承包法，职工的去向怎么处理。"辛刚那头好一会儿也不说话。张书记见无回应，"啪"地放下电话。

辛刚听到张书记的盼咐时，他慌了。他第一次感到没"话语权"的可悲，自己虽是国企改制领导小组组长，但终究什么也不是。本来让庞龙暗做手脚，趁连薇迷糊的几分钟内，釜底抽薪，以博托中药厂党委的名义把庞龙的改制方案报上去。小组走个过场批下去，让博托中药厂照办就是了。到那时，"生米已经做成熟饭"，管他什么上访不上访，那是你老张的事儿。庞龙也做得十分巧妙，事先用自己给他的博托中药厂先前呈文时印鉴模样花大价钱私刻的公章盖在庞龙的承包方案上，然后装入博托中药厂公文专用信封内发往市委和市政府国企改制领导小组。据庞龙讲连薇根本不知用小剂量的安眠粉就让她睡了十多分钟，而且事后也没什么异常反应。这就怪了，张书记为什么非要坚持让博托中药厂的党委领导和庞龙一起参加会？难道他看出了什么吗？

在市国企改制领导小组会议上，殷斌一看会议下发的讨论文件就当即发言，认为这不是博托中药厂职代会初步通过的改制方案。

辛刚问他："那怎么能报到市里的？你不知道吗？"

殷斌说："我知道的是职工大会讨论通过的不是这份文件。"

辛刚说："那我们错了？"

当天参加会议的有市委张书记以及市国企改制领导小组组成的成员单位负责人。见二人僵持不下，参加会议的财政局王局长，从自己的公文包里拿出抄报给他的博托中药厂改制报告和今天会上发的报告一对照，立即举手说："张书记，我收到的报告和今天会上发的不一样。"说着话他就把会上发的庞龙的《个人承包方案》和抄报给财政局的博托中药厂《职工集股承包经营方案》递了过去。

张书记拿过《博托中药厂职工集股承包经营方案》，戴着老花镜仔细地看了起来。会场静悄悄的，一丝声响也没有。张书记看完文件，抬了抬手说："对不起大家，让大家久等了。我看今天两个文件的内容，我们都看到了。咱们论也说不出个道道。我看这样吧，在博托中药厂举行的职工代表大会审查通过两个文件时，我们今天在座的都去。辛刚同志，你到时组织召集大家一起去，好不好？"

第七章　奋　争

辛刚看着张书记的目光直盯着自己，只好无奈地说："行，我到时通知大家一起去。"市里国企改制领导小组的会议就这么无什么结果就散会了。

在博托中药厂职工代表大会决议药厂改制方案的那一天，会场里人头攒动。本来是代表大会，但为了让全厂一千三百多名职工都知道议决方案的情况，职代会办公室专门在会场外架起了高音喇叭。

市里的张书记，以及辛刚等市国企改制工作领导小组全体成员单位的领导同志都亲临会场。当会议主持人宣布大会开始后，首先由庞龙宣读他的个人承包经营方案。结果会场主持人先后宣了好几次，就是不见庞龙的身影。

当主持人宣布由殷斌上台宣布全体职工集股经营博托中药厂的方案时，殷斌健步走上了讲台，并以标准的军人姿态向台下全体职工和代表，以及台上的市委领导及市国企改制工作领导小组的全体成员敬了一个军礼。台下响起了雷鸣般的掌声。

殷斌展开文件夹中的方案，声音洪亮地讲了起来。当他讲到制定这个方案的目的时，他说："很简单。就是将职工的命运和博托中药厂紧密地联系起来，同荣辱共进退。"这时，台下又响起了热烈的掌声。他讲读完方案时，会议主持人问台下的与会代表，有什么咨询的意见没有。台下静悄悄的。忽然有一代表站起来高声说："这个意见，我们私下都议论了多次啦。别费时间了，通过吧。"毫无疑问，《博托中药厂职工集资承包药厂经营方案》全票通过。当大会主持人宣布这一结果时，会场再次响起震耳欲聋般的掌声。不知谁带头唱起了《没有共产党就没有新中国》，顿时场内的掌声、歌声，场外的欢呼声，高音喇叭声混在一起响彻云霄。

此后博托中药厂党委和职代会代表会同评估专家鉴定，将厂属所有的现有资产按名录逐一评估，并制定细则：一、市派干部（包括党委书记、副书记、厂长、副厂长以上人员）可作为国家代表控股50%，余下股份由本厂职工认购。二、市派干部可以和职工一样，可以认股，但不再享受原有市财政拨付的工资和其他补贴待遇。一旦调离到其他单位任职，即退出股权，由药厂予以一笔结清，与本厂再无有任何隶属关系（本厂职工如有自动辞工者，据此办理）。三、一切认购人员最多五股，最低两股。凡本厂以外的人员，一律无认股权。细则公布获得职代会的首肯，确定从现任领导开始到每一职工应认购多少钱入股，并张榜公布。经过几个月的艰苦工作，最后还是有一百余人没有认购。其中多数为中途调入药厂的各种关系户子女，还有四百余人已到退休年龄，该转社保。这五百余职工中，有部分人要求药厂出面协助办理开办药店的资质证明，准备开药店，自谋出路。药厂经管委会研究同意给这部分人生活费一年，以保证他们在未谋到新的职业之前有生活来源。

第二年的五月一日，博托中药厂正式挂出了"鹿塬市博托中药股份有限公司"的牌子。殷斌被推选为股份管委会的主任。三年后，药厂的产值和利润就比困难的 1997 年翻了四倍多。

20 世纪 90 年代末辛刚调任鄂市工作。庞龙的去向不明。有人说被辛刚带去到鄂市工作了，也有人说在北京见过他，据说在鹿塬市驻京办工作，其说不一。有人问过他儿子，但其子凡涉及他父亲的话题，闪烁其词，从不做正面回答。

关于那次博托中药厂党委给市委和市国企改制领导小组的文件，怎么会被偷梁换柱，殷斌曾问过连薇。但她只是哭，什么也不说。实际她也弄不明白咋回事儿。从连薇的内心知道，这件事儿肯定和那天庞龙来有关，但她憋在心里，也没有和殷斌或任何人说。殷斌倒是想查清此事，但苦于无据可查。这或许是个永远难弄明白的谜啦。

张书记于 2002 年离休后，身体越来越差。这一天，他忽然感到心口一阵剧痛，气也喘不上来，整个身子好像软得就想躺下。他知道这是他的心脏又在作怪。平时，把一片硝酸甘油放在舌根下一会儿就觉得轻松了，可今天见鬼了，老心慌，眼前老是出现幻影。他忽地想起张芸，忽地想起那天参加博托中药厂通过改制方案大会上那种多少年没让他那样高兴的场面。眼前又涌现出了孙子考大学走的那一天，她和老伴去了张芸家。一进门就看到姚一民这个小家伙，就是他把他在一次卫生检查时故意引到北梁的臭屎泥里拔不出脚来，让他知道了北梁人民的真实生活环境，也是这个小家伙根据自己在城建环卫部门工作多年的实践，会同市城建环卫法制部门执笔起草了鹿塬市历史上第一部环卫管理行政法规。经市人大并报请 N 自治区审核（备案）同意颁布实施后，不但鹿塬环卫管理执法有据，而且为其他盟市环卫管理提供了执法参考范本，为今后 N 区制定完善的城建环卫工作执法法规奠定了基础。这批知青，老三届不简单呀。他坐在一边，听姚一民他们坐在一起争论聊天，听他们谈改革、谈百姓生活、谈社会上的趣闻轶事。他置身于他们中间，仿佛自己也年轻了。自己回忆起年轻时，在大青山游击队这个革命大家庭里，伏击日伪后胜利的喜悦，后跟随郑天翔政委的工作团进入鹿塬，从工业部部长干起，见证了鹿塬市这个北方重工业基地的崛起。"文革"中他也受过冤屈，蹲过"牛棚"，但"为人民"这三个字，让他丢掉了包袱，又为鹿塬干了二十余年。看姚一民、殷斌这些年轻人何尝不是如此呢？正要步入高等学府的殿堂时，突如其来的"文革"打乱了他们的人生节奏，上山下乡，回城就业，可就在各自平凡的岗位上却书写自己的人生业绩。这些"老三届"的高中毕业生确实不愧是"文革"前培养出的学生。有人曾说，那是一条修正主义教育路线，可是事实给了他们一记耳光。他们从幼年到长大成人，骨子里就注满为人民服务的血液。也可以说，他们是顶起中国一片天的"脊梁"。记得小时候张芸有一次穿着拖鞋去上学，遭到同学们的白眼，回来后，她很委屈，让自己把她狠狠地骂了一顿，吓得老伴躲在厨房里不敢出来，生怕连她也一起骂进去。这是他有生以来第一次骂芸儿。过了几天，张芸主动认错，说："爸爸，你说的对。我穿着拖鞋去上学是去践踏学校这个神圣的殿堂，去践踏了育我成人的神圣地方。"从那以后张芸变了，穿衣服也朴素啦，自己学会了洗衣服、做饭，有时和同学结伴骑车去沙尔沁爬山。想到这里，他欣慰地笑了，张芸终于融入了普通市民的生活中了……

他睁开眼睛望着天花板。他想喊老伴，可怎么也张不开嘴。他闭上了眼睛，想睡一会儿，再睡一会儿……

老书记走了。那天告别遗体火化后，张芸紧靠着爱华，又扶着年迈的妈妈。殷斌手捧着骨灰盒和姚一民、曹自忠一起登上了去青城的汽车。他们将老书记的骨灰存放在青山陵园里，让老书记永远依偎在大青山的怀抱中，他曾经战斗过的地方。

博托中药厂改为股份制公司的那一年，四月春暖花开的时候，爱华和巴特尔又开启了玉泉村体验生活的行程。

第八章 迷 惘

1

乔爱华和巴特尔二赴玉泉村时，是一个春耕伊始，桃花盛开的季节。

此次来玉泉村，也是源于爱华和巴特尔的一次争执。一天，爱华回到家，因为明天她还要对剧本《玉泉新绿》进行三稿的修改，所以早早地躺下睡了。可是她睡不着。当她听到姚一民给她叙述的殷斌为了工人的"饭碗"，在国企改制中不惜和市里一些头面人物对抗的时候，她曾诧异地问道："现在生活中还有这样的领导，为了个人私利，弃党的基石和原则而不顾？工人们会相信他们吗？"她反复在思考着，想着殷斌的困境。尽管那个年轻的记者给殷斌再三表述自己初入社会缺乏经验，对自己在《都市报》发表的文章声明收回，并公开在报上道歉，但从这件事上就可以看出国企改制要摸索一条正确的路子是多么难……

忽听门锁响动，门"咣当"就开了。巴特尔喝得不省人事，是丁效把他扶回来的。爱华和丁效把他扶到沙发上躺下。只见巴特尔突然坐起来，指着爱华大声喊道："是你把我的创作引进了死胡同。画什么饱经沧桑的老农，写什么《玉泉新绿》。你知道吗，他们说这是老一套。明白吗？老一套。我要走自己的路，创……"没说完，"通"的一声他倒在沙发上呼呼大睡了。

丁效看着乔爱华难看的脸色，觉得自己在这时候该走了。爱华是不想和他讲话的。丁效走后，爱华和衣躺在床上。她这一夜几乎没有合眼。当巴特尔醒来，看着爱华杂乱的头发、揉皱的衣服和一双疲惫不堪的眼睛，他什么也没说，只是走进自己的画室，眼盯着看《沐》中的老农。

原来昨天巴特尔正在画室作画，根据姚一民的意见准备给画像人物的脸部加一些什么线条，使其饱经沧桑的脸有一种幸福感。这时丁效领着一个据说著名的作家，来到了他的画室。

巴特尔望着两位不速之客。待丁效说明来意后，才知作家听丁效说巴特尔从玉泉体验生活，画了一幅名叫《沐》的人物像。这位作家说他没有写作的天资，也从未写出令人信服的作品，但是他具备一个投其所好的杜撰的才能。他号称自己是"地摊作家"，专门搜集一些染黄的酸劲儿十足的民间素材，写都市的所谓生活。当他听丁效说他的朋友巴特尔创作了一幅《沐》的人物画像。这个"沐"字在他脑中灵光一闪，他想到了其他……这位作家自己从没什么兴趣去体验生活，倒是喜欢在社会各个圈子里转来转去，留神倾听人们谈说的各种钟情趣事。什么平民的，领导的，管它什么三教九流，只要和女人沾边，他一律信手拈来，作为写作的素材。他的作品你看不出有什么体裁，好像专门研究女人的体形、曲线，尤其是女人的臀和胸，特别是女人的隐私处，描写的十分透彻，写得让你想入非非。此人在特定的一些读者中也确有一些名气，身边也不乏粉丝，自称"现实主义"的作家。

当这位作家看到巴特尔的人物画像时，大失所望，不停地说"老一套""老一套"。

晚上，丁效请那位作家吃饭，巴特尔也作为丁效的客人陪同作家喝酒。席间，作家大谈人性创作，并说巴特尔的画如头上画个皇冠，也可以是教皇，戴上柳条帽，就可以是工人，没什么让人联想，更谈不上激发人的原始本性。看人家西方，把性爱公开作为人性创作的崇高生活之源。改革开放了，你不去社会上看看，男女同浴的招牌都公开挂出来了。人们的社会生活需求是什么样子的，创作富有人情味的作品才是现实主义的。

特别是这位作家说："不要把过去我们接受的以为人民服务为主题似乎就此路一条，这不是神丹妙药。要跟上当下社会潮流，才能攀上艺术高峰。你那幅画题目还有点意思，表现的人物趁早放入废纸板中，别做不合时代的事情。"

作家的话深深刺伤了巴特尔的心，他忽拿起刮刀在画像上猛地乱刮起来。

爱华昨晚看到了巴特尔的反常情绪。她知道了缘由后，想和冷静下来的巴特尔谈谈。但巴特尔不愿多说话，只是躺在倾倒的画架和一堆五颜六色的颜料中，不停地喝酒。他的周围堆满了七倒八歪的"雪鹿"啤酒瓶子。

在初春的蒙蒙细雨中，爱华一个人在街上漫无目的地走着。她忽想起今天是星期六，或许张芸在家，便到她家去。

当张芸看到爱华时，惊喜地一把把她搂在怀中说："可想死我了，你咋来啦。"

爱华把巴特尔的事告诉张芸后，张芸说："是啊，社会上近几年刮起的风，吹到嘴里怎么都不对味。现在的文艺作品怎么越看越让人弄不懂，不是宫斗就是长辫子在你眼前晃来晃去。我前些日子看了一部电视剧。剧名叫什么来着，想不起来了。情节就是三个女人管理的一个大企业。看那三个女人一个染的黄头发，一个是一缕一缕蓝头发，四五十岁还装嫩，穿的超短裙。三个女人一台戏，那里面的男高管、业务经销男主管等等全是窝囊废，看这三个女人一面钩心斗角，一面是第三者插入，还能把企业搞得红红火火。这叫什么作品？听说国家一年出一千多部影视作品，像《杨善洲》这样歌颂共产党人的作品仅此一部。你看那什么相对象勿扰，什么明星赛跑派对呀，把一些孩子哄得一愣一愣的。前天我给殷益华打电话，快升大二了，让她好好学，将来找工作容易，像她爸爸那样为民多办点实事。你猜她怎么说：'我们就是想学明星，想当明星。'把我气的呀，半天返不上话来。"

爱华听着张芸的叙述后说："我昨天从剧院里出来，碰到我们编导室的老导演，他就说：'你别费那个劲儿了，用几年工夫创作一部剧，得付出多大辛苦。你咋脑子不开窍。看看现在的编剧，随便找一个现在的体裁和已成熟的故事作品，放到清朝，那大辫子一甩，尔虞我诈，斗来斗去，多上镜呀，收视率又高。看咱们剧场，现在连人也没有。剧团人都出去当主持的，做什么坐台歌手的。市晋剧团为扭亏，派一些年轻演员去山西学习一些剧目，戏没学回来，有人吸上料子啦……'老导演说的话我思谋了很久。张芸，你说，我们现在听也听不见有人讲毛主席'在延安文艺座谈会上的讲话'了。文艺为人民服务，百花齐放宣传正能量现在也不谈了。真想不通！"

正说着，殷斌下班回来。一看到爱华说："稀客、稀客。"

乔爱华问他："你这几年，药厂怎么样？"

殷斌说："看起来，运营还行。我们又成立了一个中药研究室，专门让质检室老师傅带一带从大学中医药系毕业的学生研究新药，现在基本有眉目了。"

爱华问："那新进来的大学生行吗？"

殷斌回答："没有经验不怕，但基本理论要扎实。现在我们厂是逢进必考，要真才实学的尖子。"

这时，电视中正播放一个《喜结缘》的节目。只见台上的一位五十多岁的男主持，长的肥头大耳，脸上一双眯缝的小眼，活脱脱像庞龙。一会儿从台前蹦到台后，一会儿为某一女的拉郎配做陪衬。他铺垫的台词，矫揉造作的动作让人恶心。特别是一个打工仔女人在众多男人中，公开表白要选有钱有车有楼房有企业的富翁，大四十岁也要选择他做人生伴侣，那求婚动作不堪入目。殷斌"啪"的一声关掉电视，愤愤地说："什么节目！"

爱华看了看手表站起来说："时间不早了，我先走了。"

当殷斌用车把乔爱华送回家时，告诉爱华一个消息。辛刚回来了，任鹿塬市委书记。爱华看家内灯火通明，让殷斌回来坐坐。殷斌说明天还得早去工厂，遂开车走了。

爱华回到家里，看到厨房的锅里给她焐着饭。她悄悄地走到巴特尔的画室，推开门，巴特尔正在清理画室内的啤酒空瓶等杂物。看到乔爱华回来，惊喜地把爱华抱在怀里。

这夜他们睡得很晚，爱华和巴特尔两人进行了一次彻夜的长谈。

其实巴特尔并不认同那个所谓作家的高论。关键是他想不通。他青少年时代骨子里所注入的教育认知怎么反倒不适合现在社会的需要了。当丁效给他介绍一家高档浴场让他画一幅招商画时，他被老板的要求吓住了。

老板要求这幅商业广告画要画一个女郎，身体洁白全身裸体，只戴胸部乳罩，手拿一朵玫瑰靠在浴池边上，她美丽漂亮的脸微微笑着，仿佛欲对你倾诉什么。更让人难以下笔的是，画面上这个女郎侧转身子，一腿微圈，一腿要直，让隐私处茸毛隐现，引起人们的无限遐想。同时还要把这个女郎的眼睛表现得出神入化，让她在任何方向都能盯住你，要有让你无力挪动脚步的魅力……

巴特尔当即拒绝了老板的要求，甩下丁效一人就回了家。他认为这不是一幅画的事情，这是对自己的品行人格的侮辱，对艺术，对社会的一种侮辱。他巴特尔是不会为这几个钱去卖掉自己初衷的。当巴特尔向爱华描述了他当时的迷惘和心情后，爱华把巴特尔紧紧搂住，谁也不再说话。

乔爱华心里明白，巴特尔是个聪明的人，他的话是从骨子里带出来的声音。他一个奴隶的后代，是唱着"共产主义接班人"的歌曲走进大学殿堂的。他所受的教育和自己以及姚一民、殷斌、曹自忠等同学一样就五个字"为人民服务"。她想：现在无须再多说话，就是最好的解释。李敖曾经讲过一句话："有时解释是不必要的，敌人不信你的解释，朋友无需你的解释。"巴特尔是自己的爱人，你无须讲太多的道理，他已是心知意会了。

春天里的玉泉村，青砖房和院落，整齐地排列着。村后玉泉沟上的大山，桃树花瓣几乎全在怒放。那一朵朵粉红色的桃花把山峦装点的似花海，又像一条花的彩带从南往西北顺山脊延伸着。

巴特尔是个画家。他深知，机不可失。在乔爱华迈步走向那连成一片的田地梗上时，他早已支起画架，在画布上涂抹起来。

此时的玉泉村，乱石沟、草坡、废砖窑变成了连片的耕地。田成方，渠相通，路相连，能机耕。以提升玉泉村的土地使用价值为目的的土地整合后，一块一块过去私人承包的零散坡田也连成一块，用抽水机实施提升灌溉。"望天田"变成了丰收田。

爱华顺着田埂走着，高兴地看着田野耕作的拖拉机。拖拉机手都是玉泉村人的后代。年轻的小伙子一边开着拖拉机一边唱流行歌曲。乔爱华看着他们想起自己年轻的时候，在五原农村不一样也是无忧无虑的样子吗？

顺着村路，乔爱华路过南村口的古庙，只见里面烟雾腾腾。一群不似玉泉村的人在那里磕头烧香，嘴中念念有词，不知在说些什么。到了村委会，看到曹自忠正和几个人争论什么，旁边一个相貌似曹自忠的年轻后生在一张纸上一会儿拿尺子量，一会儿拿笔在画什么图。

曹自忠看见乔爱华，先是一愣，说："你咋来了？"

爱华说："城里太憋屈，到你这儿吃土豪来了。"

自忠说："欢迎大作家常来吃。""曹强！"他转头叫了一声那个画图的青年过来。哎呀，原来这是曹自忠的儿子，怨不得长得那么像。

自忠说："快叫姑姑。"

曹强腼腆地和爱华打了个招呼后，又低头继续画图。

自忠问："巴特尔来了吗？"

爱华说："在对面水库那写生呢。你们这是忙什么？"

自忠说："玉泉村土地整合成功后，粮食翻了一倍还多。而且劳力腾了出来，拉运输，搞副业，都弄上去了。这不，玉泉村临近小庙、后沟、后营子村，几个村子的支书、村主任都来了，商量着怎样整合。要想富，先修路。准备把公路从110国道建到玉泉这一截再延长到这些村去。这几年，这几个村子的年轻人都跑了，剩下的老弱病残都干不动了，土地利用率不高。想走玉泉村土地整合的路子，把那些耕地地块，特别是个人承包零碎田地整合归整。那些田坎、沟渠、道路、田埂占地太多，通过归并整合或自种或外租看咋弄了，回过头再想法解决人地矛盾，收成不高的事儿。"

爱华说："噢，这挺好，赶明儿你看让谁拉上我去这几个村看看。这一来一手素材资料太少了，二来你们村的旧痕迹早没了。哎！真的，那庙是咋回事？"

自忠说："这几天正打官司呢，城里有一个叫什么'青猫儿'的带着一帮人拿着市里领导人的批件要搞什么玉泉沟和大庙的开发，还给弄来个活佛，也不知道是真活佛还是假活佛。整天装神弄鬼闹什么天地会，天台会，念什么'天地经'，尽他妈的反动玩意儿。我们已经通过政府找了代理律师，起诉到法院了。这是玉泉村祖辈人的村产，怎么黄不说、黑不说就占了，这天下还有这道理？"

第二天，爱华在曹强的引领下去后沟几个村采访。为完善自己的剧本，去搜集更多的贴近生活的素材。

巴特尔在曹自忠房内，展开画布，涂画着昨日写生的画景。慧桃、玉鲜和村内的人们，透过窗户看着巴特尔作画。随着巴特尔的画笔，画布上阳光灿烂，粉红色的桃花，像一个个小仙女在空中随风飘洒。在桃花雨中，奔跑在田野上的拖拉机在忙碌地耕作。远眺的草原上，羊群在蓝天白云下，像洒下的珍珠清晰可见。当巴特尔把一点一点的杏黄用画笔轻松地点在六片儿圆的花瓣中心时，这时画布上的桃花像活了一样，似在玉泉村的上空狂舞，展现出它那最秀美的一面。观看的人们传来一阵阵惊奇的议论声，"啧，啧"的赞美声不绝于耳。

这预示着玉泉村及周边的广大农村，它们又一个新的春天来到了。

2

N自治区鹿塬城的大街上一个戴着眼镜的女同志匆忙地从出租车上下来。她正要进入自己的办公场所"正诚律师事务所"。她看到一个相貌约六十岁的老同志从她面前走过。她仔细看着他的背影，试着喊了一声："姚老师？"

听到喊声姚一民转过身来，仔细地端详喊他的女同志："啊呀，这不是小洁嘛。"

中年女人惊喜地问："您什么时候来鹿塬的？"

姚一民说："我去年才搬到青城，因为儿子在青城工作，所以退休以后，我和老伴就搬到青城住了。青城也是我祖辈的老家，落叶归根嘛。这是回鹿塬看闺女和外孙。你现在干什么工作？"

中年女人指了指左手边的一座二层小楼门上的牌匾说："我就在这工作。"

姚一民仔细看了一下牌匾说："哦，当律师啦。"

"找碗饭吃嘛。"

这个中年女人叫程洁，是"正诚律师事务所"的当家律师，也是一位在鹿塬城司法界颇有名气的一位女律师。

程洁说："快进来坐。哎呀，有二十五六年未见面了。"

待程洁领着姚一民到她的办公室。坐下后，姚一民注意观察了一下她的办公室。坐北迎南，书桌后的书柜中全是法律方面的书籍。靠西墙上挂有一幅写着"厚德载物"的条幅，字迹似启功笔体。东摆三人沙发，前有一茶几，上摆一盆兰花，发出淡淡的幽香。

程洁把沏好的茶杯端给姚一民后说："您都六十多了，看相貌根本不像，还很年轻。自 1982 年法学进修班毕业分手后，听人们说您"严打"结束后调整到城建系统工作。后来工作忙得再也没见您。我也时常听到您在鹿塬工作的情况。只是干律师这个行当，来去匆匆，这几年怎么样？看您身体还是很好，跟原来没多大变化。您这是干吗去呀，匆匆忙忙的？"

姚一民说："昨天我带孙子、外孙洗澡，去了一家浴池。过去家在鹿塬时我也常去那里洗，这一次洗完跟我还要二百元。我说一个大人两个小孩要二百元，你说气人不？"

程洁问明姚一民昨天洗澡的地方，只是若有所思地点点头。旁边有个联系办案子的人告诉他，前几天社会上疯传一个事儿。就是这个浴场，有一浴客正是和这个浴池的陪浴女苟且时，突然死亡。浴池为不担责任，连夜把死人让服务员给背到另一个叫"浪花"的浴场。事后家属找，老板拿出医院检查诊断证明是本人洗浴时突发心肌梗死，此事最后不了了之了。

姚一民听那人滔滔不绝讲这些，还真的不相信自己的耳朵。自己昨天那点事，看起来根本也不是个事。在和程洁的叙谈中，姚一民简要地把分别后的情况向程洁说了一下，同时问程洁："听法院的朋友讲，你不是在检察院工作，怎么干起律师啦？"

程洁说："改革开放初期'下海'那几年，个人觉得，当检察官工作单调，不适合自己的脾性，所以就想自己也出来到社会上闯闯。"

姚一民说："闯得怎样？"

程洁说："太难了，做一件案子的当事人代理人现在这个环境太难了。"

姚一民说："记得你在进修班，二十多岁，风华正茂，天不怕，地不怕，家庭条件也好。你还困难？"

程洁说："现在这个环境，当律师真不好受，夹在两头。经济案子还好说一些。你看刑案，当事人是希望你能给辩护得无罪或从轻，公诉人当然就是你的对手。按理说法院是裁定人。现在根本谈不上辩护。只能跟着大流走。

比如我现在代理申诉的辜元案申诉的路就不平坦。"她去鹿塬中院调卷，得到的回答是卷已被其他办案机关调走。她去 N 自治区高院而未见到其主要负责人。辜元案申诉一直未果，走入死胡同。好在她曾经在市检察院工作过。一位年老资深的老同志老康就和程洁分析过去辜元案构成冤案的几个关键点：警方曾在诸多的证据中提取过受害人体内凶手所留精斑，但这唯一核心证据并没有引起警方注意，没有将辜元的精斑与受害人体内的精斑做 DNA 对比；还有在侦查办辜元案时，办案人有逼供的疑点，也有诱供的嫌疑。说白了，这就是一起想当然式的主观办案。

姚一民问程洁："你自己的看法呢？"

程洁说："只有供词，犯罪证据构不成证据链。我个人看法有三点：1. 受害人体内精斑是否和辜的精斑相同？2. 公诉方诉辜用手掐死受害人，那么手是否有鉴定？3. 案发地是否有辜的脚印，是不是唯一脚印？"

程洁说："一个小小的律师事务所哪能扛得住这样影响大的翻案，到处碰壁。还是政法系统内的有正义感的朋友在我无奈之时，支持我用社会舆论监督的声音撬开这个冤错案的铁幕。经他们介绍，找到了新华社驻 N 自治区记者站资深记者郑毅声同志。我们约好了，明天一早我就准备带辜元父母去见郑毅声同志，以求他帮助，借舆论监督的力量让辜元案早日开启复审程序。"

……

一位哲者曾讲过：人生就是这样，你永远无法知道下一页，所能做的就是不停地往后翻。而心有希望，世界就不会让你失望。

3

乔爱华早上起来后，一早就到了团里。因为她和巴特尔从玉泉村回来之后，先给团长打了个电话，谈了自己在玉泉村创作话剧《玉泉新绿》的简单情况。团长在电话那一端对爱华的说话未置可否，只是说："既然本子已出来，而且基本定型了，就不妨研讨一下，让大家讨论讨论。至于排演的问题，最后还得看文化局和市委宣传部的审核啦。"

话剧团位于原来的乌兰恰特后大院。更早在鹿塬市一宫对面和晋剧团等文艺团体在一起。后实在太拥挤，特别作为鹿塬以至 N 自治区唯一的话剧团体，自成立以来，也曾有辉煌的时刻，但这已经是历史。唉，听团长话音，似乎还有什么难言之隐。先讨论剧本吧。

进入会议室前，乔爱华又到自己的写作室，把已打印好的剧本拿上，进入会议室。看到会议室内人还真不少，可是年龄都偏大啦。"文革"结束后分配到这个话剧团的年轻演员为数不多。特别是北京和上海话剧专业毕业的演员也就那么几个。但这些演员是科班出身，那绝对是团里的台柱子。在"文革"结束不久，话剧团在移植上海工人文化宫话剧演出队的《于无声处》时，就已经显现出剧团老龄化，年轻演员明显不多，角色分配人才断层。需要的群众演员，凡年轻的都是从别的团临时借调的。这又二十多年过去，自己也接近退休了。发挥余热吧。歌颂时代，歌颂改革开放新农村变化，这是一个剧作者的社会责任嘛。爱华看到大家饶有兴趣地读着剧本，期待着看是什么样的评价。

一位老者晃着手中的剧本说："我来说几句呦。"

这位老演员曾经在20世纪60年代初，在话剧《八一风暴》中饰演警卫团长这一角色。现在已退休，被剧团返聘回来做编导室顾问。他至今清楚地记得，剧中的警卫团长在和敌人周旋时，面对自己保护的党代表欲遭敌人毒害的一刹那，他手握双枪跳上桌子，"啪""啪"两枪射灭客厅的吊灯，威震了敌人，保护了"八·一"起义的总指挥，为起义争取了时间，使敌人军官在面色镇定的总指挥面前，瑟瑟发抖。这时台下的观众顿时响起雷鸣般的掌声。他那时像一尊塑像，静立在舞台上。那个洒脱、英雄的气魄至今回忆起来让人都激动不已。他也成了鹿塬城著名的演员，人们关注的焦点，走在街上有人就会认出他，指指点点。看！这就是那个英武的警卫团长。此后他曾在《青年近卫军》《南方来信》中扮演不同的角色。如果他给舞台一个准确的定位，就是舞台是他的一切，是他的命。

他说："我很赞许这个剧本。因为它写了生活，反映了农村在改革开放中的巨大变化。很有生活。我看值得一排。"

他的话刚落音，一个女演员就发表了和他相反的意见。她毕业于中国著名的艺术院校，在团里经常扮演性格开朗，说话直的姑娘。在《于无深处》话剧中她扮演一个反派的姑娘何芸，是一个在紧要关头毅然和自己的父亲决裂的姑娘。她在舞台上那个充满激情的表演，特别是面临父亲和遭到通缉的"四五"运动优秀青年欧阳平之间的选择，那种无奈两难的境地时的人物刻画，表演得淋漓尽致。好多观众都曾经为她真情的表演而流下眼泪。她在生活中也是一个直言不讳的人。

她说："剧本挺好，写得有血有肉，我读完也感到很感人，似乎涌出一种企盼和激动。如果这个剧登台演出，也一定会有效果。但看问题要看现实。

现在我们团的情况都快揭不开锅了。青年的女演员可以到外面舞厅呀，婚宴上跳舞唱歌呀。男演员，像丁效，当个婚礼主持人。形象好，声音甜美，挣个外快都不成问题。但我们团排这个剧，把什么犁具，拖拉机，牛呀羊呀搬上舞台，有人看吗？现在是市场经济，剧院门可罗雀，上一次复排演出到场观众不及人家漫瀚剧团实验小剧场一半……"

这时几个叽叽喳喳议论的青年女演员认为她刚才的发言有意贬低她们，把她们说成是舞女很不高兴。当爱华离开会议室，她关上门的一刹那，清晰地听到那几个年轻的女演员说："这样的本子土不拉几的，也要登台……"还有一个尖锐刺耳的声音传到她耳中："黄脸婆！"

剧本讨论会就这样收场。爱华怎么也想不明白，真不知道这是为什么？她原本期望自己的作品能够上演，但没想到是这个结果。但唯一让她感到欣慰的是自己的努力得到剧团大部分人的肯定。就连丁效看到有人批评说这个剧是"走回头路""不合时宜""枯燥透了"，甚至挖苦讽刺，也忍不住冲这些人几句。

丁效这些年确实如团里所说，戏没多演，但酒一点也没少喝。他凭着自己相貌出众，略带磁性的发音和多年舞台磨炼的演技，给人第一印象就是这个小伙子（现在叫老伙子啦）行。什么婚礼主持，开业大典仪式主持，鹿塬某项工程开工庆典及大型节日晚会主持嘉宾的请柬纷至沓来，生活过得挺滋润。特别是和庞龙那样的人交了朋友，什么三教九流，狐朋狗友，聚会多，应酬多，喝酒多，外快多，而且混了个人缘好，人脉广。这次辛刚再次返回鹿塬主政，还带回一个据说是黄河边一个小镇的包工头姓董的人。这是辛刚的铁哥们，也是辛刚在鄂市主政几年的钱袋子，不但拥有鄂市多条高速公路的经营权，而且煤炭开采运销，鹿塬的民航机场扩建，环城立交桥的建设及房地产开发都掌控在他手中。更让丁效瞠目的是一次应邀主持辛刚剪彩的"鲁能私有化"项目庆典时，姓董的竟然和吴建平等人以五十多亿元之贱价收购了近千亿原本属于山东电力工业局和山东电力职工的资产。吴建平其人鼎鼎有名，是鹿塬人的女婿，就凭瞒天过海，空手套白狼的手段，在辛刚的默许下，和董商人、"青猫儿"、庞龙一起把鹿塬官场搞得那是要官明码标价，要物（例如采煤办证）有人搭线，要财先拿开路钱。鹿塬政界商界辛刚周围盘根错节。许多人信马由缰，肆意妄为，巨额敛财。显然这次鲁能私有化董是替辛刚操持的，而董当初名不见经传，是辛刚介绍董搭上吴建平，其奥秘辛刚心知肚明。

有一次丁效和他们在鹿塬人称"腐败一条街"吃海鲜。只见此酒店门口高悬一告示：上曰：本店最低消费 XXXXX 元。丁效一看咋舌。席间一个身穿貂皮大衣的大言不惭地说："咱这是来貂皮地儿吃饭，咱可不是当年的布衣了。"丁效懂得其中含义，就是朋友聚餐时，坐一块的国企职工被戏称为"布衣桌"。吃饭当中听"青猫儿"说："辛书记这几天病了，住在 X 医院，所以不能出席今天宴会，今天由我代为主持……"说者无意，听者有心。丁效想，自己也得去看看辛书记，以后说不定有甚事还能求之帮说句话。

丁效和辛刚也算老熟人。20 世纪 90 年代时，辛刚在博托区任职，庞龙曾多次相邀辛刚、丁效等在一起吃饭。这次辛刚回鹿塬主政，又生病住院，丁效去看他也是情理中的事。

丁效这个人在鹿塬市也算个名人，所以医院护士们都熟悉认识他，也没有通报就让丁效一人进了辛刚的病房。

当丁效推门进入病房，一眼看见辛刚老婆把一个大纸箱一脚踢进病床下，而且面带愠色抬脸问丁效："你什么人，不敲门就进来了。"正当丁效尴尬不知怎样回答时，旁边沙发上坐的二人急匆匆站起来，满脸堆笑着说："辛嫂，我们走了，让辛书记好好休息，不打扰了。"

丁效此时站也不是，坐也不是，只应答了几句"让辛书记休息吧，多保重"之类的话，也赶忙退出。

在病房拐弯处，丁效听见后面辛刚老婆大骂护士和护士长，态度专横。

………

想想那天酒席间"青猫儿"和那些商人的得意忘形，又想到辛刚虽贵为鹿塬一把手，但其和家人以及周围狐朋的诡异作为，再看今天爱华和话剧团为了排一出歌颂祖国，表现农民在改革开放中做出卓越成就的剧目而如此作难的样子，触动了丁效那还未泯灭的良知。现在喊的口号就是"文化搭台，经济唱戏"。把文化教育这个思想领域、精神文明建设主要的东西摆在了为那些所谓经济界精英们服务的下位，实在也是让人想不通。

电话上，姚一民得知了乔爱华剧本讨论的情况，安慰她说："别着急，慢慢来。你的剧本宣传农村农民，根本不合人家口味嘛。"

爱华说："咱们从小接受党的教育，经济强大只能是国家富裕，而文化教育强大才是国家自主图强的根本哇。"

姚一民说："你没听说金鸡奖评选时十个厅除评委借用一个厅在观摩金鸡奖提名电影外，其余九个厅中只有一个厅在放电影《杨善洲》，其他八个厅不是港囧，就是泰囧，要不就是宫斗。我们眼中的英雄在他们眼里那是虚无的。

黄世仁要债逼死杨白劳那都是合法的，还说什么欠债还钱、天经地义。你记不记得我们在读中学时，批判冯定的'共产主义冲动论'，说什么董存瑞、黄继光、欧阳海都是冲动的。我记得当时语文和政治老师还让咱们组织辩论会，用身边的英雄批判冯定的'共产主义冲动论'。爱华，作品既然得到大家认可，你就不必多思谋啦。"

爱华说："辛刚在鹿塬主政牛得很，像殷斌这样的小厂他根本看不上眼了，只是眼红'三牛'的牌子。听说有一个叫'青猫儿'的人让中间人带话，要作价买'三牛'的秘方。殷斌军人出身，回答也很干脆，当即说，这是秘方，你让辛书记自己来拿哇，看职工怎么个说法。来人一看势头不对，再没来。也让殷斌说对了，辛刚现在根本不在乎殷斌这个药厂。现在什么矿权审，电煤供应，煤矿监管……使辛刚有了更为充足的谋利空间。听有人讲，他现在又把眼睛盯在鹿钢身上了。人们议论说，鹿钢领导和辛刚打得火热。现在鹿钢某些人的一辆货车进了鹿钢，货过完磅后开出厂门，转一圈后再进厂门再过磅，多转一圈就是钱。说起来怕人，这么大的企业，还是国家几大钢都之一，咋成了这情况了。"

姚一民说："不说了，我准备最近回鹿塬一趟，挺想你们的。"挂断电话后，姚一民想：看起来，当初殷斌已逝的外父——张书记那才是久经革命烈火考验出来的火眼金睛。他曾说过，辛刚这个人，用好了是栋梁，放任自己，他会崩盘的。辛刚在鹿塬、鄂市主政有几年了。他建立了一个"经济王国"，看来现主政N自治区政法委，估计又有大的"作品"将要出世了。

爱华为了接待青城来的姚一民，特地把殷斌和张芸夫妇也请到了，曹自忠也从玉泉村赶来参加这次家庭聚会。

席间，姚一民问殷斌："前几次回鹿塬，发现鹿塬，尤其是咱们博托区，大小饭馆人满为患，怎么现在这种场面没有啦？"

殷斌说："一民，你还不知道鹿塬现在的情况。你听说鹿塬刚发生的'武利民自焚'案吗？整个鹿塬商业环境一塌糊涂。自辛刚上调N区后，他临走布局的棋子们现在分兵把口，把控着鹿塬市建筑、房地产开发等事业，可谓春风得意。别看博托区和青、石两区比起来，城市市容相差十万八千里，但它是鹿塬的根。历史上的民族交融，以及京津和鹿塬各个行业的不断往来而形成的历史积淀，使博托区文化底蕴，饮食文化那是青、石两区比不了的。现在口号不是向前（钱）看嘛。博托区男女老少齐上阵，都来做买卖，都向钱看，把自己辛苦攒下的养老钱都放入'青猫儿'、武利民的典当行或项目融资中。这武利民也是一个苦孩子出身，从摆地摊到代理 C 利等品牌产品的经销，资本积累到二十五亿多。他又成立了巨鹏公司。但是人一狂妄贪婪，就忘乎所以了。当初辛刚等貌似支持，但却和'青猫儿'等背后黑幕操作。利用他的膨胀心理，从 2004 年开始到案发，采用融资、借款合同等形式，以高利回报为诱惑，公开采用口口相传，通过各个区中间吸款代理人，以巨鹏公司名义向社会、单位、普通居民吸收资金达 22 亿之巨。可武利民原期望的辛刚等人答应贷款资金却根本到不了位，以致资金链断裂，'武利民自焚'了事。事发后，武利民旗下资产仅折合 8.8 亿元，导致 7.7 亿元无法还欠，而其中大笔资金去向不明。这件事严重扰乱了鹿塬市的金融秩序。他一死，据说头面人物，例如'青猫儿'的和一个姓董的参股人，还有行业高层的本金可能拿到手里了。但是，老百姓那叫天天不应，叫地地不灵，把一生七攒八抠点儿血汗钱都飞了。可据有人说咱们博托区的一名地产开发商，一民你也认识，原来是博托区房管局叫什么刚的，开工程高利贷借'青猫儿'的钱，到期限还不了，让把腿都打断了。"

爱华说："这个'青猫儿'的天龙酒店和我们单位相距不远。这个人本来是一九八几年释放的劳改犯，当初是在某国企学徒，因巧舌如簧，被同事视为'极会来事'，凭送礼和搞裙带关系，一路升任该国企总经理。国企改制时，他和辛刚勾结在一起，硬生把一个国企建筑公司划到他名下了。后来此人凭此资源招兵买马，好勇斗狠，在承揽鹿塬宾馆西楼维修工程时，又在辛刚默许下，三算两算把鹿塬宾馆西楼算成他的了。现在他那个飞龙大酒店就是在这个地方原址上新建起来的。"

姚一民问："那个建筑像违规占地。上面不管？那可是黄金地段呀。"

曹自忠说："你不知道'青猫儿'后台有多硬。上一次派人强占玉泉村庙产那就是有领导给他保驾。据说这个人是自治区一位领导的密友，又是辛刚和这位领导的拨款机、钱袋子。你说违章占地，在他眼里国家就没这规定。原来的规土局长，现在的副市长，就是他的入股人。市三区别说工程项目到不了你手，就是倒废土这么个小活计，都在人家控制之下。有了纠纷，有的领导给出面摆平。有这么大的伞罩着'青猫儿'，你说鹿塬悬不悬。你想动'青猫儿'没门，你就是动一下'青猫儿'在市三区的小弟们，有大大小小的伞罩着，也是难上加难。"

爱华说："一民说博托区不如前几年来热闹红火啦。你想吃饭的钱都让骗了，拿甚吃饭？大钱丢了，幸亏还有个低保或退休金，国家月月按时给打到卡上。还下饭馆呢？没这个钱你上吊也挽不及绳子。"

姚一民听到这里，也相对地比较了一下青城的社会和商业环境。眼前发生的"辜元案"复查难。今天又听到"武利民自焚案"及鹿塬那么多匪夷所思的事，咋营商环境如此之烂？

姚一民不由想起前些日子听到的一件怪事。前任市领导从京城引资来的弟兄俩在鹿塬投资兴建了一所吃、玩、洗浴、住宿功能齐全的酒店，开业后买卖兴隆。无形之中让"青猫儿"瞧着眼红，想方设法采取不正当经营手段欲除之而后快。一日，"青猫儿"和小弟众弟兄去此浴场洗浴，结账时"青猫儿"故意把一烟头扔在大堂地毯上把地毯给烧一窟窿。按规矩，损坏酒店地毯要赔偿的。当酒店管理人员刚一提出意见，"青猫儿"便指使手下人大打出手。而且"青猫儿"本人佯装倒地，让手下人报警。一会儿来了民警，先让"青猫儿"住院，后把酒店及"青猫儿"手下参与群殴者带回局里讯问。奇怪的是警方不但拿出了"青猫儿"重伤的医院证明，要求酒店支付住院治疗押金，而且每天有人来闹事骚扰。没几天，酒店门可罗雀。酒店老板几次找人或亲自登门欲给"青猫儿"赔礼道歉，并带巨额现金赔偿，但"青猫儿"拒不见人。近乎半年，此酒店每日无业务严重亏损，实在开不下去了，只好关门了事。京城来的弟兄俩在临离开鹿塬时含着眼泪告诉送别的朋友，他们的亲朋好友后辈儿孙也绝不踏上 N 区一步，鹿塬就不是人待的地方。而事后，当"青猫儿"在庆功宴会上得意洋洋地拿着那座酒店转让协议书频频举杯庆贺时，人们恍然大悟，他们就是这场巧取豪夺一切动作的幕后操纵者。

人们都沉默坐着。张芸说："爱华姐，你说现在孩子真和咱们小时候受的教育不一样了。咱们小时候是唱着'我们是共产主义接班人'走出校门到社会上的。现在的孩子，就屁大点的小人儿问将来做什么，竟然说当明星。现在学校读书一无德育，二无体育，尽教出些空壳人精致的利己主义者，就这么下去，将来咋办呀。"

……

今天的夜空似乎有些阴霾，但明天的朝阳一定会发出灿烂的光芒。

姚一民在和爱华、自忠、殷斌以及张芸、巴特尔分手时特别讲了一个笑话：水壶坐在炉子上，水开了，水壶屁股烧红了，还在吹口哨，还在唱歌。众人听罢哈哈大笑。他们都深信，人民期盼的春天就要来了。"盼望着，盼望着，东风来了，春天的脚步近了"。（朱自清语）

第九章 抉 择

1

十八大召开后的第二年 5 月，鹿塬市博托区南海湿地公园游人如织，人头攒动。崭新的面貌和环境的优雅、清新，令姚一民大为惊讶。当初他离开岗位退休时，南海公园仅初具规模，但现在已是博托区乃至鹿塬市市民节假日休闲、游览的好去处。

南海子湿地源于清道光三十年（1850 年）黄河改道，原托克托城南河口镇被淹，渡口迁移至鹿塬而形成。因黄河多次改道，黄河渡口也在鹿塬南海子一带不断移动。1926 年移至二里半，从此南海子渡口成为黄河中上游的水运枢纽和皮毛集散地。鹿塬经济的繁荣，使南海子码头名扬天下。南海湖就是黄河改道后留下一片湖泊，蒙语称湖泊为"海子"，又在鹿塬城南，所以俗称"南海子"，也叫"小河套"。

1985 年，鹿塬市委、市政府联合下文做出"拯救南海，建设南海"的决定，从此拉开了开发建设南海旅游区的序幕。2004 年，鹿塬"11·21"空难后，不仅航空客机坠入湖中爆炸，机组人员和旅客全部遇难，还使南海湖湖水受到严重污染。

2006 年 11 月起，南海公园管理处启动资金两千余万元，开启南湖污染治理工程。此后，鹿塬市和博托区政府先后投资 33 亿元对南海景区的基础设施设备进行了建设改造，并对南海周边地区进行开发建设。经过十多年的建设，南海子已成为国家 4A 级风景秀丽的旅游景区。

姚一民望着南海湖回忆当初建设南海湖的情景。中间那个小岛就是姚一民按设计要求，亲自指挥环卫工人冒着冰破车沉的危险，沿着勘定的冰上路线，在柴油火把的指引下，用两个月的时间把上万车废土和建筑废弃物倒入湖中指定地点堆填起来的。

温煦的微风荡过湖面，气爽风柔。碧波荡漾，群鸥翔集。湖中小舟欢棹，不时传来欢声笑语，游船不停地接送来往于小岛与湖岸之间的游客。坐在游船上，蓝天之下，水域辽阔，气象万千。鱼儿浅游水中不时蹦出水面，空中鸥燕上下翻飞、亮相争翼。小岛上细柳如丝，茅草新芽。上得小岛，凭栏观视野内美景，顿觉心旷神怡。南海湖真不愧"塞外西湖"之美称。

曹自忠兴致勃勃地对姚一民说："我们父子俩今天就是看一下南海湖建设，看有什么启示，准备把我们玉泉村打造成像《桃源行》描写的那样，建成'玉泉桃花坞'。"

乔爱华一看见曹自忠的儿子曹强就对他说："你巴特尔大爷在那边写生。你赶快过去看看，把你们建'桃花坞'有什么想法跟他说说。"曹强答应了一声，就和李大成的儿子李焕生兴冲冲奔巴特尔写生的地方去了。

殷斌说："自忠，真有你的！你的想法太好啦！太有创意了！玉泉村有山有瀑布，有桃花山桃花沟，还真有些《桃源行》的味道。"

殷斌所说的《桃源行》是唐代王维创作的一首乐府诗。此诗以（晋）陶渊明的散文《桃花源记》为蓝本，将"桃花源"中的花、树、竹、草、鸡、犬、房舍，以及桃花村田园描绘成一幅幅生动形象的画面。表现了桃花源中的人们日升而作、日落而息，为建设自己美好的家园辛勤劳动的意境，通过生动的诗境来展示人们心中对美好生活的向往。

曹自忠兴致勃勃地说："一民，你记得不记得咱们中学语文课堂上，张福勋老师在讲这首诗时眉飞色舞，把每一个诗句注释得活灵活现，韵味十足。"

姚一民说："咋不记得。咱们还争论过，樵客是指砍柴人，还是指划船的渔人。张老师让咱们在诗境中想人物。划船误入桃花源的肯定是渔人。"

爱华说："自忠，你的这个创意真好，这是谁想出来的？"

自忠说："你们没看总书记的讲话，金山银山不如绿水青山。最近农村动劲儿大得很呐。去我们玉泉乡的扶贫工作队里各行各业的机关干部都有。他们分成小组，组包村，人包人。对贫穷的像后山沟的村子，要我们这些先富起来的，拉上他们一起脱贫，也要富起来。"

爱华说："总书记心中就是有一个扶贫的情结。他下过乡、插过队是个老知青。他深知道农村人的甘苦，谁也哄不了他。"

姚一民说："你还真说对了，扶贫这个事儿看似说得简单，真正做到让脱贫路上的人，一个人、一个民族也不能少，太难啦！这就是一个大工程。近一亿人真正地做到脱贫，实际就是真正意义上的农业现代化开启的新征程。任务艰巨，征程也艰难啊。"

一民望着荡漾的湖面，心中默默地想：纵观中国革命斗争和建设的历史，"打土豪、分田地"，自力更生，发奋图强，重整山河……为摆脱贫困，在百年红色风雨兼程中，多少奋斗，多少跋涉。总书记不但在十八大上代表党作出庄严承诺，而且以霹雳之势向"穷村子、穷日子"开战。真是久旱逢甘露，想人民之想，急人民之需啊。

曹自忠说："我们玉泉村这次不但要在致富道路上再上一个台阶，建成'桃花坞'，而且还要在这次扶贫中，先把玉泉村通往后沟的路延伸到后山沟的村子里，让沟里人生产的原生态产品走出大山。焕生在村党支部，他是管经营的，车辆机械也有。来时扶贫队的一个领导说，争取一部分资金，不但修路，余钱帮他们打水窖，蓄水抗旱。"

姚一民说："现在咱们的孩子们都长大了。听说曹强这次来就是请巴特尔去搞建'桃花坞'美工设计的。殷斌的女儿益华现在女承父业，进行民间中药方的收集编撰工作。爱华的孩子上了军校，我看呀一代比一代强，我们都努力吧。"

2

清晨手机电话铃响个不停，姚一民手机中传来程洁激动的声音："姚老师，报告你一个特大喜讯，四中全会通过的《中共中央关于全面推进依法治国的决定》发表后，N自治区政法委、公安厅证实下月我代理的'辜元九六女尸案'要启动重审程序了。这真要感谢郑毅声同志动用舆论监督的强有力武器坚持不懈地推动……"姚一民长长出了口气，这一天终于等到了。

2014年11月X日高院立案，当庭长把再审通知书送达辜元父母手中时，两位老人相拥在一起号啕大哭。他们高喊"共产党青天、共产党万岁"！这一天的上午，辜元的父母从"正诚律师事务所"出来，掏出身上仅有的八块四毛钱买了一个香蕉、一个苹果、一个橘子、一个鸭梨和一些祭祀香火到了辜元的坟前。当老人把水果摆在辜元的坟前，对着冉冉升起的香火烟，辜母用那苍老沙哑的声音告诉辜元，共产党要给他申冤，十八年企盼的日子就要实现了。讷讷的话语声和时断时续的哭泣，令闻讯赶来的郑毅声以及和他并肩作战于2011年5月X日合写的舆情反映《辜元冤死案复核6年陷入僵局，网民企盼让真凶早日伏法》稿件的青年记者及程洁流下了百感交集的眼泪。他们用手机拍下了这一刻骨铭心的场面。

2014年12月X日上午N自治区高级人民法院就此案的进展召开了发布会。在发布会上，发言人宣布辜元故意杀人案再审判决撤销N自治区高院（1996）内刑终字第XX号，刑事裁定和鹿塬市中级人民法院（1996）刑初字第XX号判决，原审被告人辜元无罪。

2014年12月X日辜元家中，记者的长短炮架了半屋。N自治区高级人民法院副院长到场向辜元父母公开道歉。泣不成声的辜元父母接过判决书的那一刻，又再次高喊"共产党万岁"。

至此"辜元九六女尸案"复审正式落下帷幕。

此案件的复审到宣告无罪在国内外产生了巨大的影响。

2015年十二届全国人大三次会议两高工作报告中都提到此案，重申司法审判疑罪从无的原则。

国务院新闻办公室《2014年度人权事业的发展》白皮书中提到多起重大刑事冤假错案。根据疑罪从无原则得到复审纠正的"辜元九六女尸案"列入其中。

辜元案的复审纠正，在国际上产生了重大影响：法新社、英国广播公司等国际媒体均报道了此案，并对中国的司法进步表示了赞扬。

郑毅声、程洁和姚一民在办公室坐了很久，心情久久平静不下来。郑毅声问程洁："你听说就在高院准备开启复审程序前，有一位资深的退休老检察官被殴打的事情吗？"

程洁说："听说了，这就是我们院那位和我曾经探讨辜元案疑点的康老检察官。听说他是听人约他去酒店取一份材料，结果一进房门就遭到殴打，右侧肋骨骨折，并且插入右侧肺叶造成气胸，面上让锐器划伤缝合七针。"

姚一民说："康老我四十多年前就认识。在20世纪60年代末他在担任预审办我冤案时，即从案子的审讯和梳理环节中发现这是一件错案冤案。他立即行文报告市、自治区厅，经批复即急报国家公安部，获批纯属错案，立即平反，落实做好善后工作。后因为我的工作安排问题，四处奔忙。他是一个很正直的人。这次，他因为推动辜元案复审被打，这说明有人对辜元案的复审纠正是不满的，也从另一侧面说明推动辜元案复审程序的难度多大呀！这应该感谢郑毅声同志用舆论监督这个锐器而做出的不懈努力。"

郑毅声说："十八届四中全会以后着力进行的以法律为准绳以审判为中心的司法制度改革，实行办案质量终身负责制和错案责任倒查问责制。这一定会让我们的依法治国，特别是审判这一环上进入一个全新阶段。"

程洁如释重负地对郑毅声和姚一民说："等待了十八年啦，这个正义来得太迟了。尽管曲折，但我看到今天法制在进步，也体会到了法制进步的巨大力量。"

辛刚的办公室里，作为 N 区政法委书记对这正义的到来兴趣不大。他站在窗前，远眺着远处的山峦。黝黑的大青山进入他的视野的时候，仿佛想要告诉他什么。辜元案的纠正，无疑对他心理上是一个巨大的打击，也有些沮丧。看来在 N 区这块土地上编织自己的政法网的步子要加快了。但是鹿塬的政法界受到这么大的冲击，他们要反思。而反思的结果必定会在思想上、行为上有一个质的飞越。好在自己在鹿塬、鄂市主政多年。几年的主政中已有意地选中警界的一些人，正在逐渐上位。姓董这个"小包工头"出身不行，但他理财是把好手，但比起"青猫儿"来他缺"青猫儿"的看家护院拓展势力的毒辣和手狠。"青猫儿"维护自己的"经济王国"当之无愧。前些日子听他讲，什么副市长、公安局长、土地局长、文化局长均已被"收编"在他的麾下。庞龙经过自己的运作不久也要上位，尽管这个家伙文凭没有，但第一桶金就是出自他手，中介搭线这手段那是无人可比的。

记得那年区委大楼要加固，庞龙给介绍的正是这个姓董的包工头。加固工程完工后，一次给他拿来五万元。别小看这个"黄河岸边"小镇上的一个包工头，使他尝到了权力的滋味，也感到自己身边缺不了庞龙这个善于钻空、善于牵线、善于充当中间捐客的人。想到这里辛刚把几个欲编织到自己的"政法王国"的合适人选在脑海中又筛选一遍。他甩了甩胳膊，深深地喘了一口气："该行动了，时不待人。"

3

乔爱华的剧作《玉泉涅槃》首次公演即获得巨大成功。彩排时挺顺利，丁效饰演的大山叔，从年轻的大山一直到玉泉村建成"桃花坞"的老支书。剧中的大成带领玉泉村村民摆脱贫困，由吃不饱肚子到丰衣足食，把美丽的玉泉村建成王维笔下的现代"桃花坞"。整部剧的表演年龄跨度大，确实表现出丁效杰出老练的演技。不过丁效彩排演出后说："别相信那帮人的话，都是酒肉朋友，巴不得奉承你。要想知道这部戏人们喜欢不喜欢，有没有价值，那得在正式公演后才知分晓。"

公演那天，来看演出的都是些不寻常的观众。有市里新从沿海城市调来任鹿塬市委书记的谢书记及各部门的负责同志，有来自鹿塬市各行各业喜爱话剧演出的观众，更重要的是玉泉村的村民弟兄姊妹们都要来看演自己的戏。

曹自忠和李大成为组织玉泉村的乡亲看演出出入各家各户，有些人甚至不知道甚是话剧，但一听是演反映玉泉村走富裕之路的戏，不用费多少口舌，纷纷要来。曹强只好和李焕生把运输股份公司的三辆大客车全部开出来，拉了一百五十余号人赴鹿塬一宫大剧场观看演出。玉鲜听说是上演爱华写的戏，十分兴奋，早早就做了头发，惹得村里的姑娘们说："玉鲜姐越来越年轻啦。这是要上花轿呀。"玉鲜扶着近八十岁的慧桃一起去看写自己生活的戏。

《玉泉涅槃》是一出反映玉泉村从贫困经改革开放实行"家庭联产承包责任制"实现吃饱穿好，到改造玉泉村，把玉泉山山水水建成现代"桃花坞"，走上富裕之路的现代体裁话剧。

剧目共五幕七场。当剧情演到玉泉村里的二娃因吃不饱，偷偷将自己饲养舍不得吃的猪，拿到村附近工厂去卖，被戴红袖章工商稽查队逮住，要以"投机倒把分子"送交有关部门处理。闻讯赶来的大山为搭救二娃，拿队里仅有的20元买了一条"太阳烟"送给稽查队。但稽查队员嫌烟太没品位，要抽金钟烟。大山表现那种无奈时，观众席中的慧桃、玉鲜和大成不住地抹眼泪。特别是剧情中出现沟里山洪暴发，村里掏苦菜的小翠不懂得水往低处流，不顾放羊杨大叔的喊叫而盲目往沟外跑，以致被洪水冲走。当小翠娘怀抱奄奄一息的小翠号啕大哭，而大成面对青山悲愤地喊出："我们玉泉有山、有水、有田地、有草地，这是为什么呀？……"台下的观众席上传来阵阵的抽泣声。玉鲜和时值同年的村民都在当初尝过吃不饱、穿烂衣的日子，回想起来婶子大娘们都泪流满面，有的甚至哭出声来……当剧情中出现玉泉人为了实现把自己的家乡建成现代"桃花坞"的梦想，需要按诗中的意境，穿出山洞方见一片新天地的情节时，剧中的大山和年轻的村主任争论不已。一个说要穿山而过，打个隧道，一个说不能破坏玉泉沟的山水和奇山怪石、花草芳香的美景。嬉闹的争吵引来观众席中发出的阵阵笑声。

……

全剧结束时，舞台天幕打出了玉泉"桃花坞"的全景图。美山美景桃花盛开。坐落在绿水青山怀抱中的玉泉村，炊烟冉冉升起。黑黝黝的土地上拖拉机耕种的轰鸣声仿佛就在耳旁。一派祥和美满的景象。这时一阵悦耳的古筝声缓缓响起，伴随着优雅的古筝声，丁效用他那富有磁性的浑厚的略带苍哑的声音抑扬顿挫，富有激情地吟诵王维的著名诗篇《桃源行》……

这时，舞台灯光明亮，一排一排的演出人员走到台前，向观众致意。最后出场的是玉泉村的致富带头人大山和年轻的村主任，这时观众们纷纷站立起来，热烈鼓掌，这掌声像波涛一样，一浪高过一浪，最后变成整齐一致的节奏声，经久不息。

看到眼前的这一幕，爱华轻轻地拭去了眼中流出的激动的泪水。

在后台，谢书记紧紧握着乔爱华和老导演的手说："谢谢你们，特别是谢谢老乔同志，你写了一个好剧本。你们的演出给我们上了一堂生动的课，社会主义是干出来的。我作为市委书记，一定不会辜负鹿塬人民的期望。我要像玉泉人一样，给鹿塬人民一个清新的政治环境，一个畅通的营商环境，一个人民宜居舒适的生活环境，一个重新崛起的鹿塬。"他回过头对各部门负责人说："你们各部门都要组织大家看看这部剧。我们大家要一起为鹿塬的崛起努力啊！这是党中央对我们的殷切期望。"

丁效曾经是1978年《于无声处》的主角的扮演者。他一生中也就是在这个剧目中被鹿塬人所认识、所熟悉。但在随后的年月中，自己也说不出什么原因，曾经有的激情、激动在他身上消失了。当他接到李老导演让他饰演大山这个角色时，他犹豫过。但是看着爱华和老导演企盼的目光，特别是曾经扮演过话剧《八一风暴中》英雄警卫团长的老演员给予他的鼓励，他接下了这个角色。爱华笔下的大山坚毅、沉着、诚恳、乐观。以坚毅、沉着为性格的核心和特征。他细心琢磨角色，甚至多次自己跑到玉泉村找李大成、曹自忠了解情况。看李大成这个人的气质和日常看似不经意的生活动作，却有常人不具有的那种共产党员的胆略和头脑。

在公演中他一出场，想到自己去玉泉亲眼见到的当时用过的饭碗、羊铲以及权耙，疑虑、无名的激动、犹豫都消失了。幕间休息时，他把自己关在一间屋子里，谁也不见。他怕自己激昂的情绪会失去，而这种激昂正是鼓励玉泉人改天斗地的力量。当演出谢幕时，看到剧场内热烈的场面他泪水纵横，和老导演、爱华以及担任舞美设计的巴特尔紧紧拥抱在一起。

曹自忠和大成在回玉泉村的大轿车上，和同车玉泉村的村民一起说起剧中角色哪个是你，哪个是她？因为他们在舞台上看到了自己，看到了自己的生活。

曹自忠对身边的曹强说："玉泉村是富裕了。我们不能忘记总书记的话，让后沟村、庙村不但脱贫，还要大家都富了，才是我们共产党员的应有责任。"

4

受乔爱华的邀请，姚一民和郑毅声及同行的年轻记者观看了话剧《玉泉涅槃》后，大加赞赏。他们认为这部剧以现实主义的手法描写农村在改革开放中的变化。特别是以王维《桃源行》为蓝本描写玉泉村的现状，题材创意都很新颖，充满革命的英雄主义和浪漫主义。这部戏注重挖掘生活细节，细微笔融，在真实感人的细节中展现人物的精神面貌，值得一看。同时和他们一起观看演出的报社等新闻单位同行的朋友们建议鹿塬市委宣传部门应和北京方面联系，赴京演出，以扩大影响，为话剧界创作提供一些可借鉴的东西。

在去玉泉村"桃花坞"的路上，郑毅声讲十八大召开以后，党提出两个一百年的奋斗目标，这是很振奋人心的。集中体现了一点就是一切以人民的利益出发。现在全国扶贫工作不但要精准，还要打最后的攻坚战。这个战场是没有硝烟的。据统计全国累计选派了近二十六万个驻村工作队，三百多万名一把手和驻村干部，以及数百万计村干部一道奋战在扶贫第一线。

我们党的总书记自己身体力行。早在 2013 年就在湖南省西部地区十八洞村考察时，首次提出"精准扶贫""六个精准""五个一批"的方略。他为了了解农村民众的实际生活困难，走乡进户。上过高山，走进寨子，到过草原。来内蒙古赤峰小庙子村、马鞍山村和村民面对面促膝谈心，亲自看村子的生活环境，甚至了解村子里卫生状况。特别是对于少数民族提出脱贫一个民族也不能丢，一个人也不能落下。了解总书记的成长历程，你就知道他也是知青，有农民的情结。十六岁就下乡插队，被当地村民誉为"能吃苦的好后生"。1974 年曾带领村民建起陕西省第一个沼气池子。以后到正定工作，他骑着自行车跑遍正定二十五个公社、二百余个村庄，用脚丈量土地，最终定下"投其所好，供其所需，取其所长，补其所短，应其所变"的二十字脱贫口诀。以后无论到什么地方任职，一直到担任总书记他都会如此。特别是在这次指挥全国精准扶贫的战役中，他到每一处考察地儿，事必躬亲。都是与村民同劳动或坐在一起，为脱贫出谋划策，出脱贫的好点子，彰显出他的为民情怀。

到玉泉村时，在前往舟船码头的入口处，一处金色的大理石碑上刻着王维《桃源行》的诗句。碑后即一坐牌坊，上书写金色的三个大字"桃花坞"。姚一民一行在自忠和大成的陪同下登上舟船时，划船的老翁一身唐装，手握浆杆，轻轻一点，船轻悠悠在水库的碧波中向西而行。从舟船上看水库南北坝堤上都栽种满桃树。因是九月季节不见"两岸桃花夹古津"，却见肥腴鲜嫩的桃子在绿叶的陪衬下，随风摇曳，露出红红的笑脸。树下，村民们踏着折合梯，伸手把一个个肥腴的桃子摘入筐中。船行至西码头，即玉泉沟入口处。鲜花盛开，一清泉由北向南，直入脚下涵洞，注入水库。

沿泉水流淌的小路往上游行走。沿途奇山异石，松柏苍劲，鸟语花香。行至半山腰处，迎面一瀑布似挂天穹，从天而降。瀑水落地处，水花四溅。在阳光的映衬下，一道道彩虹时隐时现。旁建有一小凉亭，上书写"玉泉亭"。入亭内众人休憩，即有身着唐装之女青年端上清凉桃汁。饮一口桃汁入口，顿觉清爽。从亭内观瀑布，真天造奇工，瀑布巨流直下，虽无三千尺，但七十米有余，映入眼帘，甚是壮观。

小憩后，众人随导游出小亭。跨上泉水上搭建的五孔拱形玉石小桥。小桥构建精巧，但见小桥两边的手扶栏每隔一段均有一桃状石雕，形象逼真，却是喜人，不禁用手抚摸，有光滑冰润之感觉。

从桥上下来，沿小石子铺却的道路，走四十余步，见一石洞口，上悬"玉泉洞"牌雕。观此洞，想必就是巴特尔和曹强为增添王维《桃源行》诗句中"穿洞方能见天外"之意境而开出的隧道。问了导游，才知此洞不是开挖的隧道，而是工匠用石头拱造而成。看其外表，洞、山浑然一体，根本看不出石洞是后建的。其施工构想和建设，真是奥妙奇招，叹为观止。

进得洞内，虽外面酷热，但里面却凉气袭人。时已入秋，秋来之伏，人称"虎伏"，最是酷热。游人们在外面经阳光照晒，进洞倍觉凉爽，心情舒适。导游让大家坐定后，给每人配发一耳机，耳机中传来导游的声音。她讲在出洞之前，让大家了解一下玉泉村的过去。随即灯光全灭，面前出现电视投影。听导游解说画面，乃是玉泉村的历史沿革，及改革开放前，玉泉村的落后破旧形貌。但见投影画面有玉泉村原来的照片资料：房屋低矮，破旧；农耕时的木犁、锨耙、牛车等落后生产工具；以及靠天吃饭，地产不高，当时年年吃政府返销粮的情况。说到当时玉泉村的生活状况时，导游给大家念了一段顺口溜：

玉泉有山有水有草原，靠天吃饭肚饥肠。一双筷子，一只碗，

中午菜粥晚上汤。大锅饭，单一产，常防背后割尾巴。出工不出力，
一铺一盖混时光……

听导游讲解后，大家跟上导游沿石径逶迤而行。出洞途中灯光变幻，各
种悬雕在各色变幻灯光照耀下，让人看得眼花缭乱，目不暇接。一出洞口，
大家忽觉眼前一亮，还真有"山开旷望旋平陆"的感觉。

洞口前是一平台。大家凭栏往四周看，景色各异：南望，远看黄河天水
相连，像一精玉雕琢的笏板，静卧在那里，默默地记载着黄河两岸的山山水
水，在改革开放的风雨兼程中的历史巨变。往近看，田地里白色的大棚座座
相连，刚来乘坐舟船到西码头的水库水面上，鸥燕上下翻飞，水面平静的像
一面大镜，在阳光的照射下，不时泛出粼粼的闪光，与堤坝上的桃林相附相
衬，龙翔凤翥，活脱脱一幅水彩画。

往东南看，鹿钢高炉的影子映入眼帘。而其西，可能是乡办企业。生产
车间，排列整齐，时有车辆出入。110国道自东向西环山前而过。来往货车、
轿车在双向八车道的高速公路上来往繁忙。

正东面，草原碧绿，洁白的羊群像天上的珍珠，一颗（群）一颗（群）
洒落在由南向北延伸广袤的绿地上。整合的大块麦田夹在水库和向北山峦下，
像黄色的海洋。金黄色的庄稼尽收眼底。今年又是一个丰收的好年景。

向西北看去，山上桃树，郁郁葱葱，树上结的红桃子隐约可见。而山坡
上的枸杞却分外鲜红，和坡下大田的黄色形成鲜明对照。西山山背下，玉泉
村村民整齐的住宅分外引人注目，清一色灰顶白墙。"农家乐"的幌子迎风摇
摆，仿佛向四方来客招手。想王维"遥看一处攒云树，近入千家散花竹"的
意境真不及现代玉泉村"桃花坞"的实景。

顺田间小道进入村中，但见"农家乐"有八九家之多。而且招牌上书的
菜肴名称风味各异，有蒙餐、清真食、京津菜、后套杀猪菜、伊盟炖山羊肉、
焙子、稍美各色点心铺，品种齐全，着实让人感叹。

特别奇特的是竟有一家招牌上书：纯真清蒸黄河大鲤鱼。"真"字应为
"正"，可能店家强调真材实料正宗口味吧。

在自忠和大成的热情款待下，姚一民一行吃的嘴边流油，都开玩笑说，
恨自己肚小，真正吃了一顿城中不多见的农家大餐。

玉鲜、慧桃等听说是曹自忠挚友姚一民等客人来了，坚持让到家中去吃。
特别是玉鲜一见爱华直呼："女才子来了！"抱住爱华吻个不停。慧桃看到他
们虽是同学，却像亲兄妹一般。想起自己自幼孤苦伶仃，是殷氏收留她入了

曹家。一生中，年轻时兵荒马乱，颠沛流离，和曹国文成婚后，又中年丧夫，后又有"文革"之遭遇，现如今过上好日子，但自己已八十多岁了。真羡慕他们活在了一个好年代，也真为他们高兴。想到此处不由落下高兴的眼泪。

姚一民见曹母泪下问及原因后，对曹母说："您也赶上好时候了，放宽心享受新生活吧，心宽体胖一定能活一百多。"

乔爱华看他们老少一问一答，不由地笑了，真应了王维《桃源行》中那句诗："惊闻俗客争来集，竞引还家问都邑。"

在返回鹿塬城区途中，章凯高兴地说："我今天真没白来，口福有了，腹稿也有了。"

姚一民问他写了什么腹稿，章凯说："我的新闻稿是——《玉泉村苦干四十年旧貌换新颜，昔日的旧山村建成现代桃花坞》。"

郑毅声说："这个题太长，我准备写小'内参'，题目就是《玉泉村苦干四十年建成现代桃花坞》。"

爱华拍着手说："这个题目好，简短明了。小章的题目中减掉的可以在文中展开讲。这个稿子一发，肯定北京也得来人游览，小章写玉泉村的'桃花坞'这篇好文章，正好是自忠他们现成的旅游介绍材料。"

众人听罢，拊掌大笑。

5

第二天，爱华和巴特尔又陪姚一民、郑毅声、章凯一行参观了鹿塬北梁拆迁地棚户区的文史保留地的建筑工地和北梁新居。

鹿塬市博托区北梁是鹿塬历史文化发展遗产重要的组成部分。从最早的蒙古族巴家"户口地"有山西"走西口"的人租田居住有了人烟，发展至今已有三百余年的建城史。常言鹿塬根在博托，博托魂在北梁。北梁是鹿塬建城发展史和民族融合史的重要载体和民居文化遗产。在北梁棚户区改造中，这里特地留存了一片体现鹿塬传统民宿文化的建筑群。

姚一民一行来到建筑群修建工地时，听一名姓杨的同志介绍：2014 年，博托区规划局特邀请清华大学建筑设计院文化遗产研究所的人员深入到即将拆除的北梁民居建筑群研讨"走西口"文化遗迹时，同时也启动了设计策划。召梁三官庙古民宿街被自治区政府列为自治区级文物保护单位。以召梁二道巷为保护范围的核心区，共十九处民居院落作为保护建筑群。周边还构建十一套古民居院和三十余套单体古民居房屋。其周边体现鹿塬建城史、民族融合的宗教寺庙以及晋商文化的遗址等都做了保留修缮。这里将形成以传统文化街为核心的多元文化旅游区。让更多的人了解鹿塬民族文化融合的过程，了解山西人"走西口"到鹿塬创业的艰难，了解京津冀等现代文明经商理念进入鹿塬，给鹿塬带来了飞跃的变化，以促进鹿塬文化旅游事业的发展。

工地施工人员介绍了民居的地区特点，并着重介绍了修缮中为保有原有建筑空间格局、结构、外观材料，在修缮中尽最大可能使用原始工艺。比如砖雕，特别请山西的工匠集团匠人用传统工艺雕制。修缮的青砖都必须在山西特制。院落的门檩所用红松木，必须特殊烘干处理。全部修缮和新建完工后，这个地区将成为再现历史上山西人"走西口"这个人口大迁徙的原生态博物馆。

进入北梁新居的南四区时，恰逢一间宽敞的屋内传来热闹的歌唱和音乐声，还有阵阵的喝彩声不绝于耳。姚一民等走进房间问询，才知是从北梁搬入新居后的居民们在这里练唱自己创作的《北梁新歌》。其中一老者，还是中央领导前年初访北梁时，在低矮、破旧、简陋的房屋中接待国家领导人访查的俊平老人。他一听说郑毅声等是新闻记者，特别高兴地向记者介绍了那天他和中央领导面对面交谈的紧张兴奋的心情。

他说："共产党把人民放在心中最高位置，全力为群众排忧解难，我老汉信。我信共产党的允诺。你们没见我们当初住那房，别提了。沿坡而建的房子密密匝匝，屋低拥挤。垃圾成年摆在路上，几百人共用一厕所，冬天拉屎都蹲不下去，顶屁股。夏天路是泥汤路，里面人粪尿都有。冬天结冰，路滑不能出行。你看现在，住上设施齐全的楼房。还有健身设施齐全的广场、文化活动室。早上起来打打拳，晚上跳跳广场舞，闲时还来这文化活动室唱唱歌。你说过去咋也不敢想呀。这不，要老师给我们写的感谢共产党的'北梁新歌'。我们正在排练准备参加区里的文艺会演。你们听听我们自己创作的歌：

　　　　毛主席领导我们翻身得解放，
　　　　共产党带领北梁人民奔小康。
　　　　忧居变宜居，棚屋换楼房。
　　　　北梁人民永远不会忘记共产党的恩情。

北梁人永远珍爱今天的好生活。"
……

一行人走出北梁新区，回望高楼林立的北梁搬迁户的住宅小区。从心底感到人民生活改善了。他们纯朴的心中首先想到的就是感谢共产党。北梁的历史翻过了沉重的一页，而北梁人民的心中永远不会忘记共产党的恩情。

尽管爱华和巴特尔还想让姚一民一行再多住几天，去五当召、后草地玩上几天。但郑毅声说还有好多事情急等他回去处理，所以谢辞了他们的盛情挽留之意，踏上返回青城的归途。

那天，在返回青城的归途中，郑毅声和姚一民谈起了十九大以后，各地加大了对"黑恶势力""保护伞"打击力度的话题。

姚一民听了老郑的一番话，心中豁然开朗，要铲除一切腐败的土壤，思想教育是根本，法治是保障。

姚一民回忆起自己是唱着《东方红》步入小学，伴随着《我们是共产主义接班人》的歌曲进入中学。在中学那几年，是学校"敦品励学，尊师爱生""今天在校努力学习……明天是国家栋梁"的校歌校训激励自己，在红专的求学路上，树立了"好男儿，志在四方"的人生信念。那个时候的校园生活，紧张的学习之余，男生打篮球，女生踢毽子。欢声笑语的校园生活永远是姚一民心中抹不去的美好回忆。

夜深了，姚一民躺在床上在咀嚼细品郑毅声的一番话。真是胜读十年书啊。不由有感而发，胡乱诌辞一则。

忆当年　辞

昨夜闻君言，有感发自心。提及当年事，热泪淌枕旁。

吾等一辈人：同唱东方红，同长红旗下，同入中学堂，同受师教诲。敦品与励学，本是吾校训，尊师又爱生，课余校歌唱。百草园内读，师教吾自强，知识盈胸中，男儿志四方。

自愿赴农村，插队五原乡。农村新天地，有了新文化。

旦辞爹娘去，意决献青春，哪管农村有劳苦，愿见农乡山水换新颜。

旦辞爹娘去，意决扎根志。农村需要知识人，战天斗地齐唱丰收歌。

农田秋收忙，挖渠担二筐。闲时吹拉唱，四处巡演忙。哼得爬山调，牧羊放夜马。

归城赴新岗，各行把业创。曾经有酸楚，奋争砥砺行。

算来一代人，知青名气响。问君为何笑，史册彪名后代传。

今有羽毛扇，装相胡言讲：当年知青行，全是被人迫。

更有八十翁，装憨无人话，假借"名人问"，言要学堂抛弃德教自由学。

敢问前者言：吾等生时东方红，不知那时君在哪？莫非睁眼出世就是打砸抢？怪不得假充学者说胡话！

敢问八十老翁者：钱氏历经国家仇，深知国弱被人欺，自当报国为振兴。这样的教育是什么？公知你能说清吗？

你等言语有人贺，自有西人把奖颁。

笑看吾今日，活的真潇洒，一日三食似过节，越过当年除夕餐。

日启太极拳，日落广场舞，衣食住行件件佳。

年迈康健有所养，月月卡上政府按时把钱打。

不是老汉今娇情，实是怕"三高"不喜猪肥喜牛羊。

笑看吾祖国，日新月异强。待到民族复兴国雄起，吾辈当年企盼俱实现。

那时捧起庆功酒，方知吾等一辈没白活。

6

没过多久，"青猫儿"被正式逮捕法办，在其淫窝查抄出七十余盘录像带，真实记录了辛刚、庞龙一伙权益交易的黑幕。为辛刚、庞龙涉嫌贪腐定罪提供了十分有力的证据。"青猫儿"强占玉泉村的庙产交还了玉泉村，庙中假活佛被驱逐。村委会和曹强主持经营的玉泉"桃花坞"旅游股份有限公司将村庙大殿重新进行了修缮。把被"青猫儿"一伙强人在霸占庙宇期间毁坏的文物、搞得乌烟瘴气的殿宇，在巴特尔的指导下，雇能工巧匠重新彩绘，修补壁画，重塑佛殿之众佛像。并在大殿后拓展一片地方，加盖大殿一间作为"玉泉村村史陈列室"。

陈列室分为两大部分：一部分为玉泉村人民在党的领导下，由贫穷变富裕的艰苦奋斗历程。各种陈列的物品，向人们陈述了玉泉村和全中国的普通农民一样，如何在奔向富裕的道路上，战天斗地，永远不能忘却的原生态历史。

另一部分是专辟出一展室，展出巴特尔的"玉泉山乡巨变奋斗英雄谱"

系列画像。这里有带领玉泉人脱贫致富的带头人李大成，有胸怀理想为玉泉旧貌换新颜献出青春的曹自忠，有战天斗地改变穷山的"铁姑娘战斗队队长"李玉鲜，有把荒坡、碱滩建成四季有收益的放羊老羊倌杨老头……

当画像展出的第一天，玉泉村的老人们看着自己亲手用过的破碗，看着那手扶木犁上的汗痕，看着照片中低矮简陋的土房……给青年人们讲玉泉村的发展史，更加感谢自己的党，是党指引的民族复兴之路，是中国特色的社会主义建设之路让他们一改贫穷落后的面貌，过上了今天桃花源般的生活。

当人们看到老杨倌的画像时，人群中的有些人想起生前的老羊倌就想改变草碱滩，把草滩变成金银滩。自己"去茬子"，日日坚持在大大小小的沙丘上种沙柳。当割资本主义的尾巴把沙柳全砍掉，村子里再无收益的时候，他看着黄沙泛起的沙丘，几次流下悲愤的眼泪……而如今他逝去了，可他身后却留下了改革开放后荒坡改造成的枸杞滩。成片的沙柳一年四季的"去茬"留给玉泉村的是取之不尽的财源。画上的杨老汉看着山峦上的桃树林，满坡的红枸杞，随风摇曳的沙柳笑得那么开心，在脸上每一条饱经风霜的皱纹中，都渗透对玉泉的留恋和祝福。

2018 年是知识青年上山下乡运动五十周年，全国成千上万的知青虽然大都年近七十，但想回到自己青年时期，曾经把青春芳华奉献给的农村乡野看一看，看看现在的变化，所以在全国兴起了知青"回乡热"的浪潮。

在同学的聚会上，回乡探访回来的知青学友们纷纷谈自己在回访的日子里，见到年轻时同在一个村，同在一个队的那些农友们，身体康健，分外高兴。特别是目睹了农村发展的新面貌，昔日的村庄通过土地整合后，大部分都实现了城镇化。

今日的五原县城也和我们当初插队去时的状况发生了难以想象的变化。印象中旧时的五原县城规模不大，建筑色调单一。大一些五原县有名的单位例如县委大院、公安局等门口石狮一蹲，青砖院墙四边一围，显得庄严。其地标性建筑也就是当街一条渠，东西一条街，尽管街中心四角处有个转盘，但机动车辆不多，无非是四乡进城拖车之类，尘土飞扬，颠簸穿街而过。最值得回忆则是五原小吃摊点多，一些地方名吃如糖麻叶、油璇等确别有风味。渠河早上的渔市红红火火。渠河岸边船桅林立。满仓的红鳃鲤鱼活蹦乱跳。现场交易讨价还价之声不绝于耳。在后套当时最有名气的当数五原中学。姚一民下乡时曾参加五原县知青文艺会演在此校住过。环境优雅，教学设施齐全……

看现在的五原县城，可以说发生了翻天覆地的变化！城区面积大大扩大，高楼林立，道路纵横，鲜花遍地，绿树成荫。河套农博园、五原抗战纪念馆、冯玉祥誓师广场等一批文化地标拔地而起，向世人讲述着五原的风雨沧桑。

当姚一民和 N 区诗词学会学义会长及知名学者、教授张老一踏上这座名传国内外的古老县城的土地上，就深切感受到异于其他古县城不同的风韵和光彩。这里醉人的风景，新建和老去的建筑并存，悠久的农耕文化和现代红色历史交相辉映。树影婆娑，鸟语花香。宜居的环境，馋人的美食……使我们这些初踏五原土地的外乡人总会在心中涌出一个你爱上这个地方不舍离去，流连忘返的理由。

有人说，入帘第一眼的五原是绿色的。五原绿化覆盖率很高。曾有人形容说五原夜间的三不见，即"黑夜不见灯，路上不见人，下雨淋不着身"。五原城区大小街道绿树成荫，茂盛蓬勃。黑夜因为树木把路灯都遮住了，所以路人见树不见光。加之绿树成廊，连理相结，马路行人或避酷阳或避风雨，都钻入绿荫中，所以马路上少见行人，故有不见人、身之一说。五原县城区不但是一座绿色的城，有 36 处公园广场湿地遍布城区，而且全县 782 个村庄全部建成了绿色的田园。现在清晨的五原城就是一座空气清新的"大氧吧"。

伫立在誓师广场上的雕像告诉你说五原是红色的一点也不夸张。那本大书一览无余地记载了在这块土地上曾有民主斗士、爱国将领冯玉祥的震惊中外征讨封建腐朽誓师典传。更有傅作义将军以民族大义为重，发动"五原抗战，重创日酋"的历史辉迹。人们更不曾忘记乔家后人乔培新在中国共产党河套工委的领导下，秘密携手潜伏在傅部中并担任傅作义副官长、兼《奋斗日报》总编的共产党员阎又文同志积极开展兵运，发动群众、组织群众积极抗日，为以后傅部的北平和平起义有了一个牢靠的思想群众基础。

看五原的天空，湛蓝湛蓝。在蔚蓝的天空下，五原的山山水水尽收眼底。蓝色的五原青山绿水，气候宜人，城乡生态宜居。一座座设计新颖、设施齐全的住宅楼盘排列有序，遍布全城。过去的五原"一年一盖房，碱土往上翻，挖渠割麦苦营生，朝夕还把草坯挖"这种日子一去不复返了。

如果有人问你，你在五原印象最深的颜色是什么？那一定是黄色的。之所以说五原又是黄色的，就是因为五原除了一望无际的麦田外，五原的葵花也是闻名中外的一道亮丽风景线。世界上每七粒葵花籽就有一粒是五原的。看丰收季节，麦浪滚滚，金色头沉圆盘大脸旳葵花也不甘落后，五原的秋天呈现在你眼前的真是金黄色丰收在望的黄色海洋。

五原县是中华诗词之乡，五原古郡被中华诗词学会授予塞北中华诗城。

学义会长一行在五原诗社访学的日子里，吟诗会友，总有好友在他们的耳边热情地说："留下吧，多住几天，多住几天。你们再看看五原的春天。风雨送春归，飞雪迎春到。全五原城桃杏花盛开，争奇斗艳。那时的五原又是粉红色一片……"

更有人说，你们到咱们五原十里四乡都看看，特别要看五原的冬天。这时的五原是白色的，纯真、秀美。五原的冬季分外美哉。在广袤无垠的原野上远眺苍黝的大青山横亘北陲，万里茫茫雪飘，大地一片洁白，宁静深藏于大地的清新和恬静之中，而这时却是五原人最洒脱的日子。涮着鲜美的羊肉片，喝着五原自家酿造的老窖酒，欣赏着五原独具一格的天穹雪景，不禁为五原的黄河文化、农耕文化、移民文化、红色文化在这里的交相辉映，生根发芽，蓬勃发展而拍案叫绝。

……

姚一民所在的富牛圪旦永胜五队也有了较大变化。同在一个村六队的知青"小不点"告诉姚一民，现在的富牛圪旦是在村西的盐碱滩上盖起一些独户小院二层别墅。原来村庄及车马大店，向西移了五十米。就在原来知青住房的原地址上盖起了集交易、农作物产品展销、住宿、就餐为一体的四层交易大楼，颇为引人注目。王老大娘的坟地已被平整，作为整合的农田和原来的耕地连在一片，其尸骨火化后被存入复兴镇的"天堂公墓"。现在的富牛圪旦村党支部书记是李挨树女儿。她小名叫玲儿，大名叫李晓玲，长得像水仙一样，人很漂亮。她又是农大本科毕业，经商很有头脑，颇得村民信赖。

乔爱华听到水仙名字，心中一动，想起自己在困难的那些日子，这个善良的女人不计前嫌，细心地照顾自己。一件件相互关心的往事历历在目，仿佛就像发生在昨天。

同学聚会归来，姚一民看到同窗八年，而有五十余年友情的学友，虽个个都是七十多岁的人啦，但每个人身体康健。爽朗的笑声中，充满对曾经的学校生活、知青生活的情结的留恋。人生经历的酸甜苦辣，都没有击倒他们。对于新生活仍然满存期盼，盼着祖国的强大，盼着生我养我的祖国繁荣昌盛，实现民族复兴之梦，屹立在世界民族之林。

姚一民感慨道：人说七十古来稀，我看七十不是稀，而是迈向新生活，走进新时代的开始。他特别写下同学聚会的词一则，以飨学友：

沁园春 聚

阴山脚下，黄河畔邻，学友相聚。

见同窗挚亲，发白健朗，互叙衷肠，喜溢言表。

他歌你舞，曲悦韵绕，相别之情盛祝福。

今聚首，知世情何物？琵琶表心。

重阳几度沧桑，忆百草园青春芳华。

训敦品励学、尊师爱生，政语数化，知识盈怀。

上山下乡、投笔从戎，彪史册吾辈荣光。

喜极泣，一日难再晨，乐度余生。

2019 年 7 月末，"辜元九六女尸案"的真凶赵三仁被执行死刑。

赵三仁系列杀人案案情在 N 自治区媒体各大报刊披露后，殷斌看到报刊上刊登的凶犯赵三仁的照片，惊讶地张大了嘴。他急忙地叫张芸："张芸，你过来看，这不是咱们药厂失踪的那个赵三仁吗?"

张芸闻声过来一看照片："就是他，一点也没错，尖嘴猴腮。没想到这家伙竟然沦为杀人犯。他原来就在咱的厂偷盗药材倒卖，现在杀人了，枪毙活该。"

殷斌听他说起"偷盗"二字，心中顿时想起 90 年代博托中药厂发生的那场无名大火。心想，看起来那场火终于有了谜底。

原来赵三仁在博托中药厂实行"承包定岗责任制"后，本来游手好闲的他靠混挣工资的日子没有了。特别是药材库实行承包后专人负责。在淘劣选优的竞争中，他没有了岗位。只能靠浑水摸鱼偷些药材到社会上倒卖，和不三不四的狐朋狗友一块吃喝、赌博。在一次偷了仓库的天麻后，发现厂保卫科正抓紧调查，而且博托区公安分局刑警队也介入了此事，他终日惶惶，不得所终。

一日他碰到庞龙，庞龙本来在厂里势单力薄，看赵三仁机灵，想收拢在自己身边。今一见赵三仁慌里慌张的样子，也没说什么，只是对赵三仁做了一个划火点烟的动作。赵三仁是何等人，一看脑子就想到了，干脆放把火，让他们弄不清仓库究竟有多少天麻。所以，在贼心的驱动下，他于深夜趁保管人员休息，巡查值更人员走过仓库后，溜入仓库，放火毁灭天麻的库存量证据，然后不辞而别，流窜外地。

赵三仁先是潜逃流窜到某地，流窜中在乌市还抢劫了一个苏西旗贩肉的商户，抢得一万余元，后用腰带将人勒死，将尸抛入臭泥坑内，扬长而去。后经一位坐台小姐介绍入 X 君抢劫杀人匪伙，据警方提供的资料介绍，这个犯罪团伙穷凶极恶，血债累累，大案主犯 X 君曾于 1992 年在家乡杀人后一直在逃。此人狡诈凶悍，对同伙控制极严。赵三仁称 X 君为"蒋总"。赵三仁入伙前经 X 君审查，认为有杀人前科可用，遂纳入手下。同时交代赵三仁，不能犯"错误"，犯了轻则扣除"工资"（分赃）和体罚，重则处死……

在 X 君唆使下，这个团伙有赵三仁参加的作案 6 起，杀死行人抢劫黄金、现款值二百余万元。后在一次失风的作案中，赵三仁看到了 X 君对做此案的同伙因连开二枪未中被抢对象，以致给警察破案留下活证据，把犯了此错的一名悍匪连开四枪打死，吓得他尿湿裤子。后闻听此案警方已摸到方向，全力追查，遂带上自己分赃得来的钱财，瞒过同伙连夜逃回 N 自治区。在最初回到 N 自治区的那段日子，因为他喜好按摩，坐吃山空后，又在乌市和鹿塬、青城之间连续作案十余起，后在鹿塬博托区红星桥头洗头房结识了一位按摩女。一天，他去此按摩房约按摩女出来想从她那要些钱。按摩女一看他那落魄的样子，心中已有和他断了来往的心念。赵三仁一看按摩女这样，恶向胆边生，即奸污此女后为防告发，将其扼杀，并顺手将其手机带走。仓皇之中窜逃到 N 区青城一家浴池落脚。此浴池老板爱喝两盅，时不时，赵三仁到浴池那儿洗浴，浴毕找小姐按摩后，请老板喝酒，一来一往俩人成了密友。日后，老板还雇赵三仁在他的浴池做了前堂经理，管理经营浴池的买卖。在一次喝酒后，赵三仁听说某市 X 君案告破，暗自庆幸自己逃离这个犯罪团伙早，不然也做了警方枪下之鬼。和老板叨拉这个犯罪集团的一些案子时，赵三仁趁着酒劲，忘乎所以，闲谈中，把一些案子细节说得天花乱坠，还说这些人作完案后，还曾换了衣服骑上摩托到作案现场看警方勘查现场如何如何。老板事后越琢磨越不对，心想：这个人是干什么的，怎么连杀了人换衣服到现场看情况都知道，越想越不对，后悔自己当初没弄清这个人来历就留下此人，今后必定出事。就在 2005 年 10 月 X 日把此事情报告了 N 区青城 C 区公安分局刑警队一位朋友，经警方拿着某市发来的协查通报暗中观察赵三仁，确认此人是 X 君犯罪同伙的在逃要犯。遂在前一天晚，刑警队员们扮成客商入住浴场，本欲在深夜将其掳在房间内抓捕，结果赵三仁一夜未归自己住房。警方以为赵事先得到风声又跑了，正在懊恼时，老板急来报告，赵三仁刚回屋躺下。问他为什么昨夜未归，他说昨晚和一狗友喝酒多了，回浴场洗了澡后让小姐在一间客房中按摩，顺便和小姐同居一晚，刚回房。在场的警方人员听到后，欢欣鼓舞，当即做好抓捕准备，在赵熟睡中，将其抓捕归案。

当天赵犯即交代了自己所犯的全部命案，其中就有其在 1996 年鹿塬博托区红星桥头洗头房内犯下的杀人案，随即引发了辜元父母长达近十年为儿申冤，四处上访申诉的漫漫长路。

2019 年赵三仁被执行枪决后，所公布的赵犯系列杀人案中未对鹿塬博托区红星桥头洗浴房的"辜元九六女尸案"予以确认。最高人民法院刑庭负责人表示：综合各方面调查和比对，对于赵三仁对此案作案时间等部分重要情节的供述和证人证言、尸体鉴定意见、现场勘验检查笔录等证据并不一致，法院不予确认。同时也说明，最高法院未对辜元案予以确认也是遵从疑罪从无的原则，所以改判辜元无罪。

鹿塬作为国家的重工业基地，特别是鹿钢，不但是中国工业几大钢铁基地之一，更是 N 自治区的制造业的中心，被誉为草原上的明珠。它以其稀土之蕴藏量，被称为"稀土之都"，令世界刮目相看，是 N 自治区经济建设的"龙头老大"。但是在辛刚等一伙人的把持下，"青猫儿"等黑恶势力渗透到各区、旗、县各行各业。在权钱交易中，官场的风气、营商环境极差。辛刚发起的"造城运动"使大批资金敛于辛大嘴钱袋子中。为虚假而造假，财政收入表面风光，实际状况含造假的水分50%之多。在此影响下，许多人信马游疆、肆意敛财。老百姓办一切事情，无钱寸步难行，唯钱是用。昔日的"鹿老大"沦为老四之后……

但是，出来混总是要还的。

自从法办辛刚，割掉"青猫儿"、庞龙这些毒瘤以及市区旗县大大小小的黑社会恶势力及其"伞上伞"，鹿塬的政治生态环境、营商环境、人民的生活环境终于迎来了明媚的春天。鹿塬起飞啦！

从沿海城市调入的新市委书记，一上任即在贫困地区造访贫困户，为扶贫攻坚身体力行，广联外省工业制造业发达城市，引进稀土制造业先进项目。以鹿塬优越的资源，从狠抓建立优越的营商环境入手，全市各行各业"担当做好，狠抓落实"，抢时间，争一流。特别是公安战线上，狠抓队伍建设。思想建队、科技建队动作之大，前所未有。经济发展从公开的报道来看，无论是拜访企业数量，还是签约项目数量和签约金额，以及落地比例，鹿塬都走到了 N 自治区各市的前面，被喻为招资的"狂魔"。

姚一民身在青城，心系自己曾经工作学习成长的鹿塬。声闻鹿塬"跑起来"，和来访好友的交谈对鹿塬的每一条经济建设和社会发展的新闻和消息，都令他欣喜。他每每回到鹿塬后，第一感觉就是鹿塬拧紧优化营商环境和担当作为，狠抓落实的两道"螺丝"，给人一种层层传递都"跑起来"的紧迫感。

一日，闲暇中姚一民听说爸爸的挚友，也是他的美术老师病重，特地去看望他。他一见到老态容颜的老师，思绪万千。而老师一看到姚一民高兴地说："叔叔知道你会来的，我和你爸爸一生交情，是我的好老友。想起那时的日子，教课之余，你爸拉京胡，我唱几句，其乐融融，多好呀。只是叔对不起他，运动中没有把持住伤害了他。叔叔知道他怨恨我。你来了，我知道你是会原谅叔叔的。"说罢，他颤巍巍地走到画案旁，拿出早已画好的一张画，递在姚一民手上。

姚一民展开一看，洁白的宣纸上一束清新的兰花跃于纸上，旁题四句诗：

写花写叶并写根，众香园内久称芳。

雪消九畹春芜梦，月照三江夜有痕。

后题一行小字：一民贤侄雅鑑。

看着手中的画，叔侄二人相视许久，叔叔还是那个风流倜傥洒脱的叔叔，只不过老了。记得那是 1952 年，父亲从五原调入鹿塬一中任教。全家搬到鹿塬后没有落脚处，只能去投奔母亲叔伯亲舅舅曹"三来份"。当时他在金龙王庙宇一带拥有曹记铁工作坊、车马大店等，另有五十余间房子出租。父亲就在 12 号院租房一间安顿家小。但此处住房只能住四口人，无奈之下安排姚一民和父亲同在音体美教研组教授美术课的叔叔住在一起。课闲老师作画时，姚一民就在旁边倒水研墨，或老师带他到野外套鸟做标本。老师毕业于北平京华美术学院国画系，专攻花鸟工笔。他制作的标本活灵活现，至今有好多陈列在鹿塬一中生物教研室作为授课标本用。

姚一民至今记得每天早晨起来，叔叔必给他冲一杯油茶让他喝得肚里暖烘烘地去上学。姚一民考入鹿塬一中后，老师给他们教授美术课。老师授课风趣幽默。在讲"视角观察"一课时，老师在黑板上画了一大一小两条鱼，然后转身问大家，哪条鱼大？大家回答当然是大鱼又重又大啦。老师转过身后在小鱼下面画了一辆手推车，在大鱼下面画了一只盘子，然后转身问大家，那条鱼重、大？大家哄堂大笑，答案自然一目了然。一堂课就是在充满风趣和幽默的气氛中结束。姚一民长年待在老师身边，自然也能学到些绘画技巧的皮毛，虽然不专业，但画个报头、添个饰边还是绰绰有余的。

老师和姚一民父亲同在鹿塬一中教书，一个教音乐，一个教美术。老师爱好京剧，每当绘画创作之闲暇或画上得意的一笔总要停下来一个拉、一个唱来尽兴一番。

有一年老师在姚一民父亲生日时，特别给他画了一幅画：一个胖胖的老寿星捧着一个仙桃，笑吟吟的憨态可掬。上题二行小楷：论职业吹吹打打，论身体肥肥胖胖。横批：四邻不安……看着父亲的挚友，自己心中的至亲，姚一民的眼睛湿润了。叔叔在姚一民的脑海中永远是年轻的，愿叔叔长寿。

告别叔叔后，姚一民看着鹿塬街上车水马龙，充满城市的活力，想到叔叔画中所题诗句。这诗句实际就是教诲一个做人的道理：做人一生不要忘乎所以，要做一个干净、正直的人，因为人的一生都是一脚一步走过来有痕迹的。联想到辛刚、庞龙等人的最后下场，他们恐怕永远不会明白这个道理。

7

爱华摊开了桌上的稿纸，准备以博托中药厂国企改制后的发展历程为基本原型素材，创作一部突出描写共产党员们面对改制前的困境，为职工着想，克服艰难险阻创业发展的历程、实现"允诺"的作品。她的这个想法也是得益于在公园里和一些药厂老职工的交谈。他们和爱华谈起昔日老职工在国民党贪腐黑暗、民不聊生时代谋生的苦难；谈到国企改制中共产党员为了他们的"吃饭问题"而呕心沥血，和那些妄图把博托中药厂据为私有而使他们面临失业的恐慌；又谈到今日之社会，共产党使他们老有所养。说到最后，老人们感慨地说："哪有一个政府比儿女还关心自己。我倒有两个儿子一个女儿，他们谁能做到月月给我钱，但政府能办到，共产党能办到。一到月头卡上就打进四千余元的退休金，我花什么都足了。"言谈之中，老人们眼中都闪着泪光。

爱华一面倾听着老人们的叙谈，一面在想这些老人口中所说的心里话，实际代表了现今社会相当一批老有所养的人群的生活真实写照。看似老人们谈得很简单，但他们对生活的看法没有华丽的词汇，也不是应景而谈，更不是无生活体验的废话，而是一种实实在在对我们党的一种感恩的真情流露。这些源于生活的真知灼见，正是自己创作的源泉和灵感。她想到巴特尔的

"玉泉山乡巨变英雄谱"系列人物油画的人物不就是源于玉泉村李大成及那些为改变玉泉山水而努力奋斗、战天斗地的人物原型。创作高于生活是一条艰难的路，但为什么人所写，为什么人所演，为什么人所教更是一条每日在艰苦攀爬的一个真正人民艺术家所要行的道，走得更高的一条路。

她刚在稿纸上写下新剧目的剧名"允诺"二字时，桌上手机的铃声响了。她拿起了手机，拨通后耳机中传来丁效的声音。告诉她，他接到中央电视台影视剧中心的电话，让他去试镜，说要拍一个宣示抗美援朝精神题材的电视连续剧，让他担任其中一个重要角色。

他说："我觉得自己年龄大了，不适合角色的需要，可这个剧的副导演说他们看了我在《玉泉涅槃》中饰演的大山，气质很适合他们让我担任的角色。不管怎样，先来试试镜。我想也对，不行就回来。爱华，听说你又在酝酿新剧本。可一定给我量身定做加一些戏份进去，我还要演。可不能忘了我啊！"

在爽朗的谈笑中，爱华的手机传来结束对话的语音提示。

8

9月的祖国大地，蓝天白云，秋高气爽。姚一民、乔爱华、曹自忠、殷斌四家人家在把各自的孙儿孙女送入刚考入的大学报到，安顿好以后，结伴而行。开始第一次同在一起的最高兴的一次家庭旅行。

姚一民一行在游览了杭州西湖胜景后转道搭车进入山西，去了临汾。一路上的大好形势令他们激动不已。

山西临汾，位于山西省西南部，东倚太岳；西邻黄河，与陕西延安、渭南隔河相望；北与吕梁地区毗连；南与运河接壤。

这里因有著名的"黄河壶口瀑布"而闻名天下，是华夏文化发祥地之一，也是黄河文化的摇篮，有"华夏第一都"之美称。

姚一民等一行在朋友的陪同下观览了"黄河壶口瀑布""彩虹桥"吉祥美景，转而参观了号称天下第一门的"尧庙"。在这里姚一民等听了讲解员的详尽解说，方才对中国历史有了新的感受和认识。

过去姚一民等学习中国历史时，只知中国从原始社会乃至奴隶社会、春秋战国，至公元前221年秦王嬴政统一六国，称始皇，开启了近两千余年的封建王朝。其间经汉、晋、唐、宋、元、明、清、民国到新中国建立。这一次参观尧庙后方知：从尧建国始，南北方即有游牧民族的存在，游牧民族或猎杀，或渔田，和在中原临汾一带活动的尧、舜、禹一起开启了中华民族融合的进程，观"尧庙"展示的中国众多少数民族的历史发展脉络，以及和中原大地汉族文化交往、融合的进程，缔造了中华民族深厚的文化底蕴和沉积。现今我国有少数民族五十五个，其发展历史是中国历史不可或缺的重要的另一半。

正当姚一民沉思时，曹自忠说："今天来'尧庙'我开眼界了。过去把山西称为'三晋大地'，我以为是山西分'晋北，晋南，晋中'，原来这里还有典故，是把一家晋国分为韩、赵、魏三国叫'三家分晋'，源于此说把山西称为'三晋大地'。"

乔爱华笑着说："看来咱们到哪儿也得学得点，中国文化博大精深，不然就出洋相了。"

来临汾有一个地方是必须去的，那就是临汾洪洞县大槐树。历史上有这样一句话："问我祖先在何处，山西洪洞大槐树。"站在昔日山西"走西口"发源地的大槐树下，姚一民等人唏嘘不已。

乔爱华、曹自忠、殷斌都是山西人的后代。虽姚一民是满族人，巴特尔是蒙古族，但也是找了山西人的后代成家立业。同行的玉鲜、张芸更不用说，其父辈就是从山西或"走西口"，或参加革命工作来到鹿塬，所以大家对大槐树有一种特殊感情。

历史上，封建王朝时的山西是从没有被战争摧残，也没有受过重大自然灾害影响的省份之一，许多中原逃离饥荒和战乱的人涌入山西，因此山西人口稠密。而在明朝时就把山西的洪洞县作为第一个向外移民的区县。有一首流传很广的民歌中唱道："……大风刮起了满天的沙蓬，刮断了归途，刮不断大槐树的根……"

从洪洞县大槐树移民史历经数朝，长达几百年。"走西口"的山西人给游牧部落的内蒙古"巴家领地"送去了农田耕种的技术。以乔家为代表的晋商促生了鹿塬这个边塞名城。而在20世纪20年代中期到20世纪30年代中期十年间，由实业救国的倡举者段绳武、冯玉祥等带来现代文化教育和现代文明经商理念。平鹿铁路的通建，使鹿塬这个水旱码头由单一皮毛集散地，变成了农工商学俱有的带有现代文明商业气息的北方边陲重镇。大槐树根生出的芽子，枝条成就了鹿塬，也融合了蒙回汉满民族的文化，使鹿塬成为多种民族宗教文化、生活习惯、经营理念谁也离不开谁的民族团结，共求发展的一代名城。

有人说：人生最好的旅行，就是你在一个陌生的地方，发现了一种久违的感动。姚一民等一行人看着巍巍挺立、枝繁叶茂的大槐树，正是有了这种美好深切的感悟。

当姚一民等人确定下一站游览的地方时，曹自忠、殷斌不约而同地说："去太谷。"

姚一民心中也是想着这一个地方。来山西了一定得到山西太谷去看看，查阅一下母亲曹玉兰的家世及考证一下未曾见过面的姥爷曹梦龄的家谱。

进入太谷县城城郊曹家大院的"三多堂"时，殷斌和曹自忠、姚一民首先到曹家"家谱陈列室"，迫不及待地拿起一本本"家谱"翻阅起来。而乔爱华却和引导的曹家后人攀谈起来。

这时姚一民看曹自忠和殷斌翻阅得挺认真，不由奇怪地问："你们翻家谱找谁？"

曹自忠说："我在找我爷爷曹梦龄是第几代曹家后人？"

殷斌说："我在找我姑姑殷氏嫁给曹家那一代后人，和谁结的亲啦？"

姚一民问曹自忠："你爷爷是曹梦龄？那你知道曹玉兰是谁？"

曹自忠说："听我妈说，那是多年失散的姑姑。"

姚一民说："真的？"

曹自忠随将他母亲殷慧桃在生前曾经给他讲述的爷爷曹梦龄为何从陶林流亡到玉泉，以致后来其子曹国文如何婚娶殷慧桃的经历给姚一民叙述了一遍。他拿着"曹氏家谱"对姚一民说："你看，从我爷爷曹梦龄这一辈算起，传到曹强，正好是梦、国、自、强。"

姚一民听了方才知道，近在眼前的曹自忠正是母亲曹玉兰生前一直惦念失散多年的亲兄弟"小六子"的亲生儿子，自己的亲姑舅兄弟。

殷斌翻看"家谱"忽出声说："姚哥你快来看，我的亲老姑殷氏嫁的夫婿正是曹梦龄，自忠的爷爷。"

而乔爱华也从曹家后人口中得知了乔、曹、殷、姚四家确在鹿塬经济发展中以"联姻"之形式在鹿塬兴起衰落跌宕起伏的历史大剧中占有一席之地。几家走得挺近。断了联系也是日本侵入鹿塬后，"广恒西"首先遭难，后又成立新"广恒西"，乔曹殷姚四家虽有亲戚名分，但联系已不十分紧密，甚至因历史的原因失去联系。

听到这些一辈或几辈人的交结，姚一民才知乔、曹、殷都和自己的家庭历史因鹿塬发展的情缘，将几家人紧紧联系在一起。这也是一段鹿塬兄弟发展的情，也是一段鹿塬兄弟发展的缘。

兄妹四人在曹家大院的"三多堂"中相互注视着，看着对方，然后紧紧搂抱在一起。冥冥之中仿佛看到乔、曹、殷、姚四家的前辈在捋着胡须看着他们，欣慰地笑着。仿佛在说："你们总算没负先人的期望。在你们一生中，受共产党的教育，为人民办了一些事情，无愧于先辈。"

在返程的车上，同学群中忽传来姚一民等在鹿塬中学读书时的班主任老师去世的消息，令姚一民、爱华、曹自忠、殷斌大为恸动。细回忆老师虽是一女性，但在抗美援朝中年仅十九岁的她投笔从戎，毅然入朝，随部队文工团，用快板、歌声激励士气。在战火纷飞的战场上，她不顾生死，抢救伤员，运送弹药，深得志愿军将士的喜爱和敬重，被战士喻为"战火中的百灵"。自到鹿塬中学任教后，她用那甜美的声音给同学们讲解魏巍的《谁是最可爱的人》，使志愿军为保家卫国，出生入死，浴血奋战的"抗美援朝精神"深深映在姚一民等同学们的脑海中。

今姚一民等闻老师去世，不约而同地走到车窗前向西南方向老师逝世的地方默哀，以寄托哀思，并轻声吟读同学网群中一学友写下的一首祭奠老师的长诗：

悼恩师

惊闻噩耗，
恩师玉殒。
悲痛失声，
泪湿衣襟。
懵懂少年，
入学鹿中，
恩师授业，
醍醐灌顶。
循循善诱，
由浅入深。
声情并茂，
如闻仙韵，
英雄雄姿，

风雨人生路

光焦铁丽①，
黄齿小儿，
受益终身。
风雨过后，
万象更新，
恩师豁达，
笑对人生。
依旧优雅，
依旧谦恭，
依旧奔放，
依旧温情。
历经磨难，
获得真情。
结伴前行，
共度人生。
诸暨老家，
团聚亲人。
相夫教子，
和睦温馨。
子女优秀，
完美母亲。
三尺讲台，
教书育人。
桃里芬芳，
事业有成。
及至退休，
淡泊从容，
笑对夕阳，
豁达胸襟。
奈何重疾，
击倒强人。

---

① 注：光焦铁丽：黄继光，焦裕禄，王铁人，向秀丽简称。

天妒英才，

痛彻吾心。

念及师恩，

拙此悼文。

呜呼哀哉，

不尽思情。

返回鹿塬的当天，大家依依不舍。既已是知根知底实实在在的亲人，还有什么拘束。就在爱华和张芸的操持下，酒菜丰盈，痛饮一场。在美酒洋溢的醇香气味中，大家唱着《革命人永远是年轻》的歌曲，尽兴而饮，深夜方散。

清晨，伫立在窗前的姚一民远眺笼罩在薄雾中的大青山。它黝黑的身躯雄伟挺拔，静卧在年轮过百的松柏之中，似乎向世人述说历史的沧桑。是啊，它也像人一样，老了。老了的特征就是经常爱回忆，回忆那些早就湮没在历史尘埃里的人生故事和永不能忘却的风风雨雨。

……

2021 年 3 月 16 日于内蒙古呼和浩特市初稿

2021 年 6 月 16 日于内蒙古呼和浩特市二稿

2021 年 8 月 26 日深夜于内蒙古呼和浩特市三稿

2021 年 9 月 16 日于内蒙古呼和浩特市四稿

2023 年 6 月 22 日于内蒙古呼和浩特市五稿

后　记

当小说《风雨人生路》落笔的时候，是八月的一个深夜。户外下起了蒙蒙细雨，听着渐渐沥沥的雨声，我的思绪仿佛又回到年轻时那激情燃烧的岁月，久久不能平静。

年过七旬的我为什么要如此的艰辛，写就一部名不见经传的作品呢？我想，只是一种责任和精神在激励自己。本人写小说既不图名，也不奢利。对于同辈亲朋好友，只想你读此拙作后，能给茶余饭后添一些谈资，或能引起你的共鸣，使你能回忆起自己一生中那些美好的经历。对于后辈人，特别是儿孙们在读了此作品后，能引起你对时代变迁、沧桑历史的思考，从中汲取一些有益的东西，能在祖国富强、民族复兴的伟大事业中，在平凡的岗位上做一些平凡但有益于人民的事，以不负老一辈人之期望。

本书写的不是确切的回忆，只是把自己的一些经历和身边发生的所见所闻糅合在一起，以讲故事的形式宣示正义，鞭挞丑恶。历史的定义就是自然界和人类社会发展的过程，也是某种事物的发展过程和个人经历。拙作是一本小说，不是报告文学，不是历史，也不是回忆录，更不是真人真事，是艺术加工后的人物和故事。所以本作品在事件、人物的描写以及一些故事情节的讲述上，可能和现实生活中的某些人物姓名、经历或事件有些许雷同，这纯属巧合，望见谅。

本书中作者曾以本人的一些生活经历为原型素材创写了一些意在

使作品主人公更加贴进真实生活、人物更加丰满的一些内容。但原缀篇章较长。考虑到本拙作的篇幅容量及出版审查要求的需要，只好忍痛割爱抱歉删节。

本人深知，拙作不是一部成功的作品。是非优劣，读者或后人总会有评价。但我要在此说一句肺腑之言，感谢那些在我写作过程中不吝赐教，默默帮助我的恩师张福勋、张我愚、五子等几位老教授。我的恩师张福勋教授耄耋之年亲赐序言，更使我感激不已。我的良师贾学义先生和家人，还有不愿具名赞助此书出版的挚友，你们是本书面世的功臣。

在此对本书封面题字的昝教授和封面作画的丁教授致以衷心的感谢。

对文稿打印修错做出巨大帮助的苏谨女士、爱军女士及超人一并在此感谢。

2021 年 9 月 16 日深夜于内蒙古呼和浩特市